鷗外文芸とその影響

清田文武
Seita Fumitake

翰林書房

鷗外文芸とその影響◎目次

序―森鷗外を視座とする影響の問題……7

第一部　小説家（上）―鷗外の文芸観・文章・文体の遺響

第一章　永井荷風の方法意識……15
第一節　「小説作法」の人物描写論……15
第二節　「雨瀟瀟」の抒情性……28
第三節　荷風・鷗外の史伝における月……36
第二章　芥川龍之介の文芸論……50
第一節　文芸論における「告白」の問題……50
第二節　小説論における「筋」「話」の問題……63
第三章　太宰治「みみづく通信」「佐渡」と波の音……73
第四章　三島由紀夫『豊饒の海』における鷗外の遺響……88
第一節　三島における鷗外の文体への関心……88
第二節　『春の雪』の綾倉聰子の形象……98
第三節　『奔馬』の「神風連史話」の三少年……106
第四節　『暁の寺』の芸術談義……115

第二部　小説家（下）―鷗外のドイツ文学紹介・翻訳の波紋

第一章　山本有三とドイツ文芸……127
第一節　山本有三のシュニッツラー受容……127
第二節　『女の一生』の序章「糸きり歯」とケラー……140
第二章　近松秋江におけるハウプトマンとシュニッツラー……154
第三章　堀辰雄『風立ちぬ』とシュニッツラー……167
第四章　室生犀星・高見順におけるクラブント……183

第三部　歌人―鷗外への関心と文芸的反応

第一章　石川啄木の文芸活動……203
第一節　評論「空中書」と鷗外……203
第二節　啄木におけるルソー……219
第二章　斎藤茂吉における鷗外……232
第一節　茂吉の短歌の語彙と鷗外……232
第二節　茂吉における鷗外の「妄想」……255

第三章　北原白秋と山椒太夫伝説……267
第四章　宮柊二の津和野及び鷗外詠……280

第四部　詩人―鷗外の詩業・歴史文学の影響

第一章　木下杢太郎『食後の唄』の街頭歌……297
第二章　佐藤春夫の詩と鷗外……311
第三章　千家元麿の詩と鷗外……328
第四章　竹村俊郎の詩「僕」の形成とその周辺……342
第五章　龍膽寺旻訳クラブントの詩一篇の文体……355
第六章　村野四郎の詩と鷗外……364
第一節　村野四郎における鷗外……364
第二節　『体操詩集』の文芸史的一背景……380
第七章　安西冬衛・清岡卓行の鷗外への関心……391
第八章　鈴木六林男・茨木のり子における鷗外……409

第五部　劇作家―鷗外の歴史小説の再生

第一章　長田秀雄『栗山大膳』の世界……437
第二章　津上忠『阿部一族』の世界……451
第三章　宇野信夫の戯曲と鷗外……466
第一節　戯曲『ぢいさんばあさん』の世界……466
第二節　戯曲『高瀬舟』の世界……479
第三節　宇野信夫のセリフの技巧……493
第四章　田中澄江『安寿と厨子王』（シナリオ）の世界……506
付　従森鷗外到芥川龍之介―以関於小説的情節問題……519
結語　鷗外文芸とその影響……527
あとがき……535
索引……540

序——森鷗外を視座とする影響の問題

「作家を計る一つの方法に、その作品が後代に対して如何に大きく、長く、かつ深く影響を与へたかを点検する道がある。」と成瀬正勝は述べた。(1) 森鷗外が同時代または後代の作家や詩人に与えた影響に大きなものがあるとはよく言われるが、その具体相の解明の作業は、いまだ十分になされているとは言い難い。(2) むしろこれからの課題であるとした方が適切であろう。

作家・作品における、いわゆる影響の問題は、影響の規定の仕方がどのようであったとしても、それは様々な様相を示し、また無意識のうちに起こる心的現象のこともあり、その内実は複雑・多岐にわたるであろう。芸術・文芸の創造的行為がなによりも作家主体・創作主体の内面的、精神的営為であることは自明の理であるが、一方その活動・成果には外部からの様々な刺激・衝撃のはたらくこともあり、また作家を包む雰囲気の及ぼす作用のことも考えられる。作家・作品をこれら全体から歴史的に俯瞰するとき、そこに芸術史・文芸史が成り立つ所以の重要な契機が認められ、それぞれの思潮史もそれとの関係で想定することもできると思われる。鷗外自身、他の作家・作品を観察する場合、その先蹤的なものにしばしば触れる人であり、また芸術史・文芸史の観点から捉えることが少なくなかった。(3) 創作活動における先蹤の存在の意義や影響の芸術的、文芸的現象を視野に入れていたからにほかならない。

近代日本の作家・詩人に対象を絞った場合でも、芥川龍之介の評論を引くまでもなく、縦に伝統と横に海外からの影響との交叉するところに創作主体の文芸的営みがなされるわけである。その際我が国の古典とともに伝統を形成するものとして、次第に仏教や儒教思想が、場合によっては同一人物においても老荘思想がその作用を及ぼすことが少なくなかったが、文芸も時代を下るに従い海外からの伝播・刺激という形で、より直接にその姿を示すところがあった。海外からの影響という観点からすれば、近代では西洋からのものが中心であることはいうまでもない。そのような時代を生きた鷗外の存在、果たした役割は、同時代や後代の文学者に対して実際はどうであったか。この方面の具体例を報告してみたいというのが本書である。

しかし、芸術・文芸、そしてその創作主体を考えた場合、「影響」とはどういう事柄、どのような現象を言い、それはどのような機序を有しているのであろうか。この問題を、影響を受けた側からすると、それによって相当大きく、深くそれまでの文芸的営為を変えるに至るようなケースと、表現上のわずかな利用・借用にとどまり、本質的にはそれほど関係がないというようなケースとが考えられるが、実際はこの両極の間のどこかにあって、模倣をはじめとして、それぞれの様相・姿を示すことになると思われる。(4) こうした影響論は、従来比較文学的研究分野の概論や方法論の書では必ずといってよいほど取り上げられたものである。(5) ジードには、影響は受ける側にそれまで潜んでいたものを呼び覚ますことであるとする著名な論もあり、山本有三は、最も影響を受けた自作を問われて、作家の場合の影響に言及し、「向こうの中にある魂が、こっちに乗り移ってくることではないだろうか。もし、そうだとすれば、この回答は、簡単にはできない。」と応じたが、(6) 文芸作品が、創作主体によって作り出された、有機的な構造体であることを考えると当然のことと言えるかもしれない。独創の問題との関係もあり、ここでは斎藤茂吉の門葉佐藤佐太郎の短歌の実作者としての言葉に興味深いものがあるので、参考の一つとして提示してみたい。与えられたという題の「抵抗としての茂吉」(『斎藤茂吉研究』鷺の宮書房、昭和四二)の一節である。

他人の咲かせた花によつて労せずして自らを飾らうとするのは唾棄すべき模倣である。学ぶ者は公明な影響下に立つ事を辞してはならぬ。道を発見しようとするには熱と力とを要する。影響が単に同類に終始するだけでなく、対象は自己の体内を通して転調されねばならぬものとしたら、この作用は限りなく複雑であり困難でもある。そしてその困難は影響の対象が大きければ大きいほど比重を増すものである。影響が摂取である場合でも反駁である場合でも、いずれにしても激しい抵抗の差引きであることに変りはないが、併しこれは影響し影響されるものの関係である事によつて本来敵対的闘争ではない。そして勝負は常にあらかじめ決定してゐるのである。かうして漸く自分の道を発見するに至ればそれは勝つたのではなく負けたのでもないところの独創に立つたのである。独創といふものは隠れた影響である場合が多い。自分をいつはらない作家は皆その事を感じてゐるに違ひない。

文章はさらに、「それにしても茂吉の山巓は実に厳しい。ここに強烈な光が溢れ、清冽な強風が吹き、深淵の響きがある。いづれも新しい光と音に輝いてゐるばかりではない。光は生命をよみがへらしめ、風は身を吹きぬけ、響きは私を根柢からゆすぶつてゐる。而も私は寒いところに曝されているやうに思ふ。」と続く。影響を受ける場合、与える側の高さの必要であることは、感動という点を考えれば、一般的な要件とも言えるかと思う。しかし、逆にその低さ・まずさに批判的に反応したり、技癢を感じたりして書く場合もないではないが[7]、佐藤佐太郎は、その対象としての高さに言及し、そこからの光・風・響きの由来を見分け、聞き分けることのできないことがあると打ち明け、「その時私は僅かばかり眼をみはり、耳をそばだてることがある。それが抵抗といへば言つてもよい作用なのかも知れない。」と述べる。大歌人とその高弟という特殊な場合であるとしても、すぐれた影響論の一つであるにちがいない。しかし、右のような影響の内実をもとに作家間・作品間の関係を考察することは、なかなか困難なものがある。それで、「影響」という語の内包の広さ・深さから、またその対象に鑑み、〈二者間のつながり〉というほどのゆるやかな意味に留意してその受容を考察する方途もゆるされるであろうと考えてみた。

比較文学的研究分野で、発信者―媒介者―受信者（受容者）という用語・枠組みで捉える場合、媒介者は翻訳者

（翻訳・媒介物等）であることが多いが、発信者からのものを取り込んだ受容者は、次の段階では創作者として、新たな作品を作り出すわけである。(8) その際加えられたものを影響・遺響と考えてよい場合もあるであろうが、一般に比較文学的研究の対象とはされない、言語を異にしない作家（作品）間では、大概は発信者（作者・作品）から直接受容することになる。ここに取り上げる鷗外には発信者と媒介者との二つの役割が考えられるが、影響というと、受ける側にそれを示す証跡がなければ、この枠組みは成り立たないわけである。けれども、上述のとおり、時代や社会の雰囲気をとおして間接的に受ける場合も考えられる。また影響関係ではない暗合のケースで、いわゆる対比的観点から対処しなければならないこともあろう。その場合は、対象の特色闡明の方途の一つとして認められるのではなかろうか。同様の発想・思考・心情、類似の感覚・感性を有していても、人間や文芸における普遍的契機を想定すれば、そのような作家が別にいても不思議ではないからである。こうした問題をきびしく限定しすぎると、比較文学分野でいう、研究の「危機」として視野を狭くしてしまいかねない場合もあろうかと思われるのである。

注

（1）成瀬正勝著『鷗外覚書』（万里閣、昭和一五）参照。

（2）たとえば、早くは久保田芳太郎「鷗外山脈―そのひとつの断面―」（稲垣達郎編『近代文学鑑賞講座　第四巻　森鷗外』角川書店、昭和三五）が挙げられ、平川祐弘や小堀桂一郎の著書、瀧本和成「鷗外文学の受容―戦時下の鷗外像」（山﨑國紀編『森鷗外を学ぶために』世界思想社、平成六）等があり、研究文献も少なくないが、文芸史的にまとまった形のものは今後の学界の課題であろう。

（3）森鷗外「潦休録」（『歌舞伎』明治三三・七）参照。

（4）古典受容の実例については呉羽長著『源氏物語の受容　現代作家の場合』（新典社、平成一〇）参照。文芸における模倣の問題については小林秀雄が「谷崎潤一郎」（『中央公論』昭和六・五）で影響ということの扱いに批判的に触れ、芥川龍之介の斎藤茂吉論には積極的発言があり、雑誌『日本文学』（一九九八・一）も特集を組み注目された。
（5）矢野峰人著『新・文学概論』（大明堂、昭和三六）参照。
（6）山本有三「（私が最も影響を受けた小説）」（『文芸春秋』臨時増刊、昭和四六・一一）参照。
（7）クリングナーの戯曲に対する鷗外の「うたかたの記」や芥川龍之介の創作の場合が考えられる。
（8）ピエール・ブリュネル、イヴ・シュヴレル編、渡辺洋・山本昭彦訳『比較文学概論』（白水社、平成五）の第七章参照。

第一部　小説家（上）

―鷗外の文芸観・文章・文体の遺響

第一章　永井荷風の方法意識

第一節　「小説作法」の人物描写論

一　「小説作法」執筆の意図

大正九年（一九二〇）荷風は四十二歳（数え年）で、三月『江戸芸術論』（春陽堂刊）、四月には『おかめ笹』（同上）を出版し、「小説作法」（『新小説』）を発表した。翌月麻布市兵衛町一丁目六番地に偏奇館が完成し、昭和二十年（一九四五）春戦火に遭うまでここに住むことになる。作家として生活上一つの区切りをなす観のある年であった。このような年の「小説作法」は、初心者のための手引きにもと断ってはいるが、自らの創作法を語り明かしていて、注目してよい文章であろうと思われる。一体芸術における方法論とその実践としての作品とには間隙のある場合が少なくない。しかし、その創作論は、作品の世界や作者の芸術観、芸術的精神を解明するに際し、資する点のあることは否定できない。「小説作法」執筆の意図及びその人物描写論に考察を加えることとしたい。

荷風は若年の日に一篇の草稿を携えて広津柳浪の門を叩いた。以後次々と小説を世に問うて、明治三十五年（一九〇二）には、ゾライズム提唱の跋文を収める『地獄の花』（金港堂刊）で注目を集めた。この小説が機縁となって翌年劇場で鷗外に言葉をかけられ、自分の将来を夢見、希望に胸をふくらませたこと、鷗外・上田敏の著作によって西洋の風景・文物への憧れを強くしたことは、自ら語るところである。やがて父の意向により実業家になるため米・欧へと遊学したけれども、横道に逸れて彼の地の文芸・芸術に親しみ、明治四十一年夏帰国した。淹留中の作『あめりか物語』（博文館、明治四一・八）以後「小説作法」に至るまでその文芸的閲歴には華々しいものがあった。

「小説作法」には、三十九の箇条が立ててある。[1]ただし、その数だけの要領を列挙したわけではなく、またこれを系統的、組織的に配列したものでもない。軽いつなぎもあり、人に乞われて戯れに書いたとも記しているが、取り上げた項目は、内容によっては相当深く、かつ広範にわたり、容易ならざる創作論と言うことができる。その点古屋健三が、初心者用の手引きではなく、「その道を極める術を同好の士に授けて」いく、「荷風師範による文学修行の指南書」であると述べたことが納得しやすい。[2]こうした「小説作法」のねらいをめぐっては、『断腸亭日乗』の一記事（昭和四・八・二四）に、これを草した時言おうとして言えなかったことを偶然『敬宇文集　巻十四』に見ることができたと記す、次の抄記が目に留まる。

文章不異於平常説話、平常説話雖其極不用意者、皆莫不有自然関鍵、自然照応、自然首尾、自然起伏、自然開闔、自然擒縦、具於其中焉、若無此、則不成説話、幷不成文章矣、故文之於法猶影之随形、響之応声、豈可得而離乎、（「与友人論文書」）

文章は平常の「説話」と異なるものではないと説くが、ここに言う「説話」は、はじめ新聞に掲載した『濹東綺譚』（岩波書店、昭和一二・八）中の「説話《はなし》」や「平常《つね》の談話」、「戯作者の死」（『三田文学』大正二・一、三、四）の「談話《はなし》」と同義と解される。荷風愛読の成島柳北著『柳橋新誌』（明治七）にも「蕩子の説話を聞き」などとある。中村敬宇によれば、文章は説話・談話同様不用意なものであるが、みなその中に自然の勘所をはじめ、自然の照応・首尾・起伏等々をすべて備えていないものはなく、開闔は文の切れ続きに関係し、擒縦は自由自在に操り扱うことで、ともに文章法の一つとする。[3]これらがなくては説話《はなし》にはならず、文章も成り立たないのであって、文はこれらが影の形に伴い、響きの声に応ずるがごときものであって、これらは離れてあるものではないのであった。文章についてのこの論に、荷風は我が意を得たりの思いをしたのである。「小説作法」第三十三の条で描写・説明について、「或は文勢を変じ或は省略の法を取り、或は叙述の前後を顚倒せしめて人を飽かしめざらん事をつとむ。」と書いていたのは、敬宇の文章論と軌を一にしていたのであった。佐藤春夫によると、荷風は「快活に自由自在な饒舌家」で、「気に入つた着想があつて、それを書かうと思ひ立つた時などには、最も楽しげな語り手」であったという。[4] 若き日の荷風が高座に上ったり、自分でも噺を書いたりしたことが想起される。

『下谷叢話』（中央公論社、昭和八・一二）収録の「葦斎漫筆」では、大田南畝の『壬申掌記』中文化九年（一八一二）の一行楽記について、これを匆卒の手記であって人に示すために書いたものではないと述べ、次のように批評するが、ここに敬宇の言辞を響かせていることは明らかである。

　然れども之を読めば不用意の中文章に自ら首尾あり、照応あり、脈絡あるを知る。記事はまづ城北の花信に筆を起し、尋で城西より転じて江東に到る花の開落を叙し、然る後忽然わが家の庭上一樹の花の咲き出でたるに局を結ぶところ文勢の妙固に言ふべからざるものあり。江戸時代諸家の随筆中、南畝の手に成れるもの之が冠冕たるの観あるは其文致と観察とに独特の妙味あるが為なり。（傍点引用者）

正宗白鳥であれば、紀行文をも含め南畝をそれほど評価せず、荷風に異を唱えるところであろう。[5]

荷風はまた「与友人論文書」から「文章之高下視人品之高下」の行文を引く。これはまさに「談話の善悪上品下品下手上手《へたじやうず》はその人に在り。」（第三の条）と述べたことと対応する。第三十の箇条に、小説の作風は様々あっても、その価値は「作者の人格に在り」と説くところも、これに契合する。同類にビュフォンの知られた「文は人なり。」の言葉があり、高山樗牛も同じく揚言していた。荷風もそれが実感だったのである。「文章之盛衰亦関係于国家治乱之故」との敬宇の認識も、魏の文帝『典論論文』の「文章経国之大業不朽之盛事」の考えに通じ、荷風の儒教的教養に照らせば親しい文章観だったはずで、これに通底する見方は日乗に散見する。近松秋江その他、こうした考えは当時珍しいものではなかった。(6)荷風によれば、鷗外の『澁江抽斎』が優れているのは、文章上右の諸契機を備えているからでもあった。明治四十二年から翌年にかけて『朝日新聞』に発表の「冷笑」の一人物に、折から二、三の小説を読んでみたけれども一向に面白くなく、「いかなる芸術にも必要の条件たるべき興趣」に乏しく、これを味わうだけの忍耐はなかったと言わせたのも、その文章に関係したに違いなく、(7)それは作者自身の告白でもあったはずである。後年の「為永春水」(『人間』昭和二一・二)での「自家芸術的会心の快」を旨としたという天明寛政の小説と、文学を職業とした化政天保のそれとを対比した評言からもそれは推定できる。樋口一葉を高く評価したのも、その一半は文章にあった。昭和十二年四月から新聞に連載の『濹東綺譚』中の「作後贅言」で、

「言文一致でも鷗外先生のものだけは、朗吟する事ができますね。」帚葉翁は眼鏡をはずし両眼を閉ぢて、伊沢蘭軒が伝の末節を唱へた。「わたくしは学殖なきを憂ふる。常識なきを憂へない。天下は常識に富める人の多きに堪へない。」

と書かれる帚葉翁(神代種亮)はまた荷風でなければならない。筆力による芸術性を求める「小説作法」は、文章作法の書でもあったのである。

二　人物描写における「実地の観察」の論

「小説作法」で論じた中心的事柄は、人物描写の問題である。その要点を、第二十六の条に、

小説の価値は篇中人物の描写如何《いかん》によりて定まる。作者いかほど高遠の理想を抱きたりとて人物の描写拙《つたな》ければ唯理論のみとなりて小説にはならず。人物の描写は筆先《ふでさき》の仕事にあらず実地の観察と空想の力とありて初めてなさるゝものなり。(傍点引用者)

と書いている。荷風にとって人物の描写は、小説の価値を定める所以であった。これを軽んじて「脚色の変化」に重きを置くと、作品は「高尚」なものにはならず、「通俗」的になってしまうのであって、人物描写を「骨子」とすると、「脚色」はおのずと出来てくると述べる。ここに「脚色」とは筋・ストーリーの謂である。

そこでまず、「実地の観察」から照明を当てることとしたい。文章を書く場合、小説に関しては、「一夕」（『文明』大正五・八。初出の題「断腸亭雑記」）で、およそそれがいかなる作品であろうとも、そこに「世態人情」の観察細微を極めるものがなくてはならないと説く。そして、小説の本質論と称してよい方面に言及し、その生命は「俗なる所」、「人間に接する処」、「世事に興味を有する所」にあると述べる。上掲「説話《はなし》」「雑談」をめぐる説述を文章作法とすれば、これは小説発生論・小説内容論と解され、「実地の観察」ということを強調したのも首肯できる。その所説は「小説作法」第十六、第二十五の展開であった。これに関連して十一番目の条では、読書・思索・観察を挙げて剣術使いの場合を例示し、三事相俟って作品の価値を定めるとするが、観察は浮華不熟の文字を防いで描写を支えるものであった。小説中「観察」とは「人を見る、眼力」のことであると断じ、「観察《みかた》」と表記した例もある。第二十八条で、人物描写における「性格」をめぐっては、一個人のそれをモデルにする場合と、数人から取捨按排して作り出す場合とがあると言い、その際にも観察が必要であることを、名著を挙げて説くところがある。

一体荷風は、「実地の観察」ということを重んじた作家で、その一端は「すみだ川」（『新小説』明治四二・一二）にも窺われる。小山書店版（昭和一〇・一二）の「序」によると、そこに描写された人物と市街の光景とは明治三十五、六年のそれであった。永井家ゆかりの姓名を持つ大江匡と玉の井の私娼お雪との交情を描いて名作の誉れ高い『濹東綺譚』はそういう好例を提供する。(8)篇中に記す二人の出会いのあたりを読者は怪しむかも知れないが、実地の遭遇をそのまま記述したのに過ぎないとし、驟雨雷鳴による偶然の出会いにしても、事実そのままを書いたものと断っている。そもそも「偶然」は通俗小説や時代小説によく見られるところである。フローベールの教えも記したモーパッサン著『ピエールとジャン』（一八八八）の序「小説論」は、「偶然」が事実に従っていても、作品から迫真性を奪いかねない場合は、これを退けるべきことを助言している。漱石も関心を寄せたこの論に、[9] 荷風も目を通したはずの教えは、『濹東綺譚』では採らなかったらしい。

人物描写との関連から、荷風は叙景についても言及する。すなわち、初学者は写生にも意を用いて努めるべきであるとし、作中人物の活動すべき場所は一応写生して置くのがよい、と教示する（第三十七）。そして、ある小説家が逗子海岸で男女の相会うさまを書く際、明月を海から昇るよう描いて誤りを指摘された一事を紹介する。西に面する現地であるから、小説の世界のこととは言え、失点であることは否めない。永井家は逗子に別荘を持っていたこともあり、荷風は時にこの地で筆を執っていたから、指摘したのは本人であったかもしれない。自らの実践のことは日記に、「朝七時楼を出で京町西海岸裏の路地をあちこちと歩む。起稿の小説中主人公の住宅を定め置かむとてなり。」（昭和一二・六・二二）等と見える。

荷風が求めたのは、「読む者をして知らず知らず篇中の人物風景ありありと目に見るやうな思をなさしむる事」（第三十二）であった。読者に「幻惑《イリュージョン》」を起こさせるような描写の学術的考察は、漱石も『文学論』（明治四〇）で行っており、その意義の理解では契合する。本来優れた描写とは、そうあるべきものであろう。荷風も「芸術品と芸術家の任務」（『文章世界』明治四二・五）中「事実」に即すことは必要であるにせよ、これを残らず書けば芸術になるというわけのものでもないと説いている。芸術としての小説の本領を考え、写実性を支える「実地の観察」ということの位置づけに関係した批評でもあるが、それ一点張りでは限界があるとしつつも、これを重んずる姿勢は生涯変わりがなかった。しかし、この作家の場合、それは、佐藤春夫のいわゆる「詩魂」、野口富士男のいう「郷土詩人」の篩を通した上でのものであったことに留意しなければならない。[10] この間の事情は、下の「第五版すみだ川之序」（大正二・三）にも示されており、荷風文芸の二方面の契機に関係する自注と解することもできる。

されればこの小説一篇は隅田川といふ荒廃の風景が作者の視覚を動かしたる象形的幻想を主として構成せられた写実的外面の芸術であると共に又この一篇は絶えず荒廃の美を追究せんとする作者の止みがたき主観的傾向が、隅田川なる風景によつて其の叙情詩的本能を外発さすべき象徴を捜《もと》めた理想的内面の芸術とも云ひ得やう。さればこの小説中に現はされた幾多の叙景は篇中の人物と同じく、否時としては人物より以上に重要なる分子として取扱はれてゐる。それと共に篇中の人物は実在のモデルによつて活ける人間を描写したのではなくて、(中略)隅田川の風景によつて偶然にもわが記憶の中に蘇り来つた遠い過去の人物の正に消失《きえう》せんとする其の面影を捉へたに過ぎない。(傍点引用者)

人物描写・風景描写に関係しては『濹東綺譚』の場合でも、事情はそれほど変わりはなかった。こうした「実地の観察」の論は、実作の体験や先達の小説・評論によって培われたと考えられるが、その中に鷗外も入っていたのではないか。「鸚鵡搔」(『めさまし草』明治二九・一―六)がその点で、「詩人の閲歴に就きて」の一文を提出していて注目される。鷗外は、「詩人」というものは、見、聴き、触れるなどの「官能」によって記憶し、そこに蓄積された観察から作品が生み出されると考え、「観察は閲歴の活用なり。」と道破して、「身世の遇ふところ、或は明処を観じ、或は暗処を観ず。何に縁りてかこれを分つ。趣味是なり。」と説く。[11] そして一葉については「女子にめづらしき閲歴あるに似たり。」と述べ、その遇ったところを等閑看過することなく「一種の趣味を以てこれを観察せしものなること、恐らくは眼識あるものゝ皆認むるところならむ。」と評した。ここにいう「趣味」は美的感覚の持ち方の謂と解される。「わかれ道」(『国民の友』明治二九・一)を取り上げては、「処女にめづらしき閲歴と観察とを有する人と覚ゆ。筆路は暢達人に超えたり。」と高く評価し、その観察・文致に注目したが、その際閲歴の直接間接は問うところではなかった。批評文掲載の『めさまし草』について、荷風は「森鷗外先生の編輯にして、四十四頁の小雑誌」であるが、「当時文学雑誌中最も権威ありしもの」(「花月編輯雑記」〈『花月』大正七・五〉)と記している。

「鷗外全集を読む」(『文学』昭和一一・六)では、自身小説執筆に際して観察の態度を決めようとする時、『雁』(籾山書店、大正四・五)と「灰燼」(『三田文学』明治四四・一〇—大正元・一二)とを読み返すと述べ、『濹東綺譚』では鷗外を手本にしたと打ち明けている。その「作後贅言」をおさえるならば、作中作「失踪」はジードとともに、『灰燼』中の小説「新聞国」のことも見逃し難い。「新聞国」は名文として荷風に深い印象を与えたものであった。

三　人物描写における「空想の力」の論

小説を書く場合「空想の力」も重要であった。「小説作法」中読書・思索・観察について論じた一節に続き、「空想」をも挙げるが、上掲二十六番目や「写実」に「空想」を対置するだけの第三十条程度で説明は殆どない。しかし、その点で『紅茶の後』(籾山書店、明治四四・一一)中『冷笑』掲載時の気分について記した箇所に続く下文が目に留まる。慶応義塾の教壇に立った時のことであること言うまでもない。

人生、芸術、美、空想、感動、幻影なぞと云ふ言語を無暗と口にするのが義務でもあり職業でもあるやうな心持がして、又又新しい不安と不快とを覚えた。

昨日《きのふ》まで市《いち》に隠れて人に知られず、唯《たゞ》恣《ほしひまゝ》なる空想の世界に放浪してゐた当時には、人生と云ひ芸術と云ひ美と云ふが如き言語は如何に尊く懐かしいものであつたらう。何故ならば其等の言語は我が刹那刹那の感激によつて我が目の前に閃《ひらめき》過《すぐ》る幻の影を捉へ、少くとも此《これ》を自分の生きてゐる間保存せらるべき記録の紙上に移してくれる唯一の媒介者であつたからだ。(「倦怠」、傍点引用者)

ここにおける後者の「空想」が日常の私的精神生活の一齣に関係するとすれば、前者のそれは明らかに芸術・文芸の理論的方面に関係する語と解され、公的な場での講義、特に文芸評論で学術的方面にも説き及ぼさなければならない負担・苦痛を感じたのに相違ない。この問題では、鷗外の『月草』（春陽堂、明治二九・一二）が関心を引く。荷風には理論的思考は苦手であっても、[12]文芸論にも目をやる機会があったのである。その『月草』には、歌舞伎の神髄を考察したものとして荷風が高く評価した「思軒居士が耳の芝居目の芝居」がある。[13]書中、西洋や我が国の芝居が「詩（正本）」で「空想」に大きく負い、オペラも同様であるとし、能も「詩（謡）」が多く「空想」の作用によっていることを論じているからである。

また、所収の評論「今の諸家の小説論を読みて」で、「空想の力」（初出「精神の融化」）の語を用いてこれを重んじ、「美術の主として空想に待つことあるを詩となすときは」云々と説く。そして「詩に一体あり。」とし、その中に散文があって、これを小説というと述べる。「美術」は現今の「芸術」に当たり、「詩」は広義の文芸を指すが、また「詩」と「小説」とを区別して筆を進めている行文もある。「夫れ詩の材を採るや、寥廓たる宇宙、紛紜たる群生、苟も顕象となりて我前に陳ずるもの、適くとして宜からざるなし。小説も亦然り。」と説き、そうした詩・小説中の美的契機の重要性を見失わないよう求める。ここに「空想」の作用がかかわることになろう。小説に心理的観察は必要としつつも、「美術の境を守らしめんとするには、勢多少の検束を加へ、想化作用によりて自然の汚垢を浄め、製作の興に乗じて、空に憑りて結構せざるべからず。」とも述べている。創作上の「空想」の構想的力、虚構・仮構に関係する論述である。ゾラ、イプセンを挙げ、「事実を使役するや、空想の力を用ゐずして自然を摸倣したるかと思はるゝ処甚衆し。」（傍点引用者）とある指摘も、逆方向からの言説として見逃し難い。

『月草』中の「医学の説より出でたる小説論」においても、観察ということに触れた後、「小説を作るもの若事実を得て満足せば、いづれの処にか天来の妙想を着けむ。事実は良材なり。されどこれを役することは、空想の力によりて做し得べきのみなり。」（傍点引用者）と論定している。「小説作法」の第二十六条で用いた語句「空想の力」も、『月草』中の語彙により、そこに小説をして芸術たらしめる所以の一つを見ていたと解釈できるのではないか。

荷風は、美学・文芸理論を正面から講ずることはなかったようであるが、疑問の起こった時にはまず『審美綱領』（春陽堂、明治三二・五）と『審美新説』（春陽堂、明治三三・二）とに就くべきことを述べていることから、[14]「空想」の問題では後者を繙いてみたい。荷風の師広津柳浪も読んでいたこの書中、「美」は「複雑なる精神作用」にかかるものであって、「官能」・「映像の関連」・「情」・「空想」及び「意志」がこれにあずかり、特に「情と空想」が重要であると説明する。そして、「美の諸相」は「特殊なる空想型及情型 Phantasie-und Gefuehlstypen と見做すも可なり」と論述している。「美」の具現・感受に対する「空想」の役割を述べた一節である。シェイクスピア、バイロン、ゲーテらの作品を挙げて「空想」の作用に言及した章もあるものの、これは美学上の容易ならざる問題であるが、荷風とのつながりからもう少し触れなければならない。すなわち「制作」の問題については、種々の「機根」Disposition に待つことがあるとし、「空想の機根は、芸術を使用するに足る」と筆を進め、「空想」が芸術品の胚胎に関係するのであって、その作用が十分なものを「天才」Genius というと説明する。『審美綱領』に関連叙述を求めると、[15]「芸術美の成立」の部における第三章「機根」の「E空想」の節に左の行論を見いだす。ここに「想像」は „Imagination“ の、「自憑」は „Autosuggestion“ の謂である。

> 芸術家は、想像に縁りて夢寐意識を招致し、その渾成に宜き利を収め、自憑に縁りてこれに検束を加へ、以てその散漫の弊を除く。空想 Phantasia とは、醒覚、夢寐の両意識のかく如く相作用するをいふ。醒覚意識は陽、夢寐意識は陰にして、芸術品の胚胎はその交媾に成る。
>
> 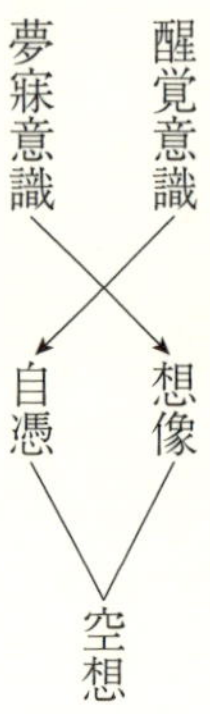
>
>
> 製作者にして空想の作用充分なるものを天才 Genius といひ、その稍々備れるものを能才 Talent といふ。

彼は芸術史の高下をなし、是はその広袤をなす。彼は創業者にして、是は守成者なり。感納者もまた多少空想に待つことあり。

「空想」に焦点を当てて創作の心理的機序を解明しようとした論述である。荷風が講義でこの方面に多少とも触れたらしいことは、『紅茶の後』からも推定できるが、「空想の力」と小説との関係について学理的な説述を残してはいない。しかし、「正宗谷崎両氏の批評に答ふ」（佐藤春夫編『古東多万（卍）』昭和七・五）によって、この問題に対する考えの方向は推知される。すなわち、近松門左衛門と井原西鶴とを比べて、前者を「遙かに偉大なる作家」であると評し、後者の面目をその文章の「軽妙なる」ところに認めて「名文家」と捉えながらも、『好色五人女』と世話浄瑠璃とを比較して、「西鶴は市井の風聞を記録するに過ぎない。然るに近松は空想の力を借りて人物を活躍させてゐる。一は記事に過ぎないが、一は渾然たる創作である。」（傍点引用者）と断案を下しているからである。

このように批評した時、『好色五人女』の巻一「姿姫路清十郎物語」、巻三「中段に見える暦屋物語」に対するに、それぞれ『五十年忌歌念仏』、『大経師昔暦』を比定していたことは、その同一素材からも疑う余地はない。世話物よりも時代物に近松の真価を認める考えに賛同したのも、「空想の力」を作品の構想や人物の描写で重く位置づけていたからに外なるまい。「空想」は芸術品の胚胎にあずかるというが、これと関係する「仮構機能」には、ベルクソンによると架空の話を作る能力がある。[16] 荷風が強調した小説の「面白さ」もこのことに関係するであろう。上掲審美学の二書に「空想の力」という語自体は見えないが、『月草』の評論にはこれを用いており、荷風は如上の理論を背景にして、この語句を「小説作法」に響かせて使用したのではないか。

もとより一人に限定することはできないけれども、「実地の観察」の論と「空想の力」の論とに、鷗外の余響を聞き取ることができると思うのである。およそ芸術には、主として事実・観察によるものと、主として空想・虚構によるものとがあり、創作に際しても、そういう二契機が作用し合うと荷風は考えたかと思われるが、「小説作法」

における人物描写論は、おのずとこの方面に触れたものであったと言えよう。

注

（1）箇条書きであって、番号が付されているわけではないが、行論上順序数を付して扱った。
（2）古屋健三著『永井荷風　冬との出会い』（朝日新聞社、平成一一）参照。
（3）諸橋轍次著『大漢和辞典』（大修館書店）の「擒縦法」には、「事理を推論して至當の点を求めるために、先づ他を論破し、忽ち其の長所を提示して一面より理を得しめ、又之を攻撃して納得させる方法。韓愈・老蘇・欧陽修の文に此の法が多い。」とあり、「開闔法」については、「一名、断続法。段節の間に一開一闔、断えんとしつつ続くもので、前段の意を承接せず、別に一路を開いて進み、復た前意に帰著するもの。」とある。
（4）佐藤春夫著『小説永井荷風伝』（新潮社、昭和三五）参照。
（5）正宗白鳥「荷風氏の反問について」（『中央公論』大正一五・五）参照。
（6）近松秋江「文学の功利主義を論じてわが馬琴に及ぶ」（『新潮』昭和二・六）参照。
（7）高橋俊夫著『永井荷風と江戸文苑』（明治書院、昭和五八）参照。
（8）岩波文庫『濹東綺譚』（一九九一）の竹盛天雄による「解説」参照。
（9）拙稿「夏目漱石におけるモーパッサンの「小説論」」（『新潟大学教育学部紀要』第三十四巻第二号、平成五・三）参照。
（10）注（4）の書、及び野口富士雄著『わが荷風』（集英社、昭和五〇）参照。
（11）拙著『鷗外文芸の研究　青年期篇』（有精堂、平成三）参照。
（12）日夏耿之介著『荷風文学』（三笠書房、昭和二五）に「思索的心向でない」の評言がある。
（13）永井荷風「鷗外先生のこと」（『演芸画報』大正一一・八）参照。
（14）永井荷風「鷗外全集を読む」（『文学』昭和一一・六）参照。
（15）佐藤勝治「鷗外と宮沢賢治」（『森鷗外通信』第七十六号、昭和六一・一〇）によると賢治の『農民芸術論概論綱要』は『審美綱領』の影響を受けているという。

（16）引用のとおり『審美新説』では„Phantasie“に、そして『審美綱領』でも„Phantasia“に「空想」の語が充てられているが、この点をおさえるとき、荷風は読んでいなかったとしても、ベルクソンの『道徳と宗教の二つの源泉』（一九三二）が参考になる点がある。『世界の名著　53　ベルクソン』（中央公論社、昭和四四）の森口美都男訳によると、「仮構機能」の項に、「迷信を産み出す表象は、幻像を産み出す《ファンタスマチック》ことを共通な特性としている。」とあり、以下「仮構機能」について、「小説、戯曲、神話、そして神話よりさらに古くから存在していたいっさいのものがこの機能の領域に属する。」と見え、「詩歌や幻想は、そのどの種のものも、人間精神に架空の話を作る能力が備わっている」云々の叙述がある。荷風のいわゆる「空想の力」が、小説との関係でこの方面にどこかで触れるものではないかと考えることもできる。なお吉田精一著『永井荷風』（塙書房、昭和二八）には、「荷風は慶應義塾で「小説は面白くなくてはいけない」と教へたといふ。（中略）荷風のいふ所はフィクションの面白さ、「空想の力を仮りて人物を活躍させる」ことを意味するらしい。」とある。

第二節　「雨瀟瀟」の抒情性

荷風はフランスのリヨンから西村渚山に宛てて、「自分は形式の作家で満足する。芸術の価値はその内容にあらずして寧如何にしてその内容の思想を発表したかといふ手際にある。」（明治四一・二・二〇）と書き送った。しかし、パリに出ると、作品の価値は「実感をもて見た人生が如何に忠実に現されて居るか否か」によって定まるとし、「今日ではもう形式や流派はない。」（明治四一・四・一七）としたためている。

以後時々芸術や思想に対する考えの変わったことを記す文字があっても、リヨンからの右の書牘中の考えが、作家荷風を底流していたように思われる。籾山庭後への書簡（大正元・一〇・一）で形式美を好むことを打ち明けているのは、その現れの一つにほかならない。そうした荷風が、佐藤春夫によって「詩のやうな小説」、「無韻の詩」に似た「随筆」と評された「雨瀟瀟」（『新小説』大正一〇・三）を書いたことは納得しやすい。[1] 奥野信太郎が、「甚解をも求めずして耽読すべき作品」と評したのも、[2] このような特質に関係しているであろうが、作品の周辺をも探り、しばしその世界に分け入ってみたいと思う。

寡作の時期の執筆にかかる「雨瀟瀟」を読むに際し同時期の「花火」（『新小説』大正八・一二）が参考になる。単行本『小説随筆雨瀟瀟』（春陽堂、大正一一・七）や『小説随筆麻布襍記』（同上、大正一三・九）中巻頭の「雨瀟瀟」の次に配された作品で、幼少時からの国家的行事・社会的事件の追憶を、明治二十三年の憲法発布に始まって、奠都三十年祭、日露の開戦、大逆事件、米騒動等年月を明記してたどり、荷風を思わせる人物「わたし」が、「余なる一個の逸民と時代一般の対照」（『断腸亭日乗』大正八・七・三の記事）によって江戸回顧の夢を呼び覚ますに至る経緯を書いた一篇である。

「雨瀟瀟」も同じく「わたし」を視点とする語りによって書かれているものの、作品の展開相はかなり趣を異にし、具体的な年月は明らかにしない。「その年」とか「忘れもせぬ或年」、あるいは「その頃」などと、シュタンツェルのいわゆる「時の添加語」を用い、社会的事象・事件の叙述とそれへの関心とを排除するかのごとく、「物語距離」を設定した文体を採る[3]。通じ合う彩牋堂主人ことヨウさんだけを例外にして、余人の入り込むことを許さない、一個の抒情的世界を作り上げた観のある作品と言えよう[4]。金阜散人を自称する「わたし」の生活の一端、心事・回想を綴り、その中にヨウさんとの対話及び往返の書簡を織り込むという構造を示したものである。そのヨウさんの愛妾小半をめぐる話柄が、秋の霖雨の季節における、荷風を思わせる「わたし」の心のたたずまいとともに作品の眼目と言えば言えるが、当初この小説を、作者は「紅箋堂佳話」の題で起筆した。しかし、筆は捗らず、書き改めたりして、脱稿まで四年余の歳月を閲した。創作の心理的情況や作品の形式性・芸術性に腐心したことが完成を遅らせたのであろう。

この「雨瀟瀟」の前年には「小説作法」（『新小説』大正九・四）を発表している。小説家荷風を考えれば、この時初めて自得した作法を初心者のために公にしたというわけではなかったと思われるが、一顧を要する文章と言ってよい。「雨瀟瀟」の当初のタイトルが「紅箋堂佳話」（傍点引用者）であり、「わたし」が「兎角人の噂を聞きたがる小説家の癖」を強く持っているからである。荷風によれば、小説は「日常の雑談にもひとしきもの」で、佐藤春夫は、ワイルド同様荷風が話し好きのため、場合によっては実に「楽しげな語り手」であったことを伝えている[5]。その起源からすれば当然としても、荷風にとって小説は「説話《はなし》」「平常《つね》の談話《はなし》」と同義であった。したがって、小説を書くには人を惹きつける工夫がなければならず、その中心を人物描写・叙景に置き、文章作法も疎かにしてはならなかった。「説明七《しち》くどき時は肩が張り描写長たらしき時は欠伸の種となる」ものであるから、「或は文勢を変じ或は省略の法を取り、或は叙事の前後を顚倒せしめて人を飽かしめざらん事をつとむ。」などと、留意点を種々挙げている。

一体荷風には「説話《はなし》」の視点から描叙に対する関心に著しいものがあった。鷗外の史伝を高く評価した理由の一つはここにあったし、日乗にも「嘗て小説作法を草せし時言はむと欲して言ふこと能はざりしもの、今偶然之を先哲の文集に就いて見ることを得たれば喜びのあまりこゝに抄録するなり」（昭和四・八・二四）と見え、中村敬宇が、友人と文を論じた書から「文章不異於平常説話、平常説話雖其極不用意者、皆莫不有自然関鍵、自然照応、自然首尾、自然起伏、自然開闔、自然擒縦、具於其中焉、若無此、則不成説話、并不成文章矣、故文之於猶影之随形、響之応声、豈可得而離乎、」云々と写している。文章・談話にはその人の品格が反映するという主張も、両者軌を一にしていた。

右のような「小説作法」を視野に置くとき、「雨瀟瀟」が見えて来るところがあろう。ヨウさんは「金持であるが成金ではな」く、「品格もあり学問もあり趣味には殊に富んで」いる実業家で、多少籾山庭後を擬した点があるという。[6] 作中随所に荷風の閲歴・趣味性・心事を想見させるものを、「わたし」とともに示しているが、荷風との親しさを挙げれば、莫逆の友井上唖々も擬せられる。基本的にはともに作者の分身であること言うまでもない。そうした人物造型が、「花火」とはまた違ったかたちで、作品の批評性を形成する。愛狎八重次に通ずるところが認められるという小半は、[7]「眼がぱつちりして眉も濃く」云々と描かれ、「豊艶な女をばいつの時代にも当世風とするならば」その型に入るとあるが、大正七年（一九一八）荷風の前に現れた芸者寿美子をも思わせる。『断腸亭日乗』等に徴すれば、このように事実的細部が諸人物の中に擬せられるものが認められても、最終的には、作品世界の構築のためデフォルメを受けて書かれた人物たちと解すべきである。

そうした「雨瀟瀟」には、荷風の他作品との関係がしばしば見いだせる。それだけに代表作の一つに数えられることにもなるのであろう。ヨウさんが世話をし、某地方で名を成して自分の銅像を公園に建て己の功績を誇ろうとした教育家のことを「わたし」に話して難じるあたりには、「新帰朝者日記」（『中央公論社』明治四二・一〇）や「流竄の楽土」（『三田文学』明治四三・九）の一節と、その内実は異なってはいても、同様の感性がはたらいていなければならない。一般の人の一人にこのように裏切られた彩牋堂主人は、今度は江戸芸術保存の一助にもと小半に薗八節を仕込んだけれども、妾宅を去られるに至り、「刎釣瓶の竿に残月のかゝつた趣なぞは知らう筈もない」当世風の芸者と一言で切り捨てる。「井戸の水」（『冬の蠅』偏奇館、昭和一〇・三）に記す、「空のはずれに、遠く鳴過る雁の声が聞え、（中略）七八日頃の片割月が丁字形をなした刎釣瓶の高い柱の先に懸つてゐた冬の夜のさま」の、かつての東京の情調を解するような心を持たない女ということになる。ヨウさんと「わたし」とが、荷風の『江戸芸術論』（偏奇館、大正九・三）の一章につながる観のある議論をし合い、過去の芸術につきぬ興趣と感慨とを催している一事も、「雨瀟瀟」の美学の方向と批評性の特色とを示している。そもそも作中の書簡の形式自体が、これをよくしえない当代への批評になっているのであろう。

　ところで、当初のタイトルと「小説作法」とが示唆するとおり、「説話《はなし》」としての「雨瀟瀟」の構成の妙、形式美を見逃してはならない。作中、南畝推賞の、思想文章複雑にして蘊蓄深く、その調べの清明流暢と評した、外ならぬ尾張の人横井也有の『鶉衣』（文政六〈一八二三〉までに刊）、日乗で「布局複雑。技巧極妙。文辞簡明。」（昭和一四・一〇・三〇）と評したレニエの『田舎』は荷風の関心を引いた文致・技法を示し、これは「雨瀟瀟」にも該当しよう。語りと対話と書簡との展開の呼吸、詩歌の配置具合といった構成上の技巧が注目されるべきことはもちろんである。たとえば、最初の漢詩と末尾のそれとの故園・家園の対応関係。雨に降り籠められた金阜散人が気晴らしの散歩に外出して小半が彩牋堂を去ったことを知るや、直ちにしたためた書簡が、文脈としては漢詩一首を跳び越えて、「おもひきらしやれもう泣かしやんな――」の薗八節をさらっていたヨウさんの直話に続く、一旦の切断的形式。その間に、雨がやっと霽れたことを記す条に引く詩の「昨来ノ風雨鎖ス㆓書楼ヲ㆒。」の句における「鎖」の字の絶妙さと「雨瀟瀟」中での前後との関係。季節の移ろいに対する一首の評言と作品世界の情調とのかかわり。これに続いて足の向くまま「わたし」が彩牋堂の門前にたどりつくという筆の運び。愛妾に去られた友人を思い、レニエの小説を繙くことを叙す効果とその梗概を記す手際。このような展開の中に王次回とフェルナングレイとの詩を配し、以上を総合渾成した荷風擅場の美的世界が形成されることになるのである。

形式美を好むこうした作家による作品の題について、先学は『詩経』にその典拠を求める。(8) そうであっても、荷風にとっては日常を離れた特異な語ではなかった。井上唖々宛書簡（明治四二・九・九）にすでに用い、『断腸亭日記』として起筆の年の同季節の記事にも、「満庭の霜葉甚佳なり。萩芒の枯伏したる間に鵯二三羽来りて枯葉を踏む。其音さながら怪しき者の忍寄るが如き気色なり。晩間寒雨瀟瀟として落葉に滴る。其声更に一段の寂寥を添ふ。」（大正六・一一・二〇）と見える。「秋雨瀟々。四鄰寂寞。」（大正八・九・一三）等々以後大正年間さらに十例を数え、春雨を叙す場合もあるが、秋の雨声が多い。「雨瀟瀟」を実生活に近づけすぎて解釈してはならないが、その心事・心情を反映したところがあって、随筆と見られるのも故なしとしない。

そもそも金阜散人（山人）は荷風の別号であった。奥野信太郎は、「あまりにも悽愴な情思に溢れた文字にみち、またもつぱら随筆の体によつたものとみるなら」ば、これを「もつとも彫琢洗練された随筆文学の雄」と評価する。(9) そして、その世界に「雨声は秋をこめて、うつろひの寂寥を一入深くする。紫苑や鶏頭や秋海棠が、うつくしく明るくぬれて、人の眼にはあざやかな彩りをみせながら、季節はもはや疲れ衰へてゆく下り阪一方である。悲愴と愁恨の人生を告げ知らせるための雨である。／この雨のひびきのうちに、しめやかに語られてゆくものは、やうやく人に忘れられようとしてゐる古い芸術の醍醐味と、その精神から乖離してゆかうとする現代人情の帰趨に対する悲嘆とである。」の批評を呈している。その中心は、作中風声・水声に筆をやってから、「雨声に至りては怒るに非ず嘆くに非ず唯語るのみ訴ふるのみ。人情千古易らず独夜枕上これを聴けば何人か愁を催さゞらんや。況やわれ病あり。」と述べ、王次回[10]の「病骨真成二験雨《ノ》方《ト》一。呻吟燈背和《ス》二啼螿《ニ》一。凝塵落葉無妻《ノ》院。乱帙残香独客《ノ》牀。」云々の律詩を引いたような心情にかかわるものである。

右の詩がいわば現在の思いを詠じているのに対し、次に「収二拾《シテ》残書一剰《ス》二幾篇《ヲ》一。軽狂《ノ》蹤跡廿年前。笑傾《テク》二犀首《ニ》一花間《ノ》盞。酔扶《テク》二蛾眉《ヲ》一月下《ノ》船。」云々と引く詩は、懐旧の世界であって、しばし「わたし」はこれに身を浸し、愁いを慰めるのである。『断腸亭日記』起筆の日にも引く姜逢元作の「碧樹如《ク》レ煙《ノ》覆《フ》二晩波《ヲ》一。清秋無《ク》レ尽《ル》客重《テ》過《グ》。故園今即如《シ》二煙樹《ノ》一。鴻雁不レ来《ラ》風雨多《シ》。」も、晩浪・清秋・故園鴻雁のイメージ等「雨瀟瀟」の世界を導くにふさわしい場景・景物によってその情感を示す、荷風には先考居住からの思い出の書幅中の一首であった。小説末尾の茅坤の詩「壁《ニ》有《リ》二蒼苔一甑《ニ》有《リ》レ塵。家園一旦属《ス》二西鄰《ニ》一。傷心畏《ル》レ見《ルヲ》門前柳。明日相看《レバ》是《レ》路人。」は、俗に言う赤の他人の手に渡る住み慣れた家を去らねばならない悲哀の心を託すに恰好の絶句で、上掲詩に照応していること言うまでもない。フェルナンググレイの詩中の「哀傷」(Douleurs) もまたこれと響き合うことになるが、現実の長子荷風も前掲書幅を懸けた父の邸宅を去ることを余儀なくされた人であった。そういう微妙な関係が作品に反映し、瀟々と降る寒雨によって「わたし」の孤愁寂寥の感を深くし、空間的喪失感をも感得させるのである。浅薄に見える時代とその増幅的推移とを嘆いてこれに背を向ける作者が、明国の滅亡とほぼ時を同じくして没した処士王次回の詩を作品の機軸に据えたのは、詩風による結び付きだけではなかったかもしれない。愛誦する詩を拉し来って、その感覚とリズムとによって自らの抒情的世界を紡いだ感さえある「雨瀟瀟」は、荷風文芸の一つの集約的結晶の姿を見せていると言ってよいであろう。

荷風の日記を繙くと、鷗外と同席した会のことを記し、「先生余を見て笑つて言ふ。我家の娘供近頃君の小説を読み江戸趣味に感染せりと。余恐縮して答ふる所を知らず。」（大正一〇・一〇・二）と見える。作中の「わたし」は、銀座の鳩居堂で筆・線香を求めた折、彩牋堂主人から、お半が暇したことを聞いたとある。このあたり日乗に「鳩居堂店頭にて図らず森先生に謁す。」（大正八・一二・二二）とあるような一事を用いたとすると、鷗外の言葉に接した荷風の内心は、創作の秘かな喜び・楽しみを感じてもいたであろう。荷風は日記に鷗外による作品名を記してはいないけれども、発表誌とその時期とから「雨瀟瀟」も考えられないことはない。鷗外がこれを読んでいたならば、家人にひとたび言ったことがあるように、「永井でなければ書けないもの」と評したはずである。芥川龍之介の場合は、「反時代的姿勢と、現実から閉ざされた芸術境に韜晦して行く」作者に、反発と刺激を感じたらしく、「雨瀟瀟」の世界全体を否定した小説「一夕話」（『サンデー毎日』大正一一・七）を書いたという[11]。しかし一方、『臨時増刊文芸　永井荷風読本』（昭和三一・一〇）のアンケートで、荷風の作中何が一番好きかとの問いに対し、『濹東綺譚』とともに「雨瀟瀟」を挙げた作家・評論家が目立つ。

それにしても「雨瀟瀟」を収める『小説随筆麻布襍記』の「叙」で、鷗外・唖々の長逝を嘆く寂寥孤愁の人荷風の心中が思われるのである。

注

（1）『定本佐藤春夫全集　第35巻』（臨川書店、平成一三）所収「永井荷風読本」参照。

（2）奥野信太郎「雨瀟瀟と王次回」（『荷風全集　第十二巻』〈中央公論社、昭和二四〉附録第九号）参照。

（3）F・シュタンツェル著、前田彰一訳『物語の構造』（岩波書店、平成元）参照。

（4）「わたし」の視点については菅野昭正著『永井荷風巡礼』（岩波書店、平成八）に論があり、その時間意識については真銅正宏「メランコリックな時間――『雨瀟瀟』小論」（『解釈』第三十八巻第十二号、平成四・一二）がある。

（5）佐藤春夫著『小説永井荷風伝』（新潮社、昭和三五）参照。

（6）『永井荷風集　日本近代文学大系29』（角川書店、昭和四五）の注釈（宮城達郎担当）参照

（7）注（6）参照。

（8）劉岸偉著『東洋人の悲哀　周作人と日本』（河出書房新社、平成三）参照。

（9）注（2）参照

（10）落ち葉については川本三郎著『荷風と東京　『断腸亭日乗』私註』（都市出版、平成八）参照。

（11）注（6）参照。

第三節　荷風・鷗外の史伝における月

一　『下谷叢話』と『伊沢蘭軒』

荷風は「雨瀟瀟」発表四年後の「葷斎漫筆」（『女性』大正一四・二―一〇）で、[1]「鷗外森先生が晩年の著述に係る江戸儒医の諸伝は、啻に伝中の人物のみに止まらず、汎く江戸時代の儒家文人の生涯について無限の感興を覚えしめたり。我にして若し森先生が蘭軒抽斎の伝をよまざりせば、恐らくは終生江戸儒家の文集を手にするの機なかりしや知るべからず。」と記し、この一事を先達の著作の「貺《たまもの》」と言う。「蘭軒抽斎の伝」とは、もちろん大正五年（一九一六）から六年にかけて新聞紙に発表後、それぞれ鷗外全集刊行会による『鷗外全集』第八巻（大正一二・六）、第七巻（同上・四）に収められた『伊沢蘭軒』『澀江抽斎』のことである。[2]これが荷風の『下谷叢話』の成立にあずかったことを、右の一文はおのずと語り明かしている。

鷗外が大正十一年七月九日に没して、荷風は寂寥感を深くする中、十一月上記全集の編集委員に加えられ、やがて翌年二月からその配本が始まった。『断腸亭日乗』五月十七日には、「夜森先生の澀江抽斎を読み覚えず深更に至る。先生の文この伝記に至り更に一新機軸を出せるものゝ如し。叙事細密、気魄雄勁なるのみに非ず、文致高達蒼古にして一字一句含蓄の味あり。言文一致の文体もこゝに至つて品致自ら具備し、始めて古文と頡頏することを得べし。」と記す。荷風は、文体面ではさらに歩を進めた観のある『伊沢蘭軒』について、鷗外が菅茶山の手紙を

「字を下すこと的確動すべからざるものがある。わたくしは其印象の鮮明にして、銭《ぜに》の新に模《ぼ》を出でたるが如くなるを見」（その七十九）ると述べて、茶山を「天成の文人」と評した言葉を引き、これはまさにこの史伝の文章と作者にも該当すると考えたのであった。[3]「模《ぼ》」とは鋳型のことであるが、こうした書を七月十日から熟読し、二十五日に読了したことが日記に見える。

このような経過に織り合わせるかのごとく、尾張藩の儒者鷲津毅堂の著作、その族人大沼枕山の詩集を読み、併せて両者に関係する調査・掃墓を行っている。その成果は「下谷のはなし」（『女性』大正一三・二—七）となり、やがて『下谷叢話』の書題に改め、単行本として大正十五年三月春陽堂から刊行、改訂版を昭和十四年冨山房より上梓した。磯田光一は、これに先立つ大正十二年（一九二三）関東大震災による鷲津家の焼失に触れ、この書執筆にかかわる心事について、幼少年期をそこで送った荷風の悲哀をいっそう深めずにはおかなかったと推測し、「母方の祖父であり、永井禾原こと久一郎の師であった鷲津毅堂のイメージが、その考証にとりかかっていた時だけに、いっそう鮮明に意識されてくるのは避けがたく、師の鷗外の史伝の方法を踏襲しながら毅堂を蘇生させることが、「災禍の悲しみを慰めやうとする」試みとしてここに改めて自覚された」と述べている。[4]適切な解釈であろう。

『下谷叢話』の中心人物は、明治新政府にも出仕した鷲津毅堂であり、これに配するに共に一時結城藩校に勤め、のち野の文人となった大沼枕山をもってした。二人の対比が一篇の機軸をなし、しかも両者相獲ている仲であったが、その資性からして、荷風は後者により親しみを感じていたもののようである。「董斎漫筆」には、鷗外の史伝でまず蘭軒の名を挙げ、次に抽斎の名を挙げている。儒医抽斎の師が蘭軒であったことから、作り、発表した順が逆に記されていても、異とするには当たらないが、荷風には意識する一事があったのではないか。すなわち『伊沢蘭軒』が『澀江抽斎』とは違い、蘭軒・茶山二人の人物を軸にし、また著名な頼山陽に、埋もれていた蘭軒を配して書き始め、しかも彼らの交誼には深いものがあって、対比の妙が考えられるからである。[5]後者よりは前者の方が構成的、方法的に参考になり、前者には荷風関心の人館柳湾の名が出、大田南畝の名が出、柳川星巌の名が出、大沼枕山の名が出、また自身とつながりのある叙述がなされていることも逸し難い。『澁江抽斎』の殊に後半もそうであるが、編年体を採用して、時に人物の年齢を挿入する叙法も注目される。

以下『伊沢蘭軒』と『下谷叢話』とを中心に、月をめぐる儒家文人・詩人の交誼の様子、その背後に見える幕末から明治前期にかけての生活・文化、それらに対する鷗外・荷風の執筆態度を観察したいと思う。

二　儒家・文人の交誼

荷風は、弱年の一日「月の簾」と題する小説の草稿を携えて広津柳浪の門を叩いた。その内容を詳らかにしないけれども、月を題に掲げたことは関心を引く。明治三十六年（一九〇三）の中秋アメリカ大陸に一歩を印す時、玲瓏とした異郷の月が江湾を照らす景観に接して自らの命運に思いを致したが、あたかもその二年後に「今夜亦月明水の如し。感慨極りなく眠る能はず。」（『西遊日記抄』の明治三八・一〇・八）と往時を回想している。「文章と調子と色」（『新文壇』明治四三・三）の一文では、同じ月であっても、人の心によって「美しい楽しみ」として見たり、「悲しみの友」として見たりするものであると説く。中国の詩文、日本文芸の伝統的精神に照らせば、花鳥風月ということで、月に対する関心の深いのも自然のことと言えよう。月の雅を賞で、特に秋夜の風趣を好み、詩と言えば杜甫を説いて「四更山吐月、残夜水明楼」の句を絶唱とした中江兆民もいるが[(6)]、近代の作家として荷風の場合、それの著しいものがあった。試みに『断腸亭日乗』から月を写す記事の若干を抄出してみよう。

○　此夜旧暦十一月の望に当る。日没するや満月皎々。樹影窓紗に婆娑たり。晩餐の後銀座を歩む。商舗多くは戸を鎖し、行人跡を断つ。月光蒼然。街上に並木の影を描くのみ。（大正一二・一・三）

○銀座通納涼の人踵を接す。炎熱堪ふべからず。家に帰れば庭樹の梢に月あり。清風竹林より来り、虫声秋の如し。(大正一二・七・二八)

大正十五年正月二十三日の記事に、「夜初更のころお冨来りて門を敲く。出でゝ門扇を開くに、皎々たる寒月の中に立ちたる阿嬌の風姿、凄絶さながらに嫦娥の下界に来りしが如し。予恍惚殆自失せんとす。」と見えるのは、日乗中第一の印象的な描写である。阿嬌が漢の武帝の后となった美人に由来し、嫦娥が伝説中の月世界の美女を指すこと言うまでもない。このような荷風であってみれば、『伊沢蘭軒』を読み耽ったとしても不思議ではない。月の描写であるから当然とは言え、そこには類似した表現も散見するのである。左に「その二十七」の前半を掲げ、当該問題への視点を設定して観察を進めたい。

蘭軒の家では、文化紀元八月十六日の晩に茶山がおとづれた時、蘭軒の父隆升軒信階《りゆうしようけんのぶしな》が猶健《すこやか》であつたから、定て客と語を交へたことであらう。蘭軒の妻益《ます》は臨月《りんげつ》の腹を抱へてゐたから、出でゝ客を拝したかどうだかわからない。或は座敷のなるべく暗い隅の方へゐざりでて、打側《うちそば》みて会釈したかも知れない。益は時に年二十二であつた。

蘭軒は茶山を伴つて家を出た。そしてお茶の水に往つて月を看た。そこへ臼田才佐《うすださいさ》と云ふものが来掛《きか》かつたので、それをも誘《いざな》つて、三人で茶店に入つて酒を命じた。三人が夜半《よなか》まで月を看てゐると、雨が降り出した。それから各別れて家に還つた。

蘭軒はかう書いてゐる。「中秋後一夕《ちゆうしゆうごいつせき》、陪茶山先生《ちやざんせんせいにばいして》、歩月茗渓《つきのめいけいをあるく》、途値臼田才佐《みちにうすださいさにあひ》、遂同到礫川《つひにともにれきせんにいたり》、賞《しやう》詠至夜半《えいしてやはんにいたる》」と云ふのである。

臼田才佐は茶山書牘中の備前人である。備前人で臼田氏だとすると、畏斎《ゐさい》の子孫ではなからうか。当時畏斎が歿した百十五年の後であつた。茶店の在る所を、茶山は茗橋々下《めいけうけうか》と書し、蘭軒は礫川《れきせん》と書してゐる。今はつ

きりどの辺だとも考へ定め難い。／蘭軒の集に此夕の七律二首がある。(中略)
　蘭軒が茶山とお茶の水で月を看た後九日にして、八月二十五日に蘭軒の嫡子《ちやくし》榛軒《しんけん》が生れた。

篠田一士も注目した場面で、(6) 文化紀元は西暦一八〇四年に当たり、前掲荷風の批評に耐え得る文章であるが、ここでまず第一に、月を賞しての交友が書かれていて関心を引いたはずである。文化三年に発った長崎への蘭軒の紀行にも月を楽しむ詩文が織り込まれており、尾道では、蘭軒は茶山から詩を贈られたのであった。鷗外はその七絶の中から「松間明月故人杯《しようかんのめいげつこじんとはいす》」の句を挙げ、広島に頼氏を問うた折の詩として、「抽身騶隊叩閒扉《みをすうたいにぬきんでてかんぴをたゝく》。雨後園《うごのえん》松翠湿衣《しようみどりころもをうるほす》。月下問奇宵已半《げつかきをとへばよひすでになかばなり》。艸玄亭上酔忘帰《さうげんていじやうゑうてかへるをわする》。」を写している。この時六十一歳の頼春水が、三十歳の客人を座に延いて歓待し、二十七歳の山陽もまた出でて談を助けたのであった。荷風関心の一人大田南畝が、長崎を旅する蘭軒と詩を交わしたことも、鷗外は追尋している。すなわち五十八歳の南畝が、お茶の水で月を看て詩を作って寄せ、これに若い蘭軒が「風露《ふうろ》清涼秋半天《せいりやうあきはんてん》」云々の七律で和したというのである。二人は長崎の地を入れ代わるかのごとく動いただけに、互いに情を深くするところがあったらしい。その翌日蘭軒はまた、「中秋《ちゆうしゆう》思郷《きやうをおもふ》」で皎然とした月を詠んで遙かな家族に思いを馳せ、二日後には江戸の一友人に、「窓竹翻風月満房《さうちくかぜにひるがへりつきばうにみつ》」の句のある一首を寄せている。

　このように月を賞するとともに、張った筵や人と人との交わりの慕わしいさまを感じさせる叙述が散見する。南畝とも相識で備後神辺に住む老いた茶山が、「豆腐を下物《げぶつ》にして月下に小酌し、耳を夜叢の鳴虫に傾け、遙に江戸に於ける諸友聚談の状をおもひやりつゝ、「あはれ、江戸が備中あたりになればよい」とつぶやいた」(その八十一)ことを鷗外は書いているが、これなどその心打たれる一例である。

　上掲「その二十七」をはじめ、文人儒家の交わりを叙す場面は、『下谷叢話』にも頻出する。たとえば、文久二年(一八六二)のことにかかる「三月十五日に侍講成嶋確堂が広瀬青村、大沼枕山、鷲津毅堂、植村蘆洲、小橋橘陰の五子を招ぎ満開の花を看にと舟を隅田川に泛べた。確堂等の一行は偶然大槻磐渓、桂川月池、遠田木堂、春木南華等の同じく妓を舟に載せて来るに会ひ、互に快哉を呼んで某楼に上り満月の昇るを待つて長堤を歩んだ。確堂枕山二家の集に各唱和の作が載つてゐる。」(第三十一)といった叙述も見える。こうした一節には、『澁江抽斎』「その四十六」で抽斎・枳園・柏軒らが古本論定の会を催してから宴を開いた後、「二州橋上酔に乗じて月を踏み、詩を詠じて帰つた」ことを紹介しているところに通ずるものがある。『伊沢蘭軒』の次の一挿話も、荷風の目に留まったであろう。榛軒は蘭軒の長子で、「その二十七」に誕生のことが記されていた、後年の儒医に外ならない。

或日榛軒は混外を金輪寺に訪うた帰途、道灌山に登つて月を観た。僕吉蔵と云ふものが随つてゐた。榛軒は吉蔵を顧みて云つた。「好い月ぢやないか。お前はどうおもふ。」吉蔵は答へて云つた。「へえ。さやうでございますね。ですが、檀那、此月で包か何かが道に落ちてゐるのが見附かつて、それを拾つて見ると、金の百両もはいつてゐたら、猶結構でございませう。」榛軒は聴いて不興気に黙つてゐた。さて翌日吉蔵に暇を出した。家人が驚いて故を問うた時、榛軒は云つた。「月を観る間も利欲の念を忘れてゐられぬ男は、己の家には居かれない。」

吉蔵のこれを聞いた時の驚は更に甚だしかつた。是より先吉蔵は榛軒の愛する所の青磁の大花瓶を破《わ》つたことがある。其時は吉蔵が暇の出る覚悟をしてゐた。しかし榛軒は殆ど知らざるものの如くであつた。今忽ち暇の出たのは吉蔵のためには不可思議であつたのである。(その二百七十七)

もとより現今からすれば問題はあるにせよ、月をめぐる一儒者の風流の心を窺わせるものである。右の一節を書く際、大正五年夏新聞に発表の随筆「空車」のような心も作用したであろうか。荷風は、弘化四年(一八四七)の大沼枕山について、天保十四年から始まって五年となった中秋観月の詩筵を例年のごとく開いたと記し、批評の文字を、「わたくしは年々枕山がつくる所の詩賦を誦み、昔江戸の詩人の佳節に逢ふ毎に、いかにその風月を賞して人生至上の楽事となしたかを思ひ、翻つて大正の今日に在つては此の如き往時の慣習既に久しく廃せられてまた興すに道なきことを悲しまなければならない。」（第十六。傍点引用者）と綴っている。儒家文人の交わりとその風流韻事に及ぶ心的豊かさとを思い、現今におけるそのようなことの喪失の悲哀を訴えたのである。『断腸亭日乗』で漢詩文中の月をも思わせ、これを賞する文を書き続けた荷風らしい言辞と言えよう。それは『伊沢蘭軒』に親しんだ人の批評でもなければならない。しかし、当の史伝を著した鷗外の日記に昼の雲のさま(8)と「夜雨」の文字とをしばしば記していても、観月のことはあまりなく「夜月明」、「満月の夜なり」といった記事が少し見える程度である。両者の感性や生活様式の一面を表すところがあろう。鷗外の漢詩や短歌に月を詠じていても題詠である。

史伝中、古今を比較すること鷗外・荷風いずれにも相通ずる点がある。蘭軒伝において一書の刊行の経緯に関し、「わたくしはこれを読んで独り自ら笑つた。文化の昔も大正の今も、学者は学者、商人は商人である。世態人情古今同帰である。」（その六十六）と評している。古今異なる点では、幕末の変動期に際し、澁江一家が江戸から弘前へ移る時の一挿話を叙すに、「わたくしはこれを記すに当つて、当時の社会が今と殊なることの甚だしきを感ずる。奉公人が臣僕の関係になつてゐたことは勿論であるが、出入の職人商人《あきうど》も亦情誼が頗る厚かつた。」（『澁江抽斎』その八十）と前置きしていることなどが挙げられる。『下谷叢話』から例示すると、詩人としても名を揚げ出府十五年美濃に帰る梁川星巖を、枕山が板橋駅まで送ったことを叙す荷風は、鈴木松塘が房州から板橋駅に馳せ付けたが手を分かつに忍び難く、そのまゝ随伴して美濃に赴いたことに及び、「古人師弟の情誼は恰も児の母を慕ふが如くである。大正の今日に至つては人情の異なることも亦甚しい。」（第十四）と書いている。老中水野忠邦に抜擢されて勘定吟味役兼納戸頭となった旗本羽倉簡堂については、忠邦罷免と同時に自らも罪を得て逼塞された事実を叙して、「以後簡堂は再び世に出ず読書修史に余生を送つた。（中略）大正今日の官吏とは大に人品を異にしてゐる。」（第二十二。傍点引用者）と鷗外に比し遙かに辛辣な筆を振るっている。この時簡堂五十四歳であったが、その十年後に毅堂は湖山と共に詩筵に招かれ、また著書の校閲を乞うたことがあった。

荷風の筆はまた、枕山の「飲酒」の詩を引いてその心中を思いやり、後進の青年が時事を論ずる、その軽佻浮薄を罵ったことを挙げ、これを、「恰もわたくしが今日の青年文士に対して抱いてゐる嫌厭の情と殊なる所がない。枕山は酔郷の中に遠く古人を求めた。わたくしが枕山の伝を述ぶることを喜びとなす所以も亦之に他《ほか》ならない。」（第二十五）と評し、そこに自らを重ねたのである。『枕山絶句鈔』の「自序」における、今昔を対照しての文章観を紹介していることにも、同嗜を認めていたかと思われる。枕山を得て荷風の史伝はその懐を深くしたのであった。

三　儒家・文人の妻

『伊沢蘭軒』の「その二十七」で目に留まる第二は、月を賞する主客の交誼を妻が陰で支えていたことである。往時当然のことと考えられるけれども、荷風はやはりこの一事にも注目したのではなかったか。「その二十五」中蘭軒の『葌斎詩集』に梅天・断梅すなわちつゆ空・つゆ明けを吟じた二首に触れ、自分の妻の謙称の語「山妻」を用いた詩から、「茶山が常陸巡《ひたちめぐり》をしてゐる間、蘭軒はお益さんが梅漬の料に菜圃《さいほ》の紫蘇を摘むのを見たり、蔵書の虫干をさせたりしてゐたと見える。」と推し量っている。「その二十七」と同年の少し早い五月のことであった。

文化十一年（一八一四）冬の一日の茶山の蘭軒訪問は、「蘭軒夫妻は厚くもてなし、主客の間には種々の打明話も交換せられた。茶山は襦袢が薄くて寒さに耐へぬと云つて益に繕ふことを頼んだ。又部屋の庖厨の不行届を話したので、蘭軒夫妻は下物飯菜の幾種かを貽つた。茶山は夜更けて、其品品を持ち、提灯を借りて神田の阿部邸に還つた。」（その七十二）と書かれている。夫に先立ち四十七歳で没した益の法諡和楽院潤壌貞温大姉が、その生涯と人柄とを示唆する観がある。蘭軒が友を会して詩を吟じ、亡妻を悼んで作ったものらしいと鷗外は推定して、「二月十五日夜呼韻《よるゐんをよぶ》。風恬淡靄籠春園《かぜてんたんとしてもやしゆんえんにこむ》。遠巷誰家笑語喧《ゑんかうたがいへにかせうごけんなる》。零尽梅花枝上月《おちつくすばいくわしじやうのつき》。把杯漫欲復芳魂《はいをとりそゞろにはうこんをふくせんとほつす》。」と引いている。妻益が逝ったのは、文政十二年（一八二九）二月五日のことであり、その後を追うかのごとく蘭軒は翌三月十七日五十三歳をもって没したのであった。

『下谷叢話』では、安政三年（一八五六）、前年の震災による寒気がもとで病没した、枕山の妻について内助の功の少なくなかった人と記して、その柔順貞淑であったことを、夫の詩句によって書き表し、

> 枕山の妻が金釵を典売して夫君と其友との為に酒を買つたことは鈴木松塘が「寄弔」の作にも「多慚緑酒沽留我。不惜金釵抜附郎。」と言つてあるから決して形容の辞ではない。大正当世の細君は金剛石の指環を獲んがためには夫君をして贓蠹とならしむるも更に悔るところがない。人心変移の甚しきは人をして唖然たらしむるのみである。（第二十五。傍点引用者）

と綴っている。大正の婦人と対比して往昔の婦人を称賛し、その死を悼み、その何人なるかを詳らかにしない人の断簡をも写し取る荷風であった。文人儒者の詩筵を張り、生活を支えた婦人たちへの筆は情に満ち、翻って近時への舌鋒は辛辣・諧謔の文字を擅にする。箇条書きによって独特の史伝様式を呈する「葦斎漫筆」にも、荷風の心を最も引いた往時の詩人で、枕山とも相識であり、毅堂もその作品を高く評価した館柳湾を拉し来って、その妻文に及ぶ条は逸し難い。ちなみに天明七年は西暦一七八七年に当たる。

> 鵬斎の撰に係る文が墓誌について見るに、婚家の年を天明七年となしたれば柳湾は年二十六、文年十八なり。文はよく良人につかへ家を修めしのみならず、また学芸にも長じたり。墓誌に「婦人之所可為者。婦人靡不悉為矣。而常婦人之所不為者。夫人或為之矣。織紐縫裁婦人之事也。而夫人工之。炊爨烹飪婦人之職也。而夫人身之。婉娩柔順婦人之容也。而夫人修之。読書作字則常婦人之所不学也。而夫人頗知其旨。図緯陰陽之術則常婦人之所不渉也。而婦人頗通其義。至如孝謹粛明動不踰法。躬倹節用不尚華麗。処貧不憂。好施不怠之賢行。

則世間常婦人之所乏也。而夫人自勤不懈。可謂婦道備矣。中略枢卿好詩。花朝月夕独坐吟哦。則夫人必自払几展席。温酒煎茶。倶談風月。未嘗説及厨下米塩事。是以夫婦和諧。情好尤厚。」とあり。文は寛政七年乙卯正月十三日病みて歿しぬ。享年二十六。一男一女あり。男子は襁褓の中に死したり。（傍点引用者）

柳湾の師亀田鵬斎による墓誌銘は、常の婦人と対比し、その人となり、為すところを伝えて絶妙である。夫の側にあって、共に風月を談じている一事も見逃せない。柳湾が文の没後その妹順を迎えて後妻としたことを荷風は記すが、順もまた姉のごとき人物であったことを証せんとする心もはたらいていたようである。

鷗外は、抽斎に嫁す五百について、その衣服・調度だけでも、人の目を驚かすに足るもののあったことを述べ、これが夫を救うことにもなった経緯を記している。そして、「今の世の人も奉公上りには支度があると云ふ。しかしそれは賜物《たまはりもの》を謂ふのである。当時の女子はこれに反して、主に親の為向けた物を持つてゐたのである。」（『澁江抽斎』その三十五）と叙す。右に柳湾の妻文について、その墓誌が厨下米塩のことを口にしなかったとしているあたりや、枕山の妻の場合も、益・五百の夫に対する態度と共通するところのあったことを、『下谷叢話』の著者は感じていたのではなかろうか。

　こうした今昔の比較も、上に観察した条と併せ、荷風の目には入っていたはずである。その点では、毅堂の大成は、その母が、途半ばにしての帰郷を認めず、「よく情を押へて雪夜家に入る事を許さなかつた」ような訓育に負うている、と記述した一齣も注目される。すなわち荷風は、「往昔儒教の盛であつた時代には、人は教訓を悦び美談を聴くことを好んだ。古人は事に臨んで濫に情を恣にせざる事を以て嘉すべきものとなした。喜怒哀楽の情を軽々しく面に現さないのを最修養せられた人格となした。今日は之に反して情を恣にする事を以て人間心情の発露を見るものとなし、たま〱情を押へて忍ぶものあれば、目すに忍人を以てせんとするが如くである。」（第十五）と書いたのであった。『澁江抽斎』の世界を思わせるものがあるが、時代の変遷と人心・人情の推移との関係に思いを致し、毅堂とその母との挿話を書き留めておく価値ありと判断したのである。その名も暗示するかのように枕山をいわば「無用の人」とすると、(9)「有用の人」毅堂も諸衆と共に月を賞して詩を作り、書画の品評をなした人物であった。荷風の筆はしかし、今昔の比較に及ぶ場合、鷗外に比して少し屈折した観があり、心情をあらわにし、自分一己の世界に入り込んでしまったきらいなしとしないが、それは両史伝の特色、執筆態度にも関係するところとなろう。

以上二家の史伝に引く月を点じた詩文に着目して儒家文人の交誼を観察してみたわけであるが、それらの中に月を賞して友人・故人に思いを馳せるものはあっても、擬人化しての表現は殆ど見えないようである。その点西欧では、ゲーテの場合のごとく恋人を念頭に置くなど、「人間の愛情をもって眺めるものとしての月のメタファー」が好まれたのであろうか。(10)自然を賞でる対象としての月を捉える如上の史伝とは少し趣を異にしている観がある。

しかしなお、月を賞する風雅の心と相通ずるもののあることについて言及してみたい。『伊沢蘭軒』「その百九十二」には、庭園の掃葉を自らの手でしなければ気のすまなかった蘭軒の潔癖を紹介し、これに続いて花木を愛した事実が口碑により伝えられていることをも記し、後者については、人に乞うて梅・木蓮・芭蕉・竹などを幾度も移し栽えたことを詩に詠み、それは平生は対象としなかった草花にまで及んでいたことを叙す。そして鷗外は、特につゆ草の詩が目に留まつたと述べ、「わたくしは児時夙《はや》く此草を愛した。」として詩を引いた後、「わたくしの家の小園には長原止水さんの贈つた苗が、園丁の虐待を被りつゝも、今猶跡を絶たずにゐる。」と書いている。「葦斎漫筆」ではこの一節を取り上げ、自ら庭を掃い家僕に箒箒を把らせなかった蘭軒に、自分と類似の性癖を見て、「書を読みて古人の言行おのれに似たるものあるを知るや、会心の喜おのづから禁ずべからざるものあるを覚ゆるなり。」と書く心事も関心をそそる。蘭軒とのつながりだけではなく、右に記載する露草やはこべその他風致ある微物も、園丁によって抜かれ、箒で雑草とともに捨て去られる悲しみを吐露している条は、鷗外とのつながりをも意識したと思われるからである。

四　荷風の史伝と鷗外

荷風は「隠居のこゞと」（『女性』大正一二・三―一三・一）中、鷗外の史伝について、「先生の所謂その題材を過去に求められたるものを通読するに、其過去は単なる過去にあらず、却てよく現在を説き未来を暗示するものたるを知れり。」と評している。磯田光一はこれを『下谷叢話』への自注と解してもよいと述べる。(11)この観点からすれば、上掲の批評的言辞の数々も入って来るであろう。『伊沢蘭軒』の「その百四十二」中、享和年間若い北條霞亭が友人と隅田川に舟を浮かべて雪を賞する時、香を焚いて盃を挙げたことについて、当時の中国文化は大正の西洋文化に優っていたようである、という先達の評言に荷風は注目する。そして、「わたくしは之を読んで窃に思つた。昭和の学生は野球の勝負を見る毎に、泥酔して銀座を横行し、夜店を踏み破り、巡査と格闘することを耻としない。」と批判し、現代の西洋文化は江戸時代の中国文化に比して何と言うべきであろう、と述べているが、これも上の例として挙げることができる。

『下谷叢話』には、しばしば鷗外の名を挙げている。「第十」で枕山が赤羽橋を詠じて文人服部南郭を追慕していることを叙し、「恰吾等大正の文学者が団子坂を登るごとに鷗外森先生を懐うて悵然とするが如きものであらう。」と比定するなどその一節である。不忍池の辺にあった一酒亭のことに及んだ条には、

明治三十二三年の頃わたくしは三河屋のあつた所に岡田といふ座敷天麩羅の看板の掲げられてあるのを見た。その後明治四十四年の秋に至つて、わたくしはこゝに森鷗外先生と相会して倶に荷花を観たことを忘れ得ない。其時先生は曾て大沼枕山に謁して贄を執らむことを欲して拒絶せられたことを語られた。枕山が花園町に住し

てゐた時だと言はれたから其の歿した年である。（第四十）と見える。ここでは枕山との接点により鷗外は完全に史伝中の人物になった観がある。右のように筆を運ぶ荷風にとって、蘭軒が茶山を連れて不忍池で馳走をした時、茶山が「此《この》日《ひ》秋風《しゆうふうあり》故人《こじんの》酒《しゆ》。小西《せうせい》湖上《こじやうに》看荷花《くわくわをみる》。」の句のある詩を作ったことを記す行文にも心動かされたに相違ない。鷗外は一句から七月のことと推定するが、荷風には、師と慕う鷗外と言い、場所と言い、自分の雅号も関係する蓮の花と言い、池畔をわたる風と言い、なつかしいものに違いなかった。蘭軒が花卉・花木を愛した一事を綴る章も想起される。

『小説随筆 麻布襆記』（春陽堂、大正一三・九）の「叙」において、「思へば麻布に移りてよりこの五とせが間には悲しきことの多かりき。厳師森夫子は千朶山房に簀を易へたまひ又莫逆の友九穂井上君は飄然として道山に帰りぬ。爾来われは教を請ふべき師長もなくまた歓び語るべき伴侶もなし。衰病の孤身うたゝ寂莫のおもひに堪へやらず文筆の興も従つて亦日に日に索然たり。」と身辺及び自身の心中を語り明かす荷風にとって、人的つながりの糸をたぐり、その組織の全体を時の推移の中に明らかにしようとする史伝を著述することは、その世界に鷗外と共に生きることであった。[12] にわかに増える掃墓のこと、[13]『伊沢蘭軒』中先人の月を賞する詩文に接しての『下谷叢話』や「葦斎漫筆」への同類の詩文の引用、関係書の探索と閲読、読書による故人との邂逅と対話、これらを併せての執筆はそうしたようすがでなければならなかった。

注

（1） 荷風は初出の文章のタイトル及び本文の異なる場合が多いが、ここでは『荷風全集』（岩波書店、昭和三八―四〇）によった。荷風・鷗外の史伝については、竹盛天雄「『下谷叢話』縁起―初出から改作へのすじみち―」（『文学』昭和四〇・九）、塩崎文雄「『下谷叢話』考―鷗外史伝の受容を中心に―」（『近世・近代のことばと文学』第一学習社、昭和四七）、小泉浩一郎「伊沢蘭軒―一つのアプリオリテイ」（『国文学　解釈と鑑賞』臨時増刊、昭和五九・一）、拙稿「鷗外の史伝　その方法意識を中心に」（日本文学協会編『日本文学講座6　近代小説』大修館書店、一九八八）参照。

（2）漢詩の訓みは便宜上時に筑摩書房『森鷗外全集』第五巻（昭和三五）、第四巻（昭和三四）による。

（3）永井荷風「森鷗外先生の『伊沢蘭軒』を読む」（鷗外全集著作第七巻附録『鷗外研究』二、昭和一一・七）参照。『臨時増刊　文芸　森鷗外読本』（昭和三一・七）に、アンケートに対する吉田健一の回答として「その後まだ鷗外の仕事を凌ぐものは出てゐないと思ひます。」とある。『伊沢蘭軒』については、小西甚一著『日本文藝史　V』（講談社、平成四）の「近代化の試行的出発」の「二」、「近代化の進展と限界」の「三」参照。

（4）磯田光一著『永井荷風』（講談社、昭和五四）参照。

（5）二作についてはつとに紫竹園主人の「『下谷叢話』について」（『帝大新聞』大正一五・五・一五）があり、これは中央公論社版『荷風全集』第十三巻の月報（昭和二五・八）に再録された。

（6）篠田一士著『伝統と文学』（筑摩書房、昭和三九）参照。

（7）幸徳秋水著『兆民先生・兆民先生行状記』（岩波文庫、昭和三五）参照。

（8）大屋幸世「雲を見る目―鷗外日記から―」（『文芸と批評』三ノ八、昭和四七・三）参照。

（9）注（4）参照。

（10）福田英男著『ゲーテの叙情詩―研究』（郁文堂、昭和五二）所収の「ゲーテの月の叙情詩」参照。

（11）注（4）参照。

（12）荷風における鷗外の一端については、成瀬正勝「偏奇館訪問」（中村真一郎編『永井荷風研究』新潮社、昭和三一）参照。

（13）荷風の探墓のことは、川本三郎著『荷風と東京『断腸亭日乗』私註』（都市出版、平成八）参照。

第二章　芥川龍之介の文芸論

第一節　文芸論における「告白」の問題

一　芥川・鷗外の「告白」の論についての言説

芥川龍之介が漱石の門下生であったことはいうまでもない。しかし文芸上で鷗外に私淑するところも少なくなく、また実際観潮楼を訪ねたこともあった。たしかに芥川は晩年「森先生」の一文で鷗外の文芸について、「何か微妙なものを失つてゐる」（「文芸的な、余りに文芸的な」〈『改造』昭和二・四、六、八〉と指摘したけれども、一方でこの先達に傾倒し、創作意欲を掻き立てられ、また対抗意識を抱いていたことも事実である。特にその翻訳が芥川にとって大きな意味を持つものであったことは自らも打ち明けている。ここでは文芸上の「告白」の問題を中心として、鷗外から芥川へという文芸評論史の結節点について考察を試みたい。

明治四十年（一九〇七）代は自然主義が文壇の主流を占めていた。そうした中で鷗外が「告白」の問題をめぐって論難されることがしばしばあった。「田楽豆腐」（『三越』大正元・九）では主人公にことよせ自らの体験を、「創作を大分出すやうになつてからは、自己を告白しない、寧ろ告白すべき自己を有してゐないと云ふので、遊びの文芸だとせられた。」と書いている。自己を告白しないとして責められた点では、大正時代における芥川も同様であった。特に大正十年代に至ってそういう声が多かった。「保吉の手帳から」（『改造』大正一二・五）について、久米正雄は菊池寛同様『新潮』（大正一二・六）の「創作合評」で、「もつと素直になるとい〻がね。」と述べた。菊池寛は、「芥川の場合に於いて、才だとか技巧とか言ふものは、たゞ、頭脳《あたま》だとか、小手先だけの問題だけでなく、もつと彼の本質的の観照や、感受性や、感覚に内在してゐるもの」で、「世間の評家の考へてゐるやうに、表面的なものでない」と理解を示してはいたものの、[1]その創作を「人生を銀のピンセットで弄んで居るやうな、理智的の冷淡さがあり過ぎるやうに思はれ」ると批評し、「もう少し作者がその高踏《アルーフネス》を捨て〻、作品の中に出て来てもよい」という希望も口にしている。[2]久米と同じ「合評」では「何故もつと素直に自分を書かないのか」との発言もある。『新潮』（大正一三・五）の「創作合評」における宮島新三郎が、「自叙伝が書けるやうな気持になつて貰ひたい」と注文をつけたことも、右の諸家のそれと軌を一にしている。

しかし芥川は、「芸術その他」（『新潮』大正八・一一）からもわかるように、終始「芸術家は何よりも作品の完成を期せねばならぬ。」といった観点から、漱石同様「芸術は表現に始つて表現に終る。」とする方向に文芸観の基調を求めていたから、諸家の批評の立場には同調しえないものの多くあることを感じていた。上に紹介したような声は、新技巧派・新理智派の名称を与えられた時の賞賛の声とともに早くから芥川の耳に入っていた。それで、「或悪傾向を排す」（『中外』大正七・一一）や「「私」小説論小見」（『新潮』大正一四・一一）その他において、芸術は表現であり、表現の中におのずと作家自身が現れるという見解を繰り返し力説したのであって、古典に素材を得た初期の小説も自己を表した作品にほかならなかった。当時「材料と自分の心もちとが、ぴつたり一つにならなければ、小説は書けない。」と創作の秘密を語り明かしたのは、[3]そのような事情の一端を示すものである。

こうした作品と作家との関係の問題を取り上げるとき、鷗外・芥川の文芸論における接点の一つとしてアナトール・フランスの存在が注目される。芥川がこの作家に傾倒していたことは周知の事実であろうが、鷗外もつとにその書を繙いていた。「宮口で獲た二書の解題」(『心の花』明治三七・九)があり、「舞踏」の一篇を大正三年三月に翻訳している。「椋鳥通信」(『スバル』明治四二・三―大正二・一二)等でもその動静に目を配っていた。「蒲団」(『新小説』明治四〇・九)が発表された翌年の三月十七日には、パリの上田敏に宛てて、花袋・獨歩のほかに文壇には作家がいないかのごとく言いなされ、漱石の名ももはや聞かれないとやや大袈裟に報告し、「Anat. France のやうな作でも出たら一応大陳腐として斥けらるゝでせう」としたためている。いわゆる傍観者的な態度で著された感のある作品に接し、そのような傾向の文芸がわが国では認められそうにないことを感じ、もって文壇の方向を報せたのである。

鷗外は、仏国のこの作家の感想集『エピキュールの園』(一八九四)をオールガ・ジガールの独訳(一九〇六〈明治三九〉)で読んでいた。この書に鷗外の書き入れはないけれども、ここで注目しなければならないのは、一般に著者がなぜ読者を魅することができるのかを、多少揶揄的な分析をまじえ、詩人(作者)・詩(作品)・読者の関係について述べた箇所である。すなわち、「一行の美しい詩句は、いわばわれわれの心の琴線をなでる楽弓なのだ。詩人がわれわれのうちに歌わせるのは、彼の感慨ではない。われわれの感慨なのだ。彼がその愛する一婦人について語るとき、彼がわれわれの霊魂のなかにうまく喚びさますのは、われわれの恋の熱情、われわれの傷心なのだ。」と記し、詩人と読者との間に「何としあわせな誤解があることか!」と述べ(4)、「詩人の最良の者はエゴイストである。彼らは自分のことしか考えない。ただ詩のなかに自分を置くだけだ。そしてわれわれがそのなかに自分を見出すだけなのだ。」と記した部分である。

鷗外は、この条を「読みながら思つた事」(『心の花』明治四二・一〇)の一節に取り入れ、

○ Anatole France がこんな事を言つてゐる。「詩人は利己者である。作品の中に無遠慮に自己を置いてゐる。読者は其作品に対して読者の自己を見出して面白がる。」作品といふものはさうしたものだらう。若し詰らな

い作品であつたら、読者は其中に読者の自己を見出さないだらう。読者は冷淡にこれを打遣つてしまふだらう。それで好い筈である。所がさうは行かない。今の読者は詩人の作品に対して、其中から詩人の自己をあなぐり出して、恐ろしく怒つたり何かする。少くも批評を書くために読む者はさうである。御苦労千萬である。（傍点引用者）

と書いて、自然主義の余弊的な考えをする者に筆鋒を向けた。作品は作者が生み出したものである以上は、何らかの形でその精神を反映していると考えられ、その限りでは作者の自己を表し、また自己が現れれば告白の要素を帯びることになる。しかしそれは、自己の感情や実生活を直接告白し、これを世間に知らせるということを意味するものではない。まして主人公として作品の前面に乗り出すことを指すのではない。読者や評者は、おのずと作家が現れている作品の中に、自らの関心する事柄や問題、あるいは精神・思想等を看取すればよいとする立場である。「キタ・セクスアリス」（『スバル』明治四二・七）で作中の主人公が、「どんな芸術でも自己弁護でないものは無い。」と述べたのも、こうした観点からのものであった。

ところで右の引用文か、あるいはこれを収めた『妄人妄語』（至誠堂、大正四・二）を読んでいたと思われる芥川は、「澄江堂雑記」（『随筆』大正一二・一一）の「告白」の一文において次のように述べている。

「もつと己れの生活を書け、もつと大胆に告白しろ」とは屢、諸君の勧める言葉である。僕も告白せぬ訳ではない。僕の小説は多少にもせよ、僕の体験の告白である。けれども諸君は承知しない。諸君の僕に勧めるのは僕自身を主人公にし、僕の身の上に起つた事件を臆面もなしに書けと云ふのである。おまけに巻末の一覧表には主人公たる僕は勿論、作中の人物の本名仮名をずらりと並べろと云ふのである。それだけは御免を蒙らざるを得ない。――

この御免を蒙るという理由として、「暮しの奥底をお目にかけるのは不快である。」、「さう云ふ告白を種に必要以上の金と名とを着服するのも不快である。」の二つを挙げる。そして、もし告白すれば、「読者は皆面白がる。批評家は一転機を来したなどと褒める。」と記し、「誰が御苦労にも恥ぢ入りたいことを告白小説などに作るものか。」と結んでいる。上掲の鷗外の文章の筆致との類似が認められるであろう。

文芸における「告白」のこうした問題を考えるとき、芥川も『エピキュールの園』を読んでいたことが注目される。一九〇八年（明治四一）版のアルフレッド・アリンソンによる英訳（日本近代文学館蔵、芥川手沢本）に、

The best of them are sheer egoists. They are thinking of themselves all the time. It is only themselves they have put into their verses — and it is only *our*selves we find there. The poets help us to love; that is all they are for. And surely it is a good and sufficient use to put their delightful vanity to.

とある。サイドラインは、芥川がしばしば用いた青鉛筆によるものである。[5] 施線箇所は、鷗外がA・フランスの言葉として紹介した部分とほぼ重なるが、「詩人は詩句のなかに自分を置くだけだ―そしてわれわれがそこに自分自身を見出すだけなのだ。」とある行文が一致していることは興味深い。芥川は、「告白」の問題をめぐる、この言葉が脳裏に深く残ったらしく、大正十四年四月の「文芸鑑賞講座」中の一文で、作品の鑑賞にあたっては、その内容を自己の体験に徴してみることも有益であるとし、「アナトオル・フランスの言葉の中に「わたしはわたし自身のことを書いてゐる。読者はそれを読む際に読者自身のことを考へられたい」とか言つてゐるのがありました。」と紹介している。芸術における美の永遠性の問題を主題にした「野呂松人形」（『人文』大正五・八）中、「自分が、或芸術の作品を悦ぶのは、その作品の生活に対する関係を、自分が発見した時に限るのである。」という文を含む一節

を『エピキュールの園』から引用していることも目に留まる。「時代と場所との制限を離れた美は、どこにもない。」という命題を裏づけるためのものであるが、やはりおさえておいてよいことであろう。

このように両作家共に『エピキュールの園』の同じ箇所から引用していることは、文芸史的結節点として注目される。「大正九年度の文芸界」（『毎日年鑑』大正九・一二）で、「近年の文壇程、自叙伝的小説に富んでゐる文壇は滅多にない。」と記し、多くの小説が「直接作者自身の生活に材料を取つたものである」と述べ、そこから「モデルその物の興味に依らんとする傾向」が生じ、さらにそれを一歩進めた「悪傾向」のあることを指摘した芥川の態度が、鷗外の立場を想起させるのも自然であると言えよう。

二　芥川の「私」小説論及び技巧論と鷗外

「大正九年度の文芸界」には、「この数年間に文壇は、明かに局面を転換した。」とあり、その内実を「自然主義の桎梏を脱した」と捉え、自然主義から大正後期への文壇の推移の中に、一つの断層のあることを認めた。しかし一方で、「新進作家の中には、その芸術的信条の上から見ると、殆ど自然主義の遵奉者とも称すべき作家がゐる」として、文壇の多様化の現象に言及し、時弊ともいうべきものを剔抉する。その一つとして、作家が文芸の領域を逸脱して、作品のモデルそのものの興味による面があり、そこから「モデルを芸術的以外の目的の為に使用して恥ぢない傾向」さえ出ているると論難し、暴露的筆遣いが人に累を及ぼしている事実を指摘できると断罪している。

この評論中芥川は「私小説」という語を用いてはいけないけれども、自己の実生活・心境を直接告白するような作品が、自然主義のそれとは趣を異にしつつも、文壇を席捲することになるような空気をすでに感じていたであろう。その点正宗白鳥の「批評について」（『中央公論』大正一五・六）中

「私小説」の元祖は田山氏であつて、『蒲団』出現以後、殆んど二十年、原稿生活者の雑多紛々の日常生活を描くことが、小説家の取るべき正路のやうに極つてゐた。私なども田山氏の所説に刺戟され、時代の流風に化せられて、「私小説」風のものを書いて今日に至つた。欧洲の近代文学を絶えず読んで来た私は、小説が自分の日記だけでいゝのか知らんと絶えず疑ひながら、日本文壇の常識になつてゐる流風に対して反抗する気にはなれなかつた。

とある回想に、自叙伝的小説が多いと評した芥川が私小説論を批判するに至る一因が暗示されているように思われる。すなわち自然主義と大正後半の文壇との間に断層を認めつつも、一方では、自然主義の文芸―自叙伝的小説―私小説というつながりを見ていたのではないか。いわゆる私小説が、明治の自然主義の小説に比べはるかにきめの細かさを見せ、洗練されていたとしても、白鳥が述べたように、その流れの大筋を捉えることができることを感じていたのである。つとに自然主義の手法に同調しえないものを感じていた芥川が、大正十四年（一九二五）をピークとする私小説の論に容喙することになるのも、当然の成り行きであった。

久米正雄は、「「私」小説と「心境」小説」（『文芸講座』第七号、大正一四・一）を発表し、「かの「私小説」なるものを以て、文学の、――と云つて余り広汎過ぎるならば、散文芸術の、真の意味での根本であり、本道であり、真髄である」と主張したが、芥川はこれを謬見として退け、前掲「「私」小説論小見」において、「久米君によれば、「私」小説とは西洋人のイツヒ・ロマンと言ふものではない、一人称でも三人称でも作家自身の実生活を描いた、しかも単なる自叙伝に了らぬ小説であると言ふことであります。けれども、自叙伝或は告白と自叙伝的或は告白的小説との差別も、やはり本質的には存在しません。」と論を進め、「「私」小説の「私」小説たる所以は自叙伝ではないことに存在するのではない、唯その「作家自身の実生活を描いた」こと――即ち逆に自叙伝であることに存在する」のであると述べる。そして、久米の定義の如何にかかわらず、それは「嘘ではない」という保証のついた小説となることを主張する。そして、「嘘ではない」ということの文芸的意義を問題として取り上げ、次のように論じる。文芸の自律性を強調したあとに続く部分である。

既に文芸を風のやうに自由を極めたものとすれば、「嘘ではない」と言ふことも勿論一片の落葉のやうに吹き飛ばされてしまはなければなりません。いや、「嘘ではない」と言ふことばかりではない。「私」小説の問題に多少縁のある謬見を挙げれば、「作家はいつも作品の中では正直にならなければならぬ」と言ふことも、やはり吹き飛ばされてしまふ筈であります。元来「正直になる」或は「他人を欺かぬ」と言ふことは道徳上の法律ではあるにしても、文芸上の法律ではありません。

私小説を「嘘のない」ことを重要な特色とするという捉え方を俎上にのせて批判したわけであるが、この主張は、鷗外の「読みながら思つた事」で、「今の批評家は真面目で言つたのでなくては価値がないとしてゐる。そして真面目で言つたのと、poseをして言つたのとをいつでも容易に見分ける試金石を持つてゐると自ら信じてゐる。批評家がそんな試金石を持つてゐるだらうか。自ら欺いてゐるのではあるまいか。」と記す一節を想起させる。すなわち「正直」と「真面目」との対応、自然主義を意識した「欺く」という視点導入の一致が認められる。また、「侏儒の言葉」（『文芸春秋』大正一二・一―一四・一二）の「告白」の一文において、ルソーやメリメをも念頭に置き、「所詮告白文学とその他の文学との境界は見かけほどはつきりはしてゐない」と述べたのは、右の引用文で「試金石」という語を用いた鷗外の批判と契合する。ただし芥川は、志賀直哉の作品は別格として、自叙伝的小説・私小説を指向する作品には初め肯定的態度をとらなかったようであるが、「「私」小説論小見」では、異議を唱えるのは「私」小説ではなく、「私」小説論であると述べたことを、上来の観察のなかでおさえておく必要があろう。

以上のような文学における「告白」、「私」小説の問題は、「技巧」の問題とも密接な関連を持つ。その点でまず花袋の「露骨なる描写」（『太陽』明治三七・二）を視野に置かなければならない。花袋はこの評論で「無技巧」の態度の必要性を説き、リアリズムの深化を図るべく、作家が人生・現実と切り結んだ真摯な創作態度をとるべきことを提唱した。在来の文芸一般に対してはその精神において意義あるものであり、その範として特にイプセンを例示したのであるが、その技巧論を鷗外は、

〇近ごろ世間では技巧（Technik）といふ語を、散文の様式（Stilistik）か又は美辞法（Rhetorik）の義に用ひてゐるらしい。そして其技巧の反対に露骨といふことを立てゝ居る。露骨とはむきだしとでもいふ義だらう。そこで欧羅巴輓近の大家は其むきだしに書いて居て、技巧を用ふることを屑としないといふのだ。これはどうか知らぬて。

（「妄語」明治三八・三〈のち『妄人妄語』収載〉）

と批判し、「普通の義でいふ技巧は、IBSEN などはおそろしく手に入つたもの」として、「技巧」がリアリズムの深化にとって障害にはならないことを述べたのである。

若き芥川は、明治四十四年ころの筆にかかる「日光小品」のなかで、田山花袋・長谷川天渓をはじめとする自然主義の立場に立つ人の主張を念頭に置き、「文壇の人々が排技巧と云ひ無結構と云ふ、唯真を描くと云ふ。冷な眼ですべてを描いた所謂公平無私に幾何の価値があるかは私の久しい前からの疑問である。」と記している。その芸術的資質もこの言葉に関係していたはずであるが、ここには後年「技巧」の問題についてしばしば自らの見解を表明することになる萌芽が認められる。そして、自分の作風への批判が強く出始めるころから、文芸における技巧の意義への言及も多くなるのである。大正六年新聞紙上に発表の「戯作三昧」や、「奉教人の死」（『三田文学』大正七・九）等に菊池寛・小島政二郎・江口渙・田中純らは理解を示したけれども、細田源吉は「好事的傾向を排す」（『中央公論』大正七・七）において、「彼の作品の唯一の興味は、無限大の人生から、一片の小出来事を切りとつて来て、それをいかに巧みに画面化するかといふに過ぎない」と断じた。同様の批評は前年すでに諸家によってなされていたのであるが、芥川としては、自作の弁護はしなかったにせよ、そういう評家の文芸の構造の把握のしかたに飽き

足りなく思い、間接的に応酬するところがあった。「芸術その他」等における「技巧」の問題への言及がそれである。それはまた自己を表さないとする声への反論・弁護であった。「或悪傾向を排す」ではこう述べている。

もう一度繰り返すと、芸術は正に表現である。さうして表現する所は、勿論作家自身の外はない。では如何に腕が達者だからと云つて、如何に巧に技巧を駆使したからと云つて、それは到底作家自身の見た所、或は感じた所を出やう筈がない。尤も世間には往々作品の出来上る順序を、先始に内容があつて、次にそれを或技巧によつて表現する如く考へてゐるものがある。が、これは創作の消息に通じないものか、或は通じてゐても、その間《かん》の省察に明を欠いた手合たるに過ぎない。

大正十三年九月からの「文芸一般論」でも同趣旨のことを記し(6)、「芸術その他」でも、文壇が「小手先の仕事」とか「後からくつついたもの」とか、予め悪い意味を伴わせない限り技巧は作家の磨くべきものであるとし、これを文芸制作上の「呼吸」「コツ」として重視する。技巧が危険なのではなく、これを駆使する「小器用さ」が危険であるとも述べている。したがって、伊福部隆輝が、「芸術に精進する時、単に表現技巧のみに、表現的技巧の習練研究のみに力をそゝぎ、それによつてよき芸術が制作し得るもののやうに考へる」のは謬見であるとして芥川を難じたことを(7)、「一批評家は未《いまだ》小児である」と切り捨てたのは、実作は別としても論としては当然のことであった(8)。この反駁の姿勢には、伊福部隆輝が芥川の作品を評するに、芸術ではなく「奇術」の語をもってしたことが反映していたことは明らかである。

文芸上の技巧の問題は創作態度のことに関係する。後年斎藤茂吉も鷗外のポーズ論を参考にしているが、鷗外は、オスカー・ワイルドの『ドリアン・グレイの肖像』(一八九一)に由来する、「或思想の価値は、これを発表する人が真面目で言つてゐるとPoseをしてゐるとで増減するものではない。」という言葉を引いて、「芸術の上では、此詞の中に真理があるのを認めずには置かれないかと思ふ。」(「読みながら思つた事」)と述べた。鷗外の文芸が「あそび」であると批判されたのは、自然主義文学隆盛のなかで、ポーズをとっているという印象を与えた点も関係していたが、その点で、芥川も同様の批評を受けたことがあった。久米正雄が前掲大正十三年五月『新潮』の「創作合評」で、保吉ものには「おり」が残ると言い、控えめではあるが「結局ポーズをもつてゐるのか。」と発言したのがそれである。菊池寛・宮島新三郎の「素直になれ」という言葉は、こうした批評と重なるところがあろう。芥川が、「古来真面目なる芸術家は少しも真面目さを振りかざさない」とし、イプセンを挙げて「真面目さを看板に苦りきる程、人間離れのした怪物ではない。」と述べ、「真面目さに憧れる小説家、評論家、戯曲家等に敬意を持たないのは当り前である。」と激しい措辞を示したことには[9]、「あそびの文芸」と冷評されて自らもこれを標榜した鷗外を思わせるものがある。

ところで、芥川は、「文芸的な、余りに文芸的な」の「批評時代」において、「批評家だつた森先生は自然主義の文芸の興つた明治時代の準備をした。」とし、括弧づきで（しかも逆説的な運命は自然主義の文芸の興つた時代には森先生を反自然主義者の一人にした。）と記して、鷗外と自然主義との文学史的連関を摑んでいた。そういう芥川は、蔵書の菊判『鷗外全集　第三巻』（鷗外全集刊行会、大正一四・五）で、自然主義への先人の批評・批判の基調を改めて確認したであろうか。この巻には演劇評論関係の文章が多いが、『妄人妄語』をも収めているからである。そこに、文芸における告白・技巧・ポーズの問題をめぐっての鷗外の立場が明確にされていることはこれまで観察したとおりである。

このような関連から自然主義の隆盛を極めた時期における鷗外の心境にも思いを馳せるところが芥川にあったのではないか。鷗外の文芸論に接し、明治文壇におけるこの先達と自然主義との関係を、大正文壇における自己と私小説とのかかわりに対応させて考える点があったのではあるまいか。そして文芸論をめぐる類似の立場を、秘かに『鷗外全集』で確めていたのではなかったか。文芸論のみならず、高等講談と揶揄された鷗外の歴史小説に、方法をかなり異にしつつも、自己を語らないとされた自らの歴史小説を対応させる心理が多少ともあったことが推測されるのであるが、吉田精一は、「芥川自身は、自分は作家としてよりも、鑑賞家、批評家として自信があるというようなことを、たびたびいろんな人にいっていたらしい。」と報告している。(10) こうした事実を考えるとき、「批評時代」の一節を見逃すことはできない。

　僕は「鷗外全集」第三巻を読み、批評家鷗外先生の当時の「専門的批評家」を如何に凌駕してゐるかを知つた。同時に又かう云ふ批評家のない時代の如何に寂しいものであるかを知つた。若《も》し明治時代の批評家を数へるとすれば、僕は森先生や夏目先生と一しよに子規居士を数へたいと思つてゐる。

文芸評論史上の自己が鷗外を受け継ぐ面のあることを芥川は秘かに意識し、その限りにおいて自らに恃むところがあったに違いない。吉田精一の紹介と併せ読むとき右の文章はそういう把握をゆるすであろう。

注

(1) 「芥川氏――菊池氏（相互印象（1））」（『文章倶楽部』大正九・一二）の菊池寛「元来負けぬきの男」参照。

(2) 「芥川龍之介氏の印象」（『新潮』大正六・一〇）中の菊池寛「▼印象的な脣と左手の本」参照。

(3) 芥川龍之介「私と創作――『煙草と悪魔』の序に代ふ――」（『文章世界』大正六・七）参照。

(4) 関根秀雄訳『エピキュールの園』（白水社、昭和二六）により、これを行論上改めたところがある。(5)「仏蘭西文学と僕」（『電気と文芸』大正一〇・二）によると、芥川は色鉛筆で線を施すことがしばしばあった。この箇所に線を引いたのは、少なくも「野呂松人形」大正五年七月脱稿以前だったであろう。鷗外の読んだ独文を参考までに引くと〈Die besten von ihnen sind Egoisten. Sie denken nur an sich. Nur sich selbst legten sie in ihre Verse, und wir finden darin nur uns.〉とある。鷗外手沢本は東京大学附属図書館「鷗外文庫」蔵。

(6) 文芸春秋社編『文芸講座』（大正一三・九―一四・五）のうち。書誌については『芥川龍之介全集　第七巻』（岩波書店、昭和五三）の「後記」参照。

（7）伊福部隆輝「芥川龍之介論」（『新潮』大正一一・九）参照。
（8）芥川龍之介「一批評家に答ふ」（初出不詳、大正一一か）参照。
（9）芥川龍之介「思ふままに」（『時事新報（夕）』大正一二・六・一三）参照。
（10）『国文学　解釈と教材の研究』（昭和四三・一二）の「芥川龍之介の文学とその死」と題する座談会における発言。

第二節　小説論における「筋」「話」の問題

一　花袋「深山黒夜」における「筋」の問題

文芸論における「告白」の問題に続いては、鷗外とのつながりで、小説の「筋」「話」をめぐる問題を考察したい。鷗外が小説の「筋」について言及したのは早く、田山花袋作「深山黒夜」（『新文壇』明治二九・一）を批評した際であった。山梨県に鉄道を敷設するころのことに題材を得、甲州鉄道の会社に勤める野中なる青年測量士が、「自分」という視点から語った形式の短篇小説で、晩秋から初冬にかけての一日、甲斐の与沢・清沢から佐野峠を越えて猿橋へと、四里半の山道を一人で歩いた時の心理と一出来事とを書いた作品である。日の落ちた道をたどっている時、与沢を立つ際友人が、「何かゞ出る」と言った言葉をふと思い出す。平生であれば愚にもつかないことであるのに、その恐ろしさに身がすくむ思いがする。身震いしながらも深山の夜道を歩いていると、峠の細い横道からすたすたと速い足音が聞こえ、それが自分の跡に付いて来る。左は、振り返って見る勇気もなかったと記す後に続く、作中頂点を成す一節である。作者としては文章の呼吸を考え、改行にも意を用いたであろう。

足音は愈々近づいた。ばかりか、その足音は駆出して、自分の後すぐ後に！
もう其処《そこ》に、
自分は立留つた。眼には何が映《うつ》つたか。

女の姿！

自分は立留まつた。此時の恐ろしさと言つたら、ほと〳〵名状せらるべき者では無い。誰でも考へて見れば分る。女といふ者は、只でさへ非常に陰気なもので、夜分など知らずにふいと出会《でつくわ》すと、非常に恐《おそ》ろしく物凄く思はるゝものである。それがこの山中で、墨を流したやうな闇の夜で、しかも何か出は仕ないか〳〵とばかり思つて居る矢先に、ぽつと白い白い顔を見たのであるから、自分の此上になく驚いたのも、決して決して無理ではあるまい。すると女も自分と同じく立留つた。ばかりか、つく〴〵と自分の顔を見て居る、窺《うかゞ》つて居るばかりか、その儘一歩二歩歩《ある》き出して、殆んど一二間ほどの処まで近寄つて、自分の顔をじつと見た。

じつと見た！

自分はぞッとした。今にもこの身がどのやうな恐ろしい目に逢はされるかと思つた。処が存外である女は急に慌てたやうな、気の毒といふやうな、丸で人違でも仕たといふやうな様子で、元の路の方へ引返して行つた。


極度の緊張、恐怖の心が一瞬ほぐれたのか、しばし茫然として立っていた野中であったが、その後無事猿橋に着くことができたと語り、「あゝこの足音！　自分はこれほど物凄く恐ろしく思つた事は無い。」と、作品は結ばれる。

このような短篇に対し鷗外は「鷸翮搔」（『めさまし草』明治二九・一—六）で、

冬のはじめ甲斐国なる佐野峠を踰えしに、跡より何とも知れぬ足音したり。立留りてふりかへり見れば女なりき。この女気の毒げなる顔して引きかへしゆきぬ。是れ花袋田山氏が小説の筋なり。詩のよしあしは固より筋には在らず。されど作者は深山黒夜を以て能くかかる筋をして小説たらしむることを得たるものとなすか。

（傍点引用者）


と評した。批評中の「詩」は、優れた文芸作品という広義の意味に用いており、狭義の「詩」を指すものではないこと言うまでもない。ここでは「深山黒夜」の芸術性・文芸性を問う心があり、小説の「筋」は必ずしも文芸を文芸たらしめる所以のものではないと考え、問題提起的に批判したのである。当初文芸理論としては「覚悟《イントュイション》」（直観）・「神来《インスピラチオン》」、少し後に「空想の力」と改めたものがそれに当たると考えていた鷗外は、この時点でも基本的には変わらなかったに違いない。美的契機の果たす役割を考え、文芸作品の価値という点から、「筋」自体に頼ることに懐疑的立場をとり、また心理描写を重んじてこれに依拠することにも、問題を感じていた。こうした点から「深山黒夜」への如上の批評となったものと思われる。

二　鷗外『灰燼』における小説の「筋」論

鷗外は「鷸翮搔」の四年半後に戯曲の「筋」の問題について述べた。「潦休録」（『歌舞伎』明治三三・七）がそれで、芸術史を見ると、前人の形式を破壊してみたいという願いが存在するとし、「十九世紀後半の芸術の歴史は此破壊者の歴史だとおもふ」と記す。そして絵画・詩・演劇の場合を見、戯曲における「筋」と「行為」とに関し次のように述べる。

グスタアフ・フライタハの戯曲の技巧と云ふ本などを見れば、熱病患者の体温表のやうな線《すじ》が引張つて、序幕から大詰までの行道《ゆきみち》が極めてある。それは自然にさうありさうな事だ。芝居の中ではいづれ人間が何か為て居る。これが即ち筋だ。その為て居ることは、役者が坐つて饒舌つてばかりは居られぬから、どうせ動いて見せるやうな筋でなくてはならない。これが即ち行為だ。行為といへば、どうせ人と人との間の出来事で、その出来事には初もあれば終もある。纏《もつ》れたものは解《ほど》けねばならない。（傍点引用者）

しかるにハウプトマンが現れて、こういう「筋」と「行為」との必ずしも必要ではないことを示す戯曲を書いたと述べ、「筋」の問題については『機織』（一八九二）を取り上げる。すなわち「工場主に虐待せられて居る寒村の職人が飢餓に困むところを、丁度幾枚かの写真を見るやうに、写し並べた」戯曲であって、「筋」を要しない作品の例とする。同じころ書いた「隣のたから」（『めさまし草』明治三二・一二）では、ハウプトマンの盛名を紹介し、ベルリンでのその初演に触れてから、「齣を追て因果を推すに、唯だ幾葉の光写図《フォトグラフィ》を繙閲する如くにして、些の布局なく些の脚色なし。審美上戯曲論の破壊は此に至りて極れりと謂ふべし。」と述べる。「筋」とは、原因と結果との連鎖を時間的契機から見たものと換言できるが、『機織』にはこの意味での「筋」の展開はなく、場面の集積された形で演じられると説明する。五幕から成るこの作品には大勢の人物が登場するけれども、全幕登場するのは一人の老人だけで、しかも彼は主人公という存在ではない。鷗外は少し後の著書『ゲルハルト、ハウプトマン』（春陽堂、明治三九・一二）では「困窮を主人公とす」という評言を引いている。また戯曲における形式の破壊の例の一つとして人物の「譫語《うはごと》」の叙写を挙げる。同じ作家の『ハンネレの昇天』（一八九四）を引き、これが一人の娘の心中に往来する「妄想」だけで成り立っていると説く。鷗外は、小説ではシュニッツラーの『グストル少尉』（一九〇一）を、独白体の作品として同様に捉えたであろう。パン屋の主人に侮辱され軍人としての名誉を守るため死を決意した人物の内面を、いわば意識の流れとして写したもので、鷗外が愛読書の一冊と語ったのも、この小説に、形式的には譫語の一変形としての新しさを認めたからに外なるまい。

このように小説・戯曲における「筋」の問題を考えたことのあった鷗外に「灰燼」（『三田文学』明治四四・一〇―大正元・一二）がある。作中の山口節蔵は、作者の資性・精神構造に通ずるところのある人物で、何かを書いてみようと思いをめぐらせている。批評家が、「何を書くかの問題には重きを置かなくても好い。要はどう書くかに在る」と言っているけれども、「作者の成功がどれ丈どう書くかに本づいてゐるかは容易に判断し難い。」と疑義を呈し、下のごとく考える。すなわちゴーリキーが在来の文芸にはない「流浪人生活」を、幸田露伴・尾崎紅葉が異常な出来事を、広津柳浪が明治二十八年に「変目伝」を書いたことが好評を博する所以であるかもしれない、と多少揶揄的な調子で批評し、いまにサディズムのごとき変態性欲を書いて成功する人も出るかも知れないと述べる。ゴーリキーの場合は『どん底』（一九〇二）を考え、露伴では「風流仏」（『新著百種』明治二二・五）や「対髑髏」（『葉末集』明治二三・六）を、紅葉では初期の作品もさることながら、明治三十一（一八九八）年一月から三十五年五月まで新聞紙に掲載されて世の耳目を集めた『金色夜叉』を念頭に置いていたのではないか。『灰燼』のこうした条は、書く場合の実際としては、「何を」ということも重要であって、作品の成否では「どう」との間に必ずしも明確な一線を引くことはできないという一事を指摘した言説と解される。このような叙述から推して、鷗外が小説における「筋」の問題を考えていたことは明らかで、次のとおり筆を進める。

> 暫くして節蔵は、「筋も馬鹿にならんて」と、口のうちでつぶやいた。批評家のえらがり共が、誰の小説は筋が面白いのだとけなして、平凡な事ばかし書く作者の前に香を焚いてゐるが、筋と云ふものは、どんなに奇抜でも面白い筈はない。面白いと思つたのは、筋のせいだつたと、批評家として白状するのは、殆ど芸術の鑑賞の出来ないのを白状してゐるやうなものだらうと思つたのである。（傍点引用者）

「平凡な事ばかし書く作者」云々の言辞から、自然主義作家を高く買う批評家に関係した行文であろうと思われるが、節蔵ひいては鷗外の考えは、花袋の「深山黒夜」を批評した際のそれと変わりはない。基本的には、小説における「筋」に文芸的、芸術的価値をそれほど置かない立場である。ところで、花袋の『インキ壺』（左久良書房、明治四二・一一）に『文章世界』初出の「事件の筋」（「評論の評論」明治四一・七）がある。「筋」が人生の実際の「筋」に近寄り、十年前のそれと意味が変わって来たと言い、「事件の進行性に興味を持つて読まれる」ようなロシアの作家が出たという一事を紹介して、我が国でも次第にそうなると思うと述べている。花袋としては「筋」が実人生に近づいているということに「真」を描く文芸を期待したのである。鷗外がこの論を読んだかどうかはわからないが、「平凡な事ばかし書く作者の香を焚いてゐる」という批評家を批判する書きぶりからすると、花袋には同意できなかったであろう。花袋は自分の立脚点から「真」を表す文学を求めていたから、芸術性・文芸性という語は用いなかったものと思われる。「筋も馬鹿にならんて」とある節蔵のつぶやきからすれば、鷗外はある程度は「筋」の意義を肯定したものと解されるが、しかし、その根底に詩的、文芸的感性や詩的、芸術的精神を重んずる考えのあることを見逃してはならない。言語芸術としての文芸を鑑賞できる力量を、批評家に求めたのである。

三　芥川の「「話」のない小説」論と鷗外

周知のとおり芥川龍之介は、その晩年に谷崎潤一郎と小説の「筋」「話」の問題をめぐって筆戦を交えた。(1)佐藤春夫によれば、一夜三人で談じ合い、その後のことであったと言い、自分はその中間の意見であったという。(2)本稿での結論から記せば、芥川が、創作の体験、このころ抱いていた文芸観・芸術論によって自説を主張したことは言うまでもないとしても、上掲鷗外の言説に負い、論争の精神的支えとしてこの先達に拠るところもあったのではないか、ということである。知られているように、芥川は武者小路実篤の出現について天窓を開け放って云々と書いて、その作品を迎えた。事実性・告白といった問題で花袋が、その評論・小説によって注目を浴びたことからも『インキ壺』を読んでいたとすると、上掲の「筋」論には文芸理論の観点からは批判的であったはずである。芥川はしかし、花袋を俎上に載せず、谷崎潤一郎との間で論を交えることになった。昭和二年二月の『新潮』掲載の合評会で芥川は、谷崎の作品をめぐって自分の「藪の中」(『新潮』大正一一・一)と併せ、「話の筋と云ふものが芸術的なものかどうかと云ふ問題」があると指摘し、中村武羅夫の発言を受けたところで疑問を提出したのである。

中村　面白い筋を芸術的に現す、筋だけの面白さでなしに、面白い筋が芸術的な表現になつてゐれば、筋の面白いと云ふことも差支ないぢやないか。(略)

芥川　さうかも知れない。しかし筋の面白さと云つても、奇怪な小説だの探偵だの、講演にしても面白いと云ふやうな筋を書いて、其の面白さが作品其物の芸術的価値を強めると云ふことはないと思ふ。（傍点引用者）

こうした見解に対し谷崎は「饒舌録」（『改造』昭和二・二―一二）(3)で、「芥川君に依ると、私は何か奇抜な筋と云ふことに囚はれ過ぎる、（中略）大向うをアッと云はせるやうなものばかりを書きたがる。それがよくない。小説はさう云ふものではない。筋の面白さに芸術的価値はない。と、大体そんな趣旨かと思ふ。」とまとめ、自分はこれと意見を異にすると言う。すなわち「筋の面白さ」は「物の組み立て方、構造の面白さ、建築的の美しさ」で、そこに「芸術的価値」がないとは言えず、これを除外するのは、「小説と云ふ形式が持つ特権を捨てゝしまふ」ことであると応酬した。谷崎によれば、日本の小説に最も欠けているのは「構造的美観」を具現化する構成力であるが、日本人は文学に限らずこの方面の能力が乏しいのではないかと述べる。続いて、同じ東洋であっても、中国人は日本人に較べ構成力があると説く。すなわち、中国の小説・物語類はそのことを感じさせるとし、日本にも昔から筋の面白い作物はないことはないけれども、少し長いものや変わったものになると、大抵は中国のそれを模倣したものであると言う。こう述べる谷崎は『水滸伝』をその代表的作品の一つと考えていたであろうが、その点ではもちろん芥川にもこれは愛読書であった。谷崎の発言を理解する要件は芥川にもあったはずである。「筋」という語を用いて芥川は考えを述べ、谷崎も同様の語で応じたが、「文芸的な、余りに文芸的な」（『改造』昭和二・四、六、八）冒頭の「「話」らしい話のない小説」では「話」の語を使っている。

僕は「話」らしい話のない小説を最上のものとは思つてゐない。従つて「話」らしい話のない小説ばかり書けとも言はない。第一僕の小説も大抵は「話」を持つてゐる。デッサンのない画は成り立たない。それと丁度同じやうに小説は「話」の上に立つものである。（僕の「話」と云ふ意味は単に「物語」と云ふ意味ではない。）若し厳密に云ふとすれば、全然「話」のない所には如何なる小説も成り立たないであらう。従つて僕は

「話」のある小説にも勿論尊敬を表するものである。（中略）
しかし或小説の価値を定めるものは決して「話」の長短ではない。況や「話」の奇抜であるか奇抜でないかと云ふことは評価の埒外にある筈である。（谷崎潤一郎氏は人も知る通り、奇抜な話の上に立つた多数の小説の作者である。その又奇抜な話の上に立つた同氏の小説の何篇かは恐らく百代の後にも残るであらう。しかしそれは必しも「話」の奇抜であるかどうかに生命を托してゐる訣ではない。）（傍点引用者）

この「「話」らしい話のない小説」については、「身辺雑事を描いただけの小説ではない。それはあらゆる小説中、最も詩に近い小説である。」と書き、その具体例としてジュウル・ルナアルの『葡萄畑の葡萄作り』（一八九四）から引く。岸田國士の訳にかかる大正十三年（一九二四）四月刊行の書中の「フィリップ一家の家風」がそれで[4]、「善く見る目」と「感じ易い心」とだけによって仕上げることのできる作品であると言う。そして、日本からは志賀直哉の「焚火」（『改造』大正九・四。初出の題「山の生活にて」）以下を挙げ、さらに「二　谷崎潤一郎氏に答ふ」では、自分とともに谷崎をも鞭ちたいと述べ、「材料を生かす為の詩精神」の重要性を強調した。これに対し谷崎は鞭たれることを断ると言い、芥川もまた論を立てて「十二　詩的精神」の節を設け、芥川の言う詩的精神の意味がよくわからないと応じた谷崎に答える。フローベールの『ボヴァリー夫人』（一八五七）その他を挙げ、それらはいずれも「詩的精神の産物」であると説き、「どう云ふ思想も文芸上の作品の中に盛られる以上、必ずこの詩的精神の浄火を如何に燃え立たせるかと云ふことであ」って、そこに作品の価値の高低を定める鍵があると主張するのである。すなわち作中に「詩」を持てということを急所として考えていたわけであろう。

こうして二人の論争はなお続くが、「「話」らしい話のない小説」、「詩的精神」の内実については必ずしも分明ではなく、従来様々な解釈がそれぞれの観点に従ってなされて来た[5]。しかしここでは、鷗外・芥川をつなぐ接点の問題に入らなければならない。すでに考察したとおり、鷗外はその批評・小説において、「詩のよしあしは固より筋には在らず。」、「筋と云ふものは、どんなに奇抜でも面白い筈はない。」と述べた。この両言辞を、文芸を文芸たらしめるものが支え、そこにいわば芸術的精神が関係することを考えていたと解される。同様に記せば、芥川は、「筋の面白さが作品其物の芸術的価値を強めると云ふことはな」く、「「話」の奇抜で在るか奇抜でないかと云ふことは評価の埒外にある筈」で、「詩的精神の浄火（中略）の熱の高低は直ちに或作品の価値の高低を定める」と主張したわけで、そこに二家の言説の契合点を認めることができるであろう。その広い読書範囲から考えると、芥川は自説の拠り所を他の作家・詩人・評論家から得た可能性はないとは言えないが、鷗外が重要な存在であったことは間違いあるまい。この間の問題を考えるとき、芥川が鷗外の如上の批評・小説を読んでいたことを確認しなければならない。

芥川が「深山黒夜」を評した「鸙翩搔」掲載の『めさまし草』を手にしたかどうかは、不明である。しかし、批評文は谷崎と論じ合う前の大正十三年十月出版の『鷗外全集　第二巻』（鷗外全集刊行会）に収められていたから、これを架蔵していた芥川は読んだと推定できる。「文芸的な、余りに文芸的な」の「三十二　批評時代」で、上に引いた「潦休録」をも収載する、その第三巻（大正一四・五）をおさえ、批評家としての鷗外を漱石・子規と併せ高く評価している一事も見逃せない。ただし、芥川が「深山黒夜」を読んだかどうかは、これが大正十二、十三年刊行の『花袋全集』（花袋全集刊行会）に入っておらず、不明というほかはない。掲載誌『新文壇』第一号が現在稀覯本である状況からすると、目を通さなかった可能性が高いが、鷗外評理解のためには、必ずしも読まなくてもよいものであった。

『灰燼』は、芥川生前には初出『三田文学』以外活字化されなかった。また芥川自身この作品名を記してはいない。しかし、「本の事」（『明星』大正一一・二）の「かげ草」の一文に関係叙述が見いだせる。夢の中の話として、三越の書籍部で鷗外の Quarto 版『かげ草』を見たと記し、夢から覚めた後のことと断り、架空の本としては『新聞国』の初版よりも、このQuarto版の『かげ草』が欲しいと言う一節である。「新聞国」は「血の出るやうな諷刺」になるはずの小説で、『灰燼』の山口節蔵が書こうと様々に考案している作中作である。諷刺罵殺の精神に富む芥川が、作中の「新聞国」の叙述のあたりを見逃すはずはない。芥川は鷗外の評論や『灰燼』を読み、小説における「筋」の論に接していたことになる。

後年高見順は、この芥川・谷崎の論争で創作に培おうとしたのであるが、それだけにとどまらず、芥川の「都会人的神経」、「出生にまつわる秘事」を自らのそれに重ねて、あるべき人生態度をも探ったのであった。(6)

注

(1) その研究史については関口安義・庄司達也編『芥川龍之介全作品事典』(勉誠出版、平成一二)の「文芸的な、余りに文芸的な」(日高佳紀執筆)参照。

(2) 佐藤春夫「詩文半世紀」参照。

(3) 昭和二年十月号「大調和」(原題「東洋趣味漫談」)も入っている。

(4) 「フィリップ一家の家風」は山敷和男著『芥川龍之介の芸術論』(現代思潮新社、平成一二)参照。

(5) 跡上史郎「芥川と谷崎の論争について」(『文芸研究』第一四〇集、平成七・九)参照。

(6) 高見順の自伝的小説「わが胸の底のここには」(『新潮』昭和二一・三―二三・六)の「その六」参照。

付記　従来の全集未収録の「深山黒夜」披見の機会を賜った関西大学に感謝の微意を表する。

第三章　太宰治「みみづく通信」「佐渡」と波の音

一　「みみづく通信」と宝井其角

昭和十五年（一九四〇）秋のやや寒さを感じさせる時期に、三十三歳（数え年）の太宰治は、三鷹の自宅（借家）で、若い一学生の依頼に、腕組みをしたまま長い間口を閉ざしていた。学生は、新潟高等学校（旧制）の文芸部主催にかかる文芸講演会のための来港を願い、講師としてはすでに芥川龍之介・川端康成を招いたことがあるといったことも付け加えた。東京大学文学部在学の新潟高校卒業生であった学生は、当時東京大学附属図書館勤務の山崎武雄、すなわち後の作家渋川驍の仲介によって太宰を訪ねたという(1)。依頼を受諾した場合、慣れない講演であることや、その文芸に深く親しみ、またその自殺に衝撃を受けていた芥川の名が出されたこともあって、様々に思い、考え、黙する時間が長かったのであろうか。あまり旅行をしなかった事情もあって、日本海側の新潟行きそのものを考えたり、佐渡にも足を延ばしてみたいといった心も動いたりして、しばらくは口を閉ざしていたのであろうか。使者に立った学生を困惑させもした太宰であったが、結局招きに応じ、新潟への旅は決まったのであった。かつて印象深く見たという映画「新佐渡情話」のことを思い出していたのであろうか。

こうして太宰の新潟高校での講演は、十一月十五日に行われた。この時の旅行から「みみづく通信」（『知性』昭和一六・一）と「佐渡」（『公論』昭和一六・一）とが書かれ、ともに雑誌の小説欄に掲げられた。後者には、否定的言辞も関係したのか、「(作者後記。旅館、料亭の名前は、すべて変名を用ゐた。)」とあるが、前者には文中「太宰」と見え、二篇は、その形式・内容からすると紀行・随筆として読んでもよいと思う。少し後の『津軽』(小山書店、昭和一九・一一)で、「実際、旅の印象記などあてにならない」と自ら記したのも、書く立場の太宰にとってジャンル的区分はそれほど定かではなく、また重大な問題でもなかったことを示唆していて、(2)おのずとこの間の事情を語り明かしている。事実・実際よりも、その時の感じ、心の真実、芸術的完成こそが重要だったのであろう。このような二篇を取り上げ、近世の俳人宝井其角とのかかわり、「波の音」に対する意識、特にそれの太宰における意味の問題に焦点を当て、この作家にとっての二作の意義に言及してみたいと思う。なお、物語言説・物語内容の観点からは、作中の「太宰」や「私」と現実の作家太宰とは区別し、語りの問題をも考えなければならないかもしれないが、ここでは、問題と作品の性質とから作品を書いた人物をほぼそのままとして扱うこととしたい。

慣れない講演であったこと、その責めを果したという思いが強かったのか、また芥川・川端らかつて同じ壇上に立った作家のことも意識したのか、「みみづく通信」は、「無事、大任を果しました。どんな大任だか、君は、ご存じないでせう。」と書き出されている。作品の題は、新潟でのことを書いた後、締め括りとして「みみづくの、ひとり笑ひや秋の暮。其角だつたと思ひます。十一月十六日夜半。」と擱筆した文面によったことはいうまでもない。

そもそも太宰には、好みもあったらしく、また当然技巧的にも考えたと思われるが、書簡形式の作品が少なくない。「風の便り」(『文学界』昭和一六・一二)その他書簡体を採った作品を探すのは、それほど困難ではない。また、「思ひ出」(『海豹』昭和八・四、六、七)までに同人の通信として「欅通信」や「海豹通信」が出されていた。このような好みに、実際の旅の印象記の観のある内容も関係して、「みみづく通信」の題名になったという事情もあったに違いない。それに加えて太宰が高く評価していた鷗外に「椋鳥通信」(『スバル』明治四二・三―大正二・一二)のあった一事も挙げられる。往時の文学者・知識人がよく読んだことで知られるこの通信は、斎藤茂吉の随筆のタイトルや臼井吉見の紀行の書題にも利用された。太宰の部屋に並んでいた鷗外全集に「椋鳥通信」収載の巻があったかどうかわからないが、その存在は知っていたのではなかろうか。太宰治がオイレンベルクの鷗外訳『女の決闘』から昭和十五年同題の小説を発表したこと、[3]「阿部一族」（『中央公論』大正二・一）の蛍の描写に讃歎したことは知られているであろう。戦時下の一夜太宰を訪ねた桂英澄に「五月雨の木の暗闇の下草に蛍火はつか忍びつつ燃ゆ」と書いてくれたというが、[4]小説中の描写と響き合うものを感じさせる。

「みみづく通信」は、その題を直接には宝井其角の句に負うていたが、旅先からの書信という形式上の技巧の問題で畢わらないところがある。その点高校時代の愛読書の一冊であった岡倉谷人著『評釈其角の名句』（資文堂書店、昭和三・九）を見逃すことはできない。[5]新潟への講演旅行執筆の際、この書を机上に置いていなかったとしても、その「秋」の部を閲するに、次のような句解が見え、参考になるからである。一句についての評釈の全文である。

旅　思

（秋の暮）みゝづくの独笑や秋の暮

元禄三年上梓の「いつを昔」には、「けうがるわが旅姿」と前書して、此句を掲げてある。二つの前書を綜合して此句を考へれば、何やら着膨れた旅装束が、木兎の姿に似て居ると自ら嘲り、独りほくそ笑んだと云ふのらしい。秋の暮は其旅行当時の季節である。秋の暮故にこそ、木兎の姿が興がる旅装束と好調和を保つて居るのである。

太宰は新潟駅に着膨れの出で立ちで降り立ったわけではなかった。好みの久留米絣の羽織に黒い袴で、厚いシャツ一枚はかばんに入れていた。マントを着て来るべきであったと後悔さえしている。竣工してまだそれほど経っていない、長江信濃川に架かる万代橋を渡っても、柳都といわれる街を見ても、殆ど感興を覚えなかったらしい太宰であるが、自らをみみずくと見なすとき、旅に出たという感興はあり、また何か滑稽味をただよわせるところのある自分を意識したのに相違ない。それには自嘲や矜持もまじり、其角の独り笑いの句を思い出すことになったのであろう。そうした「けうがる」心は、講演終了後自ら先頭に立ち、生徒を従えて海を見に行ったあたりにも動いていたのではないか。

日本海。君は、日本海を見た事がありますか。黒い水。固い浪。佐渡が、臥牛のやうにゆつたり水平線に横はつて居ります。空も低い。風の無い静かな夕暮でありましたが、空には、きれぎれの真黒い雲が泳いでゐて、陰鬱でありました。荒海や佐渡に、と口ずさんだ芭蕉の傷心もわかるやうな気が致しましたが、あのぢいさん案外ずるい人だから、宿で寝ころんで気楽に歌つてゐたのかも知れない。うつかり信じられません。（中略）

砂丘が少しづつ暗くなりました。（中略）この砂丘は、年々すこしづつ海に呑まれて、後退してゐるのださうです。滅亡の風景であります。

「これあいい。忘れ得ぬ思ひ出の一つだ。」私は、きざな事を言ひました。

ここにいう「滅亡の風景」について「きざな事」を言ったとあり、心象風景としては、それまでの自分の生の一齣に響かせてみる気持ちもあったかと思われる。ここで「荒海や」と吟じた先人の心中に少しく疑義も呈する太宰には、蕉門の十哲の一人其角に芭蕉以上に心を寄せる時期があった。そうした心は、

其角は、天才にして、大器であつたが故に、自ら創めた江戸座の作風は、渠の在世中、異彩を当年の俳壇に放つたとは云へ、俑を作る者が後なきと一般、其滅後に於ける渠の宗徒は、鼻持ならぬ、駄作愚作を吐き散ら

して、先人を辱かしめたばかりでなく、幇間宗匠てふ一職業をさへ生ぜしむるに到つた。想へば其角も「三代唖を生ずる」か、若くは「無間地獄に堕つる」亞流であつたかと観ぜられる。（『評釈其角の名句』の「序」）

と書いた岡倉谷人の其角観とつながりがなければならない。其角は芭蕉没後その生活にも乱れを生じ、俳諧の道も師に背く点があった。「「無間地獄に堕つる」亜流」の評は、この間の事情を指すものであるべく、太宰には弘前をはじめそれまでの実生活を顧みて、自身感ずるところはあったかと推察される。講演後のイタリア軒における晩餐の席で、「太宰さんを、もつと変つた人かと思つてゐました。案外、常識家ですね。」と言ったと生徒の言葉を記したのも、この一事と無関係ではあるまい。其角のいわゆる「旅思」が関係したとしても、「みみづく通信」をこの近世の一俳人の句で擱筆したのは、故なしとしない。

右のような文脈は「佐渡」にも及んでいる。講演の翌日「死ぬほど淋しいところだと聞いてゐ」た島に渡る「私」は、船中で思いをめぐらせる。すなわち以前から佐渡は気がかりな所であったと書き、「関西の豊麗、瀬戸内海の明媚」に憧れてはいるものの、「いまはまだ、地獄の方角ばかりが、気にかかる」として、佐渡ケ島に足を延ばしたとある。佐渡旅行の理由は自分でもわからないと述べ、乗船したことを繰り返し後悔するけれども、如上の関心の中で、生における新たな意味の発見を求める心もあったであろう。

二　「佐渡」における波の音

「みみづく通信」での筆は、概して感興を記すに、積極的とは言い難い観もあるが、しかし、その中にあって目立つのは、ひとまず宿に落ち着いたところへ、生徒が迎えに来た場面の会話である。それは、海を見に行こうと自ら先頭に立って歩き出した太宰につながるものである。

一時ちかく、生徒たちが自動車で迎へに来ました。学校は、海岸の砂丘の上に建てられてゐるのださうです。自動車の中で、

「授業中にも、浪の音が聞えるだらうね。」

「そんな事は、ありません」生徒たちは顔を見合せて、失笑しました。私の老いたロマンチシズムが可笑しかつたのかも知れません。

正門前で自動車から降りて、見ると、学校は渋柿色の木造建築で、低く、砂丘の蔭に潜んでゐる兵舎のやうでありました。(傍点引用者)

波の音に対する意識は、太宰の文学に見えつ隠れつして流れているといってよいが、それの意味に照明を当てることは、「みみづく通信」「佐渡」解釈の所以の一つとなると思われる。

講演では壇上で二冊の本を取り出して、「これは自作の作品ですが、はじめにこれを読みます。」と言い、まず第一創作集『晩年』(砂子屋書房、昭和一一・六)所収の「思ひ出」の一章を読んだという。[6] 太宰の青森中学校(旧制)受験前までの生い立ちの部分である。『津軽』から推定しても、女中たけについての条は、特に思い出深かったはずであるが、[7] 小学校三、四年のころ不眠で悩んでいたと書き、祖母をありがたく思ったと回顧するあたりも朗読したであろうか。

まづ、晩の八時ごろ女中が私を寝かして呉れて、私の眠るまではその女中も私の傍に寝ながら附いてゐなければならなかつたのだが、私は女中を気の毒に思ひ、床につくとすぐ眠つたふりをするのである。(中略)十時頃まで床のなかで転輾してから、私はめそめそ泣き出して起き上る。その時分になると、うちの人は皆寝てしまつてゐて、祖母だけが起きてゐるのだ。祖母は夜番の爺と、台所の大きい囲炉裏を挟んで話をしてゐる。私はたんぜんを着たままその間にはひつて、むつつりしながら彼等の話を聞いてゐるのである。彼等はきまつて

村の人々の噂話をしてゐた。或る秋の夜更に、私は彼等のぼそぼそと語り合ふ話に耳傾けてゐると、遠くから虫おくり祭の太鼓の音がどんどんと響いて来たが、それを聞いて、ああ、まだ起きてゐる人がたくさんあるのだ、とずゐぶん気強く思つたことだけは忘れずにゐる。(傍点引用者)

心配・恐怖等に苦しめられる、生活のリズムの不調の状態にあって、静けさと寂しさとの中、遠くから響いて来る太鼓の音に励まされたことが、忘れられない思い出になっているという一事は注目に価する。新潟高校の生徒(市民の姿もあった)を前に話しながら、初めて郷里を離れて生活した青森中学校時代やそれに続く弘前高校時代の自分のことが脳裏を掠めたのではなかったか。渋柿色と評した新潟高校の校舎を見た時、「まちの端れにあつて、しろいペンキで塗られ、すぐ裏は海峡に面したひらたい公園」になっていた中学校の校舎を思い出し、「浪の音や松のざわめきが授業中でも聞えて来て、(中略)いい感じを受けた」(傍点引用者)青春の一齣を想い起こしていたに違いない。旅館への迎えの生徒に車中でまず尋ねたのも、授業中波の音が聞こえるか否かであって、これは「みみづく通信」で最初に写された会話文であった。太宰にはそれだけ関心事だったのであろう。

「思ひ出」では、中学校時代弟との下宿生活でも波の音を聞いたことを記している。すなわち、教師による、男女の結び付きを運命的に決めているという赤い糸の話について、「私はこの話をはじめて聞いたときには、かなり興奮して、うちへ帰つてからもすぐ弟に物語つてやつたほどであつた。私たちはその夜も、波の音や、かもめの声に耳傾けつつ、その話をした。」(傍点引用者)と書いた条である。教師の赤い糸の話自体が虚構でなかったことは、太宰の中学生時代の日記に徴して明らかである。秋のある月のない夜、その話を弟にした時「海峡を渡って来る連絡船が、大きい宿屋みたいにたくさんの部屋部屋へ黄色いあかりをともして、ゆらゆらと水平線から浮んで出た。」とも叙して往時を振り返る。高校生に波の音のことを尋ねた自分に「老いたロマンチシズム」を見る心は、かつてのそうした自己とつながる。「思ひ出」の波の音を書き留める一節は、『津軽』にもそのまま引かれている。生の忘れ得ぬ一齣だったのである。

波の音の問題は「佐渡」にも続く。水が真黒く、陰鬱な、寒い海を渡って、雨の降る夷港の阜頭に降りた「私」は、旅館の提燈に誘われて旅装を解き、夕食後散歩に出る。「裏町ばかりを選んで歩いた。雨は、ほとんどやんでゐる。道が悪かつた。おまけに、暗い。波の音が聞える。けれども、そんなに淋しくない。孤島の感じは無」(傍点引用者)く、心を打つほどのものはなかった。「佐渡の旅愁」を求めて立ち寄った料亭でも、東京の場末と同じ何の情緒もないので、宿へ帰って蒲団を敷かせ、すぐに寝たと作品は記す。しかし、昔時芭蕉が佐渡を望み、「暫時の旅愁をいたはらむとするほど、日既に海に沈で、月ほのくらく、沖のかたより、波の音しば〳〵はこびて、たましゐけづるがごとく、(中略)そゞろにかなしびきたれば、草の枕も定まらず、」(傍点引用者)と記した『銀河ノ序』が響いていたかと思わせる左の叙述を見逃すことはできない。

夜半、ふと眼がさめた。ああ、佐渡だ、と思つた。波の音が、どぶんどぶんと聞える。遠い孤島の宿屋に、いま寝てゐるのだといふ感じがはつきり来た。眼が冴えてしまつて、なかなか眠られなかつた。謂はば、「死ぬほど淋しいところ」の酷烈な孤独感をやつと捕へた。おいしいものではなかつた。やりきれないものであつた。けれども、これが欲しくて佐渡までやつて来たのではないか。うんと味はへ。もつと味はへ。床の中で、眼をはつきり開いて、さまざまの事を考へた。自分の醜さを、捨てずに育てて行くより他は、無いと思つた。障子が薄蒼くなつて来る頃まで、眠らずにゐた。(傍点引用者)

自らの生にかかわる原点ともいうべきものに思いを致しているが、それが秋の夜孤島の宿で静寂の中、聞こえて来る波の音を契機としていることは関心を引く。(8) おけさ丸で渡った日の気象、海の条件や夷港の当時の状況からして、海鳴りは聞こえたとしても、「どぶんどぶん」と写された波の音は、フィクションであろう。それだけ自らの心中にあった想念を書き表したかったからに外なるまい。「死ぬほど淋しい」所で耳にするその響き・リズムは自身に及び、内なる新たな一歩を確認させたようで、かつて同じく秋の夜更けの心細い床から起き出して聞き、気強く思った、あの虫送り祭りの太鼓のそれに通じるところがある。両時点の人生における境位は相当異なるにせよ、それが一種の心の支えになっていることは争われない。そのことを佐渡で改めて意識し、生に対する励ましと新たな覚悟のようなものを思ったのではないか。

「風の便り」によれば、波の音には、身を裂くような寂しさとの関係で、文学の存在理由が問われる問題にまで発展するものもあるのであろう。その点で上田敏の『独語と対話』（弘学館書店、大正四）所収の「律」（『太陽』大正三・二）の一文が想起される。敏は、流転する世界の只中にあっては、人は受動的生に甘んじなければならないが、これを諦視する者には、そこに万物の諧調を成り立たせている一定の律を感知できるようになると説く。そして、その律は拍子・間・節奏・拍節と呼んでもよいとし、「上下、左右、緩急、遅速、強弱、表裏、明暗、弛んでは張り、張つては弛む玄妙不可思議の波を支配する根本力」であり、「生の本体は偏にこの律に現はれてゐる」と述べる。太宰の「思ひ出」や「佐渡」の波の音も、生命的な力となる律・拍節・リズムを響かせていたのではなかったか。

新潟紀行数年前の「猿ヶ島」（『文学界』昭和一〇・九）からは、「日本の北方の海峡ちかくに生れた」人物（猿）が、「夜になると波の音が幽かにどぶんどぶんと聞えたよ。波の音つて、いいものだな。なんだかじわじわ胸をそそるよ。」と話す場面が見いだせる。「道化の華」（『日本浪漫派』昭和一〇・五）にも、「波の音が聞えるね。――よき病院だな。」と言ったり、「浪の音や鷗の声に耳傾けよう。」と語りかけたりする言葉がある。これらも太宰の感性的実感の表現と解されよう。もっとも、波の音すべてがよかったわけではない。「ア、秋」（『若草』昭和一四・一〇）では、秋の海水浴場の渚に「海は薄赤く濁つて、どたりどたりと浪打つてゐた」と拒否的反応を示している。瀕死の海だからである。

こうたどるとき、波の音の基層には、意識的にせよ、無意識にせよ、心理的、生理的に、あの秋の夜の太鼓の音、そのリズムがあったのではないかと推断される。静けさと寂しさとの中、気強く思わせた太鼓の音といわばそのヴァリエーションとしての波の音とは、上田敏のいわゆる「生の本体」の現れとしての「律」、生命的リズムとして響き、彼を支え、一種の心的安らぎを覚えさせたのに相違ない。新潟で波の音が聞こえるかと尋ねたのも、芭蕉を意識した、海に近い街での期待の一つだったのであろう。佐渡紀行で不満を表しながらも、波の音を聞き自己のあり方を問うた一点をおさえるならば、俳聖が旅愁をいたわろうとして対岸から眺めやった、そして、自らも気がかりであったという島を訪ねた甲斐はあったとしなければならない。

太宰の代表作の一つ「人間失格」(『展望』昭和二三・六—八)では、海岸の波打ち際に散る桜の花、その浜辺を校庭として使っている東北のある中学校に筆をやっている。それは波の音につながる思い出深い場所を投影したものにほかならない。「斜陽」(『新潮』昭和二二・七—一〇)と同年の「母」(同上、昭和二二・三)は、津軽のある港町の知人の経営する旅館に一泊した「私」の見聞を書いた作品である。鰺ヶ沢町がいわば舞台であるが、夜の隣室の下のような会話が写されていて注目を引く。男は帰還して故郷に向かう二十歳前後の航空兵で、女は宿の女中であり、二人はたがいに初めて会ったばかりだという。

「日本の宿は、いいなあ。」と男。

「どうして?」

「しづかですから。」

「でも、波の音が、うるさいでせう?」

「波の音には、なれてゐます。自分の生れた村では、もつともつと波の音が高く聞えます。」

「お父さん、お母さん、待つてゐるでせうね。」

「お父さんは、ないんです。死んだのです。」

「お母さんだけ？」

「さうです。」

「お母さんは、いくつ？」と軽くたづねた。

「三十八です。」


「私」の関心は隣室の若い客と女中との話頭に上る、帰還兵の母へと、年齢関係やエロスの微妙な問題に向かうとしても、波の音とのつながりで、母というものの存在の意味を暗示するところも認められる。静かに憩う兵の言葉は印象的で、作品の題とも響き合い、上来取り上げた波の音の表現相と無関係ではない。

たしかに、太宰の文学にあっては、波の音の問題を正面から取り上げているわけではなく、その点綴される場面を見るかぎり、背景や場の状況として描かれている程度である。しかし、「みみづく通信」「佐渡」の二篇は、これを黙殺できないもののあることを示しているように思われるのである。

三　新潟・佐渡への旅の問題

以上のような「みみづく通信」と「佐渡」との作品の形式は異なるが、一つの旅を題材としている点では共通し、連続の関係にある。[9] 特に波の音について言えば、前者が問いを設け、後者がこれに答えるという対応関係が認められる。前者では、高校生に波の音が聞こえるか否かを問うた自分の心の中に、「老いたロマンチシズム」を自嘲的に見いだしている。しかし、清朝初期の蒲松齢に題材を負い、二作と同月発表の「清貧譚」（『新潮』昭和一六・一）[10]に、「聊斎志異の中の物語は、文学の古典といふよりは、故土の口碑に近いものだと私は思つてゐるので、その古い物語を骨子として、二十世紀の日本の作家が、不逞の空想を案配し、かねて自己の感慨を託し以て創作也と読者にすすめても、あながち深い罪にはなるまいと考へられる。私の新体制も、ロマンチシズムの発掘以外には無いやうだ。」（傍点引用者）とある行文をおさえるとき、「みみづく通信」「佐渡」は、単なる紀行的作物として畢らない観を呈することになる。芭蕉・其角を響かせ、創作・生の原点にかかわる問題に改めて触れているように見えるからである。

　こうした二篇は、いわゆる太宰の中期の執筆にかかり、それまでと比べて比較的安定した生活場裏で発表された小説である。新潟高校で「思ひ出」とともに「走れメロス」（『新潮』昭和一五・五）を朗読したことも、聴衆との関係で選んだ点があったにせよ、この間の事情を暗示している。けれども、単純に安定期の太宰とすることはできない点がある。[11] みみずくの独り笑いから「「無間地獄に堕つる」亜流」につながっていく太宰、「死ぬほど淋しいところ」で「地獄の方角ばかり」が気にかかり、「謂はば死神の手招き」に吸い寄せられて佐渡に惹かれる作家が、二作になお姿を留めているからである。

　ところで、鷗外に『聊斎志異』の翻訳に言及した「小野篁に就きて」（『月草』春陽堂、明治二九）の小文があるが、太宰はこれを読まなかったと推測されるとしても、上述のとおりこの書中の物語に自分の「不逞の空想」を案配して作品を書きたいと述べ、「ロマンチシズム」を発掘したいと記していた。「みみづく通信」と同時期の筆にかかるだけに、新潟・佐渡への旅ではそうした機会を得たいと願う心も抱いていたのに違いない。しかし、信濃川に新しく架けられた近代建築の万代橋に、石塚友二が新時代の文明・文化の渡って来る象徴のごときものを見ていたこととは対照的に、目もくれなかった。東京在住の作家としては珍しくはなく、古いものの姿を残し、その影を映すこの地に期待するところがあったからであろうか。昭和二年五月芥川龍之介が、「新潟——明治時代の東京はここの柳の並み木だの木橋だのに残つてゐる。まだどこかに北清《ほくしん》事件《じけん》の石版刷りの画位《えぐらい》は売つてゐるかもしれない。

……」（「東北・北海道・新潟」〈『改造』昭和二・八〉）と見ていた一文を読んでいたのではあるまいか。

航海中佐渡の島影を見て大陸かと思った太宰は、その大陸に遊んだことはなかったが、こうたどるとき山東・淄川県の農村蒲家庄に生まれた蒲松齢に一言触れておいてもよいであろう。その『聊斎志異』は芥川の愛読書であった。作品世界の基調は「序」に明らかにされているが、ここで少し述べたいのは、その地域と居住した家屋とについてである。蒲家庄付近はやや低い丘が縦横に走り、林の中には狐兎が生息、出没したという。(12)現今は集落の郊外にわずかに樹林を残しているが、蒲松齢の家郷とその旧宅は政府の保護地区に指定されて手を加えることが禁止され、往時の状況ほぼそのままを保存したものとある。村内は狭い道が通じ両側の家は土塀で囲われ、家の外見も土造りであり、中は薄暗く、いまにも崩落しそうな小屋《しょうおく》も少なくない。しかし、小さな裸電球が垂れ下っており、人々はそこに住みなしているようである。門構えの蒲松齢の邸宅は、この地域では大きく、庭には池も造ってあり、書斎等の設けられた棟が建てられてある、いわゆる四合院の形をとっている。身長を越える高い塀に囲まれ、一つの世界を作っている観があるが、門を一歩出れば、いまなお鬼狐・花妖・精怪・仙人・畸人に出会しても不思議ではない通りのたたずまいを見せ、観光客がいなければ、ひっそりとした中に時間は殆ど止まったままの感を抱かせる。泰山にも中国的な距離からすれば遠くはない淄川県の西の辺りには、大気の屈折的現象から一種奇幻な景象も現れたという。(13)そうした地域に住む知識人にとって、志怪や説話・歴史もあずかっているとはいえ、空想的話説を作り出し、また道行く人から怪異を聴き取って記すことは、十分合点のいく環境と見受けたのであった。まして幼少から怪異的な話に関心があり、天性穎慧と評判された人物でありながら、持ち前の正義感もあずかって科挙に合格できず、政治的な心を満たすことができなかった事情の一端が『聊斎志異』の「序」に窺われる。

そういう書に見られる一種の「ロマンチシズム」が、遠く現代の日本の一作家と、間接的にせよかかわりを持つことになったわけである。この漢人作家に諷刺罵殺の精神を読み取っていた芥川龍之介を、太宰治は感ずるところがあったと推定される。太宰の「ロマンチシズム」にそのようなもののあることは、『聊斎志異』に取材した作品のみならず、広く見れば批判的精神のある「斜陽」や「人間失格」の世界を考えると、これを否定することはできないであろう。

それにしても、太宰は、故郷への旅は——それは未知の地に遊ぶという視点からすれば旅とは言えないと思う——別として、また生活上の問題と結び付いた小旅行は時にしていても、真の意味で殆ど旅らしい旅をしなかった作家であった。(14) その点、講演の招請が関係したにしろ、このたびの旅行は関心をそそるものがある。(15) 新潟へは講演依頼の使者に立った学生が同道したが、佐渡へは一人であったことからすると、太宰には如上のロマンチシズムを探す割合積極的な心も動いていたのではなかろうか。「配所の月」という言葉に引かれるものを感じていた太宰が、作中其角の「罪なくて配所の月や佐渡生れ」の句に言及しなかったのは、文脈上の問題だけであったのかどうか。「みみづく通信」と「佐渡」とは、なお注目されてよい作品であろうと思われるのである。

注

（1）伊狩章「旧制新潟高校と太宰治　初めての講演」（『太宰治研究3』和泉書院、平成八・七）参照。

（2）細谷博著『太宰治（岩波新書）』（平成一〇）には、「太宰の文学では『小説』とそれ以外の文章、すなわち、『評論』や『随想』あるいは『エッセイ』や『雑文』などとの区別は、基本的には不要だと思つています。区別をつけがたいともいえます。発表を前提とした太宰の文章はみな、すぐれた表現性——読者に向かつてくる力をもつている、と思うからです。」（第2章）とある。

（3）小泉浩一郎著『続・テキストのなかの作家たち』（翰林書房、平成五）参照。

（4）桂英澄「太宰治の思い出」（『国文学　解釈と鑑賞』昭和四四・五）参照。

（5）小室義弘「道化窶れの俳諧師——太宰治の俳句——」（『俳句』昭和五三・八）に相馬正一の『若き日の太宰治』紹

介を引き、太宰の句作の方面にも照明を当てている。

(6) 注(1)参照。

(7) 相馬正一著『評伝　太宰治　第三部』(筑摩書房、昭和六〇)参照。

(8) 作中の福田旅館は、実際は本間旅館であった。当時は今と違い、埋め立て地も少なく、海はもっと近かったが、防波堤で囲まれた港町であったから、波の音が聞こえたとすると、遠くからの音という印象がしたかと思われる。戦前の夷は私も記憶に残っている。

(9) 執筆時期については、山内祥史作成の「年譜」(『太宰治全集　第十三巻』筑摩書房、平成一一)に「みみづく通信」は昭和十五年十一月二十二日ころまでに脱稿、「佐渡」は十二月十日ころ脱稿とある。

(10) 執筆時期について注(9)同様に記せば、昭和十五年十一月十五日までに脱稿している。

(11) この時期については相馬正一「中期安定の意味――「東京八景」を中心に」(『国文学　解釈と教材の研究』昭和五一・五)参照。

(12) 張稔穰著『聊斎志異　芸術研究』(中国・山東教育出版社、一九九五)参照。

(13) 注(12)参照。

(14) 赤木孝之「評伝　昭和十五年」(『国文学　解釈と鑑賞』平成五・六)には、「この年、新潟・佐渡へ出かけていることも特徴として挙げておいてよいであろう。渡部芳紀が〈近代日本の文学者で太宰ほど旅行をしなかった人も珍しい〉(太宰治必携、55・9)と言う太宰にしてみれば、これは大きな旅行の一つと呼べるからである。」と見える。

(15) 田中榮一「佐渡『佐渡』(太宰治)」(長谷川泉編『近代名作のふるさと〈東日本篇〉』至文堂、平成三)、古俣祐介「太宰治文学地図――「佐渡」の背景にあるもの――」(『芸術至上主義文芸』23、平成九・一二)参照。

第四章　三島由紀夫『豊饒の海』における鷗外の遺響

第一節　三島における鷗外の文体への関心

三島由紀夫は洋の東西の多くの作家に関心を寄せたが、近代日本でいわゆるスタイルを持った作家として挙げた鷗外はその重要な一人であった。若き日の芥川龍之介も鷗外の文章をスタイルを有するものとして高く評価したが、そうした先達の文章・文体に、三島はどのような反応を見せ、これをどう吸収したであろうか。この方面については、昭和三十五年一月の発表にかかる久保田芳太郎の「鷗外山脈―そのひとつの断面―」があり[1]、長谷川泉「森鷗外」（『三島由紀夫事典』明治書院、昭和五一）や磯貝英夫「三島由紀夫の文体と言語美学」（『国文学　解釈と教材の研究』昭和五一・一二）の論があるが、より具体的に一短篇を中心として取り上げて照明を当てることにしたい。

作家活動を始めて時を経た後、三島は「自己改造の試み―重い文体と鷗外への傾倒」（『文学界』昭和三一・八）の中で、「私の感受性への憎悪愛《ハース・リーベ》が極端になつた」のは『仮面の告白』においてであったとし、「その混乱した文体は、さういふ精神状況を語つてゐる。」と述べた。そして、「鷗外の清澄な知的文体は、私への救ひとして現はれた。鷗外には感受性の一トかけらもなく、あるひはそれが完全に抑制されてゐた。そこで私は鷗外の文体模写によつて自分を改造しようと試みた。」と語り明かす。『仮面の告白』は昭和二十四年（一九四九）七月の刊行であり、自己の文体への省察は小説「火山の休暇」（『改造文芸』昭和二四・一一）にも見えるが、七年後の『文芸　臨時増刊　森鷗外読本』(昭和三一・一二)には、一、鷗外の文学をどう思うか、二、その作品で何が一番好きか、三、鷗外から何を学んだか、という趣旨のアンケートに対し、秋田雨雀についで二番目に回答を送った三島は、「一、絶対崇拜。」「二、「澁江抽斎」」「三、感受性を侮辱すること」と簡潔に答えた。上に挙げた一文を圧縮した答えと言えなくもない。

『仮面の告白』の翌年三島は「日曜日」(『中央公論』昭和二五・七)を発表した。その文体について「はつきりと(!)森鷗外」と指標を打ち明けた短篇で、右の観点からの実験的作品であった。財務省に勤める二十歳の幸男と秀子との二人を描いたもので、鷗外の文章・文体を努めて学ぼうとした跡が歴然としており、この方面からは一顧を要する作品である。冒頭で二人の働く場、年齢・給与等のことを書いた後、作品のタイトルの由来について、同じ課の課員が二人を〈日曜日〉と呼んでいることを記し、「その渾名にはかういふ来歴がある。」と書き、その世界が始まる。このような構成は、鷗外の「最後の一句」(『中央公論』大正四・一〇)を意識したものであろう。すなわち、近世の大阪で桂屋太郎兵衛なる人物を斬罪に処する旨高札が立てられた一事を叙し、その家族の動静を記して、「桂屋にかぶさつて来た厄難と云ふのはかうである。」と、以下その顛末が書かれることに比せられる。「来歴」という語に着目すれば、大正五年(一九一六)新聞に連載された史伝『澁江抽斎』の、「長尾の家に争いが起る毎に、五百《いほ》が来なくてはならぬと云ふことになるには、かう云ふ来歴があつたのである。」の条が挙げられる。「来歴」の語の内実からすれば、「日曜日」の場合文章構成上「最後の一句」と同じ頭括型であるのに対し、『澁江抽斎』の右の例は尾括型と言えよう。「来歴」は『豊饒の海』の『春の雪』には、「月修寺の来歴などについては、清顕は興味もなく」云々とあり、作品全体からすると、重要な伏線を織り込んだことになる。

「日曜日」では上の引用の後、行を改め下のように続く。

去年の晩秋の或る日曜日に、課長はじめ課員がそれぞれ家族を引き連れて、観音崎燈台へ遠足に行つた。四五日前にこの計画をきいてからといふもの、秀子は目に見えて落着かなくなり、土曜日になると頭痛を訴へた。幸男は秀子が一緒に行けないことを残念がつた。しかし当日の朝、申し合はせの集合場所には、二人とも現はれなかつた。一同は一と電車やりすごして二人を空しく待つたのち、さんざん艶つぽい憶測を逞ましくしながら出発した。（傍点引用者）

窮状を前に頭痛を訴える女性は、鷗外では「静」（『スバル』明治四二・一一）、「生田川」（『中央公論』明治四三・四）のヒロインが目に留まり、「護持院原の敵討」（『ホトトギス』大正二・一〇）や「最後の一句」の母親が想起される。右の文章を書きながら、これらの女性が念頭にあったのではないか。同じ条の「空しく待つ」という表現も鷗外的である。「阿部一族」（『中央公論』大正二・一）には、「とう〳〵和尚は空しく熊本を立つてしまつた。」（傍点引用者）とある。『澁江抽斎』にも同例はあり、字句は異なるけれども同義で、「わたくしは曠しく終吉さんの病の癒えるのを待たなくてはならぬことになつた。」（傍点引用者）との例も見える。本来ならば、「待ったが空しかった」という形をとるところで、欧文脈あるいは漢文脈を思わせる表現である。三島の「遠乗会」（『別冊　文芸春秋』昭和二五・八）には「彼が征服した幾多の地方は敗戦によつて曠《むな》しくなり、」の例がある。「日曜日」の、話に熱中している人たちを、「景色なんぞは見ないのである。」と書いた場合の「なんぞ」も、鷗外のよく用いる語であった。


サイレンの余韻はしばらく耳に残つて、みんなに沈黙を強ひた。

「みんな日曜日といふものを知らないやうな人たちばつかしだね」

と幸男が小声で言つた。

「つまりあたしたちほど頑固ぢやないのよ」

と秀子が応じた。この点で二人は自ら恃むところがあつた。（傍点引用者）

右の初めのセンテンスの主語は欧文的で、鷗外の文体の一特色に通じるものがある。「自ら恃む」の表現は、「妄想」(『三田文学』明治四四・三、四)その他でもしばしば用いられている。「日曜日」には、「諦念の苦い微笑」(傍点引用者)、「水筒と手提の重みが、やや昂然たる姿勢を二人に強ひた」(傍点引用者)等、取り上げてよいものがある。前者の「諦念」の語は鷗外の精神構造理解のキイワードの一つになるが、『豊饒の海』中『天人五衰』の最後の章に「焦燥の代りに安らぎが、悲しみの代りに諦念が、いよいよ涼しく立つて」云々と見える。後者についての例示は省略に従う。この小説にはないけれども、「一日《いちじつ》」という語について吉村昭が、その著『わが心の小説家たち』(平凡社、平成一一)で、三島が新進作家として世の中へ出たばかりのころの直話を伝えていることが目に留まる。鷗外の作品をめぐっての、「「ある日」という意味のことを「一日《いちじつ》」と書いてあるというのがすばらしい」と言ったと記し、三文字の「ある日」を二文字の「一日」にして、しかも「そこに「一つの格調というか、緊張感みたいなものがある」とおっしゃるので、なるほどな」と思ったという回想である。鷗外は「或る日」「或日」を基本とし、「一日《いちじつ》」をあまり用いなかったが、ここには三島の積極的な解釈が見られ、崇敬するこの先人の文体に格調の美を認めていたことが注目される。三島には右のような「一日」の用例が散見する。

色彩の表記を観察すると、鷗外は漢字を使って「──色」とした。しかし、「──いろ」と平仮名で表記する場合も少なくない。「文づかひ」(『新著百種』明治二四・一)では『豊饒の海』の『春の雪』における綾倉聡子の場合に通ずる「晴衣の水いろ」の例が拾い出せる。三島は「──色」と表記し、つとに「苧菟と瑪耶」(『赤絵』昭和一七・七)の比喩に「水色」とあるが、「日曜日」では、「水いろのカーディガン」などとも書いている。もとより、他の作家に「──いろ」の表記がないわけではないが、一般的ではない。鷗外を読む以前に他の人の文章で触れていたとしても、改めてこの作家で学び、確認したことが推定される。『豊饒の海』の『奔馬』には神風連史話の一節に林桜園の学問について、「内に皇道を昭らかにし、外は国威を耀かす志を抱きながら、」云々とある行文は、その呼吸・リズムにおいて漢文の訓読文を想起させるにしろ、『澀江抽斎』の文章中の白眉とされる「その五十九」に

「抽斎は内徳義を蓄へ、外誘惑を卻《しりぞ》け、恆《つね》に己の地位に安んじて、時の到るを待つてゐた。」とあるあたりのことも考えられる。

叙述の視点や文章の呼吸等のことも注目される。「山椒大夫」（『中央公論』大正四・一）から大夫の許を脱出すべく、安寿が弟を連れて外山の頂に登る場面を引こう。

安寿はけさも毫光《がうくわう》のさすやうな喜を額に湛《たゝ》へて、大きい目を赫かしてゐる。併し弟の詞には答へない。只引き合つてゐる手に力を入れただけである。

山に登らうとする所に沼がある。汀《みぎは》には去年見た時のやうに、枯葦が縦横に乱れてゐるが、道端の草には黄ばんだ葉の間に、もう青い芽の出たのがある。沼の畔《ほとり》から右に折れて登ると、そこに岩の隙間《すきま》から清水の湧く所がある。そこを通り過ぎて、岩壁を右に見つゝ、うねつた道を登つて行くのである。

丁度岩の面《おもて》に朝日が一面に差してゐる。安寿は畳《かさ》なり合つた岩の、風化した間に根を卸して、小さい菫の咲いてゐるのを見附けた。そしてそれを指さして厨子王に見せて云つた。「御覧。もう春になるのね。」

厨子王は黙つて頷いた。（中略）

去年柴を苅つた木立の辺《ほとり》に来たので、厨子王は足を駐《とゞ》めた。「ねえさん。ここらで苅るのです。」

「まあ、もつと高い所へ登つて見ませうね。」安寿は先に立つてずん〳〵登つて行く。厨子王は訝《いぶか》りながら附いて行く。暫くして雑木林よりは余程高い、外山《とやま》の頂とも云ふべき所に来た。（傍点引用者）

この一節によって「日曜日」の次の場面を書いたことは確実である。

彼らは手をつないで窄《せま》い急坂をのぼつたが、幸ひあとをついてくる人はなかつた。径は斜面の笹原を経めぐつて見晴し台と称する閑散な中腹の茶店を抜け、切株と茨と、ところどころに山吹の咲き乱れた、やや勾配のゆるい空地へ出た。更に上ると松林があつて、頂きには畑があるらしい。先に立つた幸男は、引いてゐる秀子の手がほのかに汗ばみ、彼女の疲れが、彼の掌に碇のやうな重みを与へるのを感じた。

共通語句にも、「頂」「のぼる」「手を引く」及び「先に立つ」等があり、「山椒大夫」で咲いているすみれは、山吹きに対応する。「「すてきな考へだな」と幸男も目をかがやかせて賛成した」（傍点引用者）とある表現も見逃せない。「東京といふ好都合な町は、百円以内の往復運賃で、海へもゆけ、山へもゆける。湖へもゆけ、川へもゆける。」は、「山椒大夫」の右に続く場面で、安寿の促しに従って厨子王が、「逃げて都へも往かれます。お父様やお母あ様にも逢はれます。」と語る口調があるのを思わせる。幸男たちの出で立ちについて記してから、「かういふ詳述は、二人の主人公の服装の特徴を述べたものではない。これだけの描写で、春たけた日曜の早朝に、某駅でおのがじし相手を待つてゐる若い人たち全部が推測されなければならない。」とある説明は、鷗外の「百物語」（『中央公論』明治四四・一〇）に、小説で説明をしてはならないのだそうだがと、常識に逆らう旨を記している言葉を思い浮かべてのものであろう。秋山駿との対談「私の文章を語る」（『三田文学』昭和四三・四）では、「音楽と美術が好きだ」と書くよりは、「音楽を愛し美術を好んだ」と書くのが好きであるとし、後者が豊かな感じがすると述べてこう話す条も関心を引く。

「彼は音楽と美術を好んだ」といふことになると忙しい。もつとそれがはなはだしくなると、ながら族になつちやう。テレビ見ながら英語勉強したり同時にジャズを聞いたり。ちよつとスピードを鈍くする。「忙しいものをちよつと鈍くする」といふのが僕のスタイルです。鷗外などのスタイルは、緊迫感があると同時に鈍いスタイルだと思ひますね。それは「坂を上がつて森を過ぎて、一軒の家に辿りついた」といふ文章を、鷗外は必ずかういふふうに書くのですね。「坂を上がる。森を過ぎる。やがて一軒の家に辿りついた」と書くのです。時間をそこで分断する。あれは文章を鈍くすると同時にはつきりと分けるでせう。形がはつきり見えてくる。私はああいふスタイルは好きですね。

「日曜日」から挙げると、「駅へつく。すでに午後四時である。駅頭はごつたがへしてゐたが、往復切符で二人は改札口を容易に通つた。プッラトホームがおどろくべき混雑である。」の条は、四つのセンテンスから成る。普通であれば、「駅へつくとすでに午後四時であった。」などとし、以下も駅の混雑ぶりを写して、二つか三つのセンテンスで書くところかもしれない。こうした書き方は、「日曜日」には少なくない。左の場面は二人の運命を占う観があり、以後の展開にかかわって、三島独特の世界を現している。

　雲間から射して来た午前の日光が、ここの伐採地に落ちて野いばらの若葉を光らせ、幸男と秀子の前の小さな若木がつけた縮写されたやうな微小のつややかな若葉に光を添へた。小さいなりに完全なその葉脈の汚れのなさは、秀子が言ふやうに、今生れたものとしか思はれない。二人は大へん感動し、得がたい日曜日の朝の吉兆のやうに考へた。（中略）それは切株から生ひ出でた蘖《ひこばえ》であつた。
　このとき衣摺れの音が二人をおどろかせた。鴉である。林の木の間をとびすぎた鴉の羽搏きがさう聞かれたのである。（傍点引用者）

対談の三島による鷗外の特色は、シュニッツラーの「一人者の死」*Der Tod des Junggesellen*（一九〇七）の書き出しに当たってみるとき、理解しやすくなるのではないか。[2]

　Es wurde an die Türe geklopft, ganz leise, doch der Arzt erwachte sofort, machte Licht und erhob sich aus dem Bett.

○　扉が叩かれた、ほんのそつとではあつたが医者は直ぐ目を醒して、灯をつけ、寝床から起上つた。（伊藤武雄訳）

○　戸を叩く音がした。ごく軽くではあったが、医者はすぐ目をさまし、明かりをつけて、寝床から起き上った。（高橋健二訳）

○　戸を敲いた。そつとである。それでも医者は目を醒まして、明りを附けて、床から起き上がつた。（森鷗外訳）

伊藤訳は原文の句読法に忠実に従って一センテンスで訳し下ろし、受身の表現も直訳体であるのに対して、鷗外は三つの文で構成し、高橋訳はその中間的なものとして捉えられる。宇野浩二はその著『文章往来』（中央公論社、昭和一六）で、こうした書き方について「後にも先にもない、と云つても過言ではない。」、「翻訳ではあるが、鷗外の文章になり切つてゐる上に、唯これだけの言葉で、そつと戸を敲いた人と、その音で直ぐ目を醒ます医師と――二人の人間の非常な動作が、心憎いまで、ありありと書かれてゐるところで、作者の非凡な腕が最もよく分かる例の一つである。」と述べている。対談で三島が話した、鷗外のスタイルの秘鍵を解き明かしたかのごとき一文である。「鶏」（『スバル』明治四二・八）についてもその一節を引き、文章の明快・明晰なことを述べ、感情を押さえ理知だけで書いてある独特の名文と言えるが、親しみが感じられないと評した後、文の切り方が短い極端な例が「一人者の死」（『東亜之光』大正二・一）冒頭の訳文に見られるとした。文の短さに触れたことでは、スタイルとの関係で、三島の『文章読本』（中央公論社、昭和三四・六）の評言を挙げなければならない。すなわち、「閭は小女を呼んで、汲立ての水を鉢に入れて来いと命じた。水が来た。」云々とある「寒山拾得」（『新小説』大正五・一）の一節を引き、「この文章はまつたく漢文的教養の上に成り立つた、簡潔で清浄な文章でなんの修飾もありません」と述べ、

私がなかんづく感心するのが、「水が来た」といふ一句であります。この「水が来た」といふ一句は、全く漢文と同じ手法で「水来ル」といふやうな表現と同じことである。しかし鷗外の文章のほんたうの味はかういふところにあるので、これが一般の時代物作家であると、閭が小女に命じて汲みたての水を鉢に入れてこいと命ずる。その水がくるところで、決して「水が来た」とは書かない。まして文学的素人には、かういふ文章は決して書けない。このやうな現実を残酷なほど冷静に裁断して、よけいなものをぜんぶ剝ぎ取り、しかもいか

にも効果的に見せないで、効果を強く出すといふ文章は、鷗外独特のものであります。と批評する条である。これが一般の時代物作家の場合は、水を持って来る小女について現実の想像、心理、作者の勝手な解釈、読者へのおもねり、性的くすぐり等々を書くかもしれないと述べ、自らその例文を示し、これに対して鷗外は「古い物語のもつ強さと、一種の明朗さがくつきりと現はれ」るよう「水が来た」とだけ書くとし、その明晰性に文章・文体の特色を見る。三好行雄との対談でも、(3)ヴァレリーを挙げながらも、「ぼくの場合は西欧の影響より、鷗外の影響ですね。あんな明晰で、美しい日本語が書きたいと思って。」と述べ、「己れを空しゅうして、文体があるという状態が、作家として最高の境地」と捉え、それを鷗外に見ているのである。

こうした先達に興味を持ち出したのは大学二年で、「花子」(『三田文学』明治四三・七)がそのきっかけを作ったと回顧する。(4)そして、心理小説がうるさく煩わしいものに思っていた時、これを読んで「ぐつといか」れ、「寒山拾得」にも「すつかりいかれ」て、「こういう透明で簡潔なものがあつては、心理などはつまらん」と傾倒することになったと語る。先に文体の改造を図った経緯を紹介したが、この間の事情がここに示された観もある。行動描写における随一の作家として、『澁江抽斎』から例示していることは、これに関係していなければならない。しかし、「わが魅せられたるもの」(『新女苑』昭和三一・四)の一文では、早くラディゲから影響を受け、それは終戦まで続いたが、その後鷗外の文体に魅せられたものの、「ラディゲ以上に模倣しがたい先生であつた」とも洩らしている。

短篇小説「日曜日」には、およそこのような背景があったのである。三島がこの先達の文章・文体に傾倒し、また通暁していた事実を具体的に確認できたかと思う。こうして作り出した自家の文体が以後の作品に認められることになるわけである。(5)

注

（1）稲垣達郎編『近代文学鑑賞講座　第四巻　森鷗外』（角川書店、昭和三五）所収。

（2）伊藤武雄訳「独身者の死」（『シュニッツレル短篇集』岩波書店、大正一〇）、高橋健二訳「独り者の死」（新潮文庫『花束・ギリシャの踊子』昭和二七）参照。

（3）三好行雄との対談「三島文学の背景」（『国文学　解釈と教材の研究』臨時増刊、昭和四五・五）参照。

（4）伊藤整・野田宇太郎らとの座談会「鷗外文学と現代」（『文芸　森鷗外特集』昭和三七・八）参照。

（5）三島が鷗外について記した主なものについては、松本徹・佐藤秀明・井上隆史編『三島由紀夫事典』（勉誠出版、平成一二）の「森鷗外」（清田文武執筆）参照。

第二節 『春の雪』の綾倉聰子の形象

『豊饒の海』全体の基調を布いた観のある『春の雪』は、華族の青年松枝清顕と同じく華族の綾倉聰子との愛をめぐる問題を基軸に展開する。歳上のこの女性に、もう一つ素直にその愛を受け容れられないものを感じていた松枝であったが、大正二年治典王殿下と彼女との婚約がととのうと、にわかにその愛は燃え盛る。殆ど絶望的情況、条件下に置かれたことになる松枝清顕は、手引きを得て私通する。身籠もった綾倉聰子は婚儀を避けることもあり、奈良の月修寺で出家する。松枝はこの地を訪ねて面会を求めるけれども拒絶される。その彼は、しかし、友人本多繁邦に滝の下での再会を約して、病を得た中、二十歳の生涯を閉じたのであった。このような綾倉聰子は、最終の巻『天人五衰』に再びわずかに姿を現し、『奔馬』『暁の寺』の巻においても、作中人物の回想や話柄に出る程度である。が、作品全体の展開からすると、最初の巻だけでその世界から退いてしまった人物ではなく、見えつ隠れつしてその関心を引く存在である。こうした女性の形成に鷗外の小説のあずかるところがあったのではないか。

『春の雪』では、渋谷の松枝侯爵家の秋の日曜日、清顕の眼に大広間の前庭における、母や老婆や女たちの地味な着物の中に、「一人の若い客の着物だけは何か刺繍のある淡い水色」で、「絹の光沢が、冷たく、夜明けの空の色のやうに耀《かがよ》う」て写った。(1) そして、他の人の作為のあるような笑い声を聞き、彼女の着物は池の滝口の「佐渡の赤石」と映発するかのようであるが、その「水いろの着物の女」の白い項を思い出していると、その見知らぬ美しい女が聰子であることがわかり落胆するのであった。作品は、続いて、綾倉家の由緒をたどり、堂上家に連なる家であることを記してから、この青年とのかかわりに筆は及ぶ。松枝侯爵は、自分の家系に欠けている「雅《みや》び」にあこがれ、幼い清顕を綾倉家へ預けたこと、彼がこの伯爵家の家風に染まり、今は二十歳になっている二つ年上の聡子とは姉弟《きょうだい》のように育ったこと、「優雅の薫陶」を受け歌会始に参列するに至ったこと等が明らかにされる。この日同級生の本多が遊びに訪れていたのであるが、本多が庭を見て聡子を確かめてから、鼠いろの被布《ひふ》を着た人を誰かと尋ねると、彼女の大伯母で月修寺のご門跡であるという。そして、清顕の観点に立った、「門跡は清顕が綾倉家に預けられてゐたころ、大そう可愛がつて下さつた由であるが、そのころのことは一切清顕の記憶にない。中等科のとき、門跡が上京されたといふので、綾倉家に招かれて、お目にかかつたことがあるきりである。それでも門跡のやさしくて気高い色白なお顔と、物柔らかな中に凛《りん》としたお話ぶりはよくおぼえてゐる。」の叙述が続く。

こうした門跡訪問の時、池があり、その中に島もある庭の滝口で清顕が不吉にも犬の屍を見付けてためらっているところ、「手ごたへのある優雅」を示したのは聡子であった。犬は門跡に回向してもらうことになり、来世は人間に生まれ変わると、母は口にする。この後、聡子は清顕に先立って山道を行き、目ざとく竜胆を見つけて摘む。鷗外作品の安寿を一瞬思わせる場面であるが、次のごとく作品は続く。

平気で腰をかがめて摘むので、聡子の水いろの着物の裾《すそ》は、その細身の躰《からだ》に似合はぬ豊かな腰の稔《みの》りを示した。清顕は、自分の透明な孤独な頭に、水を掻《か》き立てて湧き起る水底《みなそこ》の砂のやうな、細濁《ささにご》りがさすのをいやに思つた。

数本の竜胆を摘み終へた聡子は、急激に立上つて、あらぬ方《かた》を見ながら従つて来る清顕の前に立ちふさがつた。そこで清顕には、つひぞ敢《あへ》て見なかつた聡子の形のよい鼻と、美しい大きな目が、近すぎる距離に、幻のやうにおぼろげに浮んだ。

「私がもし急にゐなくなつてしまつたとしたら、清様、どうなさる?」

と聰子は抑へた声で口迅《くちど》に言つた。（傍線引用者）

このように、松枝家にめずらしい客としての門跡を案内して現れた綾倉聰子は、「水いろの着物」を着ている美しい女で、その立居振舞いは、堂上に連なる綾倉家の優雅さを体していた。その形象化として彼女が「水いろの着物」を着ていたことは、単なる着物の色として軽視できないところがある。

綾倉聰子の上のような人物、その形象を考えるとき、三島由紀夫の『文章読本』（中央公論社、昭和三四・六）に注目してみる必要がある。作家として人間を描くには、まず全体的印象に着意しなければならないと説くが、集約的には顔が重要であると述べ、それから文芸作品の生命ともいうべき細部の描叙に論及する。すなわち、顔から始まって、服装やちょっとした癖、歩き方、手の振り方まで挙げ、特に重要なのは女性の服装であって、明治までの小説家は女性の服飾美に関する見識をいつも示さなければならなかったと記す。そして『金色夜叉』の一節を引き、女性の服装美は小説中の「豪華な御馳走の一部」であったと述べるのである。『豊饒の海』は後年の執筆にかかるけれども、その考えに変わりはなかったはずである。

右のような観点から綾倉聰子の形象を考えるとき、鷗外のいわゆるドイツ三部作の一つ「文づかひ」（『新著百首』明治二四・一）が注目される。(2) そもそも作品世界の内実は全く異なってはいても、「頭文字」（『文学界』昭和二三・六）の登場人物の階層からすれば、三島由紀夫が「文づかひ」に関心を示しても不思議ではない。はじめは家蔵の『塵泥』（千章館、大正四・一二）でこれを読んだようである。ザクセン王国の演習の見学に出かけた、日本からの留学生小林士官には遠目ながら、白い馬上の一人の若い女性が目にとまった。その構えは「けだかく」、人々が騒ぐ時でも落ち着いて他をかえりみないさまを「心憎し」と表現してあり、黒い服装の彼女は、眉さえも動かさないという描写もある。デウベン城主ビユロウ伯爵一族のイ、ダ姫であることがわかるのであるが、ドイツ貴族のその館に招かれた際、姫はピアノを訴えるがごとく弾じた後、士官を広い庭園内の塔に案内する。塔上で差し向かいになると、胸中何か深く湛えているらしい。そして、ピアノで空想の曲を弾いた時以上に「美しく」思われる彼女から、演習後ドレスデンに帰って王宮に招かれた際にでも、秘かに国務大臣の夫人に届けてもらいたいと、一通の手紙を託される。大臣夫人は彼女にとっては伯母に当たる人であった。小林はいわば〈文づかい〉の役を果たし、新年の公事の機会に王宮に上がると、イヽダに会って驚くが、彼女は愛を抱けない許嫁との避婚のため、父親・門閥・血統・迷信・慣習の外に逃れるべく、ここに入って女官になったと打ち明け、「貴族の子に生れたりとて、われも人なり。（中略）「カトリツク」教の国には尼になる人ありといへど、こゝ新教のザツクセンにてはそれもえならず。そよや、かの羅馬教の寺にひとしく、礼知りてなさけ知らぬ宮の内こそわが冢穴なれ。」（傍点引用者）と話すのであった。そして、他のことどもを語るうちに時は過ぎ、作品の世界は下のごとく閉じられる。

かたりをはるとき午夜の時計ほがらかに鳴りて、はや舞踏の大休となり、妃はおほとのごもり玉ふべきをりなれば、イヽダ姫あわたゞしく坐を起ちて、こなたへ差しのばしたる右手の指に、わが脣触るゝとき、隅の観兵の間に設けし夕餐にいそぐまらうど、群立ちてこゝを過ぎぬ。姫の姿はその間にまじり、次第に遠ざかりゆきて、をり〱人の肩のすきまに見ゆる、けふの晴衣の水いろのみぞ名残なりける。

宮廷の奥深く去り行くイヽダを見送る小林には、心惹かれるものを微かにでも感ずるところのあった姫だけに、一抹の寂しさを意識し、またなつかしさがあることであろう。しかし、自らの果たした役割の意義もわかり、彼女の心の開かれたことを喜ぶ気持ちもなくてはならない。「我を煩悩の闇路よりすくひいで玉ひし君」という感謝の言葉も耳朶に残っているはずである。その「闇路」を抜け出でた心中を表象するかのように、着衣ももはや黒ではなく水いろであった。

こうした作品について三島が、「最後の一行の、／「をり〱人の肩のすきまに見ゆる、けふの晴衣の水いろのみぞ名残なりける」／という、余韻に充ちた結句は、私の心に鮮明に焼きついている。」と書いたのは、『春の雪』

掲載中のことであった。(3) 王城におけるイ、ダの「晴衣の水いろ」は、『豊饒の海』の構想に示唆を与えたとされる『浜松中納言物語』にも見えない色彩表現で、(4) 綾倉聰子の「水いろの着物」に作用したのではなかったか。それにはまた他の契機も関係したものと想察される。イ、ダは姉妹の中では特別目立つわけではなかったけれども、「美しく」見えたとあり、小林士官には「けだかく」映る女性であった。こうして門閥・血統・慣習等々のしがらみを批判し、これに反抗したイ、ダであったが、この点では聰子も「「家」制度そのものに抵抗する機略を身につけた」女性であって、(5) ともに伯爵家の令嬢である一事も見逃し難い。後に綾倉聰子は門跡の月修寺に入って仏門に帰依することになるが、上のビュロウ伯爵の令嬢も、カトリックであったならば尼僧になったはずのことを打ち明けているのである。王宮に仕える際に頼った国務大臣夫人は彼女にとっては伯母であり、門跡も大伯母であって、両作は構想的にも注目されてよい。

しかし、もとより綾倉聰子の形象が、イ、ダによってすべて説明できるわけではない。本稿冒頭で引いた松枝邸の庭の池の場面において、「何か刺繡のある淡い水色」で、「絹の光沢が、冷たく、夜明けの空の色のやうに耀《かがよ》う」着物を着ていた女性、すなわち綾倉聰子のイメージに少し注意を払う必要がある。(6) 十一月の夜寒の散歩を父とともにして、眠れない夜、彼女への復讐を考えた清顕は、窓外の中天に目をやると、「月は浮薄なほどきらびやかに見えた。彼は聰子の着てゐた着物のあの冷たい絹の照りを思ひ出し、その月に聰子の、あの近くで見すぎた大きな美しい目を如実に見た。」（傍点引用者）と書かれていることである。この形姿は一時期姉弟のように育ったことのある清顕にとって、彼女にしっくりしない何かを感じさせたのであろう。高貴でありながら、置かれた立場によっては、その照りに反発のようなものさえも覚えさせる絹の特性が、年上でもあるこの女性の形象と響き合うものがあり、一種圧迫感、あるいはいぶせさのごとく意識されたのにちがいない。この絹の光沢のもつ表象は、イ、ダの形象とのかかわりでは、射程外の問題と言ってよいと思われるが、三島の作品では絹のイメージも見逃せないところがある。

『暁の寺』には、空襲で焼けてしまった松枝邸址を訪ねた本多繁邦が、夕焼けの下でかつての一事に思いを馳せる場面があるが、それは水色の着物を着た聡子とのかかわりでの友人のことであった。

> 池には中ノ島もあり、紅葉山の滝もそこに注ぎ、本多は清顕と共にボートを漕いで島へ渡り、そこから水色の着物を着た聡子の姿を認めたのだつた。清顕はみづみづしい青年であり、本多も自ら思ひ描くよりはよほど青年らしい青年だつた。そこで何かがはじまり、何かが終つた。しかも何らの痕跡をとどめてゐないのである。
> (傍点引用者)

思い出す若き日の右の事柄は日曜日のことであり、聡子の大伯母の門跡が法話で『唯識』を説いたのもこの日であった。三島作品中日曜日は容易ならざる人間的時間であったようであるが[7]、『天人五衰』中、かつて綾倉家に仕えていた蓼科が、この焼け跡で、仏門に入った聡子が「泉が澄むやうにますます美しくなつた」ということを口にし、本多も事件から五十六年を経て「紺碧の鎧《よろひ》」に身を包んだ聡子を想像する場面が想い起こされる。この最終の巻では、やがて、夕景の空と沖の横雲の彼方に神のごとくたたずむ森厳な雲とが、「雲の背の青空は、崇高な水いろに雪崩れ、横雲のあるものは暗く、あるものは弓弦《ゆづる》のやうに光つてゐた。」(傍点引用者)と描写されることも、聡子の着物の色と響き合うところはあり、「水いろ」が「崇高」の語で形容されていることは注目に価する。それは「みやび」の問題ともつながるものがあるに相違ない。清顕の残した「夢日記」には、白くまばゆい積雲のことが書き留められていた。『豊饒の海』の大尾において、月修寺を訪ねた八十一歳の本多繁邦の前に現れた門跡、かつての聡子が、「老いが衰への方向へではなく、浄化の方向へ一途《いちづ》に走つて、つややかな肌が静かに照るやうで、目の美しさもいよいよ澄み、蒼古なほど内に耀《かがよ》ふものがあつて、全体に、みごとな玉《ぎよく》のやうな老いが結晶してゐた。半透明でありながら冷たく、硬質でありながら円《まど》やかで、唇もなほ潤うてゐる。」と写されていることも注目される。この老尼の清顕についての本多繁邦への説明をどう解釈するかは大問題であるとしても、その美しさ、目の描写は、水いろの着物を着た聰子の形象と無関係ではなかったと解されるのである。

鷗外の「文づかひ」とのつながりでは、治典王殿下と婚儀のことがととのった後の綾倉聰子への清顕の私通に手を貸した蓼科を取り上げなければならない。蓼科は、清顕への聰子の恋文を届ける役をもした老女で、綾倉家に勤めて「何喰はぬ顔でこの世の秩序を裏側から維持してゆく」ような存在であるが、〈文づかい〉の役割を果たしたこともある。しかし、小林がイ、ダ姫の依頼を果たした場合とは異なって、作中はるかに大きな役割を担っており、陰の部分も背負い、またその人脈にも複雑なものを抱える女性である。(8)『暁の寺』では、九十五歳になった彼女は、本多繁邦に、「お姫様」剃髪後綾倉家から暇をもらったこと、月修寺を訪ねたこと、聰子に「この世の濁り」を払い、いまなお美しさがあり、訪ねてほしいことを話すのであった。ここに至れば、鷗外の作品から遠く隔たっているわけで、殆ど無関係と言ってよいが、彼女が〈文づかひ〉の語で表されている一事は、作品の成立契機上興味をそそるものがある。

上来考察したとおり、『豊饒の海』と「文づかひ」とには、登場人物に関連のあることが認められるのであるが、それに尽きるものではなかったようである。三島によれば、『浜松中納言物語』は、『豊饒の海』の成立契機に重要な役割を果たしたが、「文づかひ」について、「王朝時代から、日本文学は、たとえば浜松中納言物語に見られるように、異国の宮廷の優雅をも、日本の完成した優雅そのもののコピイとして、おそれげもなく描写する術に長じていたが、鷗外はヨーロッパに対しても、これを適用しうることを実証したわけである。」と述べている。(9)松枝清顕や特に綾倉聰子にかかわる優雅は、その内実はまた別に検討・考察すべき問題であるとしても、三島の前に先蹤としてこのみやびな短篇が意識されていたことは明らかである。『浜松中納言物語』の女性の着物の色を「水いろ」か、それに類似するもので表現していないだけに、イ、ダと綾倉聰子とのかかわりを中心とした「文づかひ」の影響が思われるのである。もっとも色彩表現としては、元来海を好んだような作者の資性も関係していなければならない。両作品の性質上、階層・人物・語彙等様々な暗合を含んでいたとしても、そしてまた、『「豊饒の海」創作ノート』に鷗外についてのメモは見えないけれども、この先進の文芸が三島畢生の大作の美的形成にあずかるところのあったことは、争われないと思われるのである。

注

（1）『春の雪』での松枝邸の池には「佐渡の赤石」が置かれてあるが、綾倉聡子の「水いろ」の着物との形象的つながりについては拙稿「佐渡の石二つ―佐藤春夫と三島由紀夫と―」（『佐渡郷土文化』第一一四号、平成一九・六）参照。この拙論では構想されていた『月の宴』の北一輝との関係にも触れてある。
（2）拙著『鷗外文芸の研究　青年期篇』（有精堂、平成三）参照。
（3）『日本の文学2　森　鷗外（二）』（中央公論社、昭和四一）の三島由紀夫の「解説」参照。
（4）日本古典文学大系（岩波書店刊）の松尾聡校注『浜松中納言物語』には巻第二で中納言が契った女の着物について「色いろにこきまぜたる上に、うつし色なるをり物をきたり。」とあり、頭注には「うつし色」に「移し花」で染めた色で「青色」と説明がある程度である。
（5）有元伸子「綾倉聡子とは何ものか―『春の雪』における女の時間―」（『金城学院大学論集』通巻第一五七号、平成六・三）参照。
（6）聡子の絹の光沢とのかかわりでは、『天人五衰』で安永透に対し大地主の娘絹江が描かれる場面のあることが関心を引くが、この問題については島内景二「三島文学の秘鑰―旧蔵書の調査が開扉するもの―」（『日本文学』第五五巻第一号、二〇〇六・一）参照。
（7）松本徹・佐藤秀明・井上隆史編『三島由紀夫事典』（勉誠社、平成一二）の「日曜日」「人間喜劇」（清田文武執筆）参照。
（8）有元伸子「『豊饒の海』の基層構造」（『金城学院大学論集』通巻第一五二号、平成五・三）参照。
（9）注（3）参照。

第三節　『奔馬』の「神風連史話」の三少年

『豊饒の海』の中の巻について作家自ら、「第一巻「春の雪」は王朝風の恋愛小説で、いはば「たわやめぶり」あるひは「和魂《にぎみたま》」、第二巻「奔馬」は激越な行動小説で、「ますらをぶり」あるひは「荒魂《あらみたま》」の小説」と記している。(1)

こうした『奔馬』の世界を考えるとき、巻中の「九」の「神風連史話」は飯沼勲の思想と行動・行為との関係で、見逃しがたいもののあることはいうまでもない。この方面については、すでにいくつかの論があるが、鷗外の歴史小説「阿部一族」（『中央公論』大正二・一）や「堺事件」（『新小説』大正三・二）を視野に入れるならば、特に後者は箕浦猪之吉の名と賦した七絶とは『奔馬』にも引いてあって関心を引く。三作ともに切腹の場面も描かれており、影響を受けたということではなくても、三島には先蹤的な作品として参考になるところはあったに相違ない。

そういう『奔馬』における人物の描写をめぐっては、作中に飯沼勲が本多繁邦に残して行った小冊子、山尾綱紀の「神風連史話」を取り上げなければならない。これは明治九年（一八七七）熊本で起きた、維新政府に対する士族の反乱に関する著書から三島が作った仮構の書で、山尾綱紀も架空の人物であるという。(2)そうした書中書の「**その三　昇　天**」に描かれる少年に絞って観察を進めてみたい。このあたり、主として石原醜男の著書『神風連血涙史』（大日社、昭和一〇）によったらしいが、『奔馬』のこの一節に、決起した同志が、熊本城の西の金峯山に登って山麓を見渡す場面が書かれている。その中に東へ向かう崖際から、なお細煙の立ちのぼる城を見つめる一群があった。眼前に広がる景観とともに前夜の戦場を夢のごとく眺めるなかで、「諸年長は何を愚図愚図してをられるのか。

切腹か、再挙か、早く決めてもらひたい」と私語していた十六、七歳前後の七人の少年たちは、議俄に決し、脚の腫物《はれもの》のため歩行困難な四十八歳の鶴田伍一郎に率いられて自分たちは下山することになったと知ると、猛然と抵抗した。しかし、先輩同志の説得で、それぞれ家へ送り届けられると、そのうち三人は壮絶な自刃を遂げたのであった。

少年の一人十六歳の猿渡唯夫については、一挙に臨んで詩を賦して、これを白布に録して鉢巻きにしたことを叙してから、「帰宅して多くの同志の自刃を知ると、親戚木下某の制止をもきかず、父母親戚と永訣の盃を汲み交はし、独り別室へ入つて、腹を掻き切り、喉を貫ぬいた。刃が誤つて骨に当つて少しく欠けた。猿渡は家人を呼んで更に他力を求め、再び見事に刺し貫ぬいて伏した。」とある。三人目の十八歳の島田嘉太郎については、「帰宅するや、家人は僧侶に変装させて落さうとしたが、肯《がへ》んじない。」とあり、自刃に決して、別盃ののち、柔道家を招いて自刃の法を習い見事に果てたことを叙す。「神風連史話」の典拠の一つになった小早川秀雄の『血史熊本敬神党』（隆文館、明治四三）には、二人目の太田三郎彦に関して、「家に帰りて姑く潜伏し居りしも、形勢の非なるを観て、自刃に決し、再び親に告別し、」（後編「四一　猿渡、太田二少年の割腹」、傍点引用者）、云々とあるが、作品では石原醜男の書によった。すなわち「容姿温雅、器度深沈、夙に憂国の志があつた。」と記し、賦した詩、「廃刀の令下るや、彼直に兵を挙げて国美を維持し、洋化を防がうとした。同志皆年少と気鋭の彼が交友のみ、古田孫市聞いて驚き、馳せ来たつてその軽挙を戒めたことがある。」と続く文章をすべて採らず、下の叙述をもとにしたのである。

一挙敗れて家に帰ると、忽ち寝について鼾声喁々、毫も敗残の身とも思はれない。翌日姉に決意を告げ、且つ友人柴田前田の二少年を招かんことを請うた。二少年乃ち至ると彼は欣然として永訣の意を表し、懇に嘱するにわが遺志を継ぐ可きを以てした。二少年感激して乃ち辞し去ると、彼は徐かに起つて、ひとり一室に入つて自刃しようとする。叔父柴田房範わざと、障子をへだてゝ隣室に控へた。しばらくすると太田呼んでいはく、

「叔父さん、々々々々、少し御加勢を……。」と乞うた。柴田直に一室に入ると、太田は今し刃を吭に突き立てたまゝ、神色平生と異らぬ。柴田少しく手を添へると、彼はいさぎよく滓切れた。生年僅に十有七。（傍点引用者）

とあり、続いて辞世の歌が引かれるこの一節に対応するところを挙げよう。

　太田三郎彦は十七歳。家にかへるや、たちまち寝に就いて、鼾《いびき》をかいて、翌朝はさはやかな顔で目をさました。姉に決意を告げ、友人の柴田、前田の二少年を招いてくれとたのみ、二少年が来ると、永訣の意を表して後事を託した。

　二少年が帰つたのち、太田はひとり立つて一室に入つた。叔父柴田房範は隣室に、障子一枚を隔てて控へてゐた。すでに腹を切つた気配がする。「叔父さん、叔父さん、少し御加勢を」といふ可憐《かれん》な声がきこえた。柴田が障子をひらいて入ると、太田はすでに喉に刀を突き立ててゐる。柴田が少しく手を添へて、少年はいさぎよく縡《こと》切《き》れた。（傍点引用者）

　翌朝さわやかに目をさましたとある叙述は、作者の工夫によるが、このあたり小早川の著書とは異なる。特に興味をそそるのは、典拠に従って鼾声を書き込んではいても、「阿部一族」を思わせる筆遣いのあることである。主君に殉死した十九歳の近従内藤長十郎の切腹当日の一家は次のごとく描写されている。

　四人は黙つて杯を取り交した。杯が一順した時母が云つた。

「長十郎や。お前の好きな酒ぢや。少し過してはどうぢやな。」

「ほんにさうでござりまするな」と云つて、長十郎は微笑《びせう》を含んで、心地好げに杯を重ねた。

　暫くして長十郎が母に言つた。「好い心持に酔ひました。先日から彼此《かれこれ》と心遣《こころづかひ》を致しましたせいか、いつもより酒が利いたやうでござります。御免を蒙つてちよつと一休みいたしませう。」

かう云つて長十郎は起つて居間に這入つたが、すぐに部屋の真ん中に転がつて、鼾《いびき》をかき出した。女房が跡からそつと這入つて枕を出して当てさせた時、長十郎は「ううん」とうなつて寝返りをした丈で、又鼾をかき続けてゐる。女房はぢつと夫の顔を見てゐたが、忽ち慌てたやうに起つて部屋へ往つた。泣いてはならぬと思つたのである。（傍点引用者）

原史料『阿部茶事談』には、「殉死之節も、老母妻女被致暇乞候時、平生酒を好ミ被候故、いつれも酒を進メ見、盃事も済、長十郎被申けるは、此中心遣ニ草臥たり、切腹も未間之、少休息いたし可申」とある。「座敷に引籠昼寝いたされ、熟睡」の条から、「すぐに部屋の真ん中に転がつて、鼾をかきだした」と時間的、空間的に詳細に書いた創意が注目される。熟睡であるからには、いびきをかくように描くのは自然の運びであるとしても、この囚われるところのない、いかにも無造作な挙措は、死を恐れない心中をよく表し、一近従描写の字眼の一つとなっている。右に続く場面。(3)

家はひつそりとしてゐる。丁度主人の決心を母と妻とが言はずに知つてゐたやうに、家来も女中も知つてゐたので、勝手からも厩《うまや》の方からも笑声なぞは聞えない。

母は母の部屋に、よめはよめの部屋に、弟は弟の部屋に、ぢつと物を思つてゐる。主人は居間で鼾をかいて寝てゐる。開け放つてある居間の窓には、下《した》に風鈴を附けた吊荵《しのぶ》が吊《つ》つてある。その風鈴が折々思ひ出したやうに微《かす》かに鳴る。その下には丈の高い石の頂を掘り窪めた手水鉢がある。その上に伏せてある捲物の柄杓《ひしやく》に、やんまが一疋《ぴき》止まつて、羽を山形に垂れて動かずにゐる。

一時《とき》立つ。二時立つ。もう午《ひる》を過ぎた。食事の支度は女中に言ひ附けてあるが、姑《しうとめ》が食べると云はれるか、どうだか分からぬと思つて、よめは聞きに行かうと思ひながらためらつてゐた。若《も》し自分丈が食事の事なぞを思ふやうに取られはすまいかとためらつてゐたのである。

その時兼《かね》て介錯を頼まれてゐた関小平次が来た。姑はよめを呼んだ。よめが黙つて手を衝《つ》いて機嫌を伺つてゐると、姑が云つた。

「長十郎はちよつと一休みすると云うたが、いかい時が立つやうな。丁度関殿も来られた。もう起して遣つてはどうぢやらうの。」

「ほんにさうでござります。余り遅くなりません方《はう》が。」よめはかう云つて、すぐに起つて夫を起しに往つた。」（中略）

「もし、あなた」と女房は呼んだ。（中略）

女房がすり寄つて、聳《そび》えてゐる肩に手を掛けると、長十郎は「あ、あゝ」と云つて臂《ひぢ》を伸ばして、両眼を開いて、むつくり起きた。（傍点引用者）

覚えず気持ちよく寝過ごした後心静かに支度をして切腹する長十郎は、未練を残さず、我執・苦悶の跡をも見せない姿を示している。未練は侍が死との関係で相当意識し、また恥ずべき心情であり、それがこの近従の母や妻の心をも領していた問題であったことは、改めて記すまでもあるまい。右に対応する原拠には熟睡のことを記していても、いびきの語は見えない。近世後期の『甲越軍記』には、敵勢を追討する途次「冑を枕にし、高鼾して」臥す若き日の上杉謙信を書いている。いびきは剛胆・深慮の武士の特性を表し、この方面での一つの表現の型となってはいても、長十郎の場合、印象的に書かれているのである。この近従切腹前の様子を描く場面には吊荵・風鈴、柄杓に止まるやんまの描写が織り込まれているが、『神風連血涙史』中の井村・楢崎ら同志の自刃の場面には「折しも陰暦十五夜の月影清く天にさえて、壮士「今は」の行手を照らす。」、「衆は芝生の上に座を定め」云々とある。これに対応する『奔馬』では「時しも九月十五夜の名月は、草に宿る露を宝珠を敷いたかのごとく耀やかせた。五人は草の上に端座して」（傍点引用者）云々と描く。月の光に耀く露を点綴するなど、いかにもこの作家の文体的特色を表すものである。

「堺事件」は、明治元年土佐藩の兵士が、泉州堺に上陸したフランス水兵を銃撃したため、フランス公使が関係者の処罰を要求し、切腹を命ぜられた士卒のうち十一人までが死に就いた時、立ち会いで居たたまれなくなった公使が席を外したことから切腹は中止となり、残り九人は減刑となったと事件を書いた作品である。事実は尾形仂の論にあるようにそれほど単純なものではなかったらしいが、[4] 依拠した佐々木甲象の『泉州堺烈挙始末』（箕浦清四郎外二名発行、明治二六）の一節から、鷗外は、兵卒が国元に送る遺書・遺品や髻等をととのえる場面を書いた後、左のように描く。

そこへ藩邸を警固してゐる五小隊の士官が、酒肴《しゆかう》を持たせて暇乞《いとまごひ》に来た。隊長、小頭、兵卒十六人とは、別々に馳走になつた。十六人は皆酔ひ臥してしまつた。

中に八番隊の土居八之助が一人酒を控へてゐたが、一同鼾をかき出したのを見て、忽ち大声で叫んだ。

「こら。大切な日があすぢやぞ。皆どうして死なせて貰ふ積《つもり》ぢや。打首になつても好いのか。」

誰やら一人腹立たしげに答へた。

「黙つてをれ。大切な日があすぢやから寐る。」

此男はまだ詞《ことば》の切れぬうちに、又鼾をかきだした。

土居は六番隊の杉本の肩を摑まへて揺り起した。

「こら。どいつも分からんでも、君には分かるだらう。あすはどうして死ぬる。打首になつても好いのか。」

杉本は跳《は》ね起きた。

「うん、好く気が附いた。大切な事ぢや。皆を起して遣《や》らう。」

二人は一同を呼び起した。（中略）一同目を醒まして二人の意見を聞いた。誰一人成程と承服せぬものはない。

死ぬるのは構はぬ。それは兵卒になつて国を立つた日から覚悟してゐる。併し恥辱《ちじよく》を受けて死んではならぬ。そこで是非切腹させて貰はうと云ふことに、衆議一決した。（傍点引用者）

いびきのことは二度記されており、はじめの描写について典拠を見ると、その語はないものの、「満酔して臥せる」、「熟睡」の語句が使われていて、「鼾をかき出した」と書いても不自然ではない。二度目は「鼾の音」とあり、粉本に即していた。鷗外が読んでいた『プルターク英雄伝』の小カトーも自裁前に鼾声をあげて眠っている。しかし、同事件を扱った大岡昇平の『堺港攘夷始末』（中央公論社、平成元）では、一同「死の前夜、ほとんど不眠ですご」したと書いてある。

一体「神風連史話」とその典拠との関係については、若い志士の描き方、特に不浄にかかわる点で、その「神道的側面を印象づける狙いがあろう」と山口直孝は妥当な解釈を示しているが、[5]決起に加わった三少年を叙述する際『神風連血涙史』によったことは明らかであるとしても、鷗外の作品も脳裏に浮かんだのではなかったか。いびきをかく少年を描いたのは太田三郎彦一人であったが、こうした場合同一表現をとるのは作家としては一人に止めるのが力量というものであるにしろ、描く方向は類似していても、『奔馬』の場合は微妙に異なるものが観察される。内藤長十郎は、飽食はしないが、最後の膳に向かって家人と普段のように食事をしており、土佐の兵卒も酒肴の馳走にあずかっている。いずれも公のことや切腹の時刻との関係があるにせよ、神風連の三少年は、石原の書では、帰宅後時間を置かないで自裁している。一党には、決起の成り行きを見定める必要のあった事情も関係したが、別れを惜しんで酒宴を張った者もおり、また豪放に飲食した者もいたけれども、猿渡・太田・島田の三人は、性急のきらいがないわけではないが、けがれのなさ、その潔さ・純粋性が目立つ。鷗外の二作では、いわゆる不浄は問題として意識されなかったはずである。松枝清顕の生まれ変わりと目される飯沼勲への本多繁邦の手紙に「神風連史話」について、「今まで神がかりの不平士族の叛乱としか考へてゐなかつたあの事件の、純粋な動機と心情を教へられて、蒙《もう》を啓《ひら》かれましたが、」（傍点引用者）云々としたためた文面にも見えるそれである。太田三郎彦の鼾声は、そのことを最もよく表現したものと解される。

友人に精神主義過多の問題を批判されて、「神風連も暴挙だつた」と低い声で言う飯沼勲について「彼が今差当つて大切にしてゐるのは自尊心ではなかつたから、それだけに見捨てられてゐる自尊心が、紛らしやうのない痛みで報いた。その痛みの彼方《かなた》に、雲間の清澄な夕空のやうな「純粋」が泛《うか》んでゐた。」とある行文も見逃しがたい。その夕空・夕焼けの問題をめぐっては、続く『暁の寺』で、より広い視野から菱川の発言をとおして述べられることになる。

本多繁邦の飯沼勲宛の手紙にはまた、水晶のように冷たく透明な人物と本多が認識していた松枝清顕という男が、ある女性に情熱を抱いていかにも不調和に映ったことを記してから、ところが事態はそうは進まず、「愚直な一本気の情熱がみるみる彼を変へ、恋がしやにむに、彼をもつとも恋にふさはしい人間に化して」しまい、「もつとも愚かな、もつとも盲目的な情熱が、彼にもつともふさはしいもの」になり、「死の直前、彼はいかにも生れながらにして恋のために死ぬ人間であつたといふ相貌」を現し、「不調和はそのとき完全に払拭され」て、その跡方もなかったことをしたためたのである。ここには一種の純粋性が認められ、往時の三少年とどこかで通底するところがあるように本多には思われ、飯沼勲もそのことを感得したもののようである。やがてこの青年は、「神風連の純粋に学べ」というスローガンを作ることになる。

以上「神風連史話」に見える三人の少年の人物描写を鷗外作品の場合と対比してみたが、類似した中にも三島は三島らしい筆致を示しているところのあることを観察しえたかと思うのである。

注

（1）三島由紀夫「「豊饒の海」について」（『毎日新聞』昭和四四・二・二六）参照。

（2）許昊「『奔馬』論―「神風連史話」を中心に―」（『日本語と日本文学』17、平成四・九）、乾昌幸「三島由紀夫の旭日コンプレックス」（『明治大学教養論集』通巻二六一、平成五・一二）、井上隆史「『豊饒の海』における世界解釈の問題」（『国語と国文学』平成六・九）参照。

（3）拙稿「侍・士卒のいびき―森鷗外「阿部一族」「堺事件」の一場面」（佐々木昭夫編『日本近代文学と西欧　比較文学の諸相』翰林書房、平成九）参照。

（4）尾形仂著『鷗外の歴史小説　史料と方法』（筑摩書房、昭和五四）参照。

（5）山口直孝「『奔馬』の構造―『神風連史話』の解体と再生―」（『昭和文学研究』第三十二集　平成八・二）参照。

第四節　『暁の寺』の芸術談義

『豊饒の海』は、第一巻の「春の雪」（『新潮』昭和四〇・九—四二・一）から始まり、第四巻「天人五衰」（同上、昭和四五・七—四六・一）に至って完結し、三島自裁後の昭和四十六年（一九七一）二月新潮社から刊行された。この全四巻の構造・基調は、すでに『春の雪』で相当決定されていたと推定されるが、ここでは第三巻「暁の寺」（同上、昭和四三・九—四五・四）を取り上げて考察することとしたい。すなわち作中人物菱川の芸術談義は、三島のそれをかなり反映しているに違いないが、そこにはフリートリッヒ・ニーチェ（一八四四—一九〇〇）の発想も見いだせるのであり、それにはまた鷗外の短篇小説が導きとなったのではないかという一事をたどってみたいと思う。

『豊饒の海』全巻に登場する本多繁邦は、『春の雪』の主人公松枝清顕の親友であって、『暁の寺』では、五井物産の招きにより、タイ（昭和十五年シャムから改めた国号）のバンコクに滞在している。昭和十六年（一九四一）四十七歳になった彼は、訴訟事件で五井物産の国際私法上のトラブル解決の助力のため、この南国に来たのである。しかし、本多個人としては、若く二十歳で逝ってしまった松枝清顕への思い、その転生と考えられる飯島勲、そしてタイのパッタナディド殿下の末娘月光姫《ジン・ジャン》とのかかわりがあったからである。こうした本多繁邦は、五井物産が付けてくれた通訳兼案内業の菱川と今メナム河畔で対話している。(1) 菱川の作中での存在意義については、従来注目されていないけれども、一顧を要する人物と言ってよい。法曹界に生き、いわば認識を事とし、合理的思考や論理を重んずる本多には、この「芸術家崩れ」は苦手な種類の人であるらしい。日は対岸の暁《ワット・アルン》の寺の上の広大な空を、思うさま「鷲づかみ」にしている。対話といっても、菱川が一方的に話すのであるが、「すべての芸術は夕焼ですね」とまず話題の核心を提示してから自説を開陳する。次にその全体を掲げよう。

「芸術といふのは巨大な夕焼です。一時代のすべての佳いものの燔祭《はんさい》です。さしも永いあひだつづいた白昼の理性も、夕焼のあの無意味な色彩の濫費によつて台無しにされ、永久につづくと思はれた歴史も、突然自分の終末に気づかせられる。美がみんなの目の前に立ちふさがつて、あらゆる人間的営為を徒爾《あだごと》にしてしまふのです。あの夕焼の花やかさ、夕焼雲のきちがひじみた奔逸を見ては、『よりよい未来』などといふたはごとも忽ち色褪せてしまひます。現前するものがすべてであり、空気は色彩の毒に充ちてゐます。何がはじまつたか？　何もはじまりはしない。ただ、終るだけです。

そこには本質的なものは何一つありません。なるほど夜には本質がある。それは宇宙的な本質で、死と無機的な存在そのものだ。昼にも本質がある。人間的なものすべては昼に属してゐるのです。

夕焼の本質などといふものはありはしません。ただそれは戯れだ。あらゆる形態と光りと色との、無目的な、しかし厳粛な戯れだ。ごらんなさい、あの紫の雲を。自然は紫などといふ色の椀飯《わうばん》振舞をすることはめつたにないのです。夕焼雲はあらゆる左右対称《シンメトリー》に対する侮辱ですが、かういふ秩序の破壊は、もつと根本的なものの破壊と結びついてゐるのです。もし昼間の悠々たる白い雲が、道徳的な気高さの比喩になるなら、道徳に色などついてゐてもよいものでせうか？

芸術はそれぞれの時代の最大の終末観を、何者よりも早く予見し、準備し、身を以て実現します。そこには、美食と美酒、美形と美衣、およその時代の人間が考へつくかぎりの奢侈が煮詰つてゐます。さういふものすべては、形式を待望してゐたのです。僅かな時間に人間の生活を悉く寇掠《こうりやく》し席巻する形式を。それが夕焼ではありませんか。そして何のために？　実に何のためでもありません。

もつとも微妙なもの、もつとも枝葉末節の気むづかしい美的判断が、(私はあの一つのオレンヂ色の雲の縁《へり》の、何ともいへない芳醇な曲線のことを言つてゐるのですが)、大きな天空の普遍性と関はり合ひ、もつとも内面的なものが色めいて露《あら》はになつて外面性と結びつくのが夕焼です。

すなはち夕焼は表現します。表現だけが夕焼の機能です。

人間のほんのかすかな羞恥や、喜びや、怒りや、不快が、天空的規模のものになること。人間の内臓の常は見えない色彩が、この大手術によつて、空いちめんにひろげられ外面化されること。もつとも些細なやさしさや慇懃《ギヤラントリー》が世界苦《ヴエルト・シユメルツ》と結びつき、はては、苦悩そのものがつかのまのオルギエになるのです。人々が昼のあひだ頑なに抱いてゐた無数の小さな理論が、天空の大きな感情の爆発、その花々しい感情の放恣に巻き込まれ、人々はあらゆる体系の無効をさとる。つまりそれは表現されてしまひ、……十数分間つづき、……それから終るのです。

夕焼は迅速だ。それは飛翔の性質を持つてゐます。夕焼はともすると、この世界の翼なんですね。花蜜を吸はうとして羽搏くあひだだけ虹色に閃く蜂雀の翼のやうに、世界は飛翔の可能性をちらと垣間見せ、夕焼の下の物象はみな、陶酔と恍惚のうちに飛び交はし、……そして地に落ちて死んでしまひます」

第二巻『奔馬』において、神風連の乱のことで心の痛みを感じた飯島勲に関し、「雲間の清澄な夕空のやうな「純粋」が泛んでゐた。」の叙述があるが、菱川の芸術談義を聞き流しながら、本多は対岸の空が暮色に包まれるのを眺めやっている。もともと三島には日没・夕焼け・夕雲の美しさに惹かれ、感じ、考えるといった傾向があった。(2)早いころの作品にすでにそれは見いだせる。後に自ら深く愛着を感じていたと語り明かした「海と夕焼」(『群像』昭和三〇・一)のような小説も書いている。夕焼けの光景では特に海外でのそれが印象深かった。昭和二十六年（一九五一）暮れから翌年にかけての初めての外国旅行の際、アテネ、ローマで眺めた日没や夕雲、入江の残照、昭和三十二年プエルトリコで見た熱帯の地の日没、そして昭和四十年（一九六五）タイ、カンボジアで見た夕焼け――これらが右の一節に集約されて表現されたのであろう。菱川の言説中の夕焼けの形象は、特に熱帯の密林を覆うものでなければならなかったが、作家自身の体験に負う発想、自らの感性・思考・思念によるものであったことは、改めて記すまでもあるまい。しかし、夕焼けによる論の展開にはニーチェからの示唆もあずかっていたと推察される。この問題を取り上げるとき、『人間的なあまりに人間的な』*Menschliches, Allzumenschliches*（一八七八―八〇）の第四章「芸術家と著作家の魂から」における一節「二百二十三」に注目しなければならない。昭和二十五年新潮社刊行の阿部六郎訳を引くと、次のとおりであり、圏点は原文では隔字体を表している。

> 芸術の夕焼――老年になつて青春のことを回想して追憶の祭を祝うように、間もなく人類は芸術に対して青春の悦びの感動的な回想という関係に立つのだ。死の魔術がその周りに戯れているように見える今ほど芸術が深く感動に充ちて捉えられたことは恐らく未だかつてなかつた。彼等のもたらした風習の上にますます異邦の蛮風が勝ち誇つて行くことに憂愁と涙に昏れながら、一年に一日なおギリシア風の祭りを祝つたあの南イタリーのギリシアの町のことを想つてみるがいい、この滅びて行くヘラス人のもとにおけるほどヘラス的なものを味識したことは恐らくかつてなかつたし、この金色の神酒をそれほどの快楽で啜つたところはどこにもなかつたのだ。芸術家は間もなく一つの素晴しい遺物と見られ、その力と美に前代の幸福がかかつていた不思議な異邦人に対するように、吾吾が同類の者には容易に与えないような尊敬を示されるであろう。吾吾の身になる最上のものは恐らく前時代の感情から承け嗣がれたものであつて、吾吾は今直接な途ではもう殆どそういう感情まで行き着くことができないのだ、日はもう落ちてしまつた、だが吾吾の生の空は燃えていて、日はもう見えないのに、まだ日に照り映ている。

原文は隔字体で „Abendröte der Kunst.“ と始まる。菱川の談義の枠組みは、このアフォリズムによったに違いない。「燔祭」は文中の「追憶の祭」に対応する。ギリシア、イタリアへの旅の記憶と右の文面とが結び付いて意識されることもあったかと思われる。芸術・美の問題も関心をそそったはずである。ニーチェとのつながりとなると、『人間的なあまりに人間的な』とはその執筆態度、文章・文体のかなり異なる『悲劇の誕生』（一八七二）をも考える必要があろう。菱川の芸術談義には、この書も用いるニーチェ的語彙が散見するからである。市ヶ谷の事件間際まで、三島は『悲劇の誕生』を肌身離さずにいたという、母親の証言もある。(3) 生田長江訳『悲劇の出生』（赤坂書店、昭和二二・一二）も架蔵されていた。

そもそもニーチェは、「存在の実相に虚無と恐怖を見、感受性のするどいギリシア民族も同様にペシミズムに悩んだ」と解し、「このようなものから自己を救い出すために彼らは悲劇的芸術を創造した」と考え、「古典主義以来ギリシア的明朗と呼ばれてきたものは、実はアポロン的仮象にすぎないのであって、その背後には深い混沌《こんとん》を蔵したディオニュソス的陶酔がある。」とした。そしてアポロ、ディオニュソス二神の「交錯と総合」によってギリシアの芸術や悲劇は栄えたと解釈し、さらに論を進め、「近代」においては「理性の優越と学問的、理論的文化が横行しているが、それもすでにゆきづまりの兆候がある。」と述べ、これを打開するには「ディオニュソスの精神に復帰し、芸術と文化の新しい可能性を求めなければならない」と考え、その方途にワーグナーの楽劇を期待したのであった。(4)

『悲劇の誕生』におけるこうした思惟、また『人間的なあまりに人間的な』の発想に示唆されて、菱川の言説が成ったところも少なくなかったのではないか。「戯れ」、「白昼の理性」、「羞恥や、悦びや、怒りや、不快」、「世界苦」、「オルギエ」、「飛翔」等々のニーチェ的語句はその反映と解される。「体系の無効」は、ニーチェのアフォリズム様式が炙り出した点もあるに相違ない。この方面では、体系の無効性にレッシングの言説で触れていた鷗外が、「妄想」（『三田文学』明治四四・三、四）においてニーチェを引いている一事とも関連があったであろうか。「苦悩」と

「陶酔と恍惚」との衝突は、三島の文芸的世界では、他の作家にも増して重要な生の要件であった。西欧の文化・芸術、建築に見られる左右対称を重んずる精神・感覚に倦み疲れた旅行体験を持つ三島に、アテネの崩れた神殿や不定形の夕雲は、「左右対称《シンメトリー》に対する侮辱」として救いになったはずである。「現前するものがすべてである」とする認識は、溯れば「わが魅せられたるもの」（『新女苑』昭和三一・四）の「一番表面的なものが、一番深いものだ」という思考につながるであろうし、近くは、『春の雪』の綾倉聰子が、永遠がもしあるとすれば「それは今だけなのでございます」と言った言葉にもつながることになる。「人間の内蔵の常は見えない色彩（中略）の外面化」と話す、夕焼けとの類比的把握など、三島自身の割腹を予感し、予言した言葉となった観もある。

こうたどるとき、「芸術はそれぞれの時代の最大の終末観を、何者よりも早く予見し、準備し、身を以て実現します。」という所説は、かつて芸術家を志してもいた菱川によることから、作者が『豊饒の海』について相当語り明かした本音と解されないこともない。芸術と夕焼けとを類比的に見る論には、『唯識論』への言及がないにしても、自作の世界の展開契機やその構造、精神に及ぶところがかなりあったと解釈できるのではないか。もっとも三島は長篇小説においては、多少は雑駁なところがあってもよいと語っており、菱川の芸術論をそのまま三島の本音として捉えることには躊躇させるものがあって、いわばあそびの要素のあったことも考えられないことはない。その点で、「芸術家崩れ」という人物の造型は、三島には、一方では芸術論上一種の防御的設定にかかる工夫であったかもしれない。しかし、その言説で作品を覆い切れないにせよ、そして、菱川が作中渺たる存在に過ぎないとしても、軽視できない人物のように思われる。菱川の言葉が終わると、本多は、「すべての芸術が夕焼だつて？　そして彼方には暁の寺！」と内心思う。第三巻の書題を考えると、この時点では、生誕・滅亡・再生という三島が望んだことのある循環の思想から、菱川の論に批判的立場のあることを示唆し、これを相対化したものであろうか。

ここで「『豊饒の海』ノート」（『新潮　臨時増刊　三島由紀夫読本』昭和四六・一）を繙いてみると、その「第三巻　暁の寺」の項に菱川・本多の人名は記されていないが、左のようにあることが注目される。
あらゆる芸術は夕焼の如きものである。それは一時代の終末観と符節を合してゐる。現代なら原子戦争と。
「未来に希望をもつ」といふ哲学
「よりよき未来のために」といふ哲学は芸術の敵だ。過去と絶望とただ死を待つことに、芸術の存在理由があり、未来と希望と名誉ある死は行動の原理である。

この芸術観が作品中どのような形で具象化されたかということになると、作中の語りの視点もあって、特に『豊饒の海』の大尾の場面を考えると複雑で大きな問題であるが、(5)右に「名誉ある死」の語句を受ける「行動の原理」という言葉からすると、小説外の現実的、政治的問題にも及ぶ可能性もある。ノートの「一時代の終末観」の文字と結び付くような立場に対し、上の本多は疑義を抱いている観もあって、『豊饒の海』の展開にかかわりがあるようにも考えられ、問題はなお単純にはいかないようである。しかし、菱川の芸術談やノートの上掲箇所にニーチェの名の見えない一事は、この思想家に負う点がありながらも、もはやそれは、最後の小説を書きつつある三島にとって、自身の芸術観・人生観・世界観と相当契合するものであったのではないか。

問題は容易ならざるところに来たが、『暁の寺』で、作家にとってのタイの熱帯の密林とその上に広がる夕焼けとは、緊密な対応関係にあったのである。夕焼けが壮大であればあるほど、いわばディオニュソス的混沌の形象としての密林は、いっそう豊饒な、深々としたものであらねばならず、そこにアナロジーとして想定される生や精神、そして芸術も、これに照応することになろう。終末としての一時代や人間の真実がそこで表現されるわけである。ニーチェが与えた、アポロとディオニュソスとの二元論的視点からの思惟のダイナミズムがここに看取されるのであり、三島には、芸術＝夕焼け論は、自己の境位とも関係して、必要かつ重要な装置だったのである。あとは『豊饒の海』論、三島由紀夫研究の領域に入ることになるが、ここで鷗外とのつながりの問題に移らなければならない。

自分の文体の改造のためにこの先達を繙いたということの成果でもあるべく昭和三十一年七月発表の一文では、鷗外の短篇小説には名品が多いとし、「ただの日録」のように見えながら、読後しばらくすると「凄愴な主題が瞭然と迫つて来る」と述べ、その好例として「百物語」(『中央公論』明治四四・一〇)を挙げる。(6) そして同様の好きな短篇として「追儺」(『東亜之光』明治四二・五)に指を屈し、作中の「鷗外流の余談」を珍重する。『暁の寺』連載開始約二年半前に『日本の文学2　森鷗外(一)』(中央公論社、昭和四一・二)の「解説」を担当した際も同様の批評を繰り返していた。(7) 『暁の寺』のみならず、『春の雪』執筆中の三島にとって、「追儺」は改めて印象深い小説に思えたであろう。その「追儺」には、築地の新喜楽へ豆まきの招待に出かけた作者を思わせる人物が、赤いちゃんちゃんこのお婆あさんの豆を打つ一連の挙措・動作に気味の好い思いをした体験を語り、女将とわかったお婆あさん、追儺という風習のことから想起し、考えたことの一端が次のように記されている。

Nietzsche に芸術の夕映といふ文がある。人が老年になつてから、若かつた時の事を思つて、記念日の祝をするやうに、芸術の最も深く感ぜられるのは、死の魔力がそれを籠絡してしまつた時にある。南伊太利には一年に一度希臘の祭をする民がある。我等の内にある最も善なるものは、古い時代の感覚の遺伝であるかも知れぬ。日は既に没した。我等の生活の天は、最早見えなくなつた日の余光に照らされてゐるといふのだ。芸術ばかりではない。宗教も道徳も何もかも同じ事である。

ここに引くニーチェの文とは、『人間的なあまりに人間的な』の前掲「二百二十三」を指す。(8) ただし要約した形の美しい文章になっており、斎藤茂吉はこのところを好み、佐藤春夫は「追儺」を「神韻に富む名篇」と評しているが、(9) 三島にも特に目に留まる一節であったと推断される。末尾に「芸術ばかりではない。」云々と見える行文が、鷗外の付加にかかることは、一読了解できるものである。

三島は三島でニーチェを繙き、また翻訳によってもこれを読んだと思われる。しかし、『悲劇の誕生』にその関心を集中させていたという作家であったから、分厚な『人間的なあまりに人間的な』の中から「二百二十三」を真に発見するきっかけを作ったのは、自身の評言を借り用いると、「明朗に駆使され」て「ペダンティスムの効能」を発揮する「追儺」のこの「鷗外流の余談」ではなかったか。夕焼けと老年との結び付きの描写は、雑誌発表年刊行の『宴のあと』（新潮社、昭和三五・一一）に見える。『豊饒の海』では『暁の寺』執筆中不快を感じる状態があったらしいが、それには自死の問題が脳裏を掠めたことも関係したのではないか。上掲の芸術観に共感を覚えただけではなく、最後の作となった小説の筆を進めながら、「芸術の最も深く感ぜられるのは、死の魔力がそれを籠絡してしまつた時」であることを意識する瞬間が、三島にはあったに違いない。

「追儺」中のニーチェは、このようにして菱川の芸術＝夕焼け論により、『豊饒の海』の世界に鷗外の余響としても響くことになったのである。

注

（1）その実景については青木保・田中優子対談「三島由紀夫をめぐって――『暁の寺』そしてアジア」（『国文学　解釈と教材の研究』平成二・四）参照。
（2）平岡梓著『倅・三島由紀夫』（文芸春秋、昭和四七）の「一」の「夕日に見入る」参照。
（3）注（2）の「四」の「ニーチェ及びトーマス・マン」参照。
（4）氷上英広執筆「悲劇の誕生」（『世界大百科事典　25』平凡社、昭和五八）の項目による。
（5）佐伯彰一著『物語芸術論　谷崎・芥川・三島』（講談社、昭和五四）参照。
（6）三島由紀夫「鷗外の短篇小説」（『文芸　臨時増刊　森鷗外読本』昭和三一・七）参照。
（7）「森鷗外」と改題し『作家論』（中央公論社、昭和四五・一〇）に収録、自決の前月に刊行された。
（8）初めて出典を明らかにしたのは三島憲一「鷗外と貴族的急進主義者としてのニーチェ」（『ドイツ文学』41、昭和四三・一〇）で、次いで小堀桂一郎「森鷗外のニーチェ像」（氷上英広教授記念論文集『ニーチェとその周辺』朝日出版社、昭和四七）の詳論がある。

（9）佐藤春夫著『近代日本文学の展望』（講談社、昭和二五）参照。

第二部　小説家（下）

―鷗外のドイツ文学紹介・翻訳の波紋

第一章　山本有三とドイツ文芸

第一節　山本有三のシュニッツラー受容

一　有三のシュニッツラー観

鷗外の日記『委蛇録』の大正十年（一九二一）六月二十日の記事に、「晴。参館。楠山正雄、山本有三来見。」とある。翌年九月有三が楠山との訳書『シュニッツレル選集』（新潮社刊）を出版することになる関係記事である。この時鷗外はその企画への参加を断ったのであるが、有三は、後年の阿部知二との対談で、若き日の西洋文芸の繙読について述べ、「忘れられないのは、森鷗外さんの翻訳ですね。毎号『歌舞伎』に翻訳脚本が出たし、本にもなったし……。」と語っている。[1]『歌舞伎』には明治四十年代にシュニッツラーの戯曲が掲載され、その作家を紹介した短文も掲げられた。鷗外は訪問を受けた翌年夏没するが、ドイツ文学媒介者の一人として山本有三はどのようにこのウィーンの作家を受容したのであろうか。

明治四十五年（一九一二）東京大学独文科に入り、大正四年ハウプトマンについての論文を提出して卒業した有三は、ストリンドベリィやツヴァイクを翻訳したが、最も親しみを感じたのは、その小説六篇を訳したシュニッツラー（一八六二―一九三一）であった。右の選集の序文においては、その印税を尊敬の心を表すべく原著者に送ったとし、「平生私淑してゐる墺国の老文豪」と呼んでいる。「パラツェルズス」（一八九九）の主人公の言葉 „Wir spielen immer, wer es weiß, ist klug.“ は三作を収める同題の単行本の標語ともなっているのであるが、「美術劇場と無名会」（『新潮』大正三・六）では、これを「我等は何時も遊戯してゐる。これを知るものは賢人である。」と訳して、その全作の「モットー」であると理解し、「軽快、瀟洒、遊びの芸術」と捉える。そして、近代劇作家中最も近代的な作家としつつも、他の近代劇とは異なり、社会の欠陥をあばいて厳しく論じ立てるような人間は登場しないと述べている。

『世界文学講座』（新潮社、昭和五・一〇）の「アルトゥール・シュニッツレル」でも同様に捉え、その作品について、「きめが細かで、肌ざはりが柔かで、芸術品の中の芸術品といふ気がする。」とし、近代ドイツ文芸では、「筆致の行きとどいてゐる点、洗練された調子は、ほかに類がな」いと評価する。「彼は心理のたゆみない動揺を追ひつゝ、ほのかな情味を再現しようと努めて」おり、その作品は、「描いた人物をめぐつて起こる事柄、そのものに興味があるのではなくつて、彼等の間から醸し出される情趣が貴」く、「その意味を執拗に追ひかけようとするものではない。」と説く。そして、その作品の味をリキュールのそれにたとえてから、長篇はこの作家本来のよさを表すことができないと断じ、わが国では一般に劇作家として通っているけれども、自分は、短篇・中篇の小説家として頭を下げると打ち明けている。そのためか有三の翻訳もそうした作品に限られている。戯曲で評価できるものとして『恋愛三昧』（一八九五）その他五篇に限定しているのに対し、中・短篇小説はどれも失望させるものはないと言い、特に『盲目のジェロニモとその兄』等七篇を挙げる。しかし、『箴言集』（一九二七）の中の「総ての答えは偽りである。」という言葉を引き、「恐しく懐疑的な作家である。」と述べており、いわゆる向日性のある作品を書く有三が、このような作家の思想に深い共感を覚えたとは考えられない。同じ文で、鷗外にも触れてこう書いている。

シュニッツレルの小説を読まうとする程の人ならば、何をおいても「死」(Sterben, 1894《ママ》) を読まなくてはいけない。彼の作品はくどくもいふやうに、決して筋を語るべきものでないから、無用な説明は一切はぶくが、ドイツ語の読める人なら直接原書で、若し読めない人は、鷗外博士の訳した「みれん」(「死」を改題したもの)を是非とも再読、三読して欲しい。さうしたらシュニッツレルの味ばかりでなしに、小説そのものについても必ずや味得するところがあるであらうと信ずる。

そして、この作家については、「小説では十分人間を浮き出させてゐながら、戯曲となると妙にイデーやテーマに捕へられて、拵へものの人間を書いてしまつてゐる。」とも批評しているのである。(2)

二　有三の兄弟物とシュニッツラー

有三は、右にも挙げた『盲目のジェロニモとその兄』*Der blinde Geronimo und sein Bruder* (一九〇〇) をどう読んだのであろうか。高橋健二は、「シュニッツラーとしては全く例外的に女気がなく、不幸な兄弟の心理のもつれを描いて、珠玉の名篇をなしている」のが有三の心を引いたようであると推測し、その翻訳後間もなく、「兄弟の心理のもつれを『兄弟』や『海彦山彦』などに描いているのは、偶然かも知れないが、興味ふかく感じられる。」と示唆的な視点を提供している。(3) この観点から注目される第一は、陰影に富む心理を巧みに描き出していることにある。遊んでいて兄が過って弟の目を矢で射て失明させたのであるが、二人は人の恵みで生計を支えている。しかし、盲目の弟ジェロニモとその兄との間に、心ない人のため不和が生じ、そのため兄は弟の猜疑を取り除こうと盗みをはたらき、それがあらわれてしまう。突如二人が立ち止まった、作品最後の場面から、傍線を引いて掲げる。(4)

「先へ行くんだ、先へ。」けれどもその時憲兵は、盲人がギターを地上におつことして、腕をさし延べながら、両手で兄の頬をさぐつてゐるのを見てびつくりした。それから弟は、どうしたのかはじめは分らないでゐたカルローの脣に自分の脣を近づけて、兄に接吻した。

「おまへたちは気が違つたのか。」と憲兵がいつた。「先へ行くんだ、先へ。（下略）」

ジェロニモは一言もいはずに、地上からギターを取り上げた。カルローは甦つたやうに深くほうと息をした。そしてまた盲人の腕の上に手をおいた。一体こんなことがあり得ることだらうか。弟はもう自分のことを怒つてゐないのかしら。弟はたうとう分つたのかしら？　疑ひを抱きながらも彼は弟を傍からぢつと見た。／「行くんだ。」と憲兵が怒鳴つた。／（中略）／

そこでカルローは盲人の腕をぎゆつと握つて手を引きながら、また先へ歩いて行つた。彼は前よりもずつと早足に歩いた。それは子供の折以来つひぞ弟の顔にあらはれたことのないやうな、柔和な幸福さうな様子をして、ジェロニモがほゝ笑んでゐるのを見たからである。

有三は、生きんとする意志を強く持つ人物を多く描いた。この兄弟もそのような人物である。これからも彼らは生きて行くのである。訳者の心はここにも向けられたものと思われる。初出「文芸雑話」の題の「芸術は「あらはれ」なり」（『人間』大正一〇・五）の一文で、「書かうとか表はさうとかいふ巧らみを絶して、書かざるを得ざるに至つた時始めて尊い。」と述べているが、原文の „Carlo atmete tief auf" を上のごとく「甦つたやうに」という語を入れて「深くほうと息をした。」と訳したことは、そうした例になり、「疑ひを抱きながらも」の「も」も絶妙である(5)（傍線部参照）。阿部知二との対談で、小説の書き方をシュニッツラーから学んだと打ち明けた内実の一端を、ここに観察することができるであろう。

第二は兄弟を扱って、好みの題材・性格を備えていた作品ということもあずかっていなければならない。右の評論で、よい題材と見えるものは、それがすっかり自分のものとなった場合であり、その時に芸術は始めて躍動すると述べたことがこのことに関係する。そもそも有三の作品には兄弟物が多いが、実際兄弟はなく、またそうしたことをあまり意識しなかったらしいが、たしかにそうであると自分でも不思議に思ったと語ったことがある。無意識のうちに自然と兄弟物を書く心理がその生育歴からもはたらき、それが上のケースになったと解される。そういう事情も反映したのか『盲目のジェロニモとその兄』の翻訳一年後の「兄弟」（『新小説』大正一一・一〇）は、キノコ採りに行った時の幼い兄弟を描いて詩味を湛えている。山番に叱られた後、キノコを入れていた帽子を渡そうとした弟が、兄に殴られたところで、「年下の者なんぞから親切にされると、何か知らないが兄には一層堪らなかつたのである。」と叙す最後の場面を引こう。

弟は不意に擲られたので、前よりも烈しく泣き出した。と、その声につれて、今まで泣かずにゐた兄も、弟を擲つておきながら、またわあつと泣き出してしまつた。

それから二人は長いこと泣いてゐた。はじめは声を立てて泣いてゐたけれど、しまひにはたゞ機械的に涙が出るだけだつた。そして温かい水玉がしつきりなしに流れてゐるうちに二人は頰の上に触覚のある快感を覚えて来た。

その時弟は小さい声でいつた。

——兄さん、勘弁してね。

——うん。

兄はたゞ一語涙声で肯いた。

やがて兄は泥だらけになつてゐる帽子を拾つて、膝の上で五六度叩いた。彼はそれを被らないで片手に持つたまゝ、別の手で弟の手をとつた。そしてうちの方へ歩き出した。しかし二人は途々おもひ出したやうに泣き

じやくつてゐた。（傍線引用者）

幼い兄弟のほほえましい姿が描写され、その心を窺わせるにふさわしい筆遣いがなされた観がある。有三は、シュニッツラーの作品の雰囲気に童話的なものを感じ取っており（「美術劇場と無名会」）、『盲目のジェロニモとその兄』と右の作品とが無関係ではなかったことを思わせる。今村忠純は、有三の初期の戯曲に触れてから、「兄弟」について、「目には見えぬこころのうごきを手にとるように活写することによって、いままでのいろいろの制約をこえた感動を表白させた」と捉え、キノコ狩りに行った二人が泣きながら山を下りる場面を取り上げて、「筋らしい筋があるわけではない」が、「いたわりあう兄弟は、『海彦山彦』にながしこまれ、いままでの戯曲にはなかったところをえがいて名作なのだ。」と評す。そして、これを書いたことによって有三の芸術観は初めて定着したと述べる(6)。示唆的な見解である。

この「海彦山彦」（『女性』大正一二・八。のち「ウミヒコ　ヤマヒコ」と改題）は、『古事記』に題材を得た戯曲である。当初コノハナサクヤヒメの話を書こうとしたが、美と永遠とのテーマ性があらわであることから、海幸彦・山幸彦の方に関心が移ったとある。兄弟で道具の取り替えをしたところ、弟が釣鉤をなくし、それに対して無理なことを要求する兄と争い、仕返しをする。有三は、なくした針を返そうとする考えの中に、何かいこじなものを感じ、そこから「海彦山彦」を書いたという(7)。原話は、神話として南方のそれとの関係はじめ広い問題、深い基層を持つものであるが(8)、有三は兄弟間の問題として心理のもつれと和解に中心を置き換えて書き、「兄弟」に一脈相通ずる作となったのであろう。海彦から、「寝ろ」と言われ引き立てられて、山彦が急に泣き出したところを左に掲げる。

海彦。何を泣くんだ。馬鹿、寝ろといふのに。

海彦は弟を叩き伏せるやうにして無理に寝かせる。山彦は床の中でなほ泣きつゞけてゐる。

海彦はちよつとそこらを片附けて寝床にはひる。二人は背中あはせになつて別々の方を向いて寝る。／

（中略）／山彦はまた眼を覚ます。そして寝たまゝ消えかゝつた火をぼんやり眺めてゐる。やがて思ひ切つて土間に下りて焚火を見る。／弟がかさこそしてゐると、海彦もふと眼を覚ます。

海彦。（寝床の中から、眠むさうな声で）火が消えたのか。

山彦。うむ。

海彦。どうした。……つかないか。

山彦。いゝよ、起きないでも。——

海彦。さうか。

山彦。もう大丈夫だ。

海彦。ぢや、うんとくべといてくれ。今夜は寒いから。

山彦。うん。

海彦はそれなりにまたぐう〳〵寝入つてしまふ。／美しい火花が飛んで、火がまた盛に燃えさかる。

山彦。兄さん。——

海彦。……

山彦。兄さん。

もう一度声をかけたけれど、兄はすや〳〵と眠つてゐるので山彦もすぐ床にはひる。そして兄の方を向いて寝る。

山彦の性格がもとで、釣鉤をなくしたことから兄弟に緊張・対立が生じ、ついに兄は弟のいこじさを難じて打擲する。そういう葛藤を経て二人が自然と和解に向かう幕切れである。『盲目のジェロニモとその兄』には、猜疑の契機が入っているけれども、「兄弟」やこの戯曲にはそれがない。「兄弟」には後にかなり補筆訂正を行い、「兄はたゞ一語涙声で肯いた。」(傍線部参照)とある部分は、「兄はただ「うん」といっただけだった。声はうるんでいるが、明るい響きを持っていた。」と改めた。作品の終末で心が通じ合って子供らしい姿を見せているあたり、シュニッツラーの上の兄弟にも見られるが、このウィーンの作家の場合、状況も関係してそれは必ずしも明るい未来が待っているとは言い難い。両者の資質、環境の相違が関係するところがあったにせよ、有三がシュニッツラーに私淑したと言いつつも、この外国作家の上掲のモットーや思想的方面は、それほど受け容れなかったと思われる。有三のこの作品は、中学校国漢用教科書『国語　巻五』(岩波書店、昭和一二年、文部省検定済)にも採られており、かなり読まれたであろう。

尾上菊五郎の依頼により有三は翻案の「盲目の弟」(『講談倶楽部』昭和四・一〇)を書いた。翻案の理由からこれを全集に入れることを望まなかったのであるが、有三らしさを現している戯曲と言ってよい。原作中兄カルローが過って吹矢でジェロニモの眼を射た場面は、翻案では兄角蔵の回想の中で語られる。幕開けで弟準吉が「兄さん、違ふよ。」と言って、「春が来た」の歌い方を示し、草笛の吹き方を注意する。「そんなことがあるもんか、ぢや、もう一度一緒にやつて見よう。」と兄が応じるあたりの場面は印象的で、「兄弟」におけるハツタケ狩りの左の一齣を想起させる。

——兄さん、これさうだらう。

——どれ。

兄はそばにいる弟の方を振り向いた。そして弟の差し出した菌《きのこ》を見た。併しすぐいつた。

——それは違ふよ。こういふんでなくつちや。

彼は自分で今採つたばかりの初茸を弟に示した。

——これ駄目!

弟は残り惜しさうに採つた菌をながめてゐた。

こうした「兄弟」に「影絵のように切りぬかれた童話の感じ」を読み取り、その童話的なあらわれ方は「海彦山彦」以外にも見いだされる、と述べる高橋健二は、戯曲「スサノヲの命」（『婦女界』大正一三・九、一〇）、シナリオ「雪」（『女性』大正一四・三）、昭和七年新聞に連載を始めた『女の一生』の序章「糸切歯」にもそのような趣が看取されると説くが、(9) 参考になる見解である。

ところで有三は、「一体、兄とか弟とか、姉とか妹とか、（中略）美と醜、或は永遠と瞬間、或は剛と柔といつたやうに、人生に於いて対立といふことは重要な現象であり、契機である。殊に戯曲にあつては、これなしには殆ど成立しないといつてもいゝくらゐのものである」（「「海彦山彦」に就いて」〈『現代』昭和一〇・二〉）と述べ、「兄弟」もそうした点のあずかるところがあったことを語り明かしている。もともと戯曲は対立的契機が文芸の他のジャンル以上に明らかに現れ、重要なはたらきをして幕切れに至り、一気にそのすべてを開き示すものである。「兄弟」「海彦山彦」においても対立的契機はあるが、それは次第に内面化された姿として捉えられる。独楽の坐るということを例に出して、「「坐る」といふことは動かないことではない。一見動かないやうに見えるけれども、実は最も烈しく動いてゐることである。最も烈しく回転すればこそ、独楽ははじめて坐るのであつて、「坐り」は活動の絶頂である。」と述べる「坐り」（『新潮』大正一四・七）の一文に注目した越智治雄は、対立の戯曲であった有三の作品について、「すわりは争闘や対立と次元を異にする。したがって、すわりの思想の成熟とほぼ時期を重ねて、戯曲から小説への移行がみられるのは偶然であるまい。」という解釈を示した。(10) そして、具体的例を挙げ、「西郷と大久保」（『文芸春秋』昭和二・五）は「同志の人々」（『改造』大正一二・五）と同様の資料の上に成った歴史劇であるが、「作者はその戯曲観にふさわしい対立を二人の人物のうちにみいだしながら、決定的な対立よりは、そののちのたがいの心理の許しに力点を置いているように思われる。」と述べた。

有三には、「津村教授」「生命の冠」「坂崎出羽守」その他を収める戯曲集『嬰児殺し』（金星堂、大正一一・二）と「海彦山彦」「女中の病気」「指鬘縁起」その他を収める戯曲集『同志の人々』（新潮社、大正一三・一一）があるが、この二書を取り上げた岸田國士の論が関心を引く(11)。各作品の発表時期に従って整然と区分できるわけではないが、概して前記の戯曲集は、主題としていわゆる「戯曲的境遇」が選ばれており、後記の諸作は、少なくとも表面的には「波瀾の少ない場面」が選ばれていると説く。そして、心理の動きという点に着目して、「外面的の「劇《ドラマ》」から内面的の「劇」へ足を踏み込んだ」と批評しており、先に引いた諸論の内容と契合するところがある。岸田はさらに、主観的戯曲論と断りながらも、戯曲の本質的「美」は、「人生の心理を物語る活きた魂の最も諧調に満ちた声と姿、最も韻律的な動きの中」や「語られる言葉」と「行はれる動作」の「最も直接的な、最も暗示的な表現、そこからのみ生れる心理的詩味のうちにある」とも言い、この観点から「海彦山彦」を有三の最もすぐれた戯曲であると評価する。

この一事は、有三がシュニッツラーを、「心理のたゆみない動揺を追ひつゝ、ほのかな情味を再現しようと努めてゐる。」と捉えた眼と響き合うところがあり、「海彦山彦」、翻案劇「盲目の弟」、「兄弟」の台詞・会話ともつながるところがあるのではないか。これら三作が右に観察したような時期において執筆され、しかもそれがテーマの扱い方、人物描写の点で、シュニッツラーを味得しつつあった時とほぼ重なり、表すよりも現れる文芸でありたいと願う芸術観を抱くに至ったころとも重なっていることが注意されてよい。

三　日本におけるシュニッツラー

上掲「アルトゥール・シュニッツレル」の中で、『テレーゼ、ある女の生涯の記録』（一九二八）に触れ、「理解の書」と呼ばれるほど老来、その見方がしみじみと落ち着いて来ていると、この作品を高く評価した。まだこれは「女の一生」という題で訳されていなかったが、有三は『女の一生』執筆の契機で刺激を受けたかもしれない。[12]それぞれの主人公テレーゼと公荘允子とを比較してもわかるとおり、有三のそれは、様々な困難や暗い時代的状況の中に置かれても、向光的、意志的な面において特色があり、そこに独自の世界を創り上げているのである。しかし、同じ文章でシュニッツラーの『箴言集』によって「恐しく懐疑的な作家である。」とも評しており、こうした人生態度そのものに深い共感を覚えたとは考えられない。

戦後の「無事の人」(『新潮』昭和二四・四)は、平和のテーマも扱っているが、その中に「坐り」の思想も書き込んであり、有三の文芸活動が集約された観がある。いわゆる枠構造をとる小説で、主人公は大工の為さんと目されるが、ふとした事件に巻き込まれ光を失いあんまとなる。その為さんが、「風眼かなんかにかゝったのかね。」と問われるところは、翻案劇の準吉が、「不自由なこつたね。風眼でもわづらつたのかい。」と尋ねられる場面を想起させる。わずか一語にすぎないけれども、「無事の人」の筆を進めつつ、シュニッツラーの短篇を思い浮かべていたであろう。有三が独文科を選ぶきっかけを作った友人三井光弥は、いわゆる意識の流れを捉える独白体の小説『グストル少尉』(一九〇一)に強い関心を示していたが、有三もこれを好んでいた。意識の流れを写す手法とは異なるにせよ、独白体を織り込み、為さんの造型の参考になったとも解される。しかし、「今の日本の文学は世界の文壇に出してさう劣等なものだとは思はれない。」(「文学の輸出入」〈『演劇新報』大正一三・八〉)と考えていたから、西洋文芸に接しても、日本文芸の独自性を見失うことはなかったであろう。為さんの人生態度、心的世界にそれが窺われるからである。

ところで、シュニッツラーの文体・心理描写等のすぐれている点に注目していた鷗外は、有三がこの作家に期待しなかった社会的問題の剔抉といった方面に関心を示すところがあった。一九一三年版の『ベルンハルディ教授』

を読み、小山内薫に「シュニッツレルには大きな未来があるね。」と話し、来日した一ドイツ人の「Professor Bernhardi は大したものですね。」との語りかけに、「あれは医者だから書けたのではないでせうか。」と応じている。この戯曲の一女性患者にかかわる一種の安楽死に通ずる問題や、社会的方面にも注目していたのである。「あそび」(『三田文学』明治四三・八)を書いた際の鷗外の脳裏を „Wir spielen immer, wer es weiß, ist klug.“ という標語が掠めたであろうか。有三は、シュニッツラーを懐疑の強い思想の持主と捉えていたが、早川正信は、このウィーンの作家のとる遊戯的態度が、作品の世界ではその「懐疑」を「情調」に変質させているのではないかと論じている。(13) 有三もこうしたところに目を注いだであろう。いわゆる向日性が強く道義的、倫理的なこの作家は、自らの篩をとおしてその受容に当たり、また「情痴」の文芸を書いたと評され、『みれん』を愛欲・未練の心情とその諷刺的面に注目した近松秋江とも違った方に関心を示した。シュニッツラーとの関係で山本有三は鷗外の跡を受け、比較文学にいわゆる媒介者の役割だけでなく、自らの創作に培うところがあったのである。

シュニッツラーの作品は大正末期から急に多くの人によって紹介・翻訳され、広く読まれることになる。鷗外の翻訳から原書に入った小泉信三のような青年読者は少なくなかった。一高生の時に鷗外をある会合に招いた秦豊吉は、その後訳文をも見てもらったことがあったが、やがてウィーンにこの作家を訪ねた際、卓上の訳書『みれん』を手に取ってみることになる。山本有三と会話したことのあるという佐藤春夫は、推薦文という性格上多少割引しなければならないとしても、「迫真力と都雅な詩美との理想的な配合に驚喜し」云々とその読書体験をも記している。(14) 芥川龍之介も関心を払い、(15) 堀辰雄・立原道造も刺激を受けた。太宰治も鷗外訳で親しんだ。林芙美子は心を寄せたらしく『放浪記』(改造社、昭和五・七)でこう書いている。

うらぶれた思ひの日、チェホフよ、アルツイバアセフよ、シュニッツラア、私の心の古里を読みたいものだと思ふ。

注

（1）『日本の文学30　山本有三』（中央公論社、昭和四〇）の「附録」参照。鷗外のシュニッツラー受容については拙著『鷗外文芸の研究　中年期篇』（有精堂、平成三）参照。
（2）山本有三「跋　久米正雄に」（久米正雄『阿武隈心中』新潮社、大正一〇・六）参照。
（3）山本有三訳『情婦ごろし』（新潮文庫、昭和二九）の「解説」参照。
（4）ここでは発表当時に近いものを考え、改造社版『山本有三全集』（昭和六）を使い、岩波書店版『山本有三全集』（昭和一四―一六）を参考にした。両者には本文の異同が少しある。
（5）参考までに二箇所の訳文を番匠谷英一訳「盲のジェロニモとその兄」（岩波文庫『花』昭和一四）、藤原肇訳『めくらのジェロニモとその兄』（第三書房、昭四三）で当たってみると、「カルロは深い溜息をついて、再び盲人の腕に手をかけた。」（番匠谷）、「カルロはホッといきをついて、また片手をめくらの腕の上に置いた。」（藤原）、「なほも疑ひながら、彼は脇から弟を眺めた。」（番匠谷）、「そして疑わしそうに彼は弟をわきから眺めた。」（藤原）とある。
（6）福田清人編、今村忠純著『山本有三―人と作品―』（清水書院、昭和四二）参照。
（7）山本有三「『海彦山彦』について」（『現代』昭和一〇・二）参照。
（8）松村武雄著『日本神話の研究　第三巻―個分的研究篇（下）―』（培風館、昭和三〇）、松本信広「日本神話の比較研究―海幸山幸物語と槃瓠伝説―」（『日本神話の比較研究』〈有精堂、昭和五二〉所収）参照。
（9）高橋健二編『近代文学鑑賞講座12　山本有三』（角川書店、昭和三四）参照。
（10）越智治雄「山本有三の戯曲・断想」（『言語と文芸』第四五号、昭和四〇・三）参照。
（11）岸田國士著『我等の劇場』（新潮社、大正一五）所収の論『同志の人々』参照。
（12）注（9）の所収の板垣直子「山本有三の文学についての比較文学的考察」参照。
（13）早川正信著『山本有三の世界　比較文学的研究』（和泉書店、昭和六二）参照。
（14）佐藤春夫「シュニッツラーを推す」（河出書房『シュニッツラー短篇集』内容見本、昭和一一・一〇）参照。
（15）注（13）参照。

第二節　『女の一生』の「糸きり歯」とケラー

一　「糸きり歯」のモデルの問題

「あすこを悪く言うやつがあったら、お目にかかりたい」と作者自身が言ったという小説の冒頭を引こう。

　允子《まさこ》は青い草の上にすわって、こころもちはれあがった左のほおをおさえながら、あお向いて、大きな口をあけていた。が、上を向いていると、空の緑が目にしみるので、彼女のまぶたは、ひとりでにふさがっていた。野の風が、おさげのリボンを軽くゆすぶった。うしろの大きな松のこずえで、うるさく鳴きしきっている油ゼミの声が、うずく歯にちりちり響いた。

　允子の開いた口の上に、昌二郎《しょうじろう》のほそ長い、白い顔がかぶさっていた。彼は人の口の中を、こんなにはっきり見たことがなかった。口の中ってずいぶんきれいなものだなあ、と思いながら、彼はサクラもちのあんを抜いてしまったあとの、あの柔らかいモモ色のしん粉の皮を、すぐに連想した。あんを抜いた、モモ色のふわふわしたしん粉の内がわに、まっ白いアルヘイ糖を上下にずらりとならべたのが、なんのことはない、允子の口の中だった。彼は、即座にたべてしまいたい衝動を感じた。

「何してんの。早くやってよ。」

　允子は口をあいたまま言った。

昌二郎は空想を破られたので、急にどぎまぎしながら、持っていたクギ抜きを、なんということなしに、二、三度がちがち鳴らした。

「どれだかよくわかんないんだよ。」

「これよ。——これだって、さっきから言ってるじゃないの。」

允子は人さし指の先を、痛む歯の上に持っていった。

「そら、こんなに動いているじゃないの。」

「あ、そいつか。ずいぶん動くのね。」


昌二郎は失敗したりしながらも、歯を抜いてやるが、允子は痛みに耐えかねて泣き出し、彼の背中の肉をつかむ。これに応えるかのように、昌二郎も堅く允子を抱き締める。油ゼミの鳴きしきる中、「緑の草の上には、ちいさい白い、とんがったものが、水晶のように光っていた。」という描写で、この場面は終わる。

二、三日後に允子は、歯の抜けた口の中に指をいれたまま昌二郎のところへ遊びに行く。庭のビワの木にうまく登れない、しかし負けん気の允子も手を引いてもらってやっと登ることができる。

大きなビワの木の、中ほどの左の枝に、昌二郎がまたがり、右の枝に允子が腰をかけていた。ふたりは、一本の木の両がわにならんで、熟した実をえり取っては、うまそうにたべていた。その横のスギの木から、ビワのほうに、にゅっと突き出した枝の先には、これも仲よくカタツブリが二匹、つのも動かさずに、ちょこなんとのっかっていた。

家の者は野らに行ったと見えて、あたりには人の声もしなかった。ただ、ふたりがたべては落とすビワの種が、土の上ではね返る音だけが、ま昼の静けさを破っていた。

日は照り、野は輝き、風は軽かった。

道ばたの横の小川のはしで、ガチョウが三、四わ、ガアガア何か立ち話をしていた。
水の上を縫って、ヨシキリが一わ、すうっと飛んだ。

この後、木の上で遊んでいる允子の背中を突っついたものがあり、それが昌二郎の胸のポケットに隠し持っていた例の糸切り歯であったことが描かれる。おそらく日常の生活で得た、「糸切歯にて糸を切るその音につぐなわれ来しおんなと思う」（山本篤子）の一首からも推知されるように[1]、右のような小品「糸きり歯」（初出「糸切歯」）は、山本有三の『女の一生』の序章として書かれた[2]、主人公御木（公荘）允子の人とその人生行路とを暗に予告する一篇である。作中のとんがった白い歯は、そのような允子の性格、女性としての存在を象徴的に表すものであるが、「糸きり歯」は長篇の冒頭に位置し、その世界の展開契機を形成する要素を示している。しかし、それ自体が、独立した小品の趣をも呈し、注目されるものである。ここでは文芸史の一齣を織り込んで、章中の二場面を取り上げて考察することとしたい。

昭和七年（一九三二）秋こうして始まった長篇小説について、折から留学を終えて帰国した高橋健二が作者を訪ね、「メルヒェンふうの序章にさわやかな感銘」を受けたことを、「書き出しはなかなかいいですね」と言うと、前掲のごとく答えたという[3]。正宗白鳥は自身老いたことを断りながら、その描写を歯の浮くような思いがされ、好まないと批評したが[4]、高橋は有三の自信のほどから、「長いあいだあたためていた取っておきの話」だったからであろうと推測している。ここに「取っておきの話」とあるのは、題材的には有三自身の体験に負うところもあったからに外なるまい。作者としては自己と題材との間で無理のない表現となる、自らのいわゆる「芸術はあらはれなり」の理想にかなうケースでもあると思ったであろう。それには女婿永野賢の伝える事実も関係したに違いない。

永野によると、作者の母の実家鈴木家から従姉が山本家に行儀見習いに来ていたことがあり、有三の一つ歳下の鈴木タキも、高等小学校を卒業するとすぐ来たという[5]。そして、幼少から「利発で勝気」であったタキが、有三と庭の柿の木に登って遊んだことがあり、彼女には御木允子に通ずるものが認められると述べている。しかも、タキの方が有三に好意をずっと抱いており、また有三の方でも彼女への思いがあったらしい。そういう事情が『女の一生』にいくらか反映したであろう。その萌芽のようなものは「糸きり歯」にも感得される。作品では柿の木をビワに変えたようであるが、小説の世界としては、季節感や食べること等の諸条件から、さわやかさと相まって、ビワの実の方がふさわしいようにも思われ、また油ゼミも歯の疼きと相応じて表現効果がある。抜歯の事実の有無はわからないけれども、木登りのことが実際であってみれば、それに近いことが二人の間にはあったのかもしれない。それらが作中に結晶し、高橋健二への言葉になったのではなかろうか。

二　ケラー作『村のロメオとユリア』の鷗外評

『緑のハインリヒ』（一八五四、改稿一八七九）の著者ゴットフリート・ケラー（一八一九—九〇）を視野に入れると、「糸きり歯」はどのように見えるであろうか。ケラーには短篇集『ゼルトヴィーラの人々Ｉ』（一八五六）があり、名作の誉れ高い『村のロメオとユリア』*Romeo und Julia auf dem Dorfe*（一八五六）を収めてある。そのタイトルからも推測されるように、シェイクスピアの悲劇で、有三も関心を持っていた『ロメオとジュリエット』（一五九四—九五）のモチーフに拠った作品である。ケラーのこの小説は、土地の境界問題で対立し抗争する家同士の関係をよそに、幼い男女の遊びたわむれる、ほほえましい一齣を含んでおり、それが下のように描写されている。男の子は七つ、女の子は五つである。

女の子はくたびれてゐたので、緑の草が一面にはえてゐる場所に仰向けになつて、単調な節まはしで、短い歌をうたひはじめたが、それはいつまでたつても同じ文句のくりかへしだつた。（中略）太陽は歌をうたつてゐる女の子の開いた口のなかにさしこんで、眩しいほど白い歯を照らし、ふつくらした真赤な唇がちらちら光つてゐた。男の子はその歯に目をつけると、女の子の頭を手で支へて、珍しさうにその歯をしらべながら叫んだ、「あててみな、歯つて、いくつあるか。」女の子は丹念にかぞへてでもゐるやうに、ちよつと考へて、それからあてずつぽうに言つた、「百よ。」「ううん、三十二だい」と男の子は言つた。「おまち、おれが勘定してみるから。」彼は女の子の歯をかぞへた、がどうしても三十二にならないので、幾度も幾度も初めから勘定のしなほしをした。女の子は長い間じつとしてゐたが、熱心な計算係がいつまでたつてもかぞへ終らないので、はねおきて叫んだ、「こんだはあたいが勘定してあげる。」そこで今度は男の子が草のなかに横になつた、女の子はその上にのしかかつて、頭をかかへた、男の子が口をあけた、女の子はかぞへた、ひとつ、ふたつ、ななつ、いつつ、ふたつ、ひとつ。小さい別嬪さんはまだ数の勘定ができなかつたのである。男の子はそのまちがひを直して、数のかぞへ方を教へてやり、女の子は何遍でも初めつからかぞへなほした。この遊びは、ふたりが今日やつたいろんな遊びのうちでも、一番気にいつたらしかつた。だがしまひに女の子は小さな算術の先生のうへにすつかりしなだれかかつてしまひ、ふたりとも明るい昼の日光に照らされながら眠りこんでしまつた。

（伊藤武雄訳）(6)

明るい日の光の下、緑の草の中で互いに口の中をのぞいて歯を数え合う様子、その恰好から「糸きり歯」を思わせるものがある。ゲーテをも好んだ有三であったから、田山花袋・新渡戸稲造同様、スイスのゲーテと称されたケラーを繙いたのではなかったか。『村のロメオとユリア』は、大正七年（一九一八）以降草間平作・牧山正彦・高坂義之らによって訳出され、その後改版も出されるなど、この作家を紹介する時期に入っていた。『女の一生』擱筆二年後の昭和十年夏の座談会中(7)、鷗外熱上昇のことを口にした佐佐木茂索に、正宗白鳥が、鷗外の晩年の前までは翻訳や紹介ばかりであったと言うと、有三は、「僕は此翻訳や紹介の影響は非常にあると思ひますねえ。」と応じている。その先達に「情死」（『明星』明治三六・一〇）の一文があり、ケラーのこの作を挙げて、西洋で心中を描いた作品の一つと紹介し、「地界を争へる二家の少年男女、身を舵なき小舟に託して流を下り、暁に近づきて相抱いて水に投ぜり。」と、その梗概を記している。「鷗外文話」（『しがらみ草紙』明治二六・三）中、男女の情交を文芸的に写すには「感情的」と「観相的」と、「諷刺」と「訐発」との書き方があると述べた条で、これらとは異なるもう一対の表現様式についての説明が、

　憨態を主とすると、高致を主とするとの別あり。彼は易くして此は難し。シエクスピイヤが伊太利の相讎したる二家の児が相慕ふ状を写しゝ伝奇は、高致極まれり。ケルレルが村中のロメオ及びユリアは此案を一飜し、憨態を以て之を出したり。禾雲二児を埋めて、皓歯日に映し、仰臥し告天子の飛翔を観つゝ相謔する一段は、妙構妬むに足れり。

と見える。右の「高致」に対する「憨態」は、「なまめましくおろかなさま。嬌癡の態。」を意味するというが、「嬌癡」に当たってみると「からだつきはおとなびてゐるが、まだ情事を解せぬ。又、其の人。おぼこ。嬌憨。」とある。[8] この語を『村のロメオとユリア』の若い男女ザーリーとヴレンヘンとにおける交情の天真爛漫な様子の描写への表現に用いたのである。この批評文の背景には、掌上に舞うような往昔の美女飛燕に当代の「憨態」の女子宝児を対比した唐の顔師古の『隋遺録』や明清文芸の叙述もなければならない。[9]「掌上の舞」は鷗外も「舞姫」（『国民之友』明治二三・一）に用いた表現であり、「憨態」も掌中の語であった。

　上掲「鷗外文話」は、つとに「情詩ノ限界ヲ論ジテ猥《ママ》褻ノ定義ニ及ブ」（『国民之友』明治二二・九）の題で公にしたもので、印刷の際の不手際のため次号に再掲した評論であった。これは『かげくさ』（春陽堂、明治三〇・五）に「猥褻」の題で収められたが、この単行本は明治四十四年五月訂正再版が出された。[10] 後の『鷗外全集』（鷗外全集刊行会刊）第二巻（大正一三・一〇）に収録されたこともちろんである。この全集は再版も出され、昭和四年には普及版も

上梓された。『スバル』掲載で当時全集未収録の「椋鳥通信」（明治四二・三―大正二・一二）にケラーについて注目すべきほどの記事はないけれども、こうした出版状況から推して、上の文章は、作品とともに有三の目に触れて創作への刺激になったのではなかろうか。しかし、『女の一生』とケラーの作品との結び付きについての作者自身の言及は見えず、「糸きり歯」とは無関係であって、作中の類似も暗合であることも考えられる。そうであれば、二作間にはつながりはなかったことになるが、解釈・鑑賞の際、対比的視点から参考になるところがあればよいと思われるので、なお筆を進めたい。

三　「糸きり歯」と『村のロメオとユリア』

『女の一生』と『村のロメオとユリア』とは、その内容は大きく異なる。一方は都会で波瀾の中を向日的に生きる一女性の半生を描き、主人公が新たな人生への入口に立つ時点で擱筆した形になっている長篇であり、他方は農村を背景に若い男女が情死によってその暗鬱な悲劇の世界を閉じる短篇である。前者が性格悲劇的要素をかなり含んでいるのに対し、後者は典型的な境遇悲劇と言ってよいが、時に笑いや諷刺も織り込んで特色を表している。けれども、日の光の下での幼い二人を描く場面に限定するならば、相通ずるもののあることは争われない。

「青い草の上にすわっ」て「あお向いて、大きな口をあけ」歯を見てもらう允子。その「開いた口の上」に顔をかぶせて口中をのぞきこみ、珍しそうに「口の中ってずいぶんきれいなものだなあ」と感心する昌二郎。痛む歯をこれと定められず、また歯を抜くことにためらう昌二郎をまだるっこく思う、勝ち気で活潑な允子。「緑の草の上」に小さく白く光るものを写し、続いて二、三日後二人が柿の木で遊ぶ場面を描く「糸きり歯」の章。これに対し、「緑の草が一面にはえ」ている場所に「仰向けになっ」て口を開け、その「開いた口のなか」で白い歯の輝いている女の子。口中の歯を見つけて珍しそうに調べる男の子。歯の数を当てるよう言われる女の子。まだ勘定ができない女の子と代わって数えた後、「草のなかに横になる」男の子。その「上にのしかかっ」て、「口をあけ」たところをのぞきこみ数を言う、丈夫で活潑な女の子。そうした二人が嬉戯する場面のある『村のロメオとユリア』。——両作は時代・国・言語を異にするものの、白い歯を点綴し、これを機軸とする類似のシーンによってやはり関心をそそる対象でなければならない。

もとより仔細に観察すれば、有三の方には抜歯のことがあり、ケラーの方にはそれがない。会話の多寡、名前の明記のことも挙げられるが、年齢の問題のことも考えられる。有三・タキの実際をおさえるとき、昌二郎・允子は十五、六歳（数え歳）ころのこととなり、「糸きり歯」の場合とは開きがある。二人の年齢差だけを見るとケラー作中の七歳・五歳の場合とは同じことになるけれども、二組を考えるとかなりの開きがあることになる。従妹のタキが五、六歳のころたまたま遊びに来た時のことを筆にしたと考えられないことはないが、性的衝動の萌芽のようなものを有三は描いていても、[12]糸切り歯の抜けるころの年齢を明示せず、実年齢に比し子供らしく感じさせる描写をしている観がある。その際は『村のロメオとユリア』の上掲場面の人物設定に似た雰囲気を示す方向で執筆したことも推定される。有三では笑いをさそうような表現はないが、太陽の降り注ぐ季節であることも見逃し難く、ここでは両作ともに童話性を示している。考察に際して『女の一生』の定本版の本文を用いることにしたのも、鑑賞の問題とこの事情とを考えたからに外ならない。

二作の景物で目に留まるものもある。「糸きり歯」には、仲よく二匹のカタツムリが点綴されて二人の間を表象しているようである。ケラーの作には、死に向かいつつあるにせよ、二人が楽しいさすらいをするところで、会話中にカタツムリを挙げる場面が書かれている。すなわち実景ではなく比喩として、この小動物が引かれる。ヴレンヘンが、市場で買った菓子の家について、たがいに一軒の家を与え合ったことになり、「あたしたちのハートは、今ぢやアあたしたちの住む家ですもの、あたしたちは蝸牛のやうに自分たちの家をからだにつけてゐるんだわ。ほかに家はないんですもの。」と言う場面がそれである。ザーリーは、「さうするとこの蝸牛は、めいめい相手を背負つてるつてわけだなア」と答えるのであるが、カタツムリは彼らが置かれたきびしい情況をも表し、ケラーの浪漫性と現実主義的方面とを覗かせている。しかし、両作ともこの微物がイメージ的に愛の表現にあずかっている点では共通する。「糸きり歯」の場合柿の実を食べる季節であればカタツムリは点綴できなかったであろう。木登りのシーン中、小川で跳びはねるザコ、上空を飛ぶヨシキリ、擬人法によってガチョウも書かれ、ビワの甘い匂いに包まれた二人を、有三が、「これが幸福というものだ、ということも知らないほど、無心に、黄ばんだ木の実を口に運んでいた。」と記すあたりのこともここで思われる。ケラーのこの短篇には、早瀬の小川でマスが跳ね、雲雀はザーリー、ヴレンヘンの十三、四年後の一日の次に挙げる一節に描かれている。

　そのうちにザーリーは癇癪をおこして乱暴にもヴレンヘンの両手をおさえて、罌粟の花のなかへ押したふしてしまつた。すると娘は横になつたまんま、日の光のなかで目をぱちぱちさせた、頰は真紅に燃え、口は半分あいて、二列になつた白い歯がきらきら光つた。彼女は細い濃い眉を美しく寄せ、わかわかしい胸は、四本の手がからみあつて撫でたり攻めたてたりしてゐる下で、思ひのままに高くなり低くなりしてゐた。(中略)「まだあの白い歯をみんな持つてるね」と彼は笑った、「覚えてゐるかい、いつだつたか何遍も何遍も勘定したことがあるのを。もう勘定はできる?」「これは同じ歯ぢやないわ、赤ちやんねえ」とヴレンヘンは言つた、「あれはとつくに抜けちまつたわ。」ザーリーは無邪気にも昔の遊びをもう一度くりかへして、光つた真珠のやうな歯をかぞへようとした。ところがヴレンヘンは急に赤い口をむすんで起きあがると、罌粟の花冠を編みはじめ、それを頭の上にのせた。(中略)かうして金持ちどもが絵にかかせて壁にかけてみるためだけでも金に糸目をつけないだらうと思はれるものを、貧しいザーリーは自分の胸にいだきしめたのであつた。すると彼女は急に立ちあがつて叫んだ、「まあ、ここはなんて暑いんでせう。こんな所に坐つて、お日様にあぶられてゐるなんて、馬鹿ねえ、あたしたち。さア、いらつしやい、高い穂のなかへ坐りませうよ。」二人はほとんど跡も残らないやうにそつと上手にもぐりこむと、金色の穂の間に狭い人屋《ひとや》をこしらへた。そのなかに坐ると、穂が頭よりも高く伸びてゐて、目にいるものは紺青の空ばかり、ほかには何ひとつこの世のものは見えなかつた。（中略）彼らは頭上たかく雲雀のさへづりを聞いて、瞳をこらしてその姿をさがした、そしてちやうど青空に不意に光をはなちだした星かあるひは流れ星のやうに、ちらつと一羽、日の光のなかにきらめくのを見たと思ふと、その御褒美にまた接吻をかはして、お互にできるだけ度々、相手をぺてんにかけたり騙したりしようとした。「ほら、あすこにひとつ光つてゐる」とザーリーがささやいた、ヴレンヘンも同じやうに低い声で答えた、「声はよく聞こえるけど、姿はみえないわ。」「見えるよ、いいかい、あすこの、白い雲のある、すこし右のところさ。」ふたりは一生懸命に瞳をこらした、そして巣のなかの鶉の雛のやうに、あらかじめ嘴をあけて、雲雀が見つかつたと思つたら、直ぐさま嘴を重ねあはせる用意をしてゐた。

口を開け白い歯を日に光らせて往時を回想しながら喜戯する二人を描くこの場面は、五、六歳のころを叙す前掲の一齣のヴァリエーションであり、説話や昔話等によくある繰り返しの語りを思わせ、構成的には広義のリズムを示す、メルヘン的な条である。しかし、その世界は宗教的、伝承の古層的契機をも蔵していて、解釈上容易ならざる問題を含んでいるらしい。ザーリー（Sali）が、紀元前十世紀のイスラエルの王ソロモンの愛称であること、金色の穂に囲まれた場を「人屋《ひとや》」Kerker の語で表していること、その愛の精神的な場が神の国イスラエルの再現の楽園であること、星のこと、罌粟が愛と幸福との楽園の花であり同時に死や夢の花でもあること、また罌粟の実が、眠り・夢・死の古い符牒であることを重ね合わせて解釈できる点があるからである。(11) すなわち旧約聖書の世界がその基層に関係していて、二人の運命の帰趨を暗示しているのである。

その点有三に日本神話に取材した作があっても、「糸きり歯」を神話との関係で解釈できるとは思われない。けれども、『村のロメオとユリア』に呈した「禾雲二児を埋めて皓歯日に映し、仰臥して告天子の飛翔を観つゝ相謔する一段は、妙構妬むに足れり。」の前掲鷗外の批評を忘れることはできない。金色の穂麦、紺青の空の浮雲ともにひばりを鳴かせて牧歌的自然を捉える「禾雲」の語は、主語としても、若く無邪気な男女を捉えて生動した批評を可能にした観がある。二人の交情を写すケラーの観点について「憨態を以て之を出したり」とする鷗外は、この間の文章の機微に関し、「彼のケルレルが村児の恋情と、曾てハウフの駁撃を蒙りしクラウレンの小説にて、野花目を悦ばしむるミミリイが、衣裾風捲きて素脛露呈する談とは、其事殆ど二なし。其差別唯之を写す用心、芸術の本領を守ると否とに存ずるのみ。」と断じている。「ミミリイ」とはハウフの訴訟事件に巻き込まれたクラウレンの長篇『ミミリイ』（一八一六）に関係するが、鷗外は、芸術的精神を考え、『村のロメオとユリア』の描述の態度を高く評価したのであった。

こうたどってみるとき、「禾雲二児を埋めて」云々の批評が有三の心を動かしたことが想像されるが、これを読んでいなかったとしても、「糸きり歯」一篇の批評としても適用できるのではないか。作中「禾雲」の語自体はなくても、青空の下、緑の中で白い歯を日にさらし、そしてビワの甘く熟れる真昼の静かな田園の中に遊びたわむれる二人を描いて、やはり牧歌的抒情性を醸し出しており、そういう作品の美質を鷗外の言辞は照らし出す評言になり得るように思われるからである。『女の一生』と『村のロメオとユリア』とで言えば、そこに重いもののある、あるいはまた美しくも暗く閉じられている世界の中に、掬すべき二人の「憨態」の描写によって明光度のあるシーンを点じて印象が深い(13)。特に允子にあっては、苦難の道をたどっている際、かつてのこの幸福な時間は遠くなっても、心の支えとなる思い出として時に意識されたことであろう。冒頭に置かれた「糸きり歯」は作品世界に時間的奥行きをもたらす役割をも示し、ケラーのそれとは異なる情調を招来して、その別途の未来的時間を思わせるものがある。ただしかし、時代は『女の一生』の連載が進むにつれて、有三にそれを筆にすることをゆるさなかったと言ってよいのであるが。

ところで平野謙は、有三の初期の戯曲に「人道主義的視点」を見、さらに一歩進めた「社会批判的な観点」を前面に押し出した小説の一つとして『女の一生』の意義を認めながらも、プロローグとしての「糸きり歯」を単なるプロットの伏線にすぎないものと批判する。[14] そして、そこに周到に計算された有三文学の弱点を見る。創作意図を離脱して作中人物がひとりでに動き出すような、ダイナミックな文芸の力を求めたからに外なるまい。「あすこを悪くいうやつ」の評言を文芸史ははからずも正宗白鳥同様提出したことになるが、作者としては「兄弟」（『新小説』大正一一・一〇）や「海彦山彦」（『女性』大正一二・八）あたりにつながるような世界を考えていたのではなかろうか。[15]

しかし一方荒正人は、「昌二郎と允子の幼馴染ふりを美しく描いた一篇の童話」と評し、大叙事詩の天上の頌歌に似ている作と述べ、有三のシナリオ「雪」（『女性』大正一四・三）に注目する。[16] 天上の宮殿で子供たちが、「めぐれめぐれ／水車」云々と歌うのが、ゲーテの『ファウスト』における「霊」の歌を連想させるというのである。人間の世界を「上から把《つか》まえよう」とする観点を考えて、『女の一生』と序章との関係把握のヒントにしようとしているらしい。そうすると「糸きり歯」の場合、都会から遠い、自然に抱かれた環境《ミリユウ》での異性間の始発的時間の中に子供たちを主人公にしてメルヘン性・童話性を呈示していることが挙げられるのではないか。ケラーの上掲作の場面も、この間の事情を対比的にもせよ示唆するところがあるように思われる。洋の東西、時を少し隔てながらも呼応するごとく、少年男女を描いて文芸性を現す二作を、鷗外の批評は豊かに鑑賞しうる視点を提供するであろう。

注

（1）有三の「糸きり歯」とは、詞書きもなく直接の関係はわからないが、『朝日新聞』一九七五（昭和五〇）年三月二十日の投稿欄「朝日歌壇」の五島美代子選にかかる一首。

（2）『女の一生』は東京・大阪両『朝日新聞』に昭和七年十月二十日から翌年六月六日まで連載、単行本は中央公論社から十一月に刊行。執筆中官憲に妨げられ、不本意な形で出版を余儀なくされ、巻末に（完）とあるが中断の感は拭えない。第二部「第二の出産」中一二八字の削除のある旨を記した頁も見える。ハイネの持つ当時のいわゆる危険思想的な面も、右の事情に関係したであろう。

六四六頁のハイネの詩の一部や「警視庁」の文字が伏字になっているところもある（四六四頁）。単行本の函の意匠は新聞の挿画と本の装幀を担当した中村研一によるもので、紫の地にあやめと雨とをあしらってある。『定本　山本有三全集　第七巻』の本文は新仮名遣いで漢字を少なくし、読点を多少多めにしてあり、第一部「第一の出産」、第二部「第二の出産」は〈第一部〉〈第二部〉としてある。

（3）『定本　山本有三全集　第七巻』（新潮社、昭和五一）の「編集後記」参照。

（4）正宗白鳥「山本有三論」（『中央公論』昭和九・一）参照。

（5）永野賢著『山本有三正伝　上巻』（明治書院、昭和六二）参照。

（6）「糸きり歯」鑑賞や対比的観点から伊藤武雄訳『村のロミオとジュリエット』（角川文庫、昭和二八）によったが、行論上題は鷗外に従う。文芸史的可能性からは草間らの訳書にした方がよいであろう。

（7）「文壇あれこれ座談会」（『文芸春秋』昭和一〇・六）参照。

（8）諸橋轍次『大漢和辞典』（大修館）の関係漢字参照。

（9）羅竹風主編『漢語大詞典』（漢語大詞典出版社、一九九一）、大東文化大学中国語大事典編纂室『中国語大辞典』（角川書店、平成六）の「憨態」参照。

（10）『かげくさ』は訂正再版以後出版されなかったことを嘉部嘉隆より教示されたが責任は稿者にある。

（11）その描写と情死の問題との関係についてはGerhard Kaiser, *GOTTFRIED KELLER, Das gedichtete Leben*, Insel Verlag, Frankfurt am Main, 1981. S. 298-303. 参照。

（12）Walter Muschg, *Tragische Literaturgeschichte*, 4. Aufl., Franke u. München, 1969. S. 306. によって、二人が水と魚とで湿っぽくなった手を握り合う場面がケラーの描写にはあり、その魚を性的象徴と解されるという読みが提出されているが、有三の作でも、無意識のうちの二人の場合であってもそうしたものを認めることが、より可能であろうと思われる。

(13) 本稿とは無関係であるが、『ケラー作品集　第一巻』（松籟社、昭和六二）の高木久雄の「訳注」に、ケラーは一八四七年九月三日付け『ツューリヒ金曜新聞』で、ライプチヒ近郊で憎み合っていた二つの家の十九歳と十七歳の男女が互いにピストルで頭をぶち抜いて心中したという記事を読んだとある。

(14) 平野謙著『昭和文学史』（筑摩書房、昭和三八）参照。

(15) 作品の基本的論には早川正信「山本有三「女の一生」の基本理念」（佐々木昭夫編『日本近代文学と西欧　比較文学の諸相』翰林書房、平成九）がある。

(16) 荒正人「作家と作品　山本有三」（『山本有三集　豪華日本文学全集27』集英社、昭和四七）参照。

第二章　近松秋江におけるハウプトマンとシュニッツラー

一　秋江の鷗外作品評

近松秋江は、「私の学ぶべき物を持つてゐる人々」（『新潮』大正二・一二）において、樋口一葉・紅葉山人・国木田獨歩・二葉亭四迷を標題にかなう作家として挙げる。いずれも物故者であったが、次に現在の作家として森鷗外・夏目漱石・徳富蘆花・田山花袋・徳田秋声・高浜虚子・永井荷風及び水野葉舟の名を記す。そして、鷗外・漱石を芸術以外のことと考えても、斯界にこの二家が文学者として居ることはありがたいと言う。いわば他の文学者を「布衣」とすると、鷗外・漱石は「衣冠束帯で居れる人」であると書くが、共にその官職・社会的地位を考えていたからであろう。それにはまた、文学者はなぜ尊敬されないかと思いをめぐらせていた一事も関係したに相違ない。

秋江にとって「近頃雑感」によれば、(1) 鷗外の文芸活動は、『しがらみ草紙』『水沫集』等文章上での古典時代、雅俗折衷時代の第一期、自然主義が唱えられ、西欧の作品を多く翻訳したころの時代の第二期、そして、命名的には区分しなかったけれども、続く第三期の大正時代ということになる。

その第二期の「半日」（『スバル』明治四二・三）については、家庭内の事実をありのままに書いたものとして関心を寄せ、「魔睡」（『スバル』明治四二・六）を、発禁処分を受けた小栗風葉の「姉の妹」（『中央公論』明治四二・六）と対比し、人倫の問題、社会の陥欠問題としては極めて淡いが、「肉欲的」であって興味をそそられたと打ち明けている。主人公は、妻が医師に催眠術をかけられた可能性を考え、内心平静ではいられない時のことを描いた作品である。「いま妻が鴇色の長襦袢を脱いで」云々と想像をめぐらせるあたりの主人公の心中を忖度し、「なか〳〵味をやつてゐられる」と鷗外の執筆の若々しさを批評するあたりには、自身の体験を描いて、情痴作家とも呼ばれることになる秋江らしさが認められる。(2) すなわち、この短篇が、妻と医師との間の疑惑から、夫が懊悩の克服を強いられる心理的情況に置かれたこと、催眠術が貞潔の問題と微妙に絡んでいること、夫の想像に関係してエロティックな描写のなされている場面のあることが、秋江には刺激的で関心をそそられたのである。三島由紀夫は、「魔睡」を「ドイツ世紀末の淡泊な日本化」の小説と批評しているが、具体的にはシュニッツラーあたりをまず思っていたであろう。(3)

「百物語」(『中央公論』明治四四・一〇)にも、秋江が塩原で話を交わしたこともあった鹿島清兵衛をモデルにしていることから、その人物描写に関心を示している。(4)「静」(『スバル』明治四二・一一)については、これをひどく気に入った作とし、安達と静との述懐には「厭味がなくつて、それで悲哀もこもつてゐれば、人間の意気地も出てゐる。」と述べ、源平の闘争史を視野に入れ、西行法師を出していること等にも触れて、「従来あらゆる文字を使役して描かれたる静よりも、此の簡潔なる会話に表はれたる静は、私をして最も悲しく最も深く静を思はしめた。」と高く評価する。(5) そして、「泰西の芸術に摸して新様式を試みる者はます〳〵多くなつて来た。中にも鷗外氏は流石に老手なる哉と思つた。」と、当該批評文を結んでいる。この文面は一作に限定しているわけではないが、「静」はその文芸様式で、マーテルリンクの静劇的手法を応用したところがあったことを感得しての立言だったのであろうか。「静」批評史に残る発言と言ってよい。文章と会話と執筆の観点を高く評価した「心中」(『中央公論』明治四四・八)や、当時いち早く「かのやうに」(『中央公論』明治四五・一)の言説を評価したことも注目してよいであろう。(6) 単行本になった「青年」(『スバル』明治四三・三—四四・八)や雑誌掲載後大正四年五月刊行の『雁』その他学ぶべきところのある作品は少なくなかったようである。

右の「近頃雑感」では十四歳上の鷗外について、秋江のいわゆる第一期に関し、特に『即興詩人』（春陽堂、明治三五・九）を感銘深く読んだと回想しながらも、時代ということを相対的に考えると、第二期の存在の方が作家としての自分には有益であると述べ、しかも、それは創作よりも翻訳の方であったと打ち明けている。『スバル』に期待を寄せていた秋江は「椋鳥通信」を珍重し、第三期に当たる歴史小説については興味を示したものの、史伝についてはあまり語るところがなかった。

鷗外へのこうした関心を考えるとき、「椋鳥通信」にしばしば報知されている、シュレージェン出身のゲルハルト・ハウプトマン、ウィーンのシュニッツラーに対する秋江の反応が注目されてよいと思う。鷗外と同年の一八六二年生まれのこの二作家に関して、前者ついては、「隣のたから」（『めさまし草』明治三二・一二）で「独逸の芸林、年猶壮にして盛名時流を圧するもの」としてその名を挙げ、後者については、訳「短剣を持ちたる女」（『歌舞伎』明治四〇・一二）の前書きで、「墺太利の現今の戯曲家では、アルツウル・シユニツツレルが先づ領袖といふ位置に立つて居る。あれと張合つて行かうといふものは、ホフマンスタアル一人であらう。兎に角シユニツツレルといふ男は、大作を成就しようといふ心掛がある。それに書くものの品格が好い。」と紹介している。その鷗外における二人の受容については別に譲り(7)、次に節を改めて秋江の西欧作家に対する関心の中で、自作へのそれらの刺激の具体相を観察してみたい。

二　秋江におけるハウプトマンの「僧房夢」

ドイツ語は読めないと話す如上の秋江に、鷗外の『一幕物』（易風社、明治四二・六）、『続一幕物』（同上、明治四三・

二）は愛読書であったが、(8) これらの翻訳は大陸文芸に対する窓口の役割を果たし、創作に際しさまざまな刺激と示唆とを与えたらしい。「債鬼」（『歌舞伎』明治四二・六―八。『続一幕物』所収）を読んでからストリンドベリィに長く興味を繋ぐようになったと語っているのも、そういう一例であり、(9)『父』（一八八七）に姦通された男の心理の問題から関心を寄せた一事には『青年』も多少はあずかっていたであろうか。近松門左衛門・井原西鶴評ではアンドレーエフの鷗外訳「歯痛」（『趣味』明治四三・三。『現代小品』〈弘学館書店、明治四三・一〇〉所収）を題材的に援用している。(10)小説・戯曲における会話の重要なことにもこの方面からの言及がある。すなわち冒頭に挙げた一文で、輓近の作家の会話の書き方に慊りぬものを感じていた折から、西洋の作家はエライと述べ、鷗外の上の翻訳を取り上げる。秋江によれば、西洋作家の会話には機知と頓才があると評価し、もう当事者間で言うことはないと思っていても、またどちらかが窮処を開いて先へ進む、と記す。作家の心に蓄えられている才が複雑で、多種多様であることにその所以を見、それは単に人生観のみを見せようとする思想家ではなく、芸術家であるということを思わせるからであるとする。そして、『一幕物』等から具体的に作品を挙げるのである。

秋江はまたトルストイ、フローベールに触れてからハウプトマンの『僧坊夢』*Elga*（一九〇五）も好きであると述べた。鷗外は初め『歌舞伎』（明治四二・一―三）にタイトルを「戯曲古寺の夢」として訳出し、次に「戯曲僧房の夢」としたが、秋江が手に取ったのは「僧房夢」と修訂した『一幕物』の方であった。これを夜読み返して「神経が興奮して安眠出来ませんでした。その翌日は一日頭の具合が特に悪うございましたが、その神経の興奮を却って自分でもまた気持ちよく味ひました。」（「手紙〈2〉」〈『ホトトギス』明治四五・五〉）と述べている。果たして少し後の自作「薄情」（『早稲田文学』大正八・五）中、男女関係の問題に及んで、この戯曲についての叙述があって関心を引く。鷗外はその著『ゲルハルト、ハウプトマン』（春陽堂、明治三九・一一）では、『僧房夢』すなわち原題『エルガ』について、グリルパルツァーの小説を作り直した戯曲であるとし、まずこう紹介する。ポーランドの一貴族（伯爵）

が、政治亡命した地の貴族の娘エルガを妻にして大層これを愛し、やがて娘が生まれる。しかし、妻が親戚の従弟オギンスキイと姦通して生まれた娘であることを彼は知り、妻を殺す。次いで鷗外は、戯曲の方について、伯爵がオギンスキイを殺させ、その死骸を隠している所に妻を連れて来て、もう一度考え直すよう諫めたが、ためらっていた妻は、死骸を見せられると、それにしがみ付き、ますます思い切らぬ、と言うと説明する。伯爵が夫人（妻）に、お前の体は汚れているが、たった一言オギンスキイを愛していないと言えば、すべてをゆるそうと言う。彼女はこれを受け容れようとするけれども、垂れ絹が開いた場面では次のように描かれる。

〈前略〉夫人は伯爵の詞《ことば》を聞き、伯に寄添はんとして忽ちこの死骸を見、全身麻痺したる如くになり、死骸の為に引寄せらるゝ如く苦しき呻吟《うめき》声を出して蹣跚《よろめ》きつつ、死骸の上に伏し重なる。伯《はく》も用人《ようにん》も稍《やや》暫く詞《ことば》なく、この様子を眺めゐる。）

伯。（苦痛の声にて。）奥。エルガア。（夫人答へず。伯は一歩進みて声優《やさ》しく。）エルガア。

夫人。（振向く。面《おもて》には忿怒《ふんぬ》の色現《いろあら》はれ、恰《あたか》も狼の母その子を守護するが如き態度にて。）この死骸に障《さは》つて貰《もら》ひますまい。

伯。（宥《なだ》むる如く優《やさ》しく。）エルガア。

夫人。（立ち上り、甚《はなは》だしく憎み厭《いと》ふ様子にて伯に向ふ。）仇讎《あだかたき》ぢや。傍《そば》に寄つて下さりますな。

そもそもこの戯曲は、一人の騎士と家来とが、ある僧院に立ち寄り、そこで一夜の気味の悪い夢を見、これを生涯忘れられないと言って幕になるという作品である。その直前の右の場面後突如暗くなって、騎士主従の会話で終わるのであるが、騎士は夢幻の中に伯爵としてエルガとの生を過ごしたことになるのであるらしい。こうした手法を、鷗外はこの翻訳の後、シュニッツラーの「短剣を持ちたる女」（一九〇二）やリルケの『家常茶飯』（一九〇二）でも読むものであった。ハウプトマンのこの戯曲を訳出したのは、ワイルドの『サロメ』（一八九三）風の自作「プルムウラ」（『スバル』明治四二・一）の世界が余響としてあったからであろう。プルムウラは古代インド史上の女王であり、「僧房夢」の原題が、やはり女主人公エルガの名によったものであることが思われ、鷗外は女性の心理とその運命とのかかわりに関心を示していたごとくである。

しかし、近松秋江の関心は、鷗外とは多少趣を異にし、「薄情」では、男の心理・境遇に力点を置いて紹介していた。戯曲の伯爵（騎士）と、夫人（妻）とについて、「殺害せる死骸を妻に突き付けて、己れの絶望と煩悶と憤激の心を僅かに医せんとしたが、それでも尚ほ従弟を切愛する妻の心を我に翻がへす術もなかつた。妻は愛人《ラバー》の死骸を見るや、野獣の如くわが夫なる騎士を突き退けてその死骸の上に倒れかかつて抱きしめた。」（傍点引用者）と書く。そして、「最後までも妻の心を全く占領することが出来なかつた」騎士を憐れみ、その心中の寂しさ、悲しさに深く同感することができる、と述べる。「僧房夢」中、エルガは従弟の遺骸に対する様子を、子に対する狼の母のよう、との比喩があり、「野獣の如く」という評言はかならずしも唐突のものではない。しかし、文面は訳文に比し、はるかに直截的な表現をとり、秋江の心中を、よりあらわにした感がある。自らの実生活との関係もあり、女に心を囚われて煩悶懊悩する男に同情したからに外なるまい。「外国文学の影響幾何ぞ」（『時事新報』大正六・八・二九）でもこの戯曲を高く評価しており、そうした作品から刺激を受け、「薄情」の世界の叙法に生かすところがあったのである。

「僧房夢」は自らの作風との題材的関係を意識したのか、印象深かったらしく、「薄情」と同年の評論「芸術の独立」（『新潮』大正八・九）でも挙げている。すなわち、芸術・文芸の社会における意義について、実世間の功利的問題を超越し、人間の精神の問題を扱っていると述べ、ハウプトマンの『寂しき人々』（一八九一）、マーテルリンクの『モンナ・ヴァンナ』（一九〇二）、フローベールの『ボヴァリー夫人』（一八五七）等を列挙する。そして、これらを「女々しい痴人の囈語にほかならぬ」としつつも、「僅かに一婦人の為めに死よりも強い苦悩を嘗めてゐる状態とその成るる果ての破滅や解脱を具さに描き出してゐるのが其等の芸術ではないか。」と言い、「政治、社会、外交等の問題に興味を有つがゆゑに、吾等の至愛する芸術をして其等の奴僕におはらしむることは肯んじない。」と主張する。『モンナ・ヴァンナ』は、当時姦通の問題をも扱っているとして物議をかもし、ローマ法王からも禁書に指定された戯曲であり、この作品の持つ危険性については鷗外の評論で知っていたはずである。他の作品も愛の問題がかかわって死に至る人物を描いたものである。政治・社会・国家の問題には強い関心を抱いていた秋江であるが、芸術・文芸の自律性を説き、その中に「僧房夢」をも引いたのであった。

なお今東光の『僧房夢』(角川書店、昭和三六・五)は、作中にハウプトマンや鷗外の名は見えず、また構想的にも無関係と思われるが、そのタイトルは示唆されたものにちがいない。

三　秋江におけるシュニッツラーの「一人者の死」・『みれん』

こうした近松秋江には、シュニッツラーも関心を引いた一人で、トルストイ、モーパッサンとともにその名を挙げ、最も私淑する人としている。[11]「無駄話〈3〉」(『大阪新報』大正二・六・二一四)で、このウィーンの作家については殆ど知らず、鷗外博士の訳を二、三読んだばかりであると記す。しかし、近来になく興味を禁じ得ないもので、男女の関係の描述について暗示されるところがあったと語り明かす。原作は『死』*Sterben*(一八九五)で、鷗外が明治四十五年一月から新聞に連載し、七月単行本として籾山書店より刊行のこの『みれん』に特に注目しているのであるが、「戸を敲いた。そつとである。」と始まる「一人者の死」(『東亜之光』大正二・一)を行論上まず取り上げてみたい。原作を „Der Tod des Junggesellen“(一九〇七)とするこの短篇は秋江にとって「僧房夢」とつながる問題を提出したようで、作品の眼目は、「今、死んだ独身者の遺言によつて、悉く彼が為に、吾が妻を犯されたと、知つた三人の商人と医師と詩人との銘々の異つた黙想を書いてゐる処」にあると読む。[12]そして、「苟くも人間を描いて、個人の唯独りゐる場合と、その黙想とを書かないとすれば、非常な欠損となる」と述べ、従来そうした作はないわけではないが、シュニッツラーの場合、特にそこに特色を発揮していて、その「黙想」の部分が一篇の骨子となり、「人間の哲学」となっていると説く。田山花袋のいわゆる客観描写・平面描写の論には襟を正すのであるが、この海彼の作家から、それ以上に見落としてはならぬ部分があることを教えられたと言い、教えられるというよりは、「兼ねて思つてゐたことに確証を与へてくれたと言つても可い」とも述べている。

こうしてシュニッツラーは秋江には創作上一つの指標となったのであった。右の「無駄話〈3〉」では「一人者の死」中の遺書の部分に注目している。作品の前半では、三人が遺言状を読むに至るまでの状況・経緯、人間関係の叙述に紙幅をかなり当て、その後続く約三分の一が遺書の分量になるのであるが、秋江自らが具体的にまとめたのは、次のような遺書の内容に関することだけであった。

男は、何年か前に、自分の妻が姦通したことを知つた。然るにその姦夫は自分の友人であつて、その友人は、今、死んだばかりである。その死者の遺言状を披いて見て、初めて自分の妻の姦通したことを知つた。さうして其等の本夫は三人ゐて、三人とも死んだ姦夫の知人である。彼等は三人とも、銘々妻を死んだ男に汚されたのである。（中略）夫等は今、死人に遺言状を三人立合つて披いて見て、各一時は不愉快の念に打たれたが、その姦通のあつたらしい数年前のことを思ひ起して、その時分自分は、事業に失敗して妻子を置き去りにして暫く遠くに行つてゐたことがあつたり《ママ》。中にはまた、自分は今日でも時々他の女に関することを考へて、その当の対手たる姦夫は今、目前に屍骸となつてゐるので、怒るにも怒られず、不愉快で癪に障るが、どうすることも出来ぬ。といふような心持ちを巧に簡潔に書いてゐるのである。

そして、皮肉な小説であると読み、男女間の人間の自然性、ウィーンあたりの社会の一面を描出しているらしいと捉え、男の苦悩・苦悶に筆をやり、ここには、男女関係をどういう意味で書いているかということであるとも記している。「僧房夢」同様姦通の問題、男の側からの心理・黙想の描写に関心を払ったのである。それには秋江の一連の小説を書く立場が大きく関係していたであろう。大正七年一月から二月にかけて『読売新聞』に掲載の「秘密」や前掲「薄情」とも重なる内容のある「喧嘩別れ」(『改造』大正九・一二)の冒頭が、「女はこれから寝ようとしてゐるところへ男は遅くから門の扉をとん〳〵叩いてやつて来た。」とあり、文体は異なるものの、「一人者の死」の書き出しを思わせるところがある。こういう冒頭はそれほど珍しいものではないかもしれないが、シュニッツラーが感得される書き出しといえよう。正宗白鳥が、その著『自然主義盛衰史』(六興出版部、昭和二三)で、秋江は現実に女性に悩まされていたと述べ、愛欲の悩みが人一倍強く現れているその小説を「情痴文学」と呼んだ。その点で、後年中村真一郎が、「前世紀末のウィーンの情痴作家」[13]と紹介するようなシュニッツラーに秋江が関心を示したのは得心がいく。鷗外の「魔睡」に対する強い関心ともこのこととつながりがあると解される。

このように観察するとき、姦通の問題を扱っているわけではないが、『みれん』に移らなければならない。秋江が「最近文壇罕に見るの訳品」と評し、「情の潤ひがあつて、併かも極めて皮肉で、心持ちの悪い、さうして吾々の感情に接近してゐる物」と述べた小説である。[14]『みれん』には自作同様「個人の黙想」を長く書いている箇所があり、このことを技巧論として論じる機会を待っていたと言う。作中、男女それぞれ思っていることを描いている部分があり、ここが一篇の中心をなしていると解する。そして自作の「執着」(『早稲田文学』大正二・四)について、このウィーンの作家の方法に学んで書こうと思ったと述べ、次のように記している。ここに「前年の自作」とは「別れたる妻に送る手紙」(『早稲田文学』明治四三・四—七)を指す。

私は、此のシュニツレールを精読するに及んで、前年の自作に、個人——即ち小生自身が主人公なれば、私といへる個人——の黙想を長く書いたことを、今更らの如く、決して芸術創作上の謬見ではなかつたと自信するに至り。《ママ》更に四月の早稲田文学に『執着』を具《ママ》く時、シュニツレールの『未練《ママ》』の中の病める男が、眠つてゐる間に、女のゐなくなつてゐるのを見て、色々に思ひ惑ふ処がある。其処を読んで、私に、自分の過去の経験──今日も尚然り──に、恋ひせる妻の行くゑ不明になつたことを色々に思ひ惑ふ場面に考へ合せて見た。『みれん』に限らず、シュニツレールの芸術創作の方法は、田山花袋氏などの客観的描写論の一角を有力なる実例を用ゐて破壊してゐるのである。

中島国彦は、「執着」や「疑惑」（『新小説』大正二・九）がこういう方法で書かれたところのあることの限界を指摘しつつも、またその創造的部分にも言及し示唆的な観点を示した。(15) すなわち作品執筆の現実的問題やストリンドベリィ、シュニッツラーとの関係を含めた上で、「そうした外的なものを充分肉化して取り入れることにより、自己の文学世界のあり方を深め、回想形式を取り入れるなどして日光での体験を生かす芸術性を形成して行くところに「疑惑」の世界が成立し、それが「執着」の数か月後であったと論じていることは注目されてよい。「疑惑」・「執着」と結び付きの強い「秘密」については、褒めてくれた人もいたと作者自ら述べ、「慊らぬ物ではあるが「舞鶴心中」よりは少くとも自分には会心の作」と言い、「シュニッツラーのやうな感じのあるものを試みたいつもりであつた」と書いている。(16) こうした『みれん』に関係して作中人物の心理・内面に入っては、「評論の評論〈1〉」（『中央文学』大正三・二）でも言及する。すなわち「執着」に対し否定的批評が現れた時、一批評家の「未練な男、馬鹿な男とばかり云へない何かがある」との評言を引き、作者としては「その何物か」を表したいと思ったと言い、『みれん』のフェリックスの例を援用するのである。彼は死というもの、女というものに対して「穢ないほど未練がある」が、「世間並みの人が嘲笑する以上に人間の深味が表はれてゐる。」とし、こう論じる。

あの中のフエリツクスといふ男は、道学先生や常識親爺の考へから言へば、実に呆れ果てた人間かも知れぬ。而もその呆れ果てた人間をよく書き現はして居るところが、あの作の傑れて居る所以である。（中略）昔しから英雄豪傑とか哲人賢者といふやうな奴等は、死を恐れざる如く欺いてゐるのである。人間の死を恐れたり、未練であつたりするのは人間の真情であつて、どんなエラさうな奴等も此のウイークな点がある。その点を「未練」は表示してゐる。

いかにも秋江らしい批評である。愛読書であったというこの小説について、少し後に「人間生存の苦悩困迷の心理状態」にある「細かい神経的な近代人的な苦しみ悩み」を描いたものと評し、当時鷗外以外には、それを理解できる訳者はいなかったであろうと述べる。[17]そして前期の浪漫的な『即興詩人』に対し、後期の訳業を代表するものと高く評価したのであった。こうした『みれん』の世界の把握からすると、自己の創作との心理的、方法論的つながりもあったと解される。その点で、沢豊彦も論じたように、近松秋江が、「批評は実世間の経験と、それに伴った考へ深い反省とから来たのでなければ駄目だ。」と言い、[18]小説を書く場合も「経験を主観によつて統一する」ことが肝腎であると述べた延長上に「別れたる妻に送る手紙」の位置を見ていることが注目される。[19]いわゆる別れた妻物を書いた秋江に実生活上の未練の感情を推測するとき、題材的にも方法的にも、また文章上でも鷗外訳の作品から暗示を得るところ少なくなかったらしい。自身の小説集に『未練』(春陽堂、大正六・六)のある一事も興味を引く。後年シュニッツラーに対した堀辰雄が題材的、構想的に関心を示す立場とおそらくかなり異なる受容をしていたのではなかろうか。姦通の問題、愛とつながる未練や裏切りの心理・苦悩に関心が強く、死と愛とのかかわりのテーマについてはそれほど注意を向けてはいない風である。

近松秋江は鷗外の死去二か月後には文壇的寂しさを述べてから、「実にえらい人であつたが博士はそれほど一代の、文学の先輩碩学であつたにかゝはらず、何となく、思想界より文学界よりの責任者といふ風格が乏しかつたやうに、私は思ふ。さういふ責任を持つことは氏の好まないところであり、真面目腐つた道学先生は殊に嫌ひであつたかも知れぬが、あれほどの大家にはもつと責任のある仕事がしてもらひたかつた。」とも回想したのであった。秋江には、森家に題材を得た小説「再婚」(『中央公論』大正四・八)があり、これは鷗外を怒らせた作品であったというが、[20]鷗外を、特に西欧文芸・文化に対する窓口として重んじていたことは、上来観察したとおりである。

注

（1）近松秋江「近頃雑感」（『時事新報（夕）』大正一一・九・二九、三〇）の「森鷗外氏」参照。

（2）近松秋江「文芸雑感〈1〉」（『美術之日本』明治四二・八）の「森鷗外氏の「魔睡」と小栗風葉氏の「姉の妹」」、馬屋原成男著『日本文芸発禁史』（創元社、昭和二七）参照。

（3）『日本の文学　森鷗外（一）』（中央公論社、昭和四〇）の三島由紀夫による「解説」参照。

（4）近松秋江「鷗外博士の「百物語」から」（『文章世界』明治四四・一一）参照。

（5）近松秋江「文壇無駄話〈59〉」（『読売新聞』明治四二・一一・二二）参照。

（6）拙稿「森鷗外「心中」論」（『文芸研究』第一六二集、平成一八・九）、「鷗外作「かのやうに」と漱石」（『新潟大学教育人間科学部紀要』第五巻第一号、平成一四・九）参照。

（7）拙著『鷗外文芸の研究　中年期篇』（有精堂、平成三）の第三章「鷗外における文芸観の再形成」及び第六章「鷗外におけるシュニッツラー」参照。

（8）注（1）参照。

（9）近松秋江「美術劇場のストリンドベルヒ」（『演芸画報』大正三・四）、「文壇無駄話〈63〉」（『読売新聞』明治四三・一・三〇）参照。

（10）近松秋江「近松の印象　近松を研究せんとする人の手引きに」（『新潮』明治四四・一）参照。

（11）冒頭の「私の学ぶべき物を持つてゐる人々」参照。

（12）近松秋江「文壇無駄話〈3〉（芸術上の新開拓地並シュニツレールの作法）」（『早稲田文学』大正二・六）参照。

（13）中村真一郎「堀辰雄　人と作品」（新潮文庫『風立ちぬ・美しい村』昭和二六）参照。

（14）近松秋江「無駄話〈1〉（自然主義派の正系）」（『早稲田文学』大正二・三）参照。

（15）中島国彦「「執着」「疑惑」を支えるもの――秋江作品成立の諸条件――」（川副国基編『文学・一九一〇年代』明治書院、昭和五四）参照。

（16）近松秋江「「秘密」について」（『新潮』大正七・一二）参照。

（17）注（1）参照。最後に引く鷗外についての批評もこの一文による。

（18）近松秋江「文壇無駄話〈64〉（凡てが主観的創造）」（『読売新聞』明治四三・二・六）参照。

(19) 沢豊彦著『近松秋江私論』(紙鳶社、平成二)の「小説家秋江」参照。
(20) 成瀬正勝「鷗外を怒らせた近松秋江の作品」(『鷗外』5号、昭和四四・五)参照。

第三章　堀辰雄『風立ちぬ』とシュニッツラー

一　『風立ちぬ』成立の一契機

堀辰雄の『美しい村』（野田書房、昭和九・四）には、エピグラフとして、ゲーテの『ファウスト』第二部から主人公の独白「天の灝気《かうき》の薄明《うすあかり》に優しく会釈をしようとして、／命の脈が又新しく活潑に打つてゐる。」云々の七行が掲げてある。訳者名はないが鷗外であり、堀辰雄における鷗外とのかかわりは注目されてよく、『風立ちぬ』はそうした作品として挙げることができるのではないか。(1)

この小説は、はじめ『風立ちぬ』の総題の下、「発端」（『改造』昭和一一・一二）、「風立ちぬ」（同上）と発表され、続いて「冬」（『文芸春秋』昭和一二・一）、「婚約」（『新女苑』昭和一二・四）と書かれた。これらは発表とは異なる順序でまとめられ、昭和十二年（一九三七）六月、新選純文学叢書の『風立ちぬ』（新潮社刊）として出版されたが、その後「死のかげの谷」（『新潮』昭和一三・三）を加えて一本とし、昭和十三年四月改めて野田書房から同書題で刊行をみた。いま各章の初出のタイトルを丸括弧によって示すと、「序曲」（発端）、「春」（婚約）、「風立ちぬ」、「冬」及び「死のかげの谷」となる。こうして出来上がった作品の執筆意図について、創作に着手した段階では、立原道造に宛てて、「今日から小説やつと書き出したところ。いまのところ仮に「婚約」といふ題をつけてゐる。二人のものが、互いにどれだけ幸福にさせ合へるか――さういふ主題に正面からぶつかつて行くつもりだ」（昭和一一・九・三〇）としたためている。文面に見える「婚約」とは、後に「序曲」と改題された「発端」と「風立ちぬ」とを指すが、つとに谷田昌平が述べたように、「二人のものが、互いに」云々の辞句に、「死を前にして」という言葉を補うべきものであった。[2] 事実、「冬」の章において、小説を執筆しようとする作中人物の「私」が、上掲のものとほぼ同じ主題の下に、「その余りにも短い一生の間を」と加えて想を練っていることが書かれているのである。

作品に関係した作者の実人生について触れると、昭和九年（一九三四）九月矢野綾子と婚約して、自らも肺結核を養う彼は翌年七月この許婚に付き添って富士見高原のサナトリウムに入った。しかし、十二月には婚約者の死に遭わなければならなかった。『風立ちぬ』はその十か月後に着手したものの、終章はなかなか脱稿できなかった。けれどもリルケの『鎮魂歌』*Requiem*（一九〇九）を読んでいるうちに書きたくなり、「死のかげの谷」を殆ど一気に書いて、作品は二年越に完結して上梓されたのである。作者自身エピローグについて、「その最後に是非付けたいと思つてゐた、自分と共に生を試みんとしてその半ばに倒れた所の愛する死者に手向ける一篇のレクヰエムです」（「山中雑記」〈『新潮』昭和一三・八〉）と打ち明けている。

当時堀辰雄は軽井沢の油屋旅館で執筆していたが、昭和十二年十一月十九日の留守中旅館が灰燼に帰した。その後川端康成の別荘に移って書き進め作品は完成したが、創作の楽屋裏を推測させるものとして、舟橋聖一の回想文中の一事が見逃せない。終戦直前の七月軽井沢の藤屋旅館に一泊した折のことを綴ったもので、交通事情もあって、堀には会わなかったというが、次のとおり記していることである。[3] 二人は大学で知り合い、同じ本所生まれということからも親しくなっていたのである。

　まつたく、その頃は日本中が、上を下への騒ぎだつたので、どこに誰がいるか、皆目知れなかつたが、却て堀のような病人のほうが、居場所がはつきりしていた。汽車は沓掛にはとまつたが、信濃追分は素通りした。わたしは窓から首を出して、この山間の小駅に別れを告げた。

六年ほど前、堀を油屋へたずねたときは、彼はこの駅まで、わたしを送つてきてくれた。駅は中仙《なかせん》道から一キロほど下つたところにあつて、落葉松や白樺のある林に沿つた散歩道が出来ていた。そのとき、堀とわたしとは、どういうわけだつたか、シュニツラーの話をしきりにし合つた。また、『かげろふの日記』の原稿が、何十枚かたまつたという話も聞いた。

「全訳は不可能で、自分の好きなところだけ訳したんだが――」

と、堀は云つた。（傍点引用者）

ここに「六年ほど前」とあるのは、「八年ほど前」と訂正を要すると思われる。『かげろふの日記』は九月ころ書き始め、油屋炎上直前に脱稿したのであるから、舟橋の訪問は十月かその前後の月であったに相違ない。シュニッツラーのことを話し合ったと見えるが、文面から推して、積極的に話したのは堀の方ではなかったか。話柄が『かげろふの日記』の前のこととなると『風立ちぬ』に関係していたと推測される。その点で、堀の指導も受けた中村真一郎が、下のように述べていることは示唆的である。

氏は、あくまでその主題は、人生そのものの痛切な経験から、あるいは回復不能なほどの、人生出発時における魂の傷口から、つかみだしたものであった。しかもそれに文学作品としての形式を与えるためには、氏は自身に共感を与える、そして日本の文学界にとっては、最新の文学作品を跳躍台に利用した。（中略）そして、「聖家族」にラディゲ、『美しい村』にプルースト、『風立ちぬ』にリルケというふうに、そうした跳躍台を数え立てる場合に、師芥川ゆずりの、多読家である氏は、同時に、思いがけない（中略）別の作品をも、作品の構想なり、細部の仕上げなりに、遠慮なく利用していて、私たち読者がそれに気がつくのを、作者は宝さがしの悪戯《いたずら》を仕掛けた人のように、笑って見ているような気がすることがある。(4)

右のうち『風立ちぬ』について言えば、重く切ない人生体験としての矢野綾子との愛と死別、リルケ文芸による支え、それらに作品としての形式を与える先蹤作の存在の示唆といった参考事項が記されているからに外ならない。すぐ続いて、シュニッツラーについて次のごとく記している。

『風立ちぬ』では、さし当って、あの療養所での愛する男女の共同生活という、日本の在来の小説には全く先例のない情景を描く見本として、氏は何と、氏の文学的趣味にとっては恐らく肌合いのちがいすぎる、前世紀末のウィーンの情痴作家、シュニッツラーの『みれん』（森鷗外による、いち早い紹介があった）を、明らかにとり上げている。

このシュニッツラーの小説の場合、男女のうち、病人の方は男性なのであるが、しかし、病気、死、と芸術的製作と生命の認識という、堀さんと相似な材料が用いられていて、似たような山間の療養所で、似たような日々を過ごしている。『風立ちぬ』のなかで、山腹にかかる雲は、時として作者が目指したものでなく、『みれん』の一頁から借りて来たものもあったかも知れない。しかし、それは完全に、作品のなかに溶けこんでいるので、その効果を弱めてはいないし、読者の魂を揺するための、巧妙な小景の役割を果たしているのである。

文中の『みれん』は原題『死』*Sterben*（一八九五）の翻訳であって、はじめ明治四十五年（一九一二）新聞に連載され、同年七月単行本として刊行された。(5) 二人の若い男女の生、あるいは愛への未練をも考え、また日本的に読者の関心を引くようにと、原題を採らなかったのであろう。右は堀辰雄に対する一般の印象からすれば、「思いがけない」作家の一人シュニッツラーの作品と『風立ちぬ』との関係に言及したもので、肝要なところをおさえた批評と言えよう。舟橋聖一の上掲回想文を引く、小久保実の『堀辰雄論』（麦書房、昭和四〇）は、堀辰雄の「内部にシュニッツラーがある位置を占めていたと考えられる」とし、『みれん』の筋を示してから、「『風立ちぬ』の〈私〉と節子とが、全く逆になっている」と捉え、共に「愛と死」が主題であると説く。そして、鷗外の訳を傍に置いて書いたと思われるくらい、この二つの小説はよく似ている、と述べている。こうした先蹤の論に従って考察を進めてみたいと思う。

二　『風立ちぬ』と鷗外訳の『みれん』

大正十年（一九二一）第一高等学校理乙に入学した堀辰雄は、このころツルゲーネフ、ハウプトマンとともにシュニッツラーを読んだという。同世代の番匠谷英一は、当時の文学青年にとって鷗外訳の『みれん』がいかに惹かれた作品であったかを語り明かしている。[6] 若い立原道造は、昭和八年六月から九月まで軽井沢に滞在して、よく堀を訪ねた。『昭和八年ノート』を閲するに、左のようにある。

堀辰雄氏の持つてゐる本①

好きな本

1　金槐集私鈔　童馬漫語　赤光（初版）　かげ草（初版）　即興詩人　車塵集（中略）

審美綱領　Mystère Laic.　Carte blanche　みれん（縮刷本）（中略）　リルケ詩抄

羅生門（初版）（下略）

茅野蕭々の『リルケ詩抄』があるのが目を引くが、芥川龍之介が夢想したQuarto版『かげ草』のことが思われ、その点で微笑をさそう書も見える。「好きな本」は立原のそれを指すが、『かげ草』『即興詩人』『審美綱領』と並んで『みれん』（縮刷本）が記載されている。同じノートの「七月一日の夢」には、南陽堂での特売の夢を見たとし、『沙羅の木』（二円）、『みれん』（二円）の値段をそれぞれ六十銭、五十銭と書き留めてある。立原は七月十五日の項には、御岳へ持って行く本として『みれん』も挙げており、よほど関心を引く作品であったらしい。七月三十日の条では、「みれんを読む。（岩波文庫の大きさ軽さが快適な午後だつた。）」とあり、「面白かつた。おかげで何か仕事が出来さうな気がする。うつとりとした、力の入つた気分である。」とも記し、創作意欲に刺激を受けている。ちなみに岩波文庫を繙くと、昭和三年四月の発行にかかり、小島政二郎による「附記」が巻末に収められてある。鷗外が原作者の写真のことで直接手紙を出したこと等を書き、最後に、「シュニッツレルと云ふ作家は、男と女との愛欲を書かしたら――いや、彼の書く愛欲のうちに、何か深刻なものを求めたり、思想的なものを望んだりしてはいけない。唯愛欲を愛欲のままの姿で、さう、誰かの云つたやうに彼に「ウィーン情話」を書かせたら、ちよつと類の真似手のない作家であらう。」とし、『みれん』を、「そのいゝ生きた証拠の一つ」として挙げている。

「附記」は当時の我が国における一般的解釈を紹介した観のある一文である。建築家志望の立原道造は、もっと別に風景・景観的視点から鑑賞した可能性もあるが、堀辰雄から指導を受けていたこの青年は、逆に『みれん』『風立ちぬ』のことで示唆的なことを口にしたかもしれない。すなわち、その「風立ちぬ――あなたに感謝を言ふのが、元来この告白の意味なのです「指導と信徒」(『四季』昭和一三・五―一二)に、シュニッツラーの名は見えないけれども、二人の間の話題中関連的に意識されたこともあったであろう。

上記ノートによれば、堀辰雄も大正五年の籾山書店刊行の『みれん』を読んでいなければならない。胸を病む男とこれに仕える恋人との間の愛の変遷を、死の意識を挟んだ人間心理の機微に照明を当てた作品であって、『風立ちぬ』は、小久保実も述べたように、この二人を逆にした関係で捉えた観がある。転地療養は共通するが、後者では、婚約者に付いて行く「私」も胸を患う身である。シュニッツラー作中の男は、一年の余命を医師に告げられており、恋人は愛のために自分も殉じようと打ち明ける間柄である。堀の小説では、節子の方が病は重いにしろ、二人の生活は、「普通の人々がもう行き止りだと信じてゐるところから始つて」いる底のもので、類似した要素が見いだせる。しばらく類似する方面を観察してみよう。

『みれん』の男フェリックスは、「も少し人生を馬鹿にし切つて沈黙の前途に向つて、平気で未来を逆《むか》へ見るやうにして、哲人が遺言をするやうに、何か書きたい。」」、それは「目で見たり手で掴んだりするやうなもの」、おそらく現実に形のあるものや古びてしまいやすいものを材料にするのではなく、「自分が克服してしまった世界に向って静かに微笑んで別れを告げる詩」、何か精神的なものではなくてはならないと考えている。物を書こう、創作しようとしている点では『風立ちぬ』の「私」も同様であるが、「真の婚約の主題——二人の人間がその余りにも短い一生の間をどれだけお互に幸福にさせ合へるか？　抗ひがたい運命の前にしづかに頭を項低《うなだ》れたまま、互に心と心と、身と身とを温め合ひながら、並んで立つてゐる若い男女の姿、——（中略）それを措いて、いまの私に何が描けるだらうか？」と思いをめぐらせる。二人の男の療養生活の心理の一端を窺わせ、その点でも堀はフェリックスに関心を寄せたことであろう。

「……あなたはいつか自然なんぞが本当に美しいと思へるのは死んで行かうとする者の眼にだけだと仰しやつたことがあるでせう。……私、あのときね、それを思ひ出したの、何だかあのときの美しさがそんな風に思はれて」さう言ひながら、彼女は私の顔を何か訴へたいやうに見つめた。（傍点引用者）

と堀作品にはある。実際婚約者といわば末期の目についてのこうした言葉を交わしたことがあったに相違ない。次は療養地の湖水の風景、森の夕方のたたずまいに接しての場面である。

フエリツクスが云つた「こんな好い景色があるといふ事、己はこれまで夢にも、知らなかつた。」

「ほんとに好いのねえ。」

「お前に分かるものか。景色が本当に好いといふ事は、暇乞ひをする積りで見なくては分からないのだ。」

男はかう云つてゆるやかに二三歩前へ歩き出して、下の方を水に洗はれてゐる柵の、細い木の上に両肘を衝いた。（中略）女は目に涙の出さうなのを堪へてゐるのが知れた。（傍点引用者）

この描写は、上掲の場面と較べてみるとき、『風立ちぬ』にあってもおかしくはない。同様の例として、小久保も挙げた、風景やサナトリウムでの二人の生活を描写した一節から引いてみよう。

重くろしい、燃えるやうな夏の日が来た。昼は焦げ付くやうに暑くて、夜は人を誘惑するやうに生温《なまぬる》い。けふの昼もきのふの昼のやうで、けふの夜もきのふの夜のやうである。丁度時間が静止してゐるかと思はれる。二人は誰にも逢はずに籠つてゐる。（中略）心配のない、笑ひ交す夜と、疲れた親密な昼とが二人の上を通り過ぎる。

さういふ夜の続いた後の或る晩の事である。蠟燭を点《つ》けたまゝで二人は寝てゐた。（中略）女が床の上でふいと起き直つた。女は穏かな眠に沈んでゐる男の顔を眺めた。そして息遣ひを聞いた。今ではどうも一日一日直る方に向いて行くのがたしかなやうである。如何《いか》にも嬉しいので男の顔に自分の顔を摺《す》り寄せて、男の息が自分の頬に触れるやうにした。まあ、生きてゐると云事は、どんなに美しい事だらう。それに自分の生活の内容は、全くこの男の事で塡《うず》められてゐるのである。無くするかと思つたこの人を取り返した。（中略）

さう思つてゐる時、ふいと寝てゐる男の息遣ひが今までと違つて来たのに気が付いた。軽い、抑へ付けられたやうなうめきをしたのである。そして男の少し開いた唇に苦痛の表情が見えた。それから男の額には汗が玉のやうに出てゐるのに気が付いて、女はひどく驚いた。男は頭を少し横へ向けた。そして唇を締めた。表情は又平和に戻つて、二つ三つ不安らしい息をした跡で、平生の息を音を立てずにするやうになつた。

「重くろしい」という鷗外特有の語で始まる右の一節に対しては、『風立ちぬ』の三番目に配された同題の章から挙げることができる。

たうとう真夏になつた。それは平地でよりも、もつと猛烈な位であつた。裏の雑木林では、何かが燃え出しでもしたかのやうに、蟬がひねもす啼き止まなかつた。（中略）夕方になると、戸外で少しでも楽な呼吸をするために、バルコンまでベツドを引き出させる患者達が多かつた。（中略）しかし、私達は相かはらず誰にも構はずに二人だけの生活を続けてゐた。

この頃、節子は暑さのためにすつかり食欲を失ひ、夜などもよく寝られないことが多いらしかつた。私は、彼女の昼寝を守るために、前よりも一層、廊下の足音や、窓から飛びこんでくる蜂や虻などに気を配り出した。

（中略）

そのやうに病人の枕元で、息をつめながら、彼女の眠つてゐるのを見守つてゐるのは、私にとつても一つの眠りに近いものだつた。私は彼女が眠りながら呼吸を速くしたり弛くしたりする変化を苦しいほどはつきりと感じるのだつた。私は彼女と心臓の鼓動をさへ共にした。ときどき軽い呼吸困難が彼女を襲ふらしかつた。そんな時、（中略）夢に魘《おそ》はれてでもゐるのではないかと思つて、私が起してやつたものかどうかと躊躇《ためら》つてゐるうち、そんな苦しげな状態はやがて過ぎ、あとに弛緩状態がやつて来る。さうすると、私も思はずほつとしながら、いま彼女の息づいてゐる静かな呼吸に自分までが一種の快感さへ覚える。


燃えるような暑い夏の日の状況と夜の時間。続く二人だけの生活。寝入っている病人の息遣いと付添う人の様子・心理、患者の苦痛の症状後の平安の容態等描写に類似するものが見いだせる。中村真一郎の指摘は、具体的にはこうした場面も含んでいたと思われる。単なる模倣の対象としてではなく、一つの見本としてあったであろうことは、右の場面にも窺えるのではないか。きびしい現実を体験した作者に、『みれん』はリアリティーの招来にも貴重な先蹤として意識されたに違いない。共通の表現としては「空《くう》を見詰める」「空《くう》を見る」の語句があり、鷗外の翻訳にも散見する。患者は安静を強いられているため、その分、目を活潑にする存在であろうが、『みれん』『風立ちぬ』にこれが使われており、翻訳語とするなら、一定していないものの、ドイツ語では „ins Leere zu starren" などが挙げられよう。「目を赫かせる」というのも鷗外的表現の特色で、堀作品にも時に見え、「お前」という呼称もある。『風立ちぬ』の終章「死のかげの谷」というタイトルは新約聖書に由来し、また「死のかげ」

は珍しい表現ではないが、『みれん』に「死の影」の語句のあることも目に留まる。右の二場面など、シュニッツラーを参考にする点があったであろうし、また鷗外から特に芥川龍之介を介した文学史的水脈もあずかっていたと想察される。

しかし、『風立ちぬ』は『みれん』ではない。それを何よりも意識したのは作者自身でなければならない。シュニッツラーのこの小説では、青年の死への恐怖の心理がしばしば描写されており、訳者の関心の一つに、西洋人の死への意識の問題があつたのではないか。『風立ちぬ』にも死への怖れ、不安の心は描かれている。サナトリウムでのある患者の死を「嵐」が暴れまわっていると記す夜の場面があり、山頂に幽かに漂う光を見て、突然恐怖に襲われる不安な心を写してもいる。不安や恐怖による互いの心の離反を心配する「私」の内面の描述もある。けれども、この方面に力点を置いているわけではなく、二人は時間を共に生きてある方、その意味に心を向ける。当初作者が考え、また作中にも記す主題のためであろう。

こうした問題は、『みれん』では叙述・描写の屈折的対象を選び、諷刺・皮肉を時に織り込む一事も関係していると解される。患者のトリックにかかり、余命一年と告げた当の医師の死に慰謝を感じる主人公。自分の死後も相変わらず生きるであろう唱歌会員——この無縁の人たちに対する嫉みからの憎しみの情。フェリックスの名が不死鳥を意味し、それにもかかわらず不治の病のため死の恐怖から相手を求めたらしく、月の光の下、部屋の窓際で死骸として発見される結末。哲人の遺言のような作品を残すこともなく、生に執着し始めた人物の心理分析・心理描写を進める目をこのウィーンの作家——彼はまさに医師であり、また訳者も医学者であった——は有していたが、堀はこの小説では見せないし、またできないことであったと思われる。文体的に先達を参考にするところがあっても、やわらかさや暖系の文体で対象を包んだ観があるのである。両作とも生を基礎に愛と死との物語を主題としていても、『みれん』は死の方に、『風立ちぬ』は愛の方に焦点を結んでいると解釈したい。堀辰雄は、近松秋江が

『みれん』を恋愛の諷刺の小説と捉えた場合とは、異なる受容をしたものと推察される。

三　『風立ちぬ』における生

ところで小久保実の論に、「三人称の『みれん』とはちがって「風立ちぬ」は一人称が採用され、「冬」の章と終章の「死のかげの谷」とは日記体をとっている。こういう形式上の相異は、小説の筋が中途から、『みれん』と「風立ちぬ」とがそれぞれ全く別の方向へ展開されていった点に対応する」とある。それとともに、ある座談会における中村真一郎の、「芥川さんが死んだ直後から、自分は芥川さんと裏返しの生き方を、あらゆる面ですることに決めたってぼくに言いました。それは堀さんにとって決断だったわけですね。」という発言が思い合わせられる。[7]

芥川龍之介は、昭和二年（一九二七）夏の暑い日に自殺し、堀辰雄はこれに激しい衝撃を受けた。この一事を堀は自分の中で抱き続け、やがて卒業論文に芥川を取り上げ、その後もこの文学の師の存在の意味を自らに問うことになった。そうした一端が、「死があたかも一つの季節を開いたかのやうだつた。」と始まる「聖家族」（『改造』昭和五・一一）に結実したことは知られているであろう。作中の九鬼が芥川に拠っており、河野扁理は作者自身を核に持っているが、「九鬼を裏がへしにしたといふ風」の青年として描かれている。行きづまりのような芥川の死、そこから堀は新たな歩みを始めなければならず、それはある意味で人生の師でもあった芥川の跡とは別の道をたどることを意味した。決別ということではなく、作中の細木夫人の観察によれば、「彼の生のなかには九鬼の死が緯のやうに織りまざつてゐること」、そのことによって「生がやうやく分るやうな」形をとったと言ってよい。そうした先人の「裏がへし」のように自分を意識する堀辰雄には、『みれん』の世界ではなく、共に在る二人の「いざ生きめやも」の心を筆にしなければならなかった。その場合は、病が病であっただけに、現実の問題として、それは置かれた状況と闘うというよりは、それに身を委ねる形の人生態度をとることであった。中村のいわゆる「決断」があったのであろうが、堀自身使った語によれば、それにはフォーナ（動物）型に対するフローラ（植物）型の人であったこともあずかっていたと思われる。「プルウスト雑記　神西清」一（『新潮』昭和七・八）中のリヴィエルのプルーストについての言葉を用いれば、「彼の宿命のごとく思はれる受動的なるものを能動的なるものに換へんとする」心をも響かせて書かれるのが『風立ちぬ』であったことになることというまでもない。

しかし、終章が書かれるには、自身矢野綾子の死による痛手からある程度の回復とその死を自身の生の中に位置づけるための時間を要したであろう。また当初の主題意識の微妙な変化の問題も生じていたかもしれない。(8) そういう隘路を前に、力をくれたのがリルケの『鎮魂歌』であった。(9) この方面で堀辰雄、ひいては「私」は、すでにシュニッツラーを去ったのである。フェリックスから、死の恐怖、生へのみれんのために逃走したマリイとは違って、「私」は一年後かつての場所を訪ね、死者節子に、リルケの作をとおして、「帰つて入らつしやるな。（中略）／死者にもたんと仕事はある。／けれども私に助力をはしておくれ、お前の気を散らさない程度で、／屢々遠くのものが私に助力をしてくれるように——私の裡で。」と語りかける。日付けからするとイエス生誕のことを響かせているのであろうが、続く十二月二十四日の日記中、裏山の林を歩き、下を見下ろして自分の住んでいた小屋のヴェランダから枯木林の雪明りの中へと差す光を見て思うところを引くこととしたい。この小説の場合、日記は内面的、思念的、宗教的方向をも内包し、そこにわれわれの生の意味を発見して励ましてくれるようなものを認めることができる形式を用意したのではないか。

「——だが、この明りの影の工合なんか、まるでおれの人生にそつくりぢあないか。おれは、おれの人生のまはりの明るさなんぞ、たつたこれつ許りだと思つてゐるが、本当はこのおれの小屋の明りと同様に、おれの思つてゐるよりかもつともつと沢山あるのだ。さうしてそいつ達がおれの意識なんぞ意識しないで、かうやつて何気なくおれを生かして置いてくれてゐるのかもしれないのだ……」

「私」は、新たな時間への区切りになるような境界の十二月三十日の日付のある条で、風の音を耳にしながら、〈死のかげの谷〉を「幸福の谷」と呼んでよいような気がしていることを記して、作品の世界は静かに閉じられる。風の音は、「風立ちぬ、いざ生きめやも」の詞を思う冒頭の場面と照応していると解され、死者との対話も関係しているであろうが、「何気なくおれを生かして置いてくれてゐるのかもしれない」の表現は、宗教的なものを感じさせ深みを湛えている。一つはいわば〈向こう側〉の世界にタッチしているという意味であり、他の一つは自分の生とかかわり、しかも自己を超えた何か〈大きな存在〉を意識したかのような意味においてである。リルケを介した、われわれの生はわれわれの運命以上のものであるという堀の認識や、『伊勢物語』等をめぐっての、「人々に魂の静安をもたらす、何かレクヰエム的な心にしみ入るやうなもの」が「よき文学の底」にあるべきだという認識[10]との響き合いを、すでにこの一節は深く感じさせる。ここに至るとき、舟橋聖一とのもう一つの話題になった『かげろふの日記』のことが想い起こされる。すなわちそれに付せられた「七つの手紙」[11]の、リルケも絶賛した『ポルトガル文』（一六六九）を視野に入れた左の条である。

――「唯生きて生けらぬと聞えよ」――さう、生きた空もないやうな思ひで男に訴へつづけた嘆かひにも拘らず、彼女があの葡萄牙尼同様に、「いと物はかなく、兎にも角にもつかで、」いたく年老ゆるまで生きながへてゐたらしい事、しかし彼女らの死後さういふ皮肉を極めた運命をも超えて、彼女らの生《いのち》のはげしかつた一瞬のいつまでも赫きを失せないでゐる事、常にわれわれの生はわれわれの運命より以上のものである事、――「風立ちぬ」以来私に課せられてゐる一つの主題の発展が思ひがけず此処において可能であるかも知れないのを見、私は何か胸がわくわくするのを覚えてゐる位です。（一九三七年九月二十三日、追分にて）（傍点引用者）

作中の節子が平安時代の一日記の女性ほど激しく生きたわけではなかったであろうが、また短い人生を終わったのであるが、輝やきを失せない生《いのち》—生と運命とをめぐる主題については、殆ど重なることは明らかである。その点で、昭和十二年春日本の古い美しさに心を向け、王朝文芸に親しみ、秋には國學院大學で折口信夫の講義を聴いたことをおさえるとき、この小説の西欧的感触の根底には、リルケや信濃路を介して日本の古典とのつながりが意識され出していたことが推定される。(12) 少し後の時間から照射すると、昭和二十一年になるが、信濃追分の石仏を背景に写っている一葉の写真の堀辰雄にとって、魂を鎮める文芸として『風立ちぬ』はその姿を現し始めていたことを思わせるのである。こうした作品の形式に、その題材からすると、超克すべき先蹤として意識されたはずの『みれん』は、いわばある程度の枠組みとリアリティーを提供したに違いない。舟橋に話した内容は定かではないけれども、右のようなことに関連があったのではないか。

堀多恵子の「晩年の辰雄」によれば、(13) 苦しい病床の一日「僕が自殺をしたら、僕の今までの作品はみんな僕といっしょに死んでしまうだろう。」と語ったという。この言葉は『風立ちぬ』の場合特に当てはまるものがあるのではなかろうか。病を生きた堀辰雄にとっては、それゆえ、特に作品は生の一部、否、生そのものであったことになる。同じ回想文には次の一節もある。

私は或る長雨の日、無意識に「つまらないなあ」とつぶやきながら硝子戸越しに庭を眺め、そして其処にあつた籐椅子に腰を降ろし、何げなく病人の方に目を移しますと、じつと私の方を見て何か言いたそうにしている顔にぶつかりました。私は、

「どうかなさったの?」と聞くと、

「つまらないのかい、どうしたらいいだろうね」と言われ、すっかりあわててしまったことなど思い出します。(中略)

「鷗外はね、杏奴さんというお嬢さんになんでもないようなことを楽しまなければいけないって言ったって

何かに書いてあったよ。おまえも心がけて見るんだな」と、辰雄はそんなふうな話し方をしました。鷗外についての話柄は、『風立ちぬ』執筆直前刊行の小堀杏奴著『晩年の父』（岩波書店、昭和一一・二）に見えるものである。そうした人生態度は病を養う堀辰雄のものでもあったはずである。それが鷗外とも関係したものかどうかはわからないが、前掲中村真一郎のいう「決断」、作品を支える精神と時間や生の問題において通うところがあったに相違ない。右のように話した堀辰雄の人と生とが『風立ちぬ』の世界に現れているところがあるであろう。

室生犀星は『我が愛する詩人の伝記』（中央公論社、昭和三三）で、この小説に触れていないけれども、「堀辰雄は生涯を通じてたった数篇の詩をのこしただけであるが、その小説をほぐして見ると詩がキラキラに光って、こぼれた。」と記している。『風立ちぬ』もその例外ではないことを感じさせるが、犀星は四十九歳で逝った作家の伝記を、「それにしてもたえ子夫人の看《み》とりがなかったら、堀はあんなに永く生きていられなかったであろうというのは、あとに残った私どもが彼女におくる褒め言葉だったのである。彼女はそんな褒め言葉なぞいらないと言うだろうが、横を向かないで受けとってほしいのである。」と結んだのであった。

注

（1）竹内清己「堀辰雄における森鷗外の位置」（『文学論藻』第七十一号、平成九・二）があり、『即興詩人』、「ヰタ・セクスアリス」、『ギヨオテ伝』及び『澁江抽斎』の諸作品を取り上げている。
（2）佐々木基一・谷田昌平著『堀辰雄』（青木書店、平成七）参照。
（3）舟橋聖一「堀辰雄思い出抄」（『文芸　堀辰雄読本』臨時増刊、昭和三二・二）参照。
（4）中村真一郎「堀辰雄　人と作品」（新潮文庫『風立ちぬ・美しい村』昭和二六）参照。
（5）拙稿「森鷗外におけるシュニッツラーの『みれん』」（『新潟大学教育学部紀要』第三十七巻第一号、平成八・三）参照。

（6）角川文庫『みれん』（昭和二八）の番匠谷英一「解説」参照。
（7）中村真一郎・大岡信・清水徹「鼎談　堀辰雄の生と死」（『ユリイカ』第一〇巻第一〇号、昭和五三・九）参照。
（8）主題が作品で真に具象化されたかどうかの問題は検討課題として残るであろう。この問題については西原千尋著『堀辰雄試解』（蒼岡書林、平成一二）参照。
（9）その西洋文芸受容の変遷については菊田茂男「堀辰雄の文芸観」（『文芸研究』第十四集、昭和二八・九）参照。他に注（2）の書、富士川英郎「リルケ——堀辰雄の西欧的なもの」（『国文学　解釈と鑑賞』昭和三六・三）、神品芳夫「堀辰雄とリルケ」（『国文学　解釈と教材の研究』昭和五二・七）等参照。
（10）堀辰雄「魂を鎮める歌」（『文芸』昭和一五・六）参照。
（11）堀辰雄は「山中雑記」（『新潮』昭和一三・八）として昭和十二年の稿を発表。作中にこの部分は「（一九三七年九月二十三日、追分にて」とある。後「『かげろふの日記』に関する著者の若干の手紙」と題し創元選書版に収める。
（12）注（9）の菊田論文にはリルケの後に折口の時期が続くことを述べている。
（13）堀辰雄著、堀多恵子編『妻への手紙』（新潮社、昭和三四）所収。

第四章　室生犀星・高見順におけるクラブント

一　室生犀星の「神々のへど」の成立とその周辺

室生犀星は、代表作の一つとなった「あにいもうと」（『文芸春秋』昭和九・七）の発表後間もなく「神々のへど」（同上、昭和九・一二）を公にした。「猟人」（『行動』昭和九・六）、「チンドン世界」（『中央公論』昭和九・一〇）その他六篇の小説とともに昭和十年（一九三五）一本として山本書店より刊行の際『神々のへど』の書題となった作品である。後にこの単行本は『兄いもうと』と改題して出版され、「神々のへど」も「続あにいもうと」と改められたが、初出のタイトルに少し立ち入ってみることによって、「あにいもうと」と「神々のへど」との世界の解明に資するところがあると考えられる。

「あにいもうと」は、川の仕事を取りしきる剛腕の赤座の一家を描いており、その基軸は兄・妹にあった。この川師にはやさしい妻りき、石工で道楽者の長男伊之助、奉公先で大学生小畑の子を身ごもって捨てられ、ぐれて酒場勤めをして生活も荒れるもん、奉公に出ている次女がある。一日訪ねて来て詫びる小畑を、赤座は事なく帰すが、伊之（助）はその跡を追い、殴る。それを聞いたもんは兄と大喧嘩をする。中野重治は、作中人物を挙げ、「乱暴で、野性的な生活、いさかいを通しての生《なま》の肉親愛」の小説とする。[1]

このような「あにいもうと」のもんのモデルと解される、犀星の養母ハツの場合とは、時代・場所・事実関係は相当異なるところがあっても、そのイメージを写したものとして広く認められている。(2) そういう養母とのかかわりに由来する複雑な心理的葛藤、コンプレックスの克服の問題が、犀星前半生の課題であったことは、知られているであろう。こうした作中のもんが、三人の子の母親となった時の物語として「神々のへど」は書かれた。夭折した長男を神童として忘れることのできない彼女は、事あるごとに次の子供裕《ゆたか》や正《ただし》に当たり散らす。自分の給料も家に出している正は、もんの貯金、大酒呑みのこと等で摑み合いの喧嘩をし、母の身分、その父親赤座平右衛門のことも知っているとの言葉も吐く。彼女の方でも、いっそ大学生の許に行っておれば、知事の奥さんになっていたのにと応酬したりする。母との争いを極力避けようとしていた裕との会話が、次のように描かれる場面がある。

　――裕、お前だけがたよりだから、あいつに殺されないやうに見張つてゐてくれ。(下略)
　――何をいつてゐるんです。(中略) あいつは生れてからお母さんにやさしくして貰へなかつたから焦つてああやつてけんつく食はしてゐるんです。

右のような親子関係の中、「母親のりきの憎えるものが自分の肉体に入れかはつ」て、「自分のなかに荒れすさむのではないか」ともんは、それが正のせいでもあるかのように憎み出し、一方母の愛に飢えている正の方でも、何かのはずみで母親をどうかしてしまいかねない自分を恐れている。味方とばかり思っていた裕に異見立てされると、もんは、「どれもこれも敵《てき》だ」と応じ、わけのわからないことをしゃべり、突如泣き出す。夫と二人の子とは「氷漬けのやうに固くなつてつッ立つてゐ」るのであった。

けれども、こうした二作に〈神々のへど〉といった表現はない。「あにいもうと」中もんに対する伊之の言葉に、「その顔《つら》つきでいちやつきやがつたかと思ふと、おら、へどものだ」(傍点引用者)と見える程度であり、特にタイトルと結び付くようなものではない。しかし、沢田春繁も作品の内実を言い当てて妙と述べたように、(3)「神々のへど」という題名は注目されるが、この問題では鷗外を視野に入れてみる必要がある。犀星は、この小説の前年「馬込倫敦」（『新潮』昭和八・九）で、軍服姿の馬上の鷗外の姿に接し、「心で森鷗外だぞ」と叫んでみて「子供らしい光栄」を感じるようなものであったと回想し、家の前を通った時『沙羅の木』（阿蘭陀書房、大正四・九）を思い出して、その沙羅の木かも知れない植木を玄関脇に見たと記す。続いて、落魂時代に「森さんのお嬢さん」が自分の作品を読んでいることを知ったと言い[4]、また、鷗外に『愛の詩集』（感情詩社、大正六・一二）を贈った際、一行ばかり書いて届いた礼状を大切に保存していたとも記している。萩原朔太郎や斎藤茂吉の語るところからも、この先達に親しさを感じていたらしい。

宛先は感情詩社にちがいなく『沙羅の木』を贈った鷗外に、返礼の意味もあったのか犀星は、『新らしい詩とその作り方』（文武堂書店、大正七・四）を贈ったが、書中鷗外訳のクラブント（一八九〇―一九二八）の詩二篇を引いている。引用の一篇「ガラスの大窓の内に」には、カッフェエから外の通りを見詰める客「己《おれ》」が、誰か一人でも入って来て少しでも相手をしてくれればいいいと望む心中を歌って、こうある。

己《おれ》はほんとに寂《さび》しい　あの甘《あま》つたるい曲《きよく》を聞《き》けば
一層寂《そうさび》しい　ああ己《おれ》がどこか暗《くら》い所《ところ》の
小《ちい》さい寝台《ねだい》の中《なか》の赤《あか》ん坊《ぼう》で
母親《ははおや》がねんねこよでも歌《うた》つてゐてくれれば好《よ》い

犀星は幼年時代を振り返って見ることは楽しいことと述べ、この詩に慰藉を感じ、そこに「純情」と「解放された感情」とを読み取り、作詩で参考にしてもらいたいと挙げたのである。この若いドイツの詩人を日本に紹介したのは森鷗外博士であると記し、そこに「無雑作に、しかも新味のある、リズムカルな表現」をも見る。そして、右の最後の詩行を引いて、「あけ放した心持と、どこか子供らしい、しかも、色々な経験された自由な文学の馳駆《しく》とが、中中に美事にひびいてゐる」と評し、そこに独創性を認める。その際四、五篇の詩は「自分にとつてよい表現と内容の正純と」を見るとしながらも、作品を挙げていないが、「母と云ふものが己を抱いたことがあるかしら。／父と云ふものを己の見ることがあるかしら。」と書く「己は来た」や八連の詩「物語」も想定されようか。船頭で「豕《ぶた》のように粗笨」な父、小さくて優しかった母、そしてこの世に光を見た子「己」の境遇を、「母が己にきやしやな乳房を銜ませてから、／父は母を片羽になる程打《ぶ》つた。」と歌い、父が「己」を海に投げようとし、母が祈りで止めようとしたと叙す詩である。これらは犀星の実際とは違っていても、無縁ではない詩と思ったに違いない。闇夜に来た子を、「お前又忍んで来たね、（中略）／そして又昔のやうにしろと／お前は己にねだる。／せつなかつたかい。」と歌う詩「又」も印象深かったはずである。クラブントを村野四郎とは随分異なる観点から受容したようであるが、翌年八月には『中央公論』に自伝的小説「幼年時代」が載せられることになる。

『新らしい詩とその作り方』では、クラブントの「前口上」を引き、祈りを捧げてから詩を書くという態度に「美しい心持」を読み取り、そこに詩を「清純な透明なもの」にする詩人としての特質を捉えた。こうした作品を紹介した後の「幼年時代」には、実際とは異なって朧化して美的に書いたところもあるわけであるが、実母を慕う心の真実はかなり表現したのであろう。執筆中涙を流したこともあったとは、後年の告白である。いなくなった母の代わりをした姉との別れを、寂しくつらく思う主人公に対し、心ならずも嫁いで行く彼女は、「しかたがないわ。みんな運命だわ。」という言葉を口にする。こういう境遇の人物は、「性に眼覚める頃」（『中央公論』大正八・一〇）を経て、新たに形を変え、生まれ育った所も違った地域に移されて「あにいもうと」、「神々のへど」の中に書かれることになる。その荒々しい筆致・文体への変化については、中野重治が、芥川龍之介の死の衝撃を考えなければならないと述べている。[5] ヴァイタルなものの欠如、「腕力」の必要を芥川に感じた犀星に気づいたのではなかろうか。

『神々のへど』所収作について「序」で、「これらの作品を土台にして或る機会に私は物凄く暴れてみたい気がする。」と打ち明け、しかしそれは空想的な「やくざな思ひ上り」かも知れないと記した一事も、このことと関係したてであろう。かつて書いた「滞郷異信」（『樹蔭』大正二・一）の詩境が、この時期現れたものに外なるまい。奥野健男が、実父・生母・義母を憎み呪ったものと解した作品である。[6] 後年犀星は、鷗外・漱石の文学は、「なまの人間のにほひ」がしなくて物足りないとも述べているが、[7] その点で、鷗外の翻訳にそのにおいを感じることがあったに相違ない。『新らしい詩とその作り方』では引かなかったが、この時「神のへど」*Es hat ein Gott*…が改めて思い出され、「あにいもうと」の続篇に題として用いたのではないか。このドイツの詩人の作品を小説の題として利用すれば、主要人物の境遇とそのヴァイタルな生の姿を暗示し、犀星には意にかなうところがあったものと思われる。

どの神やらがへどをついた。
其へどの己は、其場にへたばつてゐて、
どこへも、どこへも往くことが出来ない。

でも其神は己のためを思つて、
いろいろ花の咲いてゐる
野原に己を吐《は》いたのだ。

己は世に出てまだうぶだ。
おい、花共、己を可哀く思つてくれるのか。

お前達は己のお蔭で育つぢやないか。
己は肥料《こやし》だよ。己は肥料だよ。

富士川英郎は、「ことさらに汚穢なものを取り出しながら、それかと言つて特に「醜」の中に「美」を見る悪魔主義というのでもなく、言わば一種の野人的な、感情の犬儒主義《シニシズム》に基づく」（傍点引用者）歌いぶりをそこに見、生野幸吉は、「クラブントらしい自虐とその裏にひそむ悲しみが、奇警な着想によって、歌われている。」とする。[8] 当初の犀星のクラブント観には、もう少し異なるところがあったと思われるが、『神々のへど』の諸篇創作の際、それまでとは異なり、作中人物を、神々が地上に吐いたへどに見立てて、自らのいわゆる「なまの人間のにほひ」を感じさせるように書こうとしたのに違いなかった。そのへどは生命力を蔵する存在で、子供（朝子氏）の筆に成る、この小説集の函と表紙との書題の稚拙感と力強さのある文字に作者が満足したことが思い出される。この観点からは、境遇的に如上のへどとしての一人であると自己を見なしたかと推察される犀星の「復讐の文学」（『改造』昭和一〇・六）に即かなければならない。その中の「復讐」の一文の冒頭には、「私は絶えずまはりから復讐せよと命じられる」とあり、そこに「文学といふ武器」を考えているというのである。そして、女の人一人が悲惨な生活をしていても問題にはならないが、その人が誰の子とも言えない子を抱いているだけで、何らかの意味でいたわられなければならないとし、そこに「梅干のやうな赤ちゃん」と関連が生じると記して、左のごとく主張する。

他の作家は知らず私自身は様々なことをして来た人間であり、嘗て幼少にして人生に索めるものはただ一つ、汝また復讐せよといふ信条だけであつた。幼にして父母の情愛を知らざるが故のみならず、既に十三歳にして私は或る時期まで小僧同様に働き、その長たらしい六年くらゐの間に毎日私の考へたことは遠大の希望よりもさきに、先づ何時もいかやうなる意味に於ても復讐せよといふ、執拗な神のごとく厳つい私自身の命令の中で育つてゐた。

そして、右の赤ちゃんもまた「私のごとく人生に於いて復讐すべき武器」を求め、なすべきことをなし、「復讐の業徳」に到達することも予想されると述べ、「人生で汚辱を排し正義に就くために、数限りなく私は復讐のために」生き甲斐のあるところに辿り着きたいと書いて一文を結ぶ。広津和郎は、「復讐」という言葉で表現せずにはいられない沸き立つような気持ちが十分感じられ、『神々のへど』所収作を挙げてその基調にあるものが、「復讐の文学」を読むと一層理解できるものの、その復讐の目標と理由となるとはっきりとは解らないと記す。(9) 犀星もこれに応じているが、富士川英郎によるクラブント詩評中の「野人的」の語に着目すれば、生母の愛にかかわる怨みと疑問として燃える、菊地弘のいう「野性の力」のことも思われる。(10) これには境遇の問題も関係したであろう。

犀星はさらに踏み込んだ問題としての復讐については、具体的には答えなずんでいるようであるけれども、結局は書くこと自体にそのことを見ようとしている風である。(11) しかし、一方「母を思ふの記」（『報知新聞』昭和四・一・六、七）において、父や生母のことをも含めてなのか、育ての親に対しても、「自分は母のことを殆ど書き尽くした。だが、今、自分の眼に映る母は決して小説に書かれてゐる彼女ではない、何か新鮮な愛情と接触を感じさせる母親である。」と叙してもいた。微妙な問題であるが、結果的には書くこと自体によって復讐はおのずとなされていくもののようであった。上の引用中の「執拗な神」云々の叙述から推察すると、へどに犀星は書くことにおける「吐き出す」意味をも響かせる気持ちがあったのであろうか。

二　高見順『この神のへど』とクラブントの詩

明治二十二年（一八八九）生まれの如上の犀星に対し、同様に出生・境遇の問題で苦しんだ作家・詩人に、明治四十年（一九〇七）生まれの高見順がいる。県は違い、生育歴・学歴も相当異なるものの、出身はともに北陸であった。犀星が『神々のへど』を出版した時、新進の高見順は、治安維持法違反の容疑で検挙され、その後いわゆる「左翼くずれ」として昭和十年二月『故旧忘れ得べき』を発表し始め、翌年これを単行本として出版した。詩集『死の淵より』（講談社、昭和三九・一〇）には、「ほの暗い暁」の目ざめが「祝福されない」自分の誕生を思わせると始まり、「私生児のひっそりとした誕生」から叙す「荒磯」が収められている。詩の指す事柄は「私生児」（『中央公論』昭和一〇・一二）に、「△△氏が初めて私の母親を見たのは、彼が福井県知事として県下巡察の砌、M—町に来た時で、日露戦争当時の風習として食事の給仕に選ばれた素人娘が夜伽のつとめもせねばならなかつたものかどうか、私はこれを詳かにせぬが、母親は不幸にもその時、私といふ因果な子を胎んだのである。やがて私は、恐らく△△氏の呪ひを受けつつ、なんにも知らない呱々の声を挙げた。そして私が二歳の時、狭い港町のうはさに堪へられないで母親は私と祖母を抱《かか》へ、その時は既に△△氏が知事をやめて芝に住んでゐた、その同じ東京へ追はれる如くにして来た」と記す条にかかわる。M—町は三国、「彼」が父親阪本釤之助、母は高間古代《こよ》であった。

昭和二十一年（一九四六）三月から雑誌に掲載を始めた自伝的小説『わが胸の底のここには』（昭和三三・六）では、右の一節について、「「夜伽」云々は私のいまいましい推量に過ぎなかつた。そしてこの小説を私が書いたときは父は枢密顧問官として在世中であつた。」と記し、右の引用部分にすぐ続けて、上京の車中降りようとしてむずかり、脱腸になるほど泣いたらしいこと、それは東京での生活の幸福でないことを、幼児ながら察知していたからかも知れないと書く。祖母・母の以後の苦しい生活、自身の生育史、様々な体験が書き進められるが、心理的には真実を記したものと解されよう。そうした叙述で注目されるのは、優秀な子供であったが、私生児は府立一中へは入れないということを耳にしたという一事である。この問題は衝撃的かつ深刻なこととして意識され、虚構を織り交ぜて日陰者のような親子の生活の様子が時に諸作に書かれることになる。高見順を庶子と認めようとはしなかった父親の昭和十一年秋の葬儀のことを書き込んだ「人の世」（『文芸』昭和一二・二）では、母龍代に促され仏前に出た龍平が咄嗟に焼香を拒んだ屈折した複雑な心中も描いている。

自分を育ててくれた祖母の死は大学に入る前年の大正十五年一月であり、世の中を見返してやるという、世間に対する思いも強かったらしく、その臨終と母と、そして自身の心事を「私生児」ではこう書いている。

祖母の顔には綿埃《わた》が厚くつもり、黄色く乾いた歯にまで及んでゐた。母親はその側で葬式の費用を稼ぐため徹夜で針を動かしてゐて、まだそれが出来上らず、この世のものとはおもはれない凄い顔付でもつて、鏝を裁板にこすりつけてゐた。私は黙つて外に出ると、祖母が死ぬまで断《た》つてゐた梅干を買ひもとめた。そして末期《まつご》の水に梅干を浸《ひた》したのを充分にふくませ、幾度も祖母の口に当てるのであつた。ああ、私はかういふ境涯から早く抜け出し浮びあがり、立身《りつしん》致したいと歯を食ひ縛つた。そしてなにかに復讐したいと修羅《しゅら》を燃やしてゐた

（下略）

作品によれば、△△氏が腹心の男を介して、「私」が中学校でなく実業学校へ、一高でなく専門学校へ行くべきであるという意を伝えて来ると、その都度母親は、義兄に負けるなと言ったとある。それは実際の母の心・言葉であったにちがいない。その義兄については「同じく一中、一高を経て帝大法科を出ると直ちに外務省にはいり、日露戦争で勇名を轟かした某大将の令嬢と華々しい華燭の典を挙げた光景が新聞に出た。」と書いている。「私」が立身を思い「なにかに復讐したい」と思う心は、右の引用で（下略）とした後に、「のだが、しかし私が大学にはいる頃になると、私の頭には、立身とは反対の手段で復讐すべきだとする思想が漸く養はれて行ったのである。」と続くことになる。この「復讐」の問題については、磯田光一に論があり、白樺派の武者小路実篤の作品に接して自我の問題にぶつかって「真の自己」という観念を受け取り、「一高に入り、一応、近所の若い衆に向かって「ざまあみろ」と言える立場に到達したとき、彼は急にそういうたわいのないことに厭気がさしてきた」と解する。すなわ

ち、父方の令息や母親が仕立物を届けて生計の足しにしていた家の「岡下の坊っちゃん」と「同じコースを歩いてはならなかった」のである。[13]実際法科ではなく英文科に入った高見順は、その後ダダイストと交わり、左翼運動に入ったのであった。

　このような軌跡について、『わが胸の底のここには』で「立身出世」抛擲の問題にも触れてあり、[14]プロレタリア作家の道を進んだあたりのことは諸作に書かれているが、ここで取り上げたいのは「復讐」の問題である。すなわち、それとのつながりで芸術を純粋に考えたことに言及し、一方自身のうちの異常なまでの出世欲に関して、それは「何かに復讐したいといふ陰険にして低劣な気持」でもあったと言い、その対象について「私を汚辱の子」とした父親、そのゆえに「私」をいじめる友人、ひいては世間一般、いや人生そのもの、「自分の汚辱感そのもの」への復讐感ではなかったか、と考えるのであった。この感情は、主人公の「生れて四十年経つた現在でも、それも紆余曲折を経たのちの今に於てなほ、私のうちにその暗い運命の影を、いや、黒い運命の、わが身にしみついたしみといつたものを感じない訳に行かない。」とある心に起因するものであるこというまでもない。憤怒・復讐・怨恨・挑戦・呪詛と並べ、そのいずれとも決めかねるものであったとすると、これらすべてを含んだ感情であったに相違ない。それの向けられる対象が漠としていても、その感情の激しさがぼかされるということはなかったとも記すが、昭和二十八年『群像』に掲載を始め翌年早々講談社より刊行の『この神のへど』がそのつながりで関心を引く。『日暦』の同人であった石光葆によれば、「ネヴローズに悩む主人公に、青年時代の左翼運動や南方戦地にまつわる女性をからませて、巧みに構成された半自伝・半フィクションの複雑な小説」である。[15]

　高見順には美術論もあるが、『この神のへど』の主人公は画家の「私」(伊村)で、南洋に発つ際、外務省高官を親戚に持つ友人で作家の榊原も登場して力を発揮する。「私」とともに作者自身を響かせてあることはいうまでもない。敗戦後「私」は胃潰瘍に倒れ、続いて胸をやられる。ネヴローズ（ノイローゼ）の罹患は高見順の実際であった。作者も目を通したはずの書の帯には、「変転する異常な運命に恐怖する主人公―それは、ネヴローズに狂った神経の為であろうか？　この現代に於て、誰が病める不安から免れ得るだろうか？　戦争を間においた、歪んだ時代を背景に、大写しされた病める現代人……この長篇の執拗な迫力は全現代人の病める実存を非情にえぐってみせたところにある。」(傍点引用者) と記している。多少宣伝的ではあるけれども、作品の骨格はここに示されているといってもよいであろう。

現在と過去とが織り合わされ、複雑に展開するこの作品の方法・視点については中村真一郎の論がある。(16) それによると、作品は「ノイローゼの病状の描写そのもの」であり、それは「患者の意識の動揺の表現」となり、「その病的な意識の動揺は、何度も過去の深刻な経験の、不意の――プルースト流に言えば、「無意識的記憶」の――意識の表面への噴出となる」といった小説である。これを構成の面から捉えると、「現在の病人の行動及び意識の日々の進展と、過去の記憶の次々の復活との二重の並行した進行ということになり、しかも、その二重の進行は、過去の記憶が現在の意識に、その都度、様々の啓示を与えるのだから、現在の意識の方は過去の断片によって、その進行の方向が影響を受けて曲って行く。」ということにならざるをえないとある。したがって、「専ら主人公の画家の意識だけから見られている現象像、人間像が、この小説を満たしているということで、そして、その主人公の意識の外へ出て、現実の事件を客観的に配列し直すという仕事は、この小説を破壊してしまう」ということになる底の作品である。

小説の終わりに近い第九章「過去の中の現在」では左のように書かれ、「――狂気の危機からのがれ得たのは、どういふことからであつたか。」と記す最後の第十章に至る箇所を取り上げなければならない。「私」が、美術関係者で漫画家の自烈亭(雅号) に語りかける場面を引こう。渡利は撮影所の一種のプロデューサーで道化的なところに「私」が惹かれている人物であり、佐伯則子はかつて左翼運動を共にし、南方でもかかわりのあった、「私」の終始気がかりで、なお心惹かれる女性である。

「渡利君が、いつか話してたナイト・クラブとは、ここのことだな。ここのことでせう。」

自烈亭に顔を近づけて、

「だから、つまり、いつか渡利君が、ここで、その、巡り合つたといふ、僕の知り合ひとは、佐伯則子のことだ。さうなんだ、君」

自烈亭の肩を叩くと、彼は飛びのいて、

「もう、イケナイね、こりや」

「どこへも、行けない？」

「さう、どこへも往くことができない」

「君も？」

「――神のへどは」

この男、頭が少し変だぞと、私が自烈亭を見据ゑると、彼は変な詩のやうなものを、酔つた声で呟いた。

どの神やらがへどをついた。
其へどの己は、其場にへたばつてゐて、
どこへも、どこへも往くことが出来ない。

つぶやいたのは詩「神のへど」の最初の三行であるが、犀星の「あにいもうと」については、後年の座談会に言及があるものの[18]、『神々のへど』への高見順の言及は管見には入らず、この二作家のつながりもよくはわからない。

ただ、新保千代子は、犀星の『みえ』（実業之日本社、昭和二三・四）の作中人物で、かつて作者の愛を受けていた、そのモデルを探索した際、彼女を知る高見順から話を聞いている。[17] 話中、銀座のバーで偶然出合った犀星が困った様子であったとあるが、高見順が『人民文庫』で活躍のころ二十九歳で亡くなった女性であるという。若いころ短期間三国で新聞記者をしたこの先達と高見順は、少なくも言葉を交わしたことはあったらしく、その出自の問題も知り、『この神のへど』執筆以前にはかなりその著作も読んでいたのではないか。

「神のへど」の表現の問題に還れば、『故旧忘れ得べき』に、すでに「ゲロを吐く」、「胸のモダモダを吐き出す」といった表現は見え、クラブントの詩に目を留める素地はあった。海彼のこの詩人に対する言及はないけれども、鷗外の訳詩と後に犀星の『愛の詩集』の「大学通り」も読んだとある阪本越郎の『新独逸文学』（金星堂、昭和八・五）で、その異母弟に当たる高見順はこれを読み、人と作品について多少の知識は得ていたのではなかろうか。しかし、『この神のへど』の巻頭に、鷗外としてだけこれをエピグラフとして掲げてある。この場合、島崎藤村の詩や高山樗牛の文章等から書題を得た他の小説と同様であったに相違ないが、犀星の場合から推定すると、これにも出生の問題も関係していたのではないか。同じく文学的復讐を考えても、鷗外に関心の深かった太宰治がクラブントを取り上げなかったことが想起される。堀辰雄は、「最近僕のおいしく食べたもの」として「Klabund（沙羅の木）」を数えているが、「栄養になつたか、まだ消化不良でゐるか、わからない。」（神西清宛書簡、大正一四・一一・八）と書いていた。

『この神のへど』では、「私」だけではなく一同を、神のついたへどのようと、その置かれた情況の不自由さ、境涯の閉塞性を自烈亭が表現した点に特色を見せているが、「私」にはノイローゼが関係したことはいうまでもない。続く詩節はつぶやかれてはいないけれども、詩に感得される生命的力のことや、新しい自己へと歩みを始める段階に至ったことを、作家レベルで高見順は意識し、書題を工夫したかと想察される。病を養う「私」の奈良への旅が、平塚浩子による表紙カヴァーに東大寺二月堂本尊光背模様がろうけつ染めで写してあることにも関係し、それが作品の精神の一端を現しているように思われる。作中に描かれる二月堂のお水取りは、南洋の秘儀を主人公に呼び覚まし、そのようにして病からの回復が意識され始めるところがあるのである。作中高見順は、出生の問題を思わせる表現をしていないが、鷗外の訳詩で自己のそれを意識していたものを、利用したのではなかったか。

単行本『この神のへど』において「私」が生命力の衰えと回復のことをしばしば考えるが、「あとがき」で、主人公同様病んでいたと言う高見順は、「私の仕事のこれからの出発点としたいといふ気持」からではなく、「過去のひとつの決算をしたいといふ気持」から、「病める時代の中の病める人間」、「病める人間の中の病める時代」を書こうとした作品であり、それは「現在の中の過去」、「過去の中の現在」というものを考えさせるに至ったと述べる。そして、他のことどもを挙げてから「生命の中の死」、「背徳の中の生命」といったことも挙げ、これから考えなければならない問題であるとする。その点でもタイトルはこの作品の世界とその位相とについて、暗示するところがあるのではなかろうか。これらの言辞中、「背徳の中の生命」とある表現が関心を引く。続いて同じく『群像』に昭和三十一年秋掲載を始め、ほぼ二年後に終わった小説『生命の樹』があるからである。(19)

『生命の樹』は妻を持つ福井県出身の小説家「僕」と情人との事柄を書く作品で、タイトルは“She is a tree of life……Proverbs 3: 18”すなわち旧約聖書によったとある。四十九歳の彼は、バー勤めの若い由美子との関係によって生命の力を回復したいと願う。ある会で研究報告をしなければならなくなった彼は、西欧の魔女狩り・魔女裁判を取り上げ、ゲーテの『ファウスト』にきっかけを得て、こう記す。(20)

メフィストフェレスの有名な科白の“Stets das Böse will und stets das Gute schafft”といふのを手がかりにしようといふのである。（中略）英語は“Always wills the Bad,and always works the Good”となつてゐる。und はそのまま and と訳されてゐて but はない。直訳すると「常に悪を欲し、そ﹅し﹅て﹅、常に善をなす」

であつて「常に悪を欲し、しかし常に善をなす」ではない。鷗外の訳は「常に悪を欲し、却つて常に善をなす」となつてゐて、そこがまぎらはしい。（中略）メフィストフェレスはファウストから、お前は一体何者かと問はれたとき「常に悪を欲し、そして常に善をなす」ところの「あの力の一部分」（"Part of that Power"）であると言ふ。常に悪を欲してゐる、その悪の結果が意外にも常に善になつてしまふといふのでなく、悪を欲することのうちにすでに、その結果は善をなすといふことになる、さういふものがはじめからふくまれてゐる、――さう解したいといふのが、僕の言ひがかりである。善とか悪とかいふふうに分ちがたい、根源的な生命的なものと解したい。これが僕の手がかりだった。――

ちなみに秦豊吉や阿部次郎の訳に当たってみると、„und“は助詞「て」で表しており、両者「僕」の解釈の方向である。「僕」は由美子に対して一種の魔女裁判を行っていると思うのであったが、『ファウスト』における悪の問題から、作品のプロットとして「由美子を哀れがるのは、かへつて由美子をみじめにする。だが、その僕は、悪を欲して悪をなしてゐる。僕のあの怒りは、悪が喜びにならないことへの怒りであるかもしれぬ。」というところに至るのである。由美子に子供のいることをそれまで知らなかった「僕」は、彼女とのことで妻を思ってうなだれる。そして、それならそういうことをしなければよかったのだとも思い、自らの心中を、「ひとりでノイローゼの再発におびえてゐる方が、周囲を不幸にしないですむだけでも、まだましだつたのだ。しかしいまさら、くよくよしてもはじまらないと、うなだれた顔をおこさうとして僕は、生への渇きがかういふなさけない情事へ僕を陥れた事実にはうなだれねばならなかつた」とたどるのであった。

『生命の樹』の「あとがき」によれば、その心事は作者のそれと重なるものであり、ノイローゼのことは『この神のへど』を受けるものであった。しかし、「背徳の中の生命」の問題において、置かれた状況を積極的に乗り越えるためのボードとしても、その前に『この神のへど』を書かねばならなかったのであり、文芸的営み、作家活動によって、前述の復讐ということが、結果的にはおのずとなされたところがあったであろう。もっとも、少年時代に文学方面へ進む希望を抱いたこともあり、全く別のコースをたどったわけではなかったとも言えよう。『わが胸の底のここには』で鷗外の死を「事件」であったとしながらも、殆ど読んでいなかったことから、「何の感慨も浮ばなかつた」と書いている。鷗外は、その社会的地位と作品とから、当時高見順にはそれほど意味は持ち得なかったらしい。しかし、後には漱石の場合と比べて、「『半日』の問題などからしても充分に「悪妻」だつたと思はれる鷗外夫人に対して鷗外は外に対する我慢と同じ我慢を続けた。さうした鷗外は創作衝動の根を実生活と全く遮断したところにおろして行つた。」と端倪すべからざる観点を示していることが目に留まる。(21)

それにしても、『神々のへど』を著し、また故郷《ふるさと》は遠くにありて哀しく思うものと詩に書いた犀星を想起させるように、『この神のへど』を著した高見順も、生涯に二度しか足を運ばなかったとはいえ、故郷への屈折した心事を含みつつも、心はそこに還ることをうたう詩を残したことは印象的である。(22) 出生のことで重い問題をも抱えていた、そういう両詩人が千家元麿の詩を高く評価し、その人への好意的言辞を残した一事は、興味深いことである。(23) また、〈復讐〉としての〈文学〉の執筆を考えた二人が、鷗外の訳詩から、発想的にも日本文学には珍しい〈神のへど〉の語句を採ってタイトルとした小説を著したことは関心をそそる文芸史的一齣でなければならない。

注

（1） 中野重治著『室生犀星』（筑摩書房、昭和四三）参照。
（2） 作品との関係でのこの間の事情の一端については、東郷克美「「あにいもうと」の成立―その一側面―」（『日本近代文学』第一〇集、昭和四四・五）参照。
（3） 沢田春繁「市井鬼物のエネルギー」（室生犀星学会編『論集　室生犀星の世界（下）』龍書房、平成一二）参照。
（4） 森茉莉著『私の美の世界』（新潮社、昭和四三）所収の文章にも見られるような犀星とのかかわりはこれを機縁としているであろう。

（5）注（1）参照。

（6）奥野健男編著『室生犀星評価の変遷―その文学と時代―』（三弥井書店、昭和六一）参照。

（7）室生犀星「再生の文学」（『印刷庭苑』〈竹村書房、昭和一一〉所収）参照。

（8）富士川英郎「『沙羅の木』について」（『比較文学研究』6、昭和三二）、『日本の詩歌28　訳詩集』（中央公論社、昭和五一）の「沙羅の木」（生野幸吉の「解説」）参照。

（9）広津和郎「犀星の暫定的リアリズム」（『報知新聞』昭和一〇・七・一八―二一。『室生犀星全集』第六巻〈新潮社、昭和四一〉の「月報」第11号による）参照。

（10）注（3）の書掲載の菊池弘「「幼年時代」「性に目覚める頃」「或る少女の死まで」の再検討」参照。

（11）室生犀星「復讐の文学に就いて―広津和郎君に与ふる書」（『印刷庭苑』所収）参照。

（12）その書誌については『高見順全集　第三巻』（勁草書房、昭和四五）参照。

（13）磯田光一著『昭和作家論集成』（新潮社、昭和六〇）の「挫折者の夢―高見順論」参照。

（14）立身出世の問題については羽鳥徹哉著『作家の魂―日本の近代文学―』（勉誠社、平成一八）参照。

（15）石光葆著『高見順』（清水書院、昭和四四）参照。

（16）『高見順集　新潮日本文学32』（昭和四八）の中村真一郎の「解説」参照。

（17）新保千代子著『室生犀星ききがき抄』（角川書店、昭和三七）参照。

（18）柳田泉・勝本清一郎・猪野謙二編『座談会大正文学史』（岩波書店、昭和四〇）の「佐藤春夫・久保田万太郎・室生犀星・宇野浩二など」における発言参照。

（19）単行本（講談社、昭和三五・二）にする際発表順序を変えた章があるが、書誌については『高見順全集　第五巻』（勁草書房、昭和四八）「解題」参照。

（20）この箇所の論理に言及したものに橋川文三の「告白と共感の位相―高見順著「生命の樹」をめぐって―」（『文学界』昭和三四・三。『高見順全集　別巻』〈茎草書房、昭和五二〉所収）がある。

（21）高見順「『行人』について」（『漱石作品集』〈創元社、昭和二五〉）の「解説」参照。

（22）上林猷夫著『詩人高見順―その生と死』（講談社、平成三）参照。

（23）　室生犀星著『我が愛する詩人の伝記』、高見順「三人の詩について―島崎藤村・千家元麿・萩原恭次郎の詩の鑑賞」（岩波講座『文学の創造と鑑賞』昭和二九・一）参照。

第三部　歌人——鷗外への関心と文芸的反応

第一章　石川啄木の文芸活動

第一節　評論「空中書」と鷗外

一　啄木の鷗外への接近

石川啄木の文芸活動及び思想の変遷の軌跡をたどってその特質を明らかにしようとするとき、鷗外は一顧を要する存在である。啄木は鷗外をどのように意識していたのであろうか。啄木の一評論を視点として、この問題に考察を加えることとしたい。

当初啄木は、高山樗牛を高く評価し、これに深く傾倒した。盛岡中学校に在籍の明治三十五年（一九〇二）五、六月『岩手日報』に発表した「五月乃文壇」にもそれは窺えるが、文中に「謹厳なる品騭」のある文芸批評家として鷗外の名を挙げている。日記『秋韷笛語』によれば、『水沫集』（春陽堂、明治二五）を繙いたらしい。若い心を浪漫的精神に浸していたのであろう。十一月十八日の記事には、『即興詩人』（春陽堂、明治三五）の妙筆に感動したことを記している。引き続いて読んだ日の項には、世界を美しい乙女にたとえ、その全体の美を観照すべきところを、部分にとらわれがちな詩人や芸術家がいると批判する条を挙げ、学ぶべきことを主張する文字が見える。巻末の方の「教養」の章に該当箇所がある。「露宿、わかれ」の章の冒頭に拠ったものであるべく、中学時代の啄木が月の一首を詠んだことを一友人は回想している。[1]『即興詩人』へのこうした反応は当時の青年に少なくなかった。木下杢太郎は、「かの書まことに美はし、この書に漲るものは美しき情感のみなれば也」（日記、明治三八・九・三）と記し、同様のことは金田一京助も感じていた。吉井勇にいたっては、自分の人生を決定した書と打ち明けている。[2]

若くして『あこがれ』（小田島書房、明治三八・五）を出版して注目を浴びた詩人は、岩手・北海道での生活の中で文芸界に打って出る覚悟を決め、明治四十一年（一九〇八）五月七日付本郷からの鷗外宛書簡に、「海氷る御国のはてまでも流れあるき候ふ末、いかにしても今一度、是非に今一度、東京に出て自らの文学的運命を極度まで試験をせねばと決心しては矢も楯もたまらず、養はねばならぬ家族をも当分函館の友人に頼み置きて」上京したとしたためた。背水の陣を敷いた形であるが、この先達をも頼みとして、一筆執ったのである。平野萬里と併せ、自分の歌が期待されていることを聞き知ってもいたに違いない。鷗外とのかかわりを友人に次のように報じた書簡にも、この間の一端が明らかであり、そこには心弾む青年の姿が感得される。すなわち四月三十日宮崎大四郎に宛てて「明後日は森博士邸の歌会に案内うけ候」と近況を綴り、歌会当日のことについては、日記五月七日に「森博士宅歌会には、主人と佐々《ママ》木信綱、伊藤左千夫、平野万里、吉井勇、与謝野氏と予と都合八人、御馳走は洋食。」と書いてから、自分は吉井、与謝野と共に十二点を得たこと、最高の十五点を得た観潮楼主人が「御馳走したキ、メが現れたやうだな」と言ったことを記し、「石川君の詩を最も愛読した事があつた」という言葉も書き留めてある。

盛夏のころ菅原芳子には、「博士は（中略）陸軍軍医総監の劇職にありて、然も常に詩歌の事を忘れ給はぬ清懐敬服の外なく候」と記し、秋にも、「鷗外博士」宅での歌会が引き続き催されていること、創刊の雑誌の題号を、「森博士の言を容れて『すばる』と」ほぼ決定したことを友人に書き送っている。いずれの文面にも鷗外に近づきを得た喜び・誇りが窺われ、また己の才華の発揮を可能にしてくれる人と期待しているさまが看取される。実際「病院の窓」や「天鵞絨」等の出版の斡旋を依頼したりするなどして、啄木を感激させたのであった。しかし、明治四十二年三月六日には、「森先生　御侍史」として、御無沙汰を詫びた後、朝日新聞社に校正係として勤め生活にも目途が立つようになったこと、自身の精神的閲歴のこと、いずれ参上したい旨をしたためたが、これが鷗外宛最後の書簡となったようである。鷗外に付す敬称について概観すると、博士・先生は次第に減じて氏が増えていくことになり、最後には電車に乗り合わせても、行きずりの人としか見ない観のある日誌の記事も見いだすことになる。こうした推移は、啄木の文芸観・思想的変遷を語るものでなければならない。

二　「空中書」における博士某の問題

右のような経緯を明らかにするには、広い視野からの検討を必要とするであろうが、ここでは『岩手日報』掲載の「空中書」を取り上げてみたい。一体このタイトルは雁書の意味であって、評論は、東都から郷里の「烏有先生」なる人物に宛て、回想を織り込んだ書簡の体裁をとったものである。明治四十一年の日誌を繙くと、九月十七日の記事に、「洛陽一布衣といふ署名で、日報へ毎日送らうと思ふ〝空中書〟、今日第一信をかいた。」とあり、翌日には、「午前中〝空中書〟の第二、かく。」と見える。布衣は無官の庶民を表す語で謙った意味を持つが、「布衣之怒」の語句もあるように、自侍の念から批判精神を持った一無名の人という気持ちで用いた筆名でもあろう。『岩手日報』の主筆新渡戸仙岳は、かつて啄木が学んだ盛岡下ノ橋高等小学校長を努めた人であり、人望も厚く、啄木も信頼を寄せ、また慕う人物であった。(3)上掲の「烏有先生」とは、仙岳自身自分を指すと解していたことを、後年斎藤三郎に答えている。(4)その斎藤は「空中書」について、「文体と云ひ、論旨と云ひ非常に気魄のこもつたものであつて、彼の志士的、警世家的一面を物語る上に不可欠の好文字」と評する。三回分しか発表されなかったけれども、肺腑から迸り出た底の文章と見做すことができる。その第二回は十月十四日の紙上に無署名で掲げられた。

まず「僕」が、十数年前人生を談じ合った際、先生の、「人生の事、知るべからず。味ふべき而已《のみ》。」という言葉に行き着いて一夜の明けたことを思い出した一事を記し、下のごとく報告する。

◎僕嘗て一医生を知る。夙《つと》に秀才の名あり。最高の学府に学び、将《まさ》に業を卒へむとするにあたりて俄かに校を退く。弊履《へいり》を捨つるが如し。（中略）僕父兄の嘱を享けて之を諫む。医生の曰く「現今の医学、精緻殆んど神《しん》に近しと称せらる。然も未だ真に風邪《ふうじゃ》の因をだに知らざるなり。（中略）医家、此浅薄の智識を以て、人間の生死を司《つかさ》どると謂ふ。児孰《じいづくん》ぞ晏如《あんじょ》として彼等に伍するを得む。近者聊か感ずる所ありて哲理の書に親む。古今の学者其説皆深且つ遠なりと雖《いへ》ども、然も遂に現今の医家の類のみ。自ら済《すく》ふ能はずして人を救はむとす、謬れる哉。児この故に先づ自己一人の事をなさむとする也。」と。僕乃ち曰く「好し。」

人間の死生の問題を前に、医学の限界を痛感して敢然医家としての前途を捨て、鎌倉の禅房に宗教の門を叩いたという青年のことを報じ、かつての先生との談と響き合うかのようにその青年の立場を諾ったというのである。そして最近、博覧達識自ら当代の哲人をもって任じ、世人も学匠と認める博士某に接する機会のあったことをしたためて、左の話柄の続く「空中書（二）」は終わる。

◎座に大学の少年数輩あり。話頭偶《たまた》ま時代思潮の惑乱に及び、博士意気軒昂、漫《まん》に青年の浮佻《ふてう》を罵る。一生あり、眉を挙げて曰く。「然れども、若し茲に人あり、人生生存の価値を否定して自ら死を求むとせよ。誰かよく彼に説いて其最後の断案を棄却せしむるものぞ。」と。博士怒を包んで冷笑して曰く、「死を求むる者は死に就かしめよ。彼仮令《たとへ》生くると雖ども、また社会にありて何の用をかなさむ。」

◎僕心に博士某を愍《あはれ》むの情に不堪《たへず》。語るに一医生の事を以てす。某沸然《ふつぜん》色を作《な》して曰く、「已《や》んぬるかな、当代少年の薄志弱行にして大理を学ぶに適せざる事。歴史的感覚と、科学的観察と、哲学的見識と、この三を欠くが故に彼等遂に済《すく》ふべからざるなり。」
◎烏有先生足下。人智の小を以て人生宇宙の大を窮めむとするは哀れむべし。若《も》し夫《それ》径《けい》三寸の悩中已《すで》に至高の大理を収め得たりとなし、然も人生の活機《くわつき》に面《めん》相接して痛切に畏懼《いく》する少年の一人をだに済ふ能はざる博士輩に至つては、其無邪気寧《むし》ろ愛《めい》すべからずや。嗚呼《ああ》、歴史的感覚乎。科学的観察乎《か》。哲学的見識乎。「人生の事知るべからず。味ふべき而已《のみ》。」好い哉《かな》言や。

右の「医生」「博士某」について、斎藤三郎は、「二人を対照させることによつて、時代に交錯する二大思潮の批判が主目的であつたらう。」とし、医生はともかく、博士は鷗外をモデルに擬したのではないかと述べ、年譜からは鷗外以外の人を挙げえないとし、発表が地方紙であったことも鷗外との関係を考慮してのことであったと推測する。説得力はかなりあるが、なおこの問題を検討してみなければならない。

まず当代の「哲人」をもって任じていたという点である。鷗外は、西洋哲学史や哲学者の言説には関心を持ち続けた。しかし、自らを「哲人」とは認めなかったはずである。けれども、「博覧達識」で「学匠」であるという評を受け容れる心はあったと思われる。「歴史的感覚」の方面では、「心頭語」（『二六新報』明治三三・三・五）において、「歴史を愛すといはゞ、猶その人の志の壮んなるを想見するに足りなん。」と述べている。専門的にはともかく、その方面への目配りの重要性は弱年から意識しており、後年歴史小説や史伝があることは言うまでもない。医学史・文学史・芸術史等々の書にも目を通していた。たとえばコッホの著書『医師は何がわかり何ができるか』（一八八五）を読んでも、特に医学史の記述に注意を向けていた。社会史でルソー理解に際しては、かえって歴史的方面への目配りがわざわいした点があったものの、歴史的事象重視のことは鷗外にあてはまる。没後脚気問題でその不備を批判されているが、「科学的観察」の方面においては医学を修めたことを記すまでもあるまい。「空中書」のように批判したことは十分考えられる。

しかし、啄木からすれば、最も痛烈に批判されるべきは、死を求める青年を済うことができないのみか、彼らを無用な存在として、死を望む者は死に就かしめよと言い放ったことであろう。鷗外がこうした発言をしたか否かは確かめることはできないが、留学時代の師に契合する発言のある一事は関心を引く。

> ペッテンコーファー Pettenkofer, Max von（1818, 12. 3〜1901. 2. 10）ドイツの衛生学者、化学者・ミュンヘン大学医化学教授（1853）、同衛生学教授（75）。初め生理化学を研究したが、のち流行病の病因に注目し（55来）、その発生の原因を土地の性状即ち地下水の低下に帰し、細菌説に反対し、（R.）コッホがコレラ菌を発見した時、彼は自分の培養したものを呑んでこれに対抗した（83）。ミュンヘン市に行った土木工事により、腸チフスを殆んど一掃し、衛生事業史上に画期的功績を挙げた。（中略）彼は働けなくなったものはこの世の中に生きているべきでないという主義を実践し、ピストル自殺を遂げた。〔主著〕（下略）（傍点引用者）
>
> （『岩波　西洋人名辞典　増補版』昭和六一）

右の医学者は、ミュンヘンにその業績を記念した名前の通りがあり、鷗外が敬愛し、孫真章《マクス》の命名の来由となった人物である。もし啄木が上のごとく解したとすれば、そしてそのような事実があったとすれば、それは「働けなくなったものは」云々の記載に関係する言辞ではなかったか。人はえてして、尊敬する人の言葉を、ふと口にすることがあるものだからである。事実軍医山田弘倫は、この上司のペッテンコーファー好みを感じることがあったという。[5] しかし、この実験衛生学の祖を理解していた文脈は、辞典のような単純なものではなかった。鷗外の解した師の人となりについては、医事関係の文章に窺われるが、啄木とのかかわりを想定するとき、講演「衛生談」（『衛生新誌』明治三六・五）の次の条が注目される。

> 私の MUENCHEN を立ちました迹で、PETTENKOFER 先生は BACTERIA ばかりで伝染病が起るものでは無いといふことを証拠立てやうといふので、虎列拉の BACTERIA が沢山培養して飲まれました。別に

悪い徴候はおこらなかつたが、下利は有つて体の中から虎列拉の BACTERIA が沢山出ましたさうでムり舛。KOCH 先生の派の方では、それは矢張り虎列拉の軽いのだと申ました。それから十余年を経て PETTEN-KOFER 先生は奥さんを亡くされて間も無く、拳銃で頭を打ち貫いて自殺せられたのでムり舛。風説によれば少し健忘のやうな症が起つたので、身体が達者で精神が先に死ぬやうな事があつては残念だといふので、決心をせられたらしいといふ事でムりました。

その目前の利害を顧みない人生態度が若い留学生に強い印象を与えたというが、性質は正直で敬神の心が深かったことも紹介している。コッホとの論争では、コレラ菌の多量を、生命を賭して飲み、自説を主張した。その師が晩年「倦マザルノ業」と「撓マザルノ気」と「高尚ナル目的ノ為メニ生ズル感想」との「三星」を仰いで来た人生を振り返り、後続の青年たちを励ました言葉を鷗外は伝えているが、それはこの講演での紹介事項を支えていたに違いない。鷗外はそうした人物の指導を受けた幸福な留学生活を回想する。ナウマンと論争して故国のために弁じる極東からの一青年を励ましたのも、この衛生学者であった。

けれども、啄木は死への心を抱き、自殺にとらわれていた状況にあったから、死をめぐって「空中書」で引いたような発言については、無理解な言辞として捉えたであろう。すなわち、この評論執筆の三か月前の六月には川上眉山・国木田獨歩の死を悼み、自らも「誰か知らぬ間に殺してくれぬであらうか！」と書くありさまであった。近作の「大木の林ことごときりすてし後の姿のさびしきかなや」の一首を辞世の歌にしてもよいと考えたり[(6)]、自殺の方法を考えたりしたことも友人に打ち明けている。巌頭の辞を残して華厳の滝に身を投じ、一世を驚倒させて新時代の到来をも感じさせた藤村操のことも、時に心に浮かんだと思われる。七月に至っても死を望む心はなお強かった。九月九日には、「真の作家は、人の心理を知悉すると共に、時代の心理を透視せざるべからず」と友人に書き送っている。博士某が文学者であるとするならば、啄木にとって、前掲の言葉はその資格を欠く人物でなければならなかった。「空中書」の博士は、青年に理想を掲げて前進してもらいたいと期待するあまり、その弱点を指摘したものであったに違いない。こうした齟齬が某博士すなわちモデルとした鷗外との間に生じ、啄木の意識の中でそれが次第に大きくなって行った原因の一つになったと推察されるのである。青年に期待した高山樗牛も、死を選ぶ若者を「青年文人の厭世観」（『太陽』明治二八・七）で批判したことがあった。

三　鷗外の「沈黙の塔」と諸家

明治四十二年（一九〇九）一月十六日の日記に、鷗外に呼ばれて出かけた時の一事を、「この先生は、文学を見るに、全く箇々の作品として見るので、それと思想との関係を見ないといふことを感じた。」と記している。後年の立場の違いの明確な第一歩と言えようか。鷗外としては、文芸の自律性の問題や芸術性の観点から、傾向文学の陥りがちな弊を考えていたのであろう。前年秋の十月十二日の記事中啄木は、「吉井君は、思想の皆無な人だ。だから其象徴的なうたは一向つまらぬ。」と批判している。「きれぎれに心に浮んだ感じと回想」（『スバル』明治四二・一二）で、熱し過ぎることのある自分に「平静公明な心」を欲しいと思う気持ちを記しつつも、「然し森先生の小説を読む毎に、私は何か別のものが欲しくなる。」と書き、あまりに「平静公明」であるとし、「私は近頃、先生が「仮面」を書かれた心を解する緒を何処かへ失つたやうな心持がする。」とも述べている。時に病気がしてみたいと思うこともあった啄木がこの時病を得ていたならば、戯曲「仮面」（『スバル』明治四二・四）はもう少し違った相貌を示したはずである。実際啄木も死のことを語る友人に哲学者の言辞を引いて慰めたことがあったのである。当時の鷗外の実作を見ると、啄木ならずとも、「平静」にすぎる観のあることは争われない。

目を少し後に転ずると明治四十四年の『当用日記補遺』には、前年中重要記事として六月の項で、「幸徳秋水陰謀事件発覚し、予の思想に一大変革ありたり。」と書き、社会主義に関する書籍雑誌を集め始めたことを記している。文学的交友については、前年同様殆ど孤立していたことを記し、その必要を感じないこと、時間に乏しいことを挙げ、「森氏には一度電車にて会ひたるのみ、与謝野氏をば二度訪問したるのみなりき。（中略）時々訪ね呉れたる人に木下杢太郎君あり。夏目氏を知りたると、二葉亭全集の事を以て内田貢氏としばしば会見したるとは記すべし。」と書く目から、高官でもあった鷗外が消えたことは当然とも言えよう。明治四十二年『朝日新聞』連載の『それから』の校正をして漱石の作家的情熱に触れ、四迷の業績に正対した啄木には、新たな途が開けていたのである。(8)

鷗外の「食堂」（『三田文学』明治四三・一二）に、役所の木村が、いわゆる大逆事件の噂のことから虚無主義者・無政府主義者のことを語り、一人物が、「あんな連中がこれから殖えるだらうか」と問うと、「お国柄だから、当局が巧みに柁を取つて行けば、殖えずに済むだらう」と応じる一節があるが、こうした作品に啄木は当然否定的だったはずである。その翌月の瀬川深宛書簡（明治四四・一・九）で、自らを「将来の社会革命のために思考し準備してゐる男」とし、人類の社会的理想は無政府主義の外にないと述べ、クロポトキンの著書ほど「大きい、深い、そして確実にして且つ必要な哲学」はないと言っているからである。「無政府主義は決して暴力主義でない、今度の陰謀事件は政府の圧迫の結果だ」とも書き送っている。当時その考えも実行的になっていた歌に、

　ダイナモの重き唸りの心地よさよあはれこの如く物を言はまし
　時代閉塞の現状を奈何にせむ秋に入りてことに斯く思ふかな

といった二首があり、明治四十四年夏の発表で没後刊行の『悲しき玩具』（東雲堂書店、明治四五・六）に収めてあっ

た下の歌も見える。(9)

友《とも》も妻《つま》もかなしと思ふらし――
　病《や》みても猶《なほ》、
革命《かくめい》のこと口《くち》に絶《た》たねば。

「労働者《らうどうしや》」「革命《かくめい》」などいふ言葉《ことば》を
　聞《き》きおぼえたる
五歳《ごさい》の子《こ》かな。

與謝野晶子を、当時の「労働者」が自治能力を持てるのかと友人への書簡で批判し、社会の漸次的改革を願う鷗外であったから、こう詠んだ歌人との隔たりは大きかったと言わなければならない。「空中書」を書き、実生活の困窮やその歌、社会観のこともあって、観潮楼から足が遠のいたのは当然であった。けれども、鷗外の「沈黙の塔」(『三田文学』明治四三・一一)を考えれば、文芸的つながりからは惜しまれることであった。この小説が大逆事件に触発されて書かれたものであったことは記すまでもあるまい。――夕空を背景に丘の上に高くそびえる沈黙の塔の中に、パアシイ族の死骸を運ぶ馬車が次々と入って行く。自然主義や社会主義への弾圧を受けて死んだ人たちを載せたものであって、「芸術も学問も、パアシイ族の因襲の目からは、危険に見える筈である。なぜといふに、どこの国、いつの世でも、新しい道を歩いて行く人の背後には、必ず反動者の群がゐて隙を窺つてゐる。そして或る機会に起つて迫害を加へる。只口実丈が国により時代によつて変る。危険なる洋書も其口実に過ぎないのであつた。」と書き、作品の世界を「マラバア・ヒルの沈黙の塔の上で、鴉のうたげが酣である。」と結ぶ短篇である。

ところで、大逆事件の弁護に当たった一人に『スバル』の平出修がいた。自らもかなり知識はあったのであろうが、平出は與謝野鉄幹に連れられて観潮楼に行き、社会主義の運動について講義を受け、西欧の文献について教示されたというが、森山重雄のすぐれた研究に次の示唆的な叙述がある。(10)

平出の弁論は、思想自由の原則を法廷の中心におし出したところに特長があった。「新らしい思想と云ふものは、之を在来思想から見れば常に危険であらねばならぬ。それは新思想は、旧思想に対する反抗、若しくは破壊」であるという立場から、思想犯罪の見地に立つ国家権力至上の平沼検事に、真向から挑戦したものであった。これは約二ヶ月前に発表された森鷗外の『沈黙の塔』の思想と同じである。平出修は鷗外の講義よりも、『沈黙の塔』に示唆されたと考えられる。しかし、おそらくもっとも影響を受けたのは、幸徳秋水が三弁護士宛に獄中より送った「陳弁書」でないかと思う。

ルソーをも引く秋水の「陳弁書」をその平出から借りて写した啄木にとっても、(11)「沈黙の塔」は重要な小説になる可能性があった。事件後小説を書く平出にも、この作品の精神は支えとなったはずである。永井荷風の「花火」（『改造』大正八・一二）に「明治四十四年慶応義塾に通勤する頃わたしはその道すがら折々市ヶ谷の通で囚人馬車が五六台も引続いて日比谷の裁判所の方へ走って行くのを見た。」と、大逆事件にかかわり、文学者として「良心の苦痛」と「羞恥」とから「自分の芸術の品位を江戸戯作者のなした程度まで引下げるに如くはない」と思案したことを記す条は広く知られるところであろう。森山重雄は、荷風の通勤径路を調べてその馬車の通り道を実証した神崎清の努力を認めつつも、「囚人馬車云々には案外に鷗外の『沈黙の塔』が投影しているかもしれない」と述べ、その理由を、作中の弾圧のことが荷風の直面していた「心理的パニック」と通ずるものであったと解釈している。

この事件との関係では、幸徳秋水が、明治四十四年一月二十日監獄よりの平出修宛書簡で、裁判における弁護に深い感謝の意を表してから、若き日の自分の文芸熱に触れ、その後も代表的作家の代表的作品には注意を払っていた旨を語り明かしたことが注目される。秋水は、当代の日本文芸を批判し、向後は「美しい夢から醒めて、実際の生活に立返り、深刻に社会の真相を看破した頭脳から迸った」作物でなければならず、それは社会主義者の心身を打ち込む文芸でなければならないと主張して、左のように続ける。

▲社会主義者は科学に基つき実際生活から割出すので、文芸に縁遠いかのやうに仰せられるのは、違つて居ます、故人ではウヰリアム・モリスの如き詩星、ゾラやハウプトマンの如き文豪、現存者ではゴルキー、アナトール・フランス、ダヌンチオ、バーナード・シヨーの如き、世界第一流の地歩を占め其作物が独り夢見る青年のみでなく、深く広く一般社会の人心を震撼するを得る所以の者は、彼ら皆な人生に対し社会に対し、哲学的科学的に組織ある見識を有して、其描く所が文字《ママ》の夢、別天地の夢でなく、直ちに人間の真に触れ得るが為めと思ひます、そして以上に名を挙げた人々は、皆な自覚せる社会主義者たることは、最も注意して戴きたい所だと思ひます。

秋水は「注目すべき世界文壇の新らしき傾向」（『新文林』明治四二・八）と類似の文面をしたためたことになるが、ハウプトマン、ゴーリキー、アナトール・フランスらを高く評価した鷗外を想起させるところがある。ショーについても鷗外が「現代思想」（『太陽』明治四二・一〇）で認め、また翻訳していた作家であり、ダヌンチオも訳出していた。洋行もしていた秋水はそのような作品に接し、また鷗外のものにも目を通したことがあったと推察される。書簡はさらに、「文芸をもつて主義を説き伝道に利せねばならぬといふのでは」ないが、「文芸は文芸としての真価を有せねばな」らないと懐の深い文芸観を見せ、続いて、人生と交渉のある作品を望んでいると述べる。そして、「日本の文学でも鷗外先生の物などは、流石に素養力量がある上に、年も長じ人間と社会とを広く深く知つて居られるので立派なものです、私はイツも敬服して読んで居ます。」と書いたのであった。平出と鷗外との関係からこのように批評した点もあったであろう。秋水が具体的にどのような作品を指して言ったのかはわからないけれども、堺利彦に宛てて、「三田文学はよく気が付いたね、僕はアンナ文学がすきだ、又見あたつたら送つてくれ玉へ」（明治四三・一二・一八）と書いた手紙からすると、その前の月に出た「沈黙の塔」を読んでいたのではないか。

この小説に関心を示した一人に魯迅があり、これを一九二一年（大正一〇）四月『晨報』に訳出した。鷗外はそのことを知らなかったようであるが、「《沈黙之塔》訳者附記」には、訳文で示せば

森氏は鷗外と号す。医家であり、文壇の先達でもある。しかしさほどと思わない批評家もいる。そもそも彼の著作は型に嵌らず、しかも物を知り尽くしたといった観のある表情のためであろう。この一篇は『ツァラトゥストラ』訳本の序言に代わるものであって、その諷刺は荘重で諧謔があり、軽妙深刻なところに頗る彼の特色が見られる。文中拝火教の徒を用いたのは、火が太陽と同類であるゆえ、以て彼の本国を暗喩しているのではないかと思われる。現在我々もこれを借りて中国と対照しながら、大いに笑うことができよう。ただし中国の場合は過激主義の護符を使っているので、危険とする意識もパアシイ族ほど分明ではないだけである。

と解説がある。原作は『烟塵』（春陽堂、明治四四・二）に収められたが、その直前の生田長江訳『フリイドリッヒ・ニイチェ／ツァラトゥストラ』（新潮社、明治四四・一）の巻頭にも「（訳本ツァラトゥストラの序に代ふ）」の傍題を付して据えられてあり、魯迅はこれによったのであろうか。拝火教と日本とのつながりの解釈はなお新鮮であり、故国に言及している一事も関心をそそるものがある。「沈黙の塔」について「諷刺有庄有諧」（諷刺は荘重で諧謔がある）と評したのはその内容や反語的表現をおさえていたからにほかなるまいが、[12]「軽妙深刻」としたのは、どう解釈したらよいであろうか。それには鷗外の「あそび」（『三田文学』明治四三・八）に目をやる必要がある。

魯迅はこの短篇も「游戯」のタイトルで中国語に訳している。これをも収める『現代日本小説集』（上海商務印書館、一九二三〈大正一二〉）の「関于作者的説明」中、医学博士・文学博士でかつて軍医総監に任じられ、現在は東京

博物館長を務めており、坪内逍遙・上田敏らと欧州文芸の紹介に功績があると評価する。その作品について批評家が、「透明的智的産物」であり、その態度は「没有〝熱〟的」であるとし、情熱の欠如を指摘していることを紹介しつつも、魯迅は、これに対し鷗外は小説「あそび」できっぱりと抗弁していると述べる。作中の「此男は著作をするときも、子供が好きな遊びをするやうな心持になつてゐる。それは苦しい処がないといふ意味ではない。どんなsportをしたつて、障碍を凌ぐことはある。又芸術が笑談でないことを知らないのでもない。自分が手に持つてゐる道具も、真の巨匠大家の手に渡れば、世界を動かす作品をも造り出すものだとは自覚してゐる。」云々とある条を念頭に置いていたのである。

他にも「杯」（『中央公論』明治四三・一）を書いて自分の創作態度を表明していると紹介し、第八の娘が「わたくしの杯は大きくはございません。それでもわたくしはわたくしの杯で戴きます」と、沈んだ、しかも鋭い声で言ったのがそれであると説明する。「沈黙の塔」もこうした態度による創作と解したであろう。「軽妙深刻」のうち前二字は、作品のリズムや文体印象に関係し、後二字はその内容に関係した評言と捉えることができるのではないか。それが上掲「諷刺」の内実と分かち難く結び付いていることは断るまでもあるまい。作家鷗外の把握も肯綮に当たっている。ただし出版上他作家のものを収める、紙幅上の問題との関係もあったのか、作品集から「沈黙の塔」を外すことを考えたこともあり、弟周作人宛書簡に「軽イ」ものとも記してあることからすると、魯迅におけるこの短篇の意義をそれほど重視することはできないと思われる。

魯迅は、「私はどうして小説を書くようになったか」（『南腔北調集』〈聯華書局、一九三四〉所収。松枝茂夫訳）の一文で、自らの翻訳活動について、社会の改良を意図してのことであったと語り、翻訳・紹介の際「叫喚と反抗」の作品を求めたため、被圧迫民族の作家のことを考え、いきおい東欧に傾いたと述べている。そして、当時最も愛読した作家としてロシアのゴーゴリ、ポーランドのシェンキェヴィチを挙げ、日本では漱石と鷗外とであったと回顧している。「沈黙の塔」も、その目にかなうものがあったらしく、そこに「叫喚と反抗」の精神を認めていたと読み取ることができる。戦争にでもなったら軍医になろうと考えていたことがあり、翻訳も手がけていたことにより、その方面からも鷗外は視野に入っていた可能性がある。

啄木の鷗外からの離脱は思想の問題を第一とし、窮乏の生活はじめ種々考えることができるが、感情の問題もからむ「空中書（二）」が鷗外への批判であると解することを前提とするとき、説明のつきやすいところがあるように思われる。しかし、「沈黙の塔」[13]や後年木下杢太郎が「憤怒の文学」と評した「ファスチエス」（『三田文学』明治四三・九）[14]を啄木が正面から読んでいたならば、自作に別趣を加えるところがあったかもしれない。啄木の置かれた状況からすればやむをえなかったにしろ、鷗外が期待した大塚甲山の場合と同じく、様々に考えさせられる歴史の一齣であった。[15]鷗外に視点を置くとき、観潮楼歌会に席を同じくした斎藤茂吉・北原白秋や木下杢太郎と啄木とは対照的な軌跡を示すことになる。けれども、親しまれる詩歌、鋭い批評、その他の多くの作品を残して逝った啄木は、困難な時代にあって、その立場から真摯に社会と正対し、自らの歩みを力の限り進めたことにより、今に光芒を放っているのであろう。

注

（1）岩城之徳編『回想の石川啄木』（八木書店、昭和四二）所収の岡山儀七の文章参照。
（2）吉井勇著『歌境心境』（弘文社、昭和二二）参照。
（3）新渡戸仙岳については大谷利彦著『啄木の西洋と日本』（研究社、昭和四九）参照。
（4）斎藤三郎著『啄木と故郷人』（光文社、昭和二一）参照。
（5）山田弘倫著『軍医森鷗外』（文松堂書店、昭和一八）参照。
（6）死を願う歌の例については望月善次著『石川啄木　歌集外短歌評釈Ⅰ』（信山社、平成一五）参照。

（7）注（1）参照。
（8）岩城之徳著・近藤典彦編『石川啄木と幸徳秋水』（吉川弘文館、平成八）、近藤典彦著『国家を撃つ者―石川啄木』（同時代社、一九八九）参照。
（9）歌中の妻については塩浦彰著『啄木浪漫　節子との半生』（洋々社、平成五）参照。
（10）森山重雄著『大逆事件＝文学作家論』（三一書房、昭和五五）参照。
（11）近藤典彦「修と啄木」（平出修研究会編『大逆事件に挑んだロマンチスト』同時代社、平成七）参照。
（12）鷗外と魯迅との関係については渡辺善雄「日本近代文学研究の状況―比較文学の視点から」（『宮城教育大学紀要』第二二巻、昭和六三・三）参照。
（13）「沈黙の塔」の文学的資料の紹介や大逆事件と鷗外との関係については、篠原義彦著『森鷗外の世界』（桜楓社、昭和五八）、『森鷗外の構図』（近代文芸社、平成五）参照。作品論に拙稿「森鷗外とハインリヒ・ハイネ―「フアスチエス」・「沈黙の塔」を中心に―」（『新潟大学教育学部紀要』第二一巻、昭和五五・三）参照。
（14）木下杢太郎「森鷗外の文学」（『日本医事新報』昭和一八・一二）参照。研究文献では渡辺善雄「「フアスチエス」・その反響と鷗外の意図」（『岐阜女子大学紀要』4、昭和五〇・一一）参照。
（15）きしだみつお「詩人大塚甲山（2）――甲山と大逆事件――森鷗外を巡りながら」（『初期社会主義研究』第12号、平成一二・一二）参照。

付記　稿を成すに際し、特に近藤典彦氏から学恩を受けたことに感謝の微意を表する。

第二節　啄木におけるルソー

一　「自然」・「告白」の問題

啄木とジャン＝ジャック・ルソーとの関係を論じた文献は、管見には入らなかった。二冊の啄木事典の項目にはルソーを立ててなく、[1]岩城之徳の『啄木全作品解題』（筑摩書房、昭和四二）の索引にもその名は見いだせない。啄木研究にあって、対比的考察を考えれば別としても、両者のかかわり自体からすれば当然のことかもしれない。しかし、ルソーの名は啄木の筆に成るものに、わずかではあっても散見するので、ここに取り上げてみたいと思う。それによって前節での考察を補うところがあるであろう。

いま『広辞苑　第五版』（岩波書店、平成一〇）によって、その記述を引くと、次のようにある。

> **ルソー【Rousseau】**（Jean-Jacques～）フランスの作家・啓蒙思想家。ジュネーブ生れ。「人間不平等起源説」「社会契約論」など民主主義理論を唱えて大革命の先駆をなすとともに、「新エロイーズ」などで情熱の解放を謳ってロマン主義の父と呼ばれ、また「エミール」で自由主義教育を説き、「告白」では赤裸々に自己を語った。（一七一二 一七七八）

こうした人物について啄木が初めて言及したのは、名前を挙げてはいないけれども、盛岡中学校五年級在籍中の明治三十五年（一九〇二）七月二十五日、渋民から小林茂雄に宛てた書簡においてであろう。すなわち当時の短歌に関して、根岸連は「淡泊な抒情に妙をえて」おり、新詩社連は「濃艶な抒情にうまい」と評し、金子薫園・佐佐木信綱らにも触れた条である。「一体如何な事でも時運の動いた時は保守は只僅かの反動として止み、進歩が最後の建設をする」と述べ、「若しかの西哲の絶叫した「自然にかへれ」なる語を以て之を破らふとしたらそれは間違つて居る。」としたためているが、「かの西哲」とはルソーでなければならない。島崎藤村の「韻文に就て」(『太陽』明治二八・一二)に「自然に帰れといふルソオは隠れもなき革命的の思想家にして又音楽家なりき。」と見えるが、ここでは啄木は、その主張を、根本に立ち帰って考えるものと捉えながらも、的をはずした観があり、古い方向に向かう保守的なものという文脈で用いている。ルソーとしては『告白』(一七八二、八九)の第八巻で、パリ郊外のサン・ジェルマンの森へ出かけて自然と食事とを楽しみ、歴史の虚偽に思い至って、人為の進歩・改良を推進する人たちに疑義を抱き、「かすかな声」で、「たえず自然に不平をいっている非常識な人々よ、きみたちのいっさいの不幸は、きみたち自身から生じていることを知るがよい」と叫んだ時の体験や[2]、『エミール』等もこれに関係したはずである。こうした人類の進歩・改良に疑義を提出したルソーを啄木が読んだかどうかは不明であり、当時完訳の『告白』は出ていなかったが、西哲が「自然にかへれ」と絶叫したという表現から推すと、その趣旨には接していたことが想像される。この点からすると明治三十九年三月執筆の『林中日記』が関心を引く。「一滴の泥汁でも、真清水を汚水にするには十分の効力がある。」とし、左のように論じる条である。

> 　自然の平和と清浄と美風とは、文明の侵入者の為に刻刻荒されて、滅ぼされて行く。髭の生えた官人が来た、鉄道が布かれた、新聞紙が来た。そして、無智と文明との中間にぶらつく所謂田舎三百なるものが生れた。かくて純朴なる村人は、便利といふ怠惰の母を売りつけて懐中を肥す悧巧な人を見、煩瑣な法規の機械になり、良民の汗を絞つて安楽に威張つて暮らして行く官人を見、神から与へられた義務を尽さずにも生きる事の出来る幾多の例証を見た。かくて、美しい心は死ぬ、清浄な腐れる、美風は荒される、遂に故郷は滅びる。学者と

いはれる人達は、これを社会の進歩だ、世界が日一日文明の域に近づくのだと云ふ。何といふ立派な進歩であらう。（中略）

抑々《そもそも》、人が生れる。小児の時代から段段成人して、所謂一人前になる。成人するとは、持つて生れた自然の心の儘で、大きい小児になるといふ丈の事だ。然し、今の世に於て人が一人前になるといふ事は、持つて生れた小児の心を全然《すつかり》殺し了《おほ》せるといふ事ではあるまいか。自然といふ永劫真美の存在から刻刻離れ離れて遂に悖《はい》戻《れい》の境涯に独立するといふ事ではあるまいか。山には太古の儘の大木もあるが、人の国には薬にしたくも大きい小児は居なくなつた。

ここにルソーの名は見えないが、進歩史観への疑義と揶揄、文明の齎す弊害等、上述のその精神を相当生かして訴えた観がある。しかし、引用箇所に続いては詩人の芸術・教育に対する役割の大きな一事を説き、「政治も亦一の芸術なり。」というビスマルクの言葉を引いている。そこに様々な限定を加えなければならないにせよ、『学問・芸術論』『エミール』や『告白』の主張によると、ルソーが芸術も教育も社会も批判の対象にしており、自然・自然性の重要なことを唱えていても、啄木としては同一見解を抱く必要はないわけである。が、東洋・日本においては、対自然の把握が西欧とは違っており、対立的な見方はしていなかったわけで、それだけに、自然・人間・文明等の関係に対する立論は当時容易でないところがあったであろう。実際このころ公にされた白松南山・樋口龍峡・島村抱月らの論や、少し後の近松松江の場合も、自然に帰れということの紹介や主張を行ってはいても、ルソーの名を出す程度のものであって、これに深く立ち入ってはいない。ここでは、啄木なりに自然に帰れという意見を提出していることを見ればよく、実際には文芸論における自然主義の問題へと移っていくことになるわけである。しかし、それは時代や社会の状況からして、文明と自然との対立の問題としてよりも、内なる自然に向かうはずのものであったと思われる。

果たして少し後の明治四十一年（一九〇八）二月『釧路新聞』に掲載の「卓上一枝」では、自然主義について、「我の中に見たる自然の我を以て、一切の迷妄を照破し、一切の有生を率ゐ」て「「自然」に帰らしめんとする運動」と述べている。「自然」の問題をめぐっては、鷗外の「青年」（『スバル』明治四三・三―四四・八）の一節に「ルソーのように、自然に帰れなどと云つたつて、太古と現在との中間の記憶は有力な事実だから、それを抹殺してしまうことは出来ない。」とあり、漱石も同類の発言を残しているが、啄木にはルソーを引いての関係の批評はなかった。当時の翻訳状況や、また与えられた人生の時間からしても、啄木の理解はやむを得ないところであった。もっとも鷗外・漱石の解釈も、歴史的観点からのものであって、ルソーが意図した心理的方面からのものではないという齟齬をきたしていたのである。

『告白』を想起するとき、文芸論の問題としては、啄木が岩崎正宛の手紙（明治四一・七・七）でしたためた中に、自分の書く小説では「素裸体《スッパダカ》」になって一点の秘するところなく「告白しよう」とある一事も関心を引く。そのことによって「人間の虚偽」を剝ぎ、これを「新世界」を作るための武器とし、その彼方に開けて来る時代と道徳とに期待する旨の発言があるからである。しかし、啄木が日記で、鷗外の「半日」（『スバル』明治四二・三）の執筆態度に関して「恐ろしい作」と批評し、また「ヰタ・セクスアリス」（同上、明治四二・七）中の性欲についての「Rousseau の懺悔記は随分思ひ切つて無遠慮に何でも書いたものだ。」という叙述に接していたであろうが、この啓蒙思想家への関係評言がないのは、致し方のないことであった。もっとも、鷗外はつとに明治二十年代『懺悔記』を新聞に訳出したが中途で終わっていた。上田敏・鷗外の「序」を収める石川戯庵訳『ルツソオ懺悔録』（大日本図書、大正元・九）が出版されたのは啄木没後のことであって、運命はこれを繙読し、人生・作家とのかかわりで、啄木がおとなしい人と評した島崎藤村のような反応を示すことを許さなかった。この書の巻末に藤村の「ルウソオの『懺悔』中に見出したる自己」の一文が収めてあり、「ルウソオの自然に対する考へは、今日からみれば論の精神の盛んなことは、又一生その精神を続けたといふことは、遂に私の忘れることの出来ないところだ。」と記して、「吾儕は彼の『懺悔』を開いて、到処に自己を発見することが出来る。」と結んでいるのである。

真に束縛を離れこの『生《ライフ》』を観ようとするその精神の盛んなことは、

二 評論・小説の中のルソー

啄木がルソーの名を挙げたのは、上掲小林宛書簡の約二年後の「秋草一束」（『盛岡中学校校友会雑誌』明治三七・一二）の第一節「反抗の人」においてであった。ここに「反抗の人」とは、「信念」の赴くところ「時代の風潮と闘つて反抗の声を鉄血と熱涙とに発する人」のことで、「真理と美」のために「新世の暁鐘」を撞き出す人物を指す。そもそも「秋草一束」自体、そうした人の出現を望み、自らもその一人になろうとする情熱を抱いていることを表したものであるが、それはまた当時の青年の心を託した評論でもあろう。行文中「ルーソー、ゲーテ、シヨペンハウエル、ダンテ、カーライル、エマソン等の健闘を促したるそれぞれの時代も既に逝けりき。」と見え、ワーグナー、トルストイらに伍して中江兆民をも挙げ、「光栄ある歴史」との関連の下に諸人物に思いを致したらしい。近藤典彦も述べたように、「天才主義」による視点から列挙したと解されるが、(3)そこには啄木と同時代の詩人・作家にかなり共通する心情を想見することもできるのではないか。例えば青森の貧窮逆境の詩人甲山大塚寿助に「あれ自由の朝潮よ」（『新小説』明治三八・八）がある。(4)詩の第一連では、「自由の朝潮」が轟いて打ち寄せたならば、誰が深い眠りから覚めないでいようかと歌い、第二連では次のとおり、その朝潮を「汝《なれ》」と呼ぶ。

昔は汝《なれ》に驚きて、

ルーソー叫び、ユゴー起ち、
ミルトン、バーンス、シルレルは、
筆を正義の剣《つるぎ》とし、
——然り、炎《ほのほ》の剣とし、
『覚めよや民』とうち振れば、
櫂《かい》を扣《たた》きて悉《ことごと》く、
汝《なれ》に浮びぬユーロープ。

啄木はハイネの名をしばしば引くが、大塚甲山は、右の詩の前年春『万年艸』に「古《いにしえ》のHEINE《ハイネ》は豆の莢《さや》を咬みBURNS《バーンズ》は麦の車《しや》をひきき」と窮迫の詩人の生活の一齣を詠じて自己をも投影させており、歌中のバーンズがここに見える。ルソーを「自由」の思想の先駆者の一人として敬慕したシラーを、甲山は視野に収めていたのであろうか。続く第三連は第一次ロシア革命に筆をやり、末尾の詩行で、「落月《らくげつ》白きワルソーの／鐘の響に耳立てよ。／ガボン、ゴルキー、トルストイ／いづれか汝の白水郎《あま》ならぬ。」と歌い結んでいる。五連まであるこの詩の第二連の劈頭「自由」を唱えた人物として、まずルソーを挙げたのであった。

甲山の六歳下の啄木は、小説「葬列」（『明星』明治三九・一二）で、秋天を衝いて聳え立つ盛岡中学校の白い校舎の偉容を叙し、作中の人物に「昔、自分は此巨人の腹中にあつて、或時は小ナポレオンであつた」と打ち明けさせ、小ビスマルク、小ギボン、小クロムウエルと挙げ、「又或時は、小ルーソーとなり、小バイロンとなり、学校時代のシルレルとなつた事もある。」と語らせ、在学の五年間を、「実に此巨人の永遠なる生命の一小部分であつたのだ。」と回想させている。ルソー、シラーの名が両作に出ており、甲山の詩のガボンは、右のギボンに違いない。

歴史家・文章家としてのギボンには啄木も憧れており、ゴーリキー、トルストイも重視していた作家・思想家であったことは言うまでもない。「あはれ自由の朝潮よ」の詩の場合にも、前述の天才主義は認められるものの、その枠を破って反抗・自由・独立の精神によって新時代の建設に向かおうとする人物の姿勢に焦点化が図られている。困窮の生活は、その程度は多少違うとしても、東北出身の二詩人に共通するが、この時点では置かれた情況や年齢の差、作中人物の設定の仕方等で、右のごとき差異を感じさせるのであろうか。

しかし、啄木がルソーの名を記しても、その規定の仕方にもよるが、いわゆる天才主義では律せられないものが、次第にその姿を現す趣が看取されることになる。「雲は天才である」(生前未発表、明治三九・七稿、一一補筆)は、日記『八十日間の記』(明治三九)によると、「鬱勃たる革命的な精神のまだ混沌として青年の胸に渦巻いてるのを」書こうとし、その想を、主人公は自分であり、「革命の大破壊を報ずる暁の鐘」となるような作品として構えたのであった。実際は、そうした形として実を結ばなかったにせよ、「ルーソーは欧羅巴《エウロッパ》中に響く喇叭を吹いた。」の行文も注目される。S村尋常高等小学校で五人の健児が、

「自主」の剣《つるぎ》を右手《めて》に持ち、
左手《ゆんで》に翳す「愛」の旗、
「自由」の駒に跨りて
進む理想の路すがら、
今宵命の森の蔭
水のほとりに宿かりぬ。

と校友歌を歌って職員室に練り出すあたりをおさえるならば、ルソーのラッパとは、少し後の「我等の一団と彼」（生前未発表、明治四三・五―六稿）で、作中人物が、「僕は仏蘭西革命を考へる時に、ルッソオの名を忘れることは出来ない。」と語る内実につながるものになる。校友歌ということもあったのか、西洋の人名は挙げられていないが、甲山の掲出詩を想起させるものがある。この未発表稿を草して間もなく、いわゆる大逆事件が起きて秋に入ると「九月の夜の不平」（『創作』明治四三・一〇）を発表した。二首を引く。秋は単なる季節を意味するだけではあるまい。

つね日頃好みて言ひし革命の語をつゝしみて秋に入れりけり
明治四十三年の秋わが心ことに真面目になりて悲しも

二首の字余りに啄木の心事が現れているが、『悲しき玩具』には「労働者」「革命」の語を織り込んだ一首も見え、言葉の上だけではなく、現実的、実行的な問題として革命を強く意識し始めたことが推知される。やがて『スバル』の同人平出修が大逆事件の弁護を担当する一人となったとき、裁判の関係資料を借りて筆写することになるのである。

三　幸徳秋水の陳弁書のルソー

ルソーの名は啄木の詩歌にはなく、評論・小説に以上の例があった。しかし、他の人の文章を筆写した中にも見え、啄木の意識を忖度するならば、これを疎かに扱うことはできない。すなわち、啄木が明治四十四年五月と記し、H. I. と署名する解説を前書きに置く“A LETTER FROM PRISON”がそれである。啄木による簡にして要を得た説明をまず引くこととする。

この一篇の文書は、幸徳秋水等二十六名の無政府主義者に関する特別裁判の公判進行中、事件の性質及びそれに対する自己の見解を弁明せむがために、明治四十三年十二月十八日、幸徳がその担当弁護人たる磯部四郎、花井卓蔵、今村力三郎の三氏に獄中から寄せたものである。

初めから終りまで全く秘密の裡に審理され、さうして遂に予期の如き（予期！　然り。帝国外務省さへ既に判決以前に於て、彼等の有罪を予断したる言辞を含む裁判手続説明書を、在外外務家及び国内外字新聞社に配布してゐたのである）判決を下されたかの事件――あらゆる意味に於て重大なる事件――の真相を暗示するものは、今や実にただこの零砕なる一篇の陳弁書あるのみである。

啄木が幸徳秋水の陳弁書を秘かに借りて筆写し終えたのは一月五日であった。陳弁書は、「無政府主義と暗殺」「革命の性質」「所謂革命運動」「直接行動の意義」「欧州と日本の政策」「一揆暴動と革命」及び「聞取書及調書の杜撰」の七節から成り、ルソーの名が引かれているのは三番目の「所謂革命運動」の節である。

若し旧制度、旧組織が衰朽の極に達し、社会が自然に崩壊する時、如何なる新制度、新組織が之に代るのが自然の大勢であるかに関して、何等の思想も智識もなく、之に参加する能力の訓練もなかつた日には、其社会は革命の新しい芽を吹くことなくして、旧制度と共に枯死して了ふのです。之に反して智識と能力の準備があれば、元木の枯れる一方から新たなる芽が出るのです。羅馬《ローマ》帝国の社会は、其腐敗に任せて何等の新主義、新運動のなかつた為めに滅亡しました。仏蘭西《フランス》はブルボン王朝の末年の腐敗がアレ程になりながら、一面ルーソー、ヴオルテール、モンテスキュー等の思想が新生活の準備をした為めに、滅亡とならずして革命となり、更に新しき仏蘭西が生れ出た。日本維新の革命に対しても其以前から準備があつた。即ち勤王思想の伝播です。

ルソーを挙げた啄木の評論・小説は、すべてこの文書の謄写以前の執筆にかかる。けれども、「我等の一団と彼」

におけるようなルソーは、秋水により次第に現実的存在として意識されるに至ったのではないか。陳弁書を写しながら、啄木は社会と革命との結び付きの問題、ルソーの思想史的意義に蒙を啓かれる思いがしたことであろう。

ジュネーブ生まれのこの文学者にして啓蒙思想家が没したのは、フランス革命勃発のほぼ十年前であった。しかし、『人間不平等起源論』(一七五五)や『社会契約論』(一七六二)を中心とした言説とその足跡とにより、没後十六年、革命思想の先駆者として、国家の手でポプラの島からパンテオンに遺骸が移されて功を讃えられたのであるが、その『社会契約論』は、わが国では『民約論』の書題で知られた。これを若い日の鷗外は、デンハルトの独訳で読み、「自由」の思想についても、その文面をたどっている。(5)晩年一フランス人の訪問を上野の博物館に受け、文学と戦争とのかかわりについて質問された際、「大革命を促した代表的文学者はルッソーであつた。」(永井荷風訳)と答えたことに、(6)この時の読書も関係していたはずである。同時に、「ボルシュヴィズムの現れる以前ボルシュヴィズムの詩人が存在してゐた事に注意し給へ。ゴルキー、アンドレエーフ、の如き詩人は告知者であつた。」とも応じている。後者の二人も啄木関心の文学者であったこと言うまでもない。大逆事件に関係して海彼の知識を弁護士の平出修に、鷗外が教示するところがあったことは知られていよう。平出とも親しかった啄木も観潮楼で話を聞ける機会は、求めればあったかもしれない。しかし、その作風や、文芸における思想を重視しないと見ていた鷗外に慊りなく感じていた啄木は、それを期待しなかったと思われる。これには鷗外の官職、社会的地位も関係したであろうし、問題が問題であるだけに鷗外としても慎重にかまえ、法曹人ならぬ啄木とは、これを話柄とはしなかったはずである。

ところで、啄木に新聞の切り抜き等による「日本無政府主義者陰謀事件経過及び付帯現象」というノートがあるという。(7)大逆事件にも関係したこの資料に、安寧秩序を紊乱する書として発禁処分を受けたもののリストがあり、その中に「兆民先生　社会主義神髄(幸徳秋水著)」と記されている。中江兆民に関する秋水の著作もその対象になったのである。兆民は「秋草一束」に名前が挙げられているくらいで、自由民権運動についても、啄木は「病院の窓」（生前未発表、明治四一・五稿）中の一人の男に、「自由民権の論を唱導し」た、学問があり演説が巧みであったと触れる程度である。しかし、該文書の「一味徒党の面々」の条に、幸徳伝次郎と本名を書き、「朝報社」に記者として入って文名を揚げ、恩師兆民の自由民権論を受けてこれを唱えたこと、社会主義研究により日露戦争非戦論を主唱し、後に『平民新聞』を起こして社会主義を鼓吹したこと等の記事が見えることは注目されてよい。ルソーとともに兆民を既述のごとく「反抗の人」と捉えていた啄木であったから、この方面からも幸徳秋水に注目したとしても当然のことである。

いま秋水の著書『兆民先生』（博文館、明治三五・五）の「第三章　革命の鼓吹者」を繙くと、「先生の仏国に在るや、深く民主共和の主義を崇奉し、階級を忌むことを蛇蝎の如く、貴族を悪むこと仇讐の如く、誓つて之を苅除して以て斯民の権利を保全せんと期せるや論なし。」の叙述がある。兆民がこうした「革命の鼓吹者」であったかどうかは問題があるとしても、「『政理叢談』は発行せられたり、ルーソーの『民約』は翻訳せられたり、仏学塾は民権論の源泉となれり、一種政治的倶楽部となれり、而して偵吏物色の焼点となれり。」と記し、「自由平等の説を唱へて専擅制度を掊撃したりき。」と述べていることは見逃せない。兆民には『社会契約論』の漢訳『民約訳解』があり、仏学塾は二千名に及んだというが、「東洋のルーソー」と称された人物をめぐる事柄の多少は啄木も知っていたのではないか。そうでなかったとしても、兆民・秋水の存在がまとう空気には直接間接に次第に触れることになったわけで、その過程でルソーとこの二人の先人の結び付きの影響も、どこかで及んでいなければならない。

啄木は幸徳秋水の著書を読んではいたが、手紙をしたためることはなかった。一方甲山の方は、早く書簡を出し、『平民新聞』（明治三七・五）にも社会主義に共鳴する一文を投じていた。(8) 秋水の刑死を悼んだ甲山が亡くなったのは、明治四十四年（一九一一）六月七日のことであり、クロポトキンの書の購入が最後の外出となった啄木が没したのは翌年の四月十三日であった。鷗外が「椋鳥通信」（『スバル』大正元・九）で、一九一二年六月三十日発として、ルソーの二百年誕辰の祝祭にフランス議会へ政府が三万フランを請求したところ、一議員が、「Kropotkin とルソオとの間には差別は無い。Garnier, Bonnot は Kropotkin の系統である」云々と反対演説をしたと報じた時は、啄木死去の二か月後であった。しかし、すでに『東京朝日新聞』（明治四三・八・四）に啄木は、

耳搔《か》けばいと心地よし耳を搔くクロポトキンの書《ふみ》を読みつゝ

の一首を発表しており、クロポトキンは幸徳秋水の陳弁書にもその名の見える人物であった。
兆民とも若き日に交渉のあった鷗外であるが、甲山も啄木もほぼ同じ軌跡を描いて観潮楼に近づき、また遠ざかって行ったことになる。(9) 鷗外は、「羽鳥千尋」（『中央公論』大正元・八）において、若くして逝った一青年のことを叙し、併せて「去年肺結核で死んだ大塚寿助と云ふ男がある。甲山と云ふ名で俳句を作つて、多少人にも知られてゐた。世間にはなんと云ふ不幸な人の多いことだらう。」とその死を悼んだ文を織り込んでいる。かつて期待を寄せた啄木に対しても、同情の心を抱いたことであろう。

注

（1）司代隆三編『石川啄木事典［改訂版］』（明治書院、昭和五一）、国際啄木学会編『石川啄木事典』（おうふう、平成一三）参照。森一著『啄木の思想と英文学―比較文学的考察』（洋々社、昭和五八）には頻出度の表がある。
（2）訳文は桑原武夫訳『告白』（岩波文庫、昭和四〇）による。
（3）注（1）の事典の後者の「評論」参照。
（4）きしだみつお著『評伝　大塚甲山』（未来社、平成二）参照。

（5）拙稿「鷗外におけるルソーの『民約論』」（谷沢永一・山﨑國紀編『森鷗外研究　10』平成一六・九）参照。
（6）須田喜代次「鷗外の仏文」（『日本近代文学』第36集、昭和六二・五）にこの時のことが示され、資料も紹介されている。
（7）詳細は『石川啄木全集　第四巻』（筑摩書房、昭和五五）の「解題」参照。
（8）注（4）参照。
（9）甲山の鷗外からの離れについては、きしだみつお「詩人大塚甲山研究（2）―甲山と大逆事件―森鷗外を巡りながら―」（『初期社会主義研究』第一一号、平成一〇・二）参照。
付記　山下多恵子著『忘れな草　啄木の女性たち』（未知谷、平成一八）によれば、啄木の妻節子臨終の時、娘京子の後事を頼む人の名を鉛筆で書いたなかに森もあったというから、石川家では鷗外とのつながりはなお意識されていたのであろう。

第二章　斎藤茂吉における鷗外

第一節　茂吉の短歌の語彙と鷗外

斎藤茂吉の短歌や文章には鷗外の語彙・表現によっていると考えられるものが散見する。語彙の場合、鷗外に負うているといっても、それは既存の語であるこというまでもないが、中には鷗外の造語にかかるものも見いだせる。こうした語彙であっても、茂吉の側からすると、知らず識らずのうちに他から学んだものもあったかもしれないが、鷗外とのかかわりをおさえることによって、茂吉の世界に通ずる回路を発見でき、その人と作品との理解・解釈に資するところのある場合が考えられる。このような方面は従来研究されてはいるが、[1]今後さらに考察の対象として考えられてよいと思う。ここでは初めに留学中の歌を取り上げ、次に追儺や蕗の薹に関係した作品を観察することとしたい。

一　『遠遊』の「おのづから日の要求と――」の一首

茂吉に鷗外との直接のつながりができたのは、明治四十二年（一九〇九）一月伊藤左千夫に連れられて観潮楼歌会に参加した時からであった。以後茂吉の文章・短歌に鷗外の語彙・表現を活用することが漸く目に留まるようになる。第二歌集『あらたま』（春陽堂、大正一〇・一）の書題は、「後記」に従うと鷗外の「青年」（『スバル』明治四三・三〜四四・八）中の表現に得たのであった。この先達との関係については、昭和十九年から二十二年にかけて出版の四冊の書『童馬山房夜話』（八雲書店刊）にも、その一端を知ることができる。つとに中野重治は、「日の要求」の語句が鷗外によったものであることを述べている(2)。

　　おのづから日《ひ》の要求《えうきう》と言ひいでしゲエテは既にゆたかに老いき

の詠を考えていたのではないかと思われる。ここでは一首を考察し、茂吉と鷗外との文芸的、人間的つながりにも言及することとしたい。

　大正六年（一九一七）冬長崎医学専門学校への赴任に先立ち、茂吉はこの先達を訪ねて挨拶したが、『あらたま』刊行の大正十年の秋留学の途に就く時もそうであった。年明けて一月ウィーン大学、その後ミュンヘン大学で学ぶが、この間ドナウ河の源流を尋ねたり、ドイツ各地にも旅し、ゲーテゆかりの地を訪問したりしたのであった。「おのづから――」の歌は大正十一年ワイマルにおいて得た作である。もっとも、これを収める『遠遊』（岩波書店、昭和二五・八）は相当年月を経ての上梓にかかるが、歌稿は昭和十六年（一九四一）夏に整理されたものらしい。茂吉のワイマル訪問については、「蕨」（初出『改造』昭和三・八）の一文に、ゲーテの家等を見たと記し、「僕の如く予備知識の貧しいものは、全体としてただ朦朧と受納れたに過ぎなかつたけれども、それでもゲーテは実に豊富な生涯を送つた人だといふことを想像することが出来た。」と回想しており、一首を詠んだ歌人の心中が忖度される。紙幅の都合上「黄色《くわうしよく》の部屋にて――」の歌を除き、掲出歌の前後をも併せて引くと、次のようである。詞書をおさえると、八月二十四日の日付の下ゲーテ・ナショナルムゼウム等を原綴で示しての連作で、第一首は歌人生前の刊行にかかる佐藤佐太郎編『斎藤茂吉秀歌』（中央公論社、昭和二七）にも収めてある。

静かなる書斎と終焉《しゆうえん》の部屋と隣りあひゐしをわれ諾《うべな》ひき
静厳《せいげん》なる臨終《りんじゆう》なりしと伝《でん》しありて薬《くすり》のそばに珈琲茶碗《こうひいちやわん》ひとつ
おのづから日の要求と言ひいでしゲエテは既にゆたかに老いき
晩年のゲエテの名刺《めいし》なども遺《のこ》しあり恋ひて見に来《こ》む世の人のため

鷗外の「椋鳥通信」（『スバル』明治四三・一〇）を閲するに、ゲーテ旧邸にマリー・シュッテによる案内書が出されたとあり、他の通信記事には、修繕予算の付いたことも報じてある。そのようにして保存されていたゲーテ終焉の部屋を茂吉は見たのであった。右の第一首について熊沢正一は、「ゲーテに対する作者の敬虔な心があって初めてなし得る把握」と評し、小松三郎は、写真によって、書斎には「机に向かって左の方から光線が這入って居る。」とし、最期の部屋に関しては、「床は矢張り板張りで、部屋の隅の壁際には、非常にエレガントな寝台がある。」と書いている。[3] そして、「寝台の頭側に、大きな肘かけ椅子が置かれてある。その下には布で作ったらしい足台がある。ゲーテはこの肘掛け椅子の上で息を引取ったという風に記憶して居る。この肘掛け椅子のそばに、木の細長いテーブルがあ」ると説明し、その上に茂吉が「静厳なる――」と歌った第二首中のコーヒー茶碗らしいものが置かれてある、と述べている。

今これらに付け加えて書くべきことはあまりないが、ドイツが東独時代の昭和五十五年の初夏訪ねた折の印象からすると、フラウエンプラーンのゲーテ邸の歌に詠まれた寝室はやや薄暗い感じがし、臨終に際し、「もっと光を」と言ったと伝えられる言葉を、部屋の明るさに関係して言ったものとすると、十分あり得ることに思ったものであった。事実一八三二年三月二十二日F・フォン・ミュラーによると、死の半時間前にゲーテは、「もっと光がはいるよう、鎧戸を開けなさい。」と言ったという。(4) 歌の「静厳なる」の語は、その命終の大詩人を表して精妙にはたらいていると解され、部屋の如上の雰囲気も多少はあずかって、一首の歌柄になったと読めるであろう。現今の写真によると、臨終の部屋もおそらく往時よりは明るく見え、ベッドカバーのようなものの色も臙脂が割合濃く写っているものも刊行されている。しかし、現地で見た時の条件もかかわったのか、それはやや色あせた朱色に見えた記憶がある。(5) 茂吉のこの歌には、偉人の生死《しょうじ》を今に伝える調度や事柄等により、人間的哀しみの情も関係して、一種沈静厳粛な調べが感得できるように思われるのである。

茂吉は、ニーチェとともに終始関心を抱き続けたゲーテの生涯の老いの豊かさについて、その秘密の一つを「日の要求」の語句で表したのであった。鷗外の「妄想」(『三田文学』明治四四・三、四)に下の一節が見える。数え五十歳になった鷗外を思わせる翁が、その半生を振り返る中で挙げる詞である。

「奈何にして人は己を知ることを得べきか。省察を以てしては決して能はざらん。されど行為を以てしては或は能くせむ。汝の義務を果さんと試みよ。やがて汝の価値を知らむ。汝の義務とは何ぞ。日の要求なり。」

これは Goethe《ギヨオテ》 の詞《ことば》である。

日の要求を義務として、それを果して行く。これは丁度現在の事実を蔑《ないがしろ》にする反対である。自分はどうしてさう云ふ境地に身を置くことが出来ないだらう。

鷗外は『ウィルヘルム・マイスターの遍歴時代』の巻末から引いたのではなく、当時のレクラム文庫版ゲーテ全集(鷗外旧蔵本)の本文からすれば『箴言集』で読んでいたと考えられないことはないが、小堀桂一郎に従うと、直接にはオストヴァルト著『日の要求』*Forderung des Tages*(一九一〇)によったであろうという。(6) あの『化学の学校』(一九〇三)を著し、ゲーテ同様多方面の才能を持ち、色彩と調和との世界を愛好した点で先達の精神に親しみを感じていた人物のこの著書には、鷗外の手になるアンダーラインがあり、そのことを窺わせる。鷗外は思考と行為との関係についてはショーペンハウアーやヴント、熊沢蕃山・玉水俊虠だけでなく、ゲーテの詞にも関心を寄せ、日常生活の意義というものについて考えさせられるところがあったのである。オストヴァルトの前者の書の「序」によれば、結婚後の多忙を極める混沌とした生活に秩序を与えるものとして、特に妻に強く意識された「日の要求」の詞であった。茂吉は、晩年のゲーテのことを思い、この言葉を採って作歌したのであったが、「妄想」で出合わなかったならば、掲出の一首は詠まれなかったはずであり、またそうでなかったとしても、別趣を呈する歌になっていたかもしれない。「おのづから——」の歌は、「日の要求」の語句を得て「静厳なる——」の作と拮抗することを得たと言ってよいのではないか。上の第二首中の珈琲茶碗がその世界をリアルに感じさせる〈物〉となっているのに対し、「日の要求」はその生を象徴的に表す〈語〉として、これに対応している観がある。

後年茂吉がビルショウスキーのあの浩瀚な原著より懐の深い書と述べた鷗外の抄訳[8]『ギヨオテ伝』(冨山房、大正二・一二)に、一人物を「日の要求と永遠の要求とを併せ充たす事の出来る女」と評した言葉がある。岩波文庫のために草した「妄想　他三篇」の解題(昭和一六・二)で茂吉は、死への意識の問題に関心を集中させたためか触れていないけれども、脳裏にはあったはずの言葉に違いない。「椋鳥通信」は『スバル』誌上に発表当時から愛読していたと打ち明けており、また自らも編集委員の一人となった岩波書店刊行の『鷗外全集　第十六巻』(昭和一一・一二)に収められて読みやすくなっていたわけである。その一九一三年(大正二)三月三十日発の条を見ると

○Gladstone は／Goethe／が嫌であつたが、Blackie の口から「汝の義務とは何ぞ、日の要求なり」と云ふ詞を聞いて、それからギヨオテが好になつた。

と通信されている。英国の内閣を首相として四度も組織したグラッドストーンは、没して十五年ほど経ていたが、日英同盟のことも関係したのか、わが国では関心が寄せられ、作家では近松秋江ほかがその名を挙げている。当時

の書、小河内緑著『偉人の青年時代』（有朋館、明治四一・四）では他の人をさしおいて、巻頭にその伝記が置かれてある。「日の要求」の詞は紹介されていないものの、そうした人物にも感銘を与えたゲーテのこの詞に対する思いのあった鷗外は、右の通信をしたのであろう。『遠遊』収録の掲出歌の背景には、「椋鳥通信」の記事もあずかって、茂吉の印象をより深くしていたと推察される。

ゲーテの「日の要求」の言葉を、茂吉は昭和二十三年春執筆の「釈迦・王維・鷗外」にも引いている。一文によると、箴言・格言・名言といったものは、それが存立するためには、「各の魂を認容し得る底の骨折り」を経ているはずのもので、ワイマルのこの文豪が「日の要求」を言い、孟子が「日の力を窮む」ということを言ったのもそうであるとしている。しかし、「日の要求」の語を茂吉が鵜呑み的に先進から得たということではなく、そこに自らの気持ちをも重ねて、自身の解釈を響かせていることを見落としてはならない。さらに孟子を引いたのは茂吉らしく『公孫丑章句下』に『漢籍国字解全書』（早大出版部、明治四）で当たってみると、小丈夫が君主を諫めて容れられない場合のことに関係した文字であることがわかる。「諫二於其君一而不レ受、則怒撓‐撓然見二於其面一、去則窮二日之力一、而後宿哉。」によったのであり、「日の力を窮《つと》む」は、「去る時は、其日ゆかるゝほどの力を、きはめつくして後に、宿することをせんやと」という文脈における句である。一日をいっぱい使い尽くして、の意味であるとしても、好例とはなし難いが、それはそれとして、上の歌を作った際、晩年「釈迦・王維・鷗外」を執筆するような心がはたらいていたであろうことは、歌人の生涯を思うとき推測できるのではないか。ゲーテの『箴言集』の詞が鷗外を経ていても、茂吉はこれを自分のものとして消化していたのであった。一首の結句「ゆたかに老いき」の安定した四・三の声調を見逃すべきではない。

『遠遊』には留学中論文の成ったことを詠んだ歌も収められている。ゲーテについてであるにせよ「日の要求」の語句を織り込んだ一首を持つ茂吉が、次のように歌ったのも自然のことと言えよう。

ぎりぎりに精《せい》を出《だ》したる論文を眼下《がんか》に見をりかさねしままに
過ぎ来つる一年半《いちねんはん》のわが生《せい》はこの一冊にほとほとかかはる
Forschung《フォルシュンク》の一片《いっぺん》として世のつねの冷静《れいせい》になりし論文ならず

„Forschung" は、ドイツ語論文では必ずしも珍しい語ではなく、鷗外・茂吉もこれを医学論文でも用いていた。この語については「妄想」中、日本にはまだ真にこれに対応する語はなく、「研究」ではその内実を表現できないと嘆いている。第三首を詠んだ医学者としての茂吉にも感慨深い言葉であったはずである。この間の努力・労苦を第二首の結句のリズムが表していると解することができる。茂吉は「研究室」ではなく「業房」という鷗外の造語を織り込んだ歌も作っている。E・フォン・ハルトマンの哲学に由来する「錯迷の三期」説を紹介するこの小説からであるべく、「「錯迷《さくめい》は死したり」といひて自らこころ和《な》ぎしを諾《うべな》ふべしや」と歌った一首もある。人類の幸福を求める時期を世界（西洋）の精神史的観点から三期に分けて考える、その論に得心がいかず、解脱の問題として疑義と批判の心とを詠んだものである。

このように「妄想」からの語を短歌に取った茂吉であったが、「日の要求」の語はゲーテ詠にだけ用いたのではなかった。歌集『石泉』（岩波書店、昭和二六・六）所収で、満州旅行をした昭和七年夏

おのづから日の要求の始末つけてなほ今ごろ君は何食《なにく》ふらむぞ

の一首も作っている。その時案内してくれた満鉄の社員であり、歌人でもあった誠実な八木沼丈夫を、奉天（瀋陽）で別れた後に詠んだものである。第三句「始末つけて」の声調にも、その人柄と働く姿とを響かせているごとくで

ある。歌中における「日の要求」といったような語の使い方のケースは、昭和十九年の作で『小園』収載の「わが子らの日の働きのはげみをば思ひてゐたり山の赤土道《はにぢ》に」（傍点引用者）の一首にも見られる。類例として『斎藤茂吉秀歌』にも採られている『白桃』の「五郎劇《ごらうげき》にいでくるほどのモラールも日《ひ》の要約《えうやく》のひとつならむか」の詠がある。『作歌四十年』を繙くと、「日の要約」は「日の要求」から造った語句で、「日々の条件」とも言い得ると説明してある。「要約」という語は、「あることをなすに必要な条件」といった意味であって、鷗外の審美学関係の書にもしばしば使われているが、茂吉は「妄想」から得たと打ち明けている。故国を「学術の新しい田地を開墾して行くには、まだ種々《いろ〳〵》の要約の欠けてゐる国」とした表現に負うたのである。五郎劇については、曾我迺家五郎の劇のことであるとし、「ユモアのうちに教訓を織り込んだ物が多いので、そこでモラールと云つた。」と説明する。そしてこれを義理・人情・道徳・修身・正義とか言わないのは、もっと複雑な心持ちを出したかったからであると注解し、用語については鷗外の「余響」の例であると述べている。曾我迺家五郎の時代物で、伊勢・桑名の街道での一出来事を扱った人情劇的な『宝の拍手』や、労働争議勃発直前の会社を描いた現代物の喜劇『十六形』などをその例として挙げてよいと思う。

　茂吉は鷗外の語彙を用いることによって表現における言葉の明晰性・正統性・妥当性・堅確性、斬新さ・深さ、場合によっては品格を求め、自らのものとして使ったのであろう。そして、語彙の新たな拡充を図ったようであるが、それらは同時に歌境の独自性を表す所以のものであったこと記すまでもあるまい。「妄想」の翁の意識はともかくとして、ゲーテはもちろん鷗外とともに茂吉もまた「日の要求」の義務を果たして生きた人であった。「妄想」を経由した大詩人のこの箴言に感銘を深くした人は少なくなかったであろう。[9]

二　『白桃』の「わがこもる部屋に来りて――」の一首

茂吉の日記中昭和三年（一九二八）二月四日の記事に、「追灘《ママ》。白木屋ニテ出羽嶽ノ豆マキニ行キ豆ヲモラヒ来リシ由。（中略）山口君来ル。ソレヨリ追灘《ママ》ヲナス。茂太、百子モ連レテ豆ヲマク。」とある。翌年は「豆打」の文字が見え、昭和六年では「節分　豆マキハ宗吉ニタノム。」と記し、昭和十三年二月三日を開くと「節分、追灘《ママ》豆マク」と見える。「節分」は季節を表す語とし、当日の豆撒きの行事を「追儺」の語をもって表したようである。大槻文彦の『言海』（吉川弘文館、大正八）で「せつぶん」を引くと「節分［せちぶんノ条、見合ハスベシ］立春《リッシュン》ノ前夜ノ称。（今、大抵二月三日）此夜、追儺《オニヤラヒ》、豆打、ナド行フ。」と書き、「せちぶん」では気候・季節のことが記してあっても、行事のことは記載がない。「つゐな」の項には「〔追儺〕」おにやらひノ条ヲ見ヨ。」とあり、該項目は、「鬼遣　十二月晦日ノ夜ニ、人ヲ疫癘《ヤクビヤウ》ノ夜叉《オニ》ニ扮《イデタタ》装セテ、コレヲ駆リ遣《ヤラ》フ式、禁中ノ公事ニモアリ。儺遣《ナヤラヒ》。追儺《ツヰナ》。追儺今、俗間ニハ、節分ノ夜ニ、大豆ヲ炒リテ、鬼打豆《オニウチマメ》ト呼ビ、空《クウ》ニ向ヒ、福ハ内、鬼ハ外、ト喚ビテ打チ撒《マ》ク、コレヲまめうち、又、まめまきナドイフ。」となっている。この習俗・行事を詠んだ短歌は左のとおりである。

行春《ゆくはる》の部屋かたづけてひとり居り追儺《つゐな》の豆をわれはひろひぬ　（昭和　元）
あらあらしくなりし空気《くうき》とおもひつつ追儺《つゐな》の夜《よる》に病み臥して居り　（昭和　六）
わがこもる部屋に来りて穉児《をさなご》は追儺の豆を撒きて行きたり　（昭和　九）
をさなごの筥を開くれば僅《はつ》かなる追儺の豆がしまひありたり　（昭和一二）
家いでて街に来しかばこのいふべ追儺はをさなき子等がしつらむ　（昭和一四）

ひとり寝のベツトの上にこの朝け追儺の豆はころがりて居り　（昭和一四）
空はれし追儺の夜《よる》にかへり行く友の二人に事を頼《たの》めし　（昭和一五）
きさらぎの三日の宵よ小ごゐにて追儺の豆を撒きをはりけり　（昭和二〇）
節分の夜ちかづきて東京の中央街に風のおとする　（昭和二五）

右のうち『斎藤茂吉秀歌』に採られた追儺関係の歌は第三首の『白桃』（岩波書店、昭和一七・二）収録の

わがこもる部屋に来りて穉児《をさなご》は追儺《つゐな》の豆を撒《ま》きて行きたり

であった。幼子を詠み込んであるが、何か寂しさの中にも心慰められるものを感じていたらしく、親としての愛情が感得される。幸いをもたらしてくれるという節分の日の豆であるだけに、こもる人の部屋の戸を開けた子供のいじらしい気持ちも伝わり、愛《かな》しの情を詠んでいるとも解される。作歌の時期を考えて、前年晩秋に受けた、いわゆる「精神的負傷」(10)が関係しているとすると、その悽愴たる心中も推測され、宇野浩二が感じた孤寂の心境の歌人が思われる。もともと宇野は茂吉の作に「孤独」な人の歌として心に沁みるものを感じていたのであるが、一件においては特にそうであった。(11)その点で五味保義の「林泉《しま》の隈《くま》」の一文が参考になる。(12)たまたまこの時期、明治神宮内苑の道をうつむいて一人で静かに歩く歌人に出会った際の姿からその心中を思い、年明けての「上ノ山滞在吟」中の作「人いとふ心となりて雪の峡《かひ》流れて出づる水をむすびつ」を引いていることにかかる。『作歌四十年』から「悲嘆に閉ざされて、人間嫌悪、娑婆厭離の心にあれば、人に会ふのも痛々しい心にあつたものが、雪の降りつもつた山間に来て泉の水を飲むところである。」と記す行文を挙げてその心事を推し量り、一連の歌にこもる「哀痛

の響」に耳を傾ける。そして、それから間もない時の一首「わがこもる部屋に来りて――」をこれに関連づけて読み取っているのである。歌の穉児はこの年九歳の長女百子だったのであろうか。次女昌子は五歳であった。

右のうち親友木下杢太郎の好んだ「をさなごの――」の一首も関心を引く。作中の筥は、小池光が評しているように小箱をイメージさせる。[13] たしかに筥の語が「僅《はつ》かなる」の表現と響き合って効果的であり、それが女児の拾って納めていた豆との取り合わせで胸を打つものがある。結句は、豆を大事にしまってある子の思いや、筥の豆までも想像させ、これを発見した詠者が「あわれ」と思った心を忖度させる。一首は掲出歌の二年後の作であるが、なお重なるところのある歌境を示しているように思われる。

ところで、昭和十五年二月四日の日記には、「節分ノ豆ハ僕ガマイタ。」とある。しかし、歌では、豆打ち・豆撒きという習俗・行事としての呼称は用いず、追儺の語をもってしていることが目に留まる。このことで斎藤茂太は、「節分（父は追儺《ついな》と云った）には父が先頭にたって家中を豆をまいて歩いた」と書いている。[14] ちなみに最近ではあるが、茂吉の故郷でその呼称について質してみたところ、〈豆撒き〉の語が老・壮及び児童から〈節分〉の語をまじえての答えで返って来たものの、〈追儺〉の語は聞けなかった。これを歌に用いたのは鷗外の小説「追儺」（『東亜之光』明治四二・五）によったのではなかろうか。作者を思わせる人物の「僕」が築地の料亭新喜楽に招かれて行き、そこで節分の豆撒きを見たということを書いた短篇である。この小説に対する歌人の思いは、晩年の筆にかかる「節分」（『夕刊読売』昭和二五・二・四）でも知られる。すなわち節分を「旧式の残物」などと言っても、「威勢」がよく、「縁起」もよく、「決して悪い気持はしない」と語って東京での体験を記しており、愛着を抱いていたようであるが、続いて作品から二箇所を引き、「私は鷗外のこのところの文章を愛して飽く事を知らなかつた。」と記している。最初の引用を掲げよう。原語を仮名書きにした「デイアゴナール」は対角線向かいの意味である。

『此の時僕のすわつてゐる処とデイアゴナールになつてゐる、西北の隅の襖《ふすま》がすうと開いて、一間にはいつて来るものがある。小さい萎《しな》びたお婆あさんの、白髪を一本並べにして祖母子《おばこ》に結つたのである。しかもそれが赤いちやんちやんこを著てゐる。左の手に枡をわき挟んで、ずんずん座敷の真中まで出る。すわらずに右の手の指尖を一寸畳に衝いて、僕に挨拶をする。僕はあつけに取られて見てゐる。「福は内、鬼は外。」お婆あさんは豆を蒔きはじめた。北がはの襖を開《あ》けて、女中が二三人ばらばらと出て、翻《こぼ》れた豆を拾ふ。お婆あさんの態度は極めて活々《いきいき》としてゐて気味が好い』

茂吉がここを引いたのは、赤いちゃんちゃんこを着たお婆さんの生き生きとした様子が活写されているからに外なるまい。そこに写生の力を見ていたからであろう。郷里で茂吉と同級生であった藤原正は、写生の方法・見方について問われた茂吉の言葉を、「いや別に方法も何も無い。景色は向うから現われて見せて呉れるから、こちらは唯だ見えた通りに其儘正直にそれを受け容れれば善い」と伝えている。(15) 右はそうした例として意識していたはずである。鷗外の筆力がこのような文章を可能にしたことは言うまでもないとしても、描写の対象となったお婆さんもあずかるところがあったのではないか。

小説では二度目の豆打ちについて、福々しい人たち、選り抜きの芸者が豆を撒いてもあまり注意を引かなかったとある。同会場で、しかも少し後で行えば二番煎じともなり、当然とも言えるが、それにはお上《かみ》（女将）がいなかったことも関係したことを思わせる。そもそも新喜楽は、作中のお上《かみ》こと伊藤きんによって明治八年開業された喜楽が人手に渡った後、明治三十一年に再興されたものであった。明治情史に名声を残したこの女性は、作品世界では六十三歳だったはずである。その人柄は母親譲りであったらしく、母伊藤せいは烏山藩主の祐筆で、生粋の江戸っ子気質を持ち、負けず嫌いで胆力・勇気があったという。維新の転変を経て苦界に沈んでいた身からお上になったきんも機転が利き、沈着かつ大胆で情を解し、踊りにも優れたもののある人であった。(16) 踊りの基礎が日常の動作にあるとすると、(17) お上の人生を鷗外が知らなかったとしても、それがごく自然にその挙措・動作に現れ、作中の

なく鷗外好みであった一事も、その伏線になったに相違ない。豆を撒いた人について、「僕は問はずして新喜楽のお上《かみ》なることを暁《さと》つた。」とある文が如上の作者の心の動きを表している。二番目の引用は左のとおりである。

『ニイチエに芸術の夕映といふ文がある。人が老年になつてから、若かつた時の事を思つて、記念日の祝をするやうに、芸術の最も深く感ぜられるのは、死の魔力がそれを籠絡してしまつた時にある。南伊太利には一年に一度希臘の祭をする民がある。我等の内にある最も善なるものは、古い時代の感覚の遺伝であるかも知れぬ。日は既に没した。我等の生活の天は、最早見えなくなつた日の余光に照らされてゐるといふのだ。芸術ばかりではない。宗教も道徳も何もかも同じ事である』云々。

この後鷗外は西欧にも豆撒きのあったことを記して博学ぶりを示しているが、随筆「節分」ではこのことに言及していない。右の条はニーチェの『人間的なあまりに人間的な』(一八七八―八〇)で„Abendröte der Kunst.“と始まる文章の一節から抄訳したのであるが、「芸術ばかりではない。」云々とあるセンテンスは鷗外の加えたものであること断るまでもあるまい。茂吉にとって印象深い条であったのは、留学時に見た光景も関係していなければならない。ウィーン時代のことを書いた随筆「接吻」(『改造』大正一四・六)に、夏の夕方のことが、「太陽が落ちてしまつても、夕映がある。残紅がある。余光がある。薄明がある。独逸語には、Abendröte があり、ゆうべの Dämmerung があつて、ゲーテでもニイチエあたりでも、実に気持よく使つてゐる。」と見える。『ツァラトストラはかく語りき』(一八八三―九二)には両語とも使っており、この地出身のシュニッツラーも黄昏を写すに „Dämmerung“ の語を用いている。ニーチェには『曙光』(一八八一)の著書もあった。そうした思想家について「Röcken のニイチエの墓にたどりつき遙けくもわれ来たるおもひす」その他の歌を作っている。なお前記ワイマル訪問の際、私はレッケンへも足を延ばしたのであるが、東独時代この哲学者の思想は国家と相容れないものとして冷遇されていたため、その墓塋はあまり手も入れられず、人影もなかったのであるが、今はどうであろうか。

茂吉にはニーチェに対する思いもあって、鷗外による右の一節は感銘が深かったのであろう。〈追儺〉の語を歌に選んだのも肯けるのである。それには、文中にいわゆる「我等の内」にある「善なるもの」としての「古い時代の感覚」を「遺伝」するような、その行事・習俗を表すものとして、またみやびな響きを残している言葉としてこの語が意識されたのではなかろうか。茂吉に豆撒きを故郷との関係で詠んだ歌は見えないけれども、幼少時の思い出も心中に浮かんでいたに相違ない。作歌の際の四音と三音との音数律の関係のことも考えられる。「歌ことば」(『童馬漫語』春陽堂、大正八・八)の一文で、短歌における言語の調べは「吾等の内的節奏さながらであるときはじめて意義をもつ」のであって、「内的流転に最も親しき直接なる国語」をもって表現されなければならないと述べているが、「内的流転」を「内面の動き。生命の流れ」の謂とする茂吉にとって、語「追儺」はそうした言葉として感じられていたのではないか。

北原白秋はこれを詞書に用いているものの、歌には見えないが、茂吉が追儺・節分を詠んだのは、留学後のことにかかる。この一事は奇異な感じがしないでもない。それには、長崎赴任のこと、留学の時期も関係して、この行事・習俗が歌ごころをそそる機会がなかったからに外なるまい。しかし、帰国後には子供たちの成長もあって、前掲作のように詠んだわけであろう。それとともに、小説「追儺」を改めて読み返し、またその背景に西欧体験が関係するところもあったのではないか。茂吉は、『古今和歌集』の一首を引いて節分の翌日が立春であることを述べてその光に触れ、次のように筆を進めて一文を閉じる。

それを浴びる私らは、彼のロンドン、パリ、ベルリンに住む人々のやうな憂鬱な、冬ぐもり、冬もやの中にゐるのではない。私らは、節分を過ぎて、すでに晴天の日光を吸ふことが出来るのである。長い馬車の旅をしてきて、チロールを終つた時のゲエテの讃歎も私らは他人ごとのやうに聞くことが出来る。日本の立春、節分の次の日の日光よ。

老年を慰める観のある鷗外の、ニーチェを引いての文章とともに、追儺・節分と立春、そして、あまつ光に向かう蕗の薹の季節を迎える喜びが意識されていたことであろう。

三　『小園』の「こらへるといふは消極の――」の一首

『小園』（岩波書店、昭和二四・四）は太平洋戦争中の昭和十八年（一九四三）から翌年にかけての作物を収めた歌集で、昭和十九年の部に五首の一連の作が見える。戦局の影が濃く落ちていることのわかる歌である。

蕗の薹

朝はやき土間《どま》のうへには青々と配給《はいきふ》の蕗の薹十ばかりあり
南瓜《たうなす》を猫の食ふこそあはれなれ大きたたかひここに及びつ
活きの手足《てあし》まとひになるべくはありの儘にてこもり果てむか
こらへるといふは消極のことならず充満たむ積極を要約とする
雨ふらぬ冬日つづきてわが庭の蕗の薹の萌えいまだ目だたず

このうちで考察する第四首を、これだけ取り出した場合、歌そのものからは、蕗の薹と関係する作とは読みにくい。佐藤佐太郎編『斎藤茂吉秀歌』にはこの歌を左のように示してある。

　こらへるといふは消極のことならず充満《みちみ》たむ積極《せききよく》を要約とする（蕗の薹　録一首）

鎌田五郎著『斎藤茂吉秀歌評釈』（風間書房、平成七）では、「蕗の薹（群作五首中第四首）」として取り上げている。しかし、蕗の薹を詠んだ歌としての言及はなく、茂吉のいわゆる思想的抒情詩《ゲダンケンリリーク》と読めるものであるが、同時に歌の配列からすると蕗の薹はそのモチーフの一つにはなっていると解される。越後の山峡の町に育った宮柊二に、「溢れむと空《くう》に向ひて蕗の薹蕾の尖《さき》をおしひらきける」（昭和三六）の詠があり、右の歌も蕗の薹のあずかっていることの証左となるのではなかろうか。一体茂吉には蕗の薹に対する思いには深いものがあったらしく、これを題材にした短歌は少なくない。それは出羽の農村に生まれ、少年の日までそこで育ったことによるところが大きいと思われる。近在の山の雪が消え春が一時に来てふりそそぐ陽光の下、萌え始めた木々の芽を自分たち子供らが摘む喜びを回想する歌人であった。地上には苞を破ったばかりの蕗の薹もあったであろう。明治三十九年春伊藤左千夫の門を叩いた時の持参の歌には、早春の蕗の薹をも詠んだ一首があり、母の遺骨をつつんだのも蕗の葉であった。留学中ミュンヘン近郊に遊んだ折にはその香をかぎ、故国を思い出したりしている。『のぼり路』（岩波書店、昭和一八・一一）から二首、『白き山』（同上、昭和二四・八）から、大石田における昭和二十一年の作一首を順に引く。

　一つ鉢にこもりつつある蕗の薹いづれを見ても春のさきがけ
　蕗の薹の苞《つと》の青きがそよぐときあまつ光を吸はむぞとする
　みづからがもて来りたる蕗の薹あまつ光にむかひて震ふ

三首目の結句の「震ふ」は自動詞であるから、光に向かって蕗の薹自体の震うさまでなければならず、『のぼり路』の二首目の下句も、これに通ずるところがあって、ともにすぐれた描写になっている。比喩的、空想的に表現したのではなく、精密な観察、対象に沈潜して自己を投射した写生による作と解されよう。「こもる」状態によって心的安定を得る性向のあった茂吉には、(18)苞にこもっている観のある蕗の薹のさまは、親しく、めでたいものであり、数え年六十一を越えていた老いの身にとってなぐさめともなったに相違ない。これら三首も春の光に対するこの草本をよく捉えて心を打つ表現となっている。西欧で体験したそれとは異なる早春の耀く、好もしい陽射しが作歌の背景にはあったと推定される。

こうおさえるとき、掲出歌の「こらへる」という状態もまた「こもる」に通ずるところのあることは、前後の歌によっても首肯できるのではないか。一首を解釈しようとする場合、歌人の故郷の地勢・地形について本林勝夫が、出羽の内陸部に触れ、「村山盆地は金瓶に来て急にせばまり、南方上山小盆地に接続する。ためにこの付近で重畳する蔵王山塊の威圧感が著しく、その地形はなにか人間のいとなみの切実さを感じさせ、あるいは一種こもるような感味を与える。」と記していることが注目される。(19)すなわち、この地域の農民が着実地味であることを述べて、歴史と自然環境とは、彼らに「おのずからにして忍苦の精神の何ものであるかを学ばせて来た。」と論じ、それらを内側から出羽三山や蔵王の信仰が支えていたとする。そういう故郷についての叙述中に、「こらへるといふは――」の一首を置いているのである。茂吉と故郷や自然・風土とのかかわりを捉えるに際し、本林は慎重な筆遣いを見せてすぐれた視点を提示しており、蕗の薹に寄せる歌人の思いも、右のような事情と関連が深いと考えて間違いあるまい。

ところで茂吉は、早くから幸田露伴に傾倒していた。その露伴の随筆に『折々草』があって、「損益」の一文を収める。「損は益の道なり、升は困の道なり、（中略）忍辱は多力なり、」云々といった箴言的、格言的要素の濃い文章である。最初新聞に載せられた後、『ひげ男』（博文館、明治二九）に収められた。(20)箴言や格言に関心を寄せる茂吉であったから、自己の往時を顧みたり、現在を思ったりするとき、しばしば脳裏に甦る言葉だったであろう。永井ふさ子宛書簡（昭和一一・一一・二九）にも、「忍辱は多力なり」の句を引き、苦境に置かれている互いを励ましている。忍従を余儀なくされたのは、自らを田舎人と考え椋鳥とも称する茂吉には、東京の日々の生活においても、事情はそれほど変わりなかったかもしれない。

掲出歌は、「こらへる」ということは消極的なことではなく、充ち満ちようとする積極を条件としているということなのだなあ、の意味である。右にこの歌人に作用していた精神のヴェクトルを観察してみたが、こらえるということは消極的な態度に見えても、その意味においては積極的な姿勢であることを考え、心の励みとしたのである。佐藤佐太郎は、短歌の魅力の最も重要な原由として「言葉のひびき」すなわち声調を挙げ、茂吉の歌についても、その点を高く評価する歌人であった[21]。『斎藤茂吉秀歌』の「解説」で茂吉の歌論の枢要ないくつかを引いているが、二、三を掲げると、「我等は意味の奇抜とか複雑な内容などよりも情調のふるひや情緒の動きが如何に表現されてゐるかを顧慮するがゆゑに従而言葉の響とその節奏に重きを置く」、「短歌に於ける言葉の調は吾等の内的節奏さながらであるときはじめて意義をもつ。」、「力に満ちた、内性命に直接な叫びの歌は尊い。この種の歌を吟味するに際して、吾等は先づ、作者が如何なる「衝迫」から詠んだのであるかに留意する。第二に、現はされた言語の直接性と、従而それに伴ふ力と鈍と単（Einfachheit）とに留意する」とある。こうした言葉が短歌写生の説に総合され、その根本は変わることはなかったと、この門弟は述べる。「こらへると――」の一首も、右の歌論の具現されている作と解し、生の軌跡への考慮からもこれを秀歌に入れたと考えられる。破調であり、漢語的声調をまじえた音数律も、籠っているものがいよいよ力を発揮する際のリズムを表すかのごとくである。こうした表現には露伴の一句のような精神が関係したであろうが、鷗外とのつながりもあずかっていたのではないか。

鷗外は左遷意識を抱いた明治三十二年から約三年近い小倉勤務時代、クラウゼヴィッツ（一七八〇―一八三一）の

『戦論』*Vom Kriege*（一八三二—三四）を師団の将校に講述して、明治三十四年刊行した。これは『鷗外全集　第十七巻』（大正一三）に収められたが、茂吉は昭和六年一月十二日の日記に、「鷗外ノ全集「兵論」ヲ読ム。」と記している。鷗外の『独逸日記』ではこれを同じく「兵論」とも書いていた。同巻に日露戦争の黒溝台附近合戦軍陣衛生関係の詳報が収載されている一事も見落とし難い。茂吉の長兄守谷広吉も黒溝台附近で活躍していたからである。こうした『戦論』に「純抗抵の原則」について次のように論述する一節がある。「受動的抗抵」「純抗抵」とも呼ぶこの理論は、鷗外には印象深い戦略であった。(22)

我若し戦の継続時間を以て敵に勝たんと欲する時は我目的は始より小ならざるべからず所以者何にと云ふに我目的愈々小にして我節力愈々大なるべければなり我目的の最小なる者は純然たる抗抵に在り謂ふこゝろは積極性の企図なくして戦ふなり我にして純然たる抗抵を以て目的と為すとき我用力は最も少くして我には殆んと全く冒険の虞なからん（中略）盖抗抵は一の動作なり而て此動作は以て敵の諸力を破壊するに足り以て敵をして其目的を抛たしむるに足らざる可からす（中略）是を我企図の消極性本質となす

此消極性企図は之を同種の積極性企図に比するに効果上毎に遜色あるべきこと論なし然れども企図の積極性なる者は成り難くして敗れ易く其消極性なる者は之に反す故に消極性企図は毎に効果上の損失ありと雖も時間即ち戦闘の継続時間は之を償ふに余りあり以て此消極性企図は敵に勝つに時間を以てする自然の方便なり

消極をとおして積極の勝利を得るというこの戦略理論について「潦休録」（『歌舞伎』明治三三・七）では、「唯〻敵の為やうとおもふことを為せまいとおもふ丈だといふことだ。」と記し、「殊に弱国の戦法としては頗る用ゐるべきものだとしてある。」と紹介し、「戦いの消極だけれども、その間に積極の勝利の無いことはない」とも記している。昭和四年三月短歌写生の説の補強として茂吉は「潦休録」を引いており、右の理論には言及していないが、消極に積極の潜勢力を見いだすという発想には、その後『戦論』繙読の際にも接していたのではないか。もっとも、『戦論』を読んだ五か月後の昭和六年六月執筆にかかる「小歌論」（『小歌論』昭和一八・一二）において、和歌史上「写生主義」は、その「抑遜せるパッシビスムス」から「忍辱の力」によっていまや「強力なるアクチビスムス」に化したと述べており、消極・積極といった語は特殊なものではなかった。『戦論』読後とはいえ、これと無関係にこの一文を草したと考えられないことはないが、鷗外を介して思考・論理の運びの要訣に、その語彙とともに改めて触れたことも考えられる。

「純抗抵」の理論が、人間学的要素を濃く内包している一事も注目されてよい。語理解の深化による思考回路使用の体験は見逃し難い。「こらへるといふは――」の詠は、戦局の急迫に際しての思いも響かせ、また老いの身の心境が関係していたとしても、表現の過程で鷗外によるところもあったであろう。茂吉のこの文豪理解は深く、その頭脳には鷗外の言葉がいっぱいつまっていたという。[23] しかし、茂吉はあくまで茂吉であり、自らの思念、自らの心情・感性によって作品の世界を形成したこと当然である。上述の「純抗抵の原則」はどうであったのか。この理論に関しては鷗外の「ヰタ・セクスアリス」（『スバル』明治四二・七）に、作中人物が学生時代を振り返り、何事をするにも陽に屈服して陰に反抗するという態度になったと語り、「兵家 Clausewitz は受動的抗抵を弱国の応に取るべき手段だと云つてゐる」とする叙述がある。茂吉が自家薬籠中のものにしていた鷗外の『妄人妄語』（大正四）でも、その実例としてトルストイの『戦争と平和』中の一事を挙げている。茂吉は、短歌写生の説の根固めのために補いとして「瘠休録」も読んでいたが、しかし、『戦論』の言葉を紹介することはなかった。この問題をどのように考えたらよいであろうか。

「こらへるといふは――」作歌後になるが、随筆「三年」（『国鉄情報』昭和二三・六）のあることがここで想い起こされる。故郷に疎開中の一齣を回顧して、ある日の夕方蟻が戦っているさまを観察したことを次のように記している。「大きい蟻の足を小さい蟻が銜へてどうしても離さない。大きい蟻が怒つて車輪の如くに体をまはす、小さい蟻はそのままに回はされ、埃を浴びて死んだやうになる。(中略) そのうち大きい蟻が疲れて運動が鈍くなつて来た。(中略) さうなると今迄死んだやうになつてゐた小さい蟻が、むくむくと動き出して、あべこべに大きい蟻を牽くやうな恰好をする」。それが「実におもしろい」というのである。小さい蟻の視点に立てば、これこそまさに「純抗抵」の生きた例としてよい。鷗外についても、日記には戦術に関しては述べていない人とある。一体茂吉は、戦争哲学ともいうべき原論的、大局的観点に立って著したような本に対しては、関心がなかったらしい。正木ひろしによって「政治哲学者」と評された北昤吉の、折からの洋の東西の論を視野に入れた『戦争の哲学』(大理書房、昭和一八)、同じく鷗外に言及はないが、クラウゼヴィッツやマルクスらを取り上げた堀伸二『戦争論』(三笠書房、昭和一二、第三版)、坂部護郎『クラウゼヴィッツの兵学 上』(ダイヤモンド社、昭和一七) を繙いた形跡もない。

プロイセンのこの軍人・軍事学者は戦争を政治の一手段として論じ、鷗外もそれに従って訳述したのであるが、茂吉は具体的な戦術やニュース映画の戦闘場面にのみ関心を払っていたごとくである。中村稔が、「ふつう戦争といわれるものから、その政治的側面をきりすてた、いわば戦闘に茂吉の関心は向いていたが、国際的な、国内的な政治の一形式としての戦争には、彼はまったく、無関心、無智であった。」と述べたのは、おそらく正鵠を射ている。[24] 茂吉にとって戦う場合、相手を徹底的に打ち負かさなければならなかった。「運命」の一文でも、「戦いは、怨敵を撃滅せねばならぬ。これが原理である。」と書いている。「純抗抵」のような理論は、こうした場合、関心の外にあったと解される。一軍医から日露戦争での奉天大会戦の勝利について感想を尋ねられた鷗外が、強いて言うなら悲惨の極みと答え、そういうことは軍服を身に着けた者として口をつつしむべきであると叱責したという挿話も残っている。茂吉は実戦直後の生々しい跡を見たわけではなかったけれども、同様の立場にあったならば、勝利の喜びを熱く語ったに違いない。昭和五年秋に旅し、十年後に書いた『満州遊記』は、そのことを想像させるに十分である。

同じく自らを、田舎者（田舎人）を意味する椋鳥と称した鷗外・茂吉であったが、こうたどるとき、ひとたびは類似の発想を示したものの、二人はかなり異なるタイプの人物であったと想察されるのである。[25] 解釈の対象とした掲出歌が、しかし、『戦論』と全く無関係に詠まれたものであったとしても、鷗外との影響関係を離れた対比という視点から考えるならば、取り上げた作品と茂吉の人とにかかわる論の要点は成立すると思われる。

注

（1）この方面については谷沢永一著『明治期の文芸評論』（八木書店、昭和四六）、佐藤佐太郎著『茂吉解説』（弥生書房、昭和五二）、加藤淑子著『斎藤茂吉と医学』（みすず書房、昭和五三）、本林勝夫著『斎藤茂吉の研究　その生と表現』（桜楓社、平成二）、『論考　茂吉と文明』（明治書院、平成三）、安森敏隆著『斎藤茂吉短歌研究』（世界思想社、平成一〇）その他がある。

（2）中野重治著『斎藤茂吉ノート』（筑摩書房、昭和三九）参照。

（3）土屋文明編『斎藤茂吉短歌合評　上』（明治書院、昭和六〇）参照。

（4）ビーダーマン編・高橋義孝訳『ゲーテ対話録　第四巻』（白水社、昭和四三）参照。

（5）Willi Ehrlich, *GOETHES WOHNHAUS AM FRAUENPLAN IN WEIMAR*, Nationale Forschungs- und Gedenkstätten der klassischen deutschen Litertatur in Weimar, 2. Aufl., 1980参照。小冊子ではあるが所収の写真が現地の色彩に近いものに思われた。私が参観した当時ゲーテ邸内は撮影禁止であった。

（6）小堀桂一郎著『森鷗外の世界』（講談社、昭和四六）参照。

（7）岩波文庫のオストヴルト著、都築洋次郎訳『化学の学校』（昭和一五）の「解説」参照。

（8）佐藤佐太郎『斎藤茂吉言行』（角川書店、昭和四八）参照。

（9）たとえば高田瑞穂著『日本近代作家の美意識』（明治書院、昭和六二）の「後記」参照。

（10）宇野浩二著『独断的作家論』（文芸春秋新社、昭和三三）参照。

（11）宇野浩二「長命の歌人」（藤森朋夫編『斎藤茂吉の人間と芸術』羽田書店、昭和二六）参照。

（12）五味保義著『アララギの人々』（白玉書房、昭和四一）所収。
（13）小池光著『茂吉を読む　五十代五歌集』（五柳書院、平成一五）参照。
（14）斎藤茂太著『茂吉の体臭』（岩波書店、昭和五七、第七刷）参照。なお続いて取り上げる鷗外の小説との関係については、本林勝夫「茂吉における鷗外―「なかじきり」をめぐって―」（『アララギ』第六十八巻第一号、昭和五〇・一）参照。
（15）藤原正「茂吉と瘤」（『斎藤茂吉全集　第七巻』〈岩波書店、昭和五〇・六〉「月報」30）参照。その理論的方面の考察については北住敏夫著『写生説の研究』（角川書店、昭和二八）参照。
（16）大滝由次郎編纂兼発行『夢の痕』（大正五）参照。
（17）平井澄子「二つのことば」（『季刊雑誌歌舞伎』第三九号、昭和五三・一）参照。
（18）本林勝夫著『斎藤茂吉　短歌シリーズ　人と作品12』（桜楓社、昭和五五）参照。
（19）佐藤佐太郎著『茂吉解説』（弥生書房、昭和五二）参照。
（20）書誌の詳細については『露伴全集　第三十一巻』（岩波書店、昭和三一）の「後記」参照。
（21）注（19）参照。
（22）稲垣達郎著『稲垣達郎評論集　作家の肖像』（大観堂、昭和一六）、拙著『鷗外文芸の研究　中年期篇』（有精堂、平成三）参照。
（23）注（19）参照。
（24）中村稔著『斎藤茂吉私論』（朝日新聞社、昭和五八）参照。
（25）注（１）の本林勝夫の著書参照。なお次章に取り上げる北原白秋との関係については野山嘉正著『日本近代詩歌史』（東京大学出版会、昭和六〇）参照。

第二節　茂吉における鷗外の「妄想」

一　茂吉の文章観と「妄想」

明治十五年（一八八二）生まれの斎藤茂吉にとって、鷗外は二十歳の年長であった。最晩年の茂吉は、文化勲章受章の祝賀の席で、漱石・長塚節とのかかわりを尋ねられて素気ない返答をしているのに対し、その鷗外とのことについては「近しかったね。」と答えている。他の質問には往時の記憶も薄くなっているような応答ぶりであるだけに、この先達への意識の並々ではなかったことを思わせるものがある。実際は、時に訪ねても憶する気持ちが働いたらしいが、右のように応じた一事にも、茂吉におけるその存在に注目すべきもののあったことは疑いを容れない。こうした茂吉が、[1] 佐藤佐太郎に「いい小説だね。」と語った鷗外の短篇「妄想」（『三田文学』明治四四・三、四）を取り上げて四点から考察を試みたい。茂吉が、作中からさまざまな言葉を、いろいろな機会に引いて筆を進め、また自らの慰めとし、励みともした小説である。

まず第一に、鷗外を名文家として捉えていたことである。高尾亮一は「鷗外・露伴と茂吉」（『国文学　解釈と鑑賞』昭和四〇・四）の一文で、鷗外について「茂吉が特に共鳴したのはいさゝかの想像をも拒否するような潔癖な方法と整然たる文体であつた。」と記し、その歴史小説の文章に触れてから、「子規以来の写生観と基本的に同じものを持つている。」と捉えている。示唆的な把握であるが、ここでは「写生」という観点から取り上げてみることとしたい。すなわち、茂吉は、「妄想」を「写生」という観点から読んでいたのではないかということである。いうまでもなく茂吉が重んじた「写生」は、元来絵画に由来する語であり、歌論・文芸論としては正岡子規が取り上げた語であったが、それはよく見、空想をまじえないで対象に肉薄する所以であった。

見ることを茂吉が如何に重視していたかについては多くの報告がある。「妄想」中房総の海岸の風景について、「海から打ち上げられた砂が、小山のやうに盛り上がつて、自然の堤防を形づくつてゐる。アイルランドとスコツトランドとから起つて、ヨオロツパ一般に行はれるやうになつたdûn《ドユウン》といふ語《ことば》は、かういふ処を斥《さ》して言ふのである。」と書いてあるところを、茂吉は、横文字が時に入っているのは自然で親しみを感じると述べた上で、この洋語も、「現在あの砂丘を見て、あれは何だろうというんでさがした言葉」であって、「それだけ自然を深く見るわけだ」（傍点引用者）と語っている。[2] 写生は、茂吉にとって、対象を凝視して表現することで、事実性という点を踏まえていなければならず、そこからさらに深いところへ入っていくためのものであった。これは作歌において何よりも重視した一事で、小説の場合も疎かにできないものとして考えたようである。ただ小説では、人物の内生活も写生の対象になりうるという立場をとるに至ったが、それは「妄想」に負うところが少なくなかったであろう。

茂吉は、『東京朝日新聞』に連載されて評判をとり、多くの版を重ねた菊池寛の小説『勝敗』（新潮社、昭和六・九）を読み耽ったらしい。昭和初期の不況下、銀行家の若江子爵は苦境の中死去する。跡継ぎで一人娘の鳥子とその妾腹の子佐伯町子・美年子との確執・争闘を竪糸に、若江家相続のための婿選びを横糸に織り合わせた長篇である。佐伯姉妹は、葬儀列席と経済的援助の継続とを拒否され、受けた恥辱もあって身を落としてでも復讐しようと企て、これに男女間の問題が絡んでその世界は緊張感を漂わせて展開する。特に前半は筋の運びにもゆるみがなく、手に汗を握らせる底のものであるが、茂吉は「実ニ旨イノデ感心スルガ畢竟小説ハ歌ヨリモ複雑ニシテ、ヤハリ作リモノナリ。歌ノ方ヨシ。僕ノ性ニ合フ。」（日記、昭和六・九・二〇）と記している。漱石の『行人』（単行本、大正三）はどうであったか。茂吉は、一高で漱石から英語を習い、漱石への文壇の批判的な声に擁護の筆を執ったこともあり、『短歌私鈔』（白日社、大正五・四）の外箱の片隅に「夏目先生」と小さく墨書してこれを贈呈したこともあった。(3)子規・漱石の間柄についても、ある程度知っていたであろうが、『行人』については、日記に「小説ノ構成トハ所詮作リモノ也。マタ、人生ノイキサツヲ漢語交リニテ哲学メキタルコトヲ説明スル考ナリ。故ニ物足ラズ。」（昭和一三・一・二九）と感想を書き付けている。近代文明の抱える精神的な危機の問題も書かれた作品であり、茂吉個人についで言えば、夫婦間の深刻な問題もあって、切実な小説でもあったはずである。しかし『勝敗』と同様の評を呈し、「草枕」（『新小説』明治三九・九）についてもきびしい批評を示した。

こうした方面では、漱石が田山花袋に応じたごとく、作り物ではあっても人間が描かれていればそれでいいとの答えもあるわけである。小説を必ずしも否定したわけではなかった茂吉も、写生を重んじる観点から、如上の小説を認めることはできなかったのであろう。幸田露伴の『幻談』（日本評論社、昭和一六）の文章がいいと評したのは、死んだ妻に添い寝した人や水中で立派な釣り竿を握ったままの死骸のことを書いた一節などを一種の写生として読んだからであった。(4)鷗外・露伴に話題が及んだ別の機会に、自分の立場を「僕等は写生だからねえ。」と語ったのも、「人間の頭で捏ねあげたものより事実の方が面白い」という考えがその根本にあったからに外ならない。(5)

同様のことを短歌についてはつとに公言するところであった。けれども、当然のことながら、写生ということが、いわゆる事実だけを書いていればよいというわけではなかった。草花を写生しても、その中に造化の妙をも捉えていなければならないと考えた子規の心を茂吉も受け継いでいたわけであるが、茂吉の考える写生は、生・生命《いのち》を写す、すなわち「実相に観入して自然・自己一元の生」を写すということを目ざすものであった。リアリティーの意味として、後に鷗外の用語から「実相」の語を用いたとも述べており、それが象徴にまで至ることを求めていたのである。茂吉の写生の観点からすると、「妄想」は一人物の生、生命《いのち》の真実が、その内面をも併せた形で如実に書かれている作品として高く評価できるものであった。小説であるからには、そこに虚構もあったはずであり、研究史ではこの間のこともいくらか明らかにされているが、茂吉にとっては、いわゆる〈詩と真実〉の描かれている底の摯実な作物として考えられる作品であった。

第二はその文章である。「古い手帳から」（『明星』大正一一・七）を名文とし、文章の手本として座右に置くとよい、と後進に言ったこともあった。[6] 文壇再活躍の時期の小説についてまずいと評した作はあったものの、終始その文章を高く評価していた。簡浄を尊んだ茂吉であったから、「追儺」（『東亜之光』明治四二・五）を好み、「妄想」その他の小説を推奨したのも、文章のあずかるところも大きかった。「その文の、黄金をのべたる如き荘厳の筆致は当時周囲の文士のものと大にその趣を異にし、やはり哲学方面の心理を取扱つた、「かのやうに」などと共に、文壇の異色として留目感嘆せねばならぬ性質もの」と説いている。事実に即するという点では折からの自然主義の小説と契合するところがあったとしても、茂吉には、鷗外の小説はこれらと軌を一にして論じてはならないものであった。同じ批評文には「内より外にむかつて冷厳美妙の光を放つ、一篇の思想的抒情詩と看做し得るもの」とある。これがその文章にも関係する批評であったことは言うまでもない。

「妄想」の文章については、中谷孝雄に「渋い幽光が漂つてゐ」るの評言があり、[7] より具体的に述べたものとしては、大庭みな子の一文が目に留まる。すなわち、日本語がいつまでも人の心を打ち、美しいと思えるわけを考えて、萩原朔太郎の『月に吠える』（感情詩社・白日社出版部、大正六）から一篇と鷗外からは「妄想」の「日の要求」に言及したところとを引き、後者については「こんな一節の中にも実にきびしい言葉の選択が知的になされ内的心象が豊かな感情を伴って簡潔に表現されている。」と批評する。そしてその所以を両者に共通しているとし、「わかりやすく、衒いがなく、それでいてみずみずしい感情の流露が、日本人の長い間育てて来た懐かしいと思う日常語によってなされている」と述べている。[8] 鷗外の散文を近代日本文芸で最上のものとする茨木のり子も、その言葉の精妙なはたらきに注目しているが、二人の女流文学者には契合するところのある観点や言語感覚があったのに相違ない。「妄想」との関係からすれば、語彙も見落としてはなるまい。「日の要求」という語句は、すでに観察したとおりである。「要約」「錯迷」「性命」「為事」等々を茂吉も用いており、「妄想」には見えないけれども、「業房」「毫光」「訣」その他鷗外に由来するか、または経由するものも少なくない。

二　茂吉の短歌と「妄想」

第三は茂吉の短歌観と「妄想」との関係である。そもそも茂吉は、短歌という文芸様式については、その小さきのためコンプレックスを抱くところがあった。しかし、「妄想」に、「どんなに巧みに組み立てた形而上学でも一篇の抒情詩に等しいものだと云ふことを知つた。」とあることから、哲学上の大著でも文芸上の大作でも、短歌という小文芸がこれに拮抗できるものとして考えられると思ったのであった。(9)『短歌初学問』中、右の一節を引いてこれを信ずると記し、「自分の心の寂しいときにそれを慰むるに役立つ一つの結論」と言い、次のように述べる。すなわち「抒情詩」を「情の表出」であると捉え、そこに本来の面目を見つつも、一篇の抒情詩は「老荘の哲理、カント、ヘーゲルの形而上学にも等しいものだといふ結論」になったとする。そして、柿本人麿や山部赤人の短歌も、他の学問芸術の間にあってその存在理由を有するとし、『ファウスト』も芭蕉の句も所詮は同じことになると主張する。そして、歌人というものはこうした覚悟から一首の短歌に専執して生を終えることさえできるのだと説く。ショウペンハウアー、ニーチェの詩論をも調べ、アリストテレスまで遡った上で、作中の翁の見解を肯定する。先人の意見を鵜呑みにすることなく、自らこれを確かめるあたり、いかにも茂吉らしいところを示している。

『明治大正短歌史』（中央公論社、昭和二五・一〇）では鷗外の「奈良五十首」（『明星』大正一一・三）を挙げ、「アララギ」の写生趣味を加味した、一種の「思想的抒情詩《ゲダンケンリリーク》」と見なすべきものであるとし、「富むと云ひ貧しといふも三毒の上に立てたるけぢめならずや」等の歌を引き、特にこの歌は「古い手帳から」に行くはずのものと捉える。こうした把握について「ゲダンケンリリーク」（『文芸評論』一、昭和二三・一二）では更に積極的に、鷗外の歌は思想性に特色を示しているとし、そこに「新和歌の興隆」を考えていたのではないかとする。そして「鷗外のやうな優れた人が、あへて短歌を軽蔑しなかつたといふことに、自分の如きも無限の親しさを感ずる」と打ち明けている。上掲短歌史の著書所収の昭和四年の一文中、歌人としての鷗外について「業績には貧しい方だと謂つていい。ただ鷗外が散文の方面に常に新しい事を注入したごとくに、和歌の方面にあつても、いろいろの役割を演じたのであつた。」と記しているが[10]、茂吉一己としては次第にその評価を高くするようになっていたのではなかろうか。

そのような茂吉の歌集『霜』（岩波書店、昭和二六・一二）に「海濤」の詞書を置く一連の歌がある。

ゆふまぐれ陸《くが》のはたてにつづきたる曇《くもり》に觸《ふ》りてわたつ白波《しらなみ》
とどろきは海《わた》の中なる濤《なみ》にしてゆふぐれむとする沙《すな》に降るあめ
いのちもちてつひに悲しく相《あひ》せめぐものにしもあらず海《うみ》はとどろく
わたつみに向ひてゐたる乳牛《ちちうし》が前脚《まへあし》折《を》りてひざまづく見ゆ
あめつちの出で入る息《いき》の音にして真砂《まさご》のはまに迫《せ》む白波《しらなみ》

五首を引いたが、茂吉の日記を閲するに、昭和十六年三月八日房総を旅した際の記事に、「森鷗外先生別業ノ址ヲ訪ヒ、夷隅川ト海トヲ見、徒歩ニテ大原ニ来リ、」とある。右の短歌について本林勝夫は、この旅での作にかかるものと解し、歌人の脳裏には、「妄想」の主人公が日在の別荘に隠栖のことを記すあたりも浮かんでいたのではないかと推定する。(11) 示唆豊な見解である。五十歳になった作中の翁は、「松林の中へ嵌め込ん」だごとく砂山にただ一軒だけ、別荘の真似事のように立てた「小家」の一間から東の方に海を見晴らしている。季節は秋近くであり、散歩後の眺めについて次のように描写が続く。

あたりはひつそりしてゐて、人の物を言ふ声も、犬の鳴く声も聞えない。只朝凪《あさなぎ》の浦の静かな、鈍《にぶ》い重《おも》くろしい波の音が、天地の脈搏のやうに聞えてゐるばかりである。

丁度《ちようど》径《わたり》一尺位に見える橙黄色《たうわうしよく》の日輪が、真向《まむか》うの水と空と接した処から出た。水平線を基線にして見てゐるので、日はずんずん升《のぼ》つて行くやうに感ぜられる。

それを見て、主人は時間といふことを考へる。生といふことを考へる。死といふことを考へる。

上掲歌が夷隅川とその流れ入る太平洋とを見て詠んだことはもちろんであるとしても、確かに鷗外の描写もこれに関係するところのあったことを感じさせる。同季節のその辺りに私も立ってみたことがあるが、「とどろき」を捉える第二首、第三首の表現は当然のことながら実景を写した感が深い。そうした中で、特に第五首は、茂吉関心の白波をも詠み込んだ絶唱であるが、そこにはまた「天地の脈搏」のような波の音を聞く小説中の翁の感覚を響かせてあることをも思わせる。この一連の短歌について、上田三四二は、「粘着力あるつよい気息によつて把えられた暗澹たる海浜風景は、当時の茂吉の内面の深さを象徴する」（傍点引用者）と解する。(12)「ゆふまぐれ」の「曇《くもり》」の下での場景があずかっているとしても、そこに茂吉の内面の反映を読み取っていることを見逃してはならない。その点で本林勝夫が、時代状況や還暦を翌年に控えた歌人の身辺の事情、当日の天候にも触れてから、「海濤」の歌は「暗澹とした作者の内景と海景とが分かち難く融けあい、底を流れる重々しい悲劇的声調は混沌とした生の不安を暗示してやまない感がある。鷗外の晴朗はここにはなく、あくまでも茂吉的な暗鬱沈痛な心象風景がそこに見られるだろう。」と同方向の解釈を示したことが関心を引く。

このように「妄想」の一節に、茂吉の「暗澹」に対する鷗外の「晴朗」を読み取っているが、鷗外の側からすると、そこに『老子』や愛読した『荘子』の世界が関係するところもあったのではないか。[13] もとより茂吉も老荘の思想に全く晦かったわけではあるまい。『短歌初学問』その他にも『荘子』からの引用が見える。しかし鷗外には『北條霞亭』の冒頭で語り明かしたような、青年の日から隠棲への強い憧れの情もあった点で、同じ田舎人の面があっても、しばしば帰郷していた茂吉の場合とは異なるところ少なくなく、これがその芸術に現れたところもあったかと思われる。「妄想」からの掲出文に犬吠も聞こえないと記す一事が実際であったにせよ、犬吠鶏鳴のことを記す『老子』の一節を思わせるものがある。実地・実景がそうであるからと言えばそれまでであるが、鷗外の筆致には老荘の自然観がおのずと滲み出た趣が感得される。一連の歌について、本林に、茂吉による「妄想」評の言葉に引きつけて言えばと断り、「「内より外にむかつて」混沌とした生の姿を示した一種の「思想的抒情詩」と見做し得るかも知れないと思う。」の批評があることが思われるのである。

三　晩年の茂吉における死への意識

第四は生死の問題である。右のごとく天地・海洋の気息に接し、時間のことを考えると、老荘的観点からしても、死や生のことを思っても不思議ではない。事実この小説で、自然の中に憩いながらの翁の思念は、未来に期待する心から、その日努めるべきことを努める、ゲーテのいわゆる「日の要求」を果たす人生態度に満足できない心中に触れ、死の問題に移るのである。房総への旅の少し前に「妄想」の解説を公にしていた茂吉は、主人公の生の軌跡をたどって「『自分には死の恐怖（Todesfurcht）が無いと同時に、マインレンデルの死の憧憬も無い。死を怖れもせず、死にあこがれもせずに、自分は人生の下り坂を下つて行く』といふ結論に到達してゐるのである。」と捉えっていたようである。「妄想」が後に『分身』（籾山書店、大正二）に収められたこともあって、翁をほぼ作者のこととして受け取ている。

この問題については昭和二十三年春執筆の「釈迦・王維・鷗外」でも、小説から厭世系の哲学者E・v・ハルトマンによった「大抵人の福《さいはひ》と思つてゐる物に、酒の二日酔をさせるやうに跡腹の病めないものは無い。それの無いのは、只芸術と学問との二つ丈だと云ふのである。自分は丁度此二つの外にはする事がなくなつた。それは利害上に打算して、跡腹の病めない事をするのではない。跡腹の病める、あらゆる福を生得《しやうとく》好かないのである」という言葉を引く。そして、鷗外は実際そのとおりであって、自己及び人を欺かなかったということを信じて疑わないと言い、時あってこの語を思い起こすと、自分の心に慰安と静謐とを貰うことになる、と記している。「妄想」から慰謝と心的支えを得ていたことが明らかで、茂吉が、鷗外晩年の心境をうかがわせる「なかじきり」（『斯論』大正六・九）の全文を筆写して心の安定を得た一事も想起される。「人間はヱジエタチイフにのみ生くること能はざるものである」という鷗外の語に心の慰安を感じていたことも、「釈迦・王維・鷗外」で記す。「ヱジエタチイフ」は「植物的」の意味であるが、これにはその文章とともに、老年の生の態度に及ぶ方面も関係していたのである。

「妄想」は茂吉に死の問題を意識させたが、実際に晩年はどうであったか。「晩春」の詞書のある一首、

　　暁《あかつき》の薄明《はくめい》に死をおもふことあり除外例なき死といへるもの

は昭和二十五年の作であろうが、小松三郎は「除外例なき」の句は「固い」が、それが却って「不思議によく働いている」と批評している。[14] 佐藤佐太郎が「寂しいのは寂しいけれど荘厳でさえある」と評した[15]一首における「除外例」の語が鷗外に由来したとすると、死とのかかわりで特にこの先人を意識していたことが考えられる。「妄想」

に「死を怖れもせず、あこがれもせずに」云々とある人生態度をおさえるとき、五月二十四日佐藤佐太郎に話した一言が思い浮かべられる。(16)「鷗外の死んだのは七月だが五月ごろから悪いからね。鷗外先生のは自然の成り行きにまかせるんで、もっともじりじり来た慢性の病気だから医者に診せてもしようがないんだ。喜びも悲しみもしないで成り行きにまかせるというのはえらい心境だよ。知識のある人でそれが愚夫愚婦とおなじだ。僕の母なんかもそうだったが、死ぬまぎわになると自然に寝こむからね。親父《おやじ》の方は仏教信者でたえず死ということを考えていたがね」というものである。右の高弟は、このような死生観に「妄想」の一節のにおいがあると述べている。(17)夏から秋へと移ってからの十月十三日、茂吉の息苦しい病症について薬で調節できないものかとの問いに、「しない方がいいとおもっているがね。鷗外先生のようになって来たよ。(鷗外は萎縮腎・医者に診せなかった)。こんな風にしてまいるような気がする」と言って笑ったとある。(18)生死を自然に委ねるという鷗外や母親の姿のことを思い、心を安んじようとしたごとくである。高浜虚子が「鷗外忌手もて薬をこばみしと」の句を詠んだような先人の意思は、鷗外全集所収の賀古鶴所宛書簡(大正一一・五・二六)で知っていたのである。

翌日十四日の自身の意識については、昼寝の苦しい夢のことを記してから、「夕食の時が一番気がらくで、苦しいといふことが無かつたが、眠つたあとがいけなかつた。このまゝつづくのは『死』だといふやうな気持がつづく、夜がやうやく明けかけて暁の光になると、実にほつとする。」、「鷗外先生なども、こんな経験がたびたびあつたのではあるまいか。」(草稿「無題(五)」)と内省している。頻尿に悩まされた茂吉は、解剖所見によれば老年性病変で、特に動脈系硬化症による萎縮性変化は腎臓にも及んでいたこともあったためか、(19)鷗外と同病と思っていたのである。生死の問題は重くもあり、容易なものではないと考え、そのことを口にもした茂吉も、この二年半足らず後の昭和二十八年二月二十五日心臓喘息で死去したが、もって生涯における鷗外に対する意識を窺わせるに足るものがある。

そうした一代の歌人は、左のような歌を残したのであった。前二首は留学中新聞でその死を知って「驚愕」した時のもので『遠遊』に収められ、後二首は昭和十年師走岩波書店よりの鷗外全集出版相談会の日の詠で、『暁紅』（岩波書店、昭和一五・六）に収載された。

伯林《ベルリン》にやうやく著《つ》けば森鷗外先生の死を知りて寂しさ堪へがたし
帰りゆかば心おごりて告げまゐらせむ事多《ことさは》なるに君はいまさず
故先生《こせんせい》がハバナくゆらしゐたまひしみすがた偲ぶこよひ楽しも
うつせみの吾も老ゆれば日をつぎて森鷗外先生をしきりに思ふ

茂吉は疎開する時、持って行くものとして、鷗外全集さえあれば退屈しないと言ったが、かってその第一回の配本が出来たとき、「新しくいでし鷗外全集をかい撫でて居り師《し》のごと親《おや》のごと」（『暁紅』）と詠んだのであった。上山市の斎藤茂吉記念館には茂吉終焉の部屋が復元され、その『鷗外全集』が置かれてある。

注

（1）佐藤佐太郎『斎藤茂吉言行』（角川書店、昭和四八）参照。
（2）佐藤佐太郎著『童馬山房随聞』（岩波書店、昭和五一）参照。
（3）北住敏夫著『群竹　随想など』（仙台共同印刷、昭和六三）参照。
（4）田中隆尚著『茂吉随聞　別巻』（筑摩書房、昭和三六）参照。
（5）田中隆尚著『茂吉随聞　下巻』（筑摩書房、昭和三五）参照。
（6）注（1）参照。
（7）近代文庫『妄想　他三篇』（創芸社、昭和二九）の中谷孝雄による「解説」参照。

（8）大庭みな子著『野草の夢』（講談社、昭和四八）所収の「朔太郎・鷗外」参照。なお伊狩章著『鷗外・漱石と近代の文苑〈付〉整・譲・八一等の回想』（翰林書房、平成三）に「大庭みな子」の文章についての紹介がある。
（9）斎藤茂吉「気運と多力者」（『改造』大正一五・七）に短歌は「他の芸術分野に対立して引《ひけ》を取らぬものである。」と見える。
（10）この方面では安森敏隆著『斎藤茂吉短歌研究』（世界思想社、平成一〇）の「茂吉と森鷗外」参照。
（11）本林勝夫著『茂吉遠望―さまざまな風景』（短歌新聞社、平成八）の「茂吉の海」参照。
（12）上田三四二『茂吉晩年』（弥生書房、昭和六三）参照。
（13）拙稿「森鷗外的《混沌》与庄子」（『日本学論壇』季刊／総第一五七期、二〇〇〇年第三期）参照。
（14）土屋文明編『斎藤茂吉短歌合評　下』（明治書院、昭和六〇）参照。
（15）佐藤佐太郎著『茂吉解説』の「茂吉晩年の歌」参照。
（16）注（1）参照。
（17）注（15）の書の「鷗外と茂吉」参照。
（18）注（1）参照。
（19）斎藤茂太著『茂吉の体臭』（岩波書店、昭和三九）参照。

第三章　北原白秋と山椒太夫伝説

一　童謡「安壽と厨子王」（山椒太夫その一）の世界

北原白秋に大正十三年（一九二四）三月『赤い鳥』に掲載の童謡「安壽と厨子王」とその続篇「雀追ひ」とがある。作品執筆のモチーフを、白秋と鷗外、白秋と新潟・佐渡、白秋と故郷及び両親、白秋と童謡と捉え、この観点から詩篇の世界に照明を当てることにしたいと思う。前者は次のようであるが、これに付した作者の「解」は掲出を略し、適宜解釈の中に織り込むこととする。

人買舟《ひとかひぶね》にさらはれた
安壽《あんじゆ》厨子王《づしわう》、姉弟《あねおとゝ》。
　山椒太夫《さんせうだいふ》はおそろしい。
　姉《あね》と弟《おとゝ》は買《か》はれます。

父《とう》さまこひし、筑紫潟《つくしがた》、
母《かあ》さまこひし、佐渡ケ島《さどがしま》。

　山椒太夫《さんせうだいふ》が云《い》ふことに、
汐汲《しほく》み、柴刈《しばか》り、日《ひ》に三荷《さんが》。

安壽《あんじゆ》は浜《はま》へ、汐汲《しほく》みに
干杓手《ひしやくて》にもち、肩《かた》に桶《おけ》。
厨子王山《づしわうやま》へ柴刈《しばか》りに、
手《て》には刈鎌《かりかま》、背《せな》に籠《かご》。

姉《あね》の汐汲《しほく》みはかどらぬ。
干杓《ひしやく》は波《なみ》にさらはれる。
　弟《おとゝ》柴刈《しばか》りかはいさう、
柴《しば》は刈《か》れずに指《ゆび》を切《き》る。

父《とう》さまこひし、筑紫潟《つくしがた》、
母《かあ》さまこひし、佐渡《さど》ケ島《がしま》
　夜《よる》は夜《よる》とて波《なみ》の音《おと》、
山椒太夫《さんせうだいふ》の眼《め》が光《ひか》る。

右の童謡は、幼少時に物語として聞いたであろう山椒太夫伝説が記憶の底にあって出来たものと思われる。七五調四行五連から成るが、モチーフの第一の題材との関係では、具体的には鷗外とのつながりを考えなければならない。「解」に鷗外の名はないけれども、その「山椒大夫」（『中央公論』大正四・一）によったことは明らかで、第二連の語句「日に三荷」や「雀追ひ」の地名「雑太」もこれを証示する。しかし、白秋独自の感覚から書かれた作品であることはいうまでもない。「人買」は伝説自体が関係し、「山椒大夫」に負うているとしても、詩人の生い育った時代も関係していたであろう。野口雨情にも童謡「人買船」（『金の船』大正九・四）がある。

一体「人買」という言葉は、戦前はなお子供には現実味を帯びた恐ろしい響きを持つ、地域社会が記憶する言葉であって、これが「安壽と厨子王」にも反映したと解される。第一連で、人買いのその山椒太夫を「おそろしい」と表現し、それとの呼応により、子供の感覚として「眼が光る」としたのである。「眼」の描写は、白秋がしばしば採る、子供の恐れの感覚の表現で、多くの子供がそうであったが、特に白秋は夜を恐れたのであった。鷗外の小説は人買いをめぐる悲劇ではあっても、説経節『さんせう太夫』とは異なり、その世界の展開では、安壽の知恵によって暗い運命を切り拓く主筋を太く織り込んでいる。これに対し白秋の童謡では、切り取った部分のためもあってか、運命開拓の物語を組み込んではいない。それで、むしろ説経節の精神を濃く受け継いだ観を呈し、姉弟の苦難の境涯と父母を恋う情とが近世の民謡に散見する七五七五調の韻律にのせられて謡われることになった。

鷗外とのつながりでは、文芸界におけるその存在に対する白秋の思いが挙げられる。二人の間の深い結び付きについては、北原東代の著書に詳しく、基本的なことはここに尽くされた観がある。(1) 白秋は鷗外に「魂の父」を見ており、童謡の創作でもそういう点があった。「わたしや象の子おつとりおつとりしてた。」と始まる作品の夢を見たところ、自分も本当は象の子ではないかしらという気持ちがしたので、「わたくしどものえらい小父《おじ》さま」の鷗外の許に出かけて行ってその話をすると、「「さうだね、君は狼の子でも兎の子でもなささうだね。なるほど象の子かも知れん。」とお笑ひになりました。」という具合であった。(2) その先達は、大正十一年七月九日に没した。通夜の席

で延べられた唐紙に白秋は、

おのつからうらさひしくぞなりにける御庭のくさのそよぐをみれば

と書き自署している。翌々月白秋は、「この深い悲しみは私に何一つ先生について語らせなかつた。先生を語つて早くも口軽に自己を語らうとする人をあまりに私は見過ぎたのだ。また自分自身はそれを怖れたのだ。」と書いたが、(3)やがて僚友長田秀雄が「栗山大膳」(『中央公論』大正一一・一一)を故鷗外に献じた。白秋も少し遅れたものの、追悼の心も籠めて「安壽と厨子王」「雀追ひ」を書いたのではなかったか。

作品執筆のモチーフとして次に考えられるのは、新潟・佐渡との関係である。白秋は鷗外死去の直前、新潟市童謡音楽会に招かれた。その少し前のことになるが、佐渡の渡辺湖畔に手紙をしたためている。すなわち新潟行きの予定を記してから、五月二十八、二十九日に佐渡へ伺うかもしれないと書き、「御生活の御様子も拝見したし、貴嶋の風俗や自然にも接したし、かねて希望を達し得られたればうれしく思ひます。あなたを驚かしてもいいでせうね。一つには佐渡の民謡も作り度いのです。嶋でのあちらこちらをほつつりほつつり見物してあるき度く思ひます。」(大正一一・五・一二)と、希望を述べている。(4)湖畔はすでに白秋の弟経営の出版社アルスから高村光太郎の装幀により第二歌集『若き日の祈禱』(大正九・一二)を出している歌人であった。

けれども白秋の持病のため計画は中止され、その後の六月十二日新潟師範学校を会場にした童謡音楽会に出席した。演目はすべて白秋作詞のもので、しまいには白秋自身も壇上に上ったのであった。会果てて寄居浜に案内された詩人は、北国の寂しい海岸、佐渡の遠望に感動し、小田原に帰ってから、新潟の子供たちに「砂山」(初出「茱萸と雀」〈『小学女生』大正一一・九〉)を書いて贈ったのであるが、それには嘱目の景とともに松尾芭蕉の『銀河ノ序』の影響も見逃せない。「沖のかたより、波の音しばく〳〵はこびて」の行文は、童謡最終連の丹後由良の海の「浪の音」

にかかわり、その音は「砂山」の「汐鳴り」を経て響いたもので、子供には時に恐ろしく、時に悲しく感じられるものであった。かつて聴いたであろう伝説や鷗外の小説は、この時改めて脳裏に蘇り、童謡の誕生へと続いたにちがいない。

モチーフとしては詩人と故郷とのつながり、父母への思いも想定される。「父さまこひし、筑紫潟、／母さまこひし、佐渡ヶ島。」は作中二度繰り返され、第一連を枠組みとすると、その枠内の構成の初めと終わりとの連に位置して主調音を形成する。「山椒大夫」の「筑紫」を、白秋は「筑紫潟」と書く。『思ひ出』（東京堂書店、明治四四・六）には故郷の「潟」への鋭敏な感覚を記すが、音数律と関係しているにせよ、この語を付け加える心情が、望郷の念と深く結び付いていたことは明らかである。筑紫の国の中心に柳河や母の郷里南関は意識され、幼少時背負われて見た「潟」の光景が浮かんだことであろう。それとともに、白秋が人一倍親思いの人であったことも、右の詩行を支えている。歌集『雀の卵』（アルス、大正一〇・八）の「輪廻三鈔」には、小笠原在住時代の「父島よ仰ぎ見すれば父恋し母島見れば母ぞ恋しき」、「帰らなむ父と母とのますところ妻と弟妹《いろと》が睦びあふ家」の詠を収め、その一斑を窺わせる。飯島耕一は、白秋の深い親思いについて、萩原朔太郎や室生犀星の場合を視野に入れ、「体温を持ったほぼ等身の父であり、母だと言える。」とし、そこに「日本人の父、母の原型」が示されているとする。(5)首肯できる見方である。

「安壽と厨子王」には在来の童謡との関係もなければならない。子供にとって子守のつらさは大層なものであり、「この子泣くのでわしや死にまする。／死ねば野山の土となる。」（伊勢）とか、「いやだいやだ奉公はいやだ。／親と月夜はいつもよい。」（下総）といった歌に白秋は注目するが、(6)こうした心を承ける点もあったはずである。すなわち安壽の汐汲み、厨子王の芝刈りがそれで、慣れない仕事のつらさ、失敗の切なさを謡い、父母を恋しく思う心情もひとしお深くなるわけであろう。その点第五連の父母を恋う詩行は、第二連の場合とその内実を少し異にするとしても、ともに哀音を響かせている。白秋には「山椒太夫―芝刈りの厨子王のうた―」(『女性』大正一二・二)の一首もある。鷗外との関係を意識して作ったとしてもこれだけであったが、詩型としては「安壽と厨子王」の原型となったと解される。

ほろほろ鳥よ、ほろすけよ、
豆まき鳥よ、豆鳥よ。
　山椒太夫の眼はこはい、
　柴の三駄もみてたもれ。

『玉葉集』の一首「山鳥のほろほろと鳴く声聞けば父かとぞ思ふ母かとぞ思ふ」を想起させるが、白秋の童謡には、在来の民謡の形式や労働の歌も刺激を与えたかと思われる。(7) 近世の歌謡集『山家鳥虫歌』『松の葉』を愛読し、諸国の民謡に関心を持っていたからである。

二　童謡「雀追ひ」(山椒太夫その二)の世界

『赤い鳥』では、「安壽と厨子王」と「雀追ひ」とを連続した形では掲げていない。二篇の間に鈴木三重吉の「鴻の鳥」(童謡)、豊島與志雄の「天下一の馬」(童話)等々他の人の作品が置かれている。白秋は自作にそれぞれ「山椒太夫その一」「山椒太夫その二」の副題を付けた。後者は下のとおりである。

安壽《あんじゆ》こひしや、ほうやれほ、
厨子王《づしわう》こひしや、ほうやれほ。
　こゝは荒海《あらうみ》、佐渡《さど》ヶ島《がしま》、
雑太《さはた》の庄《しやう》の里はづれ。

安壽《あんじゆ》こひしや、ほうやれほ、
厨子王《づしわう》こひしや、ほうやれほ。
二人《ふたり》が母《かあ》さま、ぼろぎもの、
めんめめくらで、竿《さを》もつて。

安壽《あんじゆ》こひしや、ほうやれほ、
厨子王《づしわう》こひしや、ほうやれほ。
追《お》つても追《お》つてもむら雀《すずめ》、
干《ほ》した蓆《むしろ》の粟《あわ》のうへ。

安壽《あんじゆ》こひしや、ほうやれほ、
厨子王《づしわう》こひしや、ほうやれほ。
　遠《とほ》い薄陽《うすび》にほうやれほ、
雀追《すずめお》ひ追《お》ひ、ほうやれほ。

四連から成り、冒頭二行をリフレインで通して、やや単調ななかに、かえって盲た人のいちずな情の「あはれ」を示し、古樸な調べを響かせている。子を恋う母親の方に観点を据えた前作と対応し、労作の歌としては鳥追いの歌ともなっている。第一連の「こゝは荒海、佐渡ヶ島。」は、視点は違うけれども、「海は荒海、／向うは佐渡よ」の「砂山」を受け、また既述のごとく、接した実景や芭蕉を踏まえた表現でもある。第三連の「むら雀」は、鷗外の小説中の「雀」によったと考えられるが、説経節では単に「鳥」と見える。この鳥を親しく観察していた詩人には『雀の生活』(新潮社、大正九・二)の著書もあり、雀は新潟の寄居浜海岸でも見たが、その集団性をここに書き入れたものに外なるまい。第四連の「遠い薄陽」の表現は、盲た母親の視界を表し得て妙である。鷗外作中の鳥追い歌を下に引く。白秋はこの前半二行をそのまま繰り返して用いたのであった。

安壽恋しや、ほうやれほ。
厨子王恋しや、ほうやれほ。
鳥も生《しやう》あるものなれば、
疾う〳〵逃げよ、逐はずとも。

全体が一種のモノローグで、母親の真の心を深いところから開き示した詞であろう。歌は光を失うまでに子を思う心、離散の悲運の嘆きの情を凝固させたものである。独り言でありながら、子供に呼びかけることで、辛うじて自分を生き永らえさせている対話的言語――しかし返って来ない言葉を待つ体の表現といってよい。それが作品の悲劇的世界の終わり方に深い印象を残させるものになっている。すなわち親子相会うことのできた場面を、作者はただ「厨子王」と叫ぶ母親の言葉だけを記し、「二人はぴつたり抱き合つた。」と余情豊かに結ぶ。(8) これに対して、白秋の「解」は、女の唄う歌を聞いた厨子王が「もうたまらなくなつて飛んで行つてかぢりつ」き、抱き合った二人は「おいおい泣いてしまふ」と記している。情の人白秋にはその方が自然だったのにちがいない。鳥追いの歌を説経節『さんせう太夫』では、「あんじゆ恋しやつし王こひしや、ほやれほう、」と謡っており、白秋は基本的には鷗外の形式とリズムに倣ったのである。ただし、「雀追ひ」においては再会のことは謡わず、前半は「ほうやれほ」で結び、二篇全体でも詩人として歌謡に関心を示した受容の特色を現している。

白秋の二篇は、山椒太夫伝説と関係づけるとき、古典・説話とのつながりも、その執筆契機に数えることができるのではないか。これを後に『子供の村』(アルス、大正一四・五)の「子供の夜話」の部に入れた一事も、昔話の一種と考えたからで、成立の背景が知られる。「安壽と厨子王」の一年前『赤い鳥』(大正一二・三)に童謡「瘤とり爺」を発表しており、自作の童謡を「山椒大夫」の語りと併せ子供たちに聞き、謡ってもらいたいと考えていたかもしれない。

「安壽と厨子王」「雀追ひ」を以上のように捉えてみたが、その世界の根底には、抒情小曲集『思ひ出』(東雲堂書店、明治四四・六)の序文で回想したような、幼少時の哀歓と感覚とが存したであろう。それは純な童心とも言えるもので、「怪しくも美しい何かしら深い秘密を秘めた恐怖と光の魔宮」の、有明海特有の「潟」の印象に連なるところがあったに相違ない。「叡知と感覚」(『大観』大正一一・一)では、これにつながる精神を「童謡は子供には無論子供として相当にやさしく理解し得るものでなければならない。さうして、大人が之に対へば愈々深い何物かをその中に観、感じ、撲たれるだけの奥行きを常に深く包蔵したものでなければ、真のいい童謡とは云はれない。」と主張する。如上の心組みで書いたと思われる韻文は、鷗外の小説から滲み出た古典の心、哀調を帯びた往時からの歌ごころのリズム、歌謡に現れた民衆の情念、運命の「あはれ」を歌う心情、それらを総合する形で、童謡詩人としての白秋の美的感覚と精神とによって誕生したものであった。

三 「山椒太夫哀歌」の歌境

白秋にはしかし、山椒太夫伝説の世界は、童謡をもって終わるものではなかった。ほぼ十五年を経た昭和十三年（一九三八）八月『文芸』に、「霖雨低唱」の総題の下、関係作を詠んだのである。詞書が鷗外作中の鳥追いの歌をそのまま採ったことというまでもない。それが哀歌として短歌にも響いて効果的である。

山椒太夫哀歌

安壽恋しやほうやれほ、厨子王恋しやほうやれほ。

佐渡ヶ島雑太《さはた》の庄に目は盲《し》ひて干すさ筵の粟の粒はや

啄む粟の薄日あはれとほうやれと追ふ鳥すらや眼には見なくに

右の二首は、詞書の句点を省き、「盲《し》ひて」のルビを取り除いて、そして「啄《つ》む」と「薄日《うすび》」とルビを振り、歌集『黒檜』（八雲書林、昭和一五・八）に収められた。「曇れる魚眼」の章の最後に、初出の題「山椒太夫哀歌」としてである。収録歌を、その内容により季節の順に従って配列したのである。歌集は昭和十二年十一月から十五年四月までの作品を集成したもので、眼疾に関係した歌が多い。「序」には、「黒檜の沈静なる、花塵をさまりて或は識るを得べきか。」とあり、「薄明二年有半、我がこの境涯に住して、僅かにこの風懐を遣る。」と述べ、病苦の克服と幽暗な境とを世に訴えようとするためではなく、「ただ煙霞余情の裡、平生の和敬ひとへに我と我が好める道に終始したるのみ」と記している。

照る月の冷《ひえ》さだかなるあかり戸に眼は凝《こ》らしつつ盲《し》ひてゆくなり
月読《つくよみ》は光澄みつつ外《と》に坐《ま》せりかく思ふ我や水の如《ごと》かる

巻頭に「駿台月夜」の題で置くこの二首は、歌集の世界を象徴的に表すものとなっている。「山椒太夫哀歌」も『黒檜』の世界で所を得た作品となった。眼疾のため薄明微茫の生活に入った歌人にとって、「山椒大夫」の盲の母親、自作童謡の雀追いの母親は、身近に意識されたのである。歌の用語は二童謡からかなり採り用いており、それが短歌の姿をとると、それぞれ「粟の粒はや」及び「あはれ」「眼には見なくに」と表現され、新たな情の深まりが感得される。「佐渡ヶ島――」の一首は門葉宮柊二の「白秋三百首」に採られた(9)。「照る月の――」のほか『黒檜』からは三十七首を採り、左の歌が含まれている。

目の盲ひて幽かに坐しし仏像《みすがた》に日なか風ありて触りつつありき
眼を病めば起居《たちゐ》をぐらし冬合歓《ふゆねむ》の日ざしあたれる片枝《かたえ》のみ見ゆ

ともに薄明の視界を歌った作であるが、前者は、苦難の果てに失明してまでも渡日した鑑真和上を思い、その像を詠んだ歌である。こうした作の並ぶ中に、我が子の名を呼びつつ鳥を追う盲た母親を詠じた哀歌を見いだすのは、ごく自然のことであったかもしれない。歌人の父も晩年は薄明の世界に住した。親思いの白秋には切なるものを見、また自らの心情をそこに重ねるところもあったと推想される。

鷗外の「山椒大夫」は、谷崎潤一郎・芥川龍之介・佐藤春夫及び三島由紀夫といった大正・昭和を代表する文学者にインパクトを与えたが、白秋はその重要な一人であったことになる。後年劇作家田中澄江は、アニメーションのためにそのシナリオを書く。白秋は鷗外の遺響を実り豊かな作品の姿で表した一人であって、童心とのかかわりでは、伝説やこの近代文芸の古典から童謡を作り、また光を失い始めてからは、特に鳥追いの女を、同情・慈愛をもって詠んだごとくである。「平生の和敬」の心をもってしたと記すが、自分の運命を諦視しつつも、時には「あはれ」と見る心もはたらいていたことであろう。しかし、光を次第に失っていく自己を捉える「照る月の――」や、結句に「水の如」くにとある「月読みは――」の歌の「我」を静かに観る心を見逃してはならない(10)。

白秋の『橡』(靖文社、昭和一八・一二)に、宮柊二は、「群衆に向つて自分の酔狂や苦悶を売るのは厭だ」(うづまき、上田敏)というような、「孤りの世界、――先生御自身は肩をおとして寛寛としておいでになる――寂寥境」の姿を捉え、「素材とこなしと完成の清潔、その文学に臨む態度は鷗外・敏・白秋の近代系列を書いてもいいのではあるまいか」と述べた(11)。宮柊二自身、作品に向かって「感傷や甘さを清潔に拭き取った」表現により、そこに「荘厳なもの」がおのずと現れることになる「独白」の姿を想定した歌人であったが(12)、右の系譜に連なるこの高足に昭和四十二年、白秋ゆかりの寄居浜における一首があり、間接的であるにしろ、「山椒大夫」の余響を聞くことができるのである(13)。

「砂山」のいしぶみ前に蹰りて友長くをり遠く来しかば　北原白秋碑

注

(1) 北原東代著『白秋の水脈』(春秋社、平成九)の「II　白秋散策」中の「白秋の観た鷗外」参照。

（2）北原白秋著『象の子』（アルス、大正一五・九）の「象の子の話」参照。なお二人の関係の一端については嘉部嘉隆の「白秋と鷗外」（『白秋全集23』〈岩波書店、昭和六一〉の「月報21」）参照。
（3）北原白秋「森鷗外先生」（『詩と音楽』大正一一・九）参照。
（4）渡辺和一郎著『佐渡びとへの手紙　渡辺湖畔と文人たち　上』（非売品、平成一一）に紹介の新資料。
（5）飯島耕一著『北原白秋ノート』（小沢書店、昭和六〇）の「『雀の卵』」参照。
（6）北原白秋著『お話・日本の童謡』（アルス、大正一三・一二）の「お墓のあやめ」参照。
（7）民謡における労働歌については、浅野建二著『日本の民謡』（岩波書店、昭和四六）参照。
（8）拙稿「『山椒大夫』の方法とその世界」（平川祐弘・平岡敏夫・竹盛天雄『講座　森鷗外2　鷗外の作品』新曜社、平成九）参照。伝承の地との関係では渡部勇次郎著『佐渡文弥節考』（アダチプリント社、平成一二）参照。
（9）宮柊二著『白秋・迢空』（河出書房新社、昭和五九）収録の稿。
（10）詳細な解釈は佐佐木幸綱編『鑑賞　日本現代文学　第32巻　現代短歌』（角川書店、昭和五八）参照。
（11）宮柊二「『橡』覚書」（『多磨』昭和一九・三）参照。
（12）宮柊二「独白と伝達」（『多磨』昭和二二・一）参照。
（13）芭蕉・白秋・柊二については拙稿「『砂山』のことども」（新潟大学附属新潟小学校『学校と家庭』第二一一号、平成一二・一二）参照。

第四章　宮柊二の津和野及び鷗外詠

一　宮柊二の津和野詠

星の夜の明るき堀に白き影黒き影して鯉群てゐる
ほととぎす渡るも聞きて明暗《あけぐれ》の津和野の宿に目覚めをりたり
枝かげに青実豊けく盆地町梅のみのりの良き年といふ
宿帳に名を入れにつつふと想ふ津和野の町の水清からむ

北原白秋門葉の宮柊二が、昭和四十二年（一九六二）六月津和野を訪ねた際詠じた歌の中の四首で、のち歌集『獨石馬』（白玉書房、昭和五〇・八）に収められた。山陰のこの城下町を訪れる人にまず印象深く残る一つは、かつて鷗外こと森林太郎も学んだ藩校養老館の前を流れる堀と遊泳する鯉とであろう。第一首は星空の下での嘱目の景を詠んだ作であること言うまでもない。続いては、星の輝いていた前夜からの空気を静かな早朝に切り裂いて、山峡の町の空を鳴き渡るほととぎすを枕辺で耳にした時の詠である。津和野に対する思いも動く目覚めだったのであろう。その二年前の初夏、故郷越後・堀之内に一泊した際の即詠に、「川音を聞きつつ宿のあけぐれに眠《ねむり》短くわが覚めてをり」があるが、飛ぶ鳥の鳴き声は一首中、魚野川の川音と機能を同じくしている。第三首の結句は、津和野の人たちと親しく声を交わしたことを思わせる表現であるが、初出の結句は「良き年ならし」であった。

第四首では、「水清からむ」の句が注目される。かつて出征する車中の宮柊二に万葉集を差し入れてくれた中山礼治は、後年の論文で、「夏蟬のなき初むるきけば清らなる魚野の川の水をし思ほゆ」（昭和四）の詠を引き、谷川岳に源を発し、魚沼盆地を流れて堀之内の岸を洗う魚野川に、鮭が信濃川口を百キロ余も遡上することに、その水の清いことを思い、宮柊二の周縁とその心とにこれが浸透していたであろうと想像する。[1] 歌人のこの川に対する思いからすると正鵠を射た解釈でなければならない。中山は、「魚野川の清が柊二の文学的風土であり、清なるものが柊二文学の質であることに読者の関心をうながしたい」と論考を結んでいる。後年の「夢に立つ山紫水明雪しろき八海山と清き魚野川」（昭和五六）の歌もある。もとより「清」が魚野川だけに関係するものでないことは、飛驒高山における川の詠を見ても明らかであるが、津和野の水を想見し、故郷に通ずるもののあることを期待する心があったらしい。

「清」は川だけではなかった。校歌の作詞も少なくなかった歌人には、この旅の直前に「夜の星の光るが如く魂《たま》清く子らがうたはむ校歌こそあれ」の一首も作っている。津和野における第一首の星もその意味で関心を引く対象だったようである。「七夕の星を映すと水張りしたらひ一つを草むらの中」（昭和二二）といった、緑の中に星影を映す清爽な気を捉えた作も見える。夜の魚野川をしばしば詠んだ歌人は、歌会に出ても、「全く早く東京の夜は河に来て星清きゆゑわれを佇たしむ」（昭和三四）と歌っており、一首の背後には故郷の川や星も意識されていたのではなかったか。

山峡の津和野は、堀之内ほど広さを感じさせないけれども、同じく川沿いの長い町並みを見せ、盆地である点では親しみを感じたと思われる。そういう地出身の先達に対して、第一には、叔父の画家宮芳平のことで父も登場する「天寵」（『アルス』大正四・四）を書いた、宮一家にとっては特別の作家であったことが意識されていなければならない。(2) この小説は昭和十二年中学校国漢用教科書（岩波書店刊、文部省検定済）『国語　巻六』に載り、戦後も中学校の教科書に採られた。そのことを歌人も、そして諏訪で教壇に立っていた当の画家も知っていたに相違ない。第二は、自分の第三歌集の書題「小紺珠」を鷗外のノートから得ていたことが挙げられる。第三は師白秋にとって鷗外は、「魂の父」という存在であったが、(3) 芭蕉と服部土芳との間柄になぞらえるような心から白秋が、芭蕉の句を詞書として詠んだ一首を見いだし、宮柊二は、沙羅の木に関係して「観潮楼に白秋先生がこの木をば詠ひましたる歌一首知る」（昭和五二）の歌を作ったのであった。白秋夫人から文豪の小説の原稿を見せてもらって眼福を感じたという一事も想起される。その先達の分骨されている永明寺においては、「出で行きて津和野に遂にその一生《ひとよ》帰らずありし鷗外の墓」と詠んだ。その際都会に出た長子の自らの来し方にも思いをめぐらせたことであろう。

つつましき藩の医にしてその家の這入《はひり》に残る座頭手探《ざとうてさぐり》
機《はた》織りてゐし鷗外の母のことも若く知りぬヰタ・セクスアリスに
尋ね来し鷗外の家樹齢古りて実をむすぶ無き柿の葉は照る

特に「つつましき」の語に、軍医・文豪として名をなした先人の生家を見ての感慨が籠められている。「ヰタ・セクスアリス」（『スバル』明治四二・七）にも心を動かされるところがあったらしく、現実的な問題にぶつかったのか、「冬幾日」の題の下、「わがこころゆらぎて止まぬ夜《よる》なれば森鷗外作ヰタ・セクスアリス読む」（昭和二三）とも作っている。一首の前には「苦しみて素直にありし来方《こしかた》は蠟の炎を過ぎにつつあり」の歌が置かれてあることも目に留まる。この小説に往時の自分や母・家族・故郷とのかかわりが重ねられるところもあり、心慰められるものを感じていたようである。

二 「扣鈕」の詩碑の歌

扣鈕《ぼたん》の詩彫らるる石に日は照りて夏草闌《ふ》けぬ花みな白き
扣鈕《ぼたん》の詩彫らるる石をめぐりつつ夏草闌《ふ》けぬ花みな白き

鷗外生家庭前の佐藤春夫の揮毫にかかる詩碑についての宮柊二による二首であって、詩は日露戦争の戦陣で得た作品で編んだ『うた日記』(春陽堂、明治四〇・九)所収のものである。(4) 初出稿の前者の歌に比し、『獨石馬』中の後者は、碑と白い花々とのかかわりを明確に、鷗外の詩を、より抒情的に吸収した趣を呈していると言えようか。五連から成る「扣鈕」は、留学の青春時代を回想したものである。少女《おとめ》と共に買い求めた袖口のこがねのボタンを、南山の戦いの日に落としたと歌う第一連に続く第二連・第三連を引こう。

べるりんの　都大路の
ぱつさあじゆ　電燈あをき
店にて買ひぬ
はたとせまへに

えぽれつと　かがやきし友
こがね髪　ゆらぎし少女《をとめ》

はや老いにけん
死にもやしけん

続いて、二十年の身の浮き沈み、哀歓を知るボタンの一つを落としてしまったことへの愛惜の情を、四連・五連と歌うのである。宮柊二にとって印象深い作品であったようであるが、[5] 一首にどのような抒情を託したのであろうか。詩中の「こがね髪　ゆらぎし少女《をとめ》」は、「舞姫」（『国民之友』明治二三・一）のエリスに当たるモデルの女性と考えられ、小説中の事実関係は別としても、現実には、帰国する森林太郎を一船遅れて追って来た、そしてまた一人でドイツへ帰って行った女性を想定してよいであろう。そのようなかつての恋人を思う人物――鷗外を、宮柊二も詩中に読んだはずである。この点で掲出歌の「花みな白き」とある結句が関心を引き、詩碑の周りに咲く花のイメージが注目される。この問題では初出の「日は照りて」は碑面に焦点を当てた感があっても、一首中もう一つ機能しえていないと考えたためであろうが、それには中学校（旧制）を卒えて程なく始まり、哀しくも不幸に終わった恋愛のあずかるところもあったのではないか。「少年記」（『アカシヤ』昭和二四・八）において、親友の従姉との恋愛を『群鶏』（青磁社、昭和二一・一二）の歌に触れて左のごとく回想する一節が思い合わせられるからである。

> 私の歌集「群鶏」の中に「路」として出ているのはそのつづまりのことであるが、当時、私は恋愛など実在として考へたことはなく、寧ろ人間のおくぶかい、例へば宗教上の自己陶酔に似たあこがれのやうなものに思へてゐた。然し、五歳上の貪婪な女性心理は感じ易い少年の心を次第に捕捉していつた。さうしたことも今はすでに淡々とした過去になつてしまつたけれど、しびれるやうに辛く悲しく、又、苦しかつた何年間は、あの後に、即ちあの少年の日に直接して在つたのだから、私はこのやうに少年の日を思へば、矢張りそのことを思ひ出すのである。

従軍して、あの中原会戦の時であつた。十何日かの戦闘のあと、（中略）黄河に近づくに従つて、麦の成長は早く一二日前までは二三寸ほどだつたのが、もう穂を孕み、次には黄に熟れはじめてゐた。その穂をちぎつて、一粒を口中に入れて噛むと何ととろつとした甘味が舌の上にこぼれて沁んだではないか。私は殻を吐き捨ててつゞいて次の粒を噛んだ。そして歩き乍らいつまでもその動作をつづけてゐた。私はその間、故国の中に成長した少年の日を、丁度、茲に書いてきたやうなことを、わけも次第もなく思ひ出してゐた。

右に記載のある「路」（昭和一〇）から三首を引いてみると、

目瞑《めつむ》りてひたぶるにありきほひつつ憑みし汝《なれ》はすでに人の妻
しばしばもわが駭けり目に顕《た》ちて白き頸《うなじ》の汝《な》が後姿《うしろ》はも
ふと浮び堕《お》ちゆく白き花の団《たま》駭きて目に追はむとするも

とあり、白い花が恋人を表象していることがわかる。特に一首、二首の二句切れが感情の動きの切迫した表現を思わせる。そのようなかつての、しかもなお思い出さずにはいられない人とのことが戦線にあって浮かんで来るのであった。「想念」（昭和一二）から引こう。

接吻《くちづけ》をかなしく了へしものづかれ八つ手団花《たまばな》に息吐きにけり
高貴にて悲しみもてる黒き瞳《め》の涙湛へて死なと言ひき
白きいろ夜目に崩れてゆくと見し八つ手の花の冷き整ひ

第一首の「ものづかれ」は、白秋著『桐の花』（東雲堂、大正二・一）の恋の歌に見える語を思わせるところがある。前掲歌同様白い花のイメージは第三首にも詠まれている。白秋に見てもらったと後年語る右の歌の花について、「私の貧しい人生記録のそのおりおりにいつも咲いて印象をとどめている。（中略）冷いけれども私に深い沈黙を守り私の貧しさに同情をよせていてくれる」ように思えたと記し、若いころの作品にこれを詠んだもののあることを「不思議だ」と振り返って、これら三首に「甘美の悲しさにおぼれるようなところのみが濃い」と批判的であるが、それでも「寂しい、物静かな、地味な、冷い、あの八ツ手の花の精が変化して私に寄り添つて立つたのだ。」とも回想している。(6)

「少年記」の叙述からすると、黄土の戦場のすさまじさは、鷗外の場合とは異なってはいても、祖国を遠く隔てる同じ大陸でかつての人を、物に触れて思い浮かべたことが見逃せない。ベルリンの電燈青き店で共にボタンを買った人、その人に「はや老いにけん　死にもやしけん」と思いを馳せた軍医に、如上の歌を詠んでいた宮柊二が有縁の先人を見たことは間違いあるまい。「こがね髪　ゆらぎし少女《をとめ》」を歌った詩碑をめぐる白い花から、白い花の団《たま》、八つ手の花と結び付く「白き頸《うなじ》」の人がおのずと想起され、新たな一首が生まれたのではなかったか。

『うた日記』の「敵襲」も歌人の心に浮かぶことがあったに相違ない。青空にまたたく星を写した「あはれ星《ほし》　父母《ちちはは》うから　うまいせる／我宿の　上に照るらん　星さらば」の詩行のある作で、陣中にあって上層部の留守をあずかっていたところ、敵急襲の報知に接して陣頭指揮に当たるべく、死を決意して指揮刀を握った際の心中を書いたものである。やがて哨兵の誤認とわかったのであるが、この表現をおさえるとき戦記文学としても空前の歌集とされる宮柊二の『山西省』（古径社、昭和二四・四）中、海峡に臨む門司で「まどろめば胸どに熱く迫り来《き》て面影二《ふた》つ父母《ちちはは》よさらば」と詠んだ一首が関心を引く。出で征く身としておのずとこみ上げて来る心情であろう。作歌の時点では無関係であっても、後年歌人に「敵襲」の詩は目に留まったことがあったはずである。

こう読み進めるとき、右の歌集中、想像を絶する過酷な状況下で戦ったことを歌った数々の作品における心事が思われるのである。「おほかたは言挙《ことあ》ぐるなくひたぶるに戦ひ死にき幾人《いくたり》の友」（昭和一五）、「うつそみの骨身を打ちて雨寒しこの世にし遭ふ最後の雨か」（昭和一七）の詠は、まさに死を決意し、死に直面する日々の中の一齣・一瞬を捉えたものである。「泥濘に小休止するわが一隊すでに生きものの感じにあらず」は、けだし日本には絶えてない場景での行軍の姿であろう。前掲「少年記」に叙述のある中原会戦のあたりで得た作と、『山西省』の「続後記」に、「中国ははつきりとした将来の自信の上にたつて、犠牲を見守り見送つてゐた。」とある文に続く「麻の葉が、びつしよりと青を湛へて生ひ立つてゐた。それは恐怖をそそるばかりであつた。さうした記憶が何の関連もなく目の前に現れたりした。日本軍はひしひしと包囲をちゞめて来る力の前に東奔西走、又、南船北馬して戦はねばならなかつた。私は心を引緊めて立派な兵隊でありたいと思つたり、そして戦ひの中に死なうと思つたりした。」（傍点引用者）とある条とつながりのある歌を引こう。

麻《あさ》の葉に夜《よる》の雨降る山西《さんしい》の山ふかき村君が死にし村（昭和一五）

麦の秀《ほ》を射ち薙《な》ぎて戦丸《たま》の来るがゆゑ汗ながしつつ我等匐《は》ひゆく（昭和一七）

歌中「恐怖」の語は見えないけれども、そういう心理を推測させるものは認められよう。宮柊二は戦線にあって死をいとう人ではなかったが、死線を生きた人でなければわからない心事がそこにはあるのである。歌集の「後記」には、心顫える戦地での思いを、「大切な祖国は、常に平安と柔和と考へ深い国であつて欲しかつた。」という言葉を記し、「ただ思ふのであるが、人間が自らの過去の堆積の中に自ら記したものを価値無しとしてはならない。若しこの一冊に収め得た僅かな、そして単純な作品の背後に、さうした一兵隊の悲しい陰鬱と傾斜の心理を窺ひ見て貫へるならば、私は号泣して平伏するであらう。」と、昭和二十一年春の日に結んでいる。
こうたどるとき、「現代の秀歌」（『毎日新聞』昭和四二・一・二九）から引かなければならない。

勲章は時々《じじ》の恐怖に代へたると日々の消化に代へたるとあり　森鷗外

戦場での軍人の恐怖が「時々の恐怖」。毎日の仕事や職業が、また生の飢を慰謝しようとしてやる芸術や学問も「日々の消化」。散文的で乾いた一首だが「考へて判断する人」（木下杢太郎の評語）鷗外だから詠《うた》えたとも思える歌である。観潮楼歌会が隆盛のころ一気につくつたという、「我百首」の中にある。『沙羅の木』所収。

この一文を書いた後で「扣鈕」の詩碑を詠んだわけであるが、これを少し遡ったころの「人生とうたごころ」（『れいろう』昭和三四・一〇）において、「詩とは外のものを十分に認識して、それを内に開拓してゆくものだ。外にみるものを単に見送ってすごすことなく、それを意味とした感動として自分の生に参与させることだと思う」と記し、詩はまず作者自身のためにあるべきものと述べる。そして自説の援用として『うた日記』巻頭の自題の詩から、「情《じょう》は刹那《せつな》を　命《いのち》にて／きえて跡《あと》なき　ものなれど／記念《かたみ》に詩をぞ　残《のこ》すなる」と引き、これを「感情というものは動いた刹那が生命なのだ。その一瞬が過ぎればもう活き活きとした形としては残らないのだ。従って、その一瞬の、命のある感動を尊いものに思ってそれを詩に残すのだ」というほどの意味であると解し、次のようにも言い換える。「人皆それぞれの人生を負って、それぞれの価値を積み蓄えている。それが一瞬一瞬の感情の中に閃《ひらめ》くのだ。主題も筋も論理もない刹那感情ではあるけれども、その一瞬は永遠を蔵した詠嘆を放っているのだ。それが形を帯びて詩というものになる」。『山西省』の「後書」の響きの聞き取れる文章である。白鳥省吾の、日露戦争を背景にした詩の「耕地を失ふ日」（『楽園の途上』〈大正一〇〉所収）その他の例を挙げるまでもなく、肯定的には詩歌の対象になりにくい勲章を詠み込んではいても、死戦を経巡った心的体験も関係して、宮柊二は、鷗外の歌に生命の真実の表現を読み、これを秀歌と見たのである。

「扣鈕」の詩碑を詠んだ一首は、このようにして先達の詩に深く感動し「自分の生に参与させる」歌であったことになり、その焦点は、青春時代の、せつなくも美しい白い花のイメージに結ばれたのであろう。

三　宮柊二の歌における鷗外

この旅で宮柊二は津和野高校において鷗外について講演をし、その時のことを詠った稿体に手を加え、

とりとめもなき話して鷗外の「妄想《まうざう》」にしも辿りつきたり

鷗外の「妄想」に触れ語りつつ折節痛く悲しみ動く

の二首を『獨石馬』に収めた。前者にはわずかな字句の改変があるだけであるのに対し、後者の初出の形は、「老いづきて己れ見返る折節に恥を越えたる悲しみ動く」であった。上田三四二によれば、詩歌の芥川龍之介のいわゆる「微妙なもの」を、「莫大な感情の負荷」をかけ、「苦しげにもらすことによって、思いの深さの中にとらえ」る宮柊二であったとするが、(7)特に第二首はそのような歌と解することができる。「妄想」には還東の青年を「そっと引く、白い、優しい手」のあったことも記されている。宮柊二には鷗外とのかかわりで心の深く動くところがあったらしい。昭和十七年三月十七日戦場から宮肇として滝口英子宛に次のようにしたためたこともあった。

○今日は岩波新書の「妻への手紙」「ドイツ戦没学生の手紙」を依頼し、買つて来て貰ひました。「妻への手

紙」と言へば、私は父から「森さん、森さん」と鷗外先生のことをきかせられたし、叔父から「先生」といふ呼称できかせられた。あの「天寵」といふ創作や右の父、叔父などと鷗外先生との関係から見て、私の家にも鷗外先生の御書翰などなくてはならぬ筈だなぞと考へてみたりしたが記憶にない。田舎の蔵の中にうづ高く積まれてある古書翰、古書冊なぞをおもひ出したり、又屑ものとして売却されたそれらの中にあつたかも知れないなぞと惜しんでみたりしました。

続いて新年以来読んだ書冊を挙げた中に、「うたかたの記」があり、最後には白秋の入院に「心が淋しく暗い。」と書いている。「妻への手紙」(8)は鷗外の次女小堀杏奴が、日露戦争の陣中から鷗外がしたためたものを編み昭和十三年に刊行した書である。翌日の葉書にはユーモアをまじえて「○英子女史は鷗外漁史の「妻への手紙」でも読んで見習つてくれねばいけない。兵隊には手紙が一番なつかしく慰めになるもんなんだから。」(傍点引用者)としたためたが、十一月中旬に白秋の逝去を知り、翌十八年晩春白秋についての「塞下悲報」三十首のうち「おもかげ三」として左の歌も書き送っている。(9)

イエローの利きたる絵ぞとゆびさして鷗外先生のらしきとまをす

絵はわが叔父の絵、鷗外先生の書庫にありたるといふ。叔父とは「天寵」の中の主人《ママ》なり。この絵のこと、よく白秋先生が申しましき。

観潮楼歌会のことども語りましし孟夏の夜を忘れて思へや

津和野訪問以前に「三鷹禅林寺墓地」や「父三周忌」といった詞書で歌を作っており、それらの中に昭和三十六年詠「鷗外の墓ある寺に亡き父の寂しき生《よ》をば偲びて坐る」の一首もある。田中榮一は、十六歳の時の宮柊二がその父の姿を「楡山をかち越えてゆくに雪ふかしするしはぶきもこもりて響かず」と詠んだことの意味について、おそらく「寂しき生《よ》」と感じたことも視野に入れ、その「歌界の源流」として追尋しているが(10)、そうした往時も歌人の脳裏には浮かんでいたと推断される。昭和四十九年作で『忘瓦亭の歌』に収めた「妻は今シルクロードを巡りをりわれ鷗外の墓を尋《と》め来ぬ」の歌がある。同じ歌集には昭和五十一年六月初め第二期鷗外全集最終第三十八巻配本のとき、たまたま新聞歌壇に山口まかという人の投稿歌「征きし子の遺せし鷗外全集の塵払ふなどしつつ老いたり」を見た旨の詞書のある、全集に関係する歌が収められている。三首を引こう。

鷗外全集最終巻に収めらるわが歌集名に借りし「小紺珠」
二揃ひ書架に並べる鷗外全集眺めつつ亡き父の偲ばる
戦死せんかも知れぬ吾を待ち父が購《か》ひ置きてくれし全集

宮柊二は時に鷗外全集を繙いた。歌論ではその抒情詩論が注目されるべきことを述べてこれを引き、自説の強化を図り、応制の歌のことでも繙いている。「めでたきもの」(『灰皿』昭和三二・七)を草する際、全集について鷗外のそれを挙げ、荒正人の文を、「二十八歳のころから著作生活にいり、六十一歳で死ぬまで書き続けたとして、一日平均三枚ということになる。枚数だけでいえば、一日百枚も書きとばす小説家もいる現代では、おどろくにあたらない。むしろ少なすぎる。だが、仕事の密度の問題になると、話はまったくべつになる。しかも持続した仕事である。それが、二重生活者としての仕事であることを思うとき、驚嘆の念を禁じ得ない――。」と写している。これは自らの感想でもあったにちがいない。漱石・白秋・折口・茂吉の名も挙げているが、漠然とした感情と断りながら、これら先人の仕事への心、及びがたい情熱の度合いを思うと、「自分がいぢめられるやうな痛い違和感を感ずるのであつた。」とも記している。中学生の時「猛烈に感動を受けた」鷗外訳『即興詩人』のことも思い浮かべていたであろうか。(11)

自著出版のことを白秋に触れて書いた文章には、「私の父は、鷗外先生の小説『天寵』の中のM君の兄であるが、この父は終戦以来病辱に即いて既に激しい衰えを見せてゐる。『天寵』によれば、M君の父である私の祖父は画家を志したM君を廃れ者になると思つたやうであるが、M君の兄である私の父は、家業を拋擲して白秋先生に事へた私を廃れ者になるとは思つてゐなかつた。」とある。(12) 前述の恋の問題で相談し、上京後働いた額縁屋とのつながりも叔父であった。そうした歌人に右の三首に続いて次の一首を見いだす。

鷗外に縁《ゆかり》を持ちしわが父も芳平叔父も逝きて早や亡し

このようなことどもが、青春の只中にある津和野の高校生を前にして改めて心中に甦ったと推測される。フィクションをまじえているとはいえ、「妄想」は鷗外の半生をたどった自伝的小説として読めば読めるものであるが、特に「鷗外の「妄想」」に触れ語りつつ折節痛く悲しみ動く」の詠の基層に鷗外とつながる父・叔父ら肉親や師白秋の面影が、自身の生の断片とともに過ぎ行く時の寂しみの中に磅礴してあり、それが一首の哀調としても現れたのではなかったか。宮柊二にとって津和野訪問は感銘深いものがあったであろう。

注

（1）中山礼二「宮柊二に於ける清なるもの」（『コスモス』昭和三八・三）参照。その歌と故郷・父とのかかわりについては田中榮一「近代歌人・俳人への覚え書き―木下利玄・宮柊二・中村草田男―」（『新大国語』第三十号、平成一

五・三）、桑原正紀著『歌の光芒』（柊書房、平成一七）参照。

（2）竹中正夫著『天寵の旅人　画家宮芳平の生涯と作品』（日本YMCA同盟出版部、昭和五四）、山崎一穎「宮芳平―鷗外ゆかりの人々　その5―」（『評言と構想』第一七輯、昭和五四・一二）、『森鷗外と3人の画家たち展　装丁本と主人公画家たち　原田直次郎・大下藤次郎・宮芳平』（豊科近代美術館、豊科近代美術館協力会、平成九）参照。

（3）北原東代著『白秋の水脈』（春秋社、平成九）参照。

（4）詩碑建設のことについては、鷗外記念館の『ミュージアム・ノート』vol.1（平成一三・三）の「鷗外生家前の「扣鈕」の詩碑」参照。詩碑の題字は漢詩人の土屋竹雨が揮毫。この時佐藤春夫は記念に『うた日記』の見開きに「大人が歌嵐のなかの松風の音にこそひゞけ時は経ぬれど」の一首を残したのであった。なお詩の解釈については平岡敏夫著『日露戦後文学の研究　下』（有精堂、昭和六〇）、拙稿「鷗外の詩「扣鈕」の解釈」（谷沢永一・山崎國紀編『森鷗外研究8』平成一一・一二）参照。

（5）宮柊二「随筆・俳句月暦」（『東京新聞（夕刊）』昭和五〇・九・二三）の「俳句をつくる人の文章」参照。この詩は心に深く残ったらしく、「随筆・俳句月集『瀑声』」に寄せた中村草田男の序文に取り上げた「藷粥に落ちたる鋏不和ゆゑに」の句中の「鋏」を、宮柊二は「鈕」と読み誤ったことに言及し、「扣鈕」の詩が思い出されたからであったと打ち明けている。川島泰一著『宮柊二の世界』（現代書房新社、昭和五五）が宮柊二の鷗外詠を引いているが、正面から取り組んだ研究は管見には入らなかった。

（6）宮柊二「花八ツ手」（「はなごよみ［二］」〈『家庭信販』二七、昭和二八・一二〉）参照。

（7）上田三四二著『現代歌人論』（読売新聞社、昭和四四）の「木俣修」の章参照。

（8）手紙全般については山﨑國紀著『森鷗外の手紙』（大修館書店、平成一一）参照。

（9）宮柊二『砲火と山鳩―宮柊二・愛の手紙』（河出書房新社、昭和六三）参照。

（10）注（1）の田中榮一の論文参照。

（11）宮柊二の「わが歌のはじめ」（『朝日新聞』昭和三八・二・一六、一七、一九）参照。

（12）宮柊二「『群鶏』出版前後」（『本の手帖』昭和三九・五）参照。文中の小説については拙稿「森鷗外「天寵」の世界（上）（下）」（『新大国語』第十七号、平成五・三。第二十七号、平成一三・三）参照。

付記　鷗外についての宮柊二の講演内容の記録は津和野高等学校には残っていないとのことを元校長松島弘氏からご教示

を得、宮英子氏からはメモのようなものはあったように記憶するとのお答えを口頭でいただいた。

第四部　詩人

――鷗外の詩業・歴史文学の影響

第一章　木下杢太郎『食後の唄』の街頭歌

一　杢太郎とフランス印象派

木下杢太郎は、その一員であった新詩社の主宰者與謝野寛（鉄幹）逝去の報に接して、「與謝野令夫人に上る」（昭和一〇・三・二六）を草した。その中で、明治三十九年（一九〇六）、四十年すなわち二十一、二歳の往時を振り返り、自作の詩材に関係した地域について、日本橋や深川の河岸は「江戸的――印象派的といふ妙な交錯から」当時「甚だ喜び歩いた街区」であったと記す。そして、社の集いで森鷗外・上田敏その他の大匠、新進の作家を知ったことは、生涯の「重大な事件」であったと回顧している。

木下杢太郎が観潮楼の歌会に出席したのは明治四十一年夏のことで、以後この青年にとって鷗外は次第に大きな存在となっていった。その翻訳や『スバル』に掲載の「椋鳥通信」は西洋への一つの窓口であった。小説については『唐草表紙』（正確堂、大正四・二）の「跋」で、ツルゲーネフ、ゴーリキーが好きになって書き出したが、日本の小説では、「自覚的には、森博士の文体より外には余り御陰を蒙つて」はいないと打ち明けている。「荒布橋」（『スバル』明治四一・一）の冒頭を見ると、もともと鷗外の文章・文体に関心を示してもおかしくはなかったことが知られる。たとえば、近松秋江は、作者のわからない段階で杢太郎の「霊岸島の自殺」（『三田文学』大正三・一）に鷗外の筆致を感じ[1]、一時身近に在った斎藤茂吉も、杢太郎と鷗外とのつながりを感じ、世間で「小鷗外」と呼んでいたとも回想している。[2] 杢太郎は中国へは鷗外の『阿育王事蹟』を携行しており、詩についてはそのかかわりに言及がなく、またそれほど注目すべきテーマでもないが、これを観察してみることは必要であろうかと思われる。

杢太郎は、後年「北原白秋のおもかげ」(『改造』昭和一七・一二)において、中学時代からの友人山崎春雄が、いわゆる印象派に関する文献を紹介したと述べ、表紙にRICHARD MUTHER著／木下杢太郎訳と印字し、「子爵黒田清輝先生に献ず」の献詞のある『十九世紀仏国絵画史』を大正八年六月(国会図書館蔵本では七月に訂正)日本美術学院から刊行するに至ったことを記している。[3] 上の一文では、また東京市街の風景、江戸の回顧といったことが白秋の作品の重要な対象になっているとし、それは印象派が『明星』『スバル』の詩壇に流れ込んだ一つの姿であったという叙述も見える。白秋の『邪宗門』(易風社、明治四三・三)や『東京景物詩其他』(東雲堂書店、大正二・七)は、それらに該当するものであった。杢太郎のこの方面に関することでは、その一端を『印象派以後』(日本美術学院、大正五・一〇)の「序」において、明治四十一年のころ、ムウテルの書を耽読したと記した後、「印象派の名が鷗外博士の翻訳の小説新学士に見えたのは既に久しい前のこと」で、「黒田清輝画伯等のその流風を伝へたのも亦随分古い。加之久米桂一郎氏は美術新報にマネ、モネ等に関する詳細なる評論を発表せられた。」と書き、画壇に印象派の思想・趣味が広がったのは、この後、青年洋画家たちが帰朝してからであったと回想している。当時高村光太郎の「緑色の太陽」(『スバル』明治四三・四)が出ていたことも見逃し難い。

一体対象を写すに描線ではなく色彩をもってすることを特色とする印象派については、右のようにその語を鷗外の翻訳に教えられるところもあったようであるが、この叙述からすると、つとに公にされていた鷗外の「我国洋画の流派に就きて」(『日本』明治二八・一一・一〇)や「再び洋画の流派に就きて」(同上、明治二八・一一・二二)を「パンの会」のころは、まだ読んでいなかったらしい。鷗外に従えば、わが国における当時の批評では、東京の北に住む洋画家を北派、南に住む洋画家を南派と称し、「北派　旧派　変則派」、「南派　新派　正則派」と概括していたという。そして、後者をフランスから輸入されたものであって、正則派によってその自然を観る法を是とされていたとしつつも、旧派・変則派の語をもってすることには異を差し挟み、また自然を観る法の両者の是非は定め難いと評した。その上で南派をめぐって、ヨーロッパでは「自然派、実相派、印象派等の名目、三十年来誹謗の声」がかまびすしかったけれども、近年認められるに至ったと紹介し、わが国ではこれが迎えられ、黒田清輝・久米桂一郎がその代表的画家であると述べている。

こうした方面の問題については、さらに「洋画南派」（『めさまし草』明治二九・一）でも取り上げ、「南派原委」（同上、明治二九・九）において補うところがあった。まず「印象派」及び「外光派」の名も用いられているとし、二、三の論を紹介した後、ムウテルが、外光派の源を英国に求める説を出していると記す。すなわち「英の画は山水最妙なり。近代の初 Bacon が自然の観察を唱へしは此国なれば、其山水の成功したるも宜なり。」とし、次に「当時の欧州諸国に其例少き調子の明さなり。こは英人の水彩を喜ぶより生ぜし特長なり。」というものである。このような派の作品が一八二四年パリに出され、ミレー、コローらが心を動かされ、こうしてミレーらの住むバルビゾンの森から印象派・外光派の祖が出たと紹介する。しかるに、英国人の絵の題材は狭く、色彩を施すに慎重で平穏な画風を示したため発展せず、その後写風写光の新技巧はフランスの諸家を待って完成することになったと、ムウテルの説を紹介し、これが認められるところとなったと述べている。

これらの評論は『月草』（春陽堂、明治二九・一二）にも収められていたが、杢太郎は杢太郎で印象派とその周辺については欧文により勉強していた。鷗外のものを読んだとすると、大正二年（一九一三）の少し前に『月草』を手にするか、後の『妄人妄語』（至誠堂書店、大正四・二）を繙いた時だったのであろうか。上掲関係評論については後年『鷗外全集　著作篇　第十三巻』（岩波書店、昭和一一・一二）の「解説」でその書誌に触れる程度であったが、しかし、観潮楼歌会ではその主人とドイツ、フランスあたりの文芸・美術を語り合うこともあったと、同席した斎藤茂吉は伝えており、このころ『月草』を読んだのかもしれない。鷗外の「澹休録」(『歌舞伎』明治三三・七)にはラファエロ前派や外光派、ラスキンの存在、これらの日本の画壇に対する影響を記してある一事からすると、主客は印象派やムウテルのことも含めて話題にしたことも考えられるのである。(4)

一方鷗外は「丙申秋季画評」(『めさまし草』明治二九・一二)の白馬会評等で妥当な作品批評を示して、斯界に刺激を与えたはずであり、(5)絵画についての自らの見解が黒田清輝のそれと相通じていると語ったこともある。少し後になるが、杢太郎は自作劇を上演した際黒田と鷗外とを招待する。明治三十一年久米桂一郎・岩村透・大村西崖同選の『洋画手引草』に鷗外も名を連ねており、久米とは芸用解剖学関係の書も同選として上梓している。鷗外の次に東京美術学校で芸用解剖学を担当したのがこの久米であった。遙か遡れば、バルビゾン派の影響を受けた風景画家フォンタネージが政府の招聘により、明治九年(一八七六)工部美術学校の教壇に立った一事も想起される。審美学・美術史、美術批評における鷗外は、先達の一人としてこの方面で余響を残していたことも考えられ、それとは無関係であったとしても、大観すれば、如上の空気の中、医科選択前三宅克己に就いて画を学んだ杢太郎のことが思われるのである。

二　杢太郎の詩と「パンの会」

ダンテの章句を扉銘に掲げた『邪宗門』中、「外光と印象」の章の冒頭に「パンの会」の創始者で命名者でもある杢太郎の一文と創始者の一人である石井柏亭による版画とが置かれていることも関心を引く。文中マネ、モネ、ピサロら印象派の画家を挙げていることは、詩集一巻の世界を示唆するものであるが、「霊岸島」(『明星』明治四〇・三)の作中人物の会話を思わせるものがあり、この青年医学徒の趣味性・知見を表すものに外ならず、自身の詩とも無縁ではなかったことを意味する。公刊されなかった杢太郎の最初の詩集『緑金暮春調』所収で、「真昼の光、煙突の」と始まる、初めての詩という「楂古聿《チヨコレエト》」については印象派の手法によって書いたとの自らの説明がある。『詩集　食後の唄』（アララギ発行所、大正八・一二）に「序」を寄せた友人白秋は独特の筆遣いで杢太郎については、南蛮の異聞、ギヤマン・香料・異酒等種々の珍奇な舶来品を自分たち仲間に齎らし、その特殊な紅毛舶来の感覚をもって、新様の日本、油絵の江戸、西班牙外套の花の昇菊等を発見し諦聴したと紹介する。そして「清親の錦絵の中に所謂文明開化のモンマルトルの酒舗を漁り、紅提灯と紙の櫻のかげに、かの阿蘭陀のラベイカ弾きの如く、椅子の上にロチの女を乗せ、而してしみじみと夜の三味線を爪ぐらせた。」と説明している。斎藤茂吉らアララギの歌人の力添えもあって『食後の唄』は刊行されるに至ったが、その巻頭の「金粉酒」の次に「両国」が配されてある。明治四十三年七月『三田文学』初出で、好んだ季節五月の両国のスケッチである。

両国《りやうごく》の橋《はし》の下《した》へかかりや
大船《おほぶね》は檣《はしら》を倒《たふ》すよ、
やあれそれ船頭《せんどう》が懸声《かけごゑ》をするよ。
五月五日《ぐわついつか》のしつとりと
肌《はだ》に冷《つめ》たき河《かは》の風《かぜ》、
四ツ目《め》から来《く》る早船《はやふね》の緩《ゆるや》かな艪拍子《ろびやうし》や、
牡丹《ぼたん》を染《そ》めた袢纏《はんてん》の蝶々《てふてふ》が波《なみ》にもまるる。
灘《なだ》の美酒《びしゆ》、菊正宗《きくまさむね》、

薄玻璃《うすばり》の杯《さかづき》へなつかしい香《か》を盛《も》つて
旗亭《レストウラント》の二階《かい》から
ぼんやりとした、入日空《いりひぞら》、
夢《ゆめ》の国技館《こくぎくわん》の円屋根《まるやね》こえて
遠《とほ》く飛《と》ぶ鳥《とり》の、夕鳥《ゆふどり》の影《かげ》を見《み》れば
なぜか心《こゝろ》のこがるる。
(V. 1910.)

右のような詩を書いた心的基盤、その背景には、自身のいわゆる「不可思議国」への憧れがあったのであるが[6]、この間の事情の一端については、マネ、モネは浮世絵と相通ずるものがあるとし、自ら次のごとく記している。「随つてわれわれは印象派の絵を通じて江戸の浮世絵を再確認するやうになり、又黒田清輝氏の色彩を佃島の原に求めた。小林清親の日本橋の雪景などの板画はわれわれの交遊の間から始めて評価せられた。そのうちに永井荷風がフランスから帰つて来て、東京の故蹟などを今までの作家に見ぬやうな調子で描写するのに会した。印象派の画にはよくまつ白の調子の配合で手術場を画くものなどあつた。エエテル、クロロフオルムなどが、明星、スバルの詩壇に流れ込んで来たのはかういふ関係も有るのである。」(「北原白秋のおもかげ」)と。詩中の酒やグラスもそういうところに由来するものであった。詩にも見える、パリのセーヌ河畔になぞらえた隅田河畔の西洋料理屋で開く「パンの会」に参加した造形美術家の影響から、哲学くさい思想の詩は好まず、画筆をペンに代えたような詩を作ったとも回想している。

「両国」はそうした中で書かれたものの一つであった。第一連は、李太郎らしく聴官をよくはたらかせており、もともと船歌に関心を寄せていたことをも思わせ、第二連では嗅官・視官をはたらかせ、線描的、素描的ではなく色彩的印象の描写を行い、エーテル（光）の振動といった方への関心を織り込み、また好んだ題材の入り日を背景にしていることも注目される。西洋建築の丸屋根を点じるなど、異国風の景観をも捉えた作品の世界は、印象派・外光派の芸術家の詩境を感じさせる。最後の詩行では感銘を受けた蒲原有明の詩「朝なり」（『明星』明治三八・一）末尾の、河岸の並み蔵の「白壁――これやわが胸か。」の行に通う心を響かせた観がある。「朝なり」はつとに桜井天壇が印象派的詩風と評した作品であった。(7) その点では小唄的四行詩でホテルの名を引いて、「メトロポオルの燈《ひ》が見える」と唄い収める「築地の渡し 並序」も類似の発想を見せ、「竹枝」の部に配されてある「海の入日 並序」を思わせるところもある。

当時の交友関係から詩作のことについては、一九〇七年（明治四〇）新詩社同人の驥尾に付して知ったと打ち明け、長田秀雄・平野萬里・北原白秋らの存在が刺激を与えたと述べて、「千九百十年は我々の最も得意の時代であつた。」（『食後の唄』「序」）と回想している。「パンの会」の会員でもあった彼らの、毎週開かれた会については、会員の一人高村光太郎の詩にも書かれているように、詩作への土壌を用意し、詩作の機会を作ったのであるが、「朝なり」はまた『食後の唄』の、特に「街頭風景」の章の諸作の成立にもあずかるところがあったと推断される。その中で明治四十四年一月『スバル』に「後街歌」の総題の下、「該里酒」「街頭初夏」「物いひ」「市場所見」と発表された詩篇が目に止まる。

如上の詩壇の動向とともに「腰弁当」の名で発表された、杢太郎のいわゆる「千駄木のメートル」の詩も視野に入れてよいのではないか。この方面について吉田精一は、薄田泣菫・蒲原有明らの象徴詩が広義の現実を材料としていても、その歌い方が暗示的で情緒化してしまっていたとし、これを「もつと直接の印象のすなほな表現」として「腰弁当」の作があったと言い、その詩壇への刺激を見ようとする。(8) 示唆的な観点と言わなければならない。『緑金暮春調』の「あこがれ」には、落日にくゆる「阿蘭陀の美し都」を思い、「其国にゆかまし、われら。」とうたう詩行がある。その著者がつとにゲーテに関心を寄せていたことから矢本貞幹は、この詩と『於母影』（明治二二・八）中の訳詩「ミニヨンの歌」との間につながりを見ようとしている。(9) 泣菫作「望郷の歌」（『太陽』明治三九・一）にも「ミニヨンの歌」のごとくリフレインで「かなたへ、君《きみ》といざかへらまし。」とあるように、杢太郎も鷗外の詩業とは無関係ではなかったらしい。北原白秋を挙げた室生犀星が、「私は『思ひ出』から何かの言葉を盗み出すことに、眼をはなさなかった。詩というものはうまい詩からそのことばのつかみ方を盗まなければならない、これは詩ばかりではなくどんな文学でも、それを勉強する人間にとっては、はじめは盗まなければならない約束ごとがあるものだ。」と述べたことを思わせる。(10) 作詩からかなり時を経て『食後の唄』を編集・出版したことには、白秋の後押しもあずかって刊行した鷗外の『沙羅の木』（阿蘭陀書房、大正四・九）の顰みに倣うところがあったかもしれない。

三　杢太郎の詩「物いひ」と「幕間」と

上にタイトルを挙げた杢太郎の次の作品を、鷗外を視野に入れて考察することとしたい。

物いひ

四本柱《ほんばしら》の總立《そうだ》ちに
桟敷《さじき》ときめく国技館《こくぎくわん》、
お酌《しやく》のくせと・あられなや

声《こゑ》をはりあげ「明石龍《あかしりゆう》」。　（XII. 1910）

初出は『スバル』で、一九一〇年（明治四三）十二月の作にかかることが記録されている。作中の明石龍は、明治四十一年一月場所十両に昇進し、四十四年六月場所入幕を遂げ、最高位は前頭十枚目。小柄で並の体格、投げ・押しの速い相撲を得意とする、やさ男タイプの、女性に人気のあった力士という。(11) 当時は二場所制であり、「物いひ」はこの関取の最も輝かしい上昇期に書かれたことになろう。しかもそれは前後の詩から推定して、五月場所の所見ではなかったか。そういう実際を写したものではあっても、詩中醜名《しこな》自体は、みやびで光っている。後の『木下杢太郎詩集』（第一書房、昭和五・一）ではこの作を「街頭風景」から外し、「食後の歌」の部に「街頭初夏」とともに入れた。その際二行目を「桟敷《さじき》いろめく国技館《こくぎくわん》、」に、三行目を「かはいお酌《しやく》があられもな、」に修訂し、全体として、より洗練されたものになっている。杢太郎にとって両国あたりは愛着の深い街であり、後年フランスに留学中セーヌ河畔にあっても、由緒正しい歌謡・小唄のことを懐かしく思って、帰国の情をそそられたのであった。同じ章の「両国」にも国技館の円屋根が点綴されている。

「町の小唄」中の「幕間」（『スバル』明治四三・三）も街での情景の一つを歌った作品である。この唄とは関係がないけれども、振り袖姿で日本髪の森茉莉に本ものより綺麗だと言う周りの声に、父鷗外が自惚れから生《なま》の顔の方を挙げ、「お茉莉はお雛妓《しやく》よ」と言っては、にこにこして母を苦笑させた、とあるが、(12) 犀星が「不出世の特異な伝統詩」と評し、「あやふく模倣を試みようとしたことさへあつた」と述べた(13)『木下杢太郎詩集』の本文から右の唄を引けば下のとおりである。

幕間

雪《ゆき》がふる。ちらちらと。
幕間《まくあひ》の運動場《うんどうば》。
かはいお酌《しやく》の
花簪《はなかんざし》がちらちらと。

「あれまた今夜《こんや》は積《つも》るのねえ。」

と五・五の音を織り込んで、一行目と四行目とを照応させ新鮮味がある。終行の初出は「あれ、また、今夜は降るのねえ。」であった。掲出歌の方が雪もよいの宵を捉えて声調も整い、安定感がある。白秋に明治四十三年四月昇菊の肩衣を織り込んだ「春の鳥」(『東京景物詩其他』)があるが、翌月杢太郎は「街頭初夏」において、スケッチまでして特に関心を抱いていた昇菊・昇之助二人の女義太夫についての詩行で、(14)コーヒーの中にコニャックを入れるのを好む人は、この行の次に「いよ御両人《ごりやうにんまつ》待てました」の一行を入れて試みるようにとの注を書き加えている。杢太郎のこれら三作いずれもその声を写し、全体として切り取った対象に、あこがれをもまじえ、心惹かれる詩境を歌った作品である。

こうした詩の執筆を考えるとき、『食後の唄』の「序」で明治四十年夏鉄幹を中心として北原白秋・平野萬里・吉井勇と共に九州天草方面を旅行したことに言及し、この時も詩作する「秘伝」を同行から偸んだと語り明かしている一事も注目される。即興詩の材料の発掘とその書き方とのことであろうが、たとえば、構成的には白秋の「パアテルさんは何処に居る。」をリフレインとする作品が想定され、また鉄幹の嘱目の詩も関心を引く。八月から九月にかけて『東京二六新聞』紙上発表の「五人づれ」による紀行文「五足の靴」の一節で、佐世保の町にはなはだ旅情を覚えたことともに、肺量機売り・石鹼売り・水菓子売り等の夜店が方々に陣取って、いろいろな声を挙げて人を呼ぶ町の景況を記していることに関係する。(15)文中K生こと鉄幹の、「ランプの明り、カンテラの／灯かげ煙れるせりうりの」と始まり、「声はりあぐる瀬戸物屋。」と結ばれる第一連を持つ口吟を、以下最終連まで引いているが、これは帰京後、推敲を経て直ちに「せりうり」(『明星』明治四〇・九)として発表された。そもそも鉄幹の口語詩は鷗外の影響を受けたものというが、(16)その第一連の終行と「物いひ」のそれとの同詩法が見逃せない。第三連では有田焼の花生けを売る声を織り込み、第四連をこう書いている。

『弐円、壹円五拾銭、
七十五銭、四十《し》銭、
ああ、負けまつしよ　三拾銭。』
赤き裸《はだか》に汗ながる。

作品の世界はさらに続くのであるが、地方色を捉えていて、隅田河畔の異国情緒を交えた「物いひ」とは趣を異にするものの、表現上からも注目される。この観点からは前年『明星』(明治三九・七)に掲載の「腰弁当」の、街頭風景の中に新聞売りを捉えた「三枚一銭」とのつながりも考えられるのではないか。(『沙羅の木』の本文では呼び声の詩行はカギカッコ付きである。)

足早き角《つぬ》の怪《け》、電車
さやぎつつ来てはとゞまる
かねやすが門辺《かどべ》の逵。

降《お》るる乗る蜉蝣の群《むれ》に
聳《そゝ》り立つ麦稈《むぎわら》帽子。
何か為《す》る。汝《なんぢ》、壮漢《さうかん》。

籠《こ》のうちゆとりいでて呼ぶ。
きのふの新聞三枚一銭。

さやぎつつ電車過ぎ行く。
きのふの新聞三枚一銭。

鷗外を重んじる鉄幹が『明星』編集の際、日常ふと接する一光景を題材として選べることを示しているこの詩に目を留めたことが考えられる。ただ「せりうり」の場合は七五調で、作中人物の境遇・運命にまで少し触れているところ、五七調の乾いた筆致を示す「三枚一銭」と少し異なる詩境である。「パンの会」の青年の中にあってもデカダンに没入しきれないところのあった杢太郎の視野に、官能的、感覚的方面にはそれほど深入りせず、対象を知的な面から写す「腰弁当」の作品が入らなかったとは言えまい。そうでなかったとしても、九州旅行中鉄幹とその一行とを介して詩作を学んだことが、街頭歌に実を結ぶところがあったと推定されるのである。「街頭初夏」には上田敏が鷗外に献じた『海潮音』（明治三八）中の詩篇を思わせるものも認められるが、これらの作品は人の声を点綴することで臨場感を表し、親しみの情を抱かせる。杢太郎の別の文章中の表現を借り用いれば、せり売りや新聞売りとは別趣の「かはい」お酌の声に「好い声」「都雅な言葉」「きれいな節回し」といった、ゆかしいものを感じていたであろう。[17] こうした「物いひ」、そして「幕間」も元禄年間に集成の三味線歌謡集『松の葉』の響きを漂わせ、江戸風小唄竹枝の様式の詩と解することができる。この二篇は「腰弁当」の街頭歌と多少感触を異にしていても、杢太郎らしくその情調を表して佳品となっている。後年佐藤春夫は『美の世界』（昭和三七）において、「物いひ」を、詩はどこにでもあるという事実を教える、日常語で歌った一種の風俗詩と釈《と》り、そこに「品格」のある詩語を認め、さすがに杢太郎であると批評している。佐藤春夫の「腰弁当」観が思い起こされる。

一方九州・天草の旅で「その先は恋にも厭きし神経が歌などを詠む不可思議国よ」（『明星』明治四一・一一）と詠んでいた杢太郎は次の歌も作っていた。鷗外の「我百首」（『スバル』明治四二・五）中の一首を並記しよう。後者は後で日夏耿之介の著書のタイトルページ裏にも掲げられたものであった。鷗外の方が刺激を受けたのであろう。

古の摩伽陀《まかだ》の国の藍毘尼苑《らびにをん》今亡《な》ししばし剃刀《かみそり》を含け　杢太郎

小き釈迦摩掲陀の国に悪を作《な》す人あるごとに青き糞する　鷗　外

注

（1）近松秋江「新年の小説其他」（『新潮』大正三・二）参照。鷗外「心中」の文体を思ったのであろう。

（2）斎藤茂吉「追憶」（『文芸　太田博士追悼号』昭和二〇・一二）参照。

（3）翻訳原本については『十九世紀仏国絵画史』初版訳本の「序」参照。
（4）森鷗外と美術展実行委員会『森鷗外と美術』（平成一八）は鷗外とかかわりのあった画家の作品を掲げ鷗外と画壇・画家とに関する論考、作家作品解説を収めたもので、杢太郎の画も紹介してある。島根県立石見美術館（平成一八・七・一四―八・二八）の展示会を見たが、これほどのものは、またと開かれないであろうという印象を受けた。北派・南派の作品も展示されたこともとよりである。
（5）神吉貞一「久米桂一郎と森鷗外」（『久米美術館研究報告』III、昭和六〇・一二）参照。
（6）この方面については千葉正昭「『南蛮寺門前』の混沌―情趣／美質の注釈―」（『大正文学 7 総特集・木下杢太郎』平成一七・一一）参照。なお伊狩弘「木下杢太郎と森鷗外」（同上）、澤柳大五郎著『木下杢太郎記』（小沢書店、昭和六二）等がある。
（7）野田宇太郎著『日本耽美派文学の誕生』（河出書房新社、昭和五〇）参照。
（8）吉田精一著『近代詩　日本文学教養講座』（至文堂、昭和二五）参照。
（9）矢本貞幹著『日本近代詩の青春　杢太郎から朔太郎へ』（こびあん書房、昭和五六）参照。
（10）室生犀星著『我が愛する詩人の伝記』（中央公論社、昭和三三）参照。
（11）『大相撲人物大事典』（ベースボール・マガジン社、平成三）参照。
（12）森茉莉著『私の美の世界』（新潮社、昭和四三）の「夢を買う話」参照。
（13）室生犀星『薔薇の羹』（改造社、昭和一二）の「人物と批評」の「木下杢太郎詩集」参照。
（14）二人への関心については長田秀雄「パンの会の思出など」（『文芸』昭和二〇・一二）参照。
（15）この時の旅行については浜名志松編著『五足の靴と熊本・天草』（国書刊行会、昭和五八）、永岡健右著『与謝野鉄幹研究―明治の覇気のゆくえ―』（おうふう、平成一八）の第三章第一節及び注（7）参照。
（16）久保田万太郎・佐藤春夫・吉田精一・島田謹二ほか「座談会・鷗外を語りつつ」（『文芸評論』第一輯、昭和二三・一二）参照。
（17）木下杢太郎「柴扉春秋」（『東炎』昭和八・八）に、昭和三年十一月久保田万太郎の戯曲『夜鴉』の物語に耳を傾け、「心の中では、実に好い声だ、都雅な言葉だ、きれいな節回しだ、」云々とある。

第二章　佐藤春夫の詩と鷗外

一　佐藤春夫における「腰弁当」の詩

佐藤春夫は、その著『近代日本文学の展望』（講談社、昭和二五・七）の一節において、鷗外の「追儺」（『東亜之光』明治四二・五）を名篇と評し、「小説といふものは何をどんな風に書いても好いものだ」の言辞を引き、その所説に啓発されたことの意味の大きさに言及している。『詩の本』（有信堂、昭和三五・六）にも、「詩は何をどう書いてもよいものである。詩情に制限はない。それぞれの詩情はそれぞれの詩形を要求する。」と掲げてあり、『小杯餘瀝集』（起山房、昭和一七・九）では小説「杯」（『中央公論』明治四三・一）を利用している。鷗外の戯曲「仮面」（『スバル』明治四二・四）から標語を得た詩もある。佐藤春夫にとって「於面影」（『国民之友』付録、明治二二・八）は、言葉・想・詩の関係を教えてくれた重要な訳詩集であったが、ここではそうした先進の『うた日記』（春陽堂、明治四〇・九）、『沙羅の木』（阿蘭陀書房、大正四・九）とこの詩人の作品とのかかわりの一端を考察したいと思う。(1)

『近代日本文学の展望』で、小倉から東京勤務に帰った後の鷗外を、上司の手前を慎み、下級官吏を指す「腰弁当」の名をもって、そのわずかな詩を発表せざるをえなかった事態、作品も殆ど注目されなかったことによって「悲劇的」詩人と見做し、その作品を当時の「詩的観念」から解放されて書いたものと捉える。すなわち、市井の日常生活から「詩美」を発見しようとしたと解釈して、明治三十六、七年（一九〇四）ころから始められた作品を観察し、このような時期の代表作として新聞売りの声を写した「三枚一銭」（『明星』明治三九・七）を挙げるが、ここでは「朝の街」（『芸苑』明治三九・九）を引くこととしたい。同じく『沙羅の木』所収で、早朝の静かな街頭を描写し、新聞配りを点綴したものである。

朝あけ大路《おほぢ》しめやかに
立ち並ぶ店頭まだ醒めず。
けはひひろびろ。

搏風《はふ》檐壁《のきかべ》をいろどるや
塗絵《ぬりゑ》広告絵看板
露にぞ映ゆる。

刹那ちりぼふひと群の
素足《すあし》わらうづ破《やれ》帽子、
新聞くばり。

佐藤春夫は触れていないけれども、第二連の「搏風《はふ》檐壁《のきかべ》」に着目するならば、後の大正五年（一九一六）一月早々新聞に載せたファルケの鷗外訳「遣つて見ろ」が関心を引く。作中「あんな奇想を何所から持つて来るのだ。」の問いに、「それか。そこいらの壁から持つて来るのさ。／壁は蔵つて置き切れない程の思想を持つてゐる。」と歌い、詩人の使命を、「壁の秘密の戸」からの「美しい世界」の発見に求めることを書いたものである。これを訳出したのはまさに「腰弁当」のころの作詩の態度を、このハンブルクの九歳上の抒情詩人に見つけたように思ったからではないか。もっとも、鷗外が認めていた蒲原有明に白壁をも捉えた「朝なり」（『明星』明治三八・一）のような作品もあった。

如上の「腰弁当」の詩について佐藤春夫は、岩野泡鳴に多少の影響を与えたのではないかと述べている。『恋のしやりかうべ』（金風社、大正四・三）中の若干の詩篇を考えたのかもしれないが、当の佐藤春夫にとってはどうであったのか。『陣中の竪琴　冨山房百科文庫』（冨山房、昭和一四・二）で、「腰弁当」が鷗外であることを『沙羅の木』から知り、その作品によって目を開かれたと打ち明け、「感情」に「理知」をも加えて「全人格的に詩歌を構成」し、「情趣」よりも「実感」に訴えようと志したと見られる「詩境」を肯定したと述べる。そして、自分の詩眼がいくらか開けて来たと記してから、「近代人」の複雑な感情を「一種針金細工式な素気ない手法で淡淡としかし端的に表現した」新詩の風味にやっと参じたと語り、美しい日本語の将来のための先進の努力をそこに読み取っている。

この「針金のように言葉を使う」ということについては、具体的な説明はないが、昭和三十三年（一九五八）秋の講演で翌年雑誌『心』に掲載の「詩風の変遷発達」が、格好の例として挙げられよう。鷗外詩中一番の傑作と有明が評したという「過現未」（『うた日記』所収）を取り上げた部分の読解である。タイトルは過去・現在・未来の意味で、「象徴的である」と同時に、詩では歌いにくいといわれる「哲学的ともいふべき思想」を扱った作品であって、これを「観念抒情」という珍しい作風の詩と説く。まず、「われ走る」と書き出される第一連を読み解いてから、鬣《たてがみ》をそよがせて疾駆する馬と髪を靡かせる騎手との描写に速度が見えると評し、次に「追《お》ふは誰《た》そ」と始まる第二連においては、逃げる自分をたくさんの者どもが追いかけて来るので振り返って見ると、復讐の神「えりんにす」であったというのである。(2) ギリシャ神話の冥界から来たこの娘たちに関しては、「鞭を揮り回してその閃く早さは焰をなして」いると注解を加える。第三連では、止まった「われ」が、旭に歯のかがやく女神《じょしん》に退散せよと告げることを書いて、こう続く。

昨日《きのふ》の影《かげ》に　追《お》ひすがり
今日《けふ》に驚《おどろ》く　汝達《なんたち》は
え知《し》らず明日《あす》の　我姿《わがすがた》

佐藤春夫は、復讐というものの原因は過去にあってその結果が現在に現れていることであるとし、下のごとく述べる。すなわち「復讐の神も過去の自分を罰することは出来るけれども、現在の自分を摑へることは出来ない。」、「自分は常に過去に止つてゐないでどんどん進んでゐる」からであり、「いはんや明日の自分を摑へることは出来ないだらう。」という意味であると捉え、戦場の明日のことはわからないという意味をもおさえ、そこに「生活が理想とともに一刻も止まらず常に進んで行く、そのことを楽しんでゐる気持を誇らかに歌」う思想や自負を表しているると解釈する。『うた日記』の最後にこの作品が置かれてあることも併せ考えられよう。詩は、その内容から律・節奏を必然的に伴うと考えるこの詩人は、右の一篇について、他の調子も入っているが、大体五・七、七・五調の自然な口調が採られているとする。そして、「感情が激昂した時などは心持が乱れて整理のつかない」ものであるが、これを「一つの調子で纏め」、「型を整へてゐる」うちに、「自分の感情も詩型とともに整理されていく」現象があると述べ、「過現未」は日本語にしては珍しく非常にスピード感が出ていると説き、「えりんにす」にかかわる言葉の言い回しによって、「荘重な感じ」も出ていると読む。このような韻律から、自らも五・七、七・五の口調を捨てたくないと語り、定型的律は必ずしも陳腐ではないと主張するのである。

こうしたところに鷗外の詩の古びない所以がある、と教えられた吉良松夫は、「針金のように言葉を使う」ということを、「その場限りの気分や調子」で使うのではなく、「言葉の核心をなす真の意味において言葉を使う」ということと解釈する。[3] これは、村野四郎が、鷗外の口語訳詩は口語を「素《す》」のままの形で用いて力を発揮していると説いたことと、[4] 重なるところがあるのではないか。そうした言葉の使い手は文語の場合でも力を発揮するはずだからである。

そもそも佐藤春夫の詩には、先蹤があったとしても、これを自分のものに消化してしまっているために、借用の跡はともかく、影響の痕跡といったものを探し出すことは容易ではない。が、「朝の街」の場合、大正九年厦門近くに遊んだ折の作「漳州橋畔愁夜曲」(初出未詳)を、その詩法で挙げてよいと思う。

月いでて
水に映れば
蓬船《とまぶね》に
誰家《たがいへ》の子ぞ
笛を吹く
ひよろ　ひよろ。

遊子ひとり
橋に彳み

涼かぜに
帽を脱ぎ
うす雲や
思ひ　はろばろ。

各連の最後の行の技巧が目に留まる。詩人には、「はろばろに吾がふるさとをおもふ日は赤き蜻蛉とならましものを」（『我等』大正二・一二）といった歌もあり、この一篇は、遙かに来た異郷での思いを歌って詩的世界の広がりを感じさせる。「朝の街」[5]のような日常的詩美を捉えた作ではないけれども、橋が特に旅情をそそる空間であることからすると、「程よい哀愁」に浸っている心中も読み取られ、感情に流されてはいない表現と併せ、名品と言うに躊躇しない。

亡友芥川龍之介に捧げた『車塵集』（武蔵野書院、昭和四・九）は中国歴代の名媛詩を選って訳した詩集である。家系的薫染もあずかって佐藤春夫はこの方面にもすぐれた感性を発揮した詩人であった。その点で、元朝の鄭允端の七言絶句「近水人家小結廬。軒窗瀟灑勝幽居。凭欄忽聞漁榾響。知有小船来売魚。」を訳した、「川ぞひの小家のかまへ／窗ゆかしよき庵よりも／立ちよれば櫓の音ひびき／小船来て魚を買へとぞ」という「川ぞひの欄によりて」（原題「水檻」）は関心を引く。訳者は、原詩の冗漫さを多少は救い出したつもりという言葉を残しているが[6]、原作の結句の「売魚」を「魚を買へとぞ」と表現してその声を象嵌する詩法には、「三枚一銭」のそれを思わせるものがある。「腰弁当」の写生風の詩が作中人物の心事にはあまり立ち入らず、これを外面から写すにとどまる詩法・詩技を示し、知的詩風を呈していることからすると、このような訳詩を提出したことには合点のいくところがある。

二　佐藤春夫の詩と鷗外訳「海の鐘」

『近代日本文学の展望』では、『沙羅の木』を繙いて、特にデーメル（一八六三―一九二〇）やクラブントの訳詩から啓発されたと打ち明けている。前者の一篇「海の鐘」を掲げると

漁師《れふし》が賢い伜を二人持つてゐた。
それに歌を歌つて聞せた。
「海に漂つてゐる不思議な鐘がある。
その鐘の音《ね》を聞くのが
素直な心にはひどく嬉しい。」

一人の伜が今一人の伜に言つた。
「お父《と》つさんはそろそろ子供に帰る。
あんな馬鹿な歌をいつまでも歌つてゐるのは何事だ。
己は舟で随分度度暴風《あらし》の音《おと》を聞いた。
だがつひぞ不思議な鐘は聞かぬ。」

今一人が云つた。「己達はまだ若い。

お父つさんの歌は深い記念から出てゐる。
大きい海を底まで知るには
沢山航海をしなくてはならぬと思ふ。
そしたらその鐘の音が聞えるかも知れぬ。」

そのうち親父が死んだので、
二人は明るい褐色の髪をして海へ漕ぎ出した。
さて白髪になつた二人が
或る晩港で落ち合つて、
不思議な鐘の事を思ひ出した。

一人は老い込んで、不機嫌にかう云つた。
「己は海も海の力も知つてゐる。
己は体を台なしにするまで海で働いた。
随分儲けたことはあるが、
鐘の鳴るのは聞かなんだ。」

今一人はかう云つて、若やかに微笑んだ。
「己は記念の外には儲けなんだ。

海に漂つてゐる不思議な鐘がある。
その鐘の音を聞くのが
素直な心にはひどく嬉しい。」

前掲の「針金細工式な素気ない手法」による表現は、右の詩にも感得される。その点で「己」「親父」「台なし」「ひどく」や文末の「なんだ」といった語は、口語詩ではあっても、かなり大胆な言葉遣いと言わなければならない。第四連の「さて」は、『美しい野蕃な世界』*Schöne wilde Welt*（一九一三）の「海の鐘」*Die Glocke im Meer* を閲するに „und“ の訳語である。当時詩壇では用語「さて」は少ないものの、必ずしもめずらしい語ではなかったが、デーメルやクラブントの鷗外の訳詩にあっては口語としての切れ味が目立ち、佐藤春夫もこれを時に用いている。掲出詩との関係では「雪」（『女性改造』大正一三・二）がまず注目される。

雪がふると
山の爐へ、きつと
七人の男がやつて来る。

七人の男は
麓の村々から
父の爐を囲みに集る。

七人の子は
七つの話をする
子供にかへつた父の為めに。

七人の男（子）とその年老いた父親とについての物語的な山の詩であって、深々とした一種メルヘン的な趣を呈している。題も絶妙で、暖かい部屋における時間、親子関係やその人生をも暗示し、南国生まれの詩人の雪国への憧れの心、紀州の父への思いをも響かせたであろう。爐に関しては「悼　土屋竹雨」の前書きで「今にして／誰がために爐を／開くべき」の印象深い句があるが、[7] 一篇の急所は倒置法の終行の表現「子供にかへつた父」にあり、時を重ねたため立場が逆転したところを捉えて面白さ・深さを感じさせる。訳詩に拮抗し得る出来となった作の詩眼は、原詩の „verkindern“ の語（動詞）の訳者の手腕に負うところがあったと想察される。「海の鐘」から受けた感銘、詩法が「雪」を生む一契機になったにちがいない。その証左として翌年発表の「伊都満譚詩」（『改造』大正一四・四）を挙げることができる。琉球の糸満の民が勇敢に扁舟で遠洋に浮かぶことを記し、一夕故郷で怒濤を聴いて「海の鐘」を思い出して作ったという前書きのある下の作品である。

なんぢ童たち
朝夕《あさゆふ》の目ざめに
潮騒《しほざゐ》の音《おと》を
海とや思ふらん。

わたつ海《み》の底《そこひ》に
深く鳴りいづる
世にもいみじかる
鐘のひびきは、

漕ぎ出でて水の
心臓に触るる時
選ばれし舟子《かこ》ぞ
命を賭けて聞く。

波ぞ美しき。波ぞ
勇ましき。波ぞ
怖ろしき。怖ろしき
美しき、可愛《まがな》しき。

怖ろしき時いとど
可愛《まがな》しや、波。命。
我は勇魚《いさな》となりぬ
波のまにまに。

友や、七人《ななたり》
この日波に呑まれつ、
勇魚《いさな》なる我が真上に
星一つ見えきて、

雲裂けて、月はだら
聞け、鳴り出でぬ、鐘
海の鐘、生きて我
美しき身ぶるひす。

言ひよりて囁く
海の胸の鐘ぞも。
まごころを明かしぬ
底《そこひ》なき底《そこひ》より。
（下略）

つとに指摘されているとおり[8]、鷗外の訳詩によったであろう。しかし、単にドイツの一詩人から想を借りて作ったといった性格の詩ではない。すでに「海の若者」（『随筆』大正一二・一一）というすぐれた作品を書き、元来が〈海の詩人〉と称してよい佐藤春夫は、松尾芭蕉の奥の細道の旅における敦賀での、「月いづこ鐘は沈みて海の底」の吟に言及しないではいられない詩人であった。少し後には「望郷五月歌」（『婦人公論』昭和六・六）を書いている。

デーメルから示唆を得てはいても、おのずと湧き出る詩情のあったことを見逃してはならない。原作者はドイツ東北辺境地方の林務官の長男として生まれた人であったが、「伊都満譚詩」の場合の作者は南海の町で育ったことを思わせるところがある。

五行六連の口語自由詩の訳詩に対し、これは四行十六連の文語詩であって、押韻、特に脚韻に着意した詩行もあり、定型を示している。前者が漁師の伜二人の対話を軸に素朴な形で対照的に展開し、父と子の一人とは、同じ言葉を口にしていて、人生における無償の価値に触れており、いかにも海の男といった感じがする。後者は、白髪になった漁師が、半生でのまたとない体験とその思いとを童たちに語った形の詩である。海の鐘は命かけて聞けと歌い、最終連で「わが教こそは、好き／童たちにのこす、／骸は、徒らに／陸《くが》の妻にまかす。」と示したように、海と妻とに対する心の在りかの語り口にも、如上の精神を読み取ることができ、文語体ではあっても、これもいかにも海の男といった感じが表れている。要として海の鐘を採り用いた作品の中心は、第五連から第七連にあると見てよい。このうち海の鐘を聞いて美しく身ぶるいした時の天象・気象についての表現に「月はだら」とあり、「はだら」に「斑」の字を充て、雲の裂け目から輝く月の表面を写したものと解されないことはない。しかし、秋朱之介（西谷操）宛書簡（昭和六・三・二）で、送られて来た作品に関し、「猫は実に実に（ーー）傑作也優雅典麗名工苦心の跡歴然《はだら》なるものあり」としたためた文面の「歴然《はだら》」を考える方が、作者の意に沿った、しかも適切な読みを用意するのではなかろうか。

ところで、伊東静雄がそうであったように(9)、佐藤春夫も『陣中の竪琴』において、『うた日記』に「古今東西のあらゆる詩法の集大成」を見、これを「己が作詩の教科書」としたと語り明かしている。「伊都満譚詩」の場合、「敵襲」を挙げてよいと思われる。日露戦争でたまたま上層部の留守をあずかっていた軍医鷗外が、敵急襲の報に接し咄嗟に自ら死を決意して指揮刀を握り、防備に当たった際の緊張した心中を、

青空《あをぞら》に　またたくや星《ほし》　二《ふた》つ三《み》つ
あはれ星《ほし》　父母《ちちはは》うから　うまいせる
我宿《わがやど》の　上《うへ》に照《て》るらん　星《ほし》さらば

と歌った詩節がある。やがて襲撃は哨兵の誤認と判明するが、「伊都満譚詩」には、死を眼前にしたような状況を叙して契合するところがある。星の数では異なってわずか一つ、真上のその星は北極星であろうが、雲間のきわやかな月、天空・海上のただならぬ、悽愴たる状景を写し出し、海の男を捉えて効果的である。『うた日記』には、わずかな語ではあっても、星や月の印象深い描写が散見する。「伊都満譚詩」においてもこの技法を用いたことが考えられる。

月を友とする若き日の詩人には「夢見る鳥」の前書きの短歌中、「青き星ふるへて照れりすく〳〵と枯木並み立つ野の大ぞらに」（『熊野実業新聞』明治四一・一〇・三〇）の一首が見え、題に「月」の字の入っている小説もある。しかし、詩の領域では「伊都満譚詩」に至るまで星や月を歌い込んではいても、「明星の如く」、「月の出のごとき」のような比喩や、もう一つ輪郭の定かでない表現においてであった。「昼の月」（『改造』大正一〇・四）でも、「野路《のぢ》の果《はて》、遠樹《ゑんじゆ》の上《うへ》、／空澄《そらす》みて昼《ひる》の月《つき》かかる。／／あざやかに且《か》つは仄《ほの》か／消《け》ぬがに、しかも厳《おごそ》か。／／見かへればわが心の青空、／おお、初恋の記憶かかる。」とすぐれた描写をしているが、少年の日の初恋の人に対する追憶が主題となっており、月の描写は重要ではあるものの、抒情詩におけるそれであって、月自体に対象の中心を据えているわけではない。その点で、天象の描写のない訳詩に対し、「伊都満譚詩」の場合、洋上の雲間の星・月をリアルに写して美感をそそる。ただしかし、ハイネの詩のように海を乙女に見立てた表現もあるが、全体としてデーメルの物語的なふくらみのある一篇のごとき堅確な構造、素朴な手触りとそれに合った語り口にはもう一つ及ばないもの

争われない。を感じさせる。が、文語体の中、その張ったリズムもあずかり、この詩人らしい世界を形成する佳篇であることは

三　佐藤春夫の詩「観潮楼址を訪ひて」と鷗外

佐藤春夫は、萩原朔太郎の批判的言辞に対し、自分の詩的基盤について『和漢朗詠集』と今様・箏、『藤村詩集』（春陽堂、明治三七）を挙げて応じたことがある。藤原公任編による和漢の詠の「つき合い」にも学んだであろうし、藤村の一篇に相対しては小諸城址の口吟を作り、観潮楼主人にも下文に見るように唱和していたのである。

沙羅の木　　　　森　林太郎

褐色《かちいろ》の根府《ねぶ》川石《かはいし》に
白き花はたと落ちたり、
ありとしも青葉かくれに
見えざりしさらの木の花。

この先達没後、深い悲しみの中から右の詩を引き、「これが沙羅の花だよと先生が指ざして下すつた。あの庭に立たれて。」と回想する北原白秋に、(10)『雀の卵』（アルス、大正一〇）に収めた、「命二つ中に活けたるさくらかな　芭蕉」を詞書とする「命二つ対《むか》へば寂し沙羅の花ほつたりと石に落ちて音あり」の一首もある。芭蕉と服部土芳にな

ぞらえた唱和の歌と解してよい。その白秋のいう「あの庭」は、詩集『沙羅の木』を贈られた室生犀星も若い日に通りから見たことのある庭であった。昭和二十七年信州での犀星の作「沙羅の花」に見える「ぽとりと落つ」の表現も、掲出詩を意識したものに相違ない。

長谷川泉は昭和四十四年、詩との関係で千駄木・団子坂上の旧宅跡について、「正門の敷石と、「めざまし草」時代の「三人冗語」のメンバーが撮影されている有名な写真（中略）の中に出てくる大石と、戦火にかかって焼けながら生きながらえている大銀杏《おおいちょう》だけになった。「褐色の根府川石」も、今はない。「沙羅の木」は、再び植えられた小木が常緑の色を見せているが、観潮楼時代の生い繁った植込みはなく、露出してわずかにスモッグの空気の中に立っているだけである。」と記している。(11) 佐藤春夫がここを訪れたのは、そのほぼ二十年前のことで、永井荷風の揮毫にかかる「森林太郎先生詩」とある碑はまだなかった。そもそも詩碑建立のために、自ら鷗外の「孫弟子」をもって任ずる詩人の骨折りには並々ならぬものがあったのである。(12) 鷗外のドイツ留学をもって日本近代文芸史の起源とする論を展開した『近代日本文学の展望』は、慶應義塾における講座をもとにして出来上がった書であるが、昭和二十五年刊行直前の五月『すばる』に掲げた次の一首は、詩人のさまざまな心を秘めてなつかしみを感じさせる、懐の深い詩である。

観潮楼址を訪ひて
佐藤春夫

青葉がくれに沙羅の花咲き
ほろほろと石にこぼれて
鳥啼かず蝶訪《おとな》はず

高台《たかだい》に新緑《しんりょく》の風そよかなり
生きのこる一本《ひともと》公孫樹《いてふ》

前書きには正午ごろ観潮楼址を訪ねて得たと記すが、第一行・第二行は本歌取りを思わせる。「はたと落ちたり」と記す表現に対し、「ほろほろと石にこぼれて」はこの詩人の資質を現しており、鷗外の詩と同じ五七調の中、四行目だけを五・七・五として爽やかな新緑の気を感じさせ、すぐれた技法を示している。終行の公孫樹は三田のキャンパスのそれをも想い起こさせるものがあろう。講座の時「その教室からは、たつぷりと葉の茂つたひともと公孫樹が見え、晴れた五月の風に、その葉がそよいでゐた」という。(13) 作中の公孫樹には近代文芸の歴史の凝縮を見、また自らの青春時代をも響かせている趣がある。こうして詩の世界では、観潮楼主人との静寂な時間の中、対話をしているごとくである。観潮楼址では十七音詩

公孫樹《いてふ》黄に
石に踞したる
大人《うし》なりき

も作っている。(14) 関森勝夫は、鷗外の「泰然とした風格」を捉えて「ありふれた追憶の句」ではなく、「堂々とした明るい景」に、「鷗外の人格への敬慕の念が強く表れている。」と批評する。そういう先達から佐藤春夫は、詩業においても刺激と示唆とを受け、自得するところがあったのである。

注

（1）佐藤春夫の鷗外の受容については半田美永著『佐藤春夫研究』（双文社出版、平成一四）、『文人たちの紀伊半島』（皇學館出版部、平成一七）、山崎一穎「佐藤春夫と森鷗外」（『国文学 解釈と鑑賞』平成一四・三）参照。

（2）この詩と鷗外との関係については野寄勉「森鷗外『うた日記』――「過現未」論――内なる報復心――」（『芸術至上主義文芸』16、平成二・一一）がある。

（3）吉良松夫「折りにふれて――佐藤春夫先生の憶出――」（『浪漫派〈特集・佐藤春夫ノート〉』昭和五四・三）参照。

（4）村野四郎著『現代詩入門』（潮出版社、昭和四六）参照。

（5）佐藤春夫著『南方紀行』（新潮社、大正一一・四）の「漳州」中の表現による。

（6）佐藤春夫「漢詩の翻訳」（『漢詩大講座 第十一巻』アトリヱ社、昭和一一・三）参照。

（7）土屋竹雨は、津和野の鷗外生家前の「扣紐」の詩碑でも佐藤春夫とかかわりのあった漢詩人。この詩碑については本書第三部第四章参照。

（8）『日本の詩歌28 訳詩集』（中央公論社、昭和五二）の『沙羅の木』（生野幸吉担当）参照。

（9）拙著『鷗外文芸の研究 中年期篇』（有精堂、平成三）第二章第四節参照。

（10）回想は北原白秋の「森鷗外先生」（『詩と音楽』大正一一・九）で、続く歌の白秋手沢本をも紹介する『白秋全集7』（岩波書店、一九八五）の「後記」（紅野敏郎執筆）参照。

（11）長谷川泉「うた日記・沙羅の木」（伊藤信吉・井上靖・野田宇太郎他編『現代詩鑑賞講座2 新しき詩歌の時代 近代詩篇I』角川書店、昭和四四）参照。

（12）鷗外像《パネル》のことについては高田博厚「佐藤春夫さん」（『本の手帖』8、昭和三九・八）参照。

（13）丸岡明「ひともと公孫樹」（『展望』昭和四二・二）参照。

（14）佐藤春夫著『能火野人十七音詩抄』（大雅洞、昭和三九・四）所収のものであり、続く解釈は関森勝夫著『文人たちの句境』（中央公論社、平成三）による。

第三章　千家元麿の詩と鷗外

一　千家元麿の詩と「腰弁当」

せんけもとまろ　千家元麿　一八八八〜一九四八（明治二一—昭和二三）　詩人父尊福は出雲国造の子孫で法相・東京府知事をつとめた。東京の生まれ。一七歳のころから短歌・詩・俳句などをつくり始め、一九一三（大正二）ごろから武者小路実篤と知り合い、白樺派と関係を深めて、人道主義的詩風をもつに至り、小説・戯曲も書いた。詩集「自分は見た」「虹」、小説戯曲集「青い枝」など。［全集］（『角川日本史辞典　第二版』昭和四九）

右のような詩人は、白樺派の中でも、最も白樺派的な生き方をした人と言われ、民衆派詩人として、表現の平易な口語詩をもって注目された。その千家元麿は、武者小路が蔵書を売却しようとした際、自ら出向いてその書籍を求めたという一事や、『随筆　詩・自然・美』（国民社、昭和一八・五）の叙述から推定しても、かなりの読書家だったのであろう。その読書体験からも創作の刺激を受けたと打ち明けている。千家元麿は島根に住んだことはなかったけれども、父尊福が出雲大社宮司であったことも関係し、石見出身の鷗外を意識するところもあったに相違ない。鷗外とのかかわりは、これまで研究されたことはないようであるが、こうした詩人にとってこの先達はどのような存在であったのか。まず第一詩集『自分は見た』（玄文社、大正七・五）からこの問題について考察を始めたい。

鷗外が「ゆめみるひと」や「腰弁当」の名で発表した時期の詩に「小犬」（『心の花』明治三七・一）がある。往来の激しい四辻に臥していた小犬が、黒塗りの人力車に一本の足を引き砕かれて、鳴き声を上げるさまにあわれみの眼差しを向け心配して、「われは歌はん行路難、／むれ見る子等よ、な笑ひそ。」とうたった、七五調二十行の詩である。文語調ではあるものの、題材・視点・書きぶりは、口語詩に接近している観のある作品である。千家がこれを読んだかどうかはわからないが、自作の「白犬よ」（『自分は見た』）が関心を引く。人の来ない空き地にいた白犬が逃げようとするところを、「俺」はほかでいい所を見つけるから、戻って来るようにと語りかける詩行で擱筆する二十四行の口語自由詩である。他にも物乞いに来る白犬に心を寄せた同題の詩がある。犬猫を可愛がり、当時犬の句も作った詩人であるから、鷗外の詩と無関係の作品であったとしても、市井に類似の題材を得、この小動物に同情の目をもって書いたことが思われる。この少し後の十九歳当時、馬場孤蝶の訳にかかるチェーホフ作「六号室」を『芸苑』（明治三九・一）で読んだが、同年の五月号には鷗外の「雫」、九月号には「朝の街」が載せられており、『自分は見た』の詩境からすると〈往来の詩人〉といってよい千家元麿は、ともに目を通したことが推定される。

日常生活を歌う詩人には注意を引くものを、これらの作は示している。詩中の神田須田町の停留所や、本郷三丁目の四辻は千家元麿が多くのことを目睹した所であった。電車での寸景を叙した「雫」は、「電車の窓」（『東亜之光』明治四三・一）中の物語的場面を提供する観もある。千家の詩「自分は見た」の第二連には、夜更けの電車に偶然乗り合わした人々を、「おとなしく整然と相向つて並んで居た。／窓の外は真暗で／電車の中は火の燃えるかと思ふ迄明るかつた。」と写す詩行も見える。しかし、この後に続く、「一つの目的、一つの正しい法則」が「美くし」く「他界の力」によって支配されており、「自分もその力で働くのだ。」と叙すあたりは、にわかに形而上的な色彩を帯びていて、腰弁当の作品とはかなりの隔たりがある。けれども、現象的に目に映る街角の光景として、両者の詩に相通じるもののあることは否定できない。
店頭もまだ醒めやらぬ大路を写し、新聞配りも点綴している鷗外の「朝の街」（本書三一二頁参照）に対し、千家には早朝の往来で見たことを書いた「納豆売」がある。

日の出前の町を
納豆売の女は赤ん坊を背中に縛りつけて
鳥の様に歌つてゆく
すばらしい足の早さで
あつち、こつちで御用を聞いて
機嫌のいゝ、挨拶をして
町から町を縫つて
空気を清めて行く
鳥のやうに早く、姿も見せず歌つてゆく
私はあの聲が好きだ。
あの姿が好きだ。

忙しく納豆を売り歩く女の様子を写して、特に終わりの二行は、いかにもこの詩人らしい表現である。作中の時刻を夜に、売る納豆を新聞に、そして、背中の赤ん坊を少し大きくなった子供に置き換えると、次のような「夕刊売」の詩が出来ることになる。まず始めを引こう。

十一月のびつしりと凍えた夜
街の四辻に女は新聞を売る
彼女の背中には三つ位の子供が搔巻にくるまつて、
小さな頭のうしろだけ露はに晒し出して、
顔を背中にうづめて居る。

電車道を突切ったりして新聞を売る女は忙しい。その背中で夢路を辿る男の子は、時々目を覚まして「寒い不思議な世界」を見るのであるが、母親が毎晩こうして何のために駆け出し、走り、ひっきりなしに叫ぶのかわからない。子供は、時々何か話しかけて行ってしまう男、輝く電車、行き過ぎる人、空の星を見て、飽きるとまた少しい い具合に暖かい背中にもぐるけれども、頭の天辺は寒いのであった。

三枚一銭、三枚一銭と云ふ母の叫ぶ声と、
何だかわからない大きな火の燃えるやうなごう〳〵云ふ夜の子守唄を聞き乍ら
幸福さうにねむる。腹も未だ減らないし、小便も出度くないから。
さうして夜ぴて母と子供は走るのだ。
三枚一銭、三枚一銭……しつきりなしに走るのだ。
電車は来ては止り、行つてしまふ。
夜はごう〳〵唸つて更けて行く。
それから疲れ切つた母と子とはどこかへ帰つてゆく

子供は今度は母に話しをかける事が出来る。笑ふ事も出来る
二人は話し乍ら帰つてゆく。子供は笑ふ。いゝ声で笑つて。
四辺を響かせ乍ら、彼等は家へかへつてゆく。

いかにもリアルな表現もあるが、この詩人には他にもこうした作品が多い。山本太郎が近代日本の名詩に数えた「三人の親子」では、大晦日の晩十三銭と札のついた餅を買えないで静かに歩み去った母親と子供たちとが場末の町を家路に就く姿から、その三人を神がつかわした人と捉え、それを「気高い美しい心の母と二人のおとなしい天使ではなからうか。」とうたっている。働く貧しい親と従う子や背中の子、苦労多い生活人の姿、それにもかかわらず明るい心の人を見詰める詩人の作品世界が浮かび上がってくる。千家は、「枯枝を拾ふ人見ゆ親子かな」（明治三八）といった句も作っている。如上の詩人の作品について岡崎義恵は、「氏は洗ったような純良な目を、下界にまた内界に見張っ」て、「見える通りの世界を讃唱し、そのなやみに同情する。少しもねじれた所がない。到るところに真と善と美と力とを見て、ただ楽しいという心に満ちている。」と評している。作品には苦悩の人も捉えているが、たしかに真・善・美と力とを詩人が見ていることは間違いあるまい。(1)(2)

こうした作品にはたらいている目には、その資性や白樺派とのつながりがあったと解されるが、長篇叙事詩『昔の家』（木星社、昭和四・六）に窺われる、往時の恵まれた生活とともに、出生のことで父親との間に生じた問題、一方貧しい生活、苦悩の必ずしも少なくなかった実人生のこともあずかっていたであろう。時に見せる現実的な描写もこのことと無関係ではなかったと思われる。千家元麿は、與謝野鉄幹・晶子の歌を好み、また窪田空穂の奨めもあって、特に丁寧に読んだ『明星』の詩歌中、「腰弁当」の「三枚一銭」（『明星』明治三九・七）は目に留まったはずである。「雫」や「朝の街」とともに鷗外の『沙羅の木』（阿蘭陀書房、大正四・九）に収められた詩で、本郷三丁目(3)

かねやす前にある電車の停留所で人混みのする中、「昨日の新聞三枚一銭。」と呼ぶ新聞売りを写したものである（全文は本書三〇八頁参照）。この詩について佐藤春夫は、作中の人物に触れてから、「現実的な日常の感情をそのまま詩情としようといふ詩壇への提案であつたらう。」と述べているが、(4)「夕刊売」は、その題材と言い、場所と言い、新聞売りの声と言い、これからも刺激を得ていたのではなかろうか。人道的な精神を表し、民衆詩人の呼称を得たところに独特のものが認められる千家は千家として実見したところを書いたのであって、仮に鷗外とは無関係であったとしても、一つの時代の文芸的、文芸史的力が働いた作品として捉えることはできるかと思う。

室生犀星が『我が愛する詩人の伝記』（中央公論社、昭和三三）において思い出もまじえ、「貧乏」で「感情のすなお」な、「心の澄む」、「善良な性格」で「何時も邪気なく、仕合わせをもとめていた」と描いた千家元麿は白樺同人となり、(5)特に武者小路実篤と親しかったが、その影響を受けた人物の一人に、魯迅の弟で日本に留学していた周作人がいた。于耀明は、周作人の大正八年（一九一九）執筆の詩「小河」は、生田春月とともに千家元麿からも示唆されるところがあり、「所見」の一篇も、千家元麿の詩精神に負うたものと解する。(6)このタイトルは「自分は見た」の意味であると記すが、同じく「路上所見」もある。そして、これらの作を読むとき、前掲の「納豆売」や「夕刊売」を想起させるという。(7)武者小路実篤・千家元麿・長与善郎も寄稿し、岸田劉生が表紙の画を描いていた雑誌『生長する星の群』に、周作人は日本語の詩「過ぎさつた生命」「子供」を書き、「西山小品」を発表している。

一九一二年（明治四五）民国革命で帰国していた周作人は、大正十一年七月には「日本の新聞の報道によると森鷗外博士が今月十日世を去った。これは東亜文壇の一事件で惜しむべきことである。」と始まる追悼文を書いている。(8)その業績として挙げる書中に韻文関係の記載はないけれども、「三枚一銭」その他の詩は読んでいなかったのであろうか。そうであれば、鷗外との関係は、詩の分野ではなかったことになるが、千家元麿をとおして間接的にではあっても多少のかかわりは考えられる。一文では兄魯迅との間で手紙も交わした「あそび」（『三田文学』明治四三・七）や「沈黙の塔」（同上、明治四三・一一）には言及しており、問題作「ヰタ・セクスアリス」（『スバル』明治四二・七）の詳しい批評もしている。(9) 鷗外の文芸活動には関心を持った人であった。

二　千家元麿における鷗外の翻訳劇

千家元麿と鷗外との関係では、プーシキンの『オネーギン』を模して書いたという『昔の家』に続いて著した『昔の家（続篇）』の左の一節が目に留まる。昭和五年時折、雑誌『竹』に発表していたものである。

鷗外さんの一幕物で、ダヌンチオの「秋夕夢」やワイルドの「サロメ」ハアープトマンの「僧院」やメーテルリンクの「タンタヂールの死」や「奇蹟」やヘルマンパールの「出発前半時間」やホフマンスタール「エレクトラ」や「痴人と死」
リルケの「家常茶飯」などをよんで、皆感動した
この人生の谷間に咲いた幻想の神秘な奇しき芸術の花
蠱惑的な異様な美しさに僕は眩惑された
今でもこれらの作品は感心してゐる
自由劇場が最初に公演した「ボルクマン」が当つてから
色々の新劇団が興つて、一幕物で愛読してゐた脚本は
大抵舞台で見る事が出来たのでよかつた

ここには誤りもあるので、行論上これに修正を加え、関係する主な単行書だけを次に掲げることとしたい。

A『一幕物』（易風社、明治四二・六）〈ヴェデキント「出発前半時間」、ハウプトマン「僧房夢」、ホフマンスタール「痴人と死と」、ヘルマン・バール「奥底」〉

B『ジョン・ガブリエル・ボルクマン』（画報社、明治四二・一二）

C『続一幕物』（易風社、明治四三・二）〈ワイルド「サロメ」、マーテルリンク「奇蹟」、ダヌンチオ「秋夕夢」、リルケ「家常茶飯」、「家常茶飯附録／現代思想（対話）」、「ライネル・マリア・リルケ著作目録参照書類」、「作品一覧」〉

D『稲妻』（通一舎、大正四・一〇）〈ヴェルハーレン「僧院」〉

E『森林太郎／訳文集巻一　独逸新劇篇』（春陽堂、大正一〇・一〇）〈ハウプトマン「僧房夢」、ヴェデキント「出発前半時間」、シュミットボン「街の子」〉

右の中から、まずリルケについて見ると、一九〇二年（明治三五）の原作の翻訳「家常茶飯」（『太陽』明治四二・一〇）とその付録「現代思想（対話）」が注目される。[10] 千家元麿は、佐藤紅緑・福士幸次郎らとこの戯曲の合評会を開いたと回想しており、リルケの人と作品との紹介と見做してよい「現代思想」も読んだはずである。そうであれば、千家関心事の一つ親子関係で例示されている「因襲の外の関係」の思想にも注目したと考えられる。「現代思想」において、この問題でショウの「悪魔の弟子」にも触れており、同じくショウの原作中の、リルケのいわゆる「因襲の外の関係」で通底するところがあり、井上正夫の演じた、千家のいう「馬泥棒」は、鷗外訳の「馬盗坊」（『歌舞伎』明治四三・一〇—一二）によるものでなければならない。「家常茶飯」にも「幻想の神秘な奇しき芸術の花」の評を呈しているが、その点では、作中の画家と一婦人との不思議な心的体験が関係しているであろう。千家は、リルケの詩にも賛嘆したことを回想している。茅野蕭々の『リルケ詩抄』（第一書房、昭和二・三）を繙いたものと思われるが、それには対話文「現代思想」も導きとなったのではないか。

第一回試演としてのイプセンの『ボルクマン』を有楽座で見て感銘を受けたことも、上の叙述に明らかである。鷗外の「青年」(『スバル』明治四三・三―四四・八)には主人公小泉純一が、「時代思潮の上から観れば、重大な出来事である」と考えることが書かれ、「わたくしは生きようと思ひます」の叫び声が、多くの学生たちに喝采されたとある。千家もそうした一人であったわけで、紅野敏郎によれば、以後歌舞伎熱から新劇熱へと移ったのであった。[11]『幽霊』も金葉堂版、明治四十四年の鷗外訳によって、観劇はもちろん、その書も読んでいたと思われる。後年の「結婚の敵」(『エゴ』大正四・一)には、千家自身の生活を反映するところがある。すなわち兄(夫)とその妻(元は父の家の下婢)、弟三人の登場人物の心的葛藤、家庭の不和を描いた戯曲であって、少年時代家庭で「太陽の暖」をとらなかったという主人公の台詞は、画家を志しながら知らないで結婚して妾の形となった母の境遇と家庭におけるその位置等、作者の父とのことを仄めかすものであり、何度も引越をするという一事も実際の生活と重なる。結婚生活での争い・不和の原因を、自分たちや家・家族の作り出した〈幽霊〉に見立てており、これを別の語によって表したのが戯曲のタイトルであった。作中イプセンの名は見えないけれども、この巨匠に負うところのあったことは疑う余地がなく、「家常茶飯」への関心も、両者の対比が関係したに相違ない。

シュミットボンについては、「街の子」をも挙げて夢中になったと打ち明け、若い時にこの作家の戯曲と小説を自ら合本にしたものが手許に残っていると語っている。昭和十三年七月二日北海道の長男宏に宛て、「「街の子」をよんださうで激賞してますね。僕もあの戯曲は実に好きです。」と喜びをしたためている。家出した子と父親との関係を扱ってきびしい筆遣いを見せている作品で、人間関係は逆であるものの、菊池寛の「父帰る」(『新思潮』大正六・一)を思わせるところもあり、大正元年十月有楽座において上場されたが、自らの体験を重ねて観劇し、またある種の感慨をもって読んでいたと想察される。

千家元麿はまた、『随筆　詩・自然・美』や上掲の長篇叙事詩でしばしばゲーテに言及する。詩でも「暮」（『炎天』新潮社、大正一一・八）中、ライプチヒの地下のあの穴蔵へ降りて行くようなアウエルバハの酒場や魔女の厨をうたって豊饒な詩的空間を作り、「女性」では、グレートヘンやヘレーネ、そしてイフゲニーやミニヨンを歌い込んでいる。『蒼海詩集』（文学案内社、昭和一一・八）にもゲーテの名が見え、『霰』（やぽんな書房、昭和六・三）には「ゲーテ」と題する下のごとき作品を収めている。実り豊かなイタリア紀行の詩人を詠じたものであること言うまでもあるまい。

ローマに遊んでゐるゲーテ
祝福された土地に
晴朗な穹窿と
優れた学術品に囲まれて
バチカン宮や廃趾を彷徨ふゲーテ
光明の裡に晴れやかな巨人

前掲長男宛書簡には「僕はゲェテには驚きます。ブランデスの評伝と鷗外のギヨオテ伝はいつも座右にをいてよんで刺撃《ママ》と歓びを与へられます、最も聡明で気高く、貴族的で、美しい、円熟した極致です。」としたためている。大正四年刊行開始のブランデス著『十九世紀文学思潮』の吹田順助訳は、本多秋五によれば、白樺派の流れを汲む仕事というが、[12] そうした脈絡も関係したのか書簡中の「評伝」は、栗原佑訳『ゲエテ研究』を指すものと思われる。昭和十一年ナウカ社から初版の出された書である。訳者序文でこの書を「該博にして健全なる進歩的精神の所産」

と評している。書中ゲーテの著作からの引用は千家にしばしば感動を与えたであろう。たとえば、家庭の団欒を幻視する詩行を織り込んだ「夕暮」（『夜の河』曠野社、大正一一・七）を書く詩人にとって、『ウィルヘルム・マイスターの修業時代』のフィリーネが歌うリードは、自作として提出してもよいほどのものであったはずである。『ギヨオテ伝』（冨山房、大正二・一二）は、ビルショウスキーの著書の抄訳であり、斎藤茂吉は原書よりも懐の深いものと評価したが、(13)ブランデスと鷗外との両著は、詩人を慰め励ますことが少なくなかったのである。上掲の「ゲーテ」は、しばしば言及して仰ぎ見たこのドイツの文豪・大詩人に対する思いの一端から作られた詩であったと解される。「広大な幻想の想像劇」で比類ない作品と激賞した『ファウスト』は他の人の翻訳もあったが、鷗外の訳によって読んだのではなかろうか。千家元麿は、ヘルマン・バールの「出発前半時間」には劇・脚本ともに感心したと打ち明けているものの、作者から言えばヴェデキントでなければならない。これを千家は帝国劇場における興行によって見たと回想している。

叙事詩中「蠱惑的な異様な美しさ」とある批評で言えば、特にワイルドの『サロメ』が挙げられよう。神秘性ということではマーテルリンクの『タンタジールの死』も考えられるが、鷗外が翻訳したのは『奇蹟』であった。感想評論集『貧者の宝』『知恵と運命』は運命の問題もあって千家の傾倒した書であった。鷗外が当時このベルギーの作家の翻訳・紹介にあずかった一人であったことは注目されてよい。その点で大正三年発表の千家元麿の「熱狂した子供等」（『エゴ』大正三・七）に注意を引くものがある。二人の旅人がある町を通った時目撃したこととして舞台は展開する。「寒い町だ」と言う一人の旅人の言葉は、天候のことだけではなさそうであり、もう一人の旅人は犬の鳴き声を聞いて「気味の悪い町」であると口にする。大きな棒を持ち、甲冑を着た十二、三の男の子が犬を撲殺したというのである。自分の犬を殺された子供が激しく泣くと、その少年は急いで去る。旅人は甲冑の少年を見て、珍しい子供だと語り合う。涙声の子供たちは、犬を介抱し、動き出して生き返りそうな様子に熱狂する。一時気絶していたらしいのであるが、旅人は顔を見合わせて立ち去るのであった。

四百字でわずか五枚弱の戯曲であり、レーゼドラマと解してよい。旅人は子供たちと言葉を交わすことはなく、見る立場に徹しており、詩集『自分は見た』の詩人のいわば分身として捉えることもできる。友だちのいない甲冑の異様な子供は、屈折した心を抱いているようであり、作品の世界全体からすると、マーテルリンクの初期の暗い運命観を現す静劇を思わせるものがある。小川未明を模して書いたこともあったと語り明かした千家であったから、こうした雰囲気の世界を描いたことも故ないことではない。[14]けれども、犬をしばしば題材にして詩を書き句を作った一事からすると、最後に生き返った犬に狂喜する子供を写すあたりは、光明を点じて、いかにもこの人らしい作と称してよい。これとは反対に厳しい自然観・運命観を示した大正五年の「船員の死」（『青い枝』）といった小説もある。

これまでに取り上げなかったけれども、特にホイットマンはじめトルストイ、ストリンドベルィその他多くの作家・詩人に感動した千家であった。翻訳・紹介等のいわゆる媒介者は、千家にとって白樺派を筆頭に大勢いたわけであるが、西洋に対する窓口として鷗外は逸することのできない一人であったことは間違いあるまい。

千家元麿については、その詩を、自らも少年や子供の詩の出て来る作品も書いている高見順も評価した。上林猷夫は高見順の詩を、「小説や評論の生身の人間の核をなすべきもの」で、「「気のきいた感じ」のスタイルを意識して排除し、いわば気楽で明解な言葉で、所謂「汎人間風」に擬態化して書きたかった」ものと解している。[15]そうしたところから千家元麿に関心を抱いたのであろうが、また生育歴で父との関係、特に母への思いも、この一事とつながりがあったのではないか。草野心平は、「わからずに詩を書いた稀な詩人」であったが詩の「美しさは無類」であると評し、「日本の詩人の中で千家元麿の顔が好きだつた」と回想しており、文化人肖像写真展を見た安西冬衛も、「就中千家元麿の六十年に近い風霜に勝へた風丰は絶佳。貧窮も世俗もこれを犯すこと能はないのを深く識

つた。」と記したのであった。(16)

注

(1) 山本太郎編『新装版　ポケット　日本の名詩』(平凡社、平成八) 参照。
(2) 岡崎義恵著『近代日本の詩歌』(宝文館出版、昭和三七) 参照。
(3) 耕治人著『詩人　千家元麿』(弥生書房、昭和三二・一)、亀井俊介著『近代文学におけるホイットマンの運命』(研究社、昭和四五) 参照。
(4) 佐藤春夫著『近代日本文学の展望』(講談社、昭和二五) 参照。
(5) 犀星の千家元麿の詩の批評については雨宮テイコ「千家元麿」(葉山修平編著『我が愛する詩人の伝記にみる室生犀星』龍書房、平成一二) 及び高瀬真理子著『室生犀星研究』(翰林書房、平成一八)、参照。
(6) 于耀明著『周作人と日本近代文学』(翰林書房、平成一三) 参照。
(7) 『生長する星の群』についてはその復刻版に田中榮一の「解説」がある。
(8) 周作人「森鷗外博士」(一九二二〈大正一一〉・七・二四、脱稿。『談龍集』〈『周作人自編文集』河北教育出版社、二〇〇二〉所収) 参照。
(9) 王蘭「周作人と森鷗外の「キタ・セクスアリス」—近代東アジア知識人のある共通点—」(『比較文学』第四十八巻、平成一八・三) 参照。
(10) 拙著『鷗外文芸の研究篇　中年期』(有精堂、平成三) 参照。
(11) 『千家元麿全集』の紅野敏郎作成年譜参照。
(12) 佐藤佐太郎『斎藤茂吉言行』(角川書店、昭和四八) 参照。
(13) 本多秋五著『「白樺派」の文学』(講談社、昭和二九) 参照。
(14) 拙稿「「薔薇と巫女」「日没の幻影」の世界」(日本近代文学会新潟支部編『新潟県郷土作家叢書3　小川未明』〈野島出版、昭和五二〉) 参照。
(15) 上林猷夫著『詩人高見順—その生と死』(講談社、平成三)、高見順「三人の詩人について—島崎藤村・千家元麿・

萩原恭次郎の詩の鑑賞」（岩波講座『文学の創造と鑑賞』昭和二九・一）参照。

（16）　草野心平「千家元麿追悼」（『日本未来派』昭和二三・六）、安西冬衛「マック事務所」（『詩文化』昭和二四・四）参照。郷原宏著『歌と禁欲《近代詩人論》』（国文社、昭和五一）所収の「千家元麿」はその民衆詩人の内実の問題を論じ、島根における千家観にも言及がある。

第四章　竹村俊郎の詩「僕」の形成とその周辺

一　竹村俊郎の詩風

芸術雑誌『パンテオン』の編集で堀口大學担当の「エロスの領分」に投稿した詩人中特に注目すべき人として、菊田茂男は、「堀口風の軽妙でダンディな詩作」を示した岩佐東一郎や青柳瑞穂のほか、熊田清華と「近代的心理の内面の陰影」を写した竹村俊郎とを挙げている。(1) いわゆる「感情派」に属して活躍した竹村俊郎は、大正十一年（一九二二）数え歳二十七で渡英し、十四年帰国の船中で堀口大學と相識になった機縁から詩稿を投じたのであろうが、それには右のような作風もあずかっていなければならない。『パンテオン』紹介の一文において菊田茂男が、その特色を表した詩として引いたのは、昭和三年（一九二八）七月第四号に掲載の「喜劇俳優」である。

僕が寂しさに杖を振ると
見物は面白さうにくすくす笑ふ
僕が悲しさに身を絞ると
見物は呆れたやうにげらげら笑ふ
おお　神様　僕はどうすればいいのだ

僕にだつて寂しさがあり悲しさがある
それなのに僕の周囲《まはり》にはいつも嘲りと笑ひが渦巻く
そこで僕は感極まり
涙を流すと
見物は再び笑ひの堰を切り
阿房のやうにどつと笑ふ

「寂しさ」「悲しさ」「涙」の語を織り込み、観客を前にした喜劇俳優の微妙な心理・心情をうたってペーソスを感じさせるが、それが舞台上の俳優にとどまるものでないことはいうまでもない。感情派たる所以のものが察せられる作品の一つである。これを書いた年に竹村俊郎は、「『堀口大學詩集』読後」（『パンテオン』Ⅷ、昭和三・一二）で、その詩を読むと「一人の道化」が心頭を去来するとし、「この道化は面に軽快な仮面をつけて、或時は食人競技の選手となり、或時は褐色の羊歯のしげる三角半島へ杖を引く。しかしこの道化がその華やかな仮面をはづすとき、そこには如何に長い顔が現れることか。」と評した。そして、「かうした道化的精神はまた、鋭い機智、苦い皮肉となり、豊富な想像と相俟つて、氏の詩に於いて異常な飛躍をする。」と捉え、「キヤンデイ」の一篇をその一つに数え、「恰も舞台に立つた道化が、何か深い微妙な洒落を言ふのであるが、聴衆がそれを理解せぬので、道化は我とわが身をひつぱたき、長い顔をするやうに感じられて、甚だ悲痛な快感をそそられる。」と述べる。これが独特の批評であることは、岩佐東一郎による同詩集の書評（『パンテオン』昭和三・四）に「道化」の語の見えない一事からも察せられる。竹村のこの評言は同時に自己の詩精神の側面をも無意識のうちに語り明かしたものではないか。その意味で「喜劇俳優」は堀口から影響を受けたかもしれないが、「創作の残虐――ギッシング研究の一部――」（『日本詩壇』刊行日不詳）中、「過去を顧みて自らを阿呆と思はぬ者は俗物と真に馬鹿者のみ…」と書いた人間観がその基調にあったことが見逃されてはならない。

一体竹村の詩の世界では、道化的契機が見えつ隠れつして展開する。「喜劇俳優」を改題した「阿房」を収める第二詩集『十三月』（武蔵野書院、昭和四）はもちろん、処女詩集『葦茂る』（感情詩社、大正八）、『旅人』（四季社、昭和一五）もそうである。これらの中の少なからぬ詩が、道路・露路を行く人を歌っていることが目立つ。大勢の人々が舷下を通る風景を題材に選んだり、白蓮に耳を澄ますと、恋人のささやき、嬰児の泣き声、老人の呻きが洩れて来たりするといった詩も書かれている。『葦茂る』の自序には、「人類は情熱の青い波に揺られながら、永遠に、白い川を下る」とある。こうした独特の心象風景は、この詩人の詩的思考の基調をなすものとして捉えられよう。『葦茂る』に寄せた「序」に代える文章で萩原朔太郎は、「竹村君の生活には、純一な人間の張りつめた苦痛がある。」と言い、その詩の言葉は「純一な祈禱」から生まれ、その「至純なる心」は「あまりに至純なる心」であることを感ずると記す。そして、「かかる詩人の生活は、霊魂の孤独に生きて、尚且つ霊魂の愛を求めんとする生活であらう。寂しくて高貴なる感情の光がそこにある。道化的心情・精神、道を辿る人の心象風景は、（中略）この「純一な祈禱」、「至純なる霊の哀傷」に由来するものと解してよい」と述べたのであった。

実生活に触れれば、兄と弟とに対する母親の愛情のため疎外感を抱いていた少年時代からの竹村は、母との間に様々な確執があった。(2) 英国留学の際も山形からの母は、船の門司解纜までこれを阻止しようとしたのであるが、こうした事情がその詩精神にも道化的発想として関係したに相違ない。後年『十三月』の書評中朔太郎は、竹村について処女詩集出版後「雪に閉じられた郷里の家で、孤独な瞑想に耽つ」て、一度「自殺を試みて失敗し」、「それから失意の狂気の中に彷徨して、最後にロンドンへ出奔した。」と記している。右の「序」は暗約のうちにこのことに触れていたのではないか。以下竹村俊郎の詩の世界の一端について考察してみたい。

二 「僕」の世界とその詩法

『パンテオン』Ⅷ（昭和三・一二）に次の作品があり、これは詩集『十三月』に収められた。

僕　第一

僕は路傍《みちばた》に身を投げた
僕の上を笑ひながら囁《さざめ》きながら
風が通る　塵埃《ほこり》が通る

僕は路傍で仰ぎ見る
僕の上を喘ぎながら悲しみながら
馬が通る　人間が通る

僕は路傍で眼を瞠《みは》る
僕の上を笑ひながら咽びながら
愉快に杖振る僕が通る

僕　第二

僕が真当《ほんたう》の僕になり切るとき
僕は僕をのせた鏡とならう
僕は僕の足裏から髪の毛まで
いちいち明白に映し得よう

だが　僕が真当《ほんたう》の僕に還《かへ》るとき
僕の姿は散つてゐよう
風に吹かるる塵埃《ほこり》のやうに
僕の姿は散つてゐよう

さうして僕の瞳ばかりが
陰《かげ》のうちに大きく見開いて
塵埃のやうに吹き散らさるる
僕の姿を見つめてゐよう

自己が自己を見る心象風景をペーソスをまじえて書いたものである。二つの詩を統べる題は紙面にはなく、詩型も異なり、題もそれぞれ独立した形になっている。しかし掲載誌の目次には「僕」とある。類似の例は堀口の『水の面に書きて』（籾山書店、大正一〇）に見える。すなわち「噴水　その一」から「噴水　その四」までをまとめる形で「月下の噴水」とタイトルがあり、各詩篇は詩型を異にする。竹村もこのような先蹤に倣ったのかもしれないが、微妙な点で違いがある。同一作品であれば、「僕」のタイトルの下、各連に分ければよいわけである。けれども、「僕　第一」は、詩の世界では〈僕〉が〈僕〉を見たという、いわば事実を写したもので、「僕　第二」は〈僕〉の意志・決意を述べていて、前者を後者が内面化するという構造をとっており、二作は独立した形になってはいても、併せ読むべき詩であろうと思われる。「僕　第一」においては、路傍に身を投げ出した〈僕〉の視線から、道を通り過ぎる数々のものを捉えた情景が写される。普段と違った視点の設定は、日常性に対する新しい視野を切り開くであろう。第三連に至ってそれは顕著で、自己を外界の自己として見ることを空間的、立体的に表現していて、竹村の従来の詩法の殻を画然と破ったところがあり、「阿房」における道化的なものが感得され、一篇の詩眼ともなっていて関心を引く。「僕　第二」の第三連においてはいっそう大胆で、前衛的絵画を思わせるように、より内景化して書いた観がある。瞳について言えば、室生犀星の『抒情小曲集』（感情詩社、大正七）所収の、地の上に伸びる瞳孔の心象風景を異様に描いた「二つの瞳孔」を思い出させる。

瞳孔自体に着目すれば、朔太郎の『蝶を夢む』（新潮社、大正一二）の「瞳孔もある海辺」も挙げられよう。「見つめる」という契機をおさえると、『月に吠える』（感情詩社・白日社出版部、大正六）の一首「死」に通ずるものがある。しかし、竹村に「僕」以前に右のごとき発想がないことはなかった。「空想の窓　神経衰弱者の囈語」（『野依雑誌』大正一〇・七）の書き出しは、「黒く、かつしりと削り立つた壁の上に、高い四角な空想の窓がある。蒼白く動かぬ光がそこから暗い室内に流れ込む。」となっていて、注目すべき表現である。『葦茂る』には、梨の木の梢にかかる青ざめた二つの肺の心象風景を描いた詩「ある日」も収められている。ダンテその他西洋文芸の発想が感じられるが、英詩に負うところがあったものであろうか。

しかし、『十三月』では詩境の新たな開拓を目ざしていたらしく、「序」では下のように書いている。

以前、僕は、夢幻と恍惚に詩を求めてゐた。詩集「葦茂る」並みに本集に収められた（黒き樹）（白樺）（甲板）等がそれを語る。やがて僕はさうした詩に飽足らずなり、従来の殻を破らうと悩み出したのが（砂漠の笛）である。従つて（砂漠の笛）は変化に富むが、雑駁であり、陰惨である。最近、僕はその雑駁と陰惨のうちに幽かな統一を見出し、固定と透徹に詩を求め出した。その結果が（玉馬）である。（傍点引用者）

そしてすぐ続けて、「（玉馬）は未だ殆ど書かれてゐない！」と記し、玉馬を空想的動物であるとしながらも、「月光の透徹と彫刻の固定に結晶するスピリットであり、飛躍する怪馬である。」と述べる。この動物を詩集名にしようと考えたが、犀星の助言を容れて、それと相通ずる「十三月」を書題としたのであった。『十三月』にまず「玉馬」「砂漠の笛」の章を配し、「甲板」「白樺」「黒き樹」の章を並べ、「玉馬」の章の冒頭には詩「自画像」を置いて、「僕は夢の彫刻師／思惟の力で渾沌を切り刻む／晴天／真昼の建築が僕の傑作」と歌う。「阿房」「僕　第一」「僕　第二」は「砂漠の笛」の章に配され、すでに考察したような詩想が基調にあるが、たしかに心象風景を刻むといった趣を見せているのである。萩原朔太郎は、この詩集を高く評価し、特にロンドンでシングの哀調を慕ったという「冬の街」や「孤独」に目を向けていたけれども、(3)一方三好達治は、テームズ河を見て作った「荷船」一篇のみを認め、「玉馬」や「砂漠の笛」の諸篇については格言風の概念詩に堕落していると批判したのであった。(4)

三　「僕」とクラブントの詩

右のような詩法の変化は、詩人の内なる詩的思考によることは当然としても、それには外からの刺激も考えられる。『十三月』は『葦茂る』とは異なって西洋体験の詩集であり、親しんだ英詩による影響もあったに違いない。

当時の詩壇が聴覚よりも視覚的な効果をねらい、詩の内容を主知的に構成するという移行期に入っていたことも関係したはずである。それらの中に鷗外の『沙羅の木』（阿蘭陀書房、大正四）からの刺激を想定してみたい。[5] 竹村は山村暮鳥・萩原朔太郎・室生犀星・堀口大學らに傾倒したが、「僕　第一」に限っていえば、クラブントの訳詩ほどに詩的技法で類似性のある作が見いだせないからである。

「今日の詩」（昭和九、掲載誌不明）で竹村は、詩の根本は「感動」にあるという一事を強調した上で、西洋の詩精神をできるだけ日本に消化し、消化しつつあるのが今日の日本の詩であると述べ、感動に形式を与えて詩作する過程で、西詩が少なからぬ役割を果たしているとの認識を示していた。その点でも、クラブントの詩「熱」は視野に入れてよい。発熱した人の幻覚をうたった作品（本書三六八頁参照）の詩行「己の脳天はとうとう往来のやうに堅くなつて、／其上を電車が通る、五《ご》味車《みぐるま》が通る、柩《ひつぎぐるま》車が通る。」は、行の長さで道路を車が通るイメージを髣髴とさせるものを感じさせる。こすれて、きしる車の音をも表す „knarren“ の語を、鷗外は擬音的に訳さず、「通る」の語の繰り返しによって、形象性を厚くした観がある。俗語的な「脳天」の訳語は、通る車の種類と併せ、自嘲的な心を表し、病む人の意識の中を表現しているが、「僕　第一」との関係では、「通る」イメージと「己」の内面・心象風景にかかわる詩的空間の立体性・造型性、道化にも通じていくような自嘲性が注目される。いかにも竹村の関心を引きやすい詩と言わなくてはならない。文語調ではあるが、クラブントの訳詩「川は静に流れ行く」*Still schleicht der Strom* も見逃せない。第一連において、白い波頭も見えない川面を叙し、以下左のように第二連、第三連と続く作品である。

覗けば黒く、
渦巻く淵の険《けは》しさよ。

こはいかに。いづくゆか
我を呼ぶ。

顧みてわれ
色を失ふ。
漂へるは
我骸《わがむくろ》ゆゑ。

「我骸《わがむくろ》」を倒置法で終行に配して、自分の屍を幻視するという意外性、驚愕の情をよく表し、「僕　第一」と類似の視点が設定されている。室生犀星著『愛の詩集』（感情詩社、大正七）、『星より来れる者』（大鐙閣、大正一一）の作中に契合性の認められる表現が存しても、夢と断ってあるため、「僕　第一」や右の訳詩との径庭は大きい。『月に吠える』の二、三の詩の場合とも通うものがあるが、やはりクラブントのものが近い。「透徹」と「固定」を指向するような「僕」の詩法は、それまでの竹村にすでに萌芽があっても、詩壇のイマジズム的傾向も関係したかもしれない。またドッペルゲンガーについての知識があずかっていたことも考えられるが、そうした諸契機の一つとして鷗外の訳詩を挙げてよいと思う。
『十三月』以後では、『鴉の歌』（四季社、昭和一〇）の「黒い魑《すだま》」、「牡丹雪」に、表現形態としては内的、詩的空間を感じさせる詩行がある。「黒い魑」からその第三連を引こう。

暗い小路を辿りながら

僕は僕の心をつくづく眺めてゐた
するとそこには鴉がゐた
青いまでに黒い一羽の鴉が浮いてゐた。

これに類似する表現は、飛ぶ鳥を内面の風景として歌ったリルケの詩にもあるが、茅野蕭々の『リルケ詩抄』（第一書房、昭和二）にこれは収められていない。この点については、このドイツの詩人から学んだ可能性は少なかったと思われる。(6) 富士川英郎によれば、中国清代の画家石濤に「吾写此紙時、心入春江水、江水従我起、江花従我開」とリルケに通う発想の詩があるというが、(7) 竹村の作品との関係は不明というよりほかはない。しかし詩人であるから竹村独自の詩的思考であったとも解され、そういう詩を作る段階に詩壇が入っていたのであろうが、発想の型とすれば、全く珍しいものではないと思う。(8)

四　竹村俊郎と鷗外の『沙羅の木』

詩論・随筆・日記を収める室生朝子編『竹村俊郎作品集　下』（文化総合出版、昭和五〇）に、鷗外への言及はないが、竹村俊郎が親交を結んでいた犀星が編集兼発行人になっていた詩誌『感情』を閲すると、その第四号（大正五・一〇）の「寄贈新刊」欄に『沙羅の木』が記載されてある。一方犀星もこの先達に『愛の詩集』と『新らしい詩とその作り方』（文武堂書店、大正七）とを贈っていた。朔太郎は鷗外を訪ねて親しみを感じており、(8)「感情派」の詩人と鷗外との間には、直接間接の交流があったのである。『愛の詩集』の「大学通り」にはクラブントのことを織り込み、『新らしい詩とその作り方』でも、感動を与えたこのドイツの詩人の作を手本の一つとして引いている。

『愛の詩集』出版に際し竹村はその校正にもたずさわったから、二人の間で鷗外と『沙羅の木』とは話題になったのではないか。その折犀星の手許にあったこの詩歌集を繙いたに違いない。収穫のすんだ野を行く人を歌った竹村の「散策者」（『十三月』所収）から第二連だけを引く。

私は夢見る魂と暗いこころを連れて
さびれた野面を　畦畔《あぜみち》をゆく
移り気な雲がおりおりかげる
さむざむと耀いた野面に　私の行方に
暗く明るく　不審な影を投げる
北風が吹く　かうと吹く

第一行の表現は珍しい。「魂を連れて散歩する。」（傍点引用者）の表現のあるクラブントの「前口上」を想起させる。「散策者」というタイトルのことも思われる。『十三月』にはK.O.なる友人に与えた詩「額」も見える。その第一連で、絶望と焦燥のどん底にいて友に手をさしのべる「わたし」は、「《海底の鐘は時あつて声を発する――》」と成句のようなものを示し、「友よ　これが人生の真実だ」、「これが信《まこと》の友情だ」と語りかける。《海底の鐘は――》は引用符号から推すと典拠があるのであろうが、今それを詳らかにし得ない。それで、発想の型として観察すると『沙羅の木』所収のデーメルの「海の鐘」がある。竹村の詩とは異なり、海に漂う鐘であるものの、鐘が声や音を発する時と人との関係の物語的な点において、両詩には類似性が認められる。海底の鐘といえば、デーメルによった「伊都満譚詩」（『佐藤春夫詩集』第一書房、大正一五）もある。石川啄木の「沈める鐘」（『あこがれ』小田島書房、明治三八）も海底の鐘を題材にして宇宙の摂理、神秘の理法を歌っている。「額」の文脈にもう一つぴったりしたものを感じさせないにせよ、詩人の記憶にあった可能性もある。芭蕉も敦賀で「月いづこ鐘は沈みて海の底」と吟じていた。ハウプトマンの『沈鐘』（一八九六）の場合は湖底の鐘で違うが、海の鐘は諸処に伝説があるわけで、英文学も含め、こうした発想のパターンから「額」で人間関係の真の結び付きの詩的な表現を採ったのであろう。

詩壇関係では、表紙見返しにペンで「謹呈　森鷗外様」と二行に書き「竹村俊郎」と自署して『葦茂る』を贈っていた一事も関心を引く。鷗外旧蔵本（東京大学附属図書館蔵）に書き込みはないけれども、『感情』第二十九号（大正八・五）の「消息」欄に、詩集を贈ったことへの返礼に触れて、「好意ある丁寧な手紙や葉書を頂いた、森博士、島崎藤村、日夏耿之助《ママ》、茅野蕭々、（中略）の諸氏に厚く御礼申し上げます。あれらの手紙や葉書は優しく私を励まして呉れました。」（竹村）と見える。

以上このような詩人の一篇「僕」の形成を、鷗外の訳詩を視野に入れて詩壇の動向の中に捉え据えたいということであった。

注

（1）菊田茂男「『パンテオン』の詩運動」（『国語国文学紀要』3、昭和三一・三）参照。

（2）真壁仁「竹村俊郎の生涯」（『山形文学』15、昭和三三・一一）参照。続く萩原朔太郎の書評とは「詩集十三月を評す―竹村俊郎君の近著―」（『作品』昭和五・五）を指す。

（3）萩原朔太郎の書評は注（2）参照。

（4）三好達治「竹村俊郎詩集『十三月』読後に」（『詩・現実』昭和五・九）参照。

（5）萩原朔太郎「森鷗外全集推薦文」（『鷗外研究』第五号、昭和一一・六）、富士川英郎「詩集『沙羅の木』について」（『比較文学研究』6、昭和三二）、『日本の詩歌28　訳詩集』（中央公論社、昭和五一）参照。

（6）引用は省略するが、リルケの遺稿詩に見えることから、当時まだ紹介されていなかったはずである。この方面については、『リルケ全集5　詩集Ⅴ』（弥生書房、昭和三六）参照。
（7）富士川英郎「リルケと日本」（『比較文学研究』8、昭和三九・七）参照。
（8）たとえば良寛に「あわ雪の中に顚《た》ちたる三千大世界《みちおほち》またそのなかに沫雪ぞふる」の一首がある。
（9）萩原朔太郎の辻潤宛書簡（昭和四・八、推定）や富士川英郎著『萩原朔太郎雑志』（小沢書店、昭和五四）参照。

第五章　龍膽寺旻訳クラブントの詩一篇の文体

大正十三年（一九二四）八月に創刊された『東邦芸術』第一巻第一号の巻頭を飾ったのは、龍膽寺旻の詩「古瓶春景」であった。それだけ雑誌の主宰者日夏耿之介に期待させるものがあったのであろう。

夜も闇け燈影《ほかげ》銀白《しろがね》に霑《うる》みて
几上なる和蘭古瓶
藍青の山河晴れたり

柳條空を払ひて水洸《ひろ》く
少女《おとめ》等嬉々として塘下に濯ぎ
角笛《かく》吹く牧童《わかうど》の帽檐風に翻る
片丘に日は高く
聖院《みてら》の庭榲桲《まるめろ》の花咲き
塔《あららぎ》は九蒼の光に沾れて
窓の鐘あらはに斑鳩の群遨《あそ》べり

羊皮紙の手触りも懶き眠傷《ねむり》
古き落葉の谷間なる黄毳の上
何の驚異ぞ
燿けるこの一景の青陽

（下　略）

『東邦芸術』を改題した『サバト』の第二巻第四号（大正一四・九）に発表の「仙人掌」も同様の文体で、当時の龍膽寺旻の詩風をよく表している。こうした詩を作った龍膽寺旻が六高（旧制）在学中から師事した日夏耿之介に『転身の頌』（光風館、大正六・一二）がある。その「序」で、「象形文字の精霊は多く視覚を通じ大脳に伝達される。音調以外のあるものは視覚に倚らねばならぬ。形態と音調との錯相美《さくさうび》が完全の使命である。」と記す。「喜悦は神に」等あるが、詩集『黒衣聖母』（アルス、大正一〇・六）の方から「青面美童」の第一連を引こう。自ら「ゴシック・ローマン詩体」と評した詩風の一篇である。

夜となれば……
仄《ほの》ぐらい書斎にこの身臥《ふ》しよこたへ
『貴《たふと》い妄語《まうご》』に倦《う》みなやむ
己《おの》が頭脳を癒《いや》さうとのみ
眼瞼《まぶた》かろく閉ぢてあれば
銀《ぎん》光の灯《ひ》ぼつ、ぼつとうす暗《ぐら》みて
陰影《かげ》のごとく　災殃《まがつび》のごとく　礫《つぶて》のごとく

青面《せいめん》の美童角笛《かく》を吹き
古像のやうにあらはれる

掲出の二篇の詩では、角笛吹く牧童のような題材の類似性が目に留まるが、龍膽寺は師からその文体的影響の下、先の詩を書いたのであろう。しかし、『パンテオン』第八号（昭和三・一二）に発表の「クラブント三章」には、これらの詩と相当趣を異にする次の訳詩「お前は涕いてゐるね」がある。

お前は涕《な》いてゐるね　いつそお前の泪を
冷々と己の頬に滴してくれ
己は　まるで
あふれゆく流れの中の小石だ

波はくだける
光線《ひかり》は己の脳天できらつく
己はぼんやりと
頭にとまつた一羽の胡蝶をながめてをる

詩人の詩精神が訳し方に最も関係していることは当然としても、そして原詩とのかかわりが考えられるとしても、そこには別の刺激もあったに違いない。この間の事情をどう捉えたらよいであろうか。

一体芸術雑誌『パンテオン』は三領分に分かたれ、日夏耿之介・堀口大學・西條八十がそれぞれを各自の責任の下選に当たり、原稿不足その他の場合は長谷川巳之吉がもう一つの領分を担当したが、「クラブント三章」は日夏の「ヘルメスの領分」に載せられた。その日夏耿之介は、鷗外を極めて高く評価し、多くの頌詞ともいうべき文章を書き、著書も出している。鷗外の『沙羅の木』（阿蘭陀書房、大正四・九）を取り上げて、「無名少年クラブントの発見が、鷗外の鋭い鑑賞眼の卓抜を示すものであるとともに、易々と孫のやうな少年の作詩の巧妙に分け入る彼の芸術鑑賞上の自由主義…反因習主義をも露はしてゐる。」とし、その「神のへど」*Es hat ein Gott....* を引いては、口語の詩をやすやすとこなしていると褒め、訳者はかつて『即興詩人』の幽雅体、『水沫集』の婉麗体を事とした人であった、と評する。そして、このような訳業からも、「如何に言語を使駆するの自在であるかを、特に感情と言語との因襲と惰性とにとらはれず、詩情の赴くがまゝ易々と新文体に入りうる自在と柔軟と聡明とをもつてゐたかを語ることができよう。」と批評した(1)。

こうした観点から、龍膽寺旻に『沙羅の木』を推奨していたのではないか。この詩集の「序」には、「ドイツの叙情詩は、先づ方今第一流の詩人として推されてゐるデエメルの最近の詩集から可なりの数の作が取つて」あり、「又殆ど無名の詩人たる青年大学々生の処女作がデエメルと略同じ数取つてある。クラブントといふ匿名の下に公にせられた集の中の作である。」と記しており、右の紹介もこれに負うところがあった。「お前は涕《な》いてゐるね」の訳しぶりの一つの先蹤として、詩「熱」*Fieber* を挙げてよいと思う（原文と解釈は本書三六八頁）。原作者はアルフレート・ヘンシュケ（一八九〇―一九二八）ことクラブントであった。

折々道普請の人夫が来て、
石を小さく割つてゐる。

そいつが梯子を掛けて、
己の脳天に其石を敲き込む。

己の脳天はとうとう往来のやうに堅くなつて、
其上を電車が通る、五味車が通る、柩車が通る。

「お前は涕いてゐるね」の原詩は、『曙だ！　クラブントよ、日々の夜明けだ』*Morgenrot! Klabund! die Tage dämmern*（一九一三）には見えず、他の二、三の詩集にも見いだせなかったが、ここで注目したいのは訳詩としての文体である。その点で第一に取り上げるべきことは、人称の「お前」と「己」との組み合わせである。『パンテオン』の堀口大學の訳にかかる西洋の詩篇は、「私」――「お前」の組み合わせに特色を表している。この芸術誌で堀口は、「おれ」（俺・己）を用いていない。同じく岩佐東一郎の訳や竹村俊郎の詩にも「俺」は用いているが、「己」――「お前」の呼称関係を見ると、『パンテオン』では龍膽寺の前掲訳詩以外にはない。しかし「お前は又忍んで来たね、／闇夜に。」と始まる鷗外による訳詩「又」*Wieder* の第二連は、

そして又昔のやうにしろと
お前は己にねだる。
せつなかつたかい。
お前泣いてゐるね。

とあり、「お前」――「己」を採っている。口語性を強く出し、「涕」と「泣」との文字は異なるものの、特に最後の行が、龍膽寺の訳詩のタイトル及び一行目の表現とほぼ重なる点も関心を引く。

「お前は涕いてゐるね」で注目すべき第二の点は、「熱」と同じく「脳天」の語を用いている一事である。一体この語は十返舎一九の文政十年（一八一三）終刊の滑稽本『東海道中膝栗毛』には、話し言葉の中で、「ヱ、けたいなやつぢや。のうてんどやいてこまそかい」（傍点引用者）と見える。「どやす」が、なぐる、打つの意味であることはもちろんであるが、「こます」は「やる」「与える」の卑語であった。[2] そうした語とともに「のうてん」が使われているのである。文化六年（一八〇九）からの式亭三馬著『浮世風呂』にも「おつにごろつく雷の脳天から、わるくいたぶる地震の尻の毛まで、百も承知とはマアおいらが云出《いひ》した事《こつ》た。」とある。このような文脈中に用いられる「脳天」の語であって、おのずとその語性を窺わせる。ちなみに諸橋轍次の『大漢和辞典』に当たってみると、「俗語」と記すだけで用例を欠く。『漢語大詞典』『辞海』にも見出しとしてはない。しかるに鈴木修次著『漢語日本人』（みすず書房、昭和五一）を見ると「脳天（巓）壊了」の語句が示されている。外来の漢語ではあっても、むしろ我が国で時に使われた語ということになろうか。

詩「熱」の「脳天」の原語は „Schädel“ である。この語は同じ「頭・かしら」を意味していても、„Kopf“ や „Haupt“ に比べ、こうした場合あまり品のない俗語となっており、クラブントはしばしばこの語を詩中に用いている。ゲーテの『ファウスト』第一部の「夜」の場面で主人公が、「空洞《うつろ》な髑髏奴。なぜ己を睨んでゐる。」（鷗外訳）と問いつめる箇所がある。「髑髏奴」（傍点引用者）とあって工夫が凝らされているが、「脳天野郎」とでもすればともかく、「脳天」の訳語ではこの場合収まりがつかない。別の「夜」の場にはワレンチンの台詞が、「今度は頭を割つて遣る。」となっている。ここでは「脳天」の語を使って使えないことはない。„Schädel“ は、シュニッツラーの『グストル少尉』（一九〇一）にも、鷗外校閲の三井三弥訳によると、「おい、君、君の頭なんかおれには面白くも可笑しくも無いよ。」とある（『甦れる春』春陽堂、大正一二）。„Schädel“に必ず「脳天」の訳語を充てなければならないわけではないことがわかる。しかし、龍膽寺訳の当該詩中の「脳天」の原語が„Schädel“であったとしても、そこに鷗外訳「熱」の例が影響して、「光線《ひかり》は己の脳天できらつく」の詩行になったのではないか。原詩で„Schädel“が用いられていなかった場合には、鷗外の存在はより大きかったことになる。

第三に注目されるのは副詞である。「いつそお前の泪を」、「己は　まるで」といった表現である。「まるで」は、「さながら」「あたかも」と同義であっても、文章語的ニュアンスは少なく、日常語の特性を示した語として捉えられる。三遊亭円朝の『怪談牡丹灯籠』に「恰で河岸で鮪でもこなす様に切て仕舞ひました」（傍点引用者）と見える一事は、この間の事情を示している。この「まるで」とのつながりでは、「あふれゆく流れの中の小石だ。」の表現も見逃せない。「小石」プラス「だ」、すなわち名詞プラス助動詞「だ」の形とすると、こうした例は『パンテオン』誌上多くはない。いずれにせよ龍膽寺の上掲訳詩では、村野四郎の言葉を借りれば、素《す》のままの口語表現が、作品に流れる自嘲性をよく表して、「熱」の世界とその詩法とに通ずるものを現し、これが訳文に負うところも少なくなかったと想察される。口語訳詩「お前は涕いてゐるね」は、「熱」や「又」等の鷗外の翻訳をモデルにして達成されたものに違いない。

「クラブント三章」の二番目の訳詩「一つ町には」*Man soll in keiner Stadt* に少し目を転じてみよう。「一つ町には半歳以上居つてはいけない」と始まり、男が泣き女が笑うのを見たならば、その町を出て新しい町を捜すがよい、とうたう第一連に続いて、第二連は下のごとくである。

友達や恋人をあとに残しておけば
町は永遠の幸福となつて扈《つ》いてくる

時折己の脣は
そこでおぼえた唄の一節《ひとふし》を口号《くちずさ》み
やっぱり町を星で飾つてゐる霄元《おほぞら》の下を
己の靴底奴が忙ぐのだ

ここでは「己の脣」、「己の靴底奴」（傍点引用者）が特に目を引く。後者は原詩の „Meine Sohlen“ を訳した表現であることから考えると当然とも言えるが、同じ詩人の「神のへど」の鷗外訳中、「おい、花共　己を可哀く思ってくれるのか」（傍点引用者）とある「花共」の訳しぶりを思わせるからである。もっともこの場合原詩は „Ihr Blumen“ となっていて人称代名詞であり、両訳者同じ訳の仕方をしていても、その前の「己」の語が注目されるのである。龍膽寺の訳詩は、「扈《つ》いてくる」、「霄元《おほぞら》」の語がなおゴシック・ローマン詩体の跡を留めているが、鷗外の文体の影響下にあって、口語の魅力、切れ味・おもしろさをかなり表して成功しているのではなかろうか。

けれども「クラブント三章」を翻訳し、『パンテオン』に筆を執った龍膽寺旻の名は、『現代日本文学大事典』（明治書院、昭和四〇）や『日本近代文学大事典』（講談社、昭和五二）には見えない。しかるに、日夏耿之介編『明治大正新詩選（下）』（創元社、昭和二五）の「明治大正詩人小伝（自由詩時代）」には、龍膽寺旻の他のペンネームを内藤吐天とし、初め「サバト」にあって詩を専らにし、後去って俳句に移ったとある。そうとすれば『パンテオン』第七号に内藤吐天の号で「萱雨亭句藁」として、「今朝秋の光あふれつ古鏡」「古沼にぽかと日の泛く野分かな」等八句を掲げていても当然のことである。『内藤吐天遺句全集』（同刊行会、昭和五九・七）を閲するに、初期の句に「大風のゆさぶつて藤の芽立かな」「木蓮の花的皪と日を放つ」といった作も見える。それで上掲前者の事典によれば、明治三十三年（一九〇〇）生まれのこの人物について、関係事項を文学関係で、前掲のこと以外を摘記すれば、大須賀乙字・志田素琴に師事した後、『早蕨《さわらび》』（昭和二一・四創刊）を主宰し、ホフマンの『胡桃人形と鼠の王様』を翻訳上梓したとある。そして、石川道雄とは若い日から親しく、ともに日夏耿之介に師事していたことをも記すが、龍膽寺旻は昭和五十一年夏没した。

同じく六高に学び、詩人でもある石川道雄は、前記『東邦芸術』の発行にかかわり、また『パンテオン』でも活躍し、ホフマン学者として聞こえた。同じくホフマンの訳のある鷗外に関心を持つドイツ文学者で、森鷗外記念会の会員でもあった。(3)

日夏耿之介の著書『鷗外文学　改訂版』（実業之日本社、昭和二三・一二）のタイトルページ裏の見返しには、「小き釈迦魔掲陀の国に悪を作す人あるごとに青き糞する」の一首を掲げ、詠者を「観潮楼主人」としてある。『沙羅の木』所収「我百首」の第四首であるが、日夏はこの自著で、「鷗外生平の口吻と語気と述懐とを最もよく伝ふる套語」の一首であり、「特にスタイルが高く磨かれて美しく寂びてゐる。」と高く評価している。『サバト』に見いだしても、題材・手法ともに違和感のない歌であり、それだけに惹かれるものを感じたらしい。

龍膽寺旻が上述の師友とのつながりから、『沙羅の木』を繙いて刺激を受けたとしても不思議ではなかった。

注

（1）日夏耿之介著『明治大正詩史（巻ノ中）』（東京創元社、昭和四六）参照。なお鷗外のこの書については、富士川英郎「詩集『沙羅の木』について」（『比較文学研究』6、昭和三二）参照。

（2）島田勇雄『江戸語大辞典』（平凡社、昭和四五）に用例ともに負うものである。

（3）関川左木夫編「石川道雄年譜と主要著作」（『古酒』第二冊、昭和三五・一）参照。

第六章　村野四郎の詩と鷗外

第一節　村野四郎における鷗外

一　村野四郎と『沙羅の木』の口語訳詩

鷗外の『沙羅の木』（大正四）に関心を寄せた詩人に室生犀星や若い阪本越郎らがいたが、村野四郎はその著『現代詩を求めて』（昭和三二）中、山田美妙の韻文論を批判した鷗外を、「日本の詩において、心象の美学を確認した最初の人」と捉え(1)、少し後の『現代詩のこころ』（昭和四二）では、韻文即詩といった古い文芸観に一撃を加えており、その卓見に驚くと評価している。こうした村野四郎における鷗外の詩業の意義を考察する際、詩人の文芸観・詩論を見る必要がある。その点で、「二十世紀近代文学の一つの傾向として詩の中へも侵入してきた主知の増量」によって、「歌うという抒情性」「詩の音楽性」は、「思考の形態性」「心象の美学」に詩の中心的地位をゆずらざるをえなくなった、と述べていることがまず注目される。『現代詩入門』（昭和四六）においては詩語の問題にも及んで、『沙羅の木』からクラブント（一八九一―一九二八）の鷗外による口語訳詩を例示する。『曙だ！　クラブントよ、日々の夜明けだ』（一九一三）からのものであるが、「前口上」*Prolog* から二行だけを引こう。

晩になると、己はボタンの穴に
ダリアの花を挿して、魂を連れて散歩する。

村野が引用したもう一篇は、「神のへど」*Es hat ein Gott...*（本書一八七頁）であった。『現代詩のこころ』では、萩原朔太郎の口語詩に熱中していた大正の中頃にこれらを読み、「心臓が凍るような異常なショック」に襲われたと回顧する。その内実については、「数多いドイツ表現派の詩人の中でも、ことに宿命的な暗さや実存的な精神の痛みをむきだしにした詩人」とし、鷗外が選んだ詩も「みなそうした作品で、それをいかにもさりげない風で、その実、凍るように非感傷的な口語で」訳す鷗外の詩精神の「すさまじさ」に驚嘆させられてしまうと説明し、その炯眼と訳の口語体とに関心を寄せている。この間のことをめぐり『現代詩入門』においては、「口語は、ことに、冷酷に、素《す》のままで使われるときに、いちばんその機能を明確にあらわすもの」であり、その意味で、『沙羅の木』のドイツ詩の訳文ぐらい共感をそそるものはないと言い切る。そして、感動が白熱していても、それを詩に表す言葉は、機械のごとく正確で冷静でなければならないとし、自らの詩風の変遷はあっても、詩語に関する限りこの考えは変わらなかったと打ち明けている。村野の処女詩集『罠』（大正一五）の「提議」に鷗外訳詩の用語・措辞との類似性が見いだせるのも不思議ではない。

友だち
僕が死んだら　墓のまわりにダリア(ア)でも植えてくれ
僕の腐肉(イ)がたくましくその茎を肥《ふと》らせ
大輪の花をさかすのを僕は信ずる

だが君がそれを折り取り　（ウ）胸の扣鈕《ボタン》にさして
一夜の夜会に萎れさせても
僕は悔みはしない――

菊田守は、この詩がクラブントから影響を受けたとして鷗外の訳を引き、（イ）が「神のへど」の「お前達は己のお蔭で育つぢやないか／己は肥料だよ」と、（ア）（ウ）の表現が「前口上」の上掲の詩行と契合すると述べる。[2]後者の詩は当時印象的だったらしく、室生犀星の「大学通り」（『愛の詩集』大正七）にも引かれている。[3]村野の『体操詩集』（昭和一四）の巻頭に据えられた「体操」や「秋の日」（『珊瑚の鞭』昭和一九）にもその痕跡が認められる。

当初から「昆虫採集箱」（『罠』）を書き、「病人夢の話する朝の白い蒲団」と句作していた村野には、もともと即物的思考型態とでも称すべきものがあったのであるが、[4]前掲の鷗外評を書くに至るには、詩的遍歴を重ね、詩的思考の熟成を必要としたのではないか。リルケへの傾倒、リンゲルナッツらのノイエ・ザハリヒカイト（新即物主義）、W・C・ウイリアムズの詩と文芸論、哲学思想におけるハイデッガーの存在論、あるいは戦後の実存主義の受容等も、その重要な契機となったはずである。[5]それらのうちノイエ・ザハリヒカイトに関しては『現代詩のこころ』では次のように書いている。

　この主義の理念は、浪漫主義や表現主義の膨張した主観主義に反して、冷静な客観主義によって世界を見直そうとするところにあって、この理念はまず建築美学にあらわれてコルビジェやグロピウスの思想と関連して当時のバウ・ハウスの理念を形成したものです。「ユーティリティー（効用）そのものが美であって、これに関与しない傍系的条件はすべて醜である」という思考は、やがて合目的性をもって近代精神の基礎におこうという思想を生み、美学の面では、従来の湿潤の抒情主義をすてて事物の形態性に即するDry hardness（乾いた固さ）の世界に芸術を求めるようになりました。

そして、右の詩人たちを生み出した新思潮を「真正直に」受け取り、その美学を現代詩の中で試みようとしたと語り明かしている。それにはまたコルビジェに学んだ建築家坂倉準三の、「おまえの詩なんか、蒲団の中でも書けるだろうがなあ、おれの芸術は（中略）鉄骨とセメントが要るんだから――」という挑発的言辞もあずかるところがあった。(6) 詩的世界にこうした層を内包する村野の作品について楠本憲吉は、言葉はもう符牒ではなく「ドライな素材であり、時にモノに匹敵する重量感と多義性と想像力をもつ、一種の〝機能〟として迫ってくる不可思議千万な〝存在〟である」と説明するが、(7) 詩作に際しては、自らのいわゆる「素《す》のままの口語」が大きく関係したのであった。しかし、リンゲルナッツの「真田虫」「鳥」「足」等の詩で明らかなように、村野は、そこからフモールを捨て去り、独自の詩境を切り拓こうとしたのであった。もっとも、「春の祭　其一」（『抒情飛行』昭和一七）のように「私」の内部に「眠れぬ廻虫」を織り込んだ作もないわけではないが。

そうした村野は『沙羅の木』の口語訳詩について、現代の詩人にも根源的な反省を求めてやまない、未来性をなおはらんでいる作品と評価した。そういう詩歌集の詩史的位置づけについては、上田敏の『海潮音』（明治三八）の訳詩は名文とされ、口語詩の完成として萩原朔太郎の詩を高く評価する向きがあるが、これには不満であると異を唱え、(8)『月に吠える』に先立つ二、三年前に刊行された一事を見逃すべきではないと主張する（『現代詩入門』）。しかし、詩論集『牧神の首環』（昭和二二）に鷗外の名は見えず、「現代詩小史」（『現代詩集　現代日本文学全集69』昭和三三）でも『沙羅の木』は取り上げていない。個人的見解を出しすぎることを控えたためであったのか、この点については通説に従うかしたのであろう。それで、村野におけるこの先達の意義を、「森鷗外『沙羅の木』」（『本の手帖』昭和三九・一二）その他における論及によってあまりに強調することはできないが、またこれを軽視することも正しくないと思うのである。

二　村野四郎の「熱」とクラブントの「熱」

村野が関心を寄せたクラブントの鷗外訳の詩の一つに「熱」*Fieber* がある。

折々道普請の人夫が来て、
石を小さく割つてゐる。
そいつが梯子を掛けて、
己の脳天に其石を敲き込む。

己の脳天はとうとう往来のやうに堅くなつて、
其上を電車が通る、五《ご》味車《みぐるま》が通る、柩車《ひつぎぐるま》が通る。

Öfter kommen Chausseearbeiter
Und hacken Steine klein.
Und stellen eine Leiter
An und klopfen die Steine in meinen Schädel ein.

Der wird wie eine Straße so hart,

Über die eine Trambahn, eine Mistfuhre, ein Leichenwagen knarrt.

原詩の脚韻はａｂａｂｃｃ型で交叉韻を交えており、第二行冒頭と第四行との接続詞„und"を、訳詩では行末の助詞「て」によって表し、第三行の„und"を捨て間延びしない表現にしている。訳の各行末尾を[e]と[u]との音で整えているものの、節回しを避ける工夫がなされている感がある。最後の二行の韻を、効果的に[r]も交えて[t]の音で固く響かせており、最後の詩行は長さで、車が通るイメージを髣髴させるものがあるが、きしる音を含む„knarren"を擬音的に訳さず、「通る」の語を繰り返すことにより、原詩の表現効果を移そうとしているごとくである。指示代名詞„Der"を、「己の脳天」と繰り返し、俗語的に訳出した点も見逃せない。

原作者について富士川英郎は、「底に人間のどうにもならない孤独感の悲哀をたたえながら、多くの皮肉《アイロニイ》や反語や諷刺や滑稽の要素をまじえて、日常の言葉で、近代人の生活を歌う彼の詩風は、デーメル以来のドイツ近代詩の流れの一面を承けついだもの」で、「ノイエ・ザハリヒカイトの詩の一種の先駆性をなしている」と紹介する。(9) 生野幸吉は、訳詩と併せ、「熱を病む人の幻覚を、幻覚という以上にそっけなく、的確にとらえた短詩。自嘲すらも堅く客観的に言い捨てられている。」とし、当時の日本詩壇の及び得なかった新風の作と評している。(10) 村野も、ここには「新体詩風の節まわしの意識は完全に払拭されて、その代りに一枚の視覚的空間がひろがっているだけ」であり、「現代人の憂悶や孤独が、いたいたしいペーソスを伴いイメージとして還元されて表されている」（『現代詩入門』）と述べ、肺を病むこの詩人について、「あの暗い宿命的な、そして冷笑にひきつった実存的な魂は、この鷗外の冷徹した訳語によって、今日でもなお戦慄にちかい新鮮さで胸にひびいてくる」（『現代詩のこころ』）と述べる。清岡卓行との

清岡　三好達治に比較すれば、萩原朔太郎は相当燃焼しているわけですね。村野さんが詩にひかれた動機の大

きなものは、朔太郎と森鷗外の翻訳の「沙羅の木」などですか。この「沙羅の木」というのは、かなり不燃性の情熱を含んだ翻訳じゃないんですか。

村野 そうです。クラブントというのは、出が出ですからね。カフカと同時期で、文学の中に非常に不燃性が入っているんです。あれは冷酷なものですね。

清岡 村野さんの詩のスタイルには、やはり、一脈通じるものがあるように思うんですが……。

村野 ぼくは前から、あれに感心しているんですよ。体質的に感心しているんでしょうね。

とある対談（『無限』27、昭和四五・九）の一齣にも、この間の事情の一端は窺知できるであろう。

ところで、生理的、病理的現象としての高熱を題材とした詩は珍しいのではないか。北原白秋の「身熱」（『思ひ出』明治四四）、三富朽葉の「午後の発熱」（『自然と印象』明治四三）があっても、上掲の「熱」とは異趣である。その点『村野四郎全詩集』（昭和四三）の「『蒼白な紀行』以後」の「熱」は関心を引く。

ある時　あたりの空間をそめて
そっと下りたっている
極楽鳥みたいな鳥をみることがある

宇宙のどの方向から来たのか
それは　まったくわからないが
非常に長い時間にさからって
翔んできたばかりだから

きょとんと
かすかな驚愕の形をして
そのまま剝製になっている

そんなうつくしい死の冠毛を
言葉のない　方角のない木魂《こだま》が
たえずそよがせている

一体『蒼白な紀行』（昭和三八）以後の作品には、老年に関係する詩が少なくない。(11)この詩も発熱と疲労の際の体験に負うた作と思われる。第一連は、熱という、病む人にはそれ自体非視覚的な、生理的、病理的現象を、体外の空間における可視的、造型的現象として捉えたものである。色彩を華やかに散乱させて立つ異形の「極楽鳥みたいな鳥」の直喩は、高熱時の視覚・感覚を、さこそと思わせる。同類の幻視の発想は「あの人」（『亡羊記』昭和三四）に、「非常につかれている時など／ときどき　城のようなものを見ることがある」とあり、「城」（『蒼白な紀行』）にも認められるが、第二連では、その熱は宇宙のどの方向から来たのかわからないとしながらも、突如の鳥の飛来になぞらえ、始原的時空間にまで遡ってその由来を求める表現に措定する。すなわち、妙体の知れぬ鳥の表象として、しかも「ある時」突然の飛来物としてその驚愕の情感を表し、人間の実在性・実存性をも呼び覚ます。死に至りかねない病との関係から、第三連では、身体からの熱の放散感覚を極楽鳥のイメージと結びつけ、美しい死の冠毛をたえずそよがせる、こもったような木魂の聴覚的比喩をも織り込んで表現したのである。

こういう作品を解釈するに際して、詩の本質についてヴァレリーの意見に徴し、「大抵人間は圧迫するような自然のある光景に出会うと、多少とも強い純粋な感じをうける。」と述べる、次の説明が注目される。

こうした感動は他の人間的感動とは少しちがう。つまりこうした一種の感動は必ずある特殊な宇宙感覚というようなものと結びつかずにはいられないものだ。この宇宙感覚の世界では、対象は互いに呼びあい、それらは普通の場合とは全く違った結び方をして、関係の完全な体系、一つの世界をつくろうとする。（中略）こうした心の状態が詩的感動と呼ばれるもので、ちょっと夢の状態によく似ているが、ただちがっているところは、夢では偶然に出会った形象は、偶然にしか調和のある形象とならない。そしてそれは全く不規則で、非恒久的で、非意志的で、脆弱であり、偶然に捉えることが出来るか、又偶然に失ってしまうものだ、と説明している。

（『詩的断想』（昭和四六）の「私は詩をこう考える」）

村野は、詩的感動を、「何かしら永遠というような観念につながる、持続的な意識によって統覚される、心の状態」に求め、右の一節では詩が生まれる心の状態はよく説明されているが、「特殊な宇宙感覚の世界」についてははっきりしないとし、その永遠感につながる「宇宙感覚」について、「人間存在の本質に対する一種の郷愁のごときもの」と考え、こう論じる。

ベルクソンは芸術衝動というものを、人間が行動の生んだ認識の習慣から解き放されて、実存とリアルな接触をした時よび起こされる一種の昂奮であるとしているようだが、事実私たちが対象の実在的な本質にふれるとき、私たち人間も又無限の中におかれた一個の実在であるという意識を喚起される。ここに特殊な永遠感がよびおこされるのではないだろうか。つまり外界からの衝撃によって、人間は人間という概念を破壊されて、その生身が明るみに出される。そして人は、永く忘れられ、かくされていた自己に逢う。こうした一種の郷愁的驚愕感が詩的感動の根拠ではないかと思われる。

これは「熱」の解釈にも資するところがある。発熱により、時間・空間における無限の位相での自分が感知された驚き・発見を、極楽鳥のような鳥の形姿として表したのである。その驚きにつながる「郷愁」は「憂愁の情緒」を伴うものであると詩人は説くが、「死の冠毛」は美しくとも、人間・己れの実在的、実存的特質に関係して、そうした情緒をも表すに至るのであろう。冒頭の語句「ある時」は、日常を不意に突き破って姿を見せる実存性を表す時間ともなり、異形の鳥は、たまたま熱という形で現れた「実在的な本質」の表象とも解される。時間の関係した表現としての「ある時《とき》」は、初期の詩にはないが、加齢とともに使われるようになり、「『蒼白な紀行』以後」には三回と目に留まる。これと病・老いにおける心情・思考・疲労との関連が思われる。村野の詩にしばしば見られる鳥には、その重要な表象の中に、飛来・飛去にかかわる時間的突然性、空間的不定性があるのであるが、右の詩の鳥の形象は、その点でも村野詩の世界の特質を表すものでなければならない。

このようにたどるとき、クラブントの詩「熱」を、「実存的な魂」をうたったとする先掲の解釈が想起される。鷗外が「造形芸術の趣味を文学に応用するを以て著れたるリルケ」（「現代小品広告文」〈『三田文学』明治四三・一二〉）と評したような詩人に傾倒していた村野に、詩法上「豹」を思わせるような「鹿」（『亡羊記』昭和三四）のあることを考えると、(12) 対象の形象的、造型的、空間的把握に著しい特色が認められる詩人の(13)「熱」も、方法的にクラブントを意識して作ったところがあったであろう。両作品ともタイトルを取り去ると、それが熱にかかわる詩であると解するには相当の困難を伴う点も見逃しがたい。

三　村野の「宗教」とデーメルの「宗教」

村野は大正十四年川路柳虹の門を叩いた当時のことについて、そこでの会合から雑誌『炬火』が生まれたと回顧し、柳虹が詩に対するどんな実験も冒険もゆるしたと言い、この時期に、堀口大學訳の『月下の一群』（大正一四）

と、柳虹の『歩む人』（大正一二）の影響とから「エピグラマテックな形式の中に、社会性、ないしは批判性と、新しい感覚とを同時に把握しようとし」たと述べ、寸鉄的な短詩で「少ない言葉の機能が極端に生かされなければならない」ことを知ったというのである（『現代詩読本』）。『炬火』掲載で『罠』所収の「時間」や「復讐」と題する短詩も、このようにして書かれたものであった。しかし、この二つを挙げ、当時としては新しい感覚、表現の仕方をしたかもしれないが、その「批評や諧謔の基盤となる社会的思考」には、若さによる軽薄さと未成熟とが入って来ているのを認めないわけにはいかないと記している。けれども、『罠』は『体操詩集』を跳び越えて後の詩の世界に続くところがある。(14) 村野は、サタイヤ（諷刺）の詩法を知ると堰を切ったように多くの詩を発表したが、処女詩集『罠』はその一連の集成であったと回想している。次の作品「宗教」が書かれたのも不思議ではない。

元来鵙《もず》が祭った　もずの磔《はりつけ》なのだ
汚《よご》れた十一月《しもつき》の空のなかで
干からびた梵字をえがいて　高く懸けられている――

磔・梵字の文字があり、キリスト教や仏教を念頭に置いたとおぼしいが、特定の宗教に限定する必要もなかったはずで、形骸化してしまった宗教を鵙のはやにえとのアナロジーで捉えた、青年らしい批判的精神の現れた作と解される。信仰の問題に触れている詩はあっても、宗教を正面から取り上げた、このような作品は、日本の近代詩史では珍しいのではないか。もっとも、日夏耿之介の『転身の頌』中の「宗教」（大正六）のような詩もないわけではない。「審美主義の底」(15) に「隠微にしのびこんできたニヒリズムの思想」を新しいテーマとした一冊と村野が評したこの詩集を、すでに読んでいたかもしれないが、そのゴシック・ローマン詩体は、感覚的に合わないものであったに相違ない。

村野がドイツ近代詩に傾倒したきっかけは、慶応大学在学中、シュトルムほか浪漫主義時代までの詩人を学び、何か途方もなく大きな、暗く奥深い世界のあることを知ったことにあったというが、真に惹かれたのは、その後接したドイツ表現派のクラブントやゴルらの作品であった。デーメルは、これらの詩人とつながるものを持っていたことから、関心を引いたと推測される。『現代詩の味わい方』（昭和二五）では、その人について、哲学や自然科学のほか保険学をも研究して、後者により博士になった人で、「その詩集には「解脱」「しかし愛は」（中略）など数多くの他に小説集、戯曲集もあり、ドイツ近代の大詩人として、ゲオルゲ、リルケとならび称せられる詩人」と紹介する。そして、一般に哲学的であるが、いつも深い人間的愛に対する情熱をひそめている、とその詩風を評したけれども、その思考形態からしてクラブントやリンゲルナッツらに比べ、もう一つ関心を深められなかったらしいが、村野の「宗教」を考える場合、『美しき野薔の世界』*Schöne wilde Welt*（一九一三）中の、左の鷗外訳の同題の作品に注目しなければならない。

宗教。
信仰のある心には不用だ。
だが懐疑心は
中からしつかり不信仰を酌み取る。

原詩は „Religionsunterricht : / Glaübige Seelen brauchen ihn nicht,“ と、始め二行を否定の語を含めて[t]の脚韻で止め、詩想の鋭さを効果的に感じさせる。タイトル „Religionsunterricht“ は「宗教の授業」または「宗教教育」であって、宗教そのものではなく、それの授業・教育を諷刺しているのである。鷗外の訳は宗教全体に関係しているとも解され、諷刺の対象に多少のずれを感じさせ、原題を「宗教」の二字でそっけなく訳した点に、かえって詩的思考の素《す》のままの発想と口語体の手触りとを感じさせる。これを直訳した場合、日本語では元の詩想をそぎかねない。上掲村野の作品はこの訳詩に通ずるものを見せており、それには寸鉄詩的、警句詩的な形式の中に社会性・批評性を求める精神が関係したと解される。後年「無神論」(『抽象の城』昭和二九)や「神なしに」(『芸術』昭和四九)を書いたことが思われるのである。『罠』について、『月下の一群』の影響顕著なモダニズムの作品が多いと打ち明けた村野は、元来詩の特性は、詩人の思想から詩的思考へ、そしてスタイルへと必然的な過程の結果として生まれ、亜流はこの過程の最後の手段から生まれると述べた。[16] 自分の第一詩集に言及するとき不満を口にしたのは、若さに由来するこの方面の不熟とスタイルの模倣の段階にあることを意識してのことであった。

ともあれ、新潮社『日本文学大辞典II』(昭和八)に『沙羅の木』の項目を執筆した日夏耿之介は、このドイツ詩人の口語訳詩が詩壇に少なからぬ感化を及ぼし、自由口語詩を奉ずる詩人たちに「エポックメイキングな意義ある薬味」を与えたと説く。村野の「宗教」もその一つであったと読むことができる。[17] しかし、日本の詩壇における紹介では、その多さでもおそらくクラブントを凌いでいたデーメルでも、村野四郎個人にとっては、その感性においてこのドイツ表現派の詩人ほどには関心を引かなかったらしい。

四　村野における鷗外の詩業

『沙羅の木』の口語訳詩の部は、デーメル八篇、クラブント十篇、他の三詩人各一篇で、中途半端な訳詩集の観があるとしつつも、訳者の「尖鋭的な詩精神」に注目し、それが白秋・露風を中心にした「象徴詩の花ざかりの時期」で、『月に吠える』（大正六）の前であることを考えると、「奇跡的な異変」のようにさえ思われると述べ、「口語詩の魅力の真髄をつかんだ鷗外の詩人的偉大さ」を思わずにはいられないと絶賛する（『詩的断想』）。そして「古典」というものが、「ある一つの完成された形にあると同時に、その底に超時代的な創造的エネルギーをひそめた作品」のことであるとするなら、『沙羅の木』の訳詩は「日本現代詩の古典」であると言い、自身のことに及んで、「詩人としての生活の支えとなつた、大切な古典」と打ち明ける。小西甚一は、文芸の与える感動・感興は、作品の持つ「筋あい」structure と「肌あい」texture とから受け取られるとし、翻訳の場合、前者は多く原文に、後者は多く訳文に依存し、しかも両者は切り離せないものであると説くが[18]、自らドイツ詩を訳すことがあった村野も、そうした鷗外の訳によってその詩的生命に触れる点のあったことは、十分考えられるのである。

村野の鷗外の詩業への関心は『沙羅の木』に集中しているが、「現代詩小史」においては、『於母影』（明治二二）の詩史的意義をめぐって論じている。すなわち、在来の新体詩が人生というものを観念的に捉えてそれを唯一の主題にしたのに対し、この詩集は「はじめて、人間の感情の生態、たとえば悲哀、苦悶憂鬱といった情緒が、新しい形で日本詩の中に流れこんできた」ものと述べる。この間の事情を明らかにするためにゲロックの「花薔薇」を挙げる。そして、そこに「原作を訳す詩語の機能の上に、すでに著しい、詩的芸術的センスの進化」が見られ、「現代詩の肉体」が感じられると述べ、このような原作を選択し、訳出したことに詩史的価値を認める。訳は鷗外ではなく井上通泰であったが、新声社同人における鷗外の役割を考えると、訳者を誤ってはいても、その論旨は肯定されてよい。こうした『於母影』を、浪漫主義、続く象徴主義の勃興と展開とに大きな役割を果したと捉え、その先駆性を高く評価したのであった。

前掲『現代詩の味わい方』では、多くの詩人の詩を四季別に取り上げて、巻頭には鷗外の「沙羅の木」（本書三二四頁）を置き、作者の略歴とこのスケッチ風の詩とを鑑賞してから、青葉がくれの沙羅の落花への「微かな心の動き」が、巧みな調子によって、やさしく表現されている「美しい抒情詩」と批評する。これを選んだのは、この詩を収めて書題とした詩歌集の価値、それと自己とのつながりを考えたからに外なるまい。

村野は、鷗外については、日夏耿之介の『改訂増補　明治大正詩史』（昭和二三―二四）から、「〈沙羅の木〉の訳詩も亦未来性のある予言力に富んでゐた。謹厳たる文語体のこの完成者が、同時に自由な口語体の成功的な試訳者であつた事は、当時詩林の驚異であり、青少年のための緑林泉でもあつた」の条を引き、現代語の詩への新鮮な駆使が古典・口語に通暁していたことに負うている事実に注目している。こうして村野四郎は鷗外の詩業に、①口語詩語の典型、②口語自由詩の魅力と可能性あるいは詩的思考、③ドイツ近代詩、特にクラブントの紹介、④詩の題材、⑤古文・古語と現代詩との関係、といった点で示唆・指針を得るところがあり、これらを根底において統べる形で、⑥鷗外の詩精神がかかわっていたと言えるのではないか。「もし精神というものが眼に見えるものなら、私の今日の魂は、ちょうど瑪瑙の断面のように、さまざまな詩的思考や情感の色彩か形状の縞でいっぱいになっているにちがいない」と村野は記しているが[19]、鷗外の詩業は、その「瑪瑙」の断面に見られる重要な一層の縞として捉えることができるであろう。

注

（1）村野四郎「心象論」（『今日の詩論』宝文館、昭和二七）参照。
（2）菊田守著『亡羊の人　村野四郎ノート　増補改訂』（七月堂、昭和五三）参照。
（3）阪本越郎著『新独逸文学』（金星堂、昭和八）参照。
（4）金井直編『村野四郎詩集』（弥生書房、昭和四七）の「解説」参照。
（5）伊藤行雄「実存への郷愁の詩人　村野四郎にみられるリルケ」（『三田文学』平成元・二）、杉本春生「村野四郎に於ける新即物主義」（『地球』61、昭和五〇・一一）、星野徹「村野四郎の実存的思考」（同上）、鍵谷幸信「村野四郎とウイリアムズ」（『無限』27、昭和四五・九）参照。W・C・ウィリアムズとその詩の日本語訳は、『洗濯船』第五号（昭和五八・一一）参照。
(6) 村野四郎著『わたしの詩的遍歴』（沖積舎、昭和六二）参照。
(7) 楠本憲吉編『村野四郎詩集』（白鳳社、昭和四二）の「村野四郎の人と作品」参照。
(8) 用語の問題も関係したと解されるが、恩恵を受けた面もあった。
(9) 富士川英郎「詩集『沙羅の木』について」（『比較文学研究』6、昭和三二）参照。
(10) 『日本の詩歌28　訳詩集』（中央公論社、昭和五一）の『沙羅の木』参照。
(11) 小海永二編著『村野四郎〈若き人のため現代詩〉』（社会思想社、昭和四六）参照。
(12) 『村野四郎詩集』（新潮文庫、昭和三六）の伊藤信吉「解説」、『江頭彦造著作集　第二巻』（双文社出版、昭和五七）及び近藤晴彦著『鷗外探求』（沖積舎、昭和六〇）参照。
(13) 井手則雄「造型の詩人――村野四郎――」（『詩学』昭和四六、八・九合併号）参照。
(14) 北川冬彦著『現代詩Ⅰ』（角川書店、昭和二九）参照。
(15) 村野四郎「昭和という時代」（村野四郎・関良一・長谷川泉・原子朗編『講座日本現代詩史　3　昭和前期』右文書院、昭和四八）参照。
(16) 村野四郎「田中冬二論」（『国文学　解釈と鑑賞』昭和二五・一）参照。
(17) デーメルの移入史については、上村直巳「デーメルと明治大正詩壇　（付）日本におけるR・デーメル書誌」（『熊本大学教養部紀要　外国語・外国文学篇』17、昭和五七・一）参照。
(18) 小西甚一著『日本文芸史　一』（講談社、昭和六〇）参照。
(19) 注（6）参照。
付記　詩は『村野四郎全詩集』（筑摩書房、昭和四三）によった。

第二節　『体操詩集』の文芸史的一背景

一　『体操詩集』の成立契機

『体操詩集』（アオイ書房、昭和一四・一二）の巻頭に置かれたのは次の詩であった。

体　操

僕には愛がない
僕は権力を持たぬ
白い襯衣の中の個だ
僕は解体し、構成する
地平線がきて、僕に交叉《まじは》る

僕は周囲を無視する
しかも外界は整列するのだ

僕の咽喉は笛だ
僕の命令は音だ

僕は柔い掌をひるがへし
深呼吸する
このとき
僕の形へ挿れる一輪の薔薇

この作品について詩人自ら『詩のこころ』（昭和四二）で、昭和初頭に作ったとし、こうした詩的思考や形式の詩は当時まだあまりなかったことを述べ、一つの実験的な詩として書いたものであるが、その発想の背後に第一次欧州大戦後にドイツに起こつた新即物主義の詩的思考があったことは確かである、と記している。この間の事情については、詩集に寄せた北園克衛の序文があり、前節でもその一端を考察したとおりである。書題に関してはリンゲルナッツの同名の詩集 „Turngedichte“（一九二〇）によったけれども、そのユーモラスな諷刺に富む作品とは異なり、「純粋に合目的性と型態性をもって、新しい抒情詩をかいてみようとした」と打ち明けている。リンゲルナッツの「条虫」そのほかを念頭に置いて村野の詩を読むとき、この言葉は納得させるものがある。『体操詩集』に海外からの新思潮が作用していたことをめぐっては、すでに研究がなされているが(1)、詩集の成立についてはなお注意を払う必要がある。新しい詩境を展開する詩人の資質が、何よりもその基調にあるはずだからである。

この問題をめぐっては、明珍昇に考察があり(2)、芳賀秀次郎も同方向の論を示し(3)、『体操詩集』の源流として、第一に俳句的なもの、第二に近代詩史との関係を考えていて、ともに傾聴すべき見解であろうと思われる。第一の点については、短歌の「音楽性」「時間性」よりは、俳句の「絵画性」「空間性」を直観的、体質的に選び取ったのだと述べる。詩への歩みを考えるとき、少年の日の「枯木が曲つた家を憶えてゐる」の一句の持つ意味の重要であったことについては、詩人自ら語り明かすところである。(4) 山本健吉の俳句論に拠り、芳賀は「「俳句」の「もの」への傾斜、あるいは「実体」への郷愁ということは明らかに空間的で客観的なものの中にのみ詩的美の世界を求めようとするの精神に通ずる」とし、若い時代に荻原井泉水に期待された俳人であったことは、その全詩集を考える場合、注目に値することであると述べている。処女詩集『罠』(大正一五)所収の「昆虫採集箱」には、すべてではないが、新即物主義的感性を示したところもあり、後年の詩人を窺わせるものがある。

第二の点については、近代詩史上の村野の位置が関係する。明珍昇は、竹中郁が映画的手法でショットカットを「1」「2」「3」と組み合わせた技法に、「感受性の視覚的なプラスチックともいうべき新しい形式」を見、特に「ハムマー」(『詩と詩論』第八冊)の冒頭を取り上げる。すなわち、「1　走る線路。光る線路。ナイフのやうに交叉する、交叉する線路。つづく枕木の並行線。／2　つぎつぎ別れてゆく線路、線路。」と以下続く詩行に着目し、そこに『体操詩集』への影響を思わせるほどの「即物的手法による鮮明な映像」を捉える。芳賀は竹中の『象牙海岸』(昭和七)所収の「ラグビイ」(『詩と詩論』第二冊)を挙げ、当時これを読み自分の詩とは感じが違うと思ったという村野の言葉を引いている。「アルチュウル・オネゲル作曲」という副題のある「ラグビイ」は、

1　寄せてくる波と泡とその美しい反射と。

2　帽子の海岸。

3　kick off《キックオフ》！　開始だ。靴の裏には鋲がある。

4　水と空気とに溶けてゆく球《ボール》よ。楕円形《だゑんけい》よ。石鹼《サボン》の悲しみよ。（下略）

と始まるものである。『体操詩集』の詩篇とその内実は異なるにせよ、スポーツを題材とした点は見逃せない。芳賀秀次郎は、鮮烈なイメージの直接の提示、短歌的詠嘆の入り込むすきのない、イメージとイメージとの鋭いモンタージュが見られ、『体操詩集』の先駆的役割を果たしたのではないかと解釈する。「自分のものとは感じが違う」という村野の実感は肯定できるが、確かにその視官的、即物的表現には通うものが認められ、明珍や芳賀の論は否定できないように思われる。

一方、大正十四年その門を敲いた川路柳虹は前衛芸術に対する支援者であり、詩に対する広い理解者であったと村野四郎は回顧している。(5) 如上の村野の詩人的資質が、そうした師の許で、より磨かれたのであろう。『今日の詩論』（昭和二七）の「川路柳虹論」中『預言』（大正一二）の「静物」から引いた「卓子」の冒頭を挙げよう。

おまへはいつも平たい、
そして地のやうに冷たい、
けれどもお前の平面は
あらゆる豊穣な野よりもゆたかな
実《みの》りをわたしにささげる
書物、紅茶、煙草、手紙、原稿紙――　（下略）

村野は、卓子という一個の物象を観察するところから捉えたその属性と人生論の中に持つ思考の型態との間に一つのアナロジイを求め、それを対比して、その間に詩の世界を見いだそうとするものと解釈し、「その類似の発見や、暗喩の方法に、かれの諷刺や、諧謔の精神をはたらかしているのである。」と批評する。これはそのまま『体操詩集』の一つの解説になり得ると芳賀は述べるが、その点で、前掲竹中の「ハムマー」に類似した表現の見える柳虹の「幾何」には、左の詩行があって関心を引く。

ユークリッドの空間は虚で、
四次元の空間がひらける。
それはアインシュタインを俟つ迄もなく、
君と私との間で既に発見したことだ。
君と私との間では、
既に平行線は交はり
公理は通用せず、
恋するものと恋せぬものとは
互に葛藤し
恋するものと恋するものとは
互に結びつく瞳をもつ。（傍線引用者）

芳賀は、傍線部の詩行が村野の「体操」の「地平線がきて、僕に交叉《まじは》る」と類似するにとどまらず、この詩は全体的発想・語調・技巧に至るまで驚くほど『体操詩集』的であると捉える。『詩集明るい風』（昭和一〇）所収の「抛物線」や「双曲線」などの線の動きの表現に着目するとき、諷刺やあらわな感情の表現を排してこれに肉体とその動きとを与えれば、『体操詩集』の世界に接続するものとなろう。村野は、柳虹論でこの詩人が大正期の「人道主義の深刻癖」、「イデオロギイ派の概念的定着癖」のいずれからも免れていると評する。こうした点をおさえ、芳賀は、柳虹の「主知の論理が描きだす造形美の世界」が「われわれに受けつがれ」ており、柳虹こそ「われわれの輝かしき先駆者であった」と述べる詩人の言辞を重視し、そこに『体操詩集』の源流を見定める。そして、北園克衛が詩集に寄せた文章中の評言や竹中郁の作品から「潑剌たるライカの眼」を、柳虹から「比類なきエスプリ・ジオメトリック」を承けていると捉えるのである。金井直も、この詩人にとって俳句と柳虹との意味の大きかったことを述べているけれども[6]、晩年にありがちな言葉なのか、詩人に従えば、柳虹の作品との結び付きについては否定的言辞も残しており、あまり影響関係を強調することはできない点があるのかもしれない[7]。

二　村野四郎とモダニズムの詩人

萩原朔太郎は、『氷島』（昭和九）の「自序」で、「近代の抒情詩、概ね皆感覚に偏重し、イマヂズムに走り、或は理智の意匠的構成に耽つて、詩的情熱の単一な原質的表現を忘れて居る。」と書いた。その批判は措くとしても、確かにイメージと理知の意匠的構成とは、当時の詩壇の新しい一傾向を表している。その代表的な人物は萩原恭次郎と平戸廉吉とであろう。村野が、赤城山麓出身の萩原恭次郎と初めて会ったのは、第二次『炬火』の発刊のことを話し合う会の柳虹宅においてであった。この時のことを「新しい世界を夢みる情熱において同質なものがあったのであろう。」と語り、下の如く回想する。

廉吉は三四年前にすでに死亡していたが、恭次郎は前橋からこの打合会に参加していた。

しかし、廉吉の未来派に共鳴した彼は、すでにアナキズムに足をふみ入れていたので、「炬火」には、さして深い関心は示さなかった。恭次郎は、大正十二年に壺井繁治、岡本潤、川崎長太郎らと左翼の機関誌「赤と黒」を創刊し、この「炬火」の会合の年の末には詩集『死刑宣告』をだしたのである。

当時は、新興芸術派アナキズムとの間には明瞭な境界はないように見えた。フューチュアリストもダダイストも、大抵は左翼的思考ももっており、大抵のアナキストは、新興芸術的な形式や方法をとっていた。(『わたしの詩的遍歴』)

現代詩史を辿りながら、大正後半期に第一次大戦後の不況とともに社会不安が増大するに従って、一般の社会主義思想が次第に激化し、それが右のような文芸的状況にも反映したことを記している。(8) そして「赤と黒」の同人名を挙げ、支配階級に対すると同時に伝統的詩の概念に反逆を示したものとして、『死刑宣告』(大正一四)にその典型を見る。そうした詩壇の動きの中にあっても、心のどこかで、いわゆるシュウルレアリスムの詩にはなじめないものを感じていた村野は、その資質・感性もあずかって『死刑宣告』の方向はとらなかった。しかし、この前衛的な詩集の「例言」に、柳虹の好意に対する感謝の念を表している一事は関心を引く。同門の萩原と村野とは相通ずる点が全くなかったわけではないからである。

表紙までも立体的意匠の装幀の『死刑宣告』には、「静物は欠伸をする」の章があって、『預言』中の詩を想起させるところがある。作中に「私の心臓はもう廻らない車輪」の表現が見え、電車の車体の前面の救助網を図像化した、二連の短詩「土鼠」を収め、次の「夏の日の恋」の一篇も収めてある。タイトルをも含めて上から掛けてある図像は略して掲げると

機械体操する少女のお尻と　教会堂の屋根が輝く
聖書を読み上げる父親
台所で豚のやうに働いて叱られてゐる母親
しなびた大根と説教

——禁制の建て札は
——いつか逢曳のうちに
——娘の指からはねかれた

男の腕に寄りかゝつた娘の胸と腹に
素的に怖ろしい　**ゴツホ**のやうな向日葵が咲く
機械体操する少女のお尻と　教会堂の屋根が輝く
天なる神よ！

機械体操が、いわば枠となって作中の風景を規定している。それとともに、少女の尻と教会堂の屋根との輪郭・線が構成の妙を見せ、線的世界を呈示する。線によって人間を捉える手法には『体操詩集』に通じるものが認められよう。村野の「鉄亜鈴」には、「鉄亜鈴は僕の周囲に僕の世界をかく／地上へ一つの外接円を／大胸筋がその中心で真紅になる」の連がある。地上の線を直線とすれば、これに円が接することになり、地球規模で考えれば[9]、大小二つの円が接し合う図形が成立する。「夏の日の恋」の少女の尻が円（半円）であることはいうまでもないが、教会堂を尖塔とすれば鋭い二等辺三角形と対比されることになる。向日葵も比喩的、図像的に恋を表すなど、『死刑宣告』も『体操詩集』に種子を蒔いたのではなかったか。村野の「機械体操」は、詩人自身鉄棒を好んでよくしたことがあずかっていたにせよ、「夏の日の恋」における機械体操の点綴も無視できない。

『死刑宣告』所収の作品「群衆の中に」に、「私」のふところには「飢餓から来る脅迫」があると訴え、「失業から来る白眼の冷嘲／そは口火つけられし**ダイナモ**の如きもの／しづかに燃えゆき／しづかに笑ひは真の怒りに変はる！」の詩行がある。これを村野の「御覧／鉄が描く世界の中で／しばらく哀れな電動機《ダイナモ》が喘い／でゐる∥白い円の中で据ゑられて」という詩「鉄鎚投」と対比するとき、一方は精神を、一方は肉体を対象としたもので、詩的思考や比喩も趣を異にするが、字眼のダイナモが関心を引く。村野がつとに繙いていた啄木の『一握の砂』（明治四三）にダイナモを詠んだ一首を収め、他の詩人もこの機械を詩中に配しており、新時代を動かす力の文芸的形象として注目された対象であった。ユージン・オニールの、「現代の科学文化と旧来の宗教思想との交流を描いた」（訳者「序」）という戯曲『ダイナモ』（一九二九）の志賀勝の翻訳（昭和六）も出ている。江頭彦造が、ダダイズム・未来派・構成派等の新しい文学運動の頂点に位置するとし[10]、「社会に対する憤怒と憎悪とのニヒリスティックな爆発であり、時代秩序に対する反抗者・否定者としての姿」を激しく示したと評する『死刑宣告』は、『体操詩集』とは相当異なるにもかかわらず、細部において同門の詩人に訴えそうなものが散見することは否定できない。

大正十一年早世の詩人の作を柳虹門下が編集した『平戸廉吉詩集』（昭和六）所収の「日本未来派宣言運動」（大正一〇・一二）の冒頭に、「顫動する神の心、人間性の中心能動は、集合生活の核心から発する。都会はモートルである。その核心はデイナモ＝エレクトリックである」とある。同じく、「神の本能は都会に遷り、都会のデイナモ＝

エレクトリツクは人間性の根本の本能を揺り起し、覚醒し、直接に猛進せんとする力に訴へる。」とも記している。ダイナモが、以上のごとく若い文芸的素材としても印象づけられていたことは疑いない。この詩集には「"SPORT"時代」の一文も収める。スポーツの種々相を具体的に取り上げて書いたものではないが、「野は輝けり……殿堂は塁々と倒れ、象牙の塔は無残に破壊し横はる。いざいざ、我等は小さき家を擺脱し野に狂ぜん。然り然り"Sport"の時代は来れり。（中略）我等の心は空中に踊り翼は舞ひ、全世界の関門もたゞ一挙に貫き、且つ我等の手は強く建造に燃え、銅鉄の虹をもつて忽ち大洋の両岸を捻着す。」とある一事も目に留まる。榊原泰もいたが、[11] こうした文芸的土壌が次第に造成され、新即物主義から刺激を受ける詩人への準備を詩壇・文壇は進めていたのである。

右の詩集所収の「私の未来主義と実行」その他によれば、平戸はマリネッチからの影響で「未来主義」の詩の展開を図ったが、[12] この前衛詩人をいち早く紹介した鷗外の「椋鳥通信」（『スバル』明治四二・五）への言及は平戸にない。[13] 鷗外を数度訪ねたこともある柳虹をとおして、そのことを耳にした可能性がないことはなかったが、通信中このイタリア詩人について、「未来主義（Futurismo）」を発表した人物で、詩はユゴー調にニーチェの哲学を加味したようなものと記し、「未来主義の宣誓十一箇条」を全訳している。三箇条だけを抜き出すと左のとおりである。

一、吾等の歌はんと欲する所は危険を愛する情、威力と冒険とを常とする俗に外ならず。

三、吾等は世界に一の美なるものの加はりたることを主張す。

七、美は唯闘争に在り。苟も著作品にして攻撃的（Agrressivo）性質を帯びざる限は安んぞ傑作たることを得む。詩とは不知諸力に対する暴力的攻撃にして不知諸力はこれよりて人報の用に供せらるるに至るものなり。

鷗外は、これの赤いインクの大字の広告がミラノの辻々に張り出されたことを報知し、「スバルの連中なんぞは大人《おとな》しいものだね。はゝゝゝ。（一九〇八年三月二十日発）」と紹介の一文を結んでいる。芸術の破壊という問題に関心を抱いていた鷗外ならではのものである。柳虹が、鷗外に詩の進むべき向後を尋ねたところ、今のようにやって行けばよいと答えたが、(14)スバルの青年への励まし同様の気持ちもあったであろうか。平戸廉吉は独自の道を歩む旨を宣言していても、如上の伊国詩人の姿勢がその詩に現れていることは争われず、それは萩原恭次郎にも反映することになった。二人は「椋鳥通信」を読まなかったかも知れないが、こうしてモダニズムの新風は少しずつ吹き、同門の村野四郎にもそれは及んでいたことになる。

注

(1) 鈴木俊著『闇の深さについて――村野四郎とノイエ・ザハリヒカイト』(冬至書房新社、昭和六一)、高昌範「現代日本文学におけるドイツ新即物主義の受容」(『比較文学研究』56、昭和六三・一二)参照。
(2) 明珍昇「村野四郎」(馬渡憲三郎編『現代詩の研究』南窓社、昭和五二)参照。
(3) 芳賀秀次郎著『体操詩集の世界』(右文書院、昭和五八)参照。
(4) 雑誌『無限』27(昭和四五・九)の村野四郎と清岡卓行との対談参照。
(5) 村野四郎「一人の詩人が歩いた道」(『現代詩読本』河出書房、昭和三一)参照。
(6) 金井直「単独者の旅――村野四郎について――」(『日本の詩16　草野心平・村野四郎集』集英社、昭和五四)参照。
(7) 注(4)誌上の大野純「初期の村野四郎」参照。誰にも時にありがちな老年の発言の気味もあろう。
(8) 村野四郎「現代詩小史」(『現代詩集　現代日本文学全集69』昭和三三)参照。
(9) 小海永二編著『村野四郎　現代教養文庫』(社会思想社、昭和四六)参照。
(10) 江頭彦造「萩原恭次郎」(『現代日本文学大事典』明治書院、昭和四〇)参照。
(11) 高見順著『昭和文学盛衰史　第一部』(文芸春秋新社、昭和三三)参照。
(12) 馬渡憲三郎「昭和詩の成立」(馬渡編『現代詩の研究』)参照。
(13) 長谷川泉「モダニズム詩の前衛」(『芸術至上主義文芸』15、平成元・一一)参照。
(14) 川路柳虹「森先生のこと、その他」(『日本詩人』大正一一・九)参照。

第七章　安西冬衛・清岡卓行の鷗外への関心

一　安西冬衛の黒の美学

大連から『亞』によって詩壇に躍り出た詩人安西冬衛は、後年のエッセイ「遠い人、近い友」（『日本経済新聞』〈交遊抄〉欄、昭和三七）で、次のようなことを書いている。昭和三十七年（一九六二）九月十三日、瀬田川南郷の江上に舟を浮かべ中秋の名月を仰ぐ宴において妓《こ》の一人に、満月の右肩に明るく光る星を訊かれたが答えられなかったもののの、その細面の小さい黒子《ほくろ》が、なぜか黙示的に見えたとある。たまたまその翌日会った高名な天文学者から、それが木星であることを教えられたのであるが、明けた十五日鷗外の史伝『北條霞亭』を読んでいると、文政庚辰三年（一八二〇）霞亭の友人宛書簡に「中秋は甚だ清光に候。――十五夜に木星月にはいり候。」としたためていることに遭遇したというのである。ちょうど百四十二年前の一詩人との奇遇に感動したわけであるが、しかも偶然の一致は、ひとり木星にとどまらず、この儒医がその娘の眼下に黒子のあることを語っていることにもあった。

右の随想からは、そういう詩人の「匂ふ高貴なものが／未知の領分へ、私を導いた」とあるその喜びの例として最後に下のごとく書く「香料への道」（『韃靼海峡と蝶』文化人書房、昭和二二・八）が想起される。「お前のうなじをあどけなくする可愛いい黒子《ほくろ》をみつけたことだつた／その時、お前は十七歳だつた／そして二十六年といふ長い旅路の遍歴が／この私には必要だつたのさ／――美佐保！」と閉じられる詩で、黒子もフィクションではなかった。(1)黒子への関心は薄くはなかったらしく、左の「夜の思料」（発表誌不明、昭和二三ころ）にも比喩として見える。

夜を一巻《ひとまき》の羅紗《らしや》の如《ごと》く夜の中から巻きとり得るであらうか
夜を退潮にとりのこされた磯の凹《くぼ》みの瀦溜《みづたまり》の如く夜の外に保留し能《あた》ふるであらうか
夜を法王のみづおちの黒子《ほくろ》の如く赤裸《あかはだか》にして衆人環視のあひだに暴《むきだし》にし得るであらうか
夜をアドービ煉瓦《れんぐわ》の残壁の一闋《ひとかき》の如く虚妄の中空に残像として置き能ふるであらうか
夜は答へる
否
否
否
阿僧祇《あそうぎ》に否と

夜は夜
法馬《おもり》の中に合致する法馬の文字の如く、一切であり、部分では得能《えあた》はないと。

夜というものの本質について、このように感じ、思量して、それは一つの全体性・完結性を具え、決して部分から成り立つものではなく、分解・抽出不可能な属性を持つものと認識したのである。「アドービ煉瓦《れんぐわ》の残壁」は大連の地層にも見て感じていた表現によるであろう。第一詩集『軍艦茉莉』（厚生閣書店、昭和四・四）所収の「菊」（『亞』大正一五・一〇）で、妹が「お兄様　お兄様　曇った日でも夜になれば一緒ね」と言ったという「不思議な言葉」による表現は、右の作品の詩的感覚・詩的思考と契合する。その点で終行の「法馬」の語は関心を引く。

随筆「高野初冬」（『大阪人』昭和二四）では、吉井勇の歌一首が懸かっている高野山の一坊の茶室に泊まった折のことに触れ、「節物は外れていましたが、何か寂莫の感が私を占めました。」と記し、熟睡したのはその「法馬《おもり》のなせるわざ」かと書いている。(2)「空想の水栓」（『K・O・K』昭和二二・四）中の、「美は、威儀を具へ」ており、「美にして威儀を扈従しない美は美の威儀をなさない。」（「白洲にて」）と感じる詩人にとって、「鷗外は、オモリに法馬といふ文字を当てて用ひてゐる。オモリのもつ比重と造型を伝へてあますところのない深い用意とその決定。／比類ない確率性をもつた鷗外の文学精神はよく片言隻語の絶端にまで、斯くも厳格に、ほうはくしてゐるのだ。」（「法馬」）と書くこの語は、「十全具足の相《すがた》」を呈する形象を示し、(2)右の詩の秘鑰となっている。小説「懇親会」（『日本の美術』明治四二・五）から得たのであろうが、すでに玉虫誼茂撰『航米日録』（万延元〈一八六〇〉）には「其車は卓子の下に法馬を釣り」と見え、(3)既存の語であった。それにしても夜に対し右のような感覚をはたらかせる詩人は稀有な存在と言わなくてはならない。

ところで、上掲二篇の詩と「遠い人、近い友」中の黒子とに着目するとき、この詩人には黒の美学とでもいったもののあったことを感じさせる。少なくとも黒に対する嗜好、鋭い感覚の持ち主であったことは争われない。夜に魔性を感じていたことを叙す作品もあり、「束の間をもえる花火の彩《いろ》に／私は夜の玄《ふか》さを識《し》った」と始まるもう一つの「夜の思料」（『PL新聞』昭和三七ころ）も書いている。法を視野に入れた黒い鍵穴に対する関心に着目した詩も見いだせる。処女詩集にはKhan（汗）の黒子を捉え一瞬フモールを感じさせもするが、諸民族・諸国家の運命を予示するかのごときものを歴史に見た作品もある。冨上芳秀が論じたように、『軍艦茉莉』には、書題ともなった詩をはじめ、倒錯的要素もあずかり、悪の美学を読み取ることができるものが少なくない。(4) こうした観点からは『渇ける神』（椎の木社、昭和八・四）に「黒き城」が、『大学の留守』（湯川弘文社、昭和一八・一二）に「悪」といった詩のあることも注目される。「空想の水栓」中の「悪魔の加擔なくしては、美は存在しない。」（「若い悪魔」）の言の見えることも故なとしない。安西冬衛の作物から黒またはそれに関係するイメージを拾い出すことは容易であるが、そのヴァリエーションも含め、歴史的、地理的幻想により、人間一般に潜む本性をも捉え表すところがあって興味深く、それはまた浪漫性、空想的詩空間と結び付くなどして、美に奉仕するものでなければならなかった。

二　安西冬衛における鷗外の史伝

昭和三十二年（一九五七）二月、枕頭の書五冊を問われた安西冬衛は『書物の花束』に、『聖書』『淮南子』、ドラクロアの日記（中井あい訳）、鷗外全集、漱石全集を挙げて答えた。戦後間もないころの日記には「鷗外の作品を識つたのは私の少年の日であつた」と見え、続けて左のように書いている。

「毎日」の第一面に出てゐた「伊沢蘭軒」や「澁江抽斎」考証物とよばれてゐる作品でそれの切抜をした。

つづかなかつたが思ひ出しては鋏を入れた。別に深く読んだ訳ではないが、何かストイックな精神。「ガイスト」といふ独乙語の言語感情（刷の悪い当時の新聞の効果も多少働くか？）の徴はすあるものに漠然魅せられてさうしたので、私はさういふ鷗外に入つていつた。このこと人がよく「水沫集」やフアウストなどから入つたのと異つてゐる点である。（日記、昭和二一・五・九）

新聞紙上に『澁江抽斎』『伊沢蘭軒』が発表されたのは、大正五年（一九一六）から六年にかけてのことであったから、切り抜きをしたのは、十八歳から十九歳の時のことになる。少し時を経た昭和七年（一九三二）十月の日記には『伊沢蘭軒』を読んだことを記してあり、「鷗外と竜之介」（『中京新聞』昭和二三・五・二九）の一文では、久しぶりに繙いた上記二作の「考証物」を挙げ、興味津々として読んだことを打ち明け、「私はかねがねこれらの列作に湛えられた高いロマン精神を最も貴しとして日本小説の最高位に置くものであるが、この度もまた深くその思想を新たにし」たと記している。自身自らを、「類推の悪魔を馭す男。」（「職業」）と呼んだことからすると、[5]佐藤春夫が、鷗外の歴史文学を浪漫的精神の発露したものと捉えた一事が想起される。事実と想像・類推、断定と推定とを区別して書く文体を持つ如上の史伝に安西冬衛が惹かれたのも得心がいく。明珍昇は上掲の日記や「法馬」の文字表象についての作品を踏まえたらしく、「中学卒業の時から鷗外の緊密な文体から感化を受けたこの修辞派の詩人」と捉え、江頭彦造にも「文学精神として、文字使用の重厚な深みという点では鷗外に最もよく学ん」だとの論述がある。[6]しかし、これまで二家の関係は考察されていないようであり、ここにその具体相を観察することとしたい。

安西冬衛は、大正八、九年父の招きで大連に出かけ、十年からは勤めを得て定住したが、翌年痼疾から右脚切断の手術を受け職を辞した。「座せる旅行者」と書いたのもこのことが関係していたこともとよりである。昭和九年には父の死去もあって堺市に帰ったが、後年第二の故郷と呼ぶ大連では、詩誌『亞』第十九号（大正一五・五）に次の一篇を発表した。

春

てふてふが一匹間宮海峡を渡つて行つた　軍艦北門ノ砲塔ニテ

周知のとおり、『軍艦茉莉』では、題はそのままにして次の詩形になった

てふてふが一匹韃靼海峡を渡つて行つた。

という代表作である。[7] 後年安西冬衛は、俳句の場合同様これを「郭公や韃靼の日の没《い》るなべに　山口誓子」と並べて記してから、戦後その俳人を志摩鼓ヶ浦に訪ねた日のことを、「私達は鷗外晩年の史伝について語り、文学が方法（メトオド）のたのしさにつきることを論ずるに及んで、昭和のはじめに私達の提起した前掲の作品が、はしなくも旧秩序の美学を拒絶するトーテム・ポールの役目を果してからこのかたの、積年の共感を新にした。」と回想する。[8] 誓子は自著『随筆 街道筋』（万里閣、昭和二一・七）に愛読の鷗外とその史伝とに深い理解を示した二篇の文章を収めているが、安西はこの時の対話で鷗外・漱石に及んだことを、「鷗外の重質量を、より重しとする所見と、その構造計算は符節を合すが如く合一した。」と紹介して、「私が鷗外の史伝と漱石の日記、断片の殊勝を挙げたのに対して、主は宰相山の故宅からの疎開に方つて、鷗外全集から就中、史伝を、漱石全集十四巻中から特に日記、断片の一巻を抜擢して海屋架蔵の殊書としてゐる事実を示すのだつた。」と書き、この一節を「会心の笑が、期せずして眉ひらく主客の上にのぼつた。」と結んでいる。[9]

こうした鷗外の史伝との関係で、「軍艦肋骨號遺聞」（『渇ける神』所収。初出『文学』〈第一書房〉昭和五・一）について

安西冬衛は、「鷗外遺贈の文学」（『羽衣』昭和三四・九）中、その箇所は忘れたが『伊沢蘭軒』の日記体の方法に学んだと言い、そのことを「文学のかくされた一挿話」と打ち明けている。三連から成るこの詩のうちの第一連は、「軍艦肋骨號第三分隊長紋大尉の日誌は、「肋骨」が獨乙郵船マーエステート號臨検釋放の後、是より先マ號船長バッケンバルト氏の贈與に係る猫兒の姓名の質疑應答に始まる。／當時「肋骨」は韃靼海峽の威力封鎖に從事中だつた。」と書き出され、以下は日誌の抄録の形を採る。ここにはまた、美意識の現れとしての安西のいわゆる「稚拙感」も、その形成にあずかっていなければならない[10]。

…時ニ、マーエステートハ針路ヲ轉ジテ北北東ニ航シ去ラントス。余ハ遽ニ猫兒ノ姓名ヲ逸セルヲ知リ、依テ信號兵ヲシテ問ハシメヌ。
問フ「猫兒ノ姓名ハ如何。」
答ヘテ曰ク「アルト・ハイデルベルヒ。」
本艦「ハイデルベルヒトハ貴國名邑ノ名ニアラザルヤ。」
マ號「然リ。彼女ハ彼地ノ產ナル故。」
本艦「謝。貴孃ノ安全ナル航海ヲ祈ル。」
マ號「御好意ヲ謝ス。」
余ハ乃チ剃夫小野木總右衛門ニ、アルト・ハイデルベルヒノ飼育方ヲ命ジヌ。
幾許モナクマーエステート無シ。烟波浩蕩。

第二連は、肋骨号唯一の女性である猫兒の動静を記した日誌の摘録として書き進め、この猫が錨鎖孔に脚を取られて助けられたり、前檣に登って艦中の話題をさらったりしたこと等の記事を示す。第三連でもフモールを交えた日誌の抄記が続く中に「五月二十七日。午後波間ニ一莖ノ蒲公英ノ漂フヲ見ル。春ハ既ニ北門ニ至レルニヤ。」の詩行がある。そして「大尉の日誌は復以下を詳にしない。」とあり、タンポポをイメージしたと思われる＊＊印に一行を当てた後に、「越えて六月十日拂曉、肋骨は遽にその踪跡を、襟裳崎沖に喪つた。」と叙す。そして、その原因を様々に推測するが、作品は、艦の名すらも人々の記憶にはないであろうこと、彼女アルト・ハイデルベルヒの消息も不明であることをもって擱筆する。安西冬衛は、上掲日記で、『伊沢蘭軒』等の考証物について、「探偵小説を読むより興味の深い鷗外の類推」と記している。「軍艦肋骨號遺聞」はこう記す相当以前に遡る作品ではあるが、その創作の実際を示唆するところがある。この観点に立つと、明治戊辰戦争に関係する蘭軒の養孫の『棠軒従軍日記』『函楯軍行日録』からの抄記が注目される。そこには英船・プロシャ船の動き、官軍と榎本武揚両艦隊の動向・衝突が書き留められているからである。『伊沢蘭軒』から明治二年三月と五月の叙述を引いてみよう。

○「二十六日。晴。近日梅花及桜桃李椿等漸綻《やうやくほころび》、時気稍覚暖《やゝだんをおぼゆ》。夕刻東京《とうけい》廻り軍艦六艘青森へ入港。」東京廻りとは東京から廻されたと云ふ義であらう。（「その三百四十二」）

○「廿五日。微雨。」一戸の記にかう云つてある。「東春日長陽陽春丁卯の五艦函館港に向ふ。榎本子等回天《くわいてん》蟠龍《ばんりゆう》千代田三艦を以て迎へ戦ふ。榎本子等の艦佯り退く。官艦追撃す。辨天砲台の弾丸雨注す。官艦退く。」（節録）　（同　上）

詩における艦名は往時の騎兵の軍服の胸の装飾を念頭に置いたものである。同じく「タンポポ」の一篇には「肋骨型軍艦」の語があり、「肋」の字は人名のみならず、猫の名としても安西の作品に見える。「軍艦肋骨號遺聞」中の記録者紋大尉は『棠軒従軍日記』の著者の次男紋次郎から得たのではなかろうか。「春ハ既ニ北門ニ至レルニヤ」は、史伝から引いた前者の叙述に関係し、「春」の初出形を響かせたものである。軍艦肋骨が踪跡を絶った襟裳崎沖は、戊辰戦役での海戦場を連想させる。「春」は大連の海を見ての連想から作られたという。その港湾で目睹した艦隊のイメージも「軍艦肋骨號遺聞」には作用したに違いないが、詩人の言葉を引けば、この一篇はまさに〈鷗外遺贈の文学〉であった。「権謀と術数」（『大学の留守』所収）に、独立したかのようにある「羊の佯《に》せ病。透視が利かない。」の詩行も、右の史伝からの引用に見える「佯《いつは》り退く」中の文字によったのではないか。大連を解纜し台湾に向かう航海での体験とある「汗の亡霊」（『渇ける神』所収）は、かつて阿片を積載航行中東シナ海上で踪跡を絶った英船汗号の亡霊を見たということを描く散文詩であって、ハウフの『隊商』（一八二六）所収の「幽霊船」を髣髴とさせる一齣を織り込んだ観があり、肋骨號の外伝、あるいは軍艦茉莉の異聞と言ってよいであろう。

　こうした詩の世界がいわば黒の美学とどうかかわるのか。短詩「春」について、桜井勝美はそこに「〈てふてふ〉の孤愁可憐な姿、暗晦漠漠たる〈韃靼海峡〉」（傍点引用者）のイメージを描く。[11] 詩人自ら「欧羅巴から始まつた大陸の起伏が、（中略）亜細亜の大陸に移行し、断絶して黄海に没入する最后のドタン場——その懸崖を背負つて」いる地に踏み止まる「昂然とした精神を把持して自らを恃んでゐた」と打ち明けるが、[12] 風土をも重視する詩人にとって、この二契機が上の詩の形成にあずかったのではないか。夜というものに、すべてを呑み込む暗黒から明光度を増す漸次的段階を想定すると、その位置によって景観・物象はさまざまな形姿・形象を現すことになる。そのヴァリエーションとすれば、航行中の艦船の喪失は黒の中へ姿を移したことに対応することになろう。それが払暁や月が雲に遮られた冥い海上といった境界的時刻に、消えゆく船影と乗員の「昂然とした精神」とを想像させ、詩人のいわゆる「空想《ロマン》」を提供することになる。それには大連の山々を覆い、市街まで低く這い降りて来る濃い靄や霧等の濛気も関係したにちがいない。艦船が辺境・北辺に踪跡を絶ったとある詩の世界が、北方の気象条件を考えてのものであったとしても、この都市のそれに由来する表現でもあったと解されるのである。

　その点で、下文にも引くが、詩人清岡卓行が大連に女性的なものを、旅順に男性的なものを感じていた一事も思い浮かべられる。ゆるやかな坂道と交わる大連の一画の美しい中心街。そこからの道を、峨々とした岩山を両側に見るような地形にも接して旅順市街に至るときその感を抱く。しかし、老虎灘などの海岸沿いに車を走らせ夜になると、懸崖・山容の稜線は黒々と圧倒的にその本質を現した観を呈する。安西冬衛にとって、この異郷の地形・地勢・風土とそこでの生活は、重要な詩的契機であった。「月は朱かった。恐龍のやうな地平の起伏は、月をひとなめなめずると、更に黒幢幢と東にむかって奔騰した。」と見える「打虎山」(『亞』大正一五・二)中の詩行は、発想としてその証左となる。やがて「闇の絵巻」(『詩・現実』昭和五・一〇)を著す梶井基次郎が、日記に「闇の書」を書いた年の同月伊豆から、『亞』の終刊(昭和二・一二)に際し、「毎月の清楚な食卓」であったと惜しむ声を寄せたのも合点がいく。尾形亀之助の「雨降る夜」(『亞』大正一五・一二)その他にも夜・黒色を写す作が見えるが、『亞』では安西がわずかに早く、独自のものであった。萩原朔太郎が「黒耀石の光輝」と評した『転身の頌』(大正六)(14)の詩人日夏耿之介の選『明治大正新詩選(下)』(創元社、昭和二五)に前述の「菊」の収められている一事は、両者作風は異なり、日夏の詩集は安西の蔵書目録には記載がないけれども、詩史的には関心をそそるものがある。

三　安西冬衛の詩と鷗外

安西冬衛の「煉瓦積人の手記」(『日本未来派』昭和二五・三—二六・五)は、関心のスペインについて諸書から得た材料により、1から145までを摘記した形の作品である。そのうちの5に『ファウスト』第一部アウエルバハの窖で、主人公を訪ねる学生たちに新しい歌を歌うよう頼まれた悪魔が蚤の歌を歌う場面がある。その表記からすると鷗外の訳文によったことは間違いあるまい。

『軍艦茉莉』の四番目の、「新疆《シンキャン》の太陽が、私を奪つた。」と始まる「新疆の太陽」(『詩と詩論』昭和四・三)も視野に入れてよいのではないか。作中「曾て私が投げかけた狭い世界、一つの記憶がみるみる後退する。／迅速する大流沙を絶《わた》る困憊の中、／霾《つちふ》る曙の中に。」の詩行がある。流砂・砂漠がこの詩人の関心の対象でもあったことからは、「霾《つちふ》る」の一語が注目される。二十一歳の時、父と共に戦跡二〇三高地を訪ねてはいても、旅順や大連を歌い込んでいる鷗外の『うた日記』（春陽堂、明治四〇）を当地で手にしていたかどうかはわからない。[15] しかし、集中「霾《つちふ》るや　蒙古に春を　はこぶ風」の一句のあることは関心を引く。大槻文彦著『言海』（吉川弘文館刊）大正八年版の「つちふる」の項に「霾」の字を挙げ、「[土降ル、ノ義] 土砂、大風ニ吹キ揚ゲラレテ降ル」とある。『奥の細道』には「雲端につちふる心地して」と見えるが、漢字を当ててはいない。大連時代の日記には「烈風黄塵山影をかくす」と書き、また中学時代から『史記』の「大宛列伝第六十三」によって西域・砂漠に親しんでいたこともあり、「霾」の字は当該列伝にはないものの、文字表象への関心からこれを使って当然とは言え、鷗外の句も目に留まる。昭和四年春北原白秋は大陸を旅し、「霾らす茫漠《ぼうばく》たる内蒙古」の表現のある詩「飛躍」を作っており、両者との関係の有無は別として、蒙古・新疆と記し、契合するところのある言語空間を作っていることは興味深い。

　鷗外の子供たちの名前に文芸的精神を感じていた安西冬衛は、特に『軍艦茉莉』とのかかわりでそのことを思ったにちがいないが、その詩集の「戦役」に次の短詩「役」があって注目される。同人滝口武士はタイトルを同じくする「戦役」（『亞』昭和二・七）で月を写していても、動く兵士を書いていない。[16] その点で安西作中の「絡繹」の語は上掲列伝とその周辺には見えないが、鷗外訳の『即興詩人』（明治三五刊）や『伊沢蘭軒』に用例があり、特異な語ではないとしても、一顧は要してよいと思う。あるいは暗合だったのであろうか。

　　牛馬は絡繹《らくえき》と月の出の府《まち》を流れてゐた。

田中克己は、「この府は現実の洛陽府でも開封府でもないのだ、しかしなんと美しい象形文字の花綵《はなづな》であらう。」と批評する。(17) 詩人自ら「空間の美をはげしく識り、一肢を喪失して止み難い速力へのダッシュとなる。」と記したような心的傾倒もこれには関係していたと解される。(18) 右の詩の月の出の府を黒々と移動する牛馬の隊列の光景も、夜という黒の美的契機を背景にしていることによって鮮やかなイメージを結ぶ。こうした地理的、移動的美への憧憬は、前掲の諸詩その他でも表現されることになる。それには辺境性や北方性があずかっており、極央アジアの地下に埋蔵されているという都市・蟻走痒感を幻想した詩には、黒蟻の連想がはたらいているであろう。こうした詩の一つ「春」に改めて接するとき、『うた日記』中の五月の句が目に入って来る。

{てふてふが一匹韃靼海峡を渡つて行つた　冬衛
{馬上《ばじやう》十里《り》　黄《き》なるてふてふ　一《ひと》つ見《み》し　鷗外

山口誓子訪問記の例に倣って掲げたが、戦後間もない時の日記中鷗外の抒情詩をまだ熟知していないと記していたから、戦前に『うた日記』を読んでいたことは確かである。右の二作の具体的関係についてはわからないが、安西冬衛が示唆を得たわけではなく、詩作後この句を知ったとすると、その偶然に驚いたに相違ない。作品世界の中の時間は後先になっていても、自作の中の蝶のその後の一つの姿を思わせ、両者北方性・辺境性を感じさせるからである。前者の世界の先に酣の春の到来を予感する向きもあるようであるが、後者の場合茫漠と広がる北の大地を感じさせるものの、春酣の思いはそれほどなさそうである。しかし、蝶に特別関心の強かった詩人が万物照応の文芸的一現象をここにも見たことが推想される。そうでなかったとしても、読者は、影響関係の有無を離れて、詩的空間の契合性・協合性を対比的に味わえばよいと考えたい。

安西冬衛の戦前の書簡・日記に、鷗外については史伝以外殆ど作品名を記していない。戦後になると、昭和二十年十一月十六日の日記には、「「独身」「鶏」「金比羅」を読む。独身の中の小倉の冬の描写にはいつも感動する。」と見える。安西冬衛はその著『桜の実』の巻頭に据えた「詩人の位置」を思わせるように、『韃靼海峡と蝶』所収の一文中、大陸生まれの長男について、「時に鷗外の「椋鳥通信」の一章を笑つて私に示す好諧を解する一箇の青年に成人した。」と書く。そして、その示した箇所を「詩人の治財に拙いことは古今に通じて同じであるが、稀にはVictor Hugoの様に大きい財産を残して死んだ者もある。併し大抵貧乏で死んでゐる。」云々と引き、「本当だよ」と笑って答えたことを記す文章も残している。野心的な美の探求者にとって、鷗外は素材の提供者でもあった。

翌年五月九日の記事には、「「鷗外の索引」「鷗外と杢太郎」「杢太郎暮春」／これからすこしづつ欠かさずつづけようと思ふ。」とある。木下杢太郎の評論をとおして鷗外文芸における「寂しさ」の問題を自分のこととしても考えたらしい。昭和二十六年の日記には「けふ鷗外の忌日也。」と記し、二十九年春には大映に入り「山椒太夫《ママ》」を観ている。「エロ出版の追放」（『夕刊新大阪』昭和二八・六・六）の一文では大阪市警の措置を妥当としながらも、一般的に当局は美の本質のエロスに着意すべきであると指摘し、かつて美術展における黒田清輝らの作品が風俗壊乱の廉で問題とされたことに触れ、同様に「鷗外のエロス探求の文学を発禁にした」と当局に筆鋒を向けている。

昭和三十年代には「漱石と鷗外」といった題による学校や会社での話・講演の記事が日記に散見する。昭和三十年十一月十三日『毎日新聞』の「ラジオ評」での正宗白鳥・江口渙・中野重治・臼井吉見による座談会について続編を望むと批評し、鷗外の山県有朋への接近や遺言状における石見とのつながりの問題を取り上げ、自らは鷗外のアカデミズムとの関係を視点とするとき、その消息は明らかになるという意見を記したのであった。「私の周辺」（『毎日新聞』昭和三七・二・一九）では、志摩に俳人島田青峰を訪うたところ、その人は意外にも『北條霞亭』の史料となった的矢書簡を提供した島田賢平であって、霞亭一族の一人であることを知ったと書いている。前掲誓子訪問記には、史伝の著者が抽斎の嗣子保と初めて相見えて対坐し、先人を語って倦むことを知らなかった時のことを記す『澁江抽斎』の一節とその叙法を思わせるものがある。[19] ポー、ルナアル、ドラクロアや西洋のモダニズム、自ら言う前述の稚拙感による詩法はおのずと上掲作品にはたらいたものもあり、折からの詩壇の状況から安西冬衛を捉えなければならないとしても、[20] このように、創作活動に刺激を与えた鷗外の存在も注目されてよいであろう。

四　清岡卓行の『アカシヤの大連』における鷗外

ここで『うた日記』との関係において関心を引くのは、鷗外没年大連に生まれた清岡卓行で、旅順高校（旧制）に入った翌年、その軍国調になじめず退学して東京に出て学び、昭和十六年第一高校に入学、十九年には東京大学仏文科に入ったのであるが、高校以来の愛読書には鷗外、マン、ショーペンハウアー、ベルクソン等があったという。『澁江抽斎』やその他の小説を耽読したらしいが、その後詩壇で活躍していた清岡は、故郷として育ち、青春時代を送った大連を訪ね、現在と過去との間を往還する意識と視点とから「アカシヤの大連」（『群像』昭和四四・一二）を著した。大学の語学教師で四十代半ばを過ぎた主人公「彼」は、人間に対する愛着よりも土地に対するそれの方が純粋ではないかと考える。その彼の回想は時間を遡り、歴史的には終戦間近になっているわけであるが、東京から帰省した当時学生の彼は、死と生との間に揺れる意識の中、音楽を聴く。そして、初めて読んだ『うた日記』に魅了され、「先ず激しく共感した」として、次のように一首を引く。[21]

夢のうちの奢《おごり》の花のひらきぬるだりにの市《いち》はわがあそびどころ

主人公には、日本人が大連をロシア語で呼ぶとき普通「ダルニー」と言うのを、詩人の耳によって「だりに」と原語の発音に似せようとしたらしいことが面白く、また「夢のうちの奢《おごり》の花」というきらびやかな言い回しが快く感じられたとある。そして、この表現について、「帝政ロシアが、アジヤに不凍港を求めて、近代的な夢のうちに構想していた素晴らしく花やかな都会」という意味と、「日本にいて森鷗外が、個人的な予感の夢のうちに見た華美の都会」という意味に解されると考え、鷗外の意識の問題からすれば、前者の方が正しいであろうが、無意識からすれば後者も間違いではないであろうと思う。「彼」にはどちらかと言えば、個人的な予感の夢として読む方が好きであり、その場合は「奢りの花」はイメージとしてアカシヤの花と二重写しになると言い、こうして「自分の現在の気持をも表現しているものとして、繰返して味わった」とある。第一句と響き合う結句もその点で平仮名表記と字余りが相俟って、青春の心を彷彿とさせ、好んだ表現だったであろう。この都市に対する郷愁の心理を鷗外の歌に重ね合わせたのであった。『初冬の中国』（青土社、昭和五九）所収の「望郷の長城」に、「おお　大連／致命的なわたしの夢」の詩行のあることが思い浮かべられる。単行本『アカシヤの大連』は安西の架蔵した書であった。

続いて主人公が『うた日記』の「大野縫殿之助《おほのぬひのすけ》」を愛誦したことも記されている。日露戦争において、一兵士が、その語り手としても、日章旗を掲げることによって単騎で「だりにの市《いち》」を無血占領したという手柄話を自慢する形をとる長篇の詩である。武勲詩的要素をそこに認めつつ、その背景にも筆をやっているが、要は、旅順に比し大連の平和的な街について、回想を織り込んで描きたかったからに外ならない。作中「激烈な戦場と結びつく旅順のイメージが男性的であったとすれば、いかにも平和的に相応しい大連のイメージは女性的であった。」の叙述が見える。それの具象的表現として鷗外の詩歌が援用され、作品世界の形成にあずかることになったのである。ちなみに旅順中学を卒業した後年の詩人北川冬彦の「軍港を内臓してゐる。」という短詩「馬」（詩集『戦争』昭和四）は旅順で得たイメージによったが、地形や街衢をも含めて暗示し、納得させるものを感じさせる。

主人公にとっては、安西冬衛も関心の対象であり、「春」が引かれている。この詩の発想も、大連という国際的な都会を地盤にしなければありえない作品であったと「彼」は考える。小説中の解釈の中心は、「そこでは、北方の韃靼海峡（間宮海峡）という地理的な国際性の荒荒しい危難が舞台になっている。そしてその激浪あるいは凪《なぎ》の上を、若若しく可憐な生命を象徴する一匹の蝶が、大胆にも軽軽と渡って行く。それは、短篇アヴァンギャルド映画にでもしたいような緊迫の動的なイメージであり、そこに、春のふしぎな情緒がかもしだされている。」と示されている。そこには古い時代や遠い別な国とのかかわりもデフォルメされながら、「天衣無縫と呼んでもいい深い単純さで投影されているように、彼には感じられた」と記し、「その場合、可憐な蝶の羽搏《はばた》きは、もちろん、詩人の魂のたゆたいに他ならなかった。」との文字も見える。いかにも詩人らしい解釈である。こうした主人公には、この「春」と「馬上《ばじやう》十里《り》　黄《き》なるてふてふ　一《ひと》つ見《み》し」の句とはイメージ的に結び付けられていたことも想像されるのではないか。

清岡卓行の人生行路からしても鷗外の詩歌は関心を引くものであった。「鷗外の短歌」（『朝日新聞』昭和四六・三・一四）の一文では『うた日記』を繙くたびに新しい発見があるとし、そこに小説的発想をも読み取っている。「アカシヤの大連」の前の作「朝の悲しみ」（『群像』昭和四四・五）では前の歌同様鷗外の植字のし方とは異なるものの、

処女《しよじよ》はげにきよらなるものまだ售《う》れぬ荒物店の箒《ははき》のごとく

と『沙羅の木』から引き、「生き生きとした日常の感覚のひらめく表現に、大いに感心する」と批評しているが、文脈もあって箕箒をめぐる自らの体験と詩人的感覚とから作中に織り込んだのである。一首は、第一詩集『氷った焔』（昭和三四）の巻頭の詩「石膏」に、「ぼくの夢に吊されていた」白い裸像から、「ああ／きみに肉体があるとは

ふしぎだ」と書き、「きみは恥じるだろうか／ひそかに立ちのぼるおごりの冷感を」の表現のあることを想起させる。昭和二十二年に結婚した夫人がこの詩のミューズであり、「朝の悲しみ」のモデルでもあったが、前掲歌の「夢のうちの奢《おごり》の花」の語句も含め、作者には右の歌の乙女像とどこかで響き合うところがあったのではないか。一首は掃除にかかわる日常の感覚の表現として意識されていただけではなかったはずである。清岡卓行にとって「敬愛してやまない文学者」鷗外は、[22]安西冬衛とともに一顧を要する先達であった。

注

(1) 安西美佐保著『花がたみ　安西冬衛の思い出』(沖積舎、平成四) 参照。
(2) 安西冬衛著『桜の実』(新史書房、昭和二一・一一) 所収「把針」中の「饅頭」の文字表象についての表現。
(3) 『日本国語大辞典』(第二版、小学館) 参照。諸橋轍次『大漢和辞典』には語源の用例を示してある。
(4) 冨上芳秀著『安西冬衛　モダニズム詩に隠されたロマンティシズム』(未来社、一九八九) 参照。
(5) 安西冬衛「生涯の部分」(『BLACKPAN』昭和四〇・一一) 参照。
(6) 明珍昇著『評伝　安西冬衛』(桜楓社、昭和四九)、江頭彦造「安西冬衛の詩の世界」(『安西冬衛全集』第一巻〈宝文館出版、昭和五二・一二〉月報1) 参照。
(7) その解釈については田中榮一「〈新しい〉解釈学の問題・読みにおける作者の存在について―安西冬衛「春」の場合を例に―」(『新潟大学教育学部紀要』第三一巻第二号、平成二・三) 参照。
(8) 安西冬衛「わが良友悪友録」(発表誌不明、昭和三四ころ) の「山口誓子のメカニズム」参照。
(9) 安西冬衛「鹹い海と淡い水の際《あひだ》に―山口誓子のクロッキー―」(『俳句』昭和二八・二) 参照。
(10) 安西冬衛「稚拙感と詩の原始復帰に就いて」(『亞』三号、大正一四・一) の詩法の一実践を見ることができる。
(11) 桜井勝美「「韃靼海峡と蝶」・その懸崖の思想《ポエジー》」(『安西冬衛全集』第二巻〈宝文館出版、昭和五三・三〉月報2) 参照。
(12) 安西冬衛「『軍艦茉莉』の界隈」(『日本現代詩大系』第十巻〈河出書房、昭和二六・一一〉月報) 参照。

（13）萩原朔太郎「『転身の頌』を論じ併せて自家の態度を表明す」（『詩歌』大正七・二）参照。
（14）『安西文庫目録（合冊）』（堺市立中央図書館、昭和六二）には単行本『うた日記』の記載はないが、これをもってこの詩歌集の大連における繙読の有無の客観的証拠とはなしがたいと思われる。
（16）しかし滝口に動きを捉えた詩がないというわけではない。その世界については長谷目源太「「大連」・『亜』と滝口武士」（滝口武士顕彰委員会『詩人滝口武士』武蔵町教育委員会、平成一四）参照。
（17）田中克己「軍艦茉莉に於ける安西冬衛」（『四季』昭和一三・一一。〈『安西冬衛全集』月報2〉）参照。
（18）安西冬衛「自伝（半風俗）」（『現代日本詩人全集　第八巻』創元社、昭和二九・一）参照。
（19）注（8）（9）参照。
（20）注（4）参照。
（21）鷗外と「アカシヤの大連」との関係については、注（6）の明珍の著書にも言及がある。
（22）清岡卓行「森鷗外の詩や短歌の引用」（河出書房新社『文芸読本　森鷗外』〈昭和五一・一二〉所収）参照。

第八章　鈴木六林男・茨木のり子における鷗外

一　鈴木六林男と新興俳句

はじめに、大正八年（一九一八）大阪府に生まれ、平成十七年暮れに没した俳人鈴木六林男《むりお》（本名次郎）の鷗外に対する文芸的反応として、関係句を取り上げ考察してみたい。それでまず必要と思われる範囲で六林男の句作活動を瞥見することとする。

六林男は昭和十一年（一九三六）十七歳当時、俳誌『串柿』の加藤しげる・永田耕衣の選句欄に投句し、荻野雨亭からは山口誓子の『黄旗』（龍星閣、昭和一〇）を借りて筆写したという(1)。誓子はその「序」で、定型俳句とその正統な発展としての新興俳句とをあくまで守備しようとする態度を明らかにしていたが、そうした先進に六林男は傾倒し、後年昭和二十六年伊勢鼓ヶ浦に西東三鬼と共に訪ねた際、「誓子三鬼遊ぶや春の鴨遊ぶ」の句を得ている。三鬼はその誓子からつとに影響を受け、戦後間もなく創刊された『天狼』でも活躍した。一方六林男は「京大俳句」に入って以後三鬼に就き、「天狼」にも入るが、その句法・句風を理解するには、右の二家を視野に入れておく必要がある。

三鬼は昭和十二年当時、いわゆる新興俳句に「知性」を与えたのが新興俳句運動であったと述べ、句の内容と形式について考察している(2)。前者に関しては「無季俳句」「リアリズム」「知的美」の三つに分けて論じ、新興俳句運動に向かっていた誓子の主張を踏まえて、青年に無季俳句を作るよう呼びかけ、「ピストルがプールの硬き面にひゞき」を挙げて、そこに一つの拠り所を見たのであった。「俳愚伝」（『俳句』昭和三四・四―三五・三）の中では、

夏の河赤き鉄鎖のはし浸る　　誓子

を引き、「季題という濡れた叙情」に慣れていた俳句の分野で、この無季俳句の確立を目差していた、いわば実験時代にあって、「この乾燥した、男性的意志の表現」は全く新世界の発見であり、「超季感となつて私を圧倒した」と打ち明け、その即物的な句法に感動し、そこに「ふてぶてしい思想」を読み取った。

昭和三十七年（一九六二）五月、雑誌『俳句』が三鬼追悼の特集を組んで十句を問うたアンケートに誓子は、「水枕ガバリと寒い海がある」、「寒燈の一つ一つよ国敗れ」の二句を劈頭に挙げたのであったが、三鬼の句風の二傾向を示すごとくである。同じアンケートに六林男は、

戦友を焼きピストルを天に撃つ　　三鬼
水枕ガバリと寒い海がある　　三鬼

をもって応じている。第一句に誓子の上掲句に相通ずる感性のあることは争われない。昭和十四年三月『俳句』に投じた作であり、回答にこれを最初に置いたところに、この弟子らしい選択があった。一句はニュース映画によったもので、三鬼は、「機関銃熱キ蛇腹ヲ震ハスル」、「機関銃地ニ雷管ヲ食ヒ散ラス」と片仮名表記を採り、作動する無機物を比喩的に表現することで生動した作も発表していた。こうした句に対しては、戦火想望句として現実性

の問題を指摘し、疑義と批判とを提出する向きもあったが、かつて死線を経て帰還した六林男が、まず「戦友を――」を挙げたのは自然の勢いであった。無季の句であり、自らも「霧寒したそがれて友を焼きに行く」と吟じていたからである。次の句からも二人のつながりの一端が知られるであろう。

泥濘となり泥濘に撃ち進む　（『旗』）　三鬼
泥濘をゆき泥濘に立ち啖ふ　（『定本　荒天』）　六林男

右の眼に大河左の眼に騎兵　（『旗』）　三鬼
右の眼に左翼左の眼に右翼　（『悪霊』）　六林男

おそるべき君等の乳房夏来る　（『夜の桃』）　三鬼
緑陰を君の偉大な乳房来る　（『王国』）　六林男

ちなみにアンケートで三鬼の上掲句から選んだ人と作とを記すと、平畑静塔は「右の眼に大河――」、永田耕衣は「おそるべき――」であった。誓子の「夏の河――」の余響を感じさせる句を六林男に探すと、「颪の中困憊の赤き河流れ」、「負傷者のしづかなる眼に夏の河」その他少なくない。戦闘はまだ終わっていなかった状況を捉えた後者について、「戦傷者の眼には、〈わが事おわれり〉の安らぎの戦友に対して負傷したことについての愧いがあった。太陽は照りつけていた。大陸も奥地の名もない河は輝いて流れていた。この負傷者は二時間後に死んだ。」と自作自解をしており、昭和十五年中国湖北省での作という。(3)

このような句の世界を示していた俳人は、第三句集『第三突堤』（風発行所、昭和三二）の「後記」で、「自分の歴史」を「社会の歴史」に結び付けること従前のとおりでありたいと、その立場を明らかにしている。

遡って昭和十五年四月発行の俳誌『螺線』第八冊を取り上げてみると、A5判、総ページ二十二、表紙上方には緑の地に白ヌキの誌名が横書きに円と直線とのデザインの文字で印され、下方にも緑の波形が幅広く押されてある。中間の地には斜めで二行に「鈴木六林男／入営紀年号」と銘打ち、その両脇から螺旋状の墨痕でこれを挟み、見開きには「袂別」と題して祝いの一文を掲げてある。すなわち「君のかゞやく青春はこれからひらくのだ。炸烈する砲火をあびて、血の海に浸つて、君のその熱情が爆発点に達するだろ《ママ》う。そのときこそ君の詩魂が根底からゆすぶられるときであり、真実の詩が生れるときなのだ。」と述べてから、「われらもまた孤城螺線を死守しよう。」と結んで、編集者は出征する句友を励まし、同人の決意をも記したのであるが、時局からすると、微妙な書き方をしたところがある。

一体六林男は、初期の句に『串柿』等に発表の「ふと顔をあぐれば柿の吊しあり」、「蘆ゆれて夜釣の人の帰り行く」のような作があり、やや腕をあげてからは「灯を消せば窓一つあり冬の月」、「春暁や未だ雞舎の静かなる」といった句も吟じていた（4）。温雅な詠みぶりの中に感覚の鋭さを表した佳句で関心を引くものの、斬新さにはいまひとつ乏しい。やがて「碧い海」の前書で「散る桜傷兵に碧い海である」といった句を案じることになる。及ばないが、当時注目された篠原鳳作の新風を思わせるものが感じられる。こうした感性から、暗い時代へと向かう社会の空気を批判的に無季の句で写し出すことになる。大陸での戦争が泥沼に入って行く様相を呈したころ、優れた作とは言い難いが、「慰霊祭了りぬ皆ンな夕日のまへ」などと詠むことは、それほど困難ではなかったであろう。しかし、『定本　荒天』（ぬ書房、昭和五〇）や『鈴木六林男全句集』（牧神社、昭和五三）にこの作は収録されていない。この二書に「兵となるのか愛憎の書を塵に堆み」と収めた句は、初出は「兵となる愛憎の書を塵に堆み」であった。戦後上梓の句集の一句は、字余りにし、複雑な心中を屈折した形で表していて、批判性をより強めた観がある。

『螺線』第八冊には六林男のアフォリズム風の「親しき闘争――ノートの端より――」が掲載されており、「世の中で詩人ほど哀れなる者はまたとない。彼はなぜ物事を深刻に探索しようとするのだらう」といった行文も見える。芸術家が危険視されないような時代の到来を願う心を仄めかし、著名な軍人・政治家・実業家等の成功談よりも叛逆者・大盗・殺人鬼等の生い立ちを読む方を好むと打ち明け、その理由について、後者がより「浪漫的」であるからと述べている。後の『夜盗派』(昭和二七・七)創刊の一事も思い合わせられる。反骨と叛逆、抵抗の詩人の姿を感じさせるが、その風貌に痛ましさを感じさせるところのあることを三鬼は記したことがあった。(5) この昭和十五年「京大俳句」の同人静塔が二月、三鬼が九月に検挙され、『螺線』も押収され第八冊をもって休刊せざるをえなかった。これを出征した若い俳人が知ったのは後年であるが、巻頭に置かれた「入営以前」の二十四句の次には、彼を送る句が並ぶ。中林燁生の「憲兵のピストルを欲りぬくき夜」、山田凡楽の「みたされぬもの捨てに立つ海くろき」の吟からも同人の句風が推知されるであろう。編集者の左の自嘲の句は、時代への批判の句になっていると読むことができる。

からつぽのあたまをバスにゆさぶられ　　和田吉郎

「入営以前」のうち『鈴木六林男全句集』に採られていない「恋愛の瞳かう〳〵と港暮れぬ」、「帰還兵わが飄然と乗りし汽車に」のような句もあるが、これら無季俳句を残して六林男鈴木次郎は、歩兵第三十七連隊第二重機関銃隊に入隊した。年譜によると『螺線』の同人は殆ど戦死したという。

二　鈴木六林男の句における鷗外

六林男は入営三か月後中国の漢口に送られた。ここで異を差し挟んで機関銃隊を離れ歩兵となるけれども、軍隊の「余計者」として大陸を彷徨する。原隊復帰後間もなく太平洋戦争が始まった。『定本　荒天』の「海のない地図」中「I大陸荒涼」に「追撃兵向日葵の影を越えたをれ《ママ》」とある句については、「己の苦しいときは、相手もまた苦しい。それこそ息もつかずに生死をかけて追いすがる追撃兵も斃れる時が来る。この一人が何の華ばなしさもなくひそかにその生涯を終った」。「それにかかわりなく戦争はつづき、戦闘は日夜繰り返される。旺盛な一本の植物が大輪の花をかかげて奇妙な静寂の中にあった。」と自解する。あのブダペスト出身の報道写真家キャパが、スペイン内戦時人民戦線派に従軍した際の作、銃を持ったまま手を広げて崩れる時の衝撃的写真『倒れる人民兵士』（一九三六〈昭和一一〉）に通うものが認められよう。『荒天』のあとを受けるような書題の『雨の時代』（東京四季出版、平成六）に、キャパ展における「地雷踏む直前のキャパ草いきれ」の句があるが、その精神からするとおそらく偶然ではない。「窓外雨蕭々／渺茫とした／雨の時代を撃つ／酷烈なる俳句精神」（句集の帯の評言）は海外にも向けられたおもむきがある。

「兵燹や太古のごとき夕まぐれ」、「ねて見るは逃亡ありし天の川」その他の戦場俳句を脳裏に刻んで六林男は海を渡り、南方戦線の一つルソン島に上陸した。『定本　荒天』の「死と倦怠の記録1」中、「いつ死ぬか――樹海の月に渇きゐる」、「月明の別辞短し寝て応ふ」などとある句と並ぶ次の作を発見する。

遺品あり岩波文庫「阿部一族」　　六林男

水谷砕壺の『琥珀』昭和十七年（一九四二）十二月号に本名で載った「バターン半島攻略戦記」と題する句の一つであって、当時高橋重信・林田紀音夫ら強い印象を受けた若い俳人は少なくなかった。初出誌上でこれに接した桂信子は、戦争俳句の中でこの句が強烈に胸を打った、と往時を回想し(6)、三橋敏雄には、「戦友の遺品に、一冊の「岩波文庫」を見いだす。しかも、それが鷗外の「阿部一族」であったことを、わが身に引きつけて思い、かつての所持者の身分証明を果たそうとする、悲惨の一句」とし、そこに「自他の深層心理」への鋭い切り込みを読む発言がある。(7)死者の持ち物としてあるのを六林男は鋭く捉えたわけである。(8)厳密に言えば「阿部一族　他二篇」となっているこの文庫本は、初版を昭和十三年五月に印刷しており、斎藤茂吉の解説を付していた。『中央公論』（大正二・一）に掲載の当該小説の梗概は、「肥後熊本城主細川忠利の家隷に阿部弥一右衛門といふ者が居つた。忠利の死んだ時、忠利の許を得て殉死した者が十八人も居つたのに、弥一右衛門は忠利から殉死の許を得ることが叶はなかつた。この小説は、殉死の許を得なかつた事が原となつて、つひにその一族の滅んで行く悲劇を描写したもの」とまとめてある。大岡信は、その著『百人百句』（講談社、平成一三）で左のように解する。

この句には、「悠久の大義」に殉ずべく死んでいった人の、最後まで大事にもっていた本が『阿部一族』という小説だったという皮肉がある。日本軍人の基本精神に対する大きな疑問が、所持品のなかにあった。この文章が壮絶な戦いの遺品となることで、戦争が二重写しになっている。それが無季俳句であるこの句に芯を与えていて、戦争の無情と無惨を物語っている。この場合、抒情性をともなってしまう季語はむしろない方がよい。この句は鈴木六林男の代表作として、いつまでも残る句である。

無季俳句の強味にも触れていて間然するところがなく、「阿部一族」についても、「一族が孤立していき、最後には一族全滅の悲惨な運命が待ち受けている」との言及があるが、その「全滅」のイメージは、肝腎な点として捉えることができるであろう。「苛酷ともいうべき無言の時空」が「凝視の効いた即物把握」によってリアルに現前しているという佐藤鬼房の鋭い評言も、一小冊子のもたらすイメージの句の核心をよく捉えている。(9)鬼房は、六林男が南京で初めて会い、「会ひ別る占領都市の夜の霰」（六林男）、「会ひ別れ霙の闇の跫音追ふ」（鬼房）と詠み交わした俳人であった。

バターン半島の戦闘で負傷し、弾片を終生体内に持ち続けることになる六林男は、「英霊とゆられまぶしき鱶の海」と句案して昭和十七年の夏帰還、陸軍病院や療養所に傷を養い、年末に除隊となった。「遺品あり——」はほぼ同時の発表にかかり、第一句集『荒天』に収められたものである。戦前に愛読した作家を挙げてある年譜に鷗外の名は見えない。しかし、一句をもってこの文豪との関係は終わったのではなかった。第四句集『桜島』（アドライフ、昭和五〇）に病院での句

女来て病むを憐れむ鷗外忌　　　六林男

がある。一体この俳人には「女」を題材にした句が少なくないが、その「女」の形象は生々しいところがあっても、必ずしも明瞭な輪廓を伴ってはいない。松崎豊は、「謹厳冷徹であったという鷗外の忌だけに、床上に体を謹んでいる人との間にイロニイが窺われる」とし、「六林男には珍しい忌日の句が鷗外忌だけに、やはり深い意識があるのだろう」が、「忌日の句として、見てくれの嫌味の無いところが佳い。」と鑑賞する。(10)第五句集『国境』（湯川書房、昭和五二）の「解題」で塚本邦雄は次のごとく記す。(11)

何故か六林男と鷗外は奇妙なアンサンブルを示す。かつての「阿部一族」の悲痛な奏効をも含めて、私はそれを訝《いぶか》しみ、同時に羨む。慰問の客のあやふくなまめかうとする刹那、鷗外の翳がそれをほろ苦く阻む。そのくせ「女」はあくまでも女、母でも妻でも、ましてゆかりうすい行きずりの人でもあり得ない。「漱石忌」「紅

葉忌」「一葉忌」「秋声忌」「泡鳴忌」その他いづれでも成立することはしよう。だが当然のことにそこには六林男の姿はない。鷗外忌は七月九日、（中略）浅草は酸漿市《ほほづき》、大阪は生国魂《いくたま》夏祭、病者の浴衣に汗が臭ひ、外には痩せた朝顔の一輪も咲いてゐよう。その暑中のしどけないたたずまひを「鷗外」はしづかに平手打する。師走九日の漱石忌ではこの味は生れまい。十月三十日の紅葉忌もつき過ぎる。六林男はさしたるたくらみもなくこの句をなしたのだらう。だが才能とはそのやうなものだ。天成の言語感覚とは、生れながら俳諧に選び取られたことを意味する。

鷗外とのかかわりの捉え方とともに、「しづかに平手打する」の表現は妙である。第八句集『悪霊』（角川書店、昭和六〇）の、多くは昭和五十年の作にかかる「一人だけの大学」の章中の句

キャンパスに唐手の女声鷗外忌　　六林男

も、学問の場という点をおさえれば、鷗外とは結び付きやすくなるが、唐手の女声との取合せには、右にいわゆる「しづかな平手打」を思わせる、独特なものが感じられる。「女声」が焦点を結ぶ作の解釈に際しては、六林男が、三鬼の『変身』（角川書店、昭和三七）所収作に注目し、『ヨハネ福音書』を踏まえて、「生命」であり「存在の証明」である「言葉」を「声」に出し「叫び」を挙げ始めたと読み解いたことが参考になろう(12)。すなわち「吹雪く中北の呼ぶ声汽車走る」その他の句を引き、「呑気な心構えでは、対処出来ないのが、彼をとりまく世界の仕組みであることを、書き込むために『変身』の時間が準備された」とし、その第一の方法が「声」であり、それは言わば「もの」となったと述べる。そうであれば、六林男句中の「女」にとって声は自己の存在証明の方途であったことになる。三鬼に「女声」という用例はないけれども、六林男には「剣と怒りに抗うに似る女声のみ」（『第三突堤』）ほか

の作がある。声は女の力でなければならない。唐手の一句は新時代の到来を暑い大学構内の女性に捉えていて、鷗外と女声との言語的衝突の表現に新鮮味が認められる。こういう文豪のイメージを読書・執筆・学問と関係づけるならば、

この頃は視力おとろえ鷗外忌　　六林男

と句案してもおかしくない。これを収める『王国』は昭和五十三年（一九七八）、俳人五十九歳の時の刊行であった。年齢的、身体的寂しさをまとう句と言える。

昭和四十一年七月九州に旅し、小倉では鷗外の旧居を訪ねた。後年の句集『雨の時代』には、

雄にある雌伏のあわれ鷗外忌　　六林男

が見える。鷗外は第十二師団軍医部長として左遷意識を抱いて西下し、明治三十二年夏から約二年十か月をこの地に勤めた。数え年三十八から四十一の時のことで、上掲二句とはまた異なるイメージを提示する。生物学的に、また社会的存在として一つの宿命性を持つ「雄」「男」を鷗外に代表させた句であり、「雌」の文字との対照、「あわれ」の語を配して一種の抒情性を醸し出している。悲哀の情をいくらかは帯びるが、湿潤性はそれほどなく、他の作家とは異なる精神・身体・存在の堅確性を彷彿させる中での句意が思われ、鷗外忌を拉し来た、塚本邦雄のいわゆる俳諧における天成の言語感覚はここでも力を発揮した観がある。

「阿部一族」を詠み込んだ句は、この小説の価値をも示すが、これ以外鷗外関係についてのものは、すべて忌日

の句であり、その時々に個別の事象を詠みながら、生命的にも、ふと日常性を破るものを覗かせて人や人世における断片の真に触れるところがある。最後の句集となった第十句集『一九九九年九月』（東京四季出版、平成一一）には詠まれてはないけれども、いわば気掛かりな存在の鷗外は関心を引く対象であったらしく、『鈴木六林男句集　鈔抄集』（芸林書房、平成一四）中、三鬼と並んで四句を数えるのである。

三　茨木のり子における鷗外の文章

「阿部一族」を繙いて強烈な印象を受けた詩人に、茨木のり子がいる。鈴木六林男の七歳下で大正十五年（一九二六）父の勤務地大阪に生まれ、平成十八年保谷市で亡くなったが、愛知県の女学校二年生のころ、図書室でふと手にしたのが「阿部一族」であったと振り返る。[13]「封建時代の陰惨さ。運命をひきうける阿部一族の剛毅さ」を描く「性格悲劇」でもあり、村八分にも関係する「日本の精神風土」を衝いているというテーマもさることながら、受けた感動はもっと別のところにあったような気がすると打ち明け、それは、「これが散文というものか」という一事にあったと語る。「まるで感情を交えないような淡々とした叙述に終止していた」けれども、「言葉の選択は精妙に働いていい」たと書き、下のように述べる。

沈着、冷静、簡潔。

物足りないくらいのそっけなさだが、この文章全体の香気はいったいどこから発散されてくるのだろう？

活字の虫みたいに本好きの子供だったので、それまでにも手当り次第に雑々と読んでいた。漱石、中勘助、佐藤春夫、吉川英治、林芙美子、吉屋信子、横光利一、それらに比べても鷗外の文章は、ずばぬけていいと感じられた。（中略）

それ以来、鷗外のものは割合読んできて、そのせいか人の散文を判定する底には、鷗外の文章が規準というか、ともかく絶えず存在し動いてきた。

右の読書体験について、「十五歳くらいの小娘が、とふりかえってみて思うのだが、」と記した後、「しかし鷗外風に書こうとか擬えようとしたことは一度もなかった」し、「真似しようにも真似ることかなわぬ高度なもの」であり、また「鷗外が好きだからと言って、それが唯一無二と思ったわけでもない」が、書く場合、原体験として「なるべく明晰に曇りなく、と私を引き据えようとするもの」に、鷗外の散文が存在したというのである。

この女流詩人の文章作法の要諦をおさえるとき、「二人の左官屋」(『自分の感受性くらい』花神社、昭和五二)を書いたことには納得しやすいものがある。東と西の職人に題材を得て、長髪に口髭の若い左官屋と、チャイコフスキイが旅の途中で出合った、民謡を口ずさむ左官屋とのことをうたった詩である。第一連で足場にやって来た、前者の若者が窓ごしに詩人の机を覗いて、「奥さんの詩は俺にもわかるよ」と言った言葉を引き、「うれしいことを言い給うかな」と記す。共に「櫂」を創始した川崎洋は、モームの挿話を挙げて、「あなたの作品を通読したが、一度も辞書の厄介にならずに済みました。サンキュー」としたためた従軍中の兵士の手紙を引き、「そのとき、文学者として、これ以上の喜びはないと思った」という、この英国作家の言葉を紹介し、もって詩友の喜びを推測する。(14)

右のような言語感覚や審美感のことを取り上げるとき、「部屋」(『R3』昭和五九・一)が関心を引く。簡素な机、木の寝台、糸車、「床の上にはたったそれだけ」と写し、それまでに見た一番美しい部屋は、「不必要なものは何ひとつない」ある国のクエーカー教徒のこの部屋であった、という詩である。鷗外の場合、築地の新喜楽に招かれては、その何もない部屋を喜び、観潮楼のたたずまいも極めて簡素なものであったらしい。その漢文に唐宋名家の体裁のないことを人に問われて、いわゆる八大家の文章は「漢以前歴代文章の辞句簡潔命意自然にして、強作故造の跡なく其意の深遠なる」に及ばないと評し、「余の漢文は凡て達意を主として体裁に拘はらず」と答えた一事が想起される。[15]「沈着、冷静、簡潔」と捉えた書き手の文章のよさの来由を「口語体であっても文語体に等しい骨組み」を持ち、「深い漢文の素養」を有していることに見た茨木は、初めて『詩学』に投稿し、一篇も採られなかったら詩を書き続けていたかどうか、と打ち明けているが、[16]その時の選者村野四郎は、鷗外の口語訳詩を自分の古典とした詩人で、後に彼女の第一詩集の推薦文を金子光晴とともに詩誌に寄せてくれたのであった。

書く場合明晰性を心がける精神は、人とのコミュニケーションということを重んじても不思議ではない。茨木の第一詩集は『対話』（不知火社、昭和三〇）であった。所収の同題の詩について川崎洋は、太平洋戦争中米軍機の空襲の夜、灯火管制の下で輝きを増す星とネーブルの白い花との交歓を実感した少女は作者自身であるとし、これを「詩人だからこそ感得したポエジー」と捉える。「地と天のふしぎな意志の交歓を見た！／たばしる戦慄の美しさ！」と表現し、「あれほど深い妬みはそののちも訪れない／対話の習性はあの夜　幕を切った」とその世界は閉じられている。第二詩集『見えない配達夫』（飯塚書店、昭和三三）収載の同タイトルの作品や第三詩集『鎮魂歌』（思潮社、昭和四〇）の「りゅうりぇんれんの物語」にも、対話への希望を歌うところがある。昭和三十三年北海道の山中で発見された一人の元華人労務者の帰国までの、想像を絶する軌跡を書いたものであるが、山野を逃げ隠れして生活する主人公と開拓村の一人の子供との偶然の出会い、しかし、言葉は通じない場面の描写がある。文芸理論や実例を持ち出すまでもなく、この子供は詩人の分身に外ならない。成長したその後の若者の心中が、往時交わされることのなかった対話の「隙間」を「いましっかりと、自分の言葉で埋めてみたい」と書かれている。

こうした対話的契機は、見えつ隠れつしながら茨木の詩を流れているものである。「美しい言葉とは」（『図書』昭和四五・三）の一文において、「言葉の発し手と、受け手とが、ぴたり切りむすんだ時、初めて言葉が成立するという秘密を、あますところなく伝えてくれている」作品として鷗外の「最後の一句」（『中央公論』大正四・一〇）を挙げ、「全身の重味を賭けて言葉を発したところで、受け手がぼんくらでは、不発に終り流れてゆくのみである。」と説く。

そして、父親を救うため自分の生命と引き換えることを申し出た小娘と、これに相対した奉行とを描いたこの小説から、「言葉を良く成立させるための、条件があるらしいのだ。」と記している。しかし、茨木にとって鷗外は、文章表現・言語表現の問題に限られる作家ではなかった。

四　茨木のり子・鈴木六林男の作中のルオー

茨木のり子の知られた作品の一つに、昭和三十二年二月『詩文芸』に発表、翌年刊行の『見えない配達夫』に収めた「わたしが一番きれいだったとき」がある。

わたしが一番きれいだったとき
街々はがらがら崩れていって
とんでもないところから
青空なんかが見えたりした

わたしが一番きれいだったとき
まわりの人達が沢山死んだ
工場で　海で　名もない島で
わたしはおしゃれのきっかけを落してしまった

わたしが一番きれいだったとき
だれもやさしい贈物を捧げてはくれなかった
男たちは挙手の礼しか知らなくて
きれいな眼差だけを残し皆発っていった

わたしが一番きれいだったとき
わたしの頭はからっぽで
わたしの心はかたくなで
手足ばかりが栗色に光った

わたしが一番きれいだったとき
わたしの国は戦争で負けた
そんな馬鹿なことってあるものか
ブラウスの腕をまくり卑屈な町をのし歩いた

わたしが一番きれいだったとき
ラジオからはジャズが溢れた
禁煙を破ったときのようにくらくらしながら
わたしは異国の甘い音楽をむさぼった

わたしが一番きれいだったとき
わたしはとてもふしあわせ
わたしはとてもとんちんかん
わたしはめっぽうさびしかった

だからきめた　できれば長生きすることに
年とってから凄く美しい絵を描いた
フランスのルオー爺さんのように
　　　　ね

女性の青春の美しい、またとない時間をあたら戦争によって失った、というよりは奪われてしまったことの痛ましさを感じさせる作品で、戦後最もすぐれた反戦詩の一つと解されよう。第四連には、『螺線』の編集者が時代の只中から自分を「からっぽのあたまをバスにゆさぶられ」（傍点引用者）と揶揄した前掲句と同表現もある。この自身に向けた語は若い男女が、時代を内と外から撃った重い言葉でなければならない。「わたし」が、自ら軍国少女であったと打ち明ける詩人の分身であることは記すまでもないが、「からっぽ」という語では時代は相当下り、またそのケースや批判の対象の視点も全く異なるが、三島由紀夫の「日本は経済的繁栄にうつつを抜かして、精神的にはカラッポになってしまってるんだぞ。きみたちはそれがわかるか！」の呼びかけの演説中のものが思い出される。[17] しかし、いま取り上げたいのは、作中のルオーである。四行詩の中で最後の連だけは三行のところへ、「ね」だけの一行を加えており、それだけの重みを持っているわけであろう。右の詩については渡辺善雄のすぐれた論を

参考にして読み進めることとする。(18)

茨木のり子は、昭和二十八年（一九五三）東京国立博物館のルオー展を見て、魂をゆさぶられたという。掲出詩はそうした体験をも反映しているのであるが、展示には同年版の銅版画集五十八葉の『ミゼレーレ』もあった。それは黒と白とによる、「ルオー芸術のあらゆる主題が集中的に現われ、非常な自然、過酷な社会、戦争、不正、罪、苦悩、死などの人間の悲惨にキリストの慈愛が対比されている作品」（中山公男）である。渡辺は、ルオー（一八七一―一九五八）の画風の変遷をたどりながら、このフランスの画家を「人間社会の悪と悲惨さを見つめ、それに抵抗し、救済を求めた」人と捉えて、「ルオー爺さんのように／ね」の行を解釈した。すなわち「ルオーのように地獄をくぐり抜け、闇と苦悩の世界から美を創造するような生き方がしたい」のだと「わたし」の心中を忖度する。最終連は、そういう画家に託して絶望から再生する自身の生き方を表明したものと読み取り、「茨木のり子の詩はさわやかだが、」と批評し、詩人自ら全く当たっていると返書した「その根は暗い」という評言を示したのであった。

ところで、『見えない配達夫』が刊行された十七年後の昭和五十年五月、鈴木六林男は倉敷市に大原美術館を訪ねて五句を得た。第一句は「白昼の寂と夏めき油彩の中」で、詩化の作用がはたらいていたとしても、入館した時刻、展示場の状況・雰囲気や展示品に見入っている自分の心のたたずまいを表した句と読むことができる。続く四句を引こう。意識して季語を入れた句の多い『王国』収録の作品であるが、この俳人の場合、季語といっても、それは四季・自然を表すというよりは状況を表すためのものであった。

ルオーの〈道化師〉今も横顔鳥雲に　　六林男

下闇にあらず暗暗青木の眼　　六林男

註　青木……画家・青木　繁

わが少女手のひら汗してピカソの前　　六林男
新樹憂し漢《かん》の石像何を待つ　　六林男

この年の展示品については、館によれば当時パンフレットの類を作成していなかったというが、まず『道化師（横顔）』*Clown*（*Profile*）（一九二六―二九）の前に立ったのであろうか。[19] 画中の道化師の視線・眼差しは、太くて黒い線で描かれ、大きく見開かれた横目によるものである。鋭いとは言えないが、人間・事柄・情況の本質、あるいはこれを観る人たちをも一瞬見逃さないような、深さを思わせる精神からのものであることを感じさせる。この作では、横顔であることによって圧迫感のない深みの下、それはいっそう効果を表している印象を与える。たとえば昭和三十六年上梓で版を重ねたドリヴァル著、高階秀爾訳『ルオー』（美術出版社刊）には、「人々は私に道化師と教会の人の微笑があるという。『ミセレーレと戦争』の大銅版画の冒険の中には、たしかに道化師がいる。この画家にとって道化師とは、彼自身の一部であるのみではなく、「他人からは理解されるが、自由で、無欲で、勇敢で、つねにみたされぬ思いを抱いている「人間」、けっして希望を失わず、希望することによって人生と運命とを支配する「人間」の象徴なのである。」と論じる一節がある。

こうした存在の作中人物が、戦後三十年の、いや当の作品が描かれて以来「今も」こちらを見ているように俳人は思ったのであろう。倉敷に遊んだ年の秋の出版にかかる『定本　荒天』の後記で、従軍した三年間は「人間性喪失」の連続であったが、収録句はその期間の「かすかな灯」であったと記す。そして昭和二十四年の初版を引き、「最初の「荒天」の後記の終りに〈齢三十。僕の荒天は尚続くであろう〉と書いた。あれから二十数年たつたが、ぼくの荒天はなおつづいている。」（傍点引用者）と宣言する。一句の「今も」は、この場合の「尚」「なお」と重なるものでなければならない。第三句の「青木の眼」はその傍証になるはずである。

「ルオーの――」の句の下五は、北へ帰る渡り鳥の群れが雲間はるかに見えなくなることに由来する仲春の季語であって、「鳥雲に入る」の略語という。[20] もともと雲を好んだ六林男の視線も一句に作用したと解される。松本たかしの「鳥雲に身は老眼の読書生」や石原八束の「稿料を待ちがて顔の鳥曇り」、六林男の「鳥雲ややにぬかるみ蕎麦屋の前」と併せ考えると、何か視界等もう一つすっきりしない状況での心のいぶせさを感じさせる。句中の道化師も、そのような中からこちらを見ているらしく、なお〈荒天〉の下を生きる俳人を思わせるものがある。漢石像もこれとつながるであろう。続いてピカソに見入り手のひらに汗して立ちつくす、関心の少女も写している。展示品は、痩せ細り指も手も異様に長く感じられる食卓の男女を描いた『貧しき食事』（一九〇四）であり、壁画『ゲルニカ』（一九三七）とモチーフを同じくする、スペイン内乱の惨禍を描いた『フランコの夢は嘘』（一九三七）であったと推定できる。後者は『ミゼレーレ』の世界に通ずる銅板画であった。

大原美術館における六林男の句をこう解釈するとき、また茨木の詩へと連想は移る。『食卓に珈琲の匂い流れ』（花神社、平成四）で、視線が、いわば個に向けられている観のあるⅠの章ではなく、広く世界に向けられた観のあるⅡに「ルオー」が配されてある。すなわち「強い線が／少しも厭らしくはない／あなたの描いた基督なら／部屋にあっても邪魔にはならず／むしろ鎮静させてくれるだろう」と進み、次に二段下げで「黒いピエロ」、「ミゼレーレ」、「母たちに忌み嫌われる戦争」等々二十一行が続く。いずれも絵の題目である。そして段はもとに戻り、その題名すらも詩よりもはるかに詩になっている、「参ったなァ」と歌い、「久しぶりに　そう四十年ぶりに面会した／ルオーの自画像の／形のいいおでこよ！」と結ばれている。この画家は詩人にとっても、「今も」であったのである。「わたしが一番きれいだったとき」と呼応していること記すまでもあるまい。

五　茨木のり子・鈴木六林男と戦争作品

なお戦争に関する句の多い『桜島』に、

市バスにもう坐つていた——従軍僧　　六林男

の吟を見いだす。軍隊には様々な職種の人が召集されたにしろ、「墓標かなし青鉛筆をなめて書く」と吟じた体験からも、従軍僧は考えさせられる存在であったに違いない。この句に接するとき、敬重する詩人を取り上げた茨木の一文「平熱の詩」（『一本の茎の上に』筑摩書房、平成六）を見落とすわけにはいかない。

応　召　　山之口貘

こんな夜更けに
誰が来て
ノックするのかと思ったが
これはいかにも
この世の姿
すっかりかあきい色になりすまして

すぐに立たねばならぬという
すぐに立たねばならぬという
この世の姿の
かあきい色である
おもえばそれはあたふたと
いつもの衣を脱ぎ棄てたか
あの世みたいにおっていた
お寺の人とは
見えないよ

茨木は、「召集令状が来て、あわてて挨拶に立ちよった知人の僧の姿である。」と注解し、そこに職業柄からの「滑稽さ」を見、「矛盾のきわみ」を見る。そうした喜劇が悲劇に転じるとき、悲惨さ・悲しみはそれだけ増すことになろう。幼少時、寒村の私も、武運長久の寄せ書きのある日の丸の旗を肩からたすきのようにかけた出征兵を見送ったが、戦争も末期のころ病身でありながら召集を受け、帰還することのなかった住職もいた。「戦友の弔いには便利であったというけれど、それにしても……。」と茨木は言い、このブラックユーモアはこたえると述べる。そして誰もが高熱を発して沸騰していた当時にあって、心身ともに平熱を保ち得た詩人の冷静さに脱帽すると記し、一文はさらに続く。「昂揚感というものはいいものだが、それも恋愛とか、学問上の発見とか、仕事のよろこび、スポーツの達成感、など、内発的なものに限られる。他から強制されたり操られたり時代の波に浮かれたりの昂揚感は化けの皮が剝がれたとき、なんともいえず惨めである。その惨めなものを沢山見てきてしまったような気がする。自分自身のこととしても」と。

昭和六十年刊行の『悪霊』の「後記」で六林男は、収録作品の数に言及して調整の目的以外に、「愛という言葉の他愛のない氾濫、明朗すぎる愛に対する私のささやかな批判がふくまれている。」と、当代への自らの姿勢に触れている。そして、自分の戦争作品に「揺曳する虚無」を指摘する評者がいると記し、「私はこれを決して否定しようとは思わない」が、「真のニヒリズムには、厭世や厭戦とは別な意味で行動を伴った強烈なヒューマニズムが根底にあることへの配慮を怠ってはならない」と強調する。それから、自身の句作の対象に関してであるべく、「戦争と愛は、絢いながら継続的でありたい」と表明する。形式は異なっても、作家といわれる者のテーマは、愛・死・労働・戦いのどれかに含まれることを書いて来た、戦争、海もまた……と述べたヘミングウェイの言葉を引くエレンブルクの回想記を座右の書とすると打ち明ける俳人。右にいうニヒリズムは、渡辺善雄が茨木の詩の根に「暗さ」のあることを指摘した一事を想起させる。この二詩人の批判精神には、「ヒューマニズム」で契合するところが多いのではなかろうか。戦争の時代と社会、これを内省的に受け止めて新しく真正の建設に向かうべきはずの時代と社会とに対し、共に終始鋭い視線を投げかけているのである。

こうたどるとき『食卓に珈琲の匂い流れ』のⅡの章に収める詩「なかった」が注目される。

武士道は　なかった
敗軍の将は城を枕に討死とばかり思っていたのに
武士道は　なかった
上層部の逃げ足の迅さ　残留孤児は老い去りて

武士道は　なかった
神州清潔の民は　もっとも不潔なことをした近隣諸国に
武士道は　なかった
鷗外が外国でがんばったにもかかわらず
武士道は　なかった
在ると信じて散った若者の哀しさ
武士道は　なかった
かつて在りれんめんと続いたものならばなぜ急に消え失せた
武士道とは　古来
やくざの掟のごときものに外ならず
ところどころに消しがたく光る　金箔のかけらは
ふつうの人の　ただふつうのやさしさや　行為の跡
騎士道も　なかったわね

だからドン・キホーテが躍り出たのだ

書き出しの断定表現をリフレインとする、倒置法による二行ずつのサタイア（諷刺）の詩で、前掲作よりも訴える形は直截的である。武士道を信じて散った若者には、「挙手の礼」と「きれいな眼差」とだけを残して征った若者が重ね合わせられる。技法からは「問い」（『一寸』花神社、昭和五七）も同系列の作と捉えてよく、詩「なかった」には見えない「責任」の語を用いている。「ゆっくり考えてみなければ／いつのまにかすりかえられる責任といのちの燦《さん》」の詩行がそれである。右の詩中の鷗外を詩人がどう考えていたか具体的にたやすくは定め難いが、留学時の勉強・活躍—ナウマンとの論争、国際赤十字の会議における通訳的演説のことも入っていたであろうか。勝利しても戦争の悲惨さを口にするコスモポリタンの面もあった。

鷗外を上野に訪ねたフランスの一ジャーナリストの報告を、詩人が、永井荷風の日記等で読んでいたかどうか詳らかにしないが、そのジャーナリストは、いわば代表的な日本人の一人としてこの帝室博物館総長を選んだものであろう。その武士的な言動に接していたユマニスト木下杢太郎が、「考へる人」「判断する人」と評し、和魂漢才・和魂洋才の語に触れ、「先生の場合には、和魂といふ言葉は決して偏狭なものではなく、亦能く世界のユマニスムと交流してゐるのであります。」と述べたエッセイを茨木は読んだのではないか。[21] こうした鷗外像は、詩「なかった」の中のそれと無縁ではあるまい。ゆっくり考えてみることの必要をうたった詩人は、前掲詩におけるルオーのごとく、「騎士道も　なかったわね」（傍点引用者）と、返す刀で西洋にも鋭い切先による一突きを加えたのであった。

「阿部一族」と機縁のあった二詩人であるが、鷗外の受容をかなり異にしていたとしても、関心を引く対象として意識されていたようである。それはまた、近代日本の文芸・文化及び思想の歴史における鷗外の存在を暗示している。このように並置して観察を進めて来るとき、鈴木六林男・茨木のり子の詩精神が時代・社会の諸相や現代的課題を相乗的に照らし出すところがあるであろう。

注

（1）森田智子「鈴木六林男略年譜」（『俳句研究』昭和五一・九）参照。
（2）西東三鬼「新興俳句の趣向について」（『京大俳句』昭和一二・一二）参照。
（3）『頂点』（昭和四四・二）の自作自解であるが、引用は杉本雷造「虚無から愛へ——鈴木六林男と戦争俳句——」（『俳句研究』昭和五七・七）による。以下の引用の自作自解もこれに従った。
（4）以下句集に収められていないものは、中林燁生「鈴木六林男論」（『螺線』第八冊）による。
（5）『定本　荒天』の西東三鬼「短い序文」参照。
（6）桂信子「鈴木六林男の俳句」（『俳句研究』昭和五一・九）参照。
（7）三橋敏雄「回想的鈴木六林男私論」（『俳句研究』昭和五一・九）参照。
（8）岩波文庫という点では、昭和九年の句会で石田波郷の出詠句「岩波文庫といへども煖房の書肆に漁る」が秋櫻子にほめられた例があり、これには三鬼も感心したのであった（「俳愚伝」）。
（9）佐藤鬼房「『荒天』雑感」（『俳句研究』昭和五一・九）参照。
（10）松崎豊「『桜島』の秀句」（『俳句研究』昭和五一・九）参照。
（11）塚本邦雄「地獄の新樹　鈴木六林男『国境』解題」であるが、『鈴木六林男全句集』によった。
（12）沢木欣一・鈴木六林男著『西東三鬼』（桜楓社、昭和五四）参照。
（13）大岡信・谷川俊太郎編『現代の詩人7　茨木のり子』（中央公論社、昭和五八）所収の「散文—鷗外の文章に触れて」参照。
（14）注（13）の書の解説参照。以下川崎洋の鑑賞文はこれによる。

(15) 山田弘倫著『軍医としての鷗外先生』(医海時報社、昭和九)参照。
(16) 茨木のり子「二兎を追いはじめた頃」(『現代詩手帖』昭和三四・一一)参照。
(17) 昭和四十五年十一月二十五日自衛隊東部方面総監部における演説。巌谷大四「若き文豪三島由紀夫伝」(『新評　臨時増刊』昭和四六・一)参照。当日の三島による檄文の「われわれは戦後の日本が経済的繁栄にうつつを抜かし、」云々とあるところに照応するであろう。
(18) 渡辺善雄「茨木のり子とルオー」(『日本文化研究所研究報告』31、平成七・三)参照。この論文には「東京展陳列作品目録(CATA-LOGUE)」も紹介されている。渡辺には「茨木のり子ノート」(『三重大学教育学部紀要』35、平成六・二)や「茨木のり子ノート」(上)(下)(『月刊国語教育』平成五・四、五)がある。
(19) 作品は平成十六年秋新潟県立万代島美術館で展示された。その詳細は同館編集の『大原美術館展　モネ、ルノワールから20世紀美術まで』(新潟日報社、平成一六)参照。
(20)『カラー図説　日本大歳時記』(講談社、昭和五八)の山本健吉・飯田龍太執筆項目・用例を参照。
(21) 木下杢太郎「森先生の人と業と」(『文学』昭和一一・六)参照。

付記　本稿を成すに際し、押見虎三二・三国允の両氏から戦前の状況や従軍僧のことを教示され、また確認するところがあった。なお平成十五年秋中国・青島大学に出講していた折、テレビの朝の放送で茨木のり子の詩の主人公となった劉連仁の姿を偶然見て驚いたことがある。「日本の現代二詩人と中国」と題する講演を同大文学院で行ったばかりの時であった。

第五部　劇作家——鷗外の歴史小説の再生

第一章　長田秀雄『栗山大膳』の世界

一　長田秀雄と鷗外

長田秀雄は、大正十一年（一九二二）十一月『中央公論』に戯曲「栗山大膳」を発表した。加賀騒動・伊達騒動とともに三大お家騒動として知られる、寛永九年（一六三二）の黒田騒動に題材を得た作品である。筆頭家老栗山大膳利章が藩主黒田右衛門佐忠之の乱行・失政を諫めたけれども容れられず、幕府に主君の謀叛の企図を出訴、取り調べの結果、逆意は認められなかったのでお家安泰となるが、大膳は南部藩に預けられるという、あの話である。長田秀雄以前にも、実録・講談・戯曲・小説・史伝等様々に取り上げられていた題材である。しかし、阿達義雄は、これが江戸時代には川柳には詠まれなかったことを指摘しており[1]、他の騒動で川柳子の対象となったものがあることを考えると、巷間にはあまり弘通せず、明治以降広く話題になったという特殊性を持つ事件であったのではないかと思われる。

長田秀雄の『栗山大膳』（以下二重の鍵は戯曲を指す）は四幕六場から成り、「此戯曲を謹んで森林太郎先生の霊前に棒《ママ》ぐ。」の献詞が記されている。鷗外はこの年の夏没していたから、追悼の意を籠めて書いたものだったのである。作品末には、「先年、森林太郎先生の御作「栗山大膳」をよんだ時に、ヒントを得たものであります。先生が生きてゐらつしやる内に、完成したらば、一本をお贈りして是非見て頂くつもりでしたが、急にお亡れになつたので、やむを得ず、御霊前に捧げる事にしたのであります。」という付記があり、鷗外生前にこれを書きたい意向を持っていたらしい。長田がヒントを得たという鷗外の「栗山大膳」は、大正三年九月『太陽』に掲げられたもので、一般には史伝として扱われている。「椙原品」(『大阪毎日新聞』『東京日日新聞』大正五・一・一―八)や「都甲太兵衛」(同上、大正六・一・一―七)等と『山房札記』(春陽堂、大正八)に収められたことも、これに関係するであろう。しかし、作者は当初歴史小説として構想したようにも思われ、体調と多忙とから十分な芸術的肉付けができなかったという気持ちを抱き、記者には「雑録様のもの」に交ぜて出してもらいたいと依頼したのであった。大正九年四月『人間』に「大仏開眼」を発表した後長田は、史劇に執筆分野を求めていただけに、「森先生」(『新小説・臨時増刊』大正一一・八)の一文で、「殊に私は後年先生が、文壇に筆を絶たれる前に盛に書かれた武士の心理を描写された小説を好むものである。」と記し、「武士といふ特殊階級の描写は、古来沢山の人によつて試みられたが先生程深刻な表現をした人を私はまだ見ない。」とあるような視点からも、創作欲をそそられたのであろう

鷗外の日記を閲するに、明治四十二年(一九〇九)六月十三日(日)には、元新詩社や『スバル』の青年の名が見え、「長田は始て来しなり。」とある。鷗外の日記では長田秀雄の名はここにあるだけで、書簡も全集にはない。上掲追悼文には、直接師事したわけでもないとあるが、『スバル』には詩や短歌を発表していた。弟の幹彦も追悼文「鷗外先生」で、右の人たちが「絶えず苦しい感情に燃えながら、芸術の道に専念してゐた。此等の諸先輩のうへに働いた先生、並びに故上田敏先生の感化力は随分大きなものであつた」と記している。幹彦は観潮楼の燈と競って下宿の二階で筆を走らせたことを回想している。

長田秀雄の処女戯曲で、後年田中千禾夫が「『人形の家』のノラの日本的変型」(『劇的文体論序説 上』白水社、昭和五二)と批評した「歓楽の鬼」(『三田文学』明治四三・二)は、作者自ら語っているように、戯曲家としての地位を定めたものであった。これは明治四十四年六月二日、小山内薫の自由劇場により、有楽座で鷗外訳のマーテルリンク

「奇蹟」（『歌舞伎』明治四二・四、五）とともに上演されており、それだけに印象深く、鷗外とのつながりをも意識するところがあったはずである。しかし、長田の『黎明期の新劇』（新潮社、昭和一八）では、「森先生」の呼称でも記し、他の人とは一線を画した扱いをしているが、二人の個人的な結びつきについては殆ど書いていない。

その点では秋田雨雀の回想が具体的である[2]。雨雀は、明治四十二、三年ころ、西欧の自然主義の作物には敬意を払っていたが、わが国のそれに対しては否定的であり、島崎藤村の小説にわずかに渇望を医やしていたと回想し、当時海外の文芸を紹介していた鷗外に関心を払っていたとして、「この時代に鷗外はエデキンド、ヘルマン・バール、ハウプトマン、イプセン、ストリンドベリーの諸作をつづけざまに翻訳された。殊にイブセンの「ガブリエル・ボルクマン」やストリンドベリーの「債鬼」、アンドレイフの「人の一生」の飜訳はその当時の青年たちに強い刺激を与へた。これが若い作家たちに戯曲創作の欲望を起こさせた原因の一つになつた。小山内、吉井、長田、木下（杢太郎）なぞの作家を産んだのもこの頃であつた。（中略）私もまたその一人であつた。」と述べている。ここには小山内薫をはじめ鷗外の日記・書簡にしばしば出る人の名が見えるが、彼らも戯曲で長田の刺激になったに違いない。雨雀はさらに「文学、絵画、音楽に志して勉強して来た青年層が自由劇場の周囲に集つてゐた。」と回想し、そういう青年たちに対し鷗外は指導的態度はとらなかったけれども、傍らにその存在をいつも力強く感じていたように思われた、とも記している。そして谷崎潤一郎・長田秀雄らほか一高生も参加し、学生の秦豊吉が幹事役をしていたある会合での一齣を紹介する。

> 座が妙に白けて誰も何を言ひ出していいか見当がつかなかつた。その時鷗外博士は和服姿でゆつくりした態度で床の間を背にして坐つた。博士はこの日よく話された。いろ〱な問題を自分一手に引きとつてそれについての見解をのべられた。しかし、この日は主として演劇の問題が出されてゐたのは、この時代の芸術が演劇運動の方に傾注されてゐたことを示すものであらう。

私はこの日、座談の序でに、鷗外博士にむかつて演劇について二三質問をしたのを覚えてゐる。

「日本の新しい演劇を発達させるためには何うしたらよろしいでせう。」といふ意味の質問を私がした。

すると博士は一寸黙つてゐたが、

「君たちのしてゐる通りでいゝ。それでいゝんだよ。」

とたつた一言で答えられたばかりだつた。それからまたいろいろな談話の後で博士は、私たちの方へ顔をむけて、

「新しい演劇にはいいレジー（演出家）が必要だ。いいレジーが生れなければ演劇は発達しない。日本の演劇には俳優だけあつて、文学もなければレジーもない。」

と博士が言つた。

この時は演出家の重要性を説いたとあるが、長田はどのようにこれを受け止めたであろうか。自作の『栗山大膳』に鷗外への献詞を記した事情には、以上のような背景があったのである。

二　栗山大膳の人物造型

戯曲『栗山大膳』はどのように描かれているか、登場人物の造型に焦点を絞って考察を試みたい。一体黒田騒動は、時代によってその把握の仕方も力点の置き方も異なる。(3) 鷗外以前、あるいは同世代の人のものでは、栗山大膳対倉八十太夫（倉橋重太夫）という関係が主となって、これがお家騒動物の定型の中に組み込まれ、善玉対悪玉あるいは忠臣対奸臣という対立関係で捉えられている。藩主黒田右衛門佐忠之がこれに関与するとはいえ、忠之対大膳の関係は、争点そのものとしてはそれほど重くはない。これに対し鷗外の作品にあっては、主君対家老の対立とし

て設定し、そこに倉八十太夫が組み入れられている点で著しい特色を見せる。(4) すなわち、老臣に縛られないで国政を取り捌いてみたいという心理を藩主に想定し、そのために手足のように使われる十太夫が登場する。ここに忠之対大膳利章の確執が生じることになる。こうした二人の緊張関係について、切腹問題まで出来しかねないところまで主従の争は募っていると書き、「併しそれは忠之の方で、彼奴どれだけの功臣にもせよ、其功を恃んで人もなげな振舞をするとは怪しからんと思ひ、又利章の方で、殿がいくら聰明でも、二代続いて忠勤を励んでゐる此老爺を蔑にすると云ふことがあるものかと思つての衝突である。」と記す。そして、「忠之が強情に此冷遇を持続すれば、利章も亦強情に隠忍してこれに報いた。」とも書く。この間鷗外は「意地」という語を用いてはいないが、長田は一老臣に、両者の「片意地」による衝突と言わせている。

こうした中で最も注目されるのは、大膳の「見切り」の精神をどう書くかという問題である。事件落着後、大膳が流謫の身となった一日、地代官某に武士としての志を語った言葉を、鷗外は次のとおり記す。

志は大きくなくてはならぬ。唐土に生れたなら、天子にならうと志すが好い。日本に生れたなら、関白公方にならうと志すが好い。さてそれを為し遂げるには身を慎み人を懐けるより外は無い。既に各郡が手に入つたら、人物を鑑識して任用しなくてはならぬ。用に立つ人物は、十人の内六人誉め四人誹るものである。十人が十人誉めるものは佞奸である。猶一つ心得て置くべきは権道である。これを見切と云ふ。取るは逆、守は順であるから、これは不義だと心附いた事も、こればかりの踏違へは苦しうないと、強く見切つて決行するのである。(傍点引用者)

こういう「見切り」の精神は、長田の大膳像も受け継いでいる。鷗外はわずかに大膳利章の身内については盛岡へ嫡男大吉利周を連れて立ったこと、福岡の黒田兵庫の邸に妻と二男吉次郎とが預けられて、後に五百石の扶持を貰うことになつたことを叙すが、長田は妻子を舞台に登場させ、大膳の心中を語り明かす相手にさせる。第一幕で主君の倉八十太夫取り立てによって政治一般に弛みが出たとし、「このまま進んでいつたならば御政道は暗黒《くらやみ》ぢや。」と難じて、藩政の将来を危ぶむところに続く場面は下のごとくである。


大吉。（一心に）父上、何故命を捨てゝも殿を御諫めなされませぬ。

大膳。うむ。やがてはさやうな時が来るであらう。併し、まだ早い―古語にも生は難く死は易しと申す。あらゆる手段をつくして、なほ志をとげぬ時には死なねばならぬ。これが武士の取るべき正道ぢや。然るにこゝに権道がある。表に逆を取つて、実は順を守るのぢや。

大吉。逆を取つて順を守ると申しますと……

大膳。ただ、それだけ申したのでは成程分るまい。即ち、これは不義不忠ぢやと気付いても、こればかりの踏違は行末のためには、已むを得ぬと、強く見切つて行ふのぢや。それ故これを見切とも云ふ。

梭江。つねことなる此頃の御振舞、何か仔細のある事とお推もじいたして居りましたが、……

大膳。そこが即ち表に逆を取つて、実は順を守るわれらが苦心ぢや。（中略）少時、殿の御傍を遠ざかつて徐ろに御政治向の有様を見やうと存じたのぢや。御家中一般、只今のやうな様子では、末始終よい事は決してあるまい。万一、公儀の御不審にてもあらば、その時こそこの大膳が畢生の力をふるつて、御家没落を防ぐつもりであつたのぢや。（傍点引用者）

鷗外作では「見切り」の精神をその末尾で語らせたのに対し、戯曲は第一幕において右のように言わせている。その点では読者や観客に大膳把握の秘鍵の一つを早く渡してしまった感もあるが、大膳の決意がどのように実践に移されるのかを見る愉しさもあると言えるかもしれない。主な史料によると、黒田家を他藩のような、藩取りつぶしに遭わせないようにすべく、大膳は見切って、藩主に謀叛の企てあり、と枉訴した。江戸表で取り調べを受けた結果、その事実のなかったことが判明し、藩の危機は回避されたのであるが、無実の主君を訴えた所以を問われた際の答えを、鷗外は、「右衛門佐の自分に対する私の成敗を留めるためであつた。若しあの儘に領国で成敗せられたら、自分の犬死は惜むに足らぬが、右衛門佐は御取調を受けずに領国を召し上げられたであらう。此取計は憚ながら武略の一端かと存ずる」と語らせ、「役人席には感動の色が見えた。」と書く。このあたり戯曲では、「右衛門佐憤りにまかせ、某があのまま、国元に於て、成敗せられましたならば、政治向行届の御咎をもつて、右衛門佐は公儀の御調べも受けず、何時かは領国を召し上げられましたで御座りませう。」、「某一個の犬死は、惜しむに足りませぬが、先代、長政より、しかと、頼まれましたる某、黒田家の、前途を見届けずして死ぬ事はなりませぬ。此取計は、憚りながら、武略の一端かと存じまする。」という台詞に記し、続いて「一座感動。」のト書きを置く。

このように長田の大膳は鷗外のそれに負うところが大きい。しかし、先達の描かなかった側面にも筆をやっている。取り調べの場から大膳が退いた後、土井大炊頭は周りの者に、「一癖ありげな面魂で御座るなう。」と大膳を評し、板倉重宗は、その眼光について、「如何なる者にも服しまじき眼ざし」で、そこには「逆心」が明らかに見えると進言し、「本来人間には己にもわからぬ欲があるものぢや。」ということを少年の折、権現様の仰せでよく承ったとも語る。この板倉の進言で大膳には南部藩預けという裁きが下される。長田の大膳像は不気味な面を隠し持った武人として捉えられており、幕府方にはなお危険な人物と目されているようである。人間の有する非合理的な側面を見ており、鷗外にもそうした人間観がなかったわけではないが、この場合の大膳については描かなかったことになる。

三　黒田忠之とその周辺の人物

黒田騒動における藩主の人物像について、福本日南は史伝『栗山大膳』（実業之日本社、大正四）で、「鷗外などは如何にして知つた歟、其の人となり聰明など称すれど、（中略）余り明主の素質とも受取れぬ。」とし、劉寒吉は『黒田騒動』（新人物往来社、昭和四五）中、「聰明でない」が「愚者」でもないと書く。江戸で前将軍の葬儀に列して領国へ帰った忠之と大膳との争いを、鷗外は忠之について、この時に限って分別のなくなるほど苛立ったのには別に原因があるとし、その由縁を「出勤せぬ利章の邸へ、自分で押し掛けようとした怒には、佞臣十太夫の受けた辱に報いるために、福岡博多の町人を屠つた興奮が加はつてゐた」ことに求め、「原来利章も我慢強いが、忠之も我慢強い」とする捉え方を基本に据えている。

これに対して長田は、取り調べの席での一人に忠之を「自体は利発な人」と評させ、訴訟事件については「上様仰せのとほり、ただ血気にはやつて、思はぬ過を、犯したまでで御座らう。」と言わせる。その点では鷗外に通じるが、「我慢強い」とあるところは採らず、これとは違った性格を付与する。すなわち、寵愛のお秀の方に、大御所秀忠公葬儀のことで、「殿さま何かとお心をつかはせられ、例の疳癖の御性分とて一人の御辛棒、定めし御疲の御事と御推もじいたしまする。」と語らせるのである。幕府の使者を迎接する正使を倉八十太夫にすることに賛同しかねている側近に下知する忠之についてのト書きに、（むらむらと疳癖の筋を額に現はす）とあり、別の場面においても、感情の起伏の激しい藩主であることが示される。お秀の方・十太夫を前にした時のト書きを、一場面から拾ってみても、（笑つて）（打沈んで）（打解けて）（怒つて声たかく）（強情に）（勃然として）その他がある。長田の場合、ジャンルの条件もこれらの表現に関係したはずであるが、忠之造型の特色を示すものでなければならない。

ところで、三田村鳶魚は、忠之と大膳との角逐を、天下一統に軍政から吏治に移ろうとする際、新旧間に起こりやすい葛藤と捉える。(5) 鷗外作にはこうした点を明示した叙述はない。しかし長田は、如上の忠之を描きながらも、世代の違いによる争いという視点をも織り込でいる。「老臣が何ぢや。」」、「よるとさわると関ヶ原、朝鮮の戦の自慢ばなしぢや。己れらのやうな頑な心で、この太平の御代がおさめてゆかるゝと思うか。諸国の浪人たちの惨めなざまを見るがよい。」と忠之は批判するのであるが、これには鳶魚と契合する視点も認められる。長田は『寛永箱崎文庫』を収める帝国文庫の「解題」を読んだかもしれない。

ここに至るとき、鳶魚が天保年間成立と推定する『寛永箱崎文庫』との関係が注目される。この実録では、忠節を尽くす大膳らお為方と、悪臣倉橋重太夫や旧怨ある黒田家を酒色で滅ぼそうとするお秀の方ら逆意方とが抗争し、一時主家は危殆に瀕するが、大膳との対決で事が顕れ奸佞一派が敗れてお家安泰となるという世界が展開する。歴史上は存在しないお秀の方は、当然鷗外の方には叙述がない。しかし、長田は、忠之に彼女を配し、侍女の岩尾をも登場させる。史実には反するものの、華やかな世界をも招来して作品にふくらみを持たせ、かつ忠之の内面や人間性を舞台上に引き出す役割を担わせている。歴史の事実より真実を描くためとしてお秀の方を登場させる津上忠の戯曲「黒田騒動」（『悲劇喜劇』昭和三八・六）は、これを受けた観がある。実録中「悪女」「毒悪の淫婦」とされるお秀の方も、長田の作品では、大膳の台詞に、「殿の御後には、倉八十太夫がひかへて居りまする。また奥向ではお秀の方が如才なく御酒のお相手を務めまする――某に切腹の御諚も大方、その辺のたくらみで御座らう。」とあるくらいで、特に悪女として描かれているわけではない。大膳の怒りが殿や自らの将来に禍となってふりかかる不安を抱く心弱い一面を見せる、ごく普通の女性とも解され、大膳と事を構えて対決するといった人物ではない。

倉八十太夫も同様で、心の揺れの大きい忠之のよき相談役といった感じさえする。お秀の方ともども十太夫は忠之に慰藉を与え、何かと頼りになる人物のように造型されており、長田の戯曲における人間心理の描写の特色を示す存在である。実録には、「お秀の方倉橋と密会の事」という章段もあるが、この大正の作家においては、上の大膳の台詞に窺われるくらいで、密謀をこらす腹黒い姦臣の風貌は見いだし難く、実録の「姦佞の小人」「人非人」のごとき表現はない。大膳が訴状を持たせて立たせた密使の一人を捕らえ、右衛門佐忠之がその内情を知って驚愕する場面は、この間の事情を最もよく示している。

右衛門佐。(凝乎つと、訴状をひろげて見る。突然、しわがれ声で)十太夫、これを見い。追而書に「なほ、この書面、相違なく御手元に相届き候やう、二通にいたし、一通づゝ使者に持たせて、別の道より参るやう取計らひ置き申し候。」と書いてある。一大事ぢや。

十太夫。や。

右衛門佐。今一人の使者に追手をかけやうにも、何処と訊ぬる宛もない―その内に、訴状は竹中殿御手元に届くであらう。

十太夫。(深く思案して)さやうで御座りまする。

右衛門佐。十太夫。如何いたしたものであらうなう。

十太夫。殿。残念ながら、訴状は竹中殿御手元に届いたものと思諦らめるより致方は御座りませぬ。

右衛門佐。果たして届いたとすれば予は公儀の御調をうけねばならぬ。

十太夫。(間を置いて)殿。大膳どのは迂闊には御成敗できませぬな。

右衛門佐。予もさう思うふ。訴人を殺しては、御疑がいよ〳〵深くなるばかりぢや。

十太夫は能吏型の人物として描かれており、痟癖の忠之が十太夫を重用するに至る事情が圧縮された中に暗示されている箇所でもある。鷗外同様十太夫に実録のような類型的な性格を与えなかった。

四　戯曲『栗山大膳』の世界とその文芸史的位相

このように長田秀雄は鷗外の作品を相当参考にし、ほとんど下敷にして書いたと思われるところも少なくない。(6)「作者附記」はこの間の消息を示唆している。お秀の方の設定は『寛永箱崎文庫』によったはずであるが、鷗外の遺響は意外に大きいと言わなければならない。お家騒動物にありがちな、勧善懲悪や忠君愛国の思想からのいわゆる傾向的反映がそれほど見られないのは、長田の戯曲家としての観照力によることは当然としても、それにはイプセンら西欧の戯曲家だけでなく、鷗外から学んだところもあずかっていたであろう。その歴史小説への長田の傾倒ぶりはその点で見逃せない。

それならば、長田の『栗山大膳』は二番煎じであろうか。たしかに鷗外に負うところも少なくないが、全くの亜流としての作品を先達に呈して満足するような作家ではなかった。そのことを表す第一は人間観照の方面であり、第二は史劇としての存在理由に関する方面である。第一の方に関して言えば、鷗外の大膳は、先蹤あるいは同時代の類型的な捉え方を脱しているが、それでもなお作品執筆時の事情も関係してか、作品最後の方では〈理〉と〈義〉とにやや明快な形で措定されてしまったきらいなしとしない。「阿部一族」（『中央公論』大正二・一）におけるような人間把握が十分筆に乗せられてはおらず、〈一件落着〉型とでもいうべき扱いがなされた観があるのである。これに対して長田にあっては、すでに引いたとおり作中人物に、大膳評として「本来人間には己れにもわからぬ欲があるものぢや。」と言わせたり、大膳の処置をめぐって、裁きの内輪として左のような場面で幕が下りたりしているることが注目される。

酒井忠世。かの大膳は、深く経史を収め、心の工夫をつんだる者と承りまする。君臣の別を忘るる事は、よも御座るまい。

板倉重宗。いや、如何に経史を読んでも、心の工夫を積んでもまことの性根は、変わり申さぬ。器量勝れたる者ほど、恐ろしう御座る。（間をおいて）所詮、天下の御為にならぬ男ぢや。

土井大炊頭。板倉殿仰せ、我等、同意で御座る。然らば、将軍家へ申上げ、彼奴《かれめ》を何処か、大身の大名に、生涯御あづけといたしませう。

板倉重宗。それが、宜しう御座らう。

土井大炊頭。天下の大訴訟もこれでやうやう相済み申した。各々方。お立ち会御苦労で御座りました。


しかし、、何といっても大膳の罪は免れない。そのために福岡から遠く盛岡に配流の身となったのであるが、右の会話にはそれだけではなかったとして、歴史の裏面、人間精神の隠微な面にも言及しており、鷗外の『意地』（籾山書店、大正二）所収の歴史小説にはたらいていた、いわば〈非情な眼〉を受け継いだ観がある。忠之造型の際の性格的、生理的側面にまで及ぶ「疳癖」の想定もこうした立場に関係する点があったであろう。長田が鷗外による武士の心理描写に注目していた一事も見逃せない。

第二の方面に関して言えば、福岡の町の様子を作品の中に取り入れていることである。第三幕第二場には土民・虚無僧・若い女・男が登場する。諸国を回り、いわば〈見る人〉でもある虚無僧は、黒田家を「この有様では、やがては、加藤、福島の後を追わねばなるまい。それが世の中ぢや。」と批判するが、宝王丸の一件について話題にする場面には領民の心が現れている。


土民二。あの銭のかかつた宝王丸を昨夜《ゆうべ》焼沈めたのも、やはり倉八様の差し金ぢやと云ふ噂ぢやなう。

若い女。虚無僧殿、御覧なされましたか。浜手の方は昨夜それはそれは、えらい騒ぎでござんした。

虚無僧。俺《わし》も、丁度城下に泊りあわせたので、浜手へ出て見たが、沖はまるで、昼のやうに、火に照らされて、
　明るく輝いてをつた。

土民四。百姓が汗水たらして納めた年貢が、その儘焼け沈むのぢや。日輪様のやうに、光り輝かうぞ。

　突然、立聞きしてゐた、武士が大刀を抜いて、踊り出る。

武士。おのれ不届者奴。（土民四を立どころに切り倒す）（傍点引用者）

鷗外も町人の斬られた事実を淡々と記すけれども、その内実にはそれほど触れなかった。土民四の言葉は、歴史

の根底に目を据え、町人・百姓の存在を重視して書いた津上忠の戯曲の先蹤と見做すこともできる。津上は大膳に、「国許の百姓たちはよくいいましょう。よかごとも、悪かごとも、お天道様は何もかもお見通しばい、と。」と語らせており、長田の第三幕第二場を発展させれば、こういう認識に至るはずで、史劇としてかなり意を用いたらしく、これは上述の第一の方面とも深く結び付いているものである。

以上のごとく戯曲『栗山大膳』は、近世・近代文芸における黒田騒動の変遷の中では、新しいリアリズムの視点から書かれた点に特色があり、独自の位置を占め得るものになっている。以後の作家がこの脚本に目を通したかどうか詳らかにしえないが、第二次大戦後の作品に契合するか、またはその萌芽を示していることは明らかである。すなわち文芸史的、戯曲史的にはしかるべき評価が与えられてよいと言えよう。それを長田の力量に帰すべきことは当然としても、鷗外に負うところのあったことも争われない。碧瑠璃園の『栗山大膳』(隆文館、大正二、三)、福本日南の『栗山大膳』等に全面的に依拠していたならば別趣の作品が出来上がったに違いなく、鷗外への献詞は単なる形式的な文字ではなかった。

注

(1) 阿達義雄著『江戸川柳と諸大名の家紋』(東洋館出版社、昭和四七)に黒田の黒餅紋の句が紹介されているが、黒田騒動吟がないことを直接教示された。伊達騒動を詠んだ川柳点は紹介がある。

(2) 史伝の文体的特質については、拙稿「渋江抽斎」(『国文学　解釈と教材の研究』第一八巻第一〇号、昭和四八・八)参照。

(3) その大要については拙稿「近世・近代文芸における黒田騒動の運命」(『新潟国語教育研究』第四号、昭和四九・一二)参照。

(4) 拙稿「鷗外「栗山大膳」をめぐって」(『阿達義雄博士退官記念　国語国文学・国語教育論叢』昭和四六)参照。なお鷗外の「栗山大膳」については、片山宏行「「栗山大膳」論考—その性格と位置—」(『青山語文』第一〇号、昭和五五・三)があり、拙稿で触れていない作品にも言及がある。

(5) 帝国文庫『柳沢越後黒田加賀伊達秋田騒動実記』の「解題」参照。

(6) 長田は鷗外も見た『列侯深秘録』(国書刊行会、大正三)や、福本日南の『栗山大膳』を参照したかもしれない。

第二章　津上忠『阿部一族』の世界

一　経済的方面の叙写

昭和三十九年（一九六四）五月読売ホールにおいて、森鷗外原作・津上忠脚色の「阿部一族」が、前進座により公演された。上演台本掲載の『テアトロ』六号には、その梗概を次のように記している。

熊本五十四万石の城主細川忠利が寛永十八年（西暦一六四一年、引用者注）死去し、十七人の側近が殉死した。阿部弥一右衛門は殿の許しを得ないまま殉死する。父の俸禄をつぐべき長男権兵衛は減俸された。打ちつづく凶作に疲弊した藩財政をとりつくろうための犠牲の一人であった。亡君の一周忌の席上権兵衛は武士をすてると髻を切り若い藩主光尚の逆鱗にふれて、縛り首の極刑に処せられた。残された一族は謹慎を命じられ、さらに「不穏の企あり」として討伐される。（傍点引用者）

発表誌の「今月の新劇」欄にはこの上演作について、昭和十三年（一九三八）熊谷久虎監督、前進座総出による、当時初めて歴史を踏まえた作で時代劇に新風を吹き込んだ映画のシナリオを参考にして書いたとある。その上映を見た織田作之助は日記（昭和一三・三・五）に「よかつた」と評し、剣戟的俗化を心配していた正宗白鳥も感激したと言い、原作が優れているためであろうが、脚色者も「凡庸でないやうに」感じられたと評する。[1] そして、「或る時世には、或る社会には、一般に流布した或る種の思想道徳が人間を支配してゐて、それに順応しなければ、生存の困難を感ずることが多い。」と述べ、阿部家の場合について、泰平な世になると一族相率いて他国へは行けなかったから、ここに踏み留まって死を賭するほかなかったので、「この経路に人間の自然性が脈々と波打ってゐる。」と批評し、俳優の芸についても、わざとらしさ、嫌味がないと述べたのであった。脚本も熊谷監督脚色のこの東宝映画については、坂本徳松がその著『前進座』（黄土社、昭和二八）で下のように述べている。

「日本武士道の真の姿を描き出した健康な歴史映画」という当時の謳い文句には、今からおもえばむしろ不健康な時代色が露骨に反映しているが、原作のよさと相まって、長十郎の柄本又七郎、しづ江の又七郎妻登枝、笑太郎の阿部弥一右衛門、橘小三郎の長男、甐右衛門の次男弥五兵衛、進三郎の三男一太夫、島三郎の四男五太夫、扇升の五男七之丞等の役々も、次第に映画になれてきた集団的演技の向上をみせ、これも当時非常に好評で、昭和十三年度（一九三八年）のベスト・テンにはいった。

熊谷作品を承けた新しい演劇の出演者は多いが(2)、その人たちも歴史講座を開いたり、史跡を調査したりして史実を見直したという津上忠によれば、そうした歴史物を扱ったのは、歴史観の問題も関係していたが、そういう演目を必要とする前進座を基盤にしていたからでもあった(3)。

鷗外の「阿部一族」（『中央公論』大正二・一）をもとにした脚本は四幕から成り、前後にプロローグとエピローグとを置く。全体の構成について菅井幸雄は、津上忠が原作の前半をプロローグの中に圧縮し、戯曲の大半を阿部一族の行動の表現に当てることによって、劇的対立が一族と封建社会とにあることを鮮明にしたと捉えている(4)。妥当な見解である。小説では初めに、藩主細川忠利に殉死する小姓内藤長十郎と犬引き津崎五助との場合を具体的に描いて阿部弥一右衛門の場合の特殊性をクローズアップし、その間に殉死者の史料的叙述を織り込んである。

これに対し脚本のプロローグでは、若い長十郎とその妻、老齢で知行の高い寺本八左衛門とその奥、百姓出の中年の侍林与左衛門に照明を当てる。寺本・林は原作ではわずかにその出自と現在とが書かれる程度で、後者を見ると、出身地、庭方としての扶持高、殉死の日と場所、介錯人名を記してある。脚色者はこれを、「しがない切米取りの身」であっても殿の御恩返しのため殉死する人物として、殉死の作法を稽古し、介錯してもらう時には「びくっとして、目をつぶる」ように書き、言葉も方言（百姓言葉）を使わせている。武家社会の抱える一種の人間的ひずみを、多少の滑稽味をまじえて表したわけであろうが、その点では内藤の妻と寺本の奥との対照も見逃せない。一方はこらえる中にも思いを残しており、他方は満ち足りた言葉を交わして別れをするからである。三人の武士は、あくまでプロローグの人物としてスポットの中に浮かび出た後、溶暗に消えていく。犬引きの五助は登場せず、後の幕における侍の台詞の中で語られる。こうした序章のある戯曲は、経済的メカニズムの面と歴史の推移の問題との描出に、原作には見られない大胆さを示している。しかし、小説中の心理描写を捨象してしまったわけではなく、この方面にもかなり着意して筆を進めていることを見逃してはならない。

第一幕では、殉死から派生した事件の動因・背景に、経済的問題が大きく関係していたと設定する津上は、長岡佐渡・有吉頼母の両家老に重要な役割を与えている。原作中前者の名は見えないけれども、藩主忠利の目上について「長岡氏を名告る兄が二人、前野長岡両家に嫁した姉が二人ある。」とわずかに叙すあたりから手を延ばして書いたものであろう。あるいは姉の一人が嫁した藩の世襲家老長岡佐渡のことを尾形仂の調査によって登場させたのかもしれない。(5)後者に関しては、忠利の二女竹姫を「後に有吉頼母英長の妻になる人」と記した中に見えるだけである。藩主病没による代替わりでの知行の問題について戯曲では、上層部の家老有吉頼母が、お役替に伴い新しく知行を与えねばならぬ者、加増せねばならぬ者があり、新たな賦役も出来し藩の財政状況はきびしいと言う。そして、蓄えも島原の戦で使い果たしたため、何らかの工夫が必要であると話す。これに対して長岡佐渡は、無理を承知の上で年貢をきびしくすればよい、と応じる。しかし、頼母は、土地柄百姓一揆が多く、それはできないと述べる。藩財政の状況をめぐって列挙した事柄は、鷗外の書かないものであった。続いて佐渡が大目付の林外記にその工夫を問うと、殉死者の跡目相続のことで知行分配案を示す。「表沙汰は、決して先殿が定められた世襲の掟にもとることにはならず、また遺族のくらしを不安にさせることにもなりませぬ。」というものであった。

頼母は、このようにして加増分捻出を図る外記の案を汲むべきであると佐渡に助言する。佐渡は、追腹を切った者の遺族を大切にしてやらなければならないと応じるが、阿部一族の悲劇の原因の一つは林外記のこの案にあったのである。それは外記に近い目付畑十太夫によって、微禄の津崎五助と対比し阿部弥一右衛門指弾の形で口火が切られる。殉死すべき人が生きながらえているというこの目付の慨嘆を通りがかりに耳にした弥一右衛門であったが、畑の批判をその場で聞いた柄本又七郎は、友人の勤めに落度はないと弁護し、「もし、先殿がきらわれたとすれば、それは真面目過ぎて、貴公のようにこびへつらうことをしらなかったからだ。」と反論する。しかし、畑は、生命が惜しくて阿部殿は追腹を切らないのだと応酬し、上司外記の意を体するかのような物言いをする。こうして、年貢を上げないという上層部の財政施策は、その内側でずれを含んで動き出すが、その決定には百姓の動きも判断材料として作用していた。不作続き、虫害、牛の流行病による窮状に対する百姓の嘆きを口にした頼母の言葉がそれである。藩の経済事情、経済施策に阿部一族の命運がかかっていたように、脚本は書いている。原作には武士たちの系譜的面や知行高・扶持高を克明に記していても、凶作による経済の疲弊については叙述がない。

続く第二幕では、阿部家の知行分割の相続の処遇の成り行きを描く。次男弥五兵衛は、昵懇の柄本又七郎に「おやじ殿の千百石の知行は、総領の権兵衛がつげるはずなのに、それが三百石になってはわれらと変らぬ。」と言われ、それに対し兄弟「どんぐりの背くらべ」の格好になると答える。これでは生命よりも大切な「面目」にもかかわり、「恥辱」「侮り」を受けかねない。他の遺族にそうした扱いを受けた例はなく、切米取りが逆に加増になっているそうだ、と弥五兵衛は言う。事実先君一周忌の法要の席では、詰衆に、阿部殿は御焼香順が犬引きの遺族の後に回されるという意外なことになっているとささやかれるが、原作にあってはしかるべき順序で焼香している。さらに続く二人の会話を引こう。

又七郎　すると、やはり弥一右衛門の許されざる殉死が祟ったと見えるな

弥五　（きっとなって）又七郎殿。おぬしもそういうのか。

又七郎　何か気にさわったか。

弥五　（押えて）いや、ただ、……身内の者さえいうのだ、仕方がない。

又七郎　ほんとうのいさかいの原因はそれだな。

弥五、黙って盃をだす。又七郎、つぐ。一息に飲みほす。

弥五　おやじ殿は誰が何というても立派な殉死だ。（だんだん激した口調になって行く）お許しのない殉死は犬死じゃというて御当主に尽そうとすれば、誰やら知らぬ。お許しのないのを幸いに生き永らえとるなぞと、陰口を叩いて侮りを与える。そんな後ろ指をさされる位なら死んでみせるというて追腹を切った。それが何で悪い。（中略）もともとおやじ殿は殉死する積もりだったのだ。

又七郎　だが、林外記殿のような上に立つ者からみれば、お許しのあるなしが差別をつける理由になっとるのではないかな。

弥五　俺にはわからぬ。市太夫などは、面目なくて明日から朋輩たちにあわせる顔がない。こうなったのは、おやじ殿があした殉死をしたからだといわんばかりの口振りだ。（下略）

後に『津上忠歴史劇集』（昭和四五）に収められた本文においては、点線で囲んだ部分は削除された。冗漫になることを考えたか、あるいは、悲劇の原因を明示して限定しすぎたきらいのあることを考えたからかもしれない。事態はもっと複雑であると解し、作品の懐を深くするために手を加えたものに違いない。

知行分割相続の処遇は、経済的方面にも波及し、阿部家の奉公人の半分が暇を出されることになる。これは鷗外

の書かない事柄であった。仲間《ちゅうげん》太助はその一人で、隣家の柄本家に奉公先を求めるけれども、知行の低さのため断られる。いずれにせよ、経済の問題にもよる阿部一族の悲劇とその影響とを記して津上の解釈は特色がある。それは、戦前戦中皇国史観を学ばされて歴史に関心を持っていたが(6)、敗戦の様相が見えて来たころマルクス主義を読み始めて、歴史観が変わったという事情を反映したものであった。

二　心理的方面の描叙

次に歴史的問題に入る前に、心理的方面について観察する必要がある。上述のとおり津上は構成上原作の前半をプロローグの中に圧縮した。したがって、内藤長十郎の殉死に至る心理、阿部弥一右衛門と忠利との心理的、性格的関係の描写の場面は筆にのせなかった。ただし、後者については、畑十太夫が、「先殿はあのように片意地で融通のきかぬお人はきらっとったから」（傍点引用者）、弥一右衛門の殉死を許さなかったのだ、と話させている。鷗外は「意地」の語を用いて、二人の人間関係については忠利の方にも責任のあったことを内省させているが、戯曲では「こびへつらう」人物と批判されて、内面に屈折したところのある畑の台詞だけで書かれている。「瓢箪に油でも塗って切ればいいのに」と林外記が弥一右衛門を評したかのように畑が発言したことを又七郎が確かめると、狡猾に言いわけする場面もある。阿部一族の非運には、如上の畑の関与したところも少なくない。構成が屏風絵や襖絵的(7)な様式を思わせる点のある原作に工夫を凝らし、社会的、心理的な人間関係の下に筋を運び、劇的展開を図ったごとくである。

阿部の遺族の悲運に、新しい藩主細川光尚が大きくあずかっていたことは、原作・脚本ともに変わりがない。しかし、鷗外が新藩主の若さとそこから来る人間的未熟さにその原因を求めたのに対し、津上は史実をなお掘り起こして、光尚が十六歳の時疱瘡にかかったことからあばた面を想定し、阿部の遺族の処置を決める当主を描く。小説中光尚が、「自分が外記の策を納れて、しなくても好い事をしたのが不快である」と感じるような心中の叙写を、脚色者は取り入れなかった。先君法要中子供の泣き声や言いわけをする女の声を耳にした詰衆の一人が、「どうしたのだ?」と問うところに続く場面から引こう。

詰衆一　遺族の者が、御拝領の品をうけとりに行ったら、子供が殿のお顔をみてこわがったのだ。

光尚、荒々しい足どりで、くる。詰衆、控える。

頼母　（追ってくる）殿、殿。お待ち下され。

光尚、怒りを抑えている。

頼母　まだ、御法要はすんでおりませぬ。

光尚　子供は、なぜ泣いた。

頼母　はっ、それは……。／（中　略）／

光尚　いわねば、余がいおう。この顔……この顔をみて子供は泣いた。こわいというのだ。余にこれ以上、恥をかかせる積もりか。

頼母　はッ、申しわけござりませぬ。

光尚　遺族に渡す引出物は佐渡にやらせよ。それがすむまで、奥で待っとる。

この後、阿部家を継いだ嫡男権兵衛が、先君の位牌の前で髻を切って武士を捨てるという事態が出来し、法要の席は騒然とする。一族に対する措置は、光尚により謹慎となった。それには事を伝える外記の言葉遣いも微妙に関係していた。光尚は、自分の容貌のひけめもあったことから、権兵衛の処置について感情を抑えきれず、成り行き上、外記の言葉をすべて容れてしまう。市太夫による権兵衛助命の嘆願の一事はあっても、差出口のことや、子供に怖がられたことへの光尚の心理的反応は原作には叙述がない。脚色者は心理の屈折的要素を多くした観がある。一方、自邸に立て籠った阿部一族の動きを不穏な企てありと見做してこれを討つ側に立たせられた側用頭竹内数馬も、複雑な心を抱いて討ち死にするのが原作であったが、津上は、弥一右衛門と竹内とに会話させる工夫をしているものの、作品の焦点化の問題も関係したのか、この方面を省筆した。しかし、脚色者は、上述のごとく心理的脈絡にも意を払って書き進めている。

このように津上忠は、独自性を出そうと相当技巧を凝らしているが、原作中の人物の言葉や地の文で関心を引くものを、「何というても武士は名聞が大切じゃ。」等ほぼそのまま随所に用いて、封建社会の武士の世界を描くことに留意しているのである。それらの若干を順に従って挙げてみよう。

○ 武士は妾とはちがう。主が気に入らぬからというて、立場のなくなることはないはずじゃ。

○ わしの子に生れたのが不運じゃと思え。しょうことがない。恥をうける時は一しょにうけい。兄弟喧嘩はするなよ。

○ 世間は花咲き鳥歌う春というのに、われら一族は不幸にして神仏にも、人にも見放され、この家に立てこもって討手を迎えねばならぬ。

右の言葉・表現を、小説とは異なる人物や違った場面に使っている例があるにせよ、原作の世界と雰囲気、社会や個人の心理的表現を戯曲にかなり移しえて効果を上げている。けれども、太宰治がその描写を賛嘆した五月闇の中を通り過ぎる一匹の蛍や、鷹の飛び込んだ後の井戸の水面、斎藤茂吉が注目した、出陣する竹内数馬が草鞋の緒を男結びにして余った緒を小刀で切って捨てるあたり等々の美的表現は、ジャンルの違いもあって、戯曲では巧みに書けなかったとしても致し方なかった(8)。

三　歴史的方面の問題

歴史的世界に関係した問題では、封建社会の内蔵する制度的矛盾、人間的ひずみを筆にのせている点を考察しなければならない。殉死とそこから生じる問題の悲劇性が作品の主題であろうが、これらを関係人物に視点を据えて取り上げよう。その点では、阿部弥一右衛門の存在とその言動とが重きをなしていることは当然であるが、彼とのかかわりで、大目付林外記の献策が見逃せない。長岡佐渡は当初これに疑義を感じていたものの、結局は、「罰する者の知行があれば、賞する者に与えることはできる。お身に教えられた。安心せい。」と外記に言う。経済的制約から生じた制度的矛盾が剔抉されているのである。阿部家討伐後、長岡佐渡が皮肉をまじえて、畑十太夫を部下に持つ外記をほめるあたりも、このことに関係している。鷗外の小説では、一人物に奸物と言われたこの大目付も、江戸幕府の政治が武断政治から文治政治への移行期に出現し始めた能吏型の侍として、戯曲ではより前面に出され、その隠湿狡猾な側面は畑十太夫にも担わせて、世の理不尽な面を描出した観がある。

柄本又七郎も特異な存在として描かれ、原作とは異なって批判的眼も具えているところが見られる。弥五兵衛は、島原の乱制圧の際には手柄が立てられなかった。そのことは小説にも記すが、その内実を津上は、哀れな農民を前に手が動かなかったからとしている。武士本来の役割を果たさなかったわけであるが、又七郎は、その人間味を称え、「これからの武士は百姓を大事にしなければいかん。」と話す。年貢をきびしくすると天草・島原のような戦が起こり、武士階級も経済的基盤を失って崩壊する惧れを感じているのである。又七郎の様々な指摘は、歴史的必然性の問題から興味を引く点が少なくない。畑十太夫を殉死しない人と批判し、答えに詰まらせる場面もある。

が、又七郎は、やはり細川藩に仕える武士として、体制を正面から批判する人物ではない。家老に阿部討伐の手柄を称されて、「はッ、恐れ入ります。」の言葉の後、聞いている元亀天正の城攻めのことを思うと、「阿部一族討ちとりなぞは茶の子の茶の子、朝茶の子と存じ、実を申せば前の晩に境の垣根をひそかに破り、先がけを致しました。」と答える。この点は小説の地の文も利用した台詞である。行論上原作にはない＊印を入れて示せば、鷗外は、「阿部一族の死骸は井出の口に引き出して、吟味せられた。＊白川で一人一人の創《きず》を洗つて見た時柄本又七郎の槍に胸板を衝き抜かれた弥五兵衛の創《きず》は、誰《たれ》の受けた創《きず》よりも立派であつたので、又七郎はいよ〳〵面目を施した。」と擱筆した。佐藤春夫はこれを不服とし、「情を知らない者は荒々しくこれを取扱つた。」の文を試案として最後に付してから、「自分の光栄につけて又七郎は更に阿部一族を思ひ出すのが苦しかつた。」の文を＊印の位置に挿入加えている。(9)津上忠も、その史観から制度的ひずみを指摘するような描叙をしたものと解される。しかし、佐藤春夫の指摘については、竹盛天雄に鋭い評があるように(10)、史料から書いた視点に立ったものではないだけに、見逃せない何かを取り落としてしまうおそれなしとしない。

戯曲の世界をこうたどって来るとき、小説には書かれていない太助と隣村出のお花とが関心を引く。二人は、その身分にもかかわらず第一幕（第二場）・第二幕・第四幕及びエピローグと多く出ており、それだけ注目される存在と言ってよい。太助は百姓の次男であり、その苦しい生活を嫌って武士になる望みが極めて強いが、阿部家の知行分割の煽りを受け突如暇を出された身である。隣家に奉公口を求めるけれども、天草に帰って百姓に戻れと諭される。しかし、百姓には独り立ちできる土地はないと答え、同様に勧めるお花の言葉も聞き入れない。武士は年貢を納めなくてよく、出世して太閤様のようになりたいと夢を抱いているからである。そのため槍の稽古のつらさにも耐えている。島のきつい仕事を考えたら何でもできないことはないというのがその理由であった。幸い弥五兵衛が知行にあずかり、これに仕えることになったものの、権兵衛が縛り首の刑に遭う事態に立ち至っては、お花は主家を見切るよう勧める。が、太助は、犬でも三日飼われたら恩を知っている、と答えて動じない。結局、一族立て籠っての酒宴の席で、侍分の家人とは違うといって暇を出されることになる。又七郎に、天草に戻って百姓をやれと言われ、弥五右衛門は、お花という慕う女子もおり、武士の義理立を真似て死ぬこともないと言って形見の刀を与える。隣家との家族的往来の後、阿部家の子女は自害して果て、男たちは討手と干戈をまじえて全滅する。

エピローグの場は阿部の屋敷内。藩の上層部が語り合う後の場面で、相図として火を付けられた納屋焼亡後の煙がくすぶる中、太助は荷物の包みを持ってむせび泣いている。又七郎が、「お花は、…」と問う。

太助　（構わずに）今、いうたこと……前の晩に垣根ば破って、先がけまでして弥五兵衛様ば討ったとは、ほんなことでござりますが。

又七郎　聞いとったか。／（中　略）／

太助　あぎゃん、仲ようしとらした家の旦那様ば……（泣きながら）そぎゃんまでして、……酷か……酷か……。

又七郎　太助。俺が武士である以上は、阿部家の者が謀反人となれば、情けを断って、お上への義を重んじなければならぬ。これが、お前のなりたかった侍というものだ。

太助　わかりまっせん……俺《おどん》には、わかりまっせん……。

「情」を「義」が圧して行く中に生きて行かざるをえない武家社会の実情を知った太助が、見送られてお花を連れて故郷に帰るところで幕になるが、二人は方言を話しており、所詮武士階級に入れない人物であった。太助の「わかりまっせん」という強い言葉とその転身とは、下層階級からの視点による鋭い批判となっている。津上忠は熊谷監督作のシナリオを参考にしたと述べているが、その一つとして、阿部家の若党太助と隣家大塚家の女中お咲との愛し合う若者は、太助とお花との造型に活かされたであろう。[12]津上忠は、過去の史料というものは大抵支配者側の記録であって、多くの民衆の声は記録されていないと捉え、歴史劇で、虚構により、それら多くの人たちの声を再現することを考えたのであるが、[13]この二人はそういう視点から描かれた人物であり、又七郎にもこれに同情する言葉を言わせている。佐藤春夫の鷗外の作品への書き加えの心と通うものがあるが、折から鳴動する阿蘇のお山は、そうした批判や歴史的必然性の具象化として構想されたものである。鷗外の「栗山大膳」（『太陽』大正三・九）によった戯曲「黒田騒動」（『悲劇喜劇』一九六三〈昭和三八〉・六）の場合も、最後は天道様をもって、いわば時間の相の下に封建の武士社会を批判しているのであり、脚本『阿部一族』に通ずるものを読み取ることができる。それは、津上の歴史観・文芸観・演劇観をも表すものであった。なお、正宗白鳥の批評には、どの役も強いて熊本言葉を用いたため言葉が不明晰であると批判していたが、この度は工夫したらしく、太助とお花、林与左衛門らわずかな人物にこれを使わせ、階級を表すような台詞だけにして効果を上げている。

一体現代の社会に強い関心を抱き、そこから過去の世界を見る眼を養っていた津上が、演劇に関係するようになった経緯の具体的なことの一つとして、終戦の翌年有楽座でイプセンの『人形の家』を見たこともあったと打ち明ける。(14) 女性解放から人間解放の問題で心を動かされたことによるものらしい。そして、前進座に入ってからは、書きたい題材をいつも胸に秘めていたと言い、それは主として寛永年間のあることと、明治維新から大正に至る近代の歩みの中のあることであったと言う。歴史の一転形期に関係する作として鷗外の歴史小説に注目したわけであった。菅井幸雄は、土井逸雄が「歴史劇のリアリズム」（『月刊　新築地劇団』昭和一二・三）において、歴史劇は、「歴史の真実からゆたかな芸術性のなかに育つようなもの」でなくてはならず、そこに「リアリズム」が新たな展開を示すことになると論じたことを引き、そういうところに津上の歴史劇を求めることができると述べている。(15) そして鷗外の「阿部一族」は、「殉死のもつ矛盾よりも、殉死のもつ非人間的な悲劇観が、全体をおおっている」とも批評する。原作は散文の一つの極致を示した、懐の深い歴史小説であって、これの別の形による再現は困難であるとしても、津上は、特に経済・歴史という点で地方色を織り込み独自性を示したものと言ってよい。

正宗白鳥は、映画批評で「臣下が殉死といふ伝統的旧思想に捉はれて自ら死し、他人をも死の底へ追ひやるために、大名の若き後継者も身辺蕭条を嘆じなければならなかつた。死せる大名にも後継者にも、世に瀰漫せる思想を押し留める力のないことは、もつと鮮明に現すべきであつた。」と記していた。歴史的世界における「勢い」を重視する鷗外の方法は、津上の戯曲中「勢い」という語自体が見えなくても、劇の進行上それに代わる工夫を施している観があるが、封建時代に重要な家系への言及がない一事は、ジャンルの相違があっても、指摘しておいてよいかもしれない。これに関係する描述は、書き方にもよるであろうが、津上の拒むところであった可能性がある。津上忠は、このようにして単なる過去を描くのではなく、歴史の現代的意義として、歴史と人間性との真実の姿を求める心で脚色に取り組んだのである。戯曲『阿部一族』は、いわゆる傾向芸術的な作品の持つ弱点を感じさせず、成功作の一つに挙げてよいと思う。

熊谷久虎の作品が戦中の日本映画の名作の一つに数えられている所以を、「原作を忠実に引き継いだ結果だ」と評し、「悲劇の分野での鷗外の仕事は濃密なものがありますからね」と発言した深作欣二監督に、テレビの時代映画『阿部一族』（平成七）がある。家庭崩壊という今日的社会現象を視野に入れて、脚本は古田求で作ったが、原作の知行分割の問題に触れて、これを戦乱後のやむをえない合理化と捉え、土地からの収穫には限界があることをおさえて、「戦争が終ったあと、いつまでも武士を飼いつづけるというのは、徳川幕府時代のどうしようもなさだった」と言い、「町人たちにどんどん経済的な役割と技術力を持っていかれてしまうし。そういう変換の時代なわけですからね。（中略）リアリティの求め方でいえば、「阿部一族」は時代劇なんだけど、日本の現代につながるものを十分持っていたということですね。」と語っている。[16] こうした一事からしても、原作は近代文芸の〈古典〉と言えるであろう。

注

（1）織田作之助の日記は『帝塚山学院大学　日本文学研究』（第三号、昭和四五・一二）の翻刻により、正宗白鳥の批評は「映画『阿部一族』」（『読売新聞』夕刊、昭和一三・二・五）による。
（2）『津上忠歴史劇集』（未来社、昭和四五）の「解題」にはすべての配役が示されているが、省略する。
（3）津上忠「歴史劇と現代劇」（『戯曲・演劇・演出　国文学　解釈と鑑賞』昭和五一・五）参照。
（4）注（2）の書の菅井幸雄の「解題」による。
（5）『森鷗外全集　3』（筑摩書房、昭和三七）の「語注」参照。
（6）注（2）参照。
（7）伊藤整他編『鑑賞と研究　現代日本文学講座＝小説3』（三省堂、昭和三八）の竹盛天雄による「阿部一族」の論考参照。
（8）宮地佐一郎「森鷗外と太宰治」（『本の本』昭和五一・一二）、岩波文庫『阿部一族　他二篇』（昭和一三）の斎藤茂吉の「解説」参照。
（9）佐藤春夫「SACRILEGE―新しき歴史小説の先駆「意地」を読む」（『スバル』大正二・八）参照。
（10）竹盛天雄「佐藤春夫の鷗外読法」（『定本　佐藤春夫全集　第23巻』月報20、一九九九・一一）に、その書き加えについて、「「菊池寛・芥川龍之介らの「心理」のとらえかたと、ほとんど同一方向を指すものといえなくはないか。」と示唆的な言があり、以下若い世代の作家への言及がある。
（11）稲垣達郎「阿部一族」（『国民の文学　近代篇』〈お茶の水書房、昭和三〇〉所収）参照。
（12）岩崎昶著『映画史』（東洋経済新聞社、昭和三六）に、太助（加藤大助）、お咲（堤真佐子）の配役を記し、「武士道の冷酷なまた不合理な規範にたいして無言の批判を加えている。」との解釈がり、これをおそらく鷗外の態度とはちがうものとする言がある。
（13）注（2）参照。
（14）注（2）の書の津上忠による「あとがき」参照。
（15）注（2）参照。
（16）深作欣二・山根貞男著『映画監督　深作欣二』（ワイズ出版、平成一五）の「阿部一族」参照。

付記　佐々木嘉郎編「記録・劇化及び映画化された森鷗外作品」（『鷗外』39号、昭和六一・七）によれば、『阿部一族』は小沼一郎も演出を担当したとある。

第三章　宇野信夫の戯曲と鷗外

第一節　戯曲『ぢいさんばあさん』の世界

一　戯曲『ぢいさんばあさん』の成立とその上演

「森鷗外は、私の最も尊敬する作家である。」——宇野信夫は『私の戯曲とその作意』（住吉書房、昭和三〇）でこう記し、学生時代に触れた後、ある時この作家を読み返したことについて次のとおり書く。

年のいかぬ頃、なんの気もなく読みすごした『高瀬舟』や『阿部一族』に私は強く胸を打たれた。折よく知人が鷗外全集を譲つてくれたので、私は丹念に読みはじめた。私はすべての作品に、ことごとく心を打たれた。すべての作品に、ことごとく頭がさがつた。鷗外の文章こそ、名文というものだ、と思つた。鷗外の作品こそ、文学というものだ、と思つた。

そうして、私の最も感激したのは、『ぢいさんばあさん』であつた。これは原稿にしたら、十枚たらずのものであろうが、世にこんなロマンチックな小説があるだろうか、と思つた。

珠玉のような作品というのは、これをいうのだろうと思つた。短い文章のうちに、ひとの世の哀れ、人間の

美しさがこれ程に滲み出ているものを、私はほかに知らない。（傍点引用者）

特に「文化六年に、越前国丸岡の配所で、安永元年から三十七年間、人に手跡《しゆせき》や剣術を教へて暮してゐた夫伊織が、「三月八日浚明院殿《しゆんめいいんでん》御追善《ごついぜん》の為、御慈悲の思召を以て、永の御預《おあづけ》御免《ごめん》仰《おほせ》出《いだ》され」て、江戸へ帰ることになった。それを聞いたるんは、喜んで安房から江戸へ来て、龍土町《りゆうどちやう》の家で、三十七年振に、再会したのである。」という「ぢいさんばあさん」（『中央公論』大正四・九）の最後に読み至った時、その感動は深いものだったであろう。こうした歴史小説を戯曲にしてみようと思い立った宇野は、いつの間にか原作を離れて書き進めていることに気が付いたのであったが、どうかして「原作の香気と品格を、私の戯曲にうつしたい」と努力したと語っている。四十九歳の昭和二十六年（一九五一）七月、歌舞伎座と大阪歌舞伎座で初演の『ぢいさんばあさん』（以下戯曲の方は二重括弧で表記）がそれである。

宇野の個人雑誌『戯曲』第二十三号（昭和四四・五）掲載の「手帳」には、その名を忘れたが欧米のある文学者の、学生時代から好きな言葉であったと断って、「明快な作品は透明な泉のように、その実際の深さだけに見えず、濁った作品は、濁水のように底から見えないので、却って深刻に見えるものだ。」と引いている。原作は、ここにいわゆる「深さ」のある「透明な泉」のような作品として読んだのではなかったか。親しみを覚えた江戸市井の生活に取材した小説という性格から、自らも憧れたことがあったような老境の夫婦が描かれていることも、関心を引いたに相違ないが、何よりも受けた深い感銘が、これを脚本化し舞台にかけた根本の理由であったと推測される。

宇野に右のように読まれたとすると、「ぢいさんばあさん」については、石川淳の批評が参考になる。すなわち「どこもここもない。全体がいいといふほかない。ふたりの主人公の宿命が具象的に現前してゐて、作品の世界は崩れるときを知らないやうなものだ。」と言い、これを書く作者の姿、作者の手・操作がわからず、「作品は作者の手から離れてぽつかり浮び上つて来たやうなものだ。」と述べたことにかかわる[1]。その完成度の比類のなさに対する批評であるが、同例の発想では、優れた芸術品としての法隆寺夢殿の百済観音に相対した時、作者の存在を考えないほどの感動を覚えたという志賀直哉の言葉が思い浮かべられる。

それでは、原作を脚本化するに際し、どのような戯曲観をもって筆を執ったのであろうか。宇野は、自作の舞台を見て貰うよりも活字で読んで貰った方がありがたいと、まず観客よりも読者の方を重んずる。[2] 優れた演劇が優れた脚本に負うところが大きいと考える演出家としての発言のようであるが、戯曲自体を独立した一つの言語芸術と見なしていたからにほかなるまい。それにはまた戯曲が雑誌・書籍はじめ経済ベースに乗りにくい我が国の実情も関係して、読者を戯曲に近づけ、演劇文化の裾野を広げたいという考えも、多少はあずかっていたかと思われる。

こうした宇野は、演劇の本質についての明確な答えは出せないと断りながらも、その肝要な一事に関して、それが芸術であるという点をおさえ、その極まるところには「創造」「欣び」がなければならないとし、その「創造」は、人生・人間を写し出すところにあると述べる。[3] 他作家の作品を戯曲化する場合も、ここに規準を置いていた。そして、「あやふやな人生観」や「いい加減な人間描写」によった脚本からは、いかに力量のある俳優であっても、それを表現することはできないと主張する。このような観点に立って、言葉を大事に扱うのが劇作家であると説き、六代目菊五郎に出会って、舞台の言葉の精選ということ、実生活の言葉は、そのまま舞台の言葉にはならないということを教えられたと打ち明ける。[4] それで、この方面から言葉の省略が重要になるとし、登場人物の性格、劇の筋がわかるような言葉だけを役者に使わせるべきであると述べ、「事細かに説明しなければわからないような性格の人物や、ときあかさなければ納得のできかねる主題」では、芝居としては面白くないと言う。[5]

上述のごとく、宇野は言語芸術としての戯曲・演劇を重んじたのであるが、古い芝居を新たに上演するに際し、自らが関係したものでは、形式美・歌舞伎美を念頭に置いたことはなかったと語り、人間・人情を写し出して現代の人に理解できるものを志したと述べている。[6] 鶴屋南北・河竹黙阿弥でも現在認められている作品には、歌舞伎美や型のよさがあるとしても、それは人間の真実の姿と人生とを舞台に表しているものであって、そこに演劇の醍醐味はあると説く。宇野の戯曲、脚色も、「創造」ということとのつながりで、如上の立場から努力して書いたに違いない。そうした戯曲『ぢいさんばあさん』の初演（歌舞伎座）の主な配役は、伊織（猿之助）、るん（時蔵）、甚右衛門（訥子）、久右衛門（八百蔵）、久弥（笑猿）、きく（松蔦）であり、(7) 昭和二十九年猿之助・時蔵が三度目の上演の際に外題を『鴛鴦の賦』と改めた。その後またもとの題にもどし平成四年十二月歌舞伎座で興行が打たれた際は、演出も宇野とあり、美術については冒頭で引いた書の表紙カバーに磯辺と千鳥を配して描いた高根宏浩、照明を相馬清恒が担当した。配役は下のとおりである。(8) 宇野は前年に物故していたから、生前の演出を踏襲したのであろう。

美濃部伊織	猿之助	宮重久弥妻きく	笑也	柳原小兵衛	芦燕
下嶋甚右衛門	段四郎	石井民之進	猿弥	伊織妻るん	玉三郎
宮重久右衛門	右近	山田恵助	亀鶴		
宮重久弥	信二郎	戸谷主税	弥十郎		

案内には「話題のみどころ」として、「猿之助と玉三郎、当代の人気者が十五年ぶりに顔を合わせる夢の共演」と掲げ、脚本については「森鷗外原作、宇野信夫作」と紹介する。大筋は原作によっているが、趣向を凝らして、いわば人情の自然に筆をやるところに特色を示している。案内から引こう。

　よく〝おしどり夫婦〞といいますが、美濃部伊織とるんは人も羨む睦まじいカップルでした。弟に代って京へ上った伊織は、酒癖の悪い朋輩下嶋を斬ってしまったために、遠い越前の国（福井県）へお預けの身となり、夫婦は離れればなれに暮らすこと三十七年。自由になった伊織が戻って来たわが家には、昔と変らず桜が散りしきります。若かった夫婦もいまや七十一と六十六歳。白髪のじいさんばあさんの再会の喜びが胸を打ちます。森鷗外の珠玉のような短編を宇野信夫が脚色し、詩情あふれたほのぼのとしたいいお芝居でくり返し上演されています。伊織は初演以来猿翁の当り役でしたが、孫の猿之助もなんども演じ、今回るんをつとめる玉三郎が初めて老け役に扮するのが大きな話題です。

新聞ではその上演について渡辺保が、「猿之助・玉三郎顔合わせで超満員の歌舞伎座だが、芸の火花が散るほどではな」く、「老人になってからの演技が過剰でよくない。宇野信夫の戯曲は人生の深い哀感を描いているが、観客に迎合した演技がその余響をかき消している。」と批評している。(9) 指摘の演技は公演中検討されたのであろうか。個人雑誌掲載の脚本は、上場を重ねて定稿となったものであった。その舞台を見ていないが、次に文芸作品としての脚本を考察してみたいと思う。

二　『ぢいさんばあさん』の世界

鷗外による原作は、翁媼の日常的現在、若い日の刃傷事件、事件後のそれぞれの生活と再会への経緯という、時間的には円環の構成を取る。脚本はこれを反映して三幕から成るが、時間の継起に従って直線的で、史実性よりも、人情・心理の襞の表現に意を用いて、芸術的「創造」の達成を図る。両作を比較してその異同を挙げるとなると、短篇ながら枚挙に暇ないほどであるが、主なところを取り上げることとしたい。作品の方法として、まず人物の配置、人物造型・描写が関心を引く。人情のきずなの濃い関係を設定し、感情の表出を多くして、心理的葛藤の惹起と劇的展開とを企図していることである。小説では宮重久右衛門の二条城大番の代人としてその兄美濃部伊織が京に立つ。これに対し脚本では久右衛門はるんの弟になっている。この弟に向かってるんは、近ごろ果たし合いをして手疵を負った短気・短慮の所業を諫める。夫が代人差し立てにならざるを得なかったこともあるからである。姉弟である一事により、これは筋の自然な展開となるが、父も心配した短気が第一幕の、ひいては全幕の展開契機となったのであり、舞台の進展を予示した観を呈し、いかにも戯曲らしさを窺わせる。

京における伊織の刃傷事件の大きな原因は、その場の情況もあったにせよ、小説では「癇癪持と云ふ病」の突発がかかわった。脚本ではそれと類似の持ち前の短気は久右衛門に与えられ、伊織の「無性に」刀が欲しいという気持ちが原因になったとしても、事件を起こしたのが伊織であったことは人生の意外性、人情の機微の複雑さを思わせる。これと符節を合わせるかのように、平生親しくなかった下嶋からの借財と、酒席で武士の面目を傷つけられたこととが関係していた原作に対し、脚本では、「好かぬ奴」ながら碁敵の間柄であった。しかも原作とは異なり、下嶋は相当酒気を帯びて登場する。その言動に怒る友人を制し、怺えにこらえたのは伊織の方であった。それだけに最後の一瞬の出来事は不運であったと言わなければならない。それが人間・人世というものであろうかという感を抱かせる。

脚本で示した見逃せない筋立て・趣向には、伊織・るんの仲睦まじさを、おしどり夫婦として描いていることも挙げられる。第二幕にも「評判の鴛鴦《おしどり》夫婦、さぞ御妻女が恋しかろうな。」と朋輩にひやかされる場面がある。この戯曲を『鴛鴦の賦』と改題して上演したことも脚色者の力点の置き方を暗示する。原作にも、「るんはひどく夫を好いて、手に据ゑるやうに大切にし、七十八歳になる夫の祖母にも、血をわけたものも及ばぬ程やさしくするので、伊織は好い女房を持つたと思つて満足した。」と見えるが、直ちに二人をおしどり夫婦という印象で捉える向きは、それほど多くはないのではないか。戯曲では伊織の祖母は登場せず、話柄にも上らない。るんの献身の精神は後退した形で、すべては夫婦の間に焦点が据えられた観があり、下嶋夫婦と対比されるセリフがあることも見逃し難い。小説では、伊織は嫡子の顔を生涯見ることはなかった。臨月のるんと別れたまま永の預けとなってしまったからである。が、脚本にあっては、正月に生まれたばかりの「可愛い坊や」を残して花の蕾のころ都に上る。このように人情に強く訴える契機を多く設定しているのである。作品の展開からすれば久右衛門の短気・短慮をめぐる会話、原作にはないるんの泣き黒子のことなど、その先を暗示する事柄を描いていることも技巧として目に留まるものである。

　こうして二人の生の一齣とその運命が様々な工夫で表現され、上演されることになった。これにはまた状況設定の創意も関係していた。この点で第一に挙げられるのは、いわゆる小道具である。第一幕では鶯の声、琴の音が聞こえるが、桜はまだ蕾である。祝言の年に植えた木の、四年目の来年の花盛りのころ、きっと京から帰って来る、と伊織は別れに心を熱くし、るんも声をしのばせて泣く。第二幕で伊織は、るんの手紙の中の桜の花びらによって江戸に思いを馳せ、旅愁を慰める。特に『古今和歌集』以来、桜の花は様々に人の心に訴えるものであった。花を見ては人を思い、時を思う歌は多い。そうした人の心境は谷崎潤一郎の『細雪』（昭和二一―二三）にも描かれている。第三幕においても、叔父夫婦をその旧居に迎える若い夫婦がそれぞれ、『玉葉和歌集』『新続古今和歌集』をもとにした歌を、

　　さくら花匂ふをみつつ帰るには、静心なきものにぞありける
　　眺むれば見ぬいにしえの春までも、面影かをる山桜かな

と短冊に筆を走らせ枝に掛ける。季節の景物と人とを対応させ、また幕切れを考えての技巧である。

　第二に挙げられるのは、京らしく料亭から、「〽世の中を何にたとへん飛鳥川、昨日の淵は今日の瀬と、かはりやすさよ人心――」と聞こえて来る第三幕の地唄である。宴席の同僚はこれを耳にしながら伊織の買い求めた刀を鑑賞している。[10]地唄は楠岐山の「磯千どり」と考えられないことはないが、その末尾からすると東部ろてふ作「露の蝶」の方であろう。人の世のあわれを唄っていて、いかにもその直後に起きる事件、伊織・るんの運命を暗示す

るかのようである。刀の披露のことから伊織は、下嶋と口論となり、「此の鈍刀《なまくら》で人が斬れるか。」と痛にさわる言葉を浴びせられて、思わず柄を握ると、はずみに刀はスラリと抜け、咄嗟に逃げる相手を斬る。下嶋は河原へ落ち、伊織は血刀をさげたまま茫然自失の体《てい》であるが、この場にかかわりなく茶屋の騒ぎ唄が聞こえて来る。原作中この場面の季節は秋風の立つころとあり、地唄、江戸の桜のことは書かれていない。事件直後に詠んだ伊織の「いまさらに何とか云はむ黒髪のみだれ心はもとすゑもなし」の一首も採られなかった。(11)

人物の配置では、小説には叙述のない久弥・きくの若い夫婦も注目される。原作では久右衛門が新しく隠居所を整えるのであるが、戯曲では長い歳月の流れを見せるためもあって、彼はすでに没したことになっており、その倅夫婦がこれまで守ってきた叔父夫婦の旧宅を渡す。そういう役割とともに、あった、また、あり得べき伊織・るんの若き日の一齣を推想させる役割をも担うなど、別の視点から二人を浮き彫りにする手法を採っている。鷗外が具体的には書かなかった再会の場面の会話は、時間の重みを表し、幕切れへの筋立てを示している。久弥がきくとともに叔父夫婦の帰宅に至る歳月の長さに驚き、改めて感嘆の情を深くして、きくが、「まるで夢のようでございましょう。」と話すあたりである。

第三幕は明和八年（一七七一）から長い年月を経た文化六年（一八〇九）の同じ春、原作とは異なり同じ家である。予定よりも早く来た伊織は、「ああ、帰って来た。わたしはとうとう帰ってきた。」、「わしの家だ。おお、桜―わしの桜―。」と幹を抱えて泣く。そこへ立派な駕籠が止まり、るんが静々と出る。小説の七十一歳とは異なり六十六歳である。互いに目礼するけれども、気付かない。思い込みもあり、また相手も変わっていたからである。このあたり、所作を指示するト書きが多く、身体的表現によって演劇的特色を発揮するわけである。るんは座敷に上がり、程なく姿を現わすであろう主人を待つ心で下手に座を占め瞑目する。しかし気がかりで眼をあけると、軒先の桜の枝の短冊に目が留まり、縁先に出て手に取って読む。少し後で伊織も短冊を読むが、ひとりでに手は鼻の先をつまんでいる。若い時からの癖であった。

るん　（じっと伊織のその様子を見る）

伊織　（顔を上げて、るんを見る）

るん　旦那様か。

伊織　るんか？

るん　あなた――。

伊織　るん。（ト思わず座敷へ馳け上がろうとして沓ぬぎにて足を打つ）

るん　（思わず、傍へよる）

再会の場面ではこのように互いに呼び交わすだけである。感極まった場合や切羽詰まった時の人の言葉は少ないものであろう。宇野の体験もなければならないが、次節で言及するように戯曲の方法としては特に近松門左衛門・六代目菊五郎・モルナールから学んだことが生かされたものと解される。奔騰する心をおさえて伊織は、「（さりげなく）しばらくであった。」と言い、嗚咽をこらえるるんは、「お久しゅうございます。」と答えるのであった。戦前新派の梅島昇が役柄、自殺した最愛の妻の死骸を見つめて、「お前を殺して、おれはどうすればいいんだ」と、ごく冷静な、低い調子で言ったことを宇野は挙げ、普通の役者であれば悲痛な声を振り絞るところを、さりげなく、軽くセリフを言った演技に胸を打たれ、うまい役者だと思ったと記す『芸の世界　百章』（青蛙房、昭和四八）の一節を想起させる。伊織がるんに立派になったことを言うと、るんは、黒田家に奉公し治之《はるゆき》・治高《はるたか》二代の奥方に仕えたと答える。治之・治高・斉高《なりたか》・斉清《なりきよ》四代の奥に仕えた史実を記す原作においては、るんの生活の時間を暗示し、感動を与える表現として読み取れるが、右の場合省略の技法を採ったのである。そうでないと観客には煩わしく聞こえることになろう。

るんが五歳の嫡男を疱瘡で亡くしたことを詫びると、「何事も因縁だ。寿命だ。」と言い、詫びなければならないのは自分の方であると伊織は答える。この「因縁だ。寿命だ。」という言葉は歌舞伎からも示唆されたと思われるが、語を重ねて聞きやすくした技法で、江戸庶民一般に通ずる運命観・宗教観を表し、仏教的考えがそこに認められる。『鴛鴦の賦』にはない「寿命だ。」のセリフを加えたのは、言葉のリズムとともに儒教思想をも響かせたからであろうか。同工は、京に赴く夫に渡したお守りにも見ることができる。再会がかなったのは、そのお守りの加護かもしれないと、るんは話すのである。

こうした語を交わしている時、琴の音が聞こえて来ると、伊織は、昔に変わらぬ音色、花の匂いだと言い、変わったのは自分たちであると言う。しかしるんは、変わったのは姿・形であり、心は昔のままであると応じ、伊織もそれを諾う。ここで幕府によってるんの貞節を讃えた銀十枚の褒美のことが話題となり、その後でるんは、子供が生きていたら、男盛りであろうものをと話して、涙をこらえる。そこへ久弥・きくが登場して、家を明け渡した後、自分たちの新たな暮らしが始まると会話するのを、伊織・るんは聞く。続く幕切れを引こう。

伊　織　美しい夫婦だな。
る　ん　わたくし達にも、ああした時がございました。
伊　織　遠い昔だ。
　　　ト伊織は、吐息と共に下にいる。るんも、そばに坐る。
　　鐘の声。花が散る。
伊　織　(淋しそうに)るん。
る　ん　はい。
伊　織　明日は坊の墓詣りをしような。

る　ん　はい。
伊　織　下嶋の墓へも詣でよう。
る　ん　（うなずく）
伊　織　互いの苦労は、もう言うまい。
る　ん　はい。
伊　織　（妻の手をとる）
る　ん　（晴ればれと）旦那さま、今日から改めて、あなたとわたくしの暮しが始まるのでございますね。
伊　織　（うなずく）そうだ。これからの私《わし》達の暮しは、余生ではない。生れ変って、新しい暮しを始めよう。

ト伊織は何時の間にか、また鼻をおさえている。るん、そっとその手をはなさせる。二人、愉しそうに微笑む。夕日の光りの中を、花はしきりに散る。琴の音聞ゆ。—幕—　（傍点引用者）

この場面の伊織に関するト書き「妻の手をとる」は、『鴛鴦の賦』では「妻を引きよせる」と記されていた。場にふさわしい、洗練された演技のための改変であろう。ト書きを見ると、第三幕では、「淋しく笑う。」とか「淋しそうに」といったものが目立つ。原作には、そうした表現自体はない。けれども、それを推測させる作品であることは否定できない。二人が永年離れていた以上は浮世の辛酸もなめ、ある種の喪失の感情も抱いていたはずだからである。脚色者としては人情・人間心理の自然を反映した表現により、独自の演劇的世界の構築を図ったのである。歌舞伎座上演の前掲批評中「人生の深い哀感」の語を用いたのは、故ないことではない。一体誰でも時間の推移に対し哀しみを覚えることがあるものであるが、宇野は人一倍そうした面の感受性の強い人であった。随筆集に『むかしの空の美しく』（青蛙房、昭和四二）、『むかし恋しい』（河出書房新社、昭和六一）という書もあり、逝った人、なつかしい下町への思いを書き綴った文章が少なくない。戯曲・人情話にも、時間的契機が濃く関係して詩情を湛える作を書いている。鷗外の「ぢいさんばあさん」を脚本化して舞台にかけたのももっともであった。

しかし、夕日の光の中の翁媼を上のごとく書きながらも、ただに寂しさ・哀しみの情に浸り、これをこらえる姿だけを描いたのではなかった。原作の「さも愉しさうに」語り合い、新たな生を充実させて生きる二人の姿も記さないではいられなかった。寂しさを時に感じつつも、再会後会話を重ねることにより、次第に心を新たなものとし、「晴ればれと」自分たちの暮らしの開始を決意する翁媼の愉しそうな微笑を見逃してはならない。そこには永の預けという重い運命に従いつつこれを乗り越えることができた喜びの大きなものがあったのである。その人生の哀歓を人情として彫り深く描き出すところに、宇野における芸術的「創造」「欣び」が見いだせるであろう。その字眼は、作中に引かれているわけではないが、芭蕉の「さまぐの事思ひ出す桜かな」の一句に窺われるような、そして品格のある桜の花のイメージと、伊織の「余生ではない。生れ変って、新しい暮しを始めよう。」の言葉とにあった。夕日の光の中を散る桜と琴の音とともに幕が降りるのである。

宇野の脚本にあっては、二人の間の時間には心理的に不連続の点があるらしく思われ、それだけに新しい暮らしの喜びも手にすることができるのにちがいないが、鷗外の場合には、夫婦ではなく兄妹だらうという当初の噂を書き込んでいて、現実的にはそうした点のあることを表しているものの、るんについて美濃部家の墓前に香華を絶やさなかったと記す一事からすると、時間は連続的に意識され、人間的な美しさを、より深く感得できるように思われる。「原作の香気と品格を、私の戯曲にうつしたい」という脚色者の願いは相当達成された観があるとしても、文芸的には鷗外の作品がより高く、より深い相を示していることは争われない。しかし、宇野は宇野でその立場から力量を発揮し、桜の形象を背景にした劇的展開の中、人情の自然に焦点を当て、「人の世の哀れ」と「人間の美しさ」とを独自の様式で照らし出している。「人情」というものに新たな文芸的、演劇的生命を与えたこの作品は評価されてしかるべきであり、後進の手によって、先達の作品が戯曲史・演劇界を豊にしたことは、文芸・文化史上の貴重な一齣であらねばならぬ。

注

（1）石川淳「鷗外に関する対話」（『森鷗外研究』長谷川書店、昭和二二）参照。のち「鷗外についての対話」として『文学大概』収録。なお続く志賀直哉については『現代日本文学全集・志賀直哉集』（改造社、昭和三・七）の「序詞」参照。

（2）宇野信夫個人雑誌『戯曲』第五十九号（昭和五〇・五）の「後記」によるが、同主旨のことは第十五号（昭和四三・一）、の「後記」にすでに見える。

（3）宇野信夫著『幕あいばなし』（光風社書店、昭和五〇）参照。

（4）注（3）参照。

（5）『私の戯曲とその作意』参照。この書には改題の脚本「鴛鴦の賦」が収められている。

（6）『戯曲』第五十三号（昭和四九・五）の巻頭言参照。

（7）注（5）の書によれば、昭和二十六年の大阪歌舞伎座での配役は伊織（仁左衛門）、るん（鴈治郎）、甚右衛門（蓑助）、久右衛門（成太郎）、久弥（鶴之助）、きく（扇雀）であり、同年の歌舞伎座では、本文中の配役の他に甚右衛門（訥子）、久右衛門（八百蔵）、久弥（笑猿）、きく（松蔦）であった。

（8）この時は昼の部が『絵本太功記　尼ケ崎閑居の場』（一幕）、『ぢいさんばあさん』（三幕）、『河竹黙阿弥作連獅子』（長唄囃子連中）で、夜の部は『義経千本桜』（三幕五場）であった。

（9）『朝日新聞』の東京版一九九二年（平成四）十二月十九日（夕刊）「歌舞伎欄」参照。

（10）中内蝶二・田村西男編『日本音曲全集　第六巻　箏唄及地唄全集』（日本音曲全集刊行会、昭和二）による。

（11）作品における一首については拙稿「『ぢいさんばあさん』論ノート―歴史離れ二、三について―」（『秋田語文』第一号、昭和四六・一二）参照。

第二節　戯曲『高瀬舟』の世界

一　戯曲『高瀬舟』の成立とその上演

宇野信夫に、昭和四十七年（一九七二）十一月五日から二十七日まで国立劇場初演にかかり、その著『心に残る言葉』（平凡社、昭和五八）で、自ら印象として深く刻まれた舞台となったと語った戯曲『高瀬舟』がある。鷗外の小説を脚色したもので、中村富十郎一座による上演の主な配役を記すと次のようであった。

紺屋職人喜助（市川染五郎）　喜助の弟利作（中村吉右衛門）　同心羽田庄兵衛（中村富十郎）

庄兵衛妻松枝（中村訥升）　神主斉記（中村芝鶴）　娘おもん後に柊屋の女房（中村梅枝）

劇作家としての宇野は、上掲著書において、「作者として一番いけないことは、わからない劇を書くこと」であると述べているが、これは宇野の牢乎として動かない考えであった。「作家はその観客諸氏が楽しみ、満足するドラマを制作し、俳優は熱心にこれを演ずる義務がある」とも説き、「短い時間椅子にかけて、ほんとうの人間、ほんとうの世の中を見て、登場人物に同情し、憎んだり悲しんだりよろこんだり―こんな高尚な娯楽は、ほかにない」と断言する。鷗外作「高瀬舟」（『中央公論』大正五・一）による脚本も、このような点に着意して書いたであろう。終戦直後放送劇に書くなど、それまでにもこの小説の演劇化を試みたことがあったという。たとえば、序幕中貧しい同心が本を払い下げる場面を設定して、「思えば、書籍というものは、はかないものだ。その『曾我兄弟』

なども、前髪の時に読んだきり、以後手に取ったこともない」などと言わせたこともあったと回想している。(1)これは、この度の作品には、庭の筵に古書が積んである序幕の舞台に少し生かされたようで、同心の人物造型にいくらか反映したのではないか。こうした体験を経て新たな機会を待っていた宇野は、染五郎（のち松本幸四郎）・吉右衛門の兄弟が出演することになったので、鷗外のこの作品の上演を思い付いたと打ち明けている。そして、小説には出ない同心の女房や神主、おもんを挙げ、「その人達によって、原作の香気を失わないように努力した。小説と戯曲は違うから、地下の鷗外先生も「ぢいさんばあさん」の時と同様、許して下さることと思う。」と記している。(2)

　国立劇場における『高瀬舟』（以下二重括弧は戯曲を指す）については『毎日新聞』夕刊（昭和四七・一一・一三）が（水）の署名で、「安楽死のテーマを通じて、人間の幸、不幸とはなにかを問うている。染五郎、吉右衛門が役の上でも兄弟を演じ、親身の情が出た。」と批評した。(3)『朝日新聞』夕刊（昭和四七・一一・二二）は、河竹登志夫が、二番目上演の『嬢景清八島日記』と併せ、「幸四郎一門を主軸として、ともに肉親愛をテーマとする古典と近代歌舞伎の二本立て、めずらしく九時前に打出したが、いたずらに長時間の観劇よりむしろ見おわってずっしりした重みがのこり、あと味もいいのは、両作ともドラマとしての骨格と普遍的な人間性にとんでいるからである。」と好評をもって遇した。『高瀬舟』評の全文を引こう。

> 　森鷗外の原作は、安楽死是非と金銭の価値とが主題だとされるが、こんどの劇化（脚本演出宇野信夫）は、人生の幸福とは何かというさらに大きな問いに究極の焦点をあて、現代のドラマとしたところがあたらしい。きまじめのため、うだつのあがらぬ小役人（富十郎）が、島おくりをよろこぶ弟殺し（染五郎）をみて幸福とは心の満足だとさとり、身の不幸をかこつ〝大詰〟にそれがよく出た。が、それもひとつは男が弟（吉右衛門）を安楽死させる眼目の場が二人とも好演で、迫力があるからだ。訥升の女房、芝鶴の神主も個性をえがいている。小役人の性格と心理がもうひとつ書きこまれてもいいが、全体にむだのない淡々とした作劇術が役者

を生かし、テーマを浮彫りにして成功した。

河竹も人間・人生の幸福を問うところに根本の主題を見、それが役者による親身の情の表現もあって好演と批評したのであった。こうした上演について宇野信夫自ら、最も好きな舞台の一つになり、印象深いものとなったと語ったのも、脚本・演出・演技相俟って優れた芸術的世界を展開できたからに外なるまい。

二　宇野信夫におけるモルナール

河竹登志夫は上のとおり宇野の作劇術を高く評価したが、遡れば、それにはモルナール・フェレンツ（一八七八―一九五二）のあずかる点もあったであろう。『花の御所始末』（光風社書店、昭和四九）所収の『高瀬舟』の前書きで、鷗外訳『諸国物語』（国民文庫刊行会、大正四）を読んで大いに啓発されたが、最も感激したのはモルナールで、その「破落戸《ごろつき》の昇天」は同じ作家の戯曲『リリオム』（一九〇九〈明治四二〉）の原作ともいうべき小説であって、そこから小説と戯曲との違いを、改めて学ぶことができたような気がしたと書いているからである。『リリオム』は、『世界戯曲全集　第二十二巻　中欧篇』（近代社、昭和二・九）所収の小山内薫訳で読んだかと思われる。もとより宇野は、多くの読書・観劇の体験、役者との交際によって作劇術に対する知見を広め、また深めたと考えられるが、その中に近松門左衛門らと共にこのブタペストの作家もいたことは確かである。

鷗外が訳した小説「破落戸の昇天」*Himmelfahrt des Strolchs Zawocki*（独訳）は、次のような世界を展開する。――ツアヲツキイは、女中であったユリアと結婚した、見せ物小屋のやくざな客引きである。人はいいが行動は粗野で口も荒っぽく、妻を愛しているものの、対する言動はいつも裏腹になってしまう。ある時金を作ろうと、一人の破落戸《ごろつき》との関係から強盗をはかるが時を失したため、小刀を我と我が胸に突き立てて自殺する。あの世で裁きを受け十六年間魂は浄火の中にあった。一日、死の直後生まれたはずの子供に会いたく思い、二十四時間の許可を得てこの世に帰って来る。しかし、事の成り行きから戸口で、性格も母親に似た娘の手を打ってしまい、地獄に落とされる。母娘は手を打った人のことを、生涯二度と口にすることはなかった。――この小説をもとに執筆した戯曲のモチーフについて、徳永康元は下のような話が伝えられているとし、モルナールが青年時代に働いた新聞の編集長で著名なジャーナリストの娘であった最初の妻ヴェーン・マルギットとのことを紹介する。(4)

このマルギットは当時既に新進の女流画家として知られ、後には文筆生活に転じて一流のレポーターとなったほどの芸術家肌の女性だが、彼らは短い結婚生活の後に、モルナールのエゴイスティックな生活態度と、マルギットに対する粗暴な行為が原因となって離別してしまった。この不幸な体験によって甚しく心を傷つけられたモルナールは、内心では妻を愛しながら、結局最後まで素直にその気持をあらわすことができずに死んでしまうリリオムの哀れな物語の形で、自分の真情を表白したのだというのである。

小説のツアヲツキイは戯曲ではリリオムとして書かれているが、右のモチーフは、当代の一小市民の悲しみを描く作品のテーマと解してよいであろう。徳永が、「『リリオム』の最後の場で、始めて見る自分の娘に、リリオムは天上から盗んで来た星を土産にやろうとする。ところが思いがけないことに、娘はリリオムを怖がってこれを受取らない。折角の苦心を裏切られた彼は思わず腹立ちまぎれにぴしゃりと彼女を打ってしまう。この短い場面こそ『リリオム』全体のクライマックスとも言えるのだが、これは又すべてのモルナール劇に共通のテーマなのである。」と述べたことに直接結び付くからである。

宇野は、その言葉から推して戦前版岩波書店の『鷗外全集』を持っていたと思われるが、「椋鳥通信」を繙いたとすると、明治四十四年の「〇女との事件のために Budapest の／Franz Molnár／は自殺を謀つて毒を飲んで、三十六時間眠つてゐた。病院で醒めて、紙巻煙草を一本飲んだ。まだ重体である。（一九一一年六月二日発）」といった報道記事は目に入ったであろうか。別の機会に過ってヴェロナールを飲んだものの、快方に向かっている、という記事もある。いかにもこの作家にはありうることであったが、作品に関しては、「O Liljom（主人公の名）はブタペストの下等社会をかいた／Franz Molnár／の脚本である。」という記事が見える。ドイツ、オーストリアで上演されていた『リリオム』が、世界的に名声を博したのは一九二一年ニューヨークにおいてであり、翌々年にはパリでも舞台にかけられた。(5)そうした動向はわが国にも及び、大正十五年「近代劇場」によって、翌年小山内薫訳の台本で「築地小劇場」によって上演された。演出は青山杉作が行い、リリオムが友田恭助、妻ユリアが山本安英、娘ルイザは及川道子で、昭和八年築地座の公演では、演出伊藤基彦、リリオムは友田恭助、ユリアが田村秋子、娘は堀越節子で、他に杉村春子、東屋三郎らが出演している。この時の上演について辻久一は、腰を据えていたことはわかるが、自信に災いされて失敗であったと批評した。しかし、友田恭助の当たり狂言で、客はよく入ったという。(6)

昭和四年慶応義塾を卒業して、まだ安定していなかった宇野は、昭和八年秋処女作『ひと夜』の初演を「築地座」によって行う幸運に恵まれ、友田恭助が主役を演じたのであった。宇野の『幕あいばなし』（光風社書店、昭和五〇）で、当時友田主宰の築地座は権威があり、それによる上場は新進劇作家として認められるようなものであったと回顧している。『リリオム』の宇野の観劇のことは管見には入らなかったが、モルナールの、「真の戯曲は、ごく単純な言葉だ。実生活上の最も哀れな最も悲劇的な場面では、常に『おい』とか、『ねえ、おい』とか呼ばれるものである。」という言葉を紹介している一事は注目される。

登場人物について見ると、『花の御所始末』所収の前掲一文に、「一体に短い名作は、長編小説よりも劇化しやすいもので、原作に出ない人物が、読んでいるうちに、一人で浮かんでくるものだ。」と述べて、戯曲『ぢいさんばあさん』を挙げるが、『高瀬舟』の場合もそうであった。これらは「破落戸の昇天」と『リリオム』との関係を想起させる。小説にはツアヲツキイ、その妻ユリア、娘、端役として一人の破落戸の他に役人・押丁らが出るのに対し、戯曲では主な人物は上記のとおりであり、脇役を挙げればかなりの数になる。ト書きはあっても、いわゆる地の文のない戯曲では、主要人物の心理や運命あるいは置かれた境遇・情況等を表すため、多くの登場人物を必要とする場合が多いのに違いない。たとえば、短篇小説で簡潔に書く内容を、戯曲においては人物の心理・心情の揺れや事の食い違い等を織り込み、観客がより楽しめるよう技巧を凝らすことがあろう。リリオムと妻との終幕の対話などその例となる。

こうしたことは作品の長さにも関係する。「破落戸の昇天」は前掲鷗外全集によると約十三ページ、小山内訳の戯曲は二段組み七十三ページである。台詞の殆どない序曲（一ページ）は短いとしても、第一景（一七ページ）は長く、以下終幕の第七景（七ページ）まで漸次紙幅は少なくなっている。戯曲『ぢいさんばあさん』『高瀬舟』も、右のような構成と対応するところが認められる。こうした『リリオム』に舞台上の人物を直接見る観客の視覚・感覚に訴える工夫をした跡が見られる。リリオムが子供への愛情として、赤いハンカチで包んだ星を土産に持って来る場面は、小説には叙述がなく、演劇上の工夫にかかる例である。

宇野は、このブタペスト出身の作家の小説を他にも鷗外訳で親しんだが、作品の明快な深さにもその理由を見、人情という観点でも興味をそそるものを感じたと解される。こういう小説を書いてみたいと思わせた「破落戸の昇天」、それをもとにした『リリオム』からの感動もあって、主題の取り扱い方や台詞・構成・視覚化等の舞台表現に関する技法が印象に残り、それが『高瀬舟』の前書きの言葉になったのであろう。モルナールに関心を抱いた矢田津世子も、そのきっかけは愛読していた鷗外にあったはずである。

三　戯曲『高瀬舟』の世界

戯曲『高瀬舟』が、大筋を鷗外の小説によったことはもちろんである。しかし、宇野は、脚色ということの価値を低くは見ておらず、つまらない原作よりは面白い脚色の方に価値を認めていた。重要なことは原作を自分のものにしているかどうかであった。『高瀬舟』は徳川中期の京都に題材を得ており、二幕五場から成る。まずその構成の方面を観察しよう。

序幕は奉行所の小役人羽田庄兵衛（三十歳）の住まいで、季節は小説同様春である。が、長雨の状況を設定することによって、登場人物に心理的陰翳をもたらし、金貸し吾兵衛（六十歳）の返済催促を女房松枝（二十五歳）がやっとかわした後の夫婦の会話に差し響く。足ることを知ることの生活上の現実的問題を、人情世態とのかかわりで描くのであるが、二人は家計の問題から出世のことにまで及んで口論に至ってしまう。主人が、贅沢はせず、非番には昼寝の楽しみが関の山だ、と苦言を呈すると、経済的問題から女房は、「人間の暮らしというものは、何時迄同じ所に止まっているものではありません。（中略）私たちにも子供が出来ました、したがって、くらしのかゝりも違って参ります。」、「出世を軽蔑すれば、出世の方でも、あなたを軽蔑するのです。お願いです。出世をして下さい！」などと言い返して泣く。隣家からは、昇進を祝う仲間の謡曲『羅生門』の一節が聞こえてくる。春の長雨の寂しさの中、招かれないでこれを聞く夫婦の胸中、宴の様子と人間関係が、この謡によって暗示され、効果的である。夕刻から嫌な役目の護送のある庄兵衛は、泣く赤子を抱き、「お父さまは、生涯小役人だ。坊だけは、えらくなれ」と語りかけて幕となるが、序幕には右のような対照の手法が採られている。

続く第二幕大詰めの（一）は、二条辺りの高瀬川と桟橋、夕暮れ近くで、桜が咲き、老鶯が鳴いている。流人の喜助（二十二歳）とこれを護送する庄兵衛との対話が展開され、序幕に比し短いけれども、原作の喜助の語りをほぼ取り込んでいて、遠島になる経緯を話す端緒の場となり、印象深いものがある。大詰（二）（三）が兄弟のそれまでを舞台で示し、幕切れになる（四）が現在時の（一）を受ける。そうした位置にある（二）は長く、脚本のほぼ半ばを占め、兄弟の人と生活を、神主（六十歳）、おもん（十九歳）も登場させて、彫り深く描き出す。前場の一年前、北山山麓の庇の朽ちた小屋で、季節は初秋の日暮れ近くであり、小説とは異なりここでも雨が時に通り過ぎる。雨漏りが兄弟の生活状況を表し、喘息持ちの老人斉記と労咳を病む利作（二十歳）には、雨は心情にも作用する。利作は心も沈みがちになる一方、病身のゆえもあって音響に鋭敏で、小鳥の立てるかすかな物音にも気づき、生きたいと思う心を強く意識したりする。雨は喜助が斉記から風呂を勧められて、おもんとそのまま別れてしまうきっかけを作り、続く（三）で弟自害の機会を用意することになるなど一種プロットの役を担っていると言ってよい。

神主斉記は、兄弟を見守るものの、彼らを貧窮から救うことはできない。しかし、善意の人であり、序幕の金貸し吾兵衛は悪人ではないが、同年齢であって面白い対照をなす。おもんは幼なじみの喜助を恋い、喜助もおもんを好いている。が、京阪に聞こえた旅籠からの縁談の結ばれることを喜助は願って、自らはあきらめようとしている。おもんは舞台に潤いと哀れの情とをもたらす存在である。（二）の半刻後の（三）は、喜助が弟の自害に遭う緊迫した一場になり、二人だけの登場と展開の速さとが効果を発揮している。兄弟愛の熱演であったらしいが、行燈による照明も印象的であろう。弟の咽の剃刀を抜いて死なせてやった喜助が放心状態にあるところを、偶然入って来た隣の婆さんに目撃されるシーンは、脚本にはない。偶然性が関係して不条理を感じさせることになりうる一事を、宇野は書かなかった。これには人情を描くことや、小説とは違って遠島を一年にとどめたことが関係していたからであろうか。利作の自害について言えば、後に引く喜助の燈心の喩えが重要なきかっけとなることも、構成上の工夫である。

大詰（四）は再び庄兵衛と喜助との対話の場となる。安楽死の問題については、喜助が、

私は、弟の願う通りにしてやりました。弟の苦しみを助けてやろうとして、弟の命をとってしまったのでございます。その通り、お上へ申しあげると、私は弟殺しということになってしまいました。仕方がございません。私は、よろこんで科人になりました。でも、あの世で、弟は私のことを、屹度よろこんでくれると思います。

と言う。庄兵衛は、これに「屹度、よろこんでいる」と応じつつも、「罪」と考えることに疑念は晴れない。鷗外の「最後の一句」（『中央公論社』大正四・一〇）を、「お上のお裁きにお間違いのあろう筈はございません。私はお情《なさけ》で、わずか一年、島へ行って働けば、いゝことになりました。」と採り入れたように、反抗・批判ではない言葉で喜助は答える。赦免のことを記さない原作と異なる点に、宇野の安楽死の罪に対する解釈の特色が出ているであろう。

こうして、原作では知足・安楽死という順序で問題となったものが、(7) 逆の順序に書かれて幕切れに至る。宇野の原作受容の特色を窺わせるものがあるが、ここでは、構成との関係から筋・ストーリーの問題に触れてみたい。一体小説でも戯曲でも、筋・話・ストーリーの芸術的価値の問題はしばしば話題になった。『心に残る言葉』によると、演劇では「「筋」を知ってしまえば退屈で見ていられないようなものは、いい芝居とはいわれない。芝居の本当の面白味は、セリフにあり、また人間のえがき方」にある。こうした観点からは、戯曲『高瀬舟』の場合どのようなセリフが見いだせるのか。序幕においては人間の暮らしと出世とについての松枝のそれが挙げられる。大詰（二）からは、平凡ではあっても、やはり人情の真を穿った、「屹度癒ってみせる。そういう了簡でかゝらなけりゃ、病気なんてものは、癒りゃアしないよ。」と言った斉記の励ましが見落とせない。病人利作にもそれに応じる言葉があり、喜助にも、「燈心というものは、まわりを明るくするために、自分はだん〳〵に燃えて、だん〳〵に細くなってゆく。それと同じことで、一人の人を倖せにするためには、誰かしら、細くなっていかなけりゃね。」とい

う、心打たれる表現がある。下文に見る知足をめぐる庄兵衛のセリフや、モルナールのいわゆる単純な言葉も注目される。これらは例として引いたが、セリフを楽しむことを、宇野は観客や読者に望んだのである。

　構成に関係する方面は最後まで及ぶとしても、次に主題の問題に移らなければならない。河竹評は、同日二番目の演目とのつながりもあったのか、両者「肉親愛をテーマとする」舞台と捉えた。原作については兄弟愛に主題を見ようとする論もあるが、この問題に関して鷗外が示した、足ることを知ること、安楽死是非の問題という点から考えてみると、脚本にはそのこと自体についてのセリフがある。しかし、肉親そのものへの洞察の言葉は直接には見いだせない。それで、肉親愛のテーマというときの「テーマ」の意味をゆるやかに解し、その上にこれらを統べる大テーマを考えてよいのではないか。もっとも宇野は、主題・テーマなどというものに囚われると、書く方も、読み、見る方も、作品の生命を逸しかねないと危惧していた作家であったことをおさえておいてよいかもしれない。

　この肉親愛の問題という点では、昭和二十八年大阪歌舞伎座初演の『人の世の川』を取り上げてみる必要がある。[8]翌年明治座において再演された作で、その世界も主要な登場人物も大体は同じく、『高瀬舟』のもとになったものと見てよい。作品の眼目となる知足の問題の描き方も殆ど変わるところがない。ただ、喜助は紙屑買いをしており、染物職人で年季が開ける一年前の利作は、久しく現れなかった手癖の悪さが出て、暇を出された身であることに大きな違いがある。近所でも盗みをはたらいたため、弟思いの兄が罪をかぶる。そこに住めなくなった二人は、山の麓の掘立小屋で暮らしているが、利作は重い病を患っている。そうした一日、兄とおもんとのことを考え、また生きていることの迷惑を思い、剃刀をのどに突き立て、兄に安心することを求め、「真人間《まにんげん》」になって楽に死にたく、これを抜いてくれと頼むのである。劇的葛藤の場面やそれに伴う人情の描写をねらっての筋立てだったであろう。が、このような『人の世の川』では納得できないものがあったらしく、これに手を加え、改めて『高瀬舟』として上演したということであった。

『高瀬舟』の舞台で庄兵衛は、作品の意味・意義を観客に開き示す重要な役割を担っていて、赤子もいる。しかし、染五郎・吉右衛門兄弟の出演が眼目であることから関係事項を列挙してみよう。同心の目にうれしそうに映る科人の様子は、置かれた状況で弟に尽くせるだけのことは尽くしたという思いが関係していたであろう。薬代のため食うものも食わずにいたことや、心配をかけまいと勤めのことを偽っていたこと、結婚の問題、弟を苦から救うためその死を早めたこと等が数えられる。利作の顔に亡き母を認めたり、川面に映る自分の顔を弟と錯覚したりするような心情が、これに関係していることはもちろんである。弟も兄のことを考えて自害に至ったのであった。兄を求める心、兄から身を引こうとする心――弟の自害の場は情がこもって観客に深い感銘を与えたようであるが、これが最後の場にも生き、成功裡の上演もあって、肉親愛をこの演劇のテーマの一つと解したものと推察される。

大詰（四）の冒頭においては、弟殺しの罪と島流しとのことが二人の間で話され、続いては、お上からもらった二百文を喜ぶ喜助が演ぜられるが、斉記・おもんが利作に恵んだ葛とともに、登場人物の心情・心理の視覚化の表現として注目される。庄兵衛が、扶持米も次々人手に渡しているに過ぎない身で、二百文に相当する蓄えだにない、と話したセリフの次にはこう続く。

嫉妬、羨望、虚栄、阿諛、我欲―それからそれと、われ〳〵は踏みとゞまることを知らぬ。それを今、眼前《がんぜん》で、踏みとゞまってみせてくれているのが、お前だ。喜助、己はお前に、礼を言うぞ。（傍点引用者）

知足の内実を嫉妬から我欲までの語をもって表す、戯曲家としての創意の見せ所で、そこに脚色の意義の一つを見ていたことを推想させる。こうして幕切れは左の場面になる。

喜　助　（花びらを掌にあつめ、ふっと息を吹きかけて川へ散らし、水のおもてを見て）旦那様、御覧なされませ、あれ、花びらが水に浮いて――まるで貝を散りばめたようでございます。（トだしぬけに、頓狂な声をあげる）あ、お前は利作――あ、利作だ。利作――オイ、己だ、兄ちゃんだ――（トすぐ我に返り、ひとりごと）なアんだ、己の顔だ――（トてれ隠しに笑う）はゝゝゝ。

庄兵（共々淋しく笑う）はゝゝゝ。

喜助　旦那様、此の二百文を元手にして、私はうんと稼いで、弟の墓を立ててやります。

庄兵（うなずく）

　ト笛の音。

庄兵（独言のように）送られる科人に満足があって、送る役目の者は満足が得られぬ。

喜助　え。

庄兵（しみじみと）これが浮世というものだろう。

船頭（かゝわりなく）出ますよ。

　ト夕風に花びらがハラハラと散る。つゞけて鐘の声。笛の音。今は柊屋の女房になっているおもん、頭巾をかぶり、上手よりそっと出て、花の木かげに立ち、舟の方を見る。庄兵衛、じっと思いに沈む。船頭、棹をつかい、舟はゆっくり下手へ動き出し、花道へ。喜助、再び小声で銭を数える。

喜助　ちゅう、ちゅう、たこ、かいな――ちゅうちゅうたこ、かいな――

〽世の中を何にたとへむあすか川――

　ト地唄の声。おもんは、木陰より出て、じっと舟を見おくり、泣きくづれる。花は頻りに散り、柝なしにて幕。


先の対話を包摂する形で人間・人生・浮世への視線を広げ、深めた幕切れである。喜助の心根、弟に対する情、庄兵衛による「満足」についての内省的独り言、今は柊屋の女房になっているおもんの「あわれ」等がこの場に収束されているわけである。「ちゅう、ちゅう、たこ、かいな」は、子供がおはじきなどの数を唱えながら二つずつ数えるとき用いる語で、(8) 近世の『俚言集覧』や宇野愛読の近代の小説にも見える連語である。喜助の所作は視覚化の演技によって、一篇の世界を表象するものにもなっており、背景の一つをなしている地唄は、戯曲『ぢいさんばあさん』にも採られた「露の蝶」の一節である。(10) 柝《き》なしで幕になるのは、観客の意識における主題の深化を図り、また原作中黒い水面をすべっていく護送の舟のイメージをも考えての工夫であろうか。京の晩春の夕暮れの流人と同心との対話、帰宅を促す鐘の声、聞こえてくる地唄や笛の音、散る桜――浮世の相の下に人物を対照させて「人間・人生の幸福」(新聞評)を問う戯曲が上演されたのであった。『人の世の川』において散る梅の花は、ここでは桜の花に変えられてあり、季節感や人の世の姿のことから、劇的場面としては現今は桜の花の方がより効果的であることを思わせる。

鷗外文芸の「香気と品格」を自作にうつしたいとしばしば語った宇野であるが、(11) こうして『高瀬舟』は戯曲としても、舞台でも、それを独自の様式で具現化したと見てよいであろう。永井荷風の「森先生の事」(『明星』大正一一・八)によれば、芸術の精髄は「気品」にあらねばならず、鷗外の文芸はこれを具えていると述べている。芸術作品の気品ということではゲーテも父親から教えを受けたことを、若き日の鷗外は『詩と真実』(レクラム文庫)の第一部第四章で読み、〈Kunst.〉すなわち「芸術•」と書き込みをして注目していた。プンクトは〈Werke〉すなわち〈作品〉を省略した符号であろうか。宇野信夫の企ては、その点でもめでたい芸術的実践となったのであった。

注

(1) 宇野信夫著『しゃれた言葉』(講談社、昭和五九)参照。

(2) 宇野信夫著『花の御所始末』(風光社書店、昭和四九)所収『高瀬舟』の前書き参照。

(3) 小西甚一著『日本文藝史　V』(講談社、平成四)の「近代的混沌」の章(散文ジァンルの近代化)で鷗外の「高瀬舟」の主題の一つを「幸福とはなんぞや」ということに見ている。
(4) モルナール作、徳永康元訳『リリオム』(岩波書店、昭和二六)の訳者による「解説」参照。
(5) 小山内薫「『リリオム』及び「悪魔」の翻訳について」(『世界戯曲全集　第二十二巻　中欧篇』)参照。
(6) 田村秋子・内村直也著『築地座』(丸ノ内出版、昭和五一)参照。
(7) 拙稿「森鷗外「高瀬舟」の二つのテーマ」(『文芸研究』第一五〇集、平成一五・九)参照。
(8) 『宇野信夫戯曲選集　世話物』(青蛙房、昭和三五)所収作品。
(9) 『日本国語大辞典　13』(小学館、昭和五〇)参照。
(10) 『ぢいさんばあさん』の改題『鴛鴦の賦』を収める『私の戯曲とその作意』の表紙カバーの意匠とズレが生ずることになるが、図案は図案として考えたのであろう。
(11) 宇野信夫著『私の戯曲とその作意』参照。

第三節　宇野信夫のセリフの技巧

一　宇野の演劇観とセリフの問題

劇作家であり、演出家であった宇野信夫の台詞の技巧を観察したい。それにはまず宇野が台詞――いつもセリフと書く――というものを、どのように考えていたのか、という問題に触れなければならない。台詞については、古くはアリストテレスの『詩学――創作論』に言及がある。すなわち悲劇の質を決定する六つの素因を挙げた中においてである。そのうち出来事（行われたこと）の組み立てを意味する「物語」（ミュートス）、行為する人間の性質を決めるという「性格」（エートス）、登場人物が論証したり、見解を表明したりするため口で語るかぎりの、すべての中に示される「知性」（ディアノイフ）を挙げ、台詞に関係して、「仮に誰かが人物の性格をよく表現した台詞をつぎつぎとならべて、それらの台詞は「措辞・語法」においても「知性」においてもすぐれた出来ばえのものであったとしても、それだけでは悲劇が本来はたすべき働きは実現されないであろう。」（藤沢令夫訳）と論じている。[1] ここにいう「物語」は、いわゆる「筋」と解されるが、アリストテレスは、「筋」の方が台詞よりも重要であると述べたわけである。レッシングの『ハンブルク演劇論』（一七六七―六九）では「筋」を他との関係で捉えており、平凡なものは拒みつつも、相対的には複雑なものよりも一目で見渡せる「簡単な構想」を好むと述べている。[2]

劇の「筋」については近年演出家浅利慶太が、ルイ・ジュヴェの演劇論から啓示されるところが大きかったと語り明かしている。(3)鈴木力衛訳『演劇論』（筑摩書房、昭和一七）の「演劇の問題」の章で「当るか当らないかの問題」を中心に据えて論じたあたりが特に示唆的であったのであろうか。浅利は、

劇は論理的構成の芸術である。主題は物語と一体となり「起承転結」を経て作品世界を形づくる。ラシーヌは究極の作劇法として「時と所と筋の一致」という「三・一致の法」を示した。物語は二十四時間以内で語られ、場所は一ヵ所、そして一本の太い筋。これが作劇の極意である。そしてその中でも重要なものが「筋」である。

と説いて、演出家の極意は「筋張り」にあるとし、そこに演劇の面白さを見ると述べ、こうした考えには、菊池寛を読んだことが関係したかもしれないと打ち明けている。続いて、わが国の演劇は「筋」という概念を軽視しすぎて来たと批判するが、その基盤には西洋の演劇への深い関心があった。同様のことは、つとに中江兆民が「余の信ずる逸品」（『天地人』明治三一・六）中、「筋書は精神なり芸振は形体なり」と主張し、わが国の芝居は西欧のそれに比し筋書きが劣り、それが他にも及んでいると批判していた。(4)対照的なのが、歌舞伎役者にも直接接していた宇野信夫で、芝居の面白さは「筋」ではないと言い、

「筋」を知ってしまえば退屈で見ていられないようなものは、いい芝居とはいわれない。芝居の本当の面白みは、セリフにあり、また人間のえがき方にある。たとえば近松の『女殺油地獄』をよく見ていると、セリフがみんな生きていて、人の心を打つ。（『心に残る言葉』平凡社、昭和五八）

と主張する。セリフと役者との結び付きも、この見方に関係するところがあったに違いない。一体宇野信夫は、戯曲を、読むための文芸作品としての観点からも重視していた。したがって、ここにいう「筋」の重要性を必ずしも否定しての発言ではなかった。学生時代円朝を読んで、鶴屋南北・河竹黙阿弥にもない「生きた言葉」があることを知り、やりとりの面白さと筋の運びのうまさとに驚いたと語っている一事からも、この間の事情は察せられる。(5)

それはあくまでも相対的観点からのものであった。以下、その演出にかかる舞台の実際を見ての検討ではないが、そのセリフの技巧の一端に触れることはできるかと思う。

二　セリフの短文化の種々相

戯曲・演劇の本質に関して、宇野はモルナールからセリフの短さについて学ぶところがあった。このブタペスト出身の作家の、真の戯曲はごく単純な言葉だ、という趣旨の発言をその著『幕あいばなし』で紹介している。鷗外の『諸国物語』（国民文庫刊行会、大正四）所収中モルナールの小説、特に「破落戸《ごろつき》の昇天」に感激したとあるが、これを同じ作者が戯曲で書いた『リリオム』（一九〇九〈明治四二〉）があり、宇野は、小山内薫訳（昭和二）で読んでいたであろう。金銭強盗をたくらんで機を逸し、やけくそになって自殺してしまったやくざなリリオムは、十七年後一日の時間をもらい、あの世から帰って来て、生前見ることのできなかった娘に会い、寡婦でいる妻ユリイにも会う。妻子を愛している彼であるが、行き違いからわが子の手を打ってしまう。が、娘はやさしくなでられたと感ずるだけであった。リリオムがスープ一皿、パン一片をくれたことを謝し、お前の娘をぶったことを怒ってはいないかと問うたところを引く。

ユリイ　（しげしげとリリオムを見、亭主に似てゐることに気づき、非常に驚いて、手を胸に当てる）まあ……このひとは……（長い間）……いいえ、怒つてやしない……ちっとも……（リリオム、門のところまで行き、見物の方へ背を向けて、門に凭れる。）

ユリイ　（静かに卓に帰り、腰をおろす）ルイゼ。

ルイゼ　（ルイゼ、家から出て来る。）あの人、行つちやつた。

ユリイ　ああ。

（二人、腰をおろす。ルイゼ、頬杖をついて、遠くを眺めてゐる。食べない）

ユリイ　なぜ、食べないんだい。

ルイゼ　どうかしたのおかあさん。

ユリイ　なんでもないよ。

この後娘が母になぜ黙っているのかと問うと、「何を話せつて言ふの。なんにもなかつたぢやないか。」と答える。この幕切れは、単純な、短いセリフと「間」とによって心深い場面になっているのである。

『幕あいばなし』によれば、セリフの短さの重要なことは、さまざまな機会に学んだ。たとえば近松門左衛門の芸談を穂積以貫が筆録したとされる『難波土産』（元文三〈一七三八〉）[6]では発端の「虚実皮膜論」にモルナールと同じ心を読み取った。六代目菊五郎は、「実生活の言葉は、そのまま舞台の言葉にはならない。そして舞台の言葉を大事にすればするほど、言葉を省かなければいけない」と言い、その言葉がなければ、その人の性格、その劇の筋がわからない、といった言葉だけを役者に使わせるべきである、と語ったのであった。文化十一年（一八四二）鶴屋南北の『隅田川花御所染』も示唆的な例を示していた。猿島惣太が故主の梅若丸とは知らず殺めた後、そのことがわかって腹を切ろうとする場面である。

イヤ〳〵、こりやア死《しぬ》がものはなへわへ。主をころしたといふ事は、たれもきかねへ。このよふすをしつたものわ、ひろい世界に、あのお月さまとおればかり。そんなら別してうろたへて死《しぬ》がものはない。お月さまがこれまでものをいつたためしもなし。イヤ〳〵、こりやせうがいおもいとどまりませふ。（傍点引用者）（第一番目五建目辻番屋の場）

宇野は、このセリフをもとにして書いたと見る黙阿弥の『小袖曾我薊色縫』（別名「十六夜清心」安政六〈一八五九〉）

の一齣に注目する。作中清心が求女から財布を盗って殺した場面で、「これ若衆どの、そなたを殺した言ひ訳は、そなたの刀で自殺なし」云々と、罪ほろぼしに跡を追おうとする。この時月が出る。

　然し待てよ、今日十六夜が身を投げたも、又この若衆の金を取り、殺したことを知つたのは、お月様とおればかり、人間僅五十年、首尾よくいつて十年か二十年がせいきり、檻褸を纏ふ身の上でも、金さへあれば出来る楽しみ、同じことならあのやうに、騒いで暮すが人の徳、一人殺すも千人殺すも、取られる首はたつた一つ、とても悪事を仕出したからは、これから夜盗尻切、人の物は我物に栄耀栄華をするのが徳、こいつあめつたに死なれぬわい。（傍点引用者）

この場合、流暢で「理につんだ破綻のない」ものになっているけれども、南北の短いセリフの方に、「人間の生への執着と、生きた人間の言葉」をより感ずる、と宇野は批評する。[7] 肺腑から迸り出る言葉がセリフに措定された観があるからに外なるまい。西洋のドラマには長セリフが少なくないが、芸術的にはこれがよいとは限らないのであった。「一体に人間というものは、せっぱつまった時には、せっぱつまった言葉は出ないもので、却って、なんでもない、さりげないことを言うものではないでしょうか。」と言い、「よく外国の映画や舞台で、窮地におちいった人が、あっちこっち歩き回ったり、頭を抱えたり」して、「深刻な表情で叫ぶ場面に出あいますが、どうもしっくりきません。」というわけである。試みに『宇野信夫戯曲選集　全五巻』（青蛙房、昭和三五）を閲しても、一人物の七百六十字程度が最も長いセリフである。その宇野に鷗外の「ぢいさんばあさん」（『新小説』大正四・九）を脚色した作品がある。「鴛鴦の賦」（『私の戯曲とその作意』住吉書店、昭和三〇）がそれで、一侍が金の貸借が絡み、人を殺めて遠国に永の預けとなる。のち赦されて三十七年ぶりに妻と再会するが、その場面の描写は、当初は互いを呼び合うだけで、セリフも極めて短い（本書四七四頁参照）。脚色者にはそれが最も自然だったであろう。原作は彼女が奥女中として四代の奥方に仕えたとあるが、史実を改変し脚本では二代にした例も挙げられる。

実生活やモルナールあるいは近松をとおして、感じ、考えていた宇野は、著書『歌舞伎役者』（青蛙房、昭和四六）で、最も言葉に敏感だった役者として六代目菊五郎の例を挙げる。大正元年初演以後しばしば舞台にかけられた榎本虎彦作『名工柿右衛門』に関係してのことである。知られた「秋がくれば自づと柿まで色がつく。しかもその色が生々《なまなま》として目が覚めるようじゃ。造化の力と人間の業は、こうも違うたものか知らん」の名セリフを、ある時の公演で思い入れにした形を採って、「ええ色じゃなあ」とだけ言わせることにしたという。六代目はそれを喜んだものの、公演三日目からは、じっと柿を仰ぎ、落ちると拾って思い入れをし、言葉では表現できない「間」による、セリフなしの優れた芸を見せたというのである。

三　セリフの長文化の種々相

小説とは違って、戯曲のセリフは、その中に情況やそれまでの経緯、人物の過去、性格といったものを表現しなければならない。当然詳しくして長くなることもある。宇野に鷗外の「高瀬舟」（『中央公論』大正五・一）を劇化した『人の世の川』があり、金貸しが同心から貸金を取り立てようとする場面から始まる。

吾兵衛　私も、化けるほど金貸しをいたして居りますが、失礼ながら、お宅さんのようなのは、初めてで、僅かなお金で、こう足を運ばせられては、かないまへん。

松　枝　まことに、相すみません。／（隣家の笑声。拍手。）

吾兵衛　お隣は、にぎやかなことでございますな。／（赤子が泣く。）

松　枝　おお、よし、よし。

吾兵衛　いや、こうしては居られませぬ。それでは、明日《あす》、必ず伺います。もし明日も今日のようなことでございましたら、お宅様の御損になりますので、あらかじめお含みおきを願いましょう。では、御免。

松　枝　失礼いたしました。／（吾兵衛、去る。）／（松枝、おくって行く。）

〽しなじな詞《ことば》の花も咲き、匂いも深き紅に、面《おもて》もめでて人心《ひとごころ》――

座敷に上がっていた同心庄兵衛が、金貸しは「帰ったか」と、戻って来た妻に問うと、「また明日くるそうです。」と答えるが、この脚本は、後に『高瀬舟』（以下二重括弧は宇野の戯曲を指す）の題の下、二幕五場に書き直された。その序幕では、吾兵衛の最初のセリフの一部は「かないまへん。」が「かないません。」と改めてある。続いて吾兵衛が隣家のにぎやかなことを言うと、松枝は、「何か、お祝事があるそうでございます。」と答える。これは『人の世の川』にはないもので、世話物として隣家との対照を示し効果的である。金貸しが、「いや、こうしては居られませぬ。」と言って帰る際のセリフは、『高瀬舟』では次に引くとおり長く、昇進を祝う宴席から聞こえて来る謡曲『羅生門』の一節も、前者では幕開けにおいて、「〽つくづくと春の……軒の玉水音すごく――」と謡い止められているものが、右のセリフ後なお「つはものの交はり頼みある中の酒宴かな。」と謡われるまで続くのであるが、引用を省略する。

吾兵衛　お奉行所のお役人が、まさか居留守もおつかいなさりますまい。（ト書き略）それでは、明日、必ず伺います。もし、明日も、今日のようなことでございましたら、旦那《だな》さんの御役目にもかかわることにもなりかねますで、そこのところは、あらかじめ、お含みおき願いましょう。（ト腰をあげ）虫ぼしでございますか。（ト書き略）長雨が続きましたからな。意地の悪いもので、花時は例年、雨が多うござりますな。でもどうやら、お天気もこれでさだまりましょう。

トこの間、松枝、襖をあける。吾兵衛、去る。松枝、つづく。隣家の謡。

セリフを短くしようとするのであれば、『人の世の川』のままでもよかったはずである。しかし、それでは金貸しの心理がもう一つ表されない憾みがあり、劇的緊張の招来、庄兵衛の限られた人間関係をも暗示する謡曲の表現効果も十分ではないと考えたのであろう。続く場面でも、妻が夫に、「私の家計のだらしなさの為に、借財が出来た、と仰やるのですね。」と反論すると、夫は、「これからは、己の扶持米だけの暮しをしてくれ。」と応じる。これに対し改作『高瀬舟』においては、「頼む。これからは、己の扶持米《ふちまい》だけの暮しをしてくれ。一文の蓄えもない己が、若し大病にでもかかった時は、どうする。万が一、お役御免にでもなった時のことを考えると、己はおそろしい。」と長くなっている。不時の病や失職を心配する原作の叙述をもとにしたセリフであるが、蓄えに対する一般の人の心理を表すものになっていることは注目されてよい。

　あってもよいセリフを省略した例はすでに観察したが、同じ観点から書き込んだ場合もある。近松の『曾根崎心中』（元禄一六〈一七〇三〉）を脚色した同題の作品を取り上げてみよう。昭和二十八年夏初演の作中、その第一場には、敵役の九平次に銀を騙られ、町の衆に対する徳兵衛の弁疏が、「この徳兵衛は、決して言いかけしたのではござりませぬ。日頃兄弟同様につきあう奴から一生の恩にきると頼まれて、明日七日に此の銀《かね》が無ければ、この私も死なねばならぬ命がわりの銀なれど、互のことと役に立て、手形を私の手で書かせ、印判据えて、その判を前方に落としたと町内へ披露して、却って今のさかねだれ——いずれも様、徳兵衛、嘘は申しませぬ。」（傍線引用者）とある。しかるに十八年後のテクスト（『戯曲』第三五号、昭和四六・五）では、傍線部に、「（ト懐より手形を出し）御覧なされませ、この通り、手形を私の手で書かせ、」（傍点引用者）のように手を加えた。観客に対する視覚化の工夫を施したわけである。第二場で、徳兵衛の馴染お初の「どうしょぞいナ。（泣く）オオ、そうじゃ。」とあるセリフの中のト書きを、より具体的に（ト男の胸に顔おしてあてて泣き）としたものなど、こうした例は少なくない。

　ところで、セリフには、口調その他様々な観点から技巧が凝らされているのであるが、主題の深化とその具象化を企図したものも見られる。鷗外の「高瀬舟」ではテーマの一つに「知足」の精神が挙げられる。この点を宇野は、その内実を庄兵衛に逆方向から「嫉妬、羨望、虚栄、阿諛、我欲」と言わせ、人間の本性に直接結び付く問題において、心を打たれ、人情の機微に触れることのできるセリフで人物を描き、自作の独自性を表すことに成功した。これは、当該作品の眼目に関係する重要な解釈である。もう一つのテーマ「安楽死」については、後の脚色のセリフに逆に少しの削除がある。もって脚色の方向が知られよう。

セリフの技巧という点で、なお、二、三の例を挙げたい。『人の世の川』中、松枝は、「出世を軽蔑して、出世のできる道理がありません。お願いです。出世をして下さい！」と言うと、庄兵衛に「うるさい！」と怒鳴られ、声を上げて泣く。この場面は、改作では夫の一喝に対し、妻が、「出世をして下さい！」を三度繰り返してから、「ト泣き伏す。隣家より、大勢の笑いさゞめく声。」のト書きが記される。出世をめぐる経済問題からの真をうがったセリフである。また、二人の諍いに赤子が泣くことは両作同じけれども、改作の庄兵衛は、「おい、坊、（中略）お父さまは、生涯小役人だ。坊だけは——坊だけは、えらくなれ——坊だけは——坊だけはなあ。」と語りかけていて、特に最後の「坊だけはなあ。」は口調上も、よく利き、夫婦の感情のもつれ、心理的葛藤の描写にリアリティーを感じさせる。『鴛鴦の賦』の改題作『ぢいさんばあさん』において、子供の夭折のことで夫が「寿命だ。」の一句を加えたのは、宇野のいう「人間の描き方」にも関係する顕著な一例となる。原作の子供平内の名を言わせなかったのは舞台上の工夫であろう。

四　セリフと「間」との関係の問題

劇作家であり、同時に演出家でもあった宇野だけに、セリフには注意深く関心を払っていたのであるが、日常の言葉とは異なる場合があっても、それはあくまで自然で生き生きとしたものでなければならなかった。そのためには「間」が一つの鍵を握っていた。この「間」の問題について、長唄の住吉慈恭との対談で「間」によって悪声も美声に聞こえるものだということを教示されたという（『歌舞伎役者』）。六代目菊五郎も、「間」は「魔」に通じ、芝居は「間」だと言ったのであった。こうした教えとともに、演出家としての体験もあずかって、「間」の問題には、セリフの短文化の問題も関係して、様々な機会に逢着し、自作にこれを生かしたことであろう。自らも、「セリフの妙味は間である」という言葉を残している。かなづかいの問題に触れては、『芸の世界　百章』中、戯曲を書く人間にとって、「いよ〳〵」と「いよいよ」、「許せ〳〵」と「許せ許せ」とは異なる表現であり、そこには「間」の違いが関係していると述べている。

　こうした「間」の問題をも含め、宇野が最も敬重した近松門左衛門の作品を脚色した『曾根崎心中』のセリフを少し取り上げてみよう。世話物の始まりとされ、平野屋の手代徳兵衛と天満屋の遊女お初との恋の心中に至る経緯を書いた浄瑠璃によった戯曲である。現在我々が読む古典の『曾根崎心中』には、徳兵衛がその恩義を感じていても、叔父平野屋久右衛門は登場しない。しかし宇野は、これを巧みに活躍させて劇的効果を招来している。すなわち、下女お玉が二階に上って見つけたお初の手紙を、天満屋の亭主惣兵衛が書き置きと気付き、久右衛門は事態を察知する。惣兵衛は手分けして追っかけよ、と急き立てる。

久右衛　(ア)徳兵衛、死ぬなよ徳兵衛——。
惣兵衛　探せ探せ
　ト久平次も共々「探せ探せ」と叫び、逃げ出そうとする。
久右衛　徳兵衛が敵。（ト捕える）おのれをば代官殿へつれて行き、思い知らせてやらにゃならぬ。嘉助。しっかりと番せいよ。
　ト嘉助の方へつきやる。

嘉　助　(イ)大丈夫じゃ。

　ト久平次を抑えつける。

惣兵衛　(ウ)遠くは行くまい。

町の衆一　わしらも共々、

町の衆二　探しましょう。

久右衛　(エ)おお、頼みます。わしも一緒に。

　ト皆々、身ずくろいする。

　九平次、逃げようとするを、お玉、へだて、嘉助、しっかととらえる。

久右衛　（格子をあけ）(オ)徳兵衛よ。死ぬなよかならず死んではならぬぞよ。（傍線引用者）

初演以後セリフを吟味する機会があり、宇野は、脚本を選集に収める際と、個人雑誌『戯曲』（第三五号、昭和四六・五）に掲載する際、これに推敲を加えている。傍線部（イ）の「大丈夫じゃ。」は語勢のある「合点じゃ。」に改め、選集以後惣兵衛のセリフ（ウ）の句点（。）は読点（、）にして町の衆との連続的発話になるようにした。これを受け『戯曲』に発表の本文においては久右衛門も（エ）はすべて読点になり、町の衆もそれぞれ伊助・長七と名前が与えられることになった。いずれも微妙なセリフの呼吸により一同心を一つにし、急ぐ気持ちを表していて、「間」が考慮されたことが知られる。

続く第三場は、曾根崎の森の道行きとなるが、右の場面について脚色者は、徳兵衛が事の仔細を打ち明ければ、万事がうまく納まり、お初と夫婦にして貰って、店の一つも持たせてもらえたかも知れない、と述べる。そして、「死ぬなよ、死んでくれるなよ」と心配する叔父の心も知らず、二人は心中してしまうと言い、そこに「人の世の哀れ」があり、脚色の焦点もここに置いたと『私の戯曲とその作意』でその楽屋裏を語り明かしている。そのため久右衛門に、徳兵衛よ死ぬなよと、原作にはない言葉を繰り返させ、一作の眼目としたのであった。その後雑誌掲載作でははじめのセリフ（ア）を削除し、続く惣兵衛の「探せ探せ」を久右衛門の言葉に変え「探せ〳〵」とした。惣兵衛のセリフであれば、お初の身を案じていたとは言え、そこには経済的損失を考える心も潜んでいることになる。これの久右衛門への変更は肯綮に当たっている。そして、後の（オ）も、微妙に異なる表現で、「(格子をあけて) 徳兵衛。(ト呼ぶ柝の頭) 死ぬなよ、必ず死んではならぬぞよ。」と書き改めた。すなわち、呼びかけの「徳兵衛よ。」の「よ」を削り、次に柝《き》を入れることにして、「死ぬなよ」の後に新たに読点を打ったのである。宇野がよく口にした、切羽詰まった場合の言葉として、叔父の甥に対する思いの表現の修訂は首肯できる。肝腎のセリフもはじめのものは省き一度だけにして焦点化を図り、「間」も十分考えたあたりを味わうべきである。

ケラーの『村のロメオとユリア』(一八五六) やイプセンの『ロスメルスホルム』(一八八六) に情死を書いてあっても、そこからも推定できるように、心中への道行きは日本文芸・日本演劇独特の美的表現と思われる。その第三場は、原作による、「此の世の名残り、夜も名残り、死ににゆく身をたとふれば、仇しが原の道の霜、」云々の唄とともに始まり、花道からお初・徳兵衛が登場する。近松の当時は義太夫節や謡等によって、この道行文は示されたのであろうが、宇野は、『戯曲』掲載作では新たに句読点を打ち、

徳兵衛　あれ、数うれば暁の、七ツの時が六つなりて、
お　初　残る一つが今生の、鐘の響きの聞きおさめ、

とし、この後、それぞれ「われとそなたは、」「女夫星」と唱和し、鐘の音、念仏の下で心中して幕となる。句読点の打ち方、道行文を二人に分けたセリフ化等の工夫がなされているが、それには「間」を生かす技巧も関係した。この脚本による舞台は当たりをとり、十八年を経た時点ですでに五百回の上演を数え、宇野没後でも公演は続いている。[8] こうした劇作家に、下の回想があるのは偶然ではない。

○羽左衛門は私にむかって、「疎略なきようにはからえよ」のあとへ、一つ「な」と入れてよござんすか、と言った。その「な」のよさといったらなかった。（中略）あの鼻にかかったような、それでいて明朗な「にゃア」ともきこえる「な」である。その「な」一つで、いっそう情のあつい殿様にみえた。（『歌舞伎役者』）

○亡くなる幾日か前、元の支配人の牧野老が見舞にいった。（中略）まわりの人も、泣いた。／すると六代目は小さい声で、／「まだ早いよ」と言ったそうだ。／命の瀬戸際にのぞんでも、六代目という人は、そんなうまいセリフを言う人であった。（『役者と噺家』九芸出版、昭和五三）

セリフの技巧といっても、それは小手先の問題ではない。失われつつある人情の劇を現代に再生した宇野信夫の場合、右にその一斑を挙げたように、役者や噺家との交際はもちろんのこと、市井の生活、読書・創作・脚色・演出の経験、そして言葉・日本語・セリフに対する持続的関心、この方面における不断の努力があずかっていた。そこには、文芸・演劇、日本文化や人間・社会に対する深い心があったのである。

注

（1）田中美知太郎他訳『アリストテレス　世界古典文学全集　第十六巻』（筑摩書房、昭和四一）による。
（2）レッシング著、奥住綱男訳『ハンブルグ演劇論　上巻』（現代思潮社、昭和四七）の特に第十二号、第四十八号参照。
（3）浅利慶太「いつもそばに本が」（『朝日新聞』平成一四・七・二一、二八、八・四）参照。
（4）松永昌三著『福沢諭吉と中江兆民』（中央公論新社、平成一三）参照。
（5）宇野信夫著『幕あいばなし』（光風社書店、昭和五〇）参照。
（6）佐々木久春「穂積以貫と近松門左衛門」（『国語と国文学』昭和四四・一）参照。
（7）宇野信夫著『芸の世界　百章』（青蛙房、昭和四八）参照。
（8）山本健一「新橋演舞場『二月花形歌舞伎』」（『朝日新聞』平成一五・二・一六）参照。

第四章　田中澄江『安寿と厨子王』（シナリオ）の世界

一　『安寿と厨子王』の成立

学校を卒業して教師になると、小遣いもたっぷりあったから、学友たちと同人誌「夷狄」をつくり、私以外はみな小説を書き、私は劇作以外の筆をとる興味を持たなかった。

劇作という地の文なしで、言葉と言葉、動作と動作、だけで、一つの人生を表現し得る作品の魅力を、子供の頃から植えつられたのは、石神井川下流と荒川西岸の接点あたりに盤踞する母方の一族の会話のおもしろさであった。(1)

学生時代に戯曲「手児奈と恋と」を書いて、昭和七年（一九三二）東京女高師を卒業した辻村澄江すなわち後の田中澄江は、往時をこのように回顧する。そして、「多分私が戯曲を書きたいと志すようになったのは、言葉の中の真実を求めたからであろう。」と語り明かす。つとに岡本綺堂の『舞台』の誌友になっていたのであるが、田中千禾夫と結婚することになったいきさつを叙す中で、言葉と言葉、動作と動作だけで微妙細緻な人間の心理を表現している「おふくろ」（『劇作』昭和八・三）に感心して、「わが劇作の師と仰ごう」と思った、とある。その後も作品を発表し続けたものの、戦局や家庭の事情から一時作家活動を中断するのやむなきに至った。しかし、戦後京都の新聞記者時代菊池寛からは、谷崎潤一郎や大映・松竹・東映の各撮影所長宛の紹介状をもらって涙したこともあり、昭和二十四年（一九四九）には生計のためシナリオを書き始め、二本目は木下恵介監督の『少年期』であったという。義兄には前進座による映画『阿部一族』（東宝、昭和一三）で評価の高かった熊谷久虎監督がいて、言葉を交わす機会もあったようであり、この方面でも注目されていた田中澄江に、(2)動画のシナリオ『安寿と厨子王』がある。

動画、いわゆるアニメーションの製作には、演劇における戯曲同様、シナリオが必要であろう。その際、台詞が重要であることは当然としても、舞台ということから来る表現上の制約のある戯曲に対し、アニメーションでは殆ど自由であると言ってよい。しかし、映画と同類とは言え、画面とその展開の自然性を重視する映画とも異なり、それだけにリアリティの問題もあるが、結局は、アニメはアニメとしての独自性があるとしてよいと思わる。(3)そうした対象の考察がスクリーンを除外してのものとなると、大きな限界があるわけであるが、ここでは鷗外文芸の一遺響として、その台本を取り上げることとしたい。

一体近世において説経浄瑠璃として語られた『さんせう太夫』は、近代に入って鷗外が「山椒大夫」（『中央公論』大正四・一）を書き、在来のものとは異なった視点から広く親しまれることになった。昭和二十九年溝口健二監督の下、原作森鷗外、脚本八尋不二・依田義賢、主演田中絹代・香川京子・清水将夫・進藤英太郎の配役によって映画化された『山椒大夫』は、ベネツィア映画祭で銀獅子賞受賞作となった。(4)スクリーンでは、これに続いては、田中澄江脚色による上記作品が世に送られた。いま手許にある濃い緑の表紙の冊子を見るに、右端上にあずき色で「東映スコープ・総天然色・長編動画」と記し、中央に大きく「安寿と厨子王」のタイトルが押されていて、左下に社のマークとともに「東映株式会社」と印刷されてある。裏表紙からすると、昭和三十五年四月にこのタイプ印刷の台本が出来上がったものらしい。主なスタッフは、

製作　大川博、原作　森鷗外（「山椒大夫」より）　脚本　田中澄江　原画　大工原章・古沢日出夫　美術　鳥居塚誠一　音楽　木下忠司　色彩設計　前場孝一　風俗考証　蕗谷虹児

となっており、演出は『白蛇伝』(昭和三四)でヴェネチア児童画祭特別賞受賞の監督藪下泰司であった。上映は翌年色彩長篇動画『安寿と厨子王丸』となったもので、「日本アニメの功労者」と目された藪下に負うところも大きかったであろう。タイトルも鷗外作品の単なる二番煎じの動画でないということを打ち出すためであったらしく、ダイナミックな画面を予示するかのように厨子王を厨子王丸と変更したあたりに、演出者の手腕が発揮されたものと思われる。この年、東映動画スタジオが絵と文とを作成した同タイトルの十七ページの書が刊行された。この絵本(動画書)によると、台本の空白になっている欄も、その担当者が決められている。藪下泰司の意向がどの程度入ったのか詳らかにしないが、シナリオには、次の「製作意図」の一文が掲げられてある。

森鷗外の名作「山椒大夫」に描かれ、また伝説に童話に親しまれた「安寿と厨子王」の物語を題材として、非情な社会悪の渦中に、年若い姉弟が、悲運にめげず、助け合い、苦難を克服していく姿と、そこに綾なす美しい人間愛とを、幻想と詩情豊かな古典的風情のなかに、適度のアクションを加味し、感動と興味に溢れる日本独特の動画として描き出したい。

実際の映像を論者は未見であるため上掲動画書をも視野に入れて、シナリオの世界の特色解明に資することを図りたい。大枠は原作によったものと見てよいが、しかし、シナリオライターとしての田中澄江は、映画の仕事の中の脚色について、「原作と違う場面を作って話を面白くする」という考えを明らかにしており、この場合もそうであったと思われる。また映画の監督には、「自分の好きなお父さんやお母さんや子供たちを書かして下さい。」と言い、「自分の病気の子供のために、まだ小学校二年三年の子供たちのために、いい脚本を早く書こうと思った」とも打ち明けたことのあった一事からすると、昭和三十五年ころには子息もかなり長じていたにせよ、同様の気持ちを抱いていたことが推察される。ただし、下文で触れるこの作品の内包する宗教性を考慮するとき、これを子供向けのものとして限定する必要はないと思われる。田中千禾夫は、「瑞々しく清冽で、あやしいほどに豊満な愛情を美しくまた厳しく産み出したいという熾烈な芸術的欲求」が田中澄江の作品には一貫していると証言しており[8]、如上の精神が『安寿と厨子王』にも反映したことが看取される。

こうしたアニメがスタッフの力の結集に成ることは当然としても、脚色者に負うところも大きかったことが推察される。シナリオ完成の前年四月には、文・山手樹一郎、絵・志村立美による講談社の絵本『安寿と厨子王』が刊行されていた。昭和十二年中学校国漢科用教科書『国語　巻四』（岩波書店刊）に「厨子王」のタイトルで採られ、戦後も動画制作当時、原作が教科書に採用されていたことも、時代の相として視野に入れておいてよいであろうか。

二　『安寿と厨子王』の方法とその世界

シナリオはAからFまでの六つに分けられており、Aの部では陸奥の国・岩代の自然、春の中の館の場面から始まる。冒頭では、「陸奥《むつ》は北国岩代の／春は七山《ななやま》越えてくる／星のしずくが地に落ちて／小鳥の声で夜が明けて／やさしくお花が目をさます」（作詞・作曲　木下忠司）と主題歌「ふるさとの春」が流れる。岩木判官正氏は、みかどの御料地を見回っているのであるが、しかし、娘安寿を妻にという国守鬼倉の強要を容れないため京へ枉訴される。平和な明るい春とは対照的に、上司の無体な求婚によって一家と安寿とに暗雲が覆い、苦難が始まることになる。この冒頭のシーンには、一画面から次の画面へと二重写しで移るOVER・LAP（O・L）の技法が数回とられる。B——御料地で動物を虐待し、林に火を放ったという嫌疑のため取り調べを受けるべく正氏は京に上るものの、半年を経ても帰らない。原作ではみかどの勘気をこうむり、筑紫安楽寺に流さたとあるだけである[9]。みかどの意に背いたのは国守の方であったが、罪を問われた一家は館没収の憂き目に遭って岩代を逃げ、越後直江津に辿り着き、山岡大夫の言葉により一夜の宿を借りる。父を慕う子供の動機が旅である原作に対し、「非情な社会悪の渦」に巻き込まれて行く過程が具体的に示された形である。C——人買い山岡の手で（越中）宮崎の甚八と佐渡の辰公とに売られ、安寿・厨子王は宮崎に、母親八汐と侍女菊乃とは佐渡の舟に乗せられて一家離散し、侍女は海に落とされてしまう。場面は丹後の国山椒大夫の屋敷内の飯場に変わる。

右が前半である。シナリオの最初と最後をどうするかは、最もむずかしいところと田中澄江は語っている。書き出しと終わりの重要性は、映画に限られたことではないが、営業成績にも直ちに響くだけに、小説の場合などより、はるかにきびしいものが求められたにちがいない。アニメの長所を生かして動物たちを登場させたのも、これと関係するところがあったはずである。主題歌の中で「鳥よけものよ出ておいで／わたしのまわりに出ておいで」云々と唄うところがある。安寿十三から十五歳、厨子王（後の正道）は十から十五歳とあり、二人と仲のよい飼い犬らん丸（利巧な日本犬）、熊のモクちゃん（愚直で動作は鈍いが気がいい）、ねずみのチョン子ちゃん（敏捷で、おしゃれで少しオシャマ）、他にイノシシ、リス、サル等々が登場する。このうち主な動物は、山岡大夫と親しい見せ物師の策略にかかり、直江津から辛酸をなめながらも陸路を山椒大夫邸に至り着く。アニメの特徴を活かし、こうしたキャラクターを配したことには、子供たちへの思いとともに、犬・猫好きの田中澄江の発想が関係したかと想像される。

シナリオ後半のDは大夫邸における姉弟の苦難の生活を簡潔に描き、Eはその情況からの厨子王の脱出から国分寺を経て清水寺に至るまで、及び安寿の入水による死と大夫の息子十七歳の三郎とを映す。Fにおいては清水寺の厨子王と関白師実の娘との出会い、師実邸での生活と父の死の判明、見せ物師一座での動物たちの苦労、そして母子再会等の大団円となる。こうたどると鷗外の「山椒大夫」と変わりはないように見えるけれども、アクションを織り込んで相当異なっており、その具体相を観察しなければならない。

まずタイトルについて見ると、シナリオは『安寿と厨子王』となっている。童話・絵本等親しまれるものによったと考えられ、白秋の童謡もあるが、作品世界の実質にも負うたのであろう。すなわち原作にはいない鬼倉の登場があり、山椒大夫の存在は重要ではあるものの、歴史としての物語よりも、製作意図にいわゆる「美しい人間愛」を織りなす、姉と弟との物語を機軸としたことによると解される。この間の問題を三点にわたって取り上げると、第一は、小説にはない復讐的、因果応報的契機が関心を引く。佐渡に売られる母親の侍女は海に落ちて命を落とし人魚となるが、このあたり題材との地域的つながりからすると、小川未明の童話から暗示されたものでもあろうか。夏の月夜の晩浮かれる人買い山岡ら舟上の三人は沖に流され、人魚の怒りのため渦に巻き込まれて海深く沈み、一方鬼倉陸奥守は師実によって重い刑罰が加えられる。アクションからの技法があるとしても、説経浄瑠璃の精神を、鷗外よりも生かした形である。近世の語りは山椒太夫を鋸の刑に処すけれども、鷗外・田中ともに奴婢を解放し、正道となった厨子王は大夫親子を罰することはしない。シナリオでは原作とは異なり、僧になった三郎の乞いによるものであった。

第二は、厨子王の人物造型で、キャラクター欄には「気品のある少年、末たのもしいりりしさがある。」の説明がある。鬼倉と岩木とが押し問答をしている時、走り込んで来て鬼倉を指さし、「お父様、このおじさんはね、みかどの山に火をつけたんだ」と言う言葉はそのことを示しており、田中澄江の話し言葉の力量を窺わせるに足るものがある。父病死のことが判明して月光の中にひとり立ちつくし、かすかに泣いている厨子王のシルエットに、師実がその悲しみを理解しながらも、「だが、お前は男の子ではないか。不運に負けてはならぬぞ」と励まし、「(涙の顔をきつと上げて）はい」と応える場面も注目される。励ましの言葉とこれに応じての返事とは平凡であるかもしれないが、このシーンでの台詞として生きている。(10)

初春の深夜、御所において黒雲を呼んで空から迫る化け物を、動物たちの助けを得て退治する一齣は、アクションによる工夫である。そのはたらきから、みかどは、正道の名を賜って丹後の国守に任じ、関白は、父上のような立派な人になるようにと励ます。化け物退治は真の成人への一つの試練であったわけである。このシーンは少年たちに対するするライターの願い・期待をも響かせたかと思われる。しかし原作の姉弟別れの場面における、マーテルリンクの哲理を介した知恵による運命の人間的問題の深さを示したあたりは[11]、台本では静的に描いて抒情的ではあるが、原作を十分活かし切っていない観のあるのはやむを得ない。もっとも、ここに力点を置くと二番煎じになってしまう倶れなしとせず、文脈上師実による「不運」云々の語で表したとも解釈できるかもしれない。

第三は、そしてシナリオの最も眼目となるのは、「清そな少女、それでいてどこかしんの強さがある」と記されている安寿である。作品の中心的存在としての行為・行動とその精神との関係で三つのシーンを観察すると、一つ目は、三郎とのかかわりが注目される。すなわち元来が悲劇を基調とする語り物や台本のもととは異なり、その帰趨は別としても、ほのぼのとしたシーンを点じていることである。満月の夜の池のほとり。安寿・厨子王が池から流れ出る水に笹舟を浮かべ、姉が父母を偲んで歌う場面で、数匹の蛍が舞い、一匹の蛍がとまって灯をともしたように流れゆく笹舟。唄に合わせるように三郎が笛を吹きながらやって来るところに続く地の文から引こう。唄は、笹の小舟や蛍を点綴し、「むかしは遠く岩代の／山にかかりし夕月を／今宵丹後の空に見る」と幸せであった故郷のことを偲ぶものである。

三郎、安寿の前まで来て二人顔を見合ってにっこりする。
三郎、側に咲く蛍草を手折る。その蛍草に蛍が一匹とまる。
三郎、それを安寿の髪にさしてやる。
髪飾りの様に安寿の頭に蛍が光る。
嬉しそうににっこり笑う安寿。

ここには台詞はないけれども、動作によって人・人生の真を表現することに魅力を感じていたという田中澄江ならではの技量を発揮した、特に視覚に訴える箇所である。唄はやはり木下忠司によるものであり、蛍・蛍草を象徴的に用いて、動中の静の美しい、印象的な心深いシーンである。安寿に三郎をたのもしく思う、そして新しい心のかすかな芽ばえをも生じたことを表現した、ピークの一齣でもある。それだけにその運命を思うとき、あわれな場面と言ってよい。やがてこれが彼女の入水という悲劇のシーンに反転していくことになるからである。木陰でじっとこの様子を次郎が窺っていることを、プロットとして設定するライターであった。

二つ目は、安寿が三郎と語り合った、右の懐かしい池のほとりに来て、水に身を投じる場面。流れている霧が切れると安寿の姿が浮き出て来る。「じっと水面を見つめている安寿、赤い水蓮や白い菱の花が美しい。ゆれる水面、ゆれる安寿の顔にダブッて母の顔、父の顔、弟の顔。安寿、物に憑かれたように一歩、一歩と岸辺に近づく。」と書かれ、次のシーンは、丘を三郎がひた駈けに登って行く。また画面は、もとの池のほとり。安寿を霧が包み、霧が払われると、再び岸辺の場景で安寿の姿はない。名を呼ぶ――それは究極の人間的言語であるにちがいないが、それ以外の表現があるとすれば、沈黙によって示すことだけであろう。立ちつくす三郎の姿がこの間の事情を雄弁に物語っている。この「119　もとの池のほとり」のシーンを、安寿の姿がすでにない場面から引くと、

水面に小さな波紋がのこつている。
キヤメラ後退すると波紋のあとから一羽の白鳥が羽ばたいて空へ――
三郎、かけ込んでくる。
三　郎「安寿！」
三郎、池のふちを走りぬけようとして、はつと下を見る。

安寿の脱ぎ捨てた草鞋を見て、これを拾い上げる。
三郎が見上げる空にとび去つてゆく白鳥。
白鳥下を見ていたが雲にかくれる。
やがて空はかき曇り、雨が降り出す。
次第に強くなる。
三郎、呆然と立ちつくしている。

続く場面は楼閣の空に稲妻と大音響で安寿の死と異変とを暗示する。(死んだ)安寿が白鳥になったのは、上の「清そな少女」とあることの具象化と解される。死者が白鳥で表されるのは、古代の倭建命が八尋白智鳥となって天翔る例が見られ、乙女が直接にせよ間接にせよ白鳥で表象されるのは日本文芸にしばしば見られるところで、田中澄江の視野にはそれらも入っていたにちがいない。

原作の二郎を三郎とし、作中積極的な役割を担わせるあたりの脚色者の発想は実に豊である。原作の三郎を次郎として非情な人物にしたあたり、自然な工夫を凝らした跡が窺える。シナリオの三郎は安寿に好意以上のものを抱いているかとも思わせるが、しかし、より大きな心のはたらいていることを感じさせる。こうした作品の展開契機は、肉親愛は別として、『さんせう太夫』によった鷗外の作品にもない。「製作意図」にいわゆる人間愛のもう一つの姿を描くことになり、安寿入水後はその像を刻む三郎である。それを承けるのが太夫邸裏山の池のほとりの場面(冬)で、安寿の像を祀った祠が出来、三郎がその前に黙然と立っていると、安寿の故郷を偲ぶ唄のメロディーが流れる。降る雪の中へ舞い降りて来た白鳥が安寿の幻影に変わると、その名を呼んで駆け寄る三郎であったが、「安寿の幻影、宙に浮かび、白鳥に変つてとんでゆく。(F・O)」(F・Oは画面が暗黒に溶け込む溶暗FADE・OUTの略語）。三郎は出家してその菩提をとむらう。この場に寺が建てられたことを叙す小説に比し、宗教性は脚本の方がよりしみじみとしたものを感じさせる。このあたり洗礼を受けた脚色者の力量を示すものであろう。
三つ目は最後の場面にも関係する白鳥の役割である。「169　空と海上の俯瞰」のシーン。

白鳥とんでゆく。
遙かに佐渡ヶ島の遠景。
海上を静かに滑べる帆船のロング。

農家の生垣の外の場面で白鳥が空に飛び、厨子王と動物たち、その下を追っていると、厨子王は、「安寿恋しやほうやれほ／厨子王恋しやほうやれほ」の歌声を聞き、庭に走り込む。こうして母子の再会が描かれるが、互いに呼び合うだけであり、母八汐は厨子王をひしと抱きしめるのであった。人買いということへ親の注意を促す山手樹一郎の絵本では、山椒太夫邸に姉を迎えに行った正道（厨子王）は共に佐渡に渡り、守本尊の霊験によって目の開いた母と再会を果たし、三人は丹後の国へ帰るのであった。しかし、シナリオと東映動画スタジオによる絵本は、この講談社のものはもとより、鷗外の小説とも異なり、母親は失明したままである。脚本にキャラクターとしての動物を登場させる一方、鷗外以上にリアルに筆を進めた印象的な一齣を見逃してはならない。続くシーン。

174　生垣の外
動物達、肩を抱き合つて泣いている。

空に白鳥。

175 海の上

満風を帆にはらんで丹後へ帰る船。
船に立つ厨子王、晴着の母によりそつて嬉しそうに母の顔をのぞきこむ。
側にモク、チヨン子、らん丸。
白鳥、船を導くように空を進む。
遠ざかつてゆく船。
コーラス、一杯に盛り上つて。

（F・O）

— 終 —

白鳥への変身と案内・誘導の飛翔とは、その荒唐無稽性を思わせるけれども、アニメーションの機能を活用したもので、安寿の精神の具象化・視覚化と解するならば、その手法自体は、演劇でも行われるものであった。田中澄江が方法として意識していたにせよ、そうではなかったにせよ、芸術史の観点からは、溝口監督の映画『山椒大夫』の自己犠牲による安寿の聖性を受け継いだ表現の一種と考えられないことはないが、それはまた原作の精神を反映したものと解釈できる。ただし説経節の本地金焼き地蔵の持つ聖性は、原作・シナリオともに直接・間接に寺や仏像との関係で安寿の自死の犠牲により示された点はあるとしても、『安寿と厨子王』は全体として成功した、自立的な作品と言えるであろう。作品の最後の場面が広々とした空と海上とであり、その中を一行が白鳥に導かれて丹後の国へ帰って行くことは注目されてよい。それは安寿永眠の地でもある。

田中澄江の監督論「木下恵介」(筈見恒夫編『世界の映画作家』三笠書房、昭和二七)中、その作品について、「スタイルの新鮮さ以上に各場面の人間の動きと言葉が、背景と音楽の計算の中で美しい音楽、美しい調和をつくり出しているのにおどろいた。うまいなあとおもい、私達が日頃美しい絵や美しい音楽、美しい演劇に接した時の、あのすがすがしいよろこびを身一ぱいに感じて外へ出た。そのよろこびはそれ故に私達が真に生きる辛さを克服しようとする勇気を与えられるものの様であります。」と述べた一節がある。これを映画の理想の一つと考えていたとすると、『安寿と厨子王』の筆を進めながら、シナリオライターとしてそういう方に向かって努力したものと思われる。上に考察した場面やアニメ(動画書)中そのことを感じさせる画面が少なくない。

注

(1)　以下田中澄江の言説はその著『ホントにホントの話』(新潮社、平成一二)による。

(2)　シナリオ作家としても評価され、期待されていたことは『現代映画講座3　シナリオ篇』(創元社、昭和二九)の上野一郎「田中澄江」参照。

(3)　いわゆる映画からの独立的、自立的性質については、Yu・M・ロトマン著、大石正彦訳『映画の記号論』(平凡社、昭和六二)の「アニメーション映画の言語について」参照。

(4)　その成立と作品論については佐藤忠男著『溝口健二の世界』(平凡社、平成一八)の「歴史映画の試み―「山椒大夫」」参照。ただし佐藤が鷗外も蔵していた『徳川文芸類従』所収の『さんせう太夫』を読んでいたならば、その行文に多少の修訂を加えたかと思われる。この問題に関しては拙稿「『山椒大夫』の方法とその世界」(平川祐弘・平岡敏夫・竹盛天雄編『講座森鷗外2　鷗外の作品』新曜社、平成九)の他に佐藤忠男『ビデオとDVDで観たい　決定版！　日本映画200選』(清流出版、平成一六)の「山椒大夫」がある。

（5）企画・構成高橋秀行、協力田坂具隆、演出助手は芹川有吾で、進行茂呂清一・高畑勲とあり、台本には動画・背景・撮影・録音・編集・音響効果・振付・殺陣・記録の欄が空白であり、仕上げは二二七三米（七五〇〇呎）となっている。次の注（6）の書には監督藪下泰司、演出芹川有吾とある。

（6）山口康男編著『日本のアニメ』（テン・ブックス、平成一六）参照。

（7）ここに示された絵は画面からのものと思われ、スクリーンでの展開の一端はわかる。声優としての役割を担当した人は、次のごとくである。安寿・佐久間良子、厨子王丸・（少年時代）住田知仁、（青年時代）北大路欣也、岩木判官・宇佐見淳也、母八汐・山田五十鈴、山椒大夫・東野英治郎、次郎・平幹二朗、三郎・水木襄、藤原師実・山村聡、あや姫・松島とも子、鬼倉陸奥守・三島雅夫、見世物師・花沢徳衛、菊乃・利根はる恵、権六・富田仲次郎、国分寺和尚・明石潮、宮崎の甚八・清村耕次、佐渡の辰公・潮健児、熊のモク・大平透、ねずみのチョン子・武藤礼子、山岡大夫・永田靖、その他省略。スタッフとして台本と重なる人を除いて記すと、動画監修・山本善治郎、原画・森康二、大塚康生、熊川正雄、背景・小山礼二、撮影・大塚新吾、録音・空閑昌敏、編集・宮本信太郎とある。

（8）『田中澄江戯曲全集　第一巻』（白水社、昭和三四）の田中千禾夫「解説」参照。

（9）拙稿「森鷗外「山椒大夫」における安楽寺―説経浄瑠璃本文の一問題を視点として―」（『解釈』第四十八巻第九・一〇号、平成一四・一〇）参照。

（10）手許のシナリオの112には修正のペンが入れられているものの、ライターの手か、演出者のものかわからないが、次郎の台詞「どうだ、そんな痛い苦しい目に逢うより、俺の妻にならないか、すぐに助けてやるぞ、え？」は、「それとも、そんな痛い目に逢うより、俺の妻になるか、え？」と直され、三郎の台詞「安寿、逃げろ」は「安寿、逃げるんだ！」と訂正されている。こうした書き入れによる修正箇所は少ないが、生きた台詞にしようと努めた跡が知られる（傍線引用者）。

（11）鷗外の作品はマーテルリンクの知恵の概念に負うところが大きいが、文芸的伝統からすれば、鷗外の意識は別としても、柳田國男のいわゆる「妹の力」と解してよいであろう。「妹の力」の視点は澁沢龍彦著『思考の紋章学』（河出書房新社、昭和五一）、川村二郎著『内部の季節の豊穣』（小沢書店、昭和五三）参照。

付　従森鷗外到芥川龍之介—以関於小説的情節問題為中心—

一、田山花袋《深山黒夜》的情節問題

在日本近代文学的歴史流程中、我們可以找到従森鷗外到芥川龍之介這様一條文学水脈。在関於作家坦露個人隠私的所謂〃告白〃這様一個文学創作問題的論争中、兩人都発表了各自的相関言論①、這些言論本身就証実了兩人的文学関連。本稿擬在此基礎上囲繞小説的情節主線問題、対這一文学現象進行深入考察和探討。

鷗外対小説情節的論述比較早、応該是在評論田山花袋的小説《深山黒夜》(《新文壇》一八九六・一)的時候。這部作品取材於舗設通往山梨県的鉄路時発生的故事、採用了甲州鉄路公司職員、名叫野中的青年測量士敘述〃自己〃親身経歴的結構形式。作品主要写秋末冬初的一天、主人公走在従甲斐的与沢・清沢越過佐野山嶺到猿橋一路上的心理活動和所発生的事情、其実総里程也只有四里半山路。行進在日落後昏暗的山道上、野中突然想起離開与沢時友人説過〃會有什麼出現的〃之類的話、要在平時這話簡直可以説是毫無意義、無聊透頂、而此時他却恐懼得渾身発顫。這様他一辺發抖一辺在深山黒道上行走、明顯地可以聽到従山嶺細細的横道上伝来的急促而又快速的脚步声、而且這脚步声就緊跟在自己的身後。下面的引用是野中嚇得連回頭看的勇気都失去之後的小説中的高潮部分。在這裏作者也許是為了文章的節奏和間歇、有意地進行了多次的改行。

脚步声越来越近、豈止如此、它還正在加快、而且就在自己身後！

在那裏、

自己已直挺挺地僵立著、且有什麼映現在眼睛裏。

是女人的影子！

自己僵立著、這時的恐怖感是什麼人也難以名状的。（中略）因為在這深山中、在這象流墨一樣的黒夜裏、正提心吊膽地害怕会有什麼突然出現時、忽然看到了一張煞白煞白的人臉、於是自己変得驚慌万分、也是情理之中的事。這時那女人也和自己一樣僵立著。不僅如此、還上下不停地仔細地打量著自己的臉龐。進而又一辺注視著自已的面部一辺步步進逼地向自己靠近、離自己簡直就只有一二碼的距離了、而那眼睛更是一動不動地凝視著自己。

一動不動地凝視著。

自己感到毛骨悚然、後背発冷。從現在開始將面臨怎樣恐怖而又可怕的事情啊！

万万意想不到的事、那女人好像很慌張地、又好像非常可憐地、幾乎像是变了一個人一樣地、順著原來的路、回去了。

小説中写到、也可能是從極度的緊張和恐懼中一下子被解放出來的縁故、茫然失措地呆立了一会児之後、野中最後安全地到達了目的地猿橋。作品的結尾是這樣的：〝啊！ 啊！ 這脚步声、自己從来也沒有想到過它居然是如此地恐怖駭人、不可思議。〟

対於這篇小説、鷗外在他的《鷸翮掻》（《醒悟草》一八九六・一-六）中這樣評論道：

初冬、在越過斐国的佐野山嶺時、聽到身後響起莫名其妙的脚步声。站立下来回身看時原来是個女人。而這女人却一副可憐巴巴的樣子抽身回去了。這就是田山花袋氏的小説的情節。詩的好壞本来就不取決於情節、難道作者在《深山黒夜》中是依靠這樣的情節使其小説得以成立的嗎？（傍線系引用者所加、以下同。）

論述中的〝詩〟、不用説是指広義上的優秀文学作品、而不是指狭義上的詩歌。這裏鷗外的用意在於《深山黒夜》

的芸術性和文学性、認為情節並不一定就是使文学作品成其為文学作品的要素。也就是說、他以提出問題的形式対《深山黒夜》進行了評論。把〝覚悟〟(直観)・〝神来〟以及稍後将二者綜合提出的〝空想的力量〟作為當時文学理論的鷗外、此時的観点併没有改変。他認為、從審美動機的作用出発、在考慮文学作品的価値時、一味依頼於情節本身的観点是値得懐疑的。鷗外、過度重視併依頼于心理描写的做法也存在很大問題。可以這樣認為、正是基於這些看法和認識、鷗外才做出了上面対《深山黒夜》的評価。

二、鷗外在《灰燼》中関於小説的情節論

鷗外在《鷸翮搔》発表四年後、対於戯劇的情節也做出過論述。在《潦沐録》(《歌舞伎》一九〇〇・七)中、他認為在芸術発展史裏、始終存在著嘗試著打破前人的既定形式這樣一種願望。併写到〝我認為、十九世紀後半葉的芸術史、就是這些打破前人既定形式的破壊者的歴史。〟於是、他将視野拡展到絵画、詩歌、戯劇等領域、特別是関於戯劇的〝情節〟和〝行為〟他這様論述到：

看一看古斯塔夫・斐爾塔哈的戯劇芸術這本書的話、就會発現從戯劇的開幕到結局的整個過程、就象熱病患者的体温表上的線条那樣極其清楚、似乎是自然地就応該是這樣。劇情中的人物都是為了做点是什麼、因為必須做点什麼而存在、這本身就是情節。因為必須做点什麼、演員就不能只是坐在那裏饒舌、無論如何要有動作給人看的情節。而這也就是所謂行為。

然而、戈爾哈德・霍普特曼出現了。我們暫且認為他写出了表明戯劇併不是非要〝情節〟和〝行為〟不可的、併以其《織機》(一八八二)為例探討了一下関於情節的問題。這部作品把〝飽受工場主虐待的寒村手工業者飢餓困苦、運用好似讓観衆看幾張照片的手法展現〟了出来。這是典型的無情節的例子。雖然〝情節〟可以換言成：原因與結果的

関連是通過時間的契機実現的東西。但在這種意義上《織機》根本沒有情節的展開、只不過是幾個場面的堆砌而已。

戲劇領域裏的対前人芸術形式的破壊、同時也意味著新的創造。例如関於劇中人物説〝夢話〟的芸術手法。鷗外引用了同一作家的作品《漢奈萊的昇天》（一八九四）進行説明、這部作品僅僅由縈回徘徊在獨生女心中的〝妄想〟構成了全劇的内容。鷗外対于施尼茨勒的小説《古斯德爾》（一九〇一）大概也是把它作為独白体作品把握的。作品中、作者用意識流的手法敘写了被麵包店老板侮辱後、決心以死来捍衛軍人名譽的人物内心世界。這部小説作為鷗外愛読書籍之一、芸術方面的〝夢話〟的変相形式、其新的特色毫無疑問得到了鷗外的肯定。

象這樣無論対小説還是対戲劇的〝情節〟問題都進行了深入思考的鷗外、還創作了《灰燼》（《三田文学》一九一一・一〇-一九一二・一二）作品中的山口節藏是與作者具有相同資質（精神構造）的人物、整天考慮著要試著写点什麼。対於批評家的〝写什麼併不是那麼重要的問題、関鍵在於怎麼写〟的説法、他提出了異議："作者的成功到底多大程度上取決於怎麼写、併不是能後軽易地判断的。〟継而他具体列挙了高爾基和広津柳浪的創作状況、明確地指出在実際写作当中、作品的成功與否併不一定能清楚地在〝写什麼〟和〝怎麼写〟之間進行界定。因此這裏可以明白地推論出鷗外思考過小説的〝情節〟問題這個事実、所以下面的論述也就順理成章了。

> 不外、節藏自言自語地説〝情節怎麼可以軽視呢？〟。沽名釣誉的批評家們貶低某某的小説是什麼情節很有意思、吹捧那些会写繁瑣無聊内容的作家。其実怎様呢？所謂情節無論怎樣地奇妙也不可能有意義。我認為、那些坦白承認因為有情節才有意義才有意思的批評家們、就好像坦白地承認自己根本不懂得芸術鑑賞一様。

〝只会写繁瑣無聊内容的作家〟這句話雖然可以使人連想起那些過高地評価自然主義作家的批評家們、但対於這裏的節藏、或嚴格的説是鷗外来講、這與評価《深山黒夜》時的観点是一致的。鷗外基本上沒有把小説的〝情節〟放在文学的芸術層面上来考慮。從〝情節怎麼可以軽視呢？〟這句自言自語似的話裏、雖然可以解釈為鷗外在某種程度上対〝情節〟的肯定、但絶対不能忽視的是、他在根本上極其尊重詩意的、文学性的、芸術性的精神品質這一要点。実際上他是向評論家們提出了要求、也就是對於作為語言芸術的文学作品的鑑賞力的要求。

三、芥川的〃〃没有象様情節主線〃的小説〃論和鷗外

衆所周知、芥川龍之介在其晚年曾與谷崎潤一郎就小説的情節主線問題進行過一番筆戰。作為本稿的結論、筆者認為尽管芥川在筆戦中是依靠自己的創作経験、文芸観和芸術観堅持了自己的主張、但是在某些方面来看、可以説前輩鷗外的有関論述和観点無疑成了他借助的対象和精神支柱。

一九二七年二月在《新潮》社挙行的討論会上、芥川囲繞著谷崎潤一郎的作品和自己的小説《潅木叢中》（《新潮》一九二二・一）在接受了中村武羅夫的提問発言後、提出了〃故事的情節到底有沒有芸術性這本身就是個問題〃的質疑。

中村：不是僅僅依靠情節而是芸術地表現有趣的情節。這樣的話、説情節有意思応該是沒有問題吧。

芥川：也許吧。不過、即使是説小説情節有意思、象志怪小説、偵探小説以及評書故事等都有有趣的情節、我想不能就把這種趣味性強調成文学作品的芸術価値吧。

対此、谷崎潤一郎在《饒舌録》（《改造》一九二七・二―一二）中写到：〃按照芥川君的説法、我太過於追求情節的巧妙。（中略）不能光是観衆的驚嘆声、有趣的情節併不具備芸術価値。云云、我想大体上是這様的意思。〃同時他也提出了相反的意見反駁芥川、認為〃情節的有趣巧妙〃就同〃物体的有機組合、構造的完美、建築的新穎〃等等、不能説這裏就没有〃芸術価値〃。如果将這些抛開的話、也就等於抛棄了小説這種文学形式的文学形式的特權。

進而、谷崎還還指出日本小説最欠缺的就是使〃構造美〃得以実現的組織結構能力。這不僅表現在文学方面、其他方面不也顕示出日本人這方面能力的貧乏嗎？　接著、他又談到同是東洋人的中国人與日本人相比、就比日本人有組織結構的能力。指出這從中国的小説和故事一類的文学様式就可以理解。尽管日本從古代以来也併不是沒有情節巧妙

的小説、但其中篇幅稍微長一点的或独具特色的、大多数是対中國文学作品的模倣。谷崎雖然沒有従具体的中国文学作品引用実例、但被稱為四大奇書之一的《水滸伝》却被列挙了出來。這十分容易令人想起、日本人山東京伝的《忠臣水滸伝》（一七七九―一八〇一）還有滝沢馬琴的《南総里見八犬伝》（一八一四―一八四二）都受到了這部作品的影響這個不爭的事実。《水滸伝》是芥川最愛読的書籍之一、所以他不可能不理解谷崎上面言論的含義。

然而、芥川和谷崎雖然都使用了〝情節〟〝故事性〟這樣的詞、但芥川是基於《文芸性、太文芸性》（《改造》一九二七・四―八）中的〈一個沒有象様情節的小説〉中的〝情節〟来使用這個詞的。

　我不認為沒有象様情節的小説是上乘的小説、也沒有説過只需写沒有象様情節的小説。第一我的小説大体上都有情節主線。沒有素描的絵画是無法完成的。與此相同小説也是建立在情節基礎之上的（我所説的情節、不單單是伝奇故事）。如果更嚴密地加以表述的話、大概全然沒有情節的小説是不成立的。因此、我當然也要對有情節的小説表示敬意。（中略）

　不過。在判定一篇小説的価値的時侯、絶対不是根據它的情節怎様、更何況情節的巧妙不巧妙是応該排除在評価範囲以外的。（正象大家公認的一様、谷崎潤一郎氏是用新奇的情節結構而成名的多篇小説的作者。而且象這様的作品中的幾篇恐怕將会流伝百世。然而、這些小説的生命力併不一定是寄託在它有趣的情節上。）

在這裏、関於〝沒有象様情節的小説〟芥川又継続写到：〝不僅是在只描寫身辺瑣事的小説中、而且在所有的小説中它都是最接近於詩的小説。〟緊接著他又具体引用了吉吾爾・雷納爾的《葡萄園裏的葡萄工人》（一八九四）作為例証。一九二四年四月発行、岸田国士翻訳的《飛利浦一家的家風》就是這様的作品。這部作品被説成是僅僅由〝善於観察的眼睛〟和〝多愁善感的心霊〟両者構成的。除此之外、関於日本国内的作家則列挙了志賀直哉的《篝火》（《改造》一九二〇・四）及以後的作品。最後他又在《文芸性、太文芸性》的〈二、答谷崎潤一郎氏〉裏説到：不光想鞭撻自已、就連谷崎也想一同鞭打。併強調了〝利用発揮材料時詩的精神〟的必要性。谷崎以不太明白芥川的所謂詩的精神為由、拒絶了芥川的〞鞭撻〞。於是芥川在《文芸性、太文芸性》的〈十二、詩的精神〉中用一節的篇幅立論対応谷崎。又列挙了福樓拜的《包法利夫人》（一八五七）及其它作品、説明那些作品無論哪一部都是〞詩的精神的産物〞。併主張〞不管什麼思想在真正的文学作品中、都必然会使詩的精神淨火熊熊燃焼〞、而這正是決定文学作品価値高低的関鍵所在。

雖然両人的論争持続了很久、但是〞沒有象樣情節的小説〞和〞詩的精神〞的内在実質却併不分明。歴来各種各樣的解釈也都立足於各不相同的観点②。可是這裏、我們不得不進入連係鷗外與芥川的接觸点問題了。

前面己経探討過、鷗外在文学批評以及小説方面有如下論述：〞詩的好壊本來就不取決於情節。〞〞所謂情節無論怎樣地奇妙也不可能有意義。〞這両段論述強調了文学作品之所以成其為文学作品的関鍵所在。不言而喩、這裏突出了與芸術精神的密切関係。同樣、芥川在這方面則有以下主張：〞不能就把這種趣味性強調成文学作品的芸術価値〞而〞在判定一篇小説的価値的時候、絶対不是根據它的情節怎樣、更何況情節的巧妙不巧妙是応該排除在評価範囲以外的〞問題、〞不管什麼思想在真正的文学作品中、都必然会使詩的精神的淨火熊熊燃焼〞。

通過以上綜述、可以清楚地見到両位大家在論点上的契合之処。從博覧群書、涉猟之広方面考慮、雖難以否定芥川在自圓其説時依據、借鑒了其他的作家、詩人和評論家的観点、但却可以毫不遲疑地肯定、他從鷗外那裏得到了啓示併発揮利用了鷗外的論点。在探討這個問題的時候、必須確認的是、芥川確実読過上面牽扯到的鷗外的有関文芸批評和小説作品。

登載過鷗外評論《深山黒夜》的文章《飄颻搔》的雑志《醒悟草》、有沒有到過芥川的手中這個問題、至今沒有考証清楚。但是因為這篇文章収録在芥川與谷崎論争的前一年、也就是一九二四年一〇月出版的《鷗外全集・第二巻》〈鷗外全集刊行会〉裏、況且芥川的架藏図書裏又收入了這套全集、可以推定芥川読過這篇文章。另外、芥川在《文芸性、太文芸性》中高度評価了作為文芸批評家的鷗外、這一事実則是不可忽視的。可是、関於芥川有沒有読過《深山黒夜》這個問題、由於《花袋全集》（花袋全集刊行会、一九二三・二四）中沒有收進《深山黒夜》、所以不得而知、從最初刊載這篇小説的雑志《新文壇》第一號現在已成了珍本這件事米看、芥川沒有読到過這部作品。然而要理解鷗外的文芸評論併不一定非読這篇小説不可。

鷗外的《灰燼》、在芥川生前只在《三田文学》上発表過、芥川自己也沒有標記過這部作品的題目。但是、在芥川的《書籍記事》（《明星》一九二二・一）中的〈影草〉這篇文章裏可以找到有関《灰燼》的記事。芥川正是通過閲読鷗外的有関評論及《灰燼》這部作品、才接觸併了解了鷗外関於小説〝情節〟的論述。

附記：謹向賜予未被収入《花袋全集》的《深山黒夜》閲読機会的関西大学、致以感謝的微意。

---

① 清田文武：〈従森鷗外到芥川龍之介―以関于文学理論上的〝告白〟問題為中心―〉（《文芸研究》第七十六集、一九七四・五）

② 跡上史郎：《関於芥川和谷崎的論争》（《文芸研究》第一百四十集、一九九五・九）

（訳者　李俄憲）

結語　鷗外文芸とその影響

本書は、鷗外の文芸活動とかかわりが認められる作家・作品を取り上げて考察したものである。これらの論考を配列するに当たり、ただ単純に年次に従うのではなく、関係するジャンルの視点によって、まず四名の小説家を、小説・史伝・評論とのつながりから、その（上）に、翻訳との関係から五名の小説家を（下）に配置してみた。後者の山本有三が劇作家であり、室生犀星・高見順が詩人でもあること言うまでもない。取り上げた四名の歌人で、石川啄木や北原白秋のようにこれで括れない者もいる。白秋の高弟であった宮柊二だけは鷗外生前のつながりはなかったものの、叔父は画家で、鷗外の小説にも書かれた人であった。詩人は十人を数える。もとより木下杢太郎のような巨大な存在もあり、龍膽寺旻・鈴木六林男は俳人であった。劇作家の四名でも長田秀雄のように多彩な顔を有している者もある。以上のごとくゆるやかな観点からの配列であり、それぞれまた互いにつながりのある場合が少なくないが、鷗外との関係でこれらをどのようにまとめられるであろうか。影響・遺響という問題の理論的方面については「序」で述べたとおりであるが、ここでは、以上の考察で言及しなかったことをも若干織り込んで共通する契機を見いだし、日本近代文芸史における鷗外の位置の解明に資する観点を模索して結語としたい。

第一は、常に先鞭を付けるといった形で鷗外の作品、文芸活動が、後続の作家に様々な点で刺激を与えたということである。例えば、小説は何をどう書いてもよいという提言を読んだ佐藤春夫は、この方面で陥っていた隘路を切り抜けることができたのではないか。地味ながらいわば事実小説として新機軸を出した「羽鳥千尋」があるが、その形式面において平野啓一郎の芥川賞受賞作「日蝕」（『新潮』平成一〇・八）の末尾に示唆を与えたであろうし、鷗外の文体・語彙を思わせるものも見いだせる。[1] 文芸論や作品の形式では、早くは芥川龍之介の小説に鷗外からの刺激と推定できるものが散見し、その弟子といってもよい佐佐木茂索が文壇で注目されたのは、「おぢいさんとおばあさんの話」(『新小説』大正八・一二)をきっかけとしており、これは鷗外の作品がなければ書かれなかった短篇であった。魯迅・周作人への刺激も注目される。

歴史小説は、在来のそれとは趣を異にし、またその質には違うものがあっても、芥川龍之介・菊池寛らのそれの成立を促したことは、当事者の一人が語り明かすところである。歴史に対する態度から、やがて鷗外は史伝を書くことになる。それまでも「史伝」という語はあったのであるが、鷗外が従来の観念を打ち破ったわけである。森銑三や中村真一郎の近世の人物についての著書は、この先進に負うところがあり、その点で富士川英郎の著作にも関心を引くものがある。[2] 特に永井荷風の史伝は、大きな影響を受けたものであって、識者からは亜流的作物と捉えられる向きなしとしないが、その洗練度において独自の文体を貫いたところがあり、[3] 佐藤佐太郎が述べた影響関係における「抵抗」の例として挙げてよいのではないか。斎藤茂吉は、柿本人麿等の著作について、『澁江抽斎』を手本としたと打ち明けている。後年の詩人では安西冬衛が挙げられる。平野啓一郎の「高瀬川」(『群像』平成一五・一二)中、主人公が創作上逢着した方法論の問題で、彼を襲った予想外の強い誘惑について考えるあたりは、鷗外の歴史文芸のそれを意識していることは明らかである。鷗外の史伝の文芸的価値に疑義や否定の論が提出されていることは、作品発表以来勝本清一郎はじめ今に至っているが、一方また当時予期しなかった方面を後世に切り拓いた文学・文化史的先蹤という面もあり、それは今後も続いていくのではなかろうか。

詩歌の領域では、専門家に『うた日記』はあまり関心の対象とはならず、むしろその詩的感覚のなさが批判されたけれども、佐藤春夫はこれを自らの作詩の教科書としたと語り明かしており、伊東静雄にもヒントを得て書いた詩篇を見いだすことができる。[4] 観潮楼歌会があまり成果を生み出さなかったという見方があるが、主宰者としてはその意義を認めるところがあったし、広く文芸サロンの場と考えれば、木下杢太郎の輩出はじめ軽視できないものがあり、『沙羅の木』は地味ながら注目された詩歌集であった。鷗外自身三十一字詩とも呼んだ短歌で、桂園派風の作物は別として、西詩的な相貌を見せる作は、現今一部の歌人の関心を引くところがあり、向後に注目されるものを示しているようである。

戯曲において鷗外のそれは、象徴劇風で極めて短いものであり、上演する場合、成功をおさめにくいものと言ってよいと思われるが、作品自体レーゼドラマとしては注目すべき試みのあることを忘れてはなるまい。田中千禾夫は「静」を好み、近松秋江はこれがすぐれた会話で、従来の静像を越えて深みを出していることを評価した。時代劇に現代語を台詞として採用し、以後広やかな世界を開拓したことに一驚を喫したのは、相馬御風はじめ一人や二人ではなかった。「生田川」に新しい時代の到来を感じた青年に青野季吉がいた。[5] しかし、上演技術の方向から研究した後年の芥川比呂志の結論は、「鷗外の台詞は俳優が喋れない」であったという。[6] 小説における会話についても批判があり、そうした限界を認めなければならないとしても、全体的に刺激を与えるところのあったことは争われない。木下杢太郎は「フアスチエス」等に「憤怒の文学」を見ているが、その点では戯曲を越えて「沈黙の塔」はじめ、時代・社会批評的作物、随筆は射程距離の長いところを見せ、[7] それらが他の作家の指標となっていたことも見逃してはならない。この方面は研究の対象として国語問題も含めさらに考察されてよいものである。

第二には、読者や作家に対する翻訳作品や紹介文・評論の提示により、特に西洋に対する窓口といった役割を果たした存在であった。この面で恩恵を受けた人は萩原朔太郎・片山敏彦ほか実に多く、特にアンデルセンの『即興詩人』の翻訳に対する評価は高かった。[8] 芥川の場合について触れると、横浜で英国の旅役者による『サロメ』の上演を見た記憶をたどった一文が注目される。[9] 美しいサロメに期待して舞台に目を凝らしていたこの高校生は、老役者の登場を見て幻滅し、そのかわりに「森先生の名文の一節」、すなわち『即興詩人』の往年の恋人と邂逅する寂しいアヌンチャタをそこに見たというほどであった。病になると手にしたという堀辰雄もいるが、中学生の時この訳書を耽読した宮柊二は、後年当代の短大生に新しい人としての可能性を考えつつも、驚いて「鷗外訳「即興詩人」のむづかしく読み得ぬとしも拘はらずいふ」（昭和二九）の一首を詠じている。(10) 中学生といえば、鷗外の一言によって中国文学に向かった奥野信太郎もいた。福永武彦ら『諸国物語』を重視する人は多い。

詩人たちの場合もその例外ではない。佐藤春夫は訳詩集五つを訊かれ、鷗外の訳業を重視している。その紹介にかかるクラブントは、ドイツではそれほどの詩人ではなかったようであるが、我が国詩壇への衝撃には強いものがあった。上田敏の『海潮音』が『於面影』を意識しての訳業であったことについては、すでに言われているとおりであろう。清岡卓行も注目しているように、鷗外の翻訳が我が国の近代詩に豊かさをもたらしたことは明らかで、戯曲の訳出も、特にイプセンの作品は演劇界に新風を吹き込み、文学青年に大きな刺激を与えた。『ファウスト』については、誤訳ということで批判もあったけれども、翻訳の先蹤的業績としても阿部次郎らに意識されていたことは、斎藤茂吉のもらすとおりであり、平川祐弘には、ネルヴァルの仏訳よりも深く訴える力があるという言がある。(11) 詩の訳業はじめ鷗外がいかに日本語の表現力を豊かにしたかを強調したのは福永武彦であった。

第三に、鷗外の歴史小説が、後の作家に別趣の作品の執筆を促し、また脚色されて上演され、新たな作品として再生されたことも見逃せない。歴史的世界に新たな光を投げかけた諸家の歴史劇がそれであり、宇野信夫は、近世に題材を得た鷗外の小説から、いわば人情劇を作り出し、これを舞台にかけたのであった。再生されたそれらの作品は、いずれもレーゼドラマとしての独立性もそなえたものである。スクリーンに二、三の監督による作品も上映されたが、動画のためのシナリオも視野に入れておいてよく、これら舞台・スクリーンといった方面における鷗外の遺響も見逃せないものである。総じて歴史文学へのリアリズムの導入が注目される。

第四は、その文章であった。太宰治が鷗外の文章に傾倒していたことは知られているであろう。檀一雄は『太宰と安吾』（虎見書房、昭和四三）で、「鷗外ぐらいの名訳でなければ、太宰はばかばかしくて西洋のものは読まなかった。」と回想し、[12]「阿部一族」の文章についても太宰は注目していた。鷗外の文章を名文として高く評価する作家・詩人は斎藤茂吉・日夏耿之介・大庭みな子・茨木のり子その他実に多い。しかし、学んだ文章・文体を具体的に挙げるとなると、それだけかということになって対象は小さくなりかねないが、三島由紀夫はじめ、その指標として明晰性・気品を挙げる作家・詩人は少なくない。福永武彦の観点からすれば、様々な文体を可能にするという見解や作品形成の多彩性を挙げることもできるかと思う。[13]詩の場合で言えば、『於母影』の文語体と『沙羅の木』の口語体の訳詩との両極が提示されており、史伝だけでなく、吉田健一は『伊沢蘭軒』を挙げ、これを越えるものはまだ現れていないと述べている。日本語の書き方をそこから学んだと記すことからすると、その文章が重きをなしていたことは間違いあるまい。竹添井井（進一郎）の『左氏会箋』『論語会箋』を挙げて小西甚一は、その「硬質でありながら透明な」文体に注目し、「『会箋』のような表現を、当代の日本語でやってのけた例外として、森鷗外の『伊沢蘭軒』を保留しなくてはなるまい。」と述べた一事も見落とし難い。[14]その鷗外が中国古典では『春秋左氏伝』を最も敬重していたことはいうまでもない。[15]鷗外の随筆・小論の文章を挙げる作家・評論家も少なくなく、[16]文章・文体として関心を引くものを提供したわけであり、向後もこの方面でなおその存在を示すものと思われる。

大観して挙げられることを以上のごとく四点にまとめてみたが、佐藤春夫は、一つ一つの作品を取り上げて作家としての鷗外を評価することは困ると発言している。それは一般の受け、一作ごとの芸術的価値の問題があったにせよ、鷗外に、上来四点として挙げたようなことの、単なるトータルを越えるもののあることを感じ、考えていたからに外なるまい。東西の文明・文化・思想を考えた場合、木下杢太郎の言葉によればその「未来」性と契合するものがあったと考えてもよいのではないか。具体的例では、個人と社会、鷗外のいわゆる「利他的個人主義」の問題を取り上げるとなると、千家元麿が、鷗外の紹介にかかるリルケに関心を寄せた一事が想起される。そういう点で特定の作家・詩人に対する影響関係において、近代文芸史では鷗外ほど広範にわたる存在を探し出すことは容易ではない。しかし、夏目漱石を対置すればどうであろうか。漱石には翻訳がなく、また、鷗外に比べて、その影響の跡を具体的に挙示しにくい作家と言えるとしても、時間的スパンを長く考えれば、後進に影響を与えるところ少なかったと言えるかどうかには問題もある。文学的営為が人間の内面・心の問題に深く関係し、作品として外面に見える形で読者には捉えにくい場合が考えられるからである。漱石の姿勢もあって、それだけ作品には追随をゆるさぬ独創性が豊にあり、刺激・影響を受けた側でもこれを現すことが困難であったと言えるのではないか。『行人』に対する萩原朔太郎の例が思い浮かべられる。また文章から見ても、鷗外のこの方面についての努力が、いわゆる正統派日本語形成への貢献をなしたものの、広く文章史上は漱石のそれが以後の展開を導いたところが、より大きかったと思われるという一事も想起される。(17)

けれども、一方では柳田國男に、その全体を指してであるべく、漱石より鷗外の方がはるかに大きな存在であったという発言もあるのである。(18) 漱石門下の阿部次郎は漱石の小説を高く評価しつつも、心理的追求の深さを考えると、その専門的方面からは鷗外の文化的、文化史的方面にかかわる仕事への関心が一方では次第に大きくなっていったのではなかろうか。大正十一年二月二十六日には九鬼家で鷗外と席を同じくしている。併せて木下杢太郎の死去に対する深い嘆きのことが思われる。こうした比較・対比によって、当代の文壇的、文芸史的状況から、両者の同時代や後代への影響の多寡を軽々に断定できないところが現時点ではあり、文学者として二人は異なるタイプに属していて、そこにそれぞれの特色を現したということであろう。そうではあっても、やはり近代日本文芸の始発期からの鷗外を見逃してはなるまい。その点で池沢夏樹にこの先達への「一国の文学の設計者」の評言のあることは示唆的である。(19)

室生犀星は『我が愛する詩人の伝記』(中央公論社、昭和三三)において北原白秋の詩集を挙げ、「私は『思ひ出』

から何かの言葉を盗み出すことに、眼をはなさなかった。詩というものはうまい詩からそのことばのつかみ方を盗まなければならない、これは詩ばかりではなくどんな文学でも、それを勉強する人間にとっては、はじめは盗まなければならない約束ごとがあるものだ。」（傍点引用者）と述べている。日本近代文芸史において、鷗外は諸作家にとって、こうした先蹤になりうることの多い存在であったものと思われる。

本書に取り上げた作家・詩人には、観潮楼に出入りした者が多かったわけであるが、面識のなかった作家・詩人もおり、鷗外没後の人たちも挙げられることは、その影響の広がりを示すものと言ってよく、「序」で引いた成瀬正勝の提言の観点に立って見るとき、鷗外が近代文芸史では大きな存在であったということ自体は動かないのではなかろうか。その鷗外に芸術史に触れた随想「潦休録」一篇のあることは興味深い。

注

（1）拙稿「森鷗外「羽鳥千尋」論（下）」（『新潟大学教育人間科学部紀要』第五巻第二号、人文・社会科学編、平成一五・二）参照。
（2）拙稿「森鷗外の史伝」（日本文学協会『日本文芸講座6　近代の小説』〈大修館書店、昭和六三〉所収）参照。
（3）加藤周一「夕陽妄語―文芸批評のために―」（『朝日新聞』平成一八・一二・二六）参照。
（4）拙著『鷗外文芸の研究　中年期篇』（有精堂、平成三）参照。
（5）拙稿「鷗外と青野季吉」（『鷗外』60号、平成九・一）参照。
（6）中村真一郎著『文章読本』（文化出版局、昭和五〇）参照。
（7）渡辺善雄著『鷗外・闘う啓蒙家』（新典社、平成一九）参照。
（8）『即興詩人』の影響史については大屋幸世著『森鷗外　研究と資料』（翰林書房、平成一一）参照。
（9）芥川龍之介「Gaity 座の「サロメ」―「僕等」の一人久米正雄に―」（『女性』大正一四・八）参照。
（10）宮柊二「三つの例」（『高校クラスルーム』昭和四八・五）参照。

(11)平川祐弘「詩人鷗外」(『鷗外』八〇号、平成一九・一)参照。
(12)久頭見和夫著『太宰治と外国文学―翻案小説の「原典」へのアプローチ―』(和泉書院、平成一六)参照。
(13)注(6)及び福永武彦著『枕頭の書』(新潮社、昭和四六)、『書物の心』(同上、昭和五〇)参照。
(14)小西甚一著『日本文藝史 V』(講談社、平成四)参照。
(15)拙稿「鷗外における『左伝』(上)」(『新潟大学教育人間科学部紀要』第二巻第二号、人文・社会科学編、平成一二・二)参照。
(16)篠田一士著『伝統と文学』(筑摩書房、昭和三九)参照。詩歌では野山嘉正著『近代詩歌の歴史』(放送大教育振興会、平成一一)参照。
(17)高橋義孝著『森鷗外』(新潮社、平成六〇)及び注(6)参照。
(18)『柳田國男対談集』(筑摩書房、昭和三九)の「文学・学問・政治」参照。
(19)『森鷗外 群像 日本の作家2』(小学館、平成四)の池沢夏樹「文学の設計者」に「鷗外の事業はまずもって新しい文学の型を世間に提供し、それを利用しての創作の用意をすることにあった。一国の文学の設計である。」と見える。杉山二郎著『木下杢太郎 ユマニテの系譜』(平凡社、昭和四九)も注目される。

あとがき

本書は、鷗外の影響を受けたところがあると解される作家と作品とを、その時々に取り上げて書いた論考をもとにし、書き下ろしを加えて編んだもので、論の対象によって様々である。最初の発表から相当経ち、また未熟だった論考もあり、重複を避けることをも考え、一書としてなるべく統一を図って、殆どのものに新たに筆を入れたが、その論旨に変更はない。前著『鷗外文芸の研究　青年期篇』（有精堂、一九九三・一〇）、『鷗外文芸の研究　中年期篇』（有精堂、一九九三・一）を刊行してからかなりの歳月を経たが、続くべき篇の方は、その後あまり進んでいないのが実状である。それにもかかわらずこうした書を先に出版したのは、こちらが一定の分量に達し、また退休のこともあり、向後への区切りにもと考えたからである。

以下本書のもとになった論考の初出を、目次に従って掲げると次のようになる。年号使用の問題があるけれども、ここでは西暦に統一して表記した。本論では逆に時代や当時の作家の発表誌等多くの先行文献の刊記から便宜的に元号を用い、適宜西暦を織り込んだことを諒とされたい。

序――森鷗外を視座とした影響の問題（書き下ろし）

第一部　小説家（上）―鷗外の文芸観・文章・文体の遺響

第一章　永井荷風の方法意識

第一節「永井荷風「小説作法」考」（『新潟大学教育人間科学部紀要』第四巻第一号、人文・社会科学編、二〇〇一・一二）

第二節『雨瀟瀟』（至文堂『国文学　解釈と鑑賞』第六十七巻第十二号、二〇〇二・一二）

第三節　「荷風・鷗外の史伝における月をめぐって」（『新大国語』第二十八号、二〇〇二・三）
第二章　芥川龍之介の文芸論
第一節　「森鷗外から芥川龍之介へ―文芸論の「告白」の問題を中心に―」（日本文芸研究会『文芸研究』第七十六集、一九七四・五）
第二節　「森鷗外から芥川龍之介へ―小説における「話」「筋」の問題を中心に―」（森鷗外記念会『鷗外』69号、二〇〇一・七）
第三章　「太宰治「みみづく通信」・「佐渡」論―「波の音」を中心に―」（山内祥史編、和泉書院刊『太宰治研究』7、二〇〇〇・二）
第四章　三島由紀夫『豊饒の海』における鷗外の遺響
第一節　「『豊饒の海』における鷗外の遺響（上）」（『鷗外』50号、一九九二・一）
第二節　「『春の雪』の綾倉聡子の形象」（書き下ろし）
第三節　「『奔馬』の「神風連史話」の三少年」（書き下ろし）
第四節　「『豊饒の海』における鷗外の遺響（中）」（『鷗外』68号、二〇〇一・一）

第二部　小説家（下）―鷗外のドイツ文学紹介・翻訳の波紋

第一章　山本有三とドイツ文芸
第一節　「山本有三におけるシュニッツレルの受容」（『秋田高専研究紀要』第五号、一九七〇・三）
第二節　「山本有三「糸きり歯」（『女の一生』の序章）論」（『新潟大学教育人間科学部紀要』第六巻第二号、人文・社会科学編、二〇〇四・三）
第二章　「近松秋江におけるハウプトマンとシュニッツラー」（書き下ろし）
第三章　「堀辰雄『風立ちぬ』とシュニッツラー」（『新潟大学教育人間科学部紀要』第七巻一号、人文・社会科学編、二〇〇四・一〇）
第四章　「室生犀星・高見順におけるクラブント」（書き下ろし）

第三部　歌人―鷗外への関心と文芸的反応

第一章　石川啄木の文芸活動

第一節　「啄木における鷗外―「空中書」の一問題を視点として―」（『国際啄木学会研究年報』第七号、二〇〇四・三）
第二節　「啄木におけるルソー」（『国際啄木学会新潟支部報』第七号、二〇〇三・三）
第二章　斎藤茂吉における鷗外
第一節　茂吉の短歌の語彙と鷗外
（一）「斎藤茂吉「おのづから日の要求と――」の一首」（解釈学会『解釈』第五十二巻第七・八号、二〇〇六・八）
（二）「「わがこもる部屋に来りて――」の一首」（書き下ろし）
（三）「斎藤茂吉『小園』の「こらへるといふは消極のことならず―」の一首をめぐって」（新潟大学大学院現代社会文化研究科『現代社会文化研究』別冊「現代社会文化研究科プロジェクト報告書」二〇〇五・三）
第二節　「茂吉における鷗外の「妄想」」（新潟大学における最終講義草稿、二〇〇五・二・四）
第三章　「北原白秋「安壽と厨子王」考」（『新潟大学教育人間科学部紀要』第三巻第一号、人文・社会科学編、二〇〇〇・九）
第四章　「宮柊二の津和野及び鷗外詠」（書き下ろし）

第四部　詩人―鷗外の詩業・歴史文学の影響

第一章　「木下杢太郎『食後の唄』の街頭歌」（書き下ろし）
第二章　「佐藤春夫の詩と鷗外」（『鷗外』80号、二〇〇七・一）
第三章　「千家元麿の詩と鷗外」（書き下ろし）
第四章　「竹村俊郎の詩「僕」をめぐって―森鷗外『沙羅の木』の影響史の一齣―」（『新潟大学教育学部紀要』第三十二巻第一号、一九九〇・一〇）
第五章　「龍膽寺旻訳クラブントの詩一篇」（『新潟大学教育学部紀要』第三十八巻第一号、一九九六・一〇）
第六章　村野四郎の詩と鷗外
第一節　「村野四郎における鷗外の詩業（上）（下）」（芸術至上主義文芸学会『芸術至上主義文芸』15号、一九八九・一一。16号、一九九〇・一一）

第二節　「村野四郎『体操詩集』の文芸史的一背景」（『新大国語』第十七号、一九九一・三）
第七章　「安西冬衛の詩の世界」（日本比較文学会二〇〇六年度東北大会での講演草稿、二〇〇六・一一・五）
第八章　「鈴木六林男・茨木のり子における森鷗外」（『新潟大学教育人間科学部紀要』第七巻第二号、人文・社会科学編、二〇〇五・二）

第五部　劇作家―鷗外の歴史小説の再生

第一章　「長田秀雄「栗山大膳」論」（『新潟大学教育学部紀要』第二十四巻第二号、一九八三・七）
第二章　「津上忠「阿部一族」考」（『新潟大学教育人間科学部紀要』第六巻第一号、人文・社会科学編、二〇〇三・一一）
第三章　宇野信夫の戯曲と鷗外
第一節　「宇野信夫「ぢいさんばあさん」考」（『新潟大学教育人間科学部紀要』第三巻第二号、人文・社会科学編、二〇〇一・二）
第二節　「宇野信夫「高瀬舟」考」（『新潟大学教育人間科学部紀要』第四巻第二号、人文・社会科学編、二〇〇二・二）
第三節　「宇野信夫のセリフの技巧」（新潟大学大学院現代社会文化研究科プロジェクト「現代の社会と文化の変容に関する超域的研究」〈『社会と文化』第一号、二〇〇三・三〉）
第四章　「田中澄江『安寿と厨子王』（シナリオ）の世界」（書き下ろし）
付　李俄憲訳「従森鷗外到芥川龍之介―以関于小説的情節問題為中心―」（『東北師大学報（哲学社会科学版）』二〇〇一年特刊、第三期）。（上掲邦文のものにはない作品にも論及がある。）
結語　鷗外文芸とその影響（書き下ろし）

院生当時受けた菊田茂男先生のご講義を書き留めたノート『近代小説史の諸問題』（昭和四十三年度）はなお手許にあり、ここに胚胎したものが本書である。それの育成の作業が中断された期間も長かったが、おぼろげながらも目標のようなものは見失うまいと思って今に至ったものの、それにしては、ノートに読み取られる高い精神からはほど遠いものになってしまった。それでも、著者の鷗外研究の一環と考えたいと思う気持ちはあるものであり、これまで直接間接にお導き下さった菊田先生には改めて御礼申し上げたい。

本書は賜った執筆の機会や多くの方の支えによって成った。なかでも沢山の文献を下さった押見虎三二先生はじめ、森富先生、渋谷孝先生、鈴木則郎先生、日本近代文学会新潟支部長伊狩章先生、田中榮一先生、森鷗外記念館（津和野町）関係では中島巌町長、斎藤数弘館長、広石修副館長、同協議会山崎一穎会長、また本林勝夫、平岡敏夫、竹盛天雄、山﨑國紀、佐々木久春、蒲生芳郎、羽鳥徹哉、嘉部嘉隆、関口安義、小泉浩一郎、荻山直之、半田美永、矢部彰、大屋幸世、清水久夫、安藤耕平、山本修巳、李俄憲の諸氏よりのお心も忘れがたい。お世話になった関係図書館、学会にも感謝申し上げたいと思う。本書の刊行を待たないで逝った父のことも記しておきたい。

出版状況のきびしい折から、翰林書房社主今井肇氏のご厚情がなければ、こういう形で公にされることはなかった。ここに深く感謝の微意を表す次第である。

平成十九年（二〇〇七年）四月

清田文武

索引

あ

青木保……123
青野季吉……529
青柳瑞穂……342
赤木孝之「評伝　昭和十五年」……87
秋田雨雀……89
秋山駿……93
芥川比呂志……529
芥川龍之介……7 50 88 138 177 186 278 289 316
「或悪傾向を排す」……51
「一批評家に答ふ」……62
「一夕話」……34
「思ふままに」……62
「芸術その他」……51
「Gaity 座の「サロメ」」……533
「戯作三昧」……58
「「私」小説論小見」……51
「侏儒の言葉」……57
「大正九年度の文芸界」……55
「澄江堂雑記」……53
「東北・北海道・新潟」……84 85
「日光小品」……58
「野呂松人形」……54 61
「仏蘭西文学と僕」……61
「文芸一般論」……59
「文芸的な、余りに文芸的な」……50
「奉教人の死」……58
「本の事」……71
「保吉の手帳から」……51
「藪の中」……68
「私と創作」……61
「芥川龍之介の文学とその死」……62
浅野建二『日本の民謡』……279
浅利慶太「いつもそばに本が」……505
阿達義雄『江戸川柳と諸大名の家紋』……449
跡上史郎「芥川と谷崎の論争について」……72
アナトール・フランス……51 214
『エピキュールの園』……52
「舞踏」……52
『阿部茶事談』……109
阿部次郎……197 530 532
阿部知二……127
阿部六郎……118
雨宮テイコ「千家元麿」……340
荒正人……291
「作家と作品　山本有三」……153
アリストテレス……259
『詩学――創作論』……493
有元伸子
「綾倉總子とは何ものか」……105
「『豊饒の海』の基層構造」……105
安西冬衛……339
「悪」……394
『安西文庫目録（合冊）』……408
「役」……401
「エロ出版の追放」……403
「鷗外遺贈の文学」……397
「鷗外と竜之介」……395
「鹹い海と淡い水の際に」……407
『渇ける神』……394
「汗の亡霊」……399
「菊」……393 400
「空想の水栓」……393 394
「黒き城」……394
『軍艦茉莉』……393 394
「『軍艦茉莉』の界隈」……407
「軍艦肋骨號遺聞」……396 398
「権謀と術数」……399
「高野初冬」……393
「香料への道」……391
『桜の実』……403
「自伝（半風俗）」……408
「生涯の部分」……407
「新疆の太陽」……400
「戦役」……401
『大学の留守』……394
「打虎山」……400
『韃靼海峡と蝶』……403
「タンポポ」……398
「稚拙感と詩の原始復帰に就いて」……407
「遠い人、近い友」……391
「春」……402 406

「マック事務所」……341
「夜の思料」……392 394
「煉瓦積人の手記」……400
「わが良友悪友録」……407
「私の周辺」……403
安西美佐保『花がたみ 安西冬衛の思い出』……407
アンデルセン『即興詩人』……156 171 203 204 292
アンドレーエフ「歯痛」……157

い

飯島耕一……271
『北原白秋ノート』……279
飯田龍太……434
イヴ・シュヴレル『比較文学概論』……11
伊狩章
『鷗外・漱石と近代の文苑』……266
「旧制新潟高校と太宰治」……86
伊狩弘「木下杢太郎と森鷗外」……310
生田春月……333
生田長江
『悲劇の出生』……119
『フリイドリッヒ・ニイチェ／ツァラトゥストラ』……215
生野幸吉……188 199 327
池沢夏樹……532
「文学の設計者」……534
石井柏亭……300
石川戯庵訳『ルツソオ懺悔録』……222
石川淳『文学大概』……478
石川啄木……203
「秋草一束」……223
『あこがれ』……204
『一握の砂』……388
『悲しき玩具』……211 226
「きれぎれに心に浮んだ感じと回想」……210
「空中書」……205
「九月の夜の不平」……226
「雲は天才である」……225
「五月乃文壇」……203
「沈める鐘」……352
『秋韷笛語』……203
「葬列」……224
「卓上一枝」……222
『当用日記補遺』……210
「日本無政府主義者陰謀事件経過及び付帯現象」……228
「八十日間の記」……225
「病院の窓」……204
「天鵞絨」……205
「林中日記」……220
「我等の一団と彼」……226 227
石川道雄……363
石田波郷……433
石原醜男『神風連血涙史』……106
石原八束……427
石光葆……192
『高見順』……199
『伊勢物語』……179
磯貝英夫「三島由紀夫の文体と言語美学」……88
磯田光一……47 191
「挫折者の夢——高見順論」……199
『永井荷風』……49
板垣直子「山本有三の文学についての比較文学的考察」……139
井手則雄「造型の詩人——村野四郎——」……379
伊藤左千夫……232 247
伊東静雄……322 528
伊藤信吉……327
『村野四郎詩集』の「解説」……379
伊藤武雄……94 152
訳「独身者の死」……97
伊藤整他「鷗外文学と現代」……97
伊藤行雄「実存への郷愁の詩人 村野四郎にみられるリルケ」……378
稲垣達郎
「阿部一族」……464
『稲垣達郎評論集 作家の肖像』……254
『近代文学鑑賞講座 第四巻 森鷗外』……10 97
乾昌幸「三島由紀夫の旭日コンプレックス」……114
井上啞々……32
井上隆史「『豊饒の海』における世界解釈の問題」……114
共編『三島由紀夫事典』……97
井上通泰……377
井上靖……327
茨木のり子……258 419
「一寸」……432
「美しい言葉とは」……421
「散文——鷗外の文章に触れて」……433
「自分の感受性くらい」……420
「食卓に珈琲の匂い流れ」……427
「対話」……421
『鎮魂歌』……421
「問い」……432

「なかった」……430
「二兎を追いはじめた頃」……434
「二人の左官屋」……420
「平熱の詩」……428
「部屋」……420
「見えない配達夫」……421
「りゅうりぇんれんの物語」……421
「わたしが一番きれいだったとき」……422 427
井原西鶴『好色五人女』……25
伊福部隆輝……59
「芥川龍之介論」……62
イプセン……23 60
『人形の家』……462
『ボルクマン』……336
『幽霊』……336
『ロスメルスホルム』……504
今村忠純『山本有三──人と作品──』……139
巌谷大四「若き文豪三島由紀夫伝」……434
岩城之徳
『石川啄木と幸徳秋水』……218
『回想の石川啄木』……217
『啄木全作品解題』……219
岩崎昶『映画史』……464
岩佐東一郎……342 343 359
岩村透同撰『洋画手引草』……300

う

ヴァレリー……96 371
W・C・ウイリアムズ……366
上田敏……15 52 216 222 278 530
『海潮音』……309 367
「律」……81
上田三四二……261
『現代歌人論』……293
『茂吉晩年』……266
ヴェデキント「出発前半時間」……338
上野一郎「田中澄江」……517
上村直巳「デーメルと明治大正詩壇」……379
臼井吉見……403
内村直也『築地座』……492
宇野浩二……241
「長命の歌人」……253
『独断的作家論』……253
『文章往来』……95
宇野信夫
『宇野信夫戯曲選集 世話物』……492
『鴛鴦の賦』……471 476 497
『歌舞伎役者』……498 505
『芸の世界 百章』……474 502 505
「心に残る言葉」……479 487 494
「ぢいさんばあさん」……466
「しゃれた言葉」……491
『曾根崎心中』……502
『高瀬舟』……479 481 485
『花の御所始末』……481 491
『人の世の川』……488 491 498
『ひと夜』……483
『幕あいばなし』……478 483 505
『むかし恋しい』……476
『むかしの空の美しく』……476
『役者と噺家』……505
『私の戯曲とその作意』……466 492
馬屋原成男『日本文芸発禁史』……165
于耀明……333
『周作人と日本近代文学』……340
ヴント……236

え

江頭彦造……388 395
「安西冬衛の詩の世界」……407
「萩原恭次郎」……390
『淮南子』……394
江口渙……58 403
榎本虎彦『名工柿右衛門』……498
エールリヒ……253
エレンブルク……430

お

オイレンベルク『女の決闘』……75
鷗外記念館「鷗外生家前の「扣紐」の詩碑」……293
王蘭「周作人と森鷗外の「ヰタ・セクスアリス」」……340
大岡昇平『堺港攘夷始末』……112
大岡信編『現代の詩人7 茨木のり子』……433
『百人百句』……415
大岡信他「鼎談 堀辰雄の生と死」……182
大須賀乙字……363
『大相撲人物大事典』……310
大滝由次郎『夢の痕』……254
大田南畝『壬申掌記』……17
大谷利彦『啄木の西洋と日本』……217
大塚甲山……217 224
「あはれ自由の朝潮よ」……223
大野純「初期の村野四郎」……390
大庭みな子……531
『野草の夢』……266

大村西崖同撰『洋画手引草』……300
大屋幸世
「雲を見る目――鷗外日記から――」……49
『森鷗外 研究と資料』……533
岡倉谷人『其角の名句』……75
岡崎義恵……332
『近代日本の詩歌』……340
尾形亀之助「雨降る夜」……400
尾形仂……111
『鷗外の歴史小説 史料と方法』……114
岡本綺堂……506
岡山儀七……217
小川未明……339 511
荻野雨亭……409
荻原井泉水……382
奥住綱男……505
奥野信太郎……28 32 530
「雨瀟瀟と王次回」……34
奥野健男……187
『室生犀星評価の変遷』……199
小栗風葉「姉の妹」……154
小河内緑『偉人の青年時代』……237
尾崎紅葉……66 154
『金色夜叉』……67 100
小山内薫……138 481
「「リリオム」及び「悪魔」の翻訳について」……492
オスカー・ワイルド『ドリアン・グレイの肖像』……59
オストヴァルト『化学の学校』……235 253
『日の要求』……235
織田作之助……451
越智治雄「山本有三の戯曲・断想」……139
折口信夫……180 291

か

カイザー……152
鍵谷幸信「村野四郎とウイリアムズ」……378
賀古鶴所……264
梶井基次郎
「闇の絵巻」……400
「闇の書」……400
片山敏彦……529
片山宏行「「栗山大膳」論考」……450
勝本清一郎……528
桂英澄……75
「太宰治の思い出」……86
桂信子「鈴木六林男の俳句」……433
加藤しげる……409
加藤周一「夕陽妄語」……533
加藤淑子『斎藤茂吉と医学』……253
金井直……385
「単独者の旅――村野四郎について――」……390
『村野四郎詩集』の「解説」……378
金子光晴……421
嘉部嘉隆……152
「白秋と鷗外」……279
鎌田五郎『斎藤茂吉秀歌評釈』……247
神吉貞一「久米桂一郎と森鷗外」……310
蒲原有明「朝なり」……303
亀井俊介『近代文学におけるホイットマンの運命』……340
川上眉山……209
川崎洋……421 433
川島泰一『宮柊二の世界』……293
川路柳虹
「歩む人」……374
「幾何」……384
『詩集明るい風』……385
「双曲線」……385
「卓子」……383
「抛物線」……385
「森先生のこと、その他」……390
『預言』……383
川副国基編『文学・一九一〇年代』……165
河竹登志夫……480
河竹黙阿弥……494
「十六夜清心」……496
『小袖曾我薊色縫』……496
川端康成……73
川村二郎『内部の季節の豊穣』……518
川本三郎『荷風と東京『断腸亭日乗』私註』……35 49
『寛永箱崎文庫』……445
顔師古『隋遺録』……145
菅野昭正『永井荷風巡礼』……34
上林猷夫……339
『詩人高見順――その生と死』……199 340

き

菊田茂男……342
「『パンテオン』の詩運動」……353
「堀辰雄の文芸観」……182
菊田守……366
『亡羊の人 村野四郎ノート』……378
菊池寛……494 506
「芥川龍之介氏の印象」……61
「元来負けぬきの男」……61

『勝敗』……256 257
「父帰る」……336
菊地弘……189
「『幼年時代』『性に目覚める頃』『或る少女の死まで』の再検討」……199
岸田國士……136
『我等の劇場』……139
きしだみつお 「詩人大塚甲山（2）――甲山と大逆事件」……218 231
『評伝 大塚甲山』……230
岸田劉生……333
北川冬彦 「馬」……405
『現代詩Ⅰ』……379
北住敏夫 『写生説の研究』……254
『群竹 随想など』……265
北園克衛……385
北原東代……269
『白秋の水脈』……278 293
北原白秋……217 245 267 280 291 303 306 376 401 532
「安壽と厨子王」……267 272
「叡知と感覚」……275
『お話・日本の童謡』……279
『思ひ出』……271 275
『桐の花』……286
「茱萸と雀」……270
『黒桧』……276 277
『子供の村』……275
「瘤とり爺」……275
「山椒太夫」……272
「山椒太夫哀歌」……276
『邪宗門』……298 300
「身熱」……370
「雀追ひ」……272
『雀の生活』……274
『雀の卵』……271 324
「砂山」……270
『象の子』……279
『東京景物詩其他』……298
「春の鳥」……306
「森鷗外先生」……279 327
北吟吉 『戦争の哲学』……252
木下恵介 『少年期』……507
木下忠司……509
木下杢太郎……204 217 403 432 531 532
「荒布橋」……297
『印象派以後』……298
「海の入日 並序」……303
「街頭初夏」……305 306 309
『唐草表紙』……297
「北原白秋のおもかげ」……298 302
『木下杢太郎詩集』……305
「金粉酒」……301
『詩集 食後の唄』……301
「市場所見」……303
『柴扉春秋』……310
「該里酒」……303
「楂古聿」……301
「築地の渡し 並序」……303
「幕間」……305 306 309
「物いひ」……304 307 309
「森鷗外の文学」……218
「森先生の人と業と」……434
「與謝野令夫人に上る」……297
「両国」……301
『緑金暮春調』……301
「霊岸島」……300
「霊岸島の自殺」……297
ギボン……225
キャパ……414
清岡卓行……369 390 404 530
『初冬の中国』……405
「アカシヤの大連」……404 408
「朝の悲しみ」……406
「鷗外の短歌」……406
「氷った焔」……406
「石膏」……406
「望郷の長城」……405
「森鷗外の詩や短歌の引用」……408
『玉葉和歌集』……272 472
許昊 「『奔馬』論」……114
吉良松夫……315
「折りにふれて」……327
金田一京助……204

く

草野心平……339
「千家元麿追悼」……341
草間平作……144
楠岐山 「磯千どり」……472
久頭見和夫 『太宰治と外国文学』……534
楠本憲吉……367
『村野四郎集』……379
「村野四郎の人と作品」……379
楠山正雄……127
国木田独歩……154 209
窪田空穂……332
久保田万太郎……310
『夜鴉』……310
久保田芳太郎

「鷗外山脈——そのひとつの断面——」……10 88
熊谷久虎……451
『阿部一族』……507
熊沢正一……234
熊沢蕃山……236
熊田清華……342
久米桂一郎……299
同撰『洋画手引草』……300
久米正雄
『阿武隈心中』……139
「「私」小説と「心境」小説」……56
クラウゼヴィッツ……252
『戦論』……249 250 251
クラウレン『ミミリイ』……150
グラッドストーン……236
クラブント……319
『曙だ！クラブントよ、日々の夜明けだ』……359 364
「己は来た」……186
「お前は涕いてゐるね」……358
「神のへど」……187 194 358 365
「ガラスの大窓の内に」……185
「川は静に流れ行く」……349
「熱」……349 368
「一つ町には」……361
「前口上」……186 352 364
「お前は涕いてゐるね」……357
「又」……186 359
「物語」……186
栗原佑訳『ゲエテ研究』……337
グリルパルツァー……157
クリングナー……11
呉羽長『源氏物語の受容　現代作家の場合』……10
黒田清輝……299 300 403
クロポトキン……211 229
桑原正紀『歌の光芒』……293

け

ゲーテ……24 233 235 262
『ウィルヘルム・マイスターの修業時代』……338
『ウィルヘルム・マイスターの遍歴時代』……235
『詩と真実』……491
『箴言集』……235 237
『ファウスト』……151 167 196 259 360 400
「ミニヨンの歌」……304
ケラー『緑のハインリヒ』……143
『村のロメオとユリア』……143 504
ゲロック「花薔薇」……377

こ

小池光……242
『茂吉を読む　五十代五歌集』……254
小泉浩一郎
「伊沢蘭軒——一つのアプリオリテイ」……49
『続・テキストのなかの作家たち』……86
小泉信三……138
『甲越軍記』……110
幸田露伴……66
『幻談』……257
『損益』……248
「対髑髏」……67
「風流仏」……67
幸徳秋水
"A LETTER FROM PRISON"……226
「注目すべき世界文壇の新らしき傾向」……214
『兆民先生』……229
『兆民先生・兆民先生行状記』……49
「陳弁書」……213 227
紅野敏郎……327 340
郷原宏『歌と禁欲《近代詩人論》』……341
耕治人『詩人　千家元麿』……340
神品芳夫「堀辰雄とリルケ」……182
小海永二
『村野四郎　現代教養文庫』……390
『村野四郎〈若き人のため現代詩〉』……379
『古今和歌集』……245 472
国際啄木学会『石川啄木事典』……230
小久保実『堀辰雄論』……170
『古事記』……132
小島政二郎……58 172
コッホ『医師は何がわかり何ができるか』……207
小西甚一……377 531
『日本文芸史』……379
『日本文芸史　V』……49 491 534
五人づれ「五足の靴」……307
小早川秀雄『血史熊本敬神党』……107
小林秀雄「谷崎潤一郎」……10
小堀杏奴
編「妻への手紙」……290
『晩年の父』……181
小堀桂一郎……10 235
『森鷗外の世界』……253

「森鷗外のニーチェ像」……123
古俣祐介 「太宰治文学地図――「佐渡」
の背景にあるもの――」……87
小松三郎……234 263
五味保義
『アララギの人々』……254
「林泉の隈」……241
小室義弘 「道化窶れの俳諧師」……86
ゴーリキー……214 225 297
『どん底』……67
ゴル……375
コルビジェ……367
コロー……299
今東光 『僧坊夢』……160
近藤典彦
「修と啄木」……218
『国家を撃つ者――石川啄木』……218
近藤晴彦 『鷗外探求』……379

さ

斎藤三郎 『啄木と故郷人』……205 217
西東三鬼……409 410
「新興俳句の趣向について」……433
「俳愚伝」……410
『変身』……417
斎藤茂太……242
『茂吉の体臭』……254 266
斎藤茂吉……8 59 185 217 232 291 297 338 415
『あらたま』……233
「歌ことば」……245
『遠遊』……233 265
「気運と多力者」……266
『曉紅』……265
「ゲダンケンリリーク」……260
『作歌四十年』……239 241
「三年」……251
『霜』……260
「釈迦・王維・鷗外」……237 263
『小園』……239 246
「小歌論」……251
『白き山』……247
『白桃』……239 241
『石泉』……238
「節分」……242 244
「接吻」……244
『短歌私鈔』……257
『短歌初学問』……259 262
「追憶」……309
『童馬山房夜話』……233
『のぼり路』……247
『満州遊記』……252
「無題（五）」……264
『明治大正短歌史』……259
「蕨」……233
佐伯彰一 『物語芸術論 谷崎・芥川・三
島』……123
堺利彦……215
坂倉準三……367
坂部護郎 『クラウゼヴィッツの兵学 上』……252
阪本越郎……364
『新独逸文学』……195 378
坂本徳松 『前進座』……452
桜井勝美……399
「「韃靼海峡と蝶」・その懸崖の思想ポエ
ジー」……407
佐々木昭夫編
『日本近代文学と西欧 比較文学の諸相』
……114 153
佐々木基一 『堀辰雄』……181
佐々木甲象 『泉州堺烈挙始末』……111
佐々木久春 「穂積以貫と近松門左衛門」
……505
佐佐木茂索……144
「おぢいさんとおばあさんの話」……528
佐佐木幸綱 『鑑賞 日本現代文学 第32
巻 現代短歌』……279
「座談会・鷗外を語りつつ」……310
佐藤勝治 「鷗外と宮沢賢治」……26
佐藤鬼房……416
『「荒天」雑感』……433
佐藤佐太郎
『斎藤茂吉言行』……253 265 340
『斎藤茂吉秀歌』……234 246 249
「抵抗としての茂吉」……8
『童馬山房随聞』……265
『茂吉解説』……253 254 266
佐藤忠男
『ビデオとDVDで観たい 決定版！
日本映画200選』……517
『溝口健二の世界』……517
佐藤春夫……20 28 68 122 138 333 460
「伊都満譚詩」……320 323 352
「海の若者」……321
「漢詩の翻訳」……327
「観潮楼址を訪ひて」……325
『近代日本文学の展望』……124 311 325 340
「SACRILEGE――新しき歴史小説の先
駆「意地」を読む」……464

『詩の本』……311
「詩風の変遷発達」……313
「詩文半世紀」……72
『車塵集』……316
「シュニッツラーを推す」……139
「漳州橋畔愁夜曲」……315
「小説永井荷風伝」……26 34
『小杯餘瀝集』……311
『陣中の竪琴』……313 322
『永井荷風読本』……34
『南方紀行』……327
『能火野人十七音詩抄』……327
『美の世界』……309
「昼の月」……323
「望郷五月歌」……321
「雪」……319
佐藤秀明共編『三島由紀夫事典』……97
沢木欣一『西東三鬼』……433
沢田春繁……184
「市井鬼物のエネルギー」……198
沢豊彦……164
『近松秋江私論』……166
澤柳大五郎『木下杢太郎記』……310
『山家鳥虫歌』……272
山東京伝《忠臣水滸伝》……524
三遊亭円朝『怪談牡丹灯篭』……361

し

シェイクスピア……24
『ロメオとジュリエット』……143
塩浦彰『啄木浪漫　節子との半生』……218
塩崎文雄「『下谷叢話』考――森鷗外史伝の受容を中心に」……48
志賀直哉……468
「焚火」……70
志賀勝……388
『史記』……401
式亭三馬『浮世風呂』……360
『詩経』……32
司代隆三『石川啄木事典〔改訂版〕』……230
志田素琴……363
紫竹園主人「『下谷叢話』について」……49
十返舎一九『東海道中膝栗毛』……360
ジード……8 22
篠田一士……40
『伝統と文学』……49 534
篠原鳳作……412
篠原義彦
『森鷗外の構図』……218
『森鷗外の世界』……218
渋川驍……73
澁沢龍彦『思考の紋章学』……518
島内景二「三島文学の秘鑰」……105
島崎藤村
「韻文に就て」……220
『藤村詩集』……324
「ルウソオの『懺悔』中に見出したる自己」……222
島田勇雄『江戸語大辞典』……363
島田謹二……310
島村抱月……221
周作人……216
「小河」……333
「子供」……333
「過ぎさつた生命」……333
「森鷗外博士」……340
「路上所見」……333
シュトルム……375
シュニッツラー……244
『グストル少尉』……66 137 360
『シュニッツレル選集』……127
『情婦ごろし』……139
『箴言集』……128
「短剣を持ちたる女」……156 158
『テレーゼ、ある女の生涯の記録』……136
「パラツェルズス」……128
「一人者の死」……94 160
「ベルンハルディ教授」……137
『みれん』(死)……138 160 170
「盲目のジェロニモとその兄」……129
『恋愛三昧』……128
シュミットボン「街の子」……336
『春秋左氏伝』……531
ショー……214
「馬盗坊」……335
「悪魔の弟子」……335
庄司達也共編『芥川龍之介全作品事典』……72
ショーペンハウアー……236 259 404
シラー……224
白鳥省吾「耕地を失ふ日」……288
白松南山……221
『新続古今和歌集』……472
神崎清……213
真銅正宏「メランコリックな時間――『雨瀟瀟』小論」……34
新保千代子……195
『室生犀星ききがき抄』……199

す

『水滸伝』……69
菅井幸雄……462
杉本春生「村野四郎に於ける新即物主義」……378
杉本雷造「虚無から愛へ——鈴木六林男と戦争俳句——」……433
杉山二郎『木下杢太郎』……534
鈴木修次『漢語日本人』……360
鈴木俊『闇の深さについて——村野四郎とノイエ・ザハリヒカイト』……390
薄田泣菫……303
「望郷の歌」……304
鈴木力衛訳『演劇論』……494
鈴木三重吉「鴻の鳥」……272
鈴木六林男
『悪霊』……417 430
『雨の時代』……414 418
『荒天』……416
『王国』……418 425
『国境』……416
『西東三鬼』……433
『桜島』……416 428
「親しき闘争——ノートの端より——」……412
『鈴木六林男句集　鈔抄集』……419
『鈴木六林男全句集』……412
『一九九九年九月』……419
『第三突堤』……411
『定本　荒天』……412 414 426
須田喜代次「鷗外の仏文」……231
ストリンドベリィ……127 163 339
「債鬼」……157
『父』……157
住吉慈恭……502

せ

『聖書』……149 175 394
清田文武
「鷗外「栗山大膳」をめぐって」……449
「鷗外と青野季吉」……533
「鷗外におけるルソーの『民約論』」……231
「鷗外の詩「扣鈕」の解釈」……293
『鷗外文芸の研究　中年期篇』……165
「近世・近代文芸における黒田騒動の運命」……449
「佐渡の石二つ」……105
「侍・士卒のいびき——森鷗外「阿部一族」「堺事件」の一場面」……114
「『山椒大夫』の方法とその世界」……279
「澁江抽斎」……449
「「砂山」のことども」……279
「夏目漱石におけるモーパッサンの「小説論」」……26
「「薔薇と巫女」「日没の幻影」の世界」……340
「森鷗外「心中」論」……165
「森鷗外「高瀬舟」の二つのテーマ」……492
「森鷗外「天寵」の世界」……293
「森鷗外とハインリヒ・ハイネ」……218
「森鷗外におけるシュニッツラーの『みれん』」……181
「森鷗外の史伝」……533
『生長する星の群』……333 340
関川左木夫「石川道雄年譜と主要著作」……363
関口安義共編『芥川龍之介全作品事典』……72
石涛……351
関根秀雄訳『エピキュールの園』……61
関森勝夫……326
『文人たちの句境』……327
関良一……379
説経節『さんせう太夫』……269 275
千家元麿……198 328 531
『霰』……337
「暮」……337
「結婚の敵」……336
「ゲーテ」……337
「三人の親子」……332
『自分は見た』……328 339
「自分は見た」……329
「白犬よ」……329
『随筆　詩・自然・美』……328 337
「船員の死」……339
『蒼海詩集』……337
「納豆売」……330 333
「熱狂した子供等」……338
『昔の家』……332
『昔の家（続篇）』……334
「夕刊売」……330 333

そ

『荘子』……262
相馬御風……529
相馬正一
「中期安定の意味」……87
『評伝　太宰治』……87

『若き日の太宰治』……86
曾我迺家五郎
『十六形』……239
『宝の拍手』……239
ゾラ……23

た

高尾亮一「鷗外・露伴と茂吉」……255
高階秀爾訳『ルオー』……426
高木久雄……153
高瀬真理子『室生犀星研究』……340
高田博厚「佐藤春夫さん」……327
高田瑞穂『日本近代作家の美意識』……253
高橋健二……94 129 142
『近代文学鑑賞講座12　山本有三』……139
訳「独り者の死」……97
高橋重信……415
高橋俊夫『永井荷風と江戸文苑』……26
高橋義孝『森鷗外』……534
高浜虚子……154 264
高昌範「現代日本文学におけるドイツ新即物主義の受容」……390
高見順……72 339
「『行人』について」……199
『故旧忘れ得べき』……190
『この神のへど』……189
「三人の詩人について――島崎藤村・千家元麿・萩原恭次郎の詩の鑑賞」……200 340
「私生児」……190
『死の淵より』……190
『昭和文学盛衰史　第一部』……390
『生命の樹』……196
「人の世」……191
『わが胸の底のここには』……72 190
高村光太郎……270
「緑色の太陽」……298
高山樗牛……17 203
「青年文人の厭世観」……210
宝井其角……75
滝口英子……289
滝口武士「戦役」……401
滝口武士顕彰委員会『詩人滝口武士』……408
滝沢馬琴《南総里見八犬伝》……524
瀧本和成『鷗外文学の受容―戦時下の鷗外像』……10
竹内清己「堀辰雄における森鷗外の位置」……181
竹添井井
『左氏会箋』……531
『論語会箋』……531
竹中郁……382
『象牙海岸』……382
「ハムマー」……382 384
「ラグビイ」……382
竹村俊郎……342 359
『葦茂る』……344 353
「ある日」……347
「阿房」……344 347 348
『鴉の歌』……350
『喜劇俳優』……342 343 344
「今日の詩」……349
「空想の窓」……347
「黒い魑」……350
「散策者」……352
「自画像」……348
『十三月』……344 348 352
「創作の残虐」……343
『旅人』……344
「荷船」……348
「僕」……346 347 348
「牡丹雪」……350
「『堀口大學詩集』読後」……343
竹盛天雄……26 279 460 517
「阿部一族」……464
「佐藤春夫の鷗外読法」……464
「『下谷叢話』縁起――初出から改作へのすじみち――」……48
太宰治……73 138 195
「ア、秋」……81
「海豹通信」……74
「思ひ出」……74
「風の便り」……74
「欅通信」……74
「佐渡」……73
「猿ヶ島」……81
「斜陽」……82
「清貧譚」……83
「津軽」……74
「道化の華」……81
「人間失格」……82
「走れメロス」……84
「母」……82
「晩年」……78
「みみづく通信」……73
『太宰治全集　第十三巻』……87
立原道造……138 167 172
『昭和八年ノート』……171
田中榮一……290 340
「〈新しい〉解釈学の問題・読みにおける

作者の存在について」……407
「近代歌人・俳人への覚え書き」……292
「佐渡『佐渡』(太宰治)」……87
田中克己……402
「軍艦茉莉に於ける安西冬衛」……408
田中純……58
田中澄江……278
『安寿と厨子王』……507
「木下恵介」……517
「手児奈と恋と」……506
『ホントにホントの話』……517
田中隆尚 『茂吉随聞』……265
田中千禾夫……508 529
「おふくろ」……506
『劇的文体論序説』……438
田中美知太郎編 『アリストテレス』……505
田中優子……123
谷川俊太郎共編 『現代の詩人7 茨木のり子』……433
谷崎潤一郎……68 278
『細雪』……472
『饒舌録』……69
「大調和」……72
谷沢永一……293
『明治期の文芸評論』……253
谷田昌平……168
『堀辰雄』……181
ダヌンチオ……214
玉水俊虠……236
玉虫誼茂 『航米日録』……393
田村秋子……483
『築地座』……492
田村西男……478
田山花袋……58 144 154 257
『インキ壺』……67
「事件の筋」……67
「蒲団」……52
「深山黒夜」……63
「露骨なる描写」……57
檀一雄 『太宰と安吾』……530
ダンテ……347

ち

チェーホフ 「六号室」……329
近松秋江……17 138 221 236 297
「鷗外博士の「百物語」から」……165
「外国文学の影響幾何ぞ」……159
「疑惑」……163
「芸術の独立」……159
「喧嘩別れ」……162
「再婚」……164
「執着」……162
「新年の小説其他」……309
「近頃雑感」……154 165
「近松の印象」……165
「手紙〈2〉」……157
「薄情」……157 159
「美術劇場のストリンドベルヒ」……165
「「秘密」について」……165
「評論の評論〈1〉」……163
「文学の功利主義を論じてわが馬琴に及ぶ」……26
「文芸雑感〈1〉」……165
「文壇無駄話〈3〉」……165
「文壇無駄話〈59〉」……165
「文壇無駄話〈63〉」……165
「文壇無駄話〈64〉」……165
『未練』……164
「無駄話〈1〉」……165
「無駄話〈3〉」……160
「別れたる妻に送る手紙」……162
「私の学ぶべき物を持つてゐる人々」……154 165
近松門左衛門
「虚実皮膜論」……496
「五十年忌歌念仏」……25
『曾根崎心中』……500 502
『大経師昔暦』……25
茅野蕭々 『リルケ詩抄』……171 335 351
千葉正昭 「『南蛮寺門前』の混沌」……310
張稔穣 『聊斎志異 芸術研究』……87

つ

ツヴァイク……127
津上忠
『阿部一族』……451
『黒田騒動』……445 462
『津上忠歴史劇集』……455 464
「歴史劇と現代劇」……464
塚本邦雄……416
「地獄の新樹 鈴木六林男『国境』解題」……433
辻潤……354
土屋竹雨……293 327
土屋文明編
『斎藤茂吉短歌合評 上』……253
『斎藤茂吉短歌合評 下』……266
都築洋次郎訳 『化学の学校』……253
坪内逍遙……216

ツルゲーネフ……171 297
鶴屋南北……494

て

デーメル……375
『美しき野蕃の世界』……319 375
「海の鐘」……317 319 352

と

土井逸雄「歴史劇のリアリズム」……462
東郷克美「「あにいもうと」の成立」……198
東部ろてふ「露の蝶」……472
冨上芳秀……394
『安西冬衛 モダニズム詩に隠されたロマンティシズム』……407
徳田秋声……154
徳冨蘆花……154
徳永康元……482
『リリオム』……492
友田恭助……483
豊島與志雄「天下一の馬」……272
ドラクロア……394 404
ドリヴァル『ルオー』……426
トルストイ……160 223 225 339
『戦争と平和』……251

な

内藤吐天……362
『内藤吐天遺句全集』……362
ナウマン……209
永井荷風……15 154 432
『麻布襍記』……28 48
「雨瀟瀟」……28 36
『あめりか物語』……16
「一夕」……19
「井戸の水」……31
「隠居のこゞと」……47
『江戸芸術論』……15 31
『鷗外全集を読む』……22 26
「鷗外先生のこと」……26
『おかめ笹』……15
「花月編輯雑記」……21
「戯作者の死」……16
「芸術品と芸術家の任務」……20
『紅茶の後』……22
『葷斎漫筆』……17 36
『西遊日記抄』……38
『地獄の花』……15
「下谷のはなし」……37
『下谷叢話』……17 36
「小説作法」……15 29
「新帰朝者日記」……31
「すみだ川」……19
「為永春水」……18
『断腸亭日乗』……36
『断腸亭日記』……32
「花火」……28 213
「文章と調子と色」……38
『濹東綺譚』……16 21 34
「正宗谷崎両氏の批評に答ふ」……25
「森鷗外先生の『伊沢蘭軒』を読む」……49
「森先生の事」……491
「流鼠の楽土」……31
「冷笑」……18
『永井荷風集 日本近代文学大系29』……35
永井ふさ子……249
中内蝶二……478
中江兆民……38 223 228
『民約訳解』……229
「余の信ずる逸品」……494
永岡健右『与謝野鉄幹研究——明治の覇気のゆくえ——』……310
中島国彦……163
「「執着」「疑惑」を支えるもの」……165
永田耕衣……409 411
中谷孝雄……258 265
長田秀雄……303
「歓楽の鬼」……438
『栗山大膳』……270 437
「大仏開眼」……438
「パンの会の思出など」……310
「森先生」……438
『黎明期の新劇』……439
長田幹彦「鷗外先生」……438
長塚節……255
中野重治……183 233 403
『斎藤茂吉ノート』……253
『室生犀星』……198
永野賢……142
『山本有三正伝 上巻』……152
中村草田男……293
中村敬宇……30
『敬宇文集 巻十四』……16
「与友人論文書」……17
中村研一……152
中村真一郎……193 528
編『永井荷風研究』……49
『文章読本』……533
「堀辰雄 人と作品」……165 181

中村稔……252
『斎藤茂吉私論』……254
中林燁生……413
「鈴木六林男論」……433
中山公男……425
中山礼二「宮柊二に於ける清なるもの」……292
長与善郎……333
夏目漱石……51 154 291
「草枕」……257
『行人』……256 257 532
『それから』……211
『文学論』……20
成島柳北『柳橋新誌』……16
成瀬正勝……7
『鷗外覚書』……10
「鷗外を怒らせた近松秋江の作品」……166
「偏奇館訪問」……49

に

新潟県立万代島美術館『大原美術館展 モネ、ルノワールから20世紀美術まで』……434
西原千尋『堀辰雄試解』……182
西村渚山……28
ニーチェ……115 235 245 259 389
『曙光』……244
『ツァラトストラはかく語りき』……244
『人間的なあまりに人間的な』……118 244
『悲劇の誕生』……119
新渡戸稲造……144
新渡戸仙岳……205 217

ね

ネルヴァル……530

の

野口雨情「人買船」……269
野口富士男……20
『わが荷風』……26
野田宇太郎……327
他「鷗外文学と現代」……97
『日本耽美派文学の誕生』……310
野山嘉正『日本近代詩歌史』……254
『近代詩歌の歴史』……534
野寄勉「森鷗外『うた日記』――「過現未」論――」……327

は

ハイデッガー……366
ハイネ……152 224
バイロン……24
ハウフ
『隊商』……399
「幽霊船」……399
ハウプトマン……127 156 171 214
『寂しき人々』……159
『僧坊夢(『エルガ』)』……157
『沈鐘』……353
『機織』……65
『ハンネレの昇天』……66
芳賀秀次郎……381
『体操詩集の世界』……390
萩原恭次郎……385
「群衆の中に」……388
『死刑宣告』……386 388
「夏の日の恋」……386
「土鼠」……386
萩原朔太郎……185 271 324 344 348 349 351 365 400 532
「死」……347
「詩集十三月を評す」……353
『蝶を夢む』……347
『月に吠える』……258 347 367 377
「『転身の頌』を論じ併せて自家の態度を表明す」……408
「瞳孔もある海辺」……347
『氷島』……385
「森鷗外全集推薦文」……353
橋川文三「告白と共感の位相――高見順著「生命の樹」をめぐって――」……517
筈見恒夫編『世界の映画作家』……517
長谷川泉……325 379
「うた日記・沙羅の木」……327
『近代名作のふるさと〈東日本篇〉』……87
「モダニズム詩の前衛」……390
「森鷗外」……88
長谷川天溪……58
長谷川巳之吉……358
長谷目源太「「大連」・『亜』と滝口武士」……408
秦豊吉……138 197
服部土芳……282 324
羽鳥徹哉『作家の魂――日本の近代文学』……199
馬場孤蝶……329
浜名志松『五足の靴と熊本・天草』……310
『浜松中納言物語』……102
早川正信

「山本有三「女の一生」の基本理念」……153
『山本有三の世界　比較文学的研究』……139
林田紀音夫……415
林芙美子『放浪記』……138
葉山修平……340
原子朗……379
ハルトマン……238
番匠谷英一……139
半田美永『佐藤春夫研究』……327
『文人たちの紀伊半島』……327

ひ

ピエール・ブリュネル『比較文学概論』……11
ピカソ
『ゲルニカ』……427
『フランコの夢は嘘』……427
『貧しき食事』……427
樋口一葉……154
「わかれ道」……21
樋口龍峡……221
ビスマルク……221
日高佳紀……72
日夏耿之介……309 355 376
『鷗外文学　改訂版』……363
『荷風文学』……26
『黒衣聖母』……356
「宗教」……374
「青面美童」……356
『転身の頌』……356 400
『明治大正詩史』……363 378
『明治大正新詩選（下）』……362 400
氷上英広「悲劇の誕生」……123
平井澄子「二つのことば」……254
平出修……213 228
平出修研究会『大逆事件に挑んだロマンチスト』……218
平岡梓『倅・三島由紀夫』……123
平岡敏夫……279 517
『日露戦後文学の研究　下』……293
平川祐弘……10 279 517 530
「詩人鷗外」……533
平塚浩子……196
平戸廉吉……385
「"SPORT"時代」……389
「日本未来派宣言運動」……388
『平戸廉吉詩集』……388
平野啓一郎
「高瀬川」……528
「日蝕」……527
平野謙……151
『昭和文学史』……153
平野萬里……204 303 306
ビルショウスキー……236 338
広津和郎……189
「犀星の暫定的リアリズム」……199
広津柳浪……24
「変目伝」……66

ふ

ファルケ「遺つて見ろ」……312
深作欣二……463
『映画監督　深作欣二』……464
福田英男『ゲーテの抒情詩―研究』……49
福永武彦……531
『書物の心』……534
『枕頭の書』……534
福本日南『栗山大膳』……443 449
富士川英郎……188 351 369 528
「詩集『沙羅の木』について」……199 353 379
『萩原朔太郎雑志』……354
「リルケと日本」……354
「リルケ――堀辰雄の西欧的なもの」……182
プーシキン『オネーギン』……334
藤沢令夫……493
藤原肇……139
藤村操……209
藤森朋夫編『斎藤茂吉の人間と芸術』……253
藤原正……243
「茂吉と瘤」……254
藤原公任『和漢朗詠集』……324
二葉亭四迷……154
舟橋聖一……168
「堀辰雄思い出抄」……181
ブランデス……338
『十九世紀文学思潮』……337
『プルターク英雄伝』……112
古田求……463
古屋健三『永井荷風　冬との出会い』……26
フローベール……19
『ボヴァリー夫人』……70 159
文帝『典論論文』……17

へ

碧瑠璃園『栗山大膳』……449
ペッテンコーファー……208
ヘミングウェイ……430
ベルクソン……404
『道徳と宗教の二つの源泉』……27

ほ

ポー……404
ホイットマン……339
星野徹「村野四郎の実存的思考」……378
蒲松齢……83
『聊斎志異』……84
細田源吉「好事的傾向を排す」……58
細谷博『太宰治（岩波新書）』……86
穂積以貫『難波土産』……496
ホフマン『胡桃人形と鼠の王様』……363
堀口大學……342 349 359
「キャンデイ」……343
『月下の一群』……373 376
「月下の噴水」……347
『水の面に書きて』……346
堀伸二『戦争論』……252
堀多恵子「晩年の辰雄」……180
堀辰雄……138 164 195 530
『美しい村』……167
『かげろふの日記』……169
『風立ちぬ』……167
『山中雑記』……168 182
「聖家族」……177
「魂を鎮める歌」……182
『妻への手紙』……182
「七つの手紙」……179
「プルウスト雑記 神西清」……178
『ポルトガル文』……179
本多秋五『「白樺派」の文学』……340

ま

前田彰一訳『物語の構造』……34
真壁仁「竹村俊郎の生涯」……353
牧山正彦……144
正岡子規……71
正宗白鳥……142 403 451 462
「映画『阿部一族』」……464
「荷風氏の反問について」……26
『自然主義盛衰史』……162
「批評について」……55
「山本有三論」……152
松枝茂夫……216
松尾聡……105
松尾芭蕉……282 321 324 353
『奥の細道』……401
『銀河ノ序』……80 270
松崎豊……416
『「桜島」の秀句』……433
松島弘……293
松永昌三『福沢諭吉と中江兆民』……505
『松の葉』……272 309
松村武雄『日本神話の研究』……139
松本たかし……427
松本徹共編『三島由紀夫事典』……97
松本信広「日本神話の比較研究」……139
マーテルリンク……339
『奇蹟』……338
『タンタジールの死』……338
『知恵と運命』……338
『貧者の宝』……338
『モンナ・ヴァンナ』……159
マネ……302
マリネッチ「未来主義の宣誓十一箇条」……389
丸岡明「ひともと公孫樹」……327
マルクス……252
馬渡憲三郎
『現代詩の研究』……390
「昭和詩の成立」……390
マン……404

み

三島憲一「鷗外と貴族的急進主義者としてのニーチェ」……123
三島由紀夫……88 155 424
『暁の寺』……98 115
『宴のあと』……123
「海と夕焼」……117
「鷗外の短篇小説」……123
「苧菟と瑪耶」……91
「火山の休暇」……88
「頭文字」……100
『仮面の告白』……88
『作家論』……123
「自己改造の試み」……88
『天人五衰』……103 115
「遠乗会」……90
「日曜日」……89
「人間喜劇」……105
『春の雪』……89 115
『文章読本』……95 100
『豊饒の海』……89 98 106 115
『「豊饒の海」創作ノート』……105
「「豊饒の海」について」……114
『「豊饒の海」ノート』……120
『奔馬』……98 106
「（対談）三島文学の背景」……97
「わが魅せられたるもの」……96 120

「私の文章を語る」……93
水谷砕壺……415
溝口健二『山椒大夫』……507
三田村鳶魚……444
三冨朽葉「午後の発熱」……370
三橋敏雄……415
「回想的鈴木六林男私論」……433
宮英子……294
宮城達郎……35
宮崎大四郎……204
宮地佐一郎「森鷗外と太宰治」……464
宮島新三郎……51
宮柊二……280 530
『群鶏』……284
「『群鶏』出版前後」……293
「現代の秀歌」……288
『山西省』……286 287
「少年記」……284 286
「人生とうたごころ」……288
「随筆・俳句月暦」……293
『獨石馬』……280 283
「独白と伝達」……279
「『橡』覚書」……279
「白秋三百首」……277
『白秋・迢空』……279
「花八ツ手」……293
『忘瓦亭の歌』……291
『砲火と山鳩――宮柊二・愛の手紙』……293
「三つの例」……533
「めでたきもの」……291
「わが歌のはじめ」……293
宮芳平……281
明珍昇……381 395
『評伝 安西冬衛』……407
「村野四郎」……390
三好達治……348
「竹村俊郎詩集『十三月』」……353
三好行雄……96
ミレー……299

む

ムウテル……300
『十九世紀仏国絵画史』……298 310
武者小路実篤……68 191 333
ムーシュク……152
村野四郎……315 421
「あの人」……371
「秋の日」……366
「神なしに」……376
「川路柳虹論」……383
「機械体操」……388
「現代詩小史」……367 390
「現代詩読本」……390
「現代詩入門」……327 364 365
「現代詩の味わい方」……375
「現代詩のこころ」……364 365
『現代詩を求めて』……364
『昆虫採集箱』……366 382
「今日の詩論」……383
『珊瑚の鞭』……366
「鹿」……373
「時間」……374
『詩的断想』……372
「詩のこころ」……381
「宗教」……374 375
「昭和という時代」……379
『抒情飛行』……367
「城」……371
「心象論」……378
『蒼白な紀行』……371
「『蒼白な紀行』以後」……370
「体操」……366
『体操詩集』……366 380
『鉄亜鈴』……387
「田中冬二論」……379
「提議」……365
「熱」……368
「春の祭」……367
「一人の詩人が歩いた道」……390
『復讐』……374
『亡羊記』……371
『牧神の首環』……367
「無神論」……376
『村野四郎全詩集』……370
「森鷗外『沙羅の木』」……367
「わたしの詩的遍歴」……379
『罠』……382
室生朝子編『竹村俊郎作品集 下』……351
室生犀星……183 271 348 349 364
『愛の詩集』……185 195 351 366
『新らしい詩とその作り方』……185 351
「あにいもうと」……183 194
「兄いもうと」……183
「神々のへど」……183
『神々のへど』……194
「再生の文学」……199
「沙羅の花」……325
『抒情小曲集』……347
「性に眼覚める頃」……186

「続あにいもうと」……183
「大学通り」……366
「滞郷異信」……187
「チンドン世界」……183
「母を思ふの記」……189
『薔薇の糞』……310
「復讐の文学」……188
「復讐の文学に就いて」……199
『星より来れる者』……350
「馬込倫敦」……185
「みえ」……195
「幼年時代」……186
『我が愛する詩人の伝記』……181 200 310 333 532

め

メリメ……57

も

孟子『公孫丑章句下』……237
望月善次『石川啄木 歌集外短歌評釈Ⅰ』……217
本林勝夫……248 261
『斎藤茂吉 短歌シリーズ 人と作品12』……254
「斎藤茂吉の研究 その生と表現」……253
「茂吉遠望──さまざまな風景」……266
「茂吉における鷗外」……254
『論考 茂吉と文明』……253
モネ……302
モーパッサン……160
『ピエールとジャン』……19
森鷗外
『阿育王事蹟』……298
「朝の街」……312 329 330 332
「あそび」……138 215 333
「阿部一族」……75 90 106 415 419 447 452
「医学の説より出でたる小説論」……23
「生田川」……90
『伊沢蘭軒』……36 395 397 531
「意地」……448
『委蛇録』……127
「ヰタ・セクスアリス」……53 181 222 251 282 334
「一幕物」……156 335
訳『稲妻』……335
「今の諸家の小説論を読みて」……23
『烟塵』……215
「うたかたの記」……11
『うた日記』……283 311 323 402 404
訳「馬盗坊」……335
「営口で獲た二書の解題」……52
「衛生談」……208
「鷗外文話」……145
「大野縫殿之助」……405
「小野篁に就きて」……84
『於面影』……311 377
「灰燼」……22 66
『かげくさ』……145 152 171
「過現未」……313 314
「かのやうに」……155
「仮面」……210 311
『雁』……22 155
「寒山拾得」……95
『ギヨオテ伝』……181 236 338
「栗山大膳」……438 462
『ゲルハルト、ハウプトマン』……66 157
「現代思想」……214 335 336
『現代小品』……157
「現代小品広告文」……373
「小犬」……329
「護持院原の敵討」……90
「懇親会」……393
「最後の一句」……89 421
「堺事件」……106
「杯」……216 311
『沙羅の木』……171 185 304 311 349 358 364 406
「沙羅の木」……324
「山椒大夫」……92 269 507
『山房札記』……438
「三枚一銭」……307 312 316 332
「鷊翮搔」……21 64
「思軒居士が耳の芝居目の芝居」……23
「雫」……329 332
『澁江抽斎』……18 36 89 181 395 404
「情死」……145
「食堂」……211
『諸国物語』……481 495 530
「心中」……155 309
「心頭語」……207
『審美綱領』……24 26 171
『審美新説』……24
『水沫集』……154 203
「椙原品」……438
「静」……90 155
「青年」……155 222 233 336
『続一幕物』……156 335
訳『即興詩人』……292
「高瀬舟」……479
「ぢいさんばあさん」……467 497
『塵泥』……100

「沈黙の塔」……212 334
「追儺」……122 242 258 311
『月草』……23
「敵襲」……286
「田楽豆腐」……50
「電車の窓」……329
「天寵」……281
「都甲太兵衛」……438
「隣のたから」……66 156
「なかじきり」……263
「奈良五十首」……259
「南派原委」……299
「鶏」……95
「羽鳥千尋」……230
「花子」……96
「半日」……154 222
「扣鈕」……283
「百物語」……93 122 155
「ファスチエス」……217
「再び洋画の流派に就きて」……298
「文づかひ」……91 100
「古い手帳から」……258
「プルムウラ」……158
『分身』……263
「丙申秋季画評」……300
『北條霞亭』……262 391 403
「舞姫」……145 284
「魔睡」……154
「椋鳥通信」……52 74 146 156 230 234 297 389 482
「空車」……41
「妄語」……58
『妄人妄語』……53 251 299
「妄想」……119 235 238 255 262
「洋画南派」……299
「読みながら思つた事」……52 57
「寮休録」……10 65 250 300
「猥褻」……145
「我国洋画の流派に就きて」……298
「我百首」……309 363
『森鷗外　群像　日本の作家2』……534
森鷗外と美術展実行委員会『森鷗外と美術』……310
森銑三……528
森田智子「鈴木六林男略年譜」……433
森一『啄木の思想と英文学――比較文学的考察』……230
森茉莉『私の美の世界』……198 310
森山重雄……213
『大逆事件＝文学作家論』……218
モルナール
「破落戸の昇天」……481 484 495
『リリオム』……481 483 492 495
諸橋轍次『大漢和辞典』……26 152

や

安森敏隆『斎藤茂吉短歌研究』……253 266
矢田津世子……484
柳田泉他『座談会大正文学史』……199
柳田國男……518 532
『柳田國男対談集』……534
矢野峰人『新・文学概論』……11
藪下泰司
『安寿と厨子王丸』……508
『白蛇伝』……508
山内祥史　太宰治「年譜」……87
山口誓子……410
『黄旗』……409
『随筆　街道筋』・「『奔馬』の構造」……396
山口直孝……114
山口まか……291
山口康男『日本のアニメ』……518
山崎一穎
「佐藤春夫と森鷗外」……327
「宮芳平」……293
『森鷗外と3人の画家たち展　装丁本と主人公画家たち　原田直次郎・大下藤次郎・宮芳平』……293
山﨑國紀……293
『森鷗外の手紙』……293
『森鷗外を学ぶために』……10
山敷和男『芥川龍之介の芸術論』……72
山下多恵子『忘れな草　啄木の女性たち』……231
山田美妙……364
山田弘倫……208
『軍医としての鷗外先生』……434
『軍医森鷗外』……217
山手樹一郎『安寿と厨子王』……509
山根貞男『映画監督　深作欣二』……464
山之口貘「応召」……428
山村暮鳥……349
山本昭共訳『比較文学概論』……11
山本篤子……142
山本健一「新橋演舞場『二月花形歌舞伎』」……505
山本健吉……382 434
山本太郎『ポケット　日本の名詩』……340
山本有三……8 127
「アルトゥール・シュニッツレル」……128

「糸きり歯」……140
「海彦山彦」……132 151
「「海彦山彦」について」……135 139
『嬰児殺し』……136
『女の一生』……135 142
「兄弟」……131 151
「芸術は「あらはれ」なり」……130
「西郷と大久保」……135
「坂崎出羽守」……136
「指鬘縁起」……136
訳『情婦ごろし』……139
「女中の病気」……136
「スサノヲの命」……135
「坐り」……135
「生命の冠」……136
「津村教授」……136
「同志の人々」……135
『同志の人々』……136
「跋　久米正雄に」……139
「美術劇場と無名会」……128
「無事の人」……137
「文学の輸出入」……137
「盲目の弟」……134
「雪」……135 151
「(私が最も影響を受けた小説)」……11
矢本貞幹……304
『日本近代詩の青春』……310

ゆ

『唯識論』……120
ユージン・オニール　『ダイナモ』……388

よ

横井也有　『鶉衣』……31
與謝野晶子……212
與謝野寛（鉄幹）……213 297 306 332
「せりうり」……307
吉井勇……204 306
『歌境心境』……217
吉田健一……531
吉田精一……61 303 310
『近代詩　日本文学教養講座』……310
『永井荷風』……27
吉村昭　『わが心の小説家たち』……91

ら

羅竹風　『漢語大詞典』……152

り

李俄憲　「(訳)従森鷗外到芥川龍之介」……526
劉岸偉　『東洋人の悲哀　周作人と日本』……35
劉寒吉　『黒田騒動』……444
良寛……354
リルケ……351 531
「家常茶飯」……158 335 336
『鎮魂歌』……168
「豹」……373
リンゲルナッツ……366
“Turngedichte”……381
「足」……367
「真田虫」……367
「鳥」……367
龍膽寺旻……355
「クラブント三章」……357 358 362
「古瓶春景」……355
「仙人掌」……356

る

ルイ・ジュヴェ　『演劇論』……493 494
ルオー……425
『道化師（横顔）』……426
『ミゼレーレ』……425
ルソー……57 219 224 225 226
『エミール』……220 221
『学問・芸術論』……221
『告白』……220 221 222
『社会契約論』……228
『人間不平等起源論』……228
ルナアル……404
「フィリップ一家の家風」……70 72
『葡萄畑の葡萄作り』……70

れ

『列侯深秘録』……450
レッシング……119
『ハンブルク演劇論』……493 505
レニエ　『田舎』……31

ろ

『老子』……262
六代目菊五郎……496 502
魯迅……333
『現代日本小説集』……215
『《沈黙之塔》訳者附記』……215
『南腔北調集』……216
「游戯」……215

「私はどうして小説を書くようになったか」……216
ロトマン『映画の記号論』……517
露風……376

わ

ワイルド……29
『サロメ』……158 338
ワーグナー……223
渡辺湖畔『若き日の祈禱』……270
渡辺保……470
渡辺洋訳『比較文学概論』……11
渡部勇次郎『佐渡文弥節考』……279
渡辺善雄……424 430
「茨木のり子とルオー」……434
「茨木のり子ノート」……434
「茨木のり子ノート」（上）（下）……434
『鷗外・闘う啓蒙家』……533
「日本近代文学研究の状況——比較文学の視点から」……218
「「ファスチエス」・その反響と鷗外の意図」……218
渡部芳紀……87
渡辺和一郎『佐渡びとへの手紙　渡辺湖畔と文人たち　上』……279
和田吉郎……413

〈注〉

原則として、主題になった作家・作品については当該章・節では、その人名・作品名は主なものを取り上げ、鷗外については人名をすべて省略した。

【著者略歴】
清田文武（せいた　ふみたけ）
昭和14年（1939年）新潟県に生まれる。新潟大学卒業、東北大学大学院文学研究科修士課程修了。博士（文学）。秋田高専講師、新潟大学教授を経て、現在、新潟大学名誉教授、放送大学客員教授、中国・東北師範大学客座教授（1998—）、青島大学客座教授（2003—）、台湾・輔仁大学大学院講師（2007）。
専攻分野　日本近代文学　比較文学
主要著書　『鷗外文芸の研究　青年期篇』（有精堂、1993）、『鷗外文芸の研究　中年期篇』（同上）、『鷗外と漱石との世界』（新潟大学放送公開講座実施委員会、1994）

鷗外文芸とその影響

発行日	2007年 11月 2日　初版第一刷
著　者	清田文武
発行人	今井　肇
発行所	翰林書房
	〒101-0051 東京都千代田区神田神保町 1-14
	電　話　(03) 3294-0588
	FAX　(03) 3294-0278
	http://www.kanrin.co.jp
	Eメール● Kanrin@mb.infoweb.ne.jp
印刷・製本	シナノ

落丁・乱丁本はお取替えいたします

ISBN4-87737-254-5